1905

Das Buch

Vom besetzten Paris der Nationalsozialisten, über die verrauchten Hinterzimmer der Bonner Republik bis zum Brexit-Referendum. »Das neunte Gemälde« ist der spannende erste Fall für Ermittler Lennard Lomberg.
Bonn im Frühling 2016. Ein gewisser Gilles Dupret drängt Lennard Lomberg, die Rückgabe eines kubistischen Gemäldes zu organisieren, das sich unrechtmäßig im Besitz einer französischen Stiftung befinden soll. Lomberg ist skeptisch, stimmt aber einem Treffen zu. Doch bevor es dazu kommt, wird Dupret tot aufgefunden. Vom Gemälde fehlt jede Spur. Kurz darauf steht das BKA vor Lombergs Tür. Denn die Ermittlungen von Kriminalrätin Sina Röhm deuten darauf hin, dass der einst von den Nazis geraubte mutmaßliche Picasso unmittelbar mit der Biografie von Lombergs Vater verbunden sein könnte.
Lennard Lomberg wird zum Detektiv in eigener Sache. Immer tiefer taucht er ein in die tragische Geschichte des neunten Gemäldes, und wird schließlich mit einer explosiven Wahrheit über seine Familie konfrontiert. Lomberg realisiert, dass er das Gemälde finden muss. Und zwar schnell. Denn die Gerüchte um das mysteriöse Kunstwerk wecken vielerorts Begehrlichkeiten …

»Spannend, dicht und gut geschrieben«
Kölner Stadt-Anzeiger

Der Autor

Andreas Storm, Jahrgang 1964, ist langjähriger Geschäftsführer und Partner einer Kommunikationsagentur. »Das neunte Gemälde« bildet den Auftakt zu seiner mehrteiligen Krimiserie um den Kunstexperten und Ermittler Lennard Lomberg. Andreas Storm lebt mit seiner Familie im Bergischen Land bei Köln.

Andreas Storm

Das neunte Gemälde

Kriminalroman

Kiepenheuer & Witsch

»Museen sind nichts weiter als ein Haufen Lügen.
Und die Leute, die aus der Kunst ein Geschäft machen,
sind meistens Betrüger.«

Pablo Picasso

PROLOG

Stillleben mit Herz-As und *Weinglas mit Kreuz-As.* Im Pariser Winter-
quartier an der Rue Caulaincourt hatte die künstlerische Symbiose
der beiden kubistischen Pioniere einen vorläufigen Höhepunkt erreicht und auch der nachfolgende Sommer 1914 sollte wieder wech-
selseitige Inspiration schenken. In geradezu euphorischer Vorfreude
hatte Georges Braque die rund fünfhundert Kilometer lange Reise
von Paris ins südfranzösische Sorgues mit dem Fahrrad angetreten.
Picasso wartete schon und auch André Derain war mit von der Partie.
Vieles sprach also dafür, dass es wieder produktive Wochen werden
würden, wie einst im August 1912. Doch schon bald zogen dunkle
Wolken über dem provenzalischen Himmel auf und den Männern
war klar, was das für die beiden Franzosen zur Folge haben würde.
Der Pinsel war gegen das Bajonett zu tauschen und der Zug zurück
in Richtung Norden sollte direkt an die Front führen. Der Spanier
hingegen war fein raus und wurde später mit den Worten zitiert:
»Ich habe den Künstler Braque seither nie wiedergesehen.«

Kapitel 1

RENDEZVOUS
MIT DER VERGANGENHEIT

Freitag, 22. April 2016, 9:25 Uhr,
auf dem Weg zum Flughafen Köln/Bonn und ebendort

Lennard Lomberg hatte es sich im Fond des Großraumtaxis bequem gemacht und blickte durch das halb geöffnete Schiebedach in einen wolkenlosen Himmel. Dem Rheinland stand ein sonniger Frühlingstag bevor. *Zwölf Grad, Nieselregen, leichte Böen,* lautete die Vorhersage für Central London. Er würde sich sofort wieder heimisch fühlen.

Peter Barrington hatte sich tags zuvor gemeldet und Lombergs Pläne für das Wochenende kurzerhand über den Haufen geworfen: ein hastig anberaumter Termin für den Freitagnachmittag, bei dem Lomberg die Joker-Rolle zugedacht war. Der designierte Neukunde hörte auf den Namen *Cranston Ludlow Pelham* – kurz *CLP* – und der war ihm natürlich ein Begriff. Bert Cranston und Peter kannten sich aus dem *Reform Club,* den Lomberg kannte, weil er Peter kannte. Die unverschämt erfolgreiche Investor-Relations-Agentur hatte sich zum zwanzigjährigen Firmenjubiläum mit einer haushohen Wandinstallation des legendär exzentrischen Künstler-Duos Gilbert & George beschenkt. Höchste Zeit für eine angemessene Versicherung, zumal die hinterleuchteten, an Glasmalerei erinnernden Fotomontagen schon längst im nicht minder pompösen Empfang der Firma hingen. Der Kunstversicherer *Walcott* war ein naheliegender Kandidat für den lukrativen Auftrag, aber es mussten noch ein paar Details geklärt werden. Wie immer in einem solchen Fall, galt es zunächst ein Wertgutachten zu erstellen, wobei nicht nur der gezahlte Kaufpreis zu berücksichtigen war. Auch die Wertsteigerungsperspektive sollte in einer maßgeschneiderten Police Ausdruck finden. Und Sir Peter war der Meinung, dass dies ein maßgeschneiderter Job für Dr. Lennard Lomberg war.

Es war die schon gewohnte Mischung aus Vorfreude und Wehmut, mit der Lomberg seine Reise nach London antreten sollte. Die britische Hauptstadt war ihm ab Anfang der Neunziger für immerhin vierundzwanzig Jahre eine zweite Heimat gewesen. Seine Kollegen beim Auktionshaus *Christie's* wollten den damals aufgekommenen Gerüchten um seinen Abschied deshalb auch erst keinen Glauben schenken. Schließlich gehörte Lomberg als mehrfacher Träger des *Weißen Handschuhs* nicht nur längst zum Inventar, sondern gar zu den Kronjuwelen des Hauses. Die von ihm ins Leben gerufene und fortan alle zwei Jahre kuratierte *Brit Postwar & Contemporary*-Auktion hatte im Jahr 2003 für seinen endgültigen Durchbruch gesorgt: *White Glove Sale*, einhundert Prozent verkaufte Lose. Lomberg sollte diesen Erfolg noch dreimal wiederholen und galt deshalb als unter Artenschutz gestellt. *So verrückt kann er doch nicht sein!* Doch der Flurfunk in der King Street sollte irren. Lennard Lomberg, Senior Expert für Europäische Kunst des zwanzigsten Jahrhunderts, hatte seinen begehrten Job tatsächlich an den Nagel gehängt. Bei seiner Verabschiedung im Januar 2015 begnügte sich der ansonsten für seine Eloquenz bekannte Kunsthistoriker mit einer vergleichsweise kurzen Ansprache. Etwas unverbindlich, für seine Verhältnisse fast schon ungelenk, war von einem *neuen Kapitel* die Rede. *Eine Reise in die Zukunft* fand Erwähnung und diese würde zugleich ein *Zurück zu seinen Wurzeln* bedeuten. Auch das *Ziel der Reise* kam zur Sprache. Sie sollte zurück nach Deutschland führen. In seine *erste Heimat*, die alte Hauptstadt Bonn.

Dieser Schritt schien lange undenkbar. Zu privilegiert war seine berufliche Situation, die private in mancher Hinsicht zwar ungeklärt, aber mindestens auch komfortabel. Das elegante Flat in den Pembridge Mews, das Büro in St. James's, der Club in Mayfair. Das Westend war zu Lombergs Westentasche geworden. Gründe, sein Königreich gelegentlich zu verlassen, lagen, wenn überhaupt, in Luxemburg und später dann auch im Rhône-Tal. Besuche in Deutschland hingegen galten nur noch seiner betagten Mutter und fühlten sich zuletzt wie normale Auslandsreisen an. Sogar ein leichter Akzent hatte sich in seine Muttersprache eingeschlichen. Dann jedoch sollten sich in kurzer Abfolge verschiedene Ereignisse zutragen, die erst in einen Sinneswandel und schließlich in einen Plan mündeten.

Den Anfang machte seine in England aufgewachsene Tochter Julie, die ihn im Sommer 2012 mit der Nachricht überraschte, ein Studium in Deutschland zu beginnen. Die fraglos mutige, aber auch ziemlich eigensinnige Entscheidung war dabei nicht nur von akademischen Zielen geleitet. Lomberg begriff das sofort und war erstmalig ins Grübeln gekommen.

Gute eineinhalb Jahre später trat der auf lange Sicht absehbare, aber dann doch plötzliche Erbfall ein, durch den Lomberg zum Eigentümer des Familiensitzes in Bonn geworden war. Mutter Elisabeth Lomberg hatte das längst zu groß gewordene Stadthaus nach dem Tod ihres Mannes fast zwanzig Jahre alleine bewohnt. Bis zu jenem wolkenverhangenen Tag im Oktober 2014, an dem die seinerzeit dreiundachtzigjährige Lady ihren gewohnten Mittagsschlaf antrat, ohne wieder aufzuwachen. Eine weitere Zäsur.

Und schließlich, nur wenige Wochen später, sollte Leo Aschenbrenner seinen Weg kreuzen. Der Kunsthistorikerkollege von der Bonner Universität berichtete von einer vakanten Gastprofessur an dem von ihm geleiteten Kunsthistorischen Institut. Die Sache war ihm nicht mehr aus dem Kopf gegangen.

Für den Geschäftsmann Lennard Lomberg bedurfte es allerdings noch der Bestärkung durch seinen Mentor Peter Barrington. Sein vormaliger Chef bei *Christie's* war 2009 auf den Hochsitz beim Kunstversicherer *Walcott* gewechselt und für neue Geschäftsideen die kritische Instanz, die es zu überzeugen galt. »Männer, die auf die fünfzig zugehen, können brillante Kunstgutachten auch in Bonn schreiben«, hatte Sir Peter schließlich geurteilt und nebenbei ein paar eigene Ideen beigesteuert, »damit sich das auch rechnet.«

Der Taxifahrer hatte den obligatorischen Stau auf der A 59 vorsorglich umfahren und stattdessen die Landstraße quer durch den militärischen Sperrbezirk der Wahner Heide gewählt. Lomberg malte sich in Gedanken einen Spaziergang in Hampstead Heath aus, für den mal wieder keine Zeit bleiben würde. Das leise surrende iPhone zeigte einen Anrufer an, dessen Kontaktprofil noch nicht hinterlegt war. Für gewöhnlich nahm Lomberg solche Gespräche erst gar nicht entgegen. Seine Assistentin Esther prüfte von Zeit zu Zeit Anruflisten und Mailbox, um hiernach eigenständig zu entscheiden, ob Rückrufe angezeigt waren. Er zögerte einen Moment, nahm das Gespräch aber schließlich doch an. Ein unbestimmtes Gefühl ließ ihn vermuten, dass es mit der *Grafenberg-Geschichte* zusammenhängen könnte. Lomberg hatte im Prozess gegen den schillernden Kunstagenten als Gutachter der Staatsanwaltschaft ausgesagt. Bernd M. Grafenberg wurde beschuldigt, eine stinkreiche, aber völlig unbedarfte Unternehmerwitwe zum Kauf maßlos überteuerter Kunstwerke gedrängt und sich selbst dabei schamlos bereichert zu haben. Die Sache ging nicht nur für Grafenberg unangenehm aus – vier Jahre Haft –, auch Lomberg bereute es nachher, den Auftrag überhaupt angenommen zu haben. Sein Auftritt bei der öffentlichen Verhandlung hatte nämlich dazu geführt, dass sein Name von der sich schon seit Monaten gierig am Grafenberg-Skandal labenden Düsseldorfer Boulevard-Presse in die Öffentlichkeit gezerrt wurde. Und das war genau die Art von Prominenz, die Lomberg überhaupt nicht schätzte.

»*LenLo International Art Advisors.* Guten Tag.«

»Guten Tag, mein Name ist Dupret. Gilles Dupret«, gab sich der offenkundig französische, aber akzentfrei Deutsch sprechende Anrufer zu erkennen. »Spreche ich mit Dr. Lennard Lomberg?«

»Ganz recht. Was kann ich für Sie tun? Kennen wir uns?«

Lomberg hatte den Namen Dupret noch nie gehört und daraus sogleich geschlossen, dass der Anruf wohl doch nichts mit der Grafenberg-Sache zu tun haben würde.

»Nein, Herr Dr. Lomberg, wir kennen uns nicht. Oder ich sollte sagen: *Sie* kennen mich nicht. Es geht um einen speziellen kunsthistorischen Sachverhalt, über den ich mich gerne mit Ihnen austauschen würde. Passt es Ihnen gerade oder darf ich mich zu einem anderen Termin nochmals melden?«

Lomberg nahm den höflichen Tonfall des Anrufers wohlwollend zur Kenntnis und zeigte sich darum weniger zugeknöpft als zumeist in vergleichbaren Situationen.

»Ich sitze gerade im Taxi und erreiche in circa zwanzig Minuten mein Ziel. So lange können wir meinetwegen reden«, bot Lomberg etwas gönnerhaft an. »Worum geht es denn?«

»Bevor ich zu meinem eigentlichen Anliegen komme, darf ich vielleicht ein paar Worte vorab verlieren?«

»Bitte sehr.«

»Ich bin Vertreter einer privaten Stiftung. Europäisches Ausland. Die Stiftung hat sich in den vergangenen Jahrzehnten in der Pflege des Kulturerbes und der Kunstförderung engagiert. Dabei wurde auch vormals privater Kunstbesitz an renommierte Museen weitergegeben. Weltweit und das auch in bedeutendem Umfang, darf ich anmerken.«

»Sehr lobenswert. Die Verdienste Ihrer Stiftung stehen gewiss außer Frage. Aber wie es sich für mich anhört, wollen Sie mir deren Namen leider verschweigen?«

»Ich bitte um Verständnis. Die Umstände zwingen mich dazu. Vorerst jedenfalls.«

»Das ist etwas ungewöhnlich und auch nicht unbedingt vertrauensbildend, Monsieur Dupret.«

»Es sind auch ungewöhnliche Umstände«, erwiderte Dupret knapp. Lomberg war für einen Moment versucht, das Gespräch vorzeitig zu beenden, entschied sich nach einigem Zögern jedoch um.

»Also gut. Was haben Sie mir zu sagen?«

»Die erwähnte Stiftung ist seit geraumer Zeit im Besitz eines Gemäldes, dessen Geschichte, wie soll ich sagen, als prekär zu bezeichnen ist.« Dupret legte wieder eine kurze Pause ein, auf die Lomberg jedoch nicht einstieg. »Der Stiftungsratsvorsitzende hat bislang aus persönlichen Gründen von einer Rückgabe des Werks abgesehen.«

»Sie sagten Rückgabe?«

»Ja, das sagte ich.«

»Monsieur Dupret, was soll das Versteckspiel? Wollen Sie nicht einfach das Kind beim Namen nennen?«

NS-Beutekunst. Lomberg galt als ausgewiesener Experte für das Thema, das ihn nun schon seit zwei Jahrzehnten nicht mehr loslassen wollte. Nicht ohne Grund: Lombergs Doktorarbeit aus dem Jahr 1995 behandelte die Wiedergutmachungspolitik der Bundesrepublik Deutschland im Zusammenhang mit dem Raub von Kunstschätzen durch die Nationalsozialisten während des Krieges. Auf Drängen seines Doktorvaters war Lombergs Promotion schließlich in einem Buch gemündet, das sich im Laufe der Jahre mit rund siebzehntausend Exemplaren auch nennenswert verkaufte und unerwartet hitzige Kontroversen auslöste. Während die Publikation in der internationalen Kunsthistoriker-Gemeinde wohlwollend aufgenommen wurde, traf sie in den betroffenen politischen Kreisen auf heftigen Widerspruch. Vereinzelt wurde sogar der Vorwurf von Nestbeschmutzung erhoben, nicht zuletzt, da Lombergs Forschungsarbeit mit öffentlichen Mitteln aus der Bundeskasse bezuschusst worden war.

»Ihre Vorahnung ist nur zu berechtigt, Herr Dr. Lomberg. Bei dem betreffenden Werk handelt es sich um ein Gemälde, das einst einer jüdischen Sammlerfamilie in Frankreich gehörte und 1942 von den Nazis enteignet wurde. Nach dem Krieg gelangte das Bild in den Besitz jener Familie, die später die erwähnte Stiftung gründete.«

»Ich muss Sie enttäuschen, Dupret. Das ist nicht mehr mein Metier«, wiegelte Lomberg ab, der nicht die geringste Lust verspürte, sich der alten und obendrein auch persönlich konfliktbeladenen Thematik erneut zuzuwenden.

»Sie gelten als Spezialist auf diesem Sektor. Immerhin haben Sie darüber publiziert.«

»Aber das ist zwanzig Jahre her.«

»Darf ich trotzdem fortfahren?«

»Meinetwegen.«

»Die Lage hat sich aus bestimmten Gründen verändert. Die Stiftung möchte das Bild jetzt zurückgeben.«

»Verstehe. Und Sie suchen einen Kunstexperten, der Ihnen dabei hilft, den rechtmäßigen Besitzer ausfindig zu machen? Tut mir leid, dafür komme ich nicht infrage. Es gibt andere Leute, die da besser geeignet sind.«

»Womöglich.«

»Nein, nicht womöglich, Monsieur Dupret, sondern ganz sicher!« Lombergs Stimmung begann zu kippen, doch Dupret zeigte sich unbeeindruckt.

»Im Umfeld der Stiftung gibt es Stimmen, die die Angelegenheit von der Firma *Artclaim* in Montreal erledigen lassen wollen. Der Name *Artclaim* sagt Ihnen sicher etwas, nehme ich an?«

»Natürlich«, erwiderte Lomberg, »eine gute Wahl. Die weltweit erste Adresse für solche Angelegenheiten. Umso weniger brauchen Sie jemanden wie mich. Die Kollegen bei *Artclaim* haben allerdings momentan ganz ordentlich mit der Modigliani-Sache zu tun, würde ich vermuten.«

Am 3. April 2016 waren infolge eines drei Terrabyte großen Datenlecks vertrauliche Unterlagen der panamaischen Offshore-Firma *Mossack Fonseca* an die Öffentlichkeit gelangt. Seitdem überschlugen sich die Medien mit immer neuen Meldungen über die systematische Geldwäsche und Steuerhinterziehung von vermeintlich seriösen Unternehmen und Privatpersonen, die nun der Reihe nach aufflogen. Die sogenannten *Panama Papers* gaben dem Skandal auch gleich einen Namen, der es in kürzester Zeit zu weltweiter Bekanntheit brachte. Und auch ein zuvor bestens gehütetes Geheimnis der Kunstwelt war damit ans Licht der Öffentlichkeit gelangt. Modiglianis verschollener *Homme assis* war in einem Freilager in Genf gefunden worden. *Der Sitzende Mann*, einst von den Nazis im besetzten Frankreich requiriert, war nach einer langen Odyssee in den Besitz des Nahmad-Clans gelangt. Die libanesisch-monegassischen Galeristen hatten ihre Geheimnisse bei *Mossack Fonseca* lange Zeit gut behütet gewusst, mussten sich jetzt aber peinliche Fragen stellen lassen. Die von den vermeintlich rechtmäßigen Erben des Gemäldes eingeschaltete Kunstdetektei *Artclaim* drosch mit einer ganzen Heerschar von Anwälten auf die Nahmads ein und inszenierte nebenbei ein mediales Inferno, um deren Ruf für immer zu ruinieren.

Artclaim galt weltweit als *der* Erfolgsgarant bei der Wiederauffindung und Rückführung von verschollener sowie im Besonderen von illegal in Besitz genommener Kunst. Dass man sich dieses Renommee in Kanada fürstlich honorieren ließ, war dabei genauso bekannt wie die ruchlose Konsequenz, mit der *Artclaim* die Interessen seiner Mandanten gemeinhin zu verfolgen pflegte. Von den eigenen ganz zu schweigen.

»Sie können davon ausgehen, dass *Artclaim* diesen Auftrag ganz sicher annehmen würde. Und zwar mit Kusshand!« Duprets Worte klangen jetzt wie eine Drohung.

»Ich verstehe Sie nicht, Dupret. Worauf wollen Sie hinaus? Was wollen Sie eigentlich von mir?«

Dupret ließ sich vom nunmehr unverhohlen ärgerlichen Ton Lombergs nicht aus der Ruhe bringen. »Nur mal angenommen, die Stiftung geht den Handel mit *Artclaim* ein ...«

»... das möge sie doch bitte tun.«

»... dann ist im Zweifel anzunehmen, dass die spezielle Geschichte des besagten Gemäldes ohne Rücksicht auf Verluste ans Tageslicht gezerrt wird.«

»Ich bitte Sie, Dupret, im Zweifel hat die Öffentlichkeit ja wohl einen Anspruch darauf, diese *spezielle Geschichte* zu kennen. Ich verspüre wirklich nicht die geringste Lust, den Ruf Ihrer Stiftung zu retten und meinen dabei aufs Spiel zu setzen.«

»Auf Ihren Ruf, Dr. Lomberg, komme ich gleich noch zu sprechen.«

»Was soll denn das bitte schön heißen?«

»Aufgrund der Lage der Dinge wäre das Aufsehen beträchtlich. Nicht nur in der Kunstszene, auch in anderen Kreisen.«

»Mag ja sein. Ist aber nicht mein Problem. Ich denke, wir sollten das hier jetzt beenden.«

»Nicht so voreilig, Lomberg!« Am schlagartigen Wechsel des Tonfalls spürte er, dass Dupret endlich zur Sache kam. »Anstelle von *Artclaim* könnte die Rückführung des Gemäldes von Ihnen persönlich sichergestellt werden. Auf diskretem Wege, meine ich.«

»Monsieur Dupret, habe ich mich nicht deutlich genug ausgedrückt?«

»... Und das sollte auch in Ihrem ureigenen Interesse liegen!«

»Wie bitte?«

»Weil so, besser gesagt nur so, der Name Lomberg aus der Sache rausgehalten werden kann. Das wäre doch bestimmt in Ihrem Sinne, nicht wahr? Wir waren ja gerade schon beim Thema Ihres Rufs, der bekanntermaßen untadelig ist ...« Lomberg verschlug es förmlich die Sprache. Dupret nutzte seine Verunsicherung sofort aus und legte nach: »Privat wie auch geschäftlich.«

»Sagen Sie mal Dupret, wovon reden Sie da? Was soll das? Ist das jetzt eine Art Erpressung, oder was?«

»Ich kann mich nicht erinnern, dass ich irgendeine Forderung gestellt hätte«, antwortete Dupret mit eisiger Gelassenheit. »Ich habe Ihnen nur ein Angebot gemacht. Nicht mehr, nicht weniger.«

»So was nennen Sie ein Angebot?«

»Glauben Sie mir, ich habe meine Gründe. Wir können uns darüber unterhalten. Persönlich, unter vier Augen. Sie erreichen mich unter der Nummer, unter der ich Sie angerufen habe. Ich erwarte Ihren Terminvorschlag. Gute Reise.«

Lomberg schaute versteinert auf sein iPhone und war über das von Dupret abrupt beendete Telefonat immer noch so konsterniert, dass er die Frage des Taxifahrers erst nach zweimaliger Wiederholung vernahm.

»Altes Terminal, Eingang C«, antwortete er schließlich.

Esther hatte Lomberg wie gewohnt online eingecheckt. Ohne Umwege begab er sich zur Sicherheitskontrolle, die er unbeanstandet durchlief, um auf direktem Wege Gate C9 anzusteuern. Im Wartebereich lag neben den einschlägigen deutschen Zeitungen auch die englische Presse aus. Er entschied sich, alter Gewohnheit folgend, für den *Guardian* und setzte sich zu den schon zahlreich wartenden Fluggästen. Er überflog ein paar Wasserstandsmeldungen zum bevorstehenden Brexit-Referendum, faltete die Zeitung sorgsam zusammen und verstaute sie im Handgepäck. Lombergs Stimmung pendelte irgendwo im Niemandsland zwischen Neugier und Besorgnis. Er nahm sein Handy wieder zur Hand und rief die eingegangenen Anrufe auf. Zum obersten Eintrag legte er ein neues Kontaktprofil an und teilte es per SMS mit Esther, die sich sogleich meldete.

»Was ist mit diesem Dupret, Lenn?«

»Komische Sache. Ruf den Mann bitte unter der Nummer an, die ich dir geschickt habe. Nicht sofort, später am Tag. Sag ihm, dass ich ihn am kommenden Montag um 18:30 Uhr hier am Flughafen treffe. Direkt im Anschluss an meinen Rückflug. In der StäV, altes Terminal. Sag ihm auch, dass ich exakt dreißig Minuten Zeit habe. Lass dir den Termin bestätigen und gib mir dann Bescheid. Details später. Danke!«

Dreieinhalb Tage später, Montag, 25. April 2016, 18:30 Uhr, Flughafen Köln/Bonn, Gaststätte Ständige Vertretung

Die knapp vier Tage in London waren angenehm kurzweilig und nebenbei auch erfolgreich verlaufen. Bert Cranston von CLP hatte schon nach weniger als einer Stunde keine Lust mehr auf Details und drängte bereits vor Vertragsunterzeichnung auf einen Standortwechsel. Die erste Station war mit drei Sternen dekoriert: Alain Ducasse at the Dorchester. Von dort ging es gegen elf in den einst mondänen Roof Gardens Club auf der Kensington High, bevor der Abend schließlich am frühen Morgen in einer Karaoke-Bar in Soho endete. Lomberg war wie immer bei seinem Freund am Holland Park einquartiert. Peter hatte für den Samstag Karten besorgt und vorgeschlagen, die weniger als vier Kilometer zum Craven Cottage zu Fuß zu bewältigen, um den Restalkohol des Vorabends auszuschwitzen. Der unerfreuliche Zweitliga-Kick ging mit 1:3 an die Gäste aus Nottingham und verfestigte die Misere von Lombergs Herzensclub Fulham FC. Doch Lombergs Laune war nur für kurze Zeit getrübt. Den Abend im The Arts Club mit Peter und einer Reihe von alten Bekannten aus dem Londoner Kunstbusiness genoss er in vollen

Zügen. Ähnlich sollte auch der Sonntag verlaufen. Peters trinkfeste Nachbarschaft war zu einer *Verkostung ohne Spucknapf* geladen, um sich von der aufsteigenden Tendenz eines Weinguts von der Côtes du Rhône überzeugen zu lassen. Die Jahrgangs-Vertikale begann mit einem bescheidenen 2008er und mündete am späten Abend in der mit vielen Vorschusslorbeeren bedachten Vendage 2015, die erst wenige Wochen zuvor in die Flasche gekommen war.

Die zwischenzeitlich von Esther bestätigte Verabredung mit Dupret kam ihm erst auf der Rückreise am Montag wieder in den Sinn. Er hatte ab Paddington Station den Heathrow Express genommen, der mit fünfzehn Minuten Fahrzeit bis Terminal Eins konkurrenzlos schnell war. Aus dem Stimmengewirr der zahlreichen Geschäftsleute war wieder der drohende Brexit als bestimmendes Thema herauszuhören. Lomberg genoss das Privileg der doppelten Staatsbürgerschaft. Für den immer noch unglaublichen Fall eines EU-Austritts des Vereinigten Königreichs hielten sich seine Sorgen bislang in Grenzen. Dennoch löste die politische Geisterfahrt der Tories auch bei ihm zunehmendes Unbehagen aus.

Vom Gate kommend passierte Lomberg eilig den Übergang vom Sicherheitsbereich ins alte Terminal. Leuchtdisplays klärten ankommende Reisende ungefragt über das sogenannte *Kölsche Grundgesetz* auf. Die provinzielle Selbstverliebtheit der großen Nachbarstadt ging ihm schon seit jeher auf den Wecker. Dennoch entschied er sich kurze Zeit später für ein Glas Obergäriges, nachdem er den Flughafenableger der *Ständigen Vertretung* überpünktlich um 18:20 Uhr betreten hatte. Lomberg hatte einen der zentral postierten Stehtische gewählt, um für neu ankommende Gäste gut sichtbar zu sein. Das Lokal war nur spärlich besucht. An der Theke sammelte sich eine fünfköpfige Gruppe von Männern in funktioneller Freizeitkleidung, die offenbar von einer Urlaubsreise zurückgekehrt und bester Laune waren. Weiter hinten an der Theke: eine elegant gekleidete Frau mittleren Alters, die sich nervös mit ihrem Smartphone beschäftigte, sowie, an einem anderen Stehtisch, zwei Geschäftsleute, denen ein nur mäßig erfolgreicher Arbeitstag deutlich ins

Gesicht geschrieben stand. Es war bereits 18:45 Uhr, als eine *Whats-App*-Nachricht von Julie eintraf. »Sushi im Kyoto ab 19:30 Uhr mit Tim und Kai. Hungry?« Er dachte kurz nach. Die beiden vollbärtigen Hipster, mit denen sich seine Tochter eine Wohnung in Köln teilte, waren unterhaltsame Kerle und sein Bonner Kühlschrank war leer. Kurz vor sieben legte Lomberg einen Fünf-Euro-Schein auf den Tresen und verließ unverrichteter Dinge das Lokal.

Mittwoch, 27. April 2016, 9:05 Uhr, Haus Lomberg, Bonn, Venusbergweg 9

Lomberg hatte den Tag pflichtschuldig mit der von Dr. Müller-Gümbel angeratenen Kräftigungsgymnastik begonnen. Stattliche ein Meter vierundachtzig und auch mit fast fünfzig sogar im Cord-anzug rank und schlank: Seine Figur hatte er weniger einer regel-mäßigen körperlichen Ertüchtigung als dem vorteilhaften Genpool der väterlichen Vorfahren zu verdanken. *Mediobilaterale Protrusion* lautete die beängstigend klingende, aber medizinisch doch eher glimpfliche Diagnose, nachdem sein schwächelnder Rücken jüngst mitten in einer Vorlesung den Dienst versagt hatte. Drei hilfsbereite Studierende waren in der Not zur Stelle gewesen, um dem danieder-liegenden Lehrkörper wieder auf die Beine zu helfen. In der Folge sollte das Wort *Rehabilitation* Einzug in seinen Sprachschatz finden und ungute Vorahnungen für sein sechstes Lebensjahrzehnt aufzie-hen lassen.

Esther trat in Lombergs Büro und blickte mit einem milden Lä-cheln auf ihren Chef herab, der mit einem verschwitzten Muscle-Shirt am Schreibtisch saß und gerade damit beschäftigt war, seinen Blutdruck zu messen.

»140 zu 95. Also bitte keine unnötige Aufregung.«

»Keine Sorge, Lenn. Ich komme mit erfreulichen Nachrichten.«

»Mach's nicht so spannend.«

»Der Herr Staatsanwalt hat gezahlt!«

»Dass ich das noch erlebe …«

Esther nickte zustimmend und ergänzte: »Geschäfte mit Düsseldorf ab jetzt nur noch gegen Vorkasse!«

Esther Brüning, gerade neunundzwanzig geworden, hatte sich nach einem zehnsemestrigen Kulturmanagement-Studium zunächst mit einer mies bezahlten Teilzeitstelle in der Bundeskunsthalle zufriedengeben müssen. Der feuerrote Lockenkopf mit der viel zu großen Hornbrille hatte ihn bei einer der sogenannten *Wednesday-Late-Art*-Veranstaltungen auf einen Job angesprochen. Aus der Aushilfskraft sollte sehr bald eine unverzichtbare Stütze werden, die Lomberg keinesfalls mehr missen wollte. Ihre bisweilen fast gouvernantenhafte Kontrolle über die Geschäfte von *LenLo International Art Advisors* hatte jedoch schon beängstigende Züge angenommen.

Der Big-Ben-Ton der Türklingel ließ beide aufhorchen, der *DHL*-Mann kam sonst nicht vor 11 Uhr und anderweitiger Besuch stand nicht auf dem Plan. Esther war augenblicklich zur Tür geeilt, stand aber wenige Augenblicke später schon wieder in Lombergs Büro.

»Da sind zwei Leute von der Polizei.«

»Polizei? Worum geht es denn?«

»Wollten sie nicht sagen. Sie bestehen darauf, dich persönlich zu sprechen. Es sei dringend.«

»Du sagtest doch, der Tag würde mit erfreulichen Nachrichten beginnen ...«, seufzte Lomberg. »Lass sie rein. Sie sollen im Salon Platz nehmen. Biete ihnen bitte einen Tee an. Ich brauche ein paar Minuten, um mich etwas frisch zu machen. In dem Zustand nehmen sie mich sonst noch mit«, scherzte Lomberg noch gut gelaunt und verschwand in die erste Etage.

»Bitte verzeihen Sie, ich war so früh noch nicht auf Besuch eingestellt.« Lomberg deutete auf seine nassen Haare, die streng zurückgekämmt waren und ein körperbetont geschnittenes schwarzes Oberhemd tröpfchenweise benetzten. Julie hatte ihn jüngst ermutigt, sie etwas länger zu tragen. »Nicht trotz, sondern gerade wegen der grauen Strähnen«, waren ihre Worte gewesen.

»Wir müssen uns entschuldigen. Sehr freundlich, dass Sie uns empfangen, Herr Dr. Lomberg. Lennard Lomberg, richtig?«

»Ja, korrekt.«

»Gestatten, Hauptkommissar Viktor Baumann, Bundeskriminalamt Wiesbaden. Abteilung *PMK*. Das steht für ...«

»... Politisch motivierte Kriminalität.«

»Exakt, Herr Dr. Lomberg. Und das ist meine Kollegin, Frau ...«

»Ein schönes Haus, Herr Dr. Lomberg. Gründerzeit trifft Bauhaus.
Sehr geschmackvoll. Aber eigentlich liegt das ja auch gar nicht so
weit auseinander. Zeitlich, meine ich.«

»Sie sagen es. Besten Dank.« Die Beamtin, Lomberg schätzte sie
auf Ende dreißig, hielt ihm lässig den Dienstausweis entgegen und
ließ dabei ihren Blick weiter durch Lombergs sogenannten Salon
schweifen. »Sina Röhm. Leiterin des Dezernats für Kunst- und Kulturgutkriminalität beim BKA. Dienststelle Meckenheim. Meine An-
reise war also vergleichsweise bequem.«

»Sehr erfreut. Als Dezernatsleiterin darf ich Sie dann vermutlich
mit Frau Kriminalrätin ansprechen?«

»Korrekt. Sie kennen sich in unserer Behörde offensichtlich gut
aus.« Kriminalrätin Röhm ließ ihren Worten einen flüchtigen Wim-
pernaufschlag folgen. Lomberg quittierte mit einem Lächeln, sah
das Unheil aber schon aufziehen. Ganze drei Buchstaben hatten dafür ausgereicht: BKA.

Bevor 1971 ein veritabler Ex-Kommunist das Amt als Präsident des
Bundeskriminalamtes übernehmen sollte – und dann ironischer-
weise zu einer Schlüsselfigur im Kampf der Bonner Republik gegen
die RAF avancierte –, war die 1951 in Wiesbaden gegründete und
später auch in Meckenheim ansässige Behörde zu einem Rück-
laufbecken für ehemalige Mitglieder des NS-Sicherheitsapparates
geworden. 1959 waren zwei Drittel der BKA-Führungskräfte ehemalige SS-Mitglieder. Ganze zwei von siebenundvierzig leitenden
Beamten hatten keine Vergangenheit als NSDAP-Mitglied. Der
weltanschauliche Pragmatismus der Adenauer-Ära zeigte in Wiesbaden seine hässliche Fratze. Erst nach den Auschwitz-Prozessen,
Mitte der Sechziger, sollte sich das langsam ändern. Nachwachsen-
des Personal aus anderen Bundesbehörden läutete schließlich den

überfälligen Selbstreinigungsprozess im BKA ein, der allerdings noch viele Jahre in Anspruch nehmen sollte. Zu den neuen, politisch unbelasteten Kräften gehörte ab 1966 auch ein vormaliger Referatsleiter aus dem Innenministerium: Verwaltungsjurist Ernst Lomberg, Jahrgang 1919, Kriegsteilnehmer an der Westfront, schwer verwundet im Mai 1940, danach nur noch *garnisonsverwendungsfähig* und ab 1942 abkommandiert zur Militärverwaltung der Wehrmacht in Frankreich. Letzter Dienstgrad: Oberleutnant.

»Was kann ich für Sie tun?«, eröffnete Lomberg nur scheinbar arglos das Gespräch.

»Wir bitten nochmals um Verzeihung für die Störung, Herr Dr. Lomberg.«

»Kein Problem. Sie werden Ihre Gründe haben.«

»Ja, allerdings ...«, schickte Baumann bedrohlich voran und wurde sogleich wieder von seiner Kollegin unterbrochen.

»... wir würden gerne wissen, wo Sie sich am vergangenen Sonntag, den 24. April, aufgehalten haben. Genauer gesagt, zwischen 16 und 20 Uhr.«

Lomberg machte sich keine Mühe, seine Überraschung über die unerwartet direkte Frage zu verbergen. »Ich war von Freitagmorgen, letzter Woche, bis Montag, also vorgestern, auf einer Geschäftsreise in London. Ankunft in Köln/Bonn mit *British Airways* um 17:55 Uhr«, antwortete er präzise und den Fakten entsprechend. »Aber möchten Sie mir nicht vielleicht erst einmal erklären, worum es geht?«

»Sicher«, antwortete Hauptkommissar Baumann geschäftsmäßig. »Wir ermitteln in einem mutmaßlichen Tötungsdelikt. Ein Mann ist ums Leben gekommen. In seinem Hotelzimmer. *Kameha Grand*, hier in Bonn. Ihnen sicher bekannt?«

»Natürlich. Das architektonische Delta am rechten Rheinufer.« Lomberg warf einen flüchtigen Blick zur Seite und erntete ein zustimmendes Schmunzeln. Baumann konnte mit der Bemerkung nichts anfangen und fuhr sachlich fort: »Es handelt sich um einen Ausländer.«

»Verstehe. Deswegen auch gleich die Kavallerie und nicht einfach nur die Kripo«, bemerkte Lomberg kühl und wandte sich dabei wieder Baumanns Kollegin zu.

»Wie gesagt, Sie kennen sich aus, Herr Dr. Lomberg.«

Kriminalrätin Röhm hatte ihren cremefarbenen Sommermantel zwischenzeitlich abgelegt. Ihre Seidenbluse ließ eine Tätowierung durchschimmern, die sich vom rechten Ellbogen aufwärts in Richtung ihrer Schulter schlängelte. *Asia Floral,* vermutete Lomberg, dank des stets regen Austauschs mit den Studierenden gut informiert.

»Wir haben Grund zu der Annahme, dass es zu einer Auseinandersetzung mit einer weiteren Person kam. Es gibt jedenfalls Spuren, die darauf hindeuten.«

»Leider jedoch nicht auf eine Identität«, unterbrach Baumann seine Kollegin sichtbar irritiert. Die beiden Beamten schienen kein eingespieltes Team zu sein. Lomberg folgerte, dass sich ihre Zusammenarbeit auf die Ermittlungen im aktuellen Fall beschränkte.

»Der Mörder?« Lombergs lakonisch vorgetragene Nachfrage zeigte bestenfalls mäßiges Interesse.

»Dazu können wir uns zum jetzigen Zeitpunkt nicht äußern«, gab Baumann zurück. »Aufgrund der Art und Weise, wie der Mann zu Tode gekommen ist, können wir auch einen Unfall nicht ausschließen.«

»Und was sagt mir das jetzt?«

»Das Opfer ist gestürzt und hat sich dabei die tödliche Verletzung zugezogen. Mehr kann ich Ihnen aus ermittlungstechnischen Gründen momentan nicht sagen.«

»Ehrlich gesagt bin ich an den Details auch gar nicht interessiert. Aber wäre es jetzt nicht langsam Zeit, mich über die Gründe für Ihren Besuch aufzuklären?« Lombergs Worte kamen nicht unfreundlich, aber bestimmt.

»Sagt Ihnen der Name Gilles Dupret etwas?«, setzte Kriminalrätin Röhm ungerührt nach.

»Dupret ...«, entfuhr es Lomberg reflexartig. Der Name stand für einen Moment im Raum, die beiden Beamten nahmen Blickkontakt auf und nickten sich kaum merklich zu. Baumann griff in seine speckige Multi-Pocket-Jacke und kramte ein Notizbuch heraus. Röhm übernahm wieder die Initiative: »Gilles Dupret. Neunundfünfzig Jahre alt, französischer Staatsbürger. In welcher Beziehung standen Sie zu dem Mann?«

»In keiner«, antwortete Lomberg ohne zu zögern und schilderte daraufhin die näheren Umstände des Telefonats vom Freitag sowie der nicht zustande gekommenen Verabredung am Montag. Auf Details ging er dabei nicht weiter ein, erwähnte aber, dass die eigentliche Terminvereinbarung erst später durch seine Assistentin telefonisch vorgenommen worden war.

»Das erklärt zumindest, warum wir sowohl Ihre Mobilnummer als auch die Ihres Festnetzanschlusses auf Duprets Handy identifizieren konnten«, sagte die Kriminalrätin nüchtern.

»Ich verstehe natürlich, dass Sie einem solchen Hinweis nachgehen müssen. Routinemäßig, meine ich. Allerdings ...«

»Allerdings was?«

»Ich verstehe nicht ganz, warum Duprets Telefonat mit einem, na ja ... sagen wir mal, mehr oder minder bekannten Kunstexperten sofort zu Ermittlungen des Dezernats für Kunst- und Kulturgutkriminalität führt.«

Röhm zögerte einen Moment mit ihrer Antwort, behielt Lomberg dabei aber fest im Blick. »Ein Telefonat mit einem *bekannten* Kunstexperten, würde ich meinen. Und sagten Sie eben nicht, dass sich Monsieur Dupret mit Ihnen über einen speziellen kunsthistorischen Sachverhalt austauschen wollte?«

Baumann machte sich weiter eifrig Notizen, während Lomberg die Agenda seiner London-Reise Punkt für Punkt durchging.

»Gibt es jemanden, der Ihre Aussagen bestätigen könnte?«

»Selbstverständlich.«

Lomberg verschwand kurz in seinem Büro, kam eilig zurück und überreichte eine Visitenkarte, die Sir Peter Barrington nicht nur als Chairman der Firma *Walcott Plc* auswies, sondern auch seine ritterlichen Verdienste um die britische Volkswirtschaft mit dem Titel eines *Knight Commander of St Michael and St George* hervorhob.

»Das sollte als Referenz sicher reichen«, bemerkte die Kriminalrätin spitz.

»Ich denke, das wäre es dann fürs Erste, Herr Dr. Lomberg. Besten Dank für Ihre Mithilfe.« Auch Baumann schien befriedigt.

»Und für den vorzüglichen Tee«, schob Sina Röhm nach.

»*Twinings*. Prince of Wales China Blend. Ein Light Tea. Üblicherweise bieten wir ihn erst zum Nachmittag hin an. Aber unser Breakfast Tea ist schon seit letzter Woche aus und *Twinings* hat gerade unerklärliche Lieferschwierigkeiten. Kann ich noch etwas für Sie tun?«

»Nein. Wir würden Ihre Aussage jetzt zu Protokoll nehmen und wieder auf Sie zukommen, wenn sich weitere Fragen ergeben.«

»Bitte sehr, Frau Kriminalrätin. Aber wie gesagt, mich verbindet mit dem beklagenswerten Monsieur Dupret nur ein zehnminütiges Telefonat. Ich wüsste nicht, wie ich noch weiter zur Aufklärung beitragen könnte.«

»Natürlich, Herr Dr. Lomberg. Das sagten Sie schon.«

Nachdem sich die beiden Beamten verabschiedet hatten, zog sich Lomberg in den Garten zurück und versuchte, seine Gedanken zu ordnen. Die Betrachtung der bekannten Fakten brachte ihn nicht weiter. Aufgrund des festgestellten Telefonkontakts mit Dupret war es für die Ermittler nur naheliegend, bei ihm aufzutauchen. Wahrscheinlich würde man auch bei anderen Leuten vorstellig werden, die in den zurückliegenden Tagen nachweislich mit Dupret in Kontakt gewesen waren. Da es sich bei dem Toten um einen Ausländer handelte, wurden die Ermittlungen nicht von der örtlichen Kripo, sondern vom BKA geführt. Standardprozedere. Bemerkenswert war jedoch die Kombination des ungleichen Ermittlerpaars. Staatsschützer Baumann auf der einen und die Dezernatschefin der Kunstfahndung auf der anderen Seite. Der Fall Dupret schien in gleich doppelter Hinsicht brisant zu sein, wobei der politisch motivierte Hintergrund der Ermittlungen völlig im Dunkeln geblieben war. Etwas offensichtlicher schien der Grund für die Einbeziehung von Kriminalrätin Röhm. Wahrheitsgemäß und wörtlich hatte Lomberg den *besonderen kunsthistorischen Sachverhalt* zitiert, den Dupret am 22. April als Anlass für seine Kontaktaufnahme vorgegeben hatte. Röhm hatte diese Steilvorlage prompt aufgenommen und im Handumdrehen eine zumindest denkbare Verbindung zu jenen Ereignissen hergestellt, die sich drei Tage später im *Kameha Hotel* zutragen sollten. Die Verdachtsäußerung klang in diesem Moment plausibel und machte die Vernehmung Lombergs im Nachhinein mindestens legitim. Wenn nicht sogar zwingend. Dass die Nachforschungen bei ihm allein auf der Tatsache des bestätigten Telefonats mit Dupret fußten, erschien Lomberg jedoch fraglich. Es musste einen weiteren Grund geben. Die Hinweise auf eine Verwicklung von Dupret in ein sehr wahrscheinlich nicht legales Kunstgeschäft mussten jedenfalls stichhaltig gewesen sein und der Verdacht, dass diese Angelegenheit in Verbindung zu Lomberg stehen könnte, damit allemal berechtigt.

Montag, 2. Mai 2016, 14:30 Uhr,
Bonn, Haus Lomberg, Venusbergweg 9 und
Firmensitz Walcott Plc, London SW1, 12 Hobart Place

Nach einer glanzvollen Karriere bei *Christie's*, darunter viele Jahre als Mitglied des mächtigen Advisory Council, war Sir Peter Barrington 2009 zum CEO von *Walcott Plc* berufen worden. Der Spezialist für Kunstversicherungen war unter seiner Führung zum europäischen Marktführer avanciert und zählte sowohl Museen als auch vermögende Privatsammler wie Großkonzerne zu seiner exquisiten Klientel. Mit kaum mehr als vierzig *Laborratten*, wie er seinen Stab liebevoll nannte, steuerte Barrington vom *Walcott*-Headquarter am Hobart Place ein eng geknüpftes Vertriebsnetz aus Agenten, Maklern und beratenden Gutachtern in aller Welt. Zu Letzteren gehörte auch die noch junge *LenLo International Art Advisors Ltd.* mit Sitz im deutschen Bonn, an der Barrington selbst eine Minderheitsbeteiligung hielt, die allerdings in einen diskreten Treuhandmantel gekleidet war. Sein Ruf als überaus einflussreicher Spindoktor im internationalen Kunstbusiness hatte ihm einst den Spitznamen *Die graue Eminenz* eingetragen. Für Lomberg war Barrington jedoch schon lange kein Mythos mehr, sondern vielmehr sein bester Freund. Und als solcher stand ihm Lomberg auch näher als jeder andere, als Peter vor einigen Jahren den Krebstod seiner geliebten Frau Susan betrauern musste.

»Patricia Bates, guten Tag, Lennard, darf ich Sie mit Sir Peter verbinden?«

»Hallo Patricia, natürlich.«

»Ich stelle durch.«

»Lenn, my friend, can you hear me?«, schallte es Lomberg entgegen, der am Schreibtisch saß und gerade an einem Vortrag arbeitete. Telefonate mit Peter waren immer speziell. Zumal sämtliche Gespräche über sein Vorzimmer gingen, in dem mit Patricia eine Firewall alter Schule saß. Hinzu kam Peters Angewohnheit, bevorzugt über Lautsprecher zu telefonieren und dabei unruhig auf dem knarzenden Schiffsdielenparkett seines Büros auf und ab zu tigern.

»Peter, sei bitte so nett und geh zu deinem Schreibtisch! Dann müssen wir nicht so brüllen.« Lomberg registrierte erleichtert, dass Barrington sein Telefon umgeschaltet hatte und nunmehr in den Hörer sprach.

»Bert Cranston hat sich heute revanchiert. Wir waren zum Lunch in einem neuen Schickimicki-Laden in Canary Wharf. Die ganze Bude voll mit Bankern, Börsianern und Anwälten, du weißt schon ...«

»Mein aufrichtiges Beileid.«

»Das Essen war ganz passabel. Wir haben einen Mont-Ventoux-großen Berg von Fines de Claire vertilgt und zwei Flaschen bizarr überteuerten Montrachet geleert. Ich soll dich von ihm grüßen.«

»Firma dankt.«

»Für einen *verdammten Kraut* seist du ja eigentlich ganz schön smart, meinte er.«

»Wie reizend von ihm. Aber du rufst nicht an, um mir das auszurichten?«

»Korrekt. Ich wollte dir von einem anderen, nicht weniger fragwürdigen Vergnügen erzählen. Ich hatte eben Besuch von einem Herrn, der zuvor auch beim Lunch war. Sein Fish-and-Chips-Odeur hängt noch immer in meinem Büro.«

»Mach es nicht so spannend!«

»Bei der bedauerlichen Existenz handelte es sich um einen gewissen Malcom McBride, genauer gesagt, Chief Inspector McBride, von Scotland Yard.«

»Was hast du ausgefressen?«

Peter lachte schallend auf. »Ich? Das sollte ich dich fragen, mein Freund.«

»Wie bitte?«

»Dieser Inspector taucht hier plötzlich auf und hält mir ein angeranztes Stück Papier unter die Nase. Ich zitiere: Dringendes Amtshilfeersuchen des Bundeskriminalamtes Wiesbaden. Überprüfung der Aussagen von Dr. Lennard Lomberg (Bonn) in der Ermittlungssache Gilles Dupret.«

Barrington war nicht mehr zu Scherzen aufgelegt, nachdem Lomberg ihm die näheren Umstände der *Ermittlungssache Gilles Dupret* erläutert hatte, wobei dieser selbst umso erschrockener war, wie sich die Angelegenheit nun offenbar entwickelte. Das undurchsichtige Ermittlerduo Baumann/Röhm hatte es tatsächlich für nötig gehalten, sein Alibi zu überprüfen. Wahrheitsgemäß hatte Peter dem Chief Inspector bestätigt, dass Lomberg während der betreffenden drei Nächte in seinem Stadthaus am 26 Phillimore Place, nähe Holland Park einquartiert war. Neben dem Termin mit *CLP* hatte er auch den Besuch der Fulham-Partie sowie den Abend im *The Arts Club* erwähnt. McBride hatte sich damit schnell zufriedengegeben und schließlich kundgetan, dass es sich nur um einen Routinevorgang handeln würde, der mit der Bestätigung von Lombergs Angaben durch Barrington auch schon *praktisch erledigt* sei.

»Wieso hast du mir nicht davon erzählt, Lenn?«

»Es erschien mir nicht wichtig genug. Als ich in London ankam, waren meine Gedanken schon wieder ganz woanders«, antwortete Lomberg, ohne damit besonders überzeugend zu wirken.

»Aber dieser Typ hat doch versucht, dich zu erpressen? Oder habe ich dich nicht richtig verstanden?«

»Den Eindruck hatte ich zunächst auch. Aber dann auch wieder nicht. Ich weiß es ja selbst nicht, verdammt noch mal! Vielleicht habe ich die Sache auch einfach verdrängt. Und nach meiner Rückkehr am Montag wollte ich es ja auch geklärt haben. Aber dann. Na ja, du kennst ja jetzt die Geschichte.«

»Anwalt?«

»Wüsste nicht warum.«

»Vielleicht ist dieser Typ in der Szene schon mal auffällig geworden. Ich könnte mich mal umhören.«

Lomberg zögerte einen Moment.

»Ich hätte da eine Idee ...«

»Ich höre.«

»Du kennst doch diesen Typen von *Artclaim*. Deveraux, oder wie heißt er gleich?«

»Ja, richtig. Carl Deveraux, der Chef von *Artclaim*. An den dachte ich auch schon.«

Montag, 9. Mai 2016, 17:30 Uhr,
Haus Lomberg, Bonn, Venusbergweg 9

Lomberg und seine sechs Jahre ältere Schwester Christine – von allen seit jeher nur Tine gerufen – waren ganz im Sinne ihrer verstorbenen Mutter übereingekommen. Knapp bei Kasse, aber wie immer voller neuer Ideen, kam Tine die Abfindung für ihren Erbanteil am Poppelsdorfer Familiensitz höchst gelegen. Dankbar hatte sie das Geld sogleich im mallorquinischen Sóller investiert. Ihre dort betriebene, aber bisher nur leidlich profitable Yoga-Schule sollte zum *Tramuntana Recreation Center* ausgebaut werden, wobei Digital-Detox-Seminare einen künftigen Schwerpunkt bilden würden. Lomberg musste sich unweigerlich an die diversen finanziellen Eskapaden erinnern, die der unstete Lebenswandel seiner Schwester bereits mit sich gebracht hatte. Das Risiko, dass er ihr womöglich schon bald wieder aus der Patsche helfen musste, war demzufolge als Teil des Handels eingepreist.

Das dreigeschossige Stadthaus aus der Gründerzeit, in bester Lage nahe der Universität, war unter den Argusaugen der Bonner

Denkmalschutzbehörde behutsam ausgebaut worden, um nunmehr komfortablen Wohn- und repräsentativen Firmensitz unter einem Dach zu vereinen. Esther hatte ihren Bürodienst am Venusbergweg eigentlich schon um vier beenden wollen und stand missmutig im Türrahmen, als Lomberg um halb sechs, deutlich später als erwartet, von einem Termin im Institut zurückkehrte.

»Halben Tag freigenommen, Frau Brüning?«

»Sehr witzig, Lenn. Hast du mal auf die Uhr geguckt?«

»Sorry. Der Dekan ...«

»Schon mal was von einer Powerbank gehört? Du bist seit Stunden nicht zu erreichen!«

»Besondere Vorkommnisse?«

»Peter hat angerufen. Er hat das Treffen in Beaumes-de-Venise bestätigt. Habe deine Termine bis einschließlich Freitag allesamt auf nächste Woche geschoben. Der Flug geht morgen um 11:05 Uhr über Frankfurt und Marseille. Erst mal nur One-way. Du wirst am Flughafen abgeholt. Am Mittwoch würdet ihr euch dann mit dem *Kanadier* besprechen. Du wüsstest Bescheid. Die Bordkarte findest du im Maileingang. Wenn du wieder Strom hast.«

Lomberg hatte Carl Deveraux nie persönlich kennengelernt, wusste aber von dessen Bekanntschaft mit Peter. Das schon länger verabredete Treffen der beiden Männer hing mit einem Immobiliengeschäft zusammen. Auf Details war Peter während eines Telefonats am Wochenende nicht eingegangen, hatte jedoch Andeutungen gemacht, dass sein Gast mit dem Stichwort Gilles Dupret etwas anfangen konnte. Der Ruf des Kanadiers war einschlägig. Deveraux gehörte als Gründer und Präsident der *Artclaim Corporation* zu den schillerndsten Figuren der internationalen Kunstszene und passte damit exakt ins Schema der sogenannten FoPs, den Friends of Peter. Damit waren nicht zwangsläufig persönlich enge Freunde beschrieben, wohl aber ein weitverzweigtes Netzwerk von zumeist einflussreichen Geschäftsleuten aus der Branche, in dem Sir Peter der Fixstern war, um den alle kreisten.

Frühling in der Provence. Der Mistral fegte mit achtzig Kilometern pro Stunde durch das Rhône-Tal. Und das ohne Unterlass schon seit drei Tagen. In der Kleinstadt Beaumes-de-Venise, derart malerisch nahe des Mont Ventoux gelegen, dass es fast schon kitschig war, hatte Peter Barrington im Frühjahr 2009 – praktisch auf dem Höhepunkt der europäischen Finanzkrise – das Weingut Clos des Pins gekauft und war hierdurch nebenbei auch noch zum Winzer geworden. Lomberg zögerte seinerzeit keine Sekunde, seinen Freund zu dieser Investition zu ermutigen. Über viele Jahre war es der große Traum von Susan Barrington gewesen, einmal ein eigenes Weingut zu betreiben, und Lomberg fand es großartig, als Peter ihm offenbarte, diesen Traum für seine verstorbene Frau nun ausleben zu wollen.

Von einem Notverkauf war die Rede, es hieß, Barrington hätte das zweiundzwanzig Hektar große Weingut plus eine dazugehörige vier Hektar große Parzelle in der Nachbar-Appellation Plan de Dieu für unter einer Million Euro erwerben können. Man war sich aber auch sicher, dass mindestens nochmals die gleiche Summe aufgewendet worden war, um den Laden wieder auf Vordermann zu bringen. Ganz der Unternehmer, sorgte Peter gleich nach dem Erwerb von Clos des Pins für eine Trennung von Grundbesitz und Betrieb des Weingutes und übergab Letzteren in die versierten Hände des mit ihm befreundeten Önologen Hector Saumanes. Zum weitläufigen Areal von Clos des Pins gehörten auch vier sogenannte *Gîtes*. Die ehemaligen Scheunen ließ Peter zu komfortablen Ferienwohnungen umbauen. Eine davon hatte sich Lomberg frühzeitig gesichert und dort einen persönlichen Rückzugsort geschaffen.

Die Männerrunde war nach einem himmlischen Confit de Canard mit Pommes Salardaises, von Hectors Frau Martine zuvor ganz unkompliziert in der Küche serviert, ins Kaminzimmer umgezogen. Inspiriert vom heimischen *Reform Club* auf der Pall Mall diente Peters Refugium als bevorzugter Ort für besonders wichtige, mithin besonders diskrete Gespräche und seit einiger Zeit auch als Heimat seiner respektablen Bibliothek. Die Sitzordnung musste nicht groß verhandelt werden, es war unstrittig, dass der zentral positionierte Ohrensessel dem Gastgeber vorbehalten war. Lomberg und Deveraux justierten zwei der weniger ausladenden Clubchairs so, dass eine äquidistante Dreiecksituation entstand. Peter deutete auf den Tisch-Humidor, aber die beiden Gäste lehnten dankend ab. Deveraux griff in die Innentasche seines Goldknopf-verzierten Clubsakkos und legte eine Packung *Players Navy Cut* auf den Tisch. Sehr zur Freude von Lomberg, der dies mit einem anerkennenden Kopfnicken quittierte und sich gleich bediente. Peter eröffnete schließlich das Gespräch.

»Lenn, unser geschätzter Freund Carl ist natürlich die einzige Person, die ich auf diese leidliche Sache bisher angesprochen habe, versteht sich. Er ist zwar nur *der zweitbestinformierte Mann der Kunstszene*, im Gegensatz zu mir aber ein verschwiegener Gentleman.« Peter Barringtons unverhohlene Eitelkeit war stets von der nötigen Brise Selbstironie umweht. Der eine oder andere wohlkalkulierte Witz auf eigene Kosten gehörte dabei zum festen Repertoire und diente beim Einstieg in ernsthafte Gespräche als oft bewährte Lockerungsübung.

»Wie es scheint, Lenn, kann Carl tatsächlich Interessantes berichten. Ich bin gespannt, Carl. Legen Sie los!«

Deveraux wandte sich Lomberg zu: »Lennard, ich möchte zunächst sagen, wie sehr ich mich freue, dass wir uns kennenlernen. Und das an diesem wunderschönen Ort. Unser großzügiger Gastgeber hat schon oft von Ihnen und Ihrer bemerkenswerten Arbeit bei *Christie's* und jetzt für *Walcott* berichtet.«

»Danke, Carl. Die Freude ist ganz meinerseits.«

»Lennard, Ihre Freunde nennen Sie Lenn, nicht wahr? Darf ich Sie auch Lenn nennen?«

»Selbstverständlich.«

»Nun, wie es aussieht, scheinen wir neben der gemeinsamen Bekanntschaft mit Sir Peter eine weitere, wie soll ich sagen, Schnittmenge zu haben.«

»Wollen Sie damit andeuten, diesen Dupret tatsächlich zu kennen?«

»Nein. Das nicht. Ich kann womöglich das eine oder andere beitragen, um etwas Licht ins Dunkel zu bringen. Aber nein, ich kenne ihn nicht. Beziehungsweise ... ich habe ihn nicht gekannt. Muss man in diesem Fall ja sagen.«

»Korrekt.«

»Peter erzählte mir von Ihren Unannehmlichkeiten mit der deutschen Polizei. Wie überflüssig, möchte ich sagen. Wir alle haben ja schließlich genug zu tun, nicht wahr?«

»Sie sagen es, Carl!«

»Möchten Sie mir vielleicht erst mal berichten, was dieser Dupret eigentlich von Ihnen wollte?«

Lomberg schilderte ein weiteres Mal Verlauf und Inhalt des denkwürdigen Telefonats vom 22. April. Wie schon bei der Vernehmung durch das BKA ließ er dabei wichtige Details aus. Allen voran Duprets Andeutung, dass das besagte Gemälde in einer wie auch immer gearteten Verbindung zu Lomberg selbst stehen würde. Weder war es Lomberg zuträglich erschienen, Kriminalrätin Röhm unnötige Nahrung für ihren nachvollziehbaren, aber unbegründeten Verdacht zu liefern, noch hielt er es zum jetzigen Zeitpunkt für ratsam, dem kanadischen Kunstdetektiv mehr zu erzählen, als notwendig war. Unerwähnt blieb auch die Information, dass die ominöse Stiftung angeblich schon erwog, *Artclaim* in der Angelegenheit einzuschalten. Umso mehr, da Dupret dies aus irgendeinem unerfindlichen, aber vermutlich wichtigen Grund zu verhindern versucht hatte. Lomberg beschränkte sich auf die fast schon lapidare Feststellung, dass Duprets Kontaktaufnahme allein dem Umstand seiner allgemein bekannten Expertise zum Thema Beutekunst geschuldet war und auch lediglich den Wunsch nach einem fachlichen Austausch zum Ziel hatte. Peter war auf diese verkürzte Version gebrieft und hatte Deveraux im Vorfeld somit auch nur mit den gröbsten Fakten angefüttert. Der Kanadier war Lombergs Ausführungen aufmerksam gefolgt und begnügte sich einstweilen, diese mit stetig wechselndem Mienenspiel stumm zu kommentieren.

»Zunächst einmal danke, Lenn, dass Sie mich in dieser Sache überhaupt ins Vertrauen ziehen. Das ehrt mich.«

»Peters Freunde sind auch meine Freunde«, entgegnete Lomberg knapp und erntete dafür allgemeines Kopfnicken.

»Also, Gentlemen«, hob Deveraux an. »Den Namen Dupret kennen wir tatsächlich, sprich wir bei *Artclaim*.«

Lomberg warf Peter einen überraschten Blick zu. Barrington erwiderte mit einem Lächeln und ließ eine Wolke Zigarrenqualm entweichen. Eine der typischen Inszenierungen von Herrschaftswissen, wie Lomberg sie von der grauen Eminenz gewohnt war. Was auch immer sich in der Szene zutrug oder auch nur als Gerücht durch die internationale Kunstwelt ging, es würde früher oder später, eher früher, im Kaminzimmer von Clos des Pins in vertrauter Runde besprochen werden.

»Erzählen Sie, Carl!«, drängte Lomberg.

»Es war der 14. April. Dieser Dupret rief bei uns in Montreal an. Aus dem französischen Mobilfunknetz übrigens und verlangte *den Chef* zu sprechen. Also mich, was in der Regel nicht so ganz einfach ist. Aber er hatte Glück und mich nach einer Weile tatsächlich an der Strippe. Im Wesentlichen sagte er das, was er auch Ihnen mitgeteilt hat. Er deklarierte seine Kontaktaufnahme als erste *Sondierung*. Den Namen der Stiftung, die das Bild zurückführen wolle, nannte er nicht, was in einem solchen Fall aber auch nicht so unüblich ist.«

»Was aber ab einem bestimmten Punkt natürlich Bedingung ist, um mit Ihnen, ich meine mit *Artclaim*, ins Geschäft zu kommen?«, hakte Lomberg ein.

»Ja und nein. Natürlich brauchen wir einen Namen und eine Unterschrift auf dem Vertrag, den wir mit dem Mandanten schließen. Das kann aber auch ein Bevollmächtigter sein. Also zum Beispiel dieser Dupret.«

»Theoretisch könnte diese ominöse Stiftung also im Hintergrund bleiben, wenn ihr daran gelegen ist?«

»Theoretisch ja.«

»Und praktisch?«

»Anders ist es uns natürlich lieber. Verschollene Kunstwerke wieder auffinden und zurückführen beziehungsweise die rechtmäßigen Besitzer zu identifizieren, ist das eine. Das andere ist es, die Geschichte der betroffenen Werke und damit auch die der damit verbundenen menschlichen Schicksale möglichst vollständig zu ergründen. Wir *dienen* ja nicht nur unseren Kunden, sondern auch der Öffentlichkeit und mithin dem kulturellen Erbe unserer Zivilisation.«

Lomberg schenkte Deveraux ein respektgebietendes Kopfnicken, entschied sich in diesem Moment jedoch, ihn nicht leiden zu können. Ein derartiges Pathos war ihm nicht nur von Grund auf unsympathisch, sondern auch verdächtig. Einige der FoPs waren tatsächlich auch Lombergs Freunde geworden, aber dass sich Deveraux diesem erlauchten Kreis tatsächlich zurechnen durfte, schien ihm zunehmend fraglich.

»Wie war denn Ihr Eindruck von der Sache, Carl? Interessant genug, um das Ganze weiter zu verfolgen?«, hakte Barrington ein, der in den Rauchschwaden der *Montecristo* nur noch schemenhaft erkennbar war.

»Zunächst einmal erschien es mir nicht so interessant. Zumal wir gerade mit der Modigliani-Sache ziemlich beschäftigt waren. Sicher davon gehört?«

»Natürlich, lieber Carl«, entgegnete Peter, schenkte Calvados nach und warf Lomberg einen flüchtigen Blick zu.

»Ein großer Gewinn für uns alle, dass der *Sitzende Mann* heimgekehrt ist. Die Kunstwelt ist Ihnen zu Dank verpflichtet, Carl«, schmeichelte Lomberg auf Bestellung und gab den Blick an Peter zurück, der sich still amüsierte.

»Danke, das ist sehr freundlich von Ihnen«, erwiderte der Kunstdetektiv und schien dabei ein wenig von sich selbst ergriffen zu sein.

»Sie sagten, dass Dupret zunächst nicht so interessant für Sie klang?« Lomberg wollte schnellstmöglich zum Thema zurück.

»Richtig, Lenn. *Zunächst.* Dupret hat recht bald gemerkt, dass ich nicht jeder Sau hinterherlaufe, und kam schließlich ins Plaudern. Dann bot er mir endlich einen *Appetizer* an. Und der hatte es tatsächlich in sich. Das hat die Lage grundlegend verändert.«

»Wollen Sie uns erzählen, was dieser *Appetizer* war?«

»Vermutlich erwarten Sie, dass er mir einen Hinweis gegeben hat, um welches Kunstwerk es sich handelt?«

»Das wäre naheliegend«, kommentierte Barrington spöttisch.

»Fehlanzeige. Dazu war ihm kein Wort zu entlocken. Außer, dass es ein Gemälde ist.«

»Immerhin«, gab Lomberg ebenso sarkastisch zurück.

»Dafür hat mir Dupret eine Geschichte erzählt.«

»Wir sind ganz Ohr, Carl«, kam es aus Richtung des Ohrensessels.

»Paris, 27. Mai 1943. Jeu de Paume. Das sagt doch allen was?«, hob Deveraux neu an und gab dem Kunsthistoriker Lennard Lomberg eine dankbare Steilvorlage.

»Sechshundert Bilder im Feuer. Eine kunsthistorische Tragödie der Extraklasse, sagen die einen. Eine der größten Verarschungen aller Zeiten, sagen die anderen. Ich gehöre zu den anderen, die davon ausgehen, dass die Nazis nur alte Lumpen verbrannt haben.«

Monatelang hatte sich Lomberg im Zuge seiner Doktorarbeit mit dem legendären Fanal gegen die sogenannte Entartete Kunst befasst und dabei nicht nur ungezählte Dokumente gesichtet, sondern auch persönliche Gespräche mit Augenzeugen geführt, die 1993, immerhin fünfzig Jahre nach den Ereignissen in Paris, noch am Leben waren. Görings Vasallen hatten am 27. Mai 1943 kolportierte sechshundert zeitgenössische Gemälde zu Propagandazwecken öffentlich verbrannt und damit auch einen Jahrzehnte währenden Kunsthistorikerstreit entfacht. In dessen Mittelpunkt stand die bis in die Gegenwart nicht abschließend beantwortete Frage, welche Kunstwerke seinerzeit tatsächlich ihr Ende in den Flammen vor dem Jeu de Paume fanden. Lomberg war in seinen Studien zu der Ansicht gelangt, dass es sich mit allergrößter Wahrscheinlichkeit um ein inszeniertes Spektakel gehandelt hatte, bei dem mitnichten bedeutende Gegenwartskunst vernichtet wurde, sondern lediglich wertloser Zierrat. Wohl wissend, dass einige jener Kollegen, die genau das Gegenteil behaupteten, durchaus für seriöse Arbeit bekannt waren.

»Im Prinzip bin ich ganz bei Ihnen, Lenn. Allerdings gibt es schon länger die Vermutung, dass sich die Deutschen damals selbst ausgetrickst haben. Dass neben dem Haufen wertloser Ölschinken nämlich aus Versehen auch ein paar ganz außerordentlich bedeutende Gemälde verbrannt wurden.«

»Diese These kenne ich natürlich auch. Es hat nur nie einen Beweis dafür gegeben. Deshalb war diese sogenannte These für mich nie mehr als ein Gerücht.«

»Wenn Dupret nicht total übergeschnappt war, müssen wir diesem Gerücht womöglich doch eine Chance geben. Er stellte nämlich die Behauptung auf, dass im Jeu de Paume tatsächlich etwas gründlich schiefgelaufen ist. Eine ganze Reihe von wertvollen Objekten aus einer Privatsammlung sei damals plötzlich verschwunden. Namen nannte er nicht. Nur, dass es sich um neun Gemälde handelte, die – und jetzt kommt es: irrtümlicherweise im Feuer landeten. Weil nämlich irgendein schlafmütziger Wachmann sie in einen falschen Lagerraum gebracht hatte. Und zwar in genau jenen Lagerraum, in dem der ganze Mist untergebracht war, der am Tag darauf bei Görings Flammenspektakel draufging.«

»Und was sagt uns das jetzt?«, warf Lomberg wenig beeindruckt ein.

»Die Geschichte geht noch etwas weiter, Lenn.« Deveraux war aufgestanden, griff nach einem herumliegenden Holzscheit und warf ihn ins Kaminfeuer. An den Sims gelehnt, nahm er einen Schluck von seinem Calvados und ergriff wieder das Wort. »Das eigentlich Interessante ist der zweite Teil von Duprets Geschichte. Die besagten neun Bilder sollen nämlich nur zwei Tage vor der Verbrennungsaktion von der Kunstschutztruppe der Militärverwaltung im Jeu de Paume abgeholt und am Tag darauf wieder dorthin zurückgebracht worden sein.«

»Geht die Geschichte noch weiter oder stehe ich auf der Leitung?«

»Sie geht noch weiter. Die Bilder wurden ausgetauscht. Wenn Duprets Geschichte stimmt, hieße das, dass die Bilder vom Kunstschutz entwendet wurden und durch andere, vermutlich wertlose ersetzt wurden.«

Peter schaltete sich ein: »Verstehe. Die Rosenberg-Leute im Jeu de Paume haben den Coup der Militärverwaltung nicht bemerkt, dann haben sie ihre Bilder verbrannt und als sie irgendwann feststellten, dass in der wertvollen Privatsammlung etwas fehlte, mussten sie davon ausgehen, dass sie versehentlich genau diese Bilder vernichtet haben. Weil der Wachmann geschlafen hat.«

»Exakt, Peter. Besser hätte ich es nicht erklären können. Und in der Konsequenz wurden die Bilder aus dem Bestand ausgebucht und hatten somit offiziell aufgehört zu existieren. Sicher ahnen die Herren schon, worauf das nun hinausläuft?«

Barrington und Lomberg nickten.

»So ist es. Eines der neun Bilder ist angeblich jenes, welches diese sogenannte *Stiftung*, die so gerne im Verborgenen bleiben möchte, jetzt zurückgeben will. Das jedenfalls behauptete Dupret.«

Peter überließ Lomberg mit einer knappen Geste das Wort, der sich aber auch erst einen Moment sammeln musste.

»Also wollte Ihnen Dupret weismachen, dass sich die Nazis selbst beklaut haben?«, schloss Lomberg schließlich, nach außen hin immer noch betont skeptisch, aber insgeheim schon leicht elektrisiert.

»Sie müssen bedenken, Lenn, Nazi war nicht gleich Nazi. Es gab 1943 ganz sicher ein paar Deutsche in Paris, die schon mal für die Zeit *danach* vorsorgen wollten. Und dabei nicht mehr unbedingt vom Endsieg ausgingen. Und dass es solche Leute auch beim Kunstschutz beziehungsweise in der Militärverwaltung gegeben hat, ist plausibel. Dort gab ja die Wehrmacht den Ton an, nicht die Partei.«

»Das ist doch wie im Film!«, kam es aus Peters Ecke, begleitet von einem schallenden Gelächter. »Das kann sich doch kein Mensch mal so eben ausdenken! Wenn das erst der *Appetizer* war, bin ich gespannt, wie es mit der Hauptspeise weitergeht.«

»Mit der Hauptspeise kann ich nicht dienen. Aber einen Zwischengang gäbe es noch. Dupret hat uns zumindest noch ein ziemlich spektakuläres Detail serviert.«

»Wir sind ganz heiß auf Details.«

Lomberg nickte und schwieg.

»Wie wir alle wissen, haben es die Besatzungsmächte bei der Entnazifizierung ja nicht gerade übertrieben.«

»Gewiss nicht«, bemerkte Lomberg giftig. »Und wir Deutsche waren auch nicht so besonders eifrig beim Ausmisten des Stalls.«

»Eben. Und weil das so war, konnten viele Männer, die vorher in der Partei und sogar in der SS waren, im Nachkriegsdeutschland schnell wieder Fuß fassen. Man brauchte für den Wiederaufbau ja Leute, die was vom Geschäft verstanden: Ärzte, Wissenschaftler, Ingenieure. Natürlich auch Polizisten – und nicht zuletzt Juristen.« Deverauxʼ Geschichtsstunde endete abrupt. Anstatt weiterzusprechen, warf er Lomberg einen fast schon provozierenden Blick zu, als würde er eine unmittelbare Reaktion auf das Gesagte erwarten. Lomberg ließ den Moment wortlos verstreichen und hielt Deverauxʼ Blick stand.

»Das ist eine wirklich faszinierende Geschichte, von der Sie uns da berichten. Nicht wahr, Lenn?« Lomberg bestätigte mit einem stummen Nicken, war gedanklich aber ganz woanders.

»Erzählen Sie doch bitte weiter, mein lieber Carl!« Barrington hatte die für alle spürbare Irritation, die das Kaminzimmer von Clos des Pins kurzzeitig erfüllte, mit einer lässigen Geste neuerlicher Ehrerbietung für den kanadischen Meisterdetektiv gekonnt überspielt. Bereitwillig fuhr Deveraux fort: »Dupret stellte die ausgesprochen steile These auf, dass es eine direkte Verbindung vom Jeu de Paume 1943 in den späteren Sicherheitsapparat der jungen BRD gegeben hat. Und dass der damalige Diebstahl in all den Jahren als eine Art Staatsgeheimnis gehütet wurde.«

»Staatsgeheimnis oder Staat-im-Staat-Geheimnis?«, kam es aus Barringtons Ecke.

»Genau diese Frage haben wir dann auch gestellt.«

»Und was hat unser Monsieur Dupret darauf geantwortet?«

»Dass er sich dazu nur unter vier Augen äußern würde.«

»Sie haben den Kerl etwa getroffen?«

»Ich bot ihm ein Gespräch für die dritte Maiwoche an. Also praktisch jetzt für diese Zeit irgendwann. Ich wusste ja schon, dass ich in Europa sein würde. Das passte Dupret aber nicht. Er hatte es eilig. Er wollte einen Termin innerhalb von zehn Tagen. Südfrankreich, meinte er, wäre sein Standort. Daraufhin fiel mir ein, dass einer meiner Mitarbeiter, John Ellis, gerade in Marseille zu tun hatte. Ich schlug ein Treffen mit ihm am 19. April vor. Dupret willigte ein. Das war also drei Tage vor seinem Anruf bei Ihnen, Lenn, wie sich heute herausgestellt hat. Sie sagten doch, dass es der 22. gewesen ist, nicht wahr?«

»Korrekt, Carl. Am 22.«

»Dupret nannte dann seinen gewünschten Treffpunkt. Gleich hier um die Ecke übrigens. In Avignon.«

Barrington und Lomberg stutzten, »Avignon?«

»Ja, Avignon. Genauer gesagt, am Bahnhof von Avignon.«

»Kam Ihnen das nicht seltsam vor?«, fragte Lomberg mit einiger Verzögerung.

»Wie meinen Sie das, Lenn?«

»Na ja, vielleicht wollte er mit diesem Treffpunkt ja irgendwas andeuten?«

»Worauf wollen Sie hinaus? Hätten Sie eine Vermutung?« Deveraux starrte Lomberg mit merkwürdiger Neugier an. Etwas ging hier gerade vor sich.

»Nein, das nicht«, wich Lomberg aus. »Hätte er den Bahnhof von Perpignan ausgesucht, würde ich auf Dalí tippen. Sie wissen schon, die *halluzinatorische Vision vom Zentrum der Welt*«, dozierte Lomberg jetzt mit vorgetäuschter Heiterkeit. Ein flüchtiger Blickkontakt mit Peter bestätigte, dass dieser ebenso aufgehorcht hatte.

»Na ja. Spielt jetzt auch keine Rolle mehr.«

»Pardon, Carl. Was spielt keine Rolle mehr?«

»Der Treffpunkt war dann egal.«

»Ich verstehe nicht?«

»Das Treffen kam nicht zustande. Ellis war schon auf dem Weg nach Avignon und bekam plötzlich eine SMS von Dupret. Er ließ ihn wissen, dass sich die Lage geändert hätte. Er würde sich wieder melden. Ende der Durchsage.«

Lomberg und Barrington blickten einander an und schüttelten entgeistert den Kopf.

»Holy shit!«

»Der Mann ist wirklich ein Rätsel.«

»Das können Sie wohl sagen«, bestätigte Deveraux zerknirscht.

»Noch einen Schluck, Lenn?«

»Danke, Peter. Für mich nicht.«

»Carl, was ist mit Ihnen?«

»Ich nehme gerne noch etwas«, antwortete Deveraux schon wieder überraschend heiter und griff nach der kühl gestellten Flasche Viognier.

»Ich war natürlich stinksauer auf diesen Dupret. Wir haben dann auch noch mal versucht, ihn telefonisch zu kontaktieren. Aussichtslos. Prepaid. Auch eine Namensrecherche hat nichts gebracht. Rund vierhundert Gilles Duprets in Frankreich und Belgien. Und in Kanada auch noch ein paar Dutzend. Ein Allerweltsname. Keine Chance. Nach ein paar Tagen war die Sache abgehakt. Ich hatte beim besten Willen nicht mehr damit gerechnet, je wieder etwas von einem Gilles Dupret zu hören.«

»Aber dann rief Peter an und erzählte von meiner Geschichte ...«

»So ist es, Lenn. Dann rief Peter an ...«

Kapitel 2

JEU DE PAUME

Mittwoch, 19. Mai 1943, 21:15 Uhr,
Paris unter deutscher Besatzung, Maison Barancourt,
12 Place de Clichy, 18. Arrondissement

Franz Eylmann, Jahrgang 1911, Agent bei der Militärischen Abwehr im Rang eines SS-Untersturmführers, war zur Militärverwaltung in Paris abkommandiert worden. Offiziell nahm er dort den Rang eines gewöhnlichen Oberleutnants ein. Seinen eigentlichen Status zu offenbaren wäre nicht zuträglich gewesen, denn tatsächlich diente sein Aufenthalt in Paris nur der Vorbereitung eines bevorstehenden Geheimeinsatzes in der Schweiz. Die unauffällige Position in der sogenannten Wirtschaftsabteilung war dafür die perfekte Camouflage. Genauso perfekt wie jene der so bezeichneten Abteilung. Deren zivil anmutender Anstrich stand nämlich ganz und gar im Widerspruch zu ihrer wahren Funktion – der volkswirtschaftlichen Ausbeutung des besetzten Frankreichs.

Eylmann war unter prekären Bedingungen im Berliner Arbeiterbezirk Wedding aufgewachsen und hatte die fortschreitende Radikalisierung in der Hauptstadt vor der eigenen Haustür beobachten können. Die meisten jungen Männer in seinem Kiez, darunter nicht wenige, denen er später ganz besonders hart zusetzen sollte, zog es zum Rotfrontkämpferbund. Eylmann jedoch entschied sich – gerade noch rechtzeitig – für die nationale Variante des Sozialismus. Seine erstaunliche Polizeikarriere war dabei aufgrund seiner Herkunft und vergleichsweise schlichten Schulbildung in keiner Weise vorgezeichnet. Vom einfachen Schupo zum Kriminalkommissar in weniger als vier Jahren. Undenkbar in der alten Preußischen Polizei, die Ende der Zwanzigerjahre noch als wahrer Hort der Demokratie galt. Im Jahr 1932 war das längst Geschichte. Ein gewisser von Papen hatte mit dem sogenannten Preußenschlag den ersten Nagel in den Sarg der Weimarer Republik gehämmert und in der Folge die Polizei unter die Kontrolle der von ihm geführten Reichsregierung gebracht.

Die rechte Gesinnung war zum Hauptkriterium für eine erfolgreiche Polizeilaufbahn geworden und Eylmann sollte fortan größten Eifer zeigen, diese immer wieder schlagkräftig unter Beweis zu stellen. Nur für kurze Zeit musste er sich deshalb mit gewöhnlichen Dieben, Mördern und Vergewaltigern abgeben, bevor sich ihm schon bald die Chance bot, sich bei der Politischen Polizei zu bewähren. Und diese Tätigkeit führte ihn 1938 fast schon folgerichtig genau dorthin, wo Männer seines Schlages in jener Zeit bevorzugt Verwendung fanden: zur SS. So ganz genau hatten seine ihm stets wohlgesinnten Vorgesetzten dann allerdings doch nicht hingeschaut. Denn mehr noch als überzeugter Nazi war Eylmann ein höchst planvoll agierender Karrierist geworden, der nicht nur die Ziele des Regimes, sondern auch seine ganz persönlichen Interessen jederzeit mit aller Konsequenz durchzusetzen wusste.

Die Versetzung zur Militärischen Abwehr sollte in der Folge nicht nur seine Karriere bei der SS beschleunigen, sondern zugleich – und unbemerkt – auch eine innere Emanzipation von der Nazi-Diktatur nach sich ziehen. Mit Fortschreiten des Kriegsgeschehens – beim Militärgeheimdienst betrachtete man die Lage zwangsläufig mit einer gewissen Objektivität – waren die Risse im Fundament des Dritten Reichs deutlich hervorgetreten. Während für die meisten Deutschen der Glaube an den Endsieg erst im Eis von Stalingrad erfror, war Eylmann damals schon längst dazu übergegangen, sein Schicksal selbst in die Hand zu nehmen.

Die Vorbereitungen für den Einsatz in der Schweiz nahmen ihn nur sehr begrenzt in Anspruch und der auf zwei Monate angelegte Aufenthalt in Paris kam ihm nahezu lächerlich lang vor. Die sich ergebenden Freiräume wollten genutzt werden, wobei sich privates Vergnügen und vorsichtiges Ausloten von geschäftlichen Opportunitäten vortrefflich miteinander verbinden ließen. Für beides war nichts besser geeignet, als das flirrende Pariser Nachtleben im Pigalle-Viertel. Und das war nirgendwo so ekstatisch und verrucht wie im *Bal Tabarin*, wo sich die deutschen Offiziere allabendlich zur Tanzrevue von Florence Warin vergnügten, ohne zu ahnen, einer kanadischen Jüdin zu applaudieren. Der im Burgund gestohlene Wein floss in Strömen, Absinth und Kokain ließen letzte Hemmungen fallen, bevor die Badewannen in den umliegenden Bordellen schließlich mit Champagner gefüllt wurden. Ein Tanz auf dem Vulkan.

Madame Barancourt hatte von den Sauereien, die SS-Standartenführer Helmut Fiebig beinahe täglich von ihren Mädchen verlangte, langsam die Nase voll. Fiebig stand auf die etwas härtere Gangart. Die Hausdamen des Etablissements am Place de Clichy, nur ein Katzensprung vom *Bal Tabarin* entfernt, bedienten seine besonderen Vorlieben zunächst mit professioneller Leichtigkeit. Anfänglich war es noch sein ganzes Glück gewesen, wenn sie ihm einfach nur den fleischigen Hintern versohlten. Aber das war nur das Vorspiel. Schon bald sollte es für ihn zur Routine werden, sich mit allerlei Gegenständen penetrieren zu lassen, was ebenfalls noch zum erweiterten Standardrepertoire des Hauses zu zählen war. Die nächste Steigerung bestand schließlich darin, dass fortan stets zwei Damen anwesend sein mussten. Eine der beiden hatte sich um seinen Hintern zu kümmern, während die andere für erniedrigende Kommandos zuständig war, die in möglichst akzentfreiem Deutsch vorzutragen waren. Dann jedoch brachte Fiebig das Fass zum Überlaufen. Er kündigte den beiden Damen, Édith und Marion, an, am Tag darauf SS-Uniformen mitzubringen, die diese bei der nächsten Behandlung tragen sollten. Die beiden berichteten dies ihrer Chefin und gaben zu verstehen, dass für sie damit eine Grenze überschritten war.

Eylmann zählte ebenso zu den Stammgästen im *Maison Barancourt*, erfreute sich dort im Vergleich zu Standartenführer Fiebig aber deutlich größerer Beliebtheit. Speziell bei Dame Édith. Er benahm sich anständig, zahlte immer etwas obendrauf und war außerdem ein schneidiger Kerl, an dessen gut ausgebildeten Attributen die

Arbeit sogar durchaus angenehm zu verrichten war. Eylmann hatte das Treiben von Fiebig längst ins Visier genommen, als Édith ihm bei einem seiner regelmäßigen Besuche davon erzählte, wie sehr sie dessen perverse Neigungen mittlerweile ekelten. Mindestens genauso interessant wie Fiebigs nächtliche Eskapaden fand Eylmann jedoch, was Édith über die Aufgaben zu berichten wusste, denen der Standartenführer tagsüber nachkam.

Die Chefin ließ sich nicht lange bitten. Ein paar Möbel wurden kurzerhand verrückt, um dem Beobachter im Nebenzimmer eine unverstellte Sicht auf das Geschehen zu verschaffen. Eylmanns Kameraobjektiv lugte vorsichtig durch ein Loch in der Wand zu Édiths Zimmer und war durch ein Bild fast unsichtbar kaschiert. Der kreisrunde und im Durchmesser nicht mehr als fünf Zentimeter große Einschnitt in der Leinwand verschwand kontrastlos in der Darstellung eines nächtlichen Waldes. Die ohnehin schummrige Atmosphäre tat das ihre dazu. Die beiden Damen waren dem Wunsch ihres Kunden nachgekommen und trugen die schweren Ledermäntel über ihren Strapsen. Édith hatte sich schon der gewohnten Arbeit an Fiebigs Anus gewidmet, während Marion ihn unter wüsten Beschimpfungen an den schwarzen Stiefeln lecken ließ. Eylmann hatte eigentlich schon genug gesehen, als er, von einem Reflex gesteuert, nochmals den Auslöser bediente und dabei einen Moment festhielt, der der ohnehin schon bizarren Situation die Krone aufsetzte. Édith stieß den *Consolateur*, der nun schon seit zehn Minuten in Fiebigs Hinterteil vibrierte, nochmals tiefer in seinen Darm, was Marion zeitgleich – und offenkundig auf Absprache – mit den Worten »Du Judensau!« quittierte. Fiebig stöhnte laut auf. Sein peinvoll verzerrtes Gesicht erstarrte, Tränen und Speichel traten hervor und mischten sich mit dem Schweiß auf seiner purpurroten Haut. Als der Schmerz nachzulassen begann, entspannte sich seine Mimik langsam und mündete schließlich in ein selig entrücktes Lächeln. Die größtmögliche Erniedrigung war ihm die vollkommene Befriedigung gewesen.

Das Treiben im Jeu de Paume war auf seine Art und Weise nicht weniger außer Kontrolle geraten. Göring höchstpersönlich hatte angeordnet, dass sechshundert requirierte Gemälde, die der sogenannten Entarteten Kunst zugeordnet wurden, öffentlich verbrannt werden sollten. »Es ist mal wieder an der Zeit, es der ganzen Welt zu zeigen, wie ernst wir es meinen«, ließ der morphiumsüchtige Reichsmarschall großspurig verkünden. Sein wütender Eifer war kaum zu bremsen. Sogar Bilder von Picasso sollten vernichtet werden.

Das Hausrecht im ehemaligen Museum am Rande des Tuileriengartens lag beim ERR, dem berüchtigten Einsatzstab Reichsleiter Rosenberg. Nazi-Parteiideologe Alfred Rosenberg hatte seinen Namen selbstlos zur Verfügung gestellt, um der Stellung des Spezial-Kommandos das nötige Gewicht zu verleihen. Das unter seiner Kontrolle stehende Außenpolitische Amt der NSDAP – kurz APA – hatte es sich zur Aufgabe gemacht, den Kunstraub in Westeuropa auf ein industriell organisiertes Niveau zu heben, und mit dem dafür eigens ins Leben gerufenen ERR eine höchst effiziente Truppe geschaffen. Statthalter in Paris war Oberführer Kurt von Behr, der sich eines engen Vertrauensverhältnisses zum Reichsmarschall erfreute und mit Helmut Fiebig einen bedingungslos loyalen Adjutanten an seiner Seite glaubte. Görings adliger Freund residierte im *Hotel Commodore* am Boulevard Haussmann und schätzte den dortigen Komfort außerordentlich. Das Vorort-Kommando im vergleichsweise unwirtlichen Jeu de Paume war auf sein Geheiß hin in die Hände des als tüchtig geltenden Standartenführers Fiebig gelegt worden.

Das intern unter der Chiffre *das Museum* gehandelte Jeu de Paume war zur zentralen Sammelstelle für die im ganzen Land erbeuteten Kunstschätze umfunktioniert worden. Der bei Weitem größte Teil des Lagerbestands stammte aus Enteignungen jüdischer Sammler, die nach NS-Doktrin keinen Anspruch auf den Schutz durch die

Haager Landkriegsordnung von 1907 hatten und deren Besitz darum als herrenlos galt. Die Unterscheidung zwischen sogenannter entarteter und völkisch akzeptierter Kunst spielte im *Museum* – ganz entgegen der offiziellen Propaganda – keine Rolle. Zwar galt der Führer tatsächlich als konsequenter Modernistenhasser, aber selbst der barocke Göring erfreute sich daheim in Carinhall an seinem van Gogh. Angeblich hing er über dem Kamin. Neben den raffgierigen Eliten des Regimes avancierte der örtliche Pariser Kunsthandel, mit seinen über Jahrzehnte aufgebauten Kontakten zu Sammlern in aller Welt, zu einer höchst dankbaren Klientel. Über diesen Vertriebsweg organisierte sich der offizielle, sprich vom ERR kontrollierte und ausdrücklich geförderte Handel. Später sollte sich herausstellen, dass von den dreihundert registrierten Kunsthändlern in der Hauptstadt nur siebenunddreißig *nicht* mit den deutschen Besatzern kollaborierten. Nicht minder lukrativ für die Merchands d'Art: die ganz und gar inoffiziellen Geschäfte, die sich auf ganz vortreffliche Art mit Beutekunst betreiben ließen. Nachrangige Chargen aus SS und Gestapo, Wehrmachtsangehörige, aber auch einzelne Schreibtischtäter aus dem Verwaltungsapparat nutzten das Chaos im *Museum* schamlos aus, ließen tagtäglich wertvolle Kunstschätze in dunklen Kanälen verschwinden und besserten damit ihren kargen Sold auf. Die offiziellen Erlöse flossen demnach planmäßig in die Kriegskasse des Dritten Reichs, während die inoffiziellen zumeist gleich wieder im Pigalle versoffen wurden.

Die Einzigen, die dieser Gemengelage aus Rechtlosigkeit und Gier etwas entgegenzustellen wussten, waren die Leute vom Kunstschutz. Die in der Militärverwaltung angesiedelte und damit unter den Befehl der Wehrmacht gestellte sogenannte Kunstschutztruppe hatte im Unterschied zum ERR erklärtermaßen die Aufgabe, für die Bewahrung von Kunst- und Kulturgütern im Besatzungsgebiet zu sorgen. Im Besonderen betraf dies historische Denkmäler und Kirchen, die durch das Kriegsgeschehen noch nicht zerstört worden waren, aber sich der ständigen Gefahr von Vandalismus ausgesetzt sahen. Eine weitere Funktion nahm der Kunstschutz bei der Inventarisierung von requirierten Kunstwerken ein – sowohl von solchen aus öffentlichem Besitz wie auch aus Privatsammlungen. Kunstschutz und ERR hatten an diesem Punkt eine wichtige Schnittstelle und waren entsprechend zur Kooperation gezwungen. Zwar teilte man in der Militärverwaltung die Position des ERR, dass man als Siegermacht über die beweglichen Kulturgüter frei verfügen könnte, allerdings nur innerhalb des Besatzungsgebietes. Das führte naturgemäß zu Konflikten, da der ERR stets eine schnelle Verwertung – oder Verschleppung – der requirierten Kunstgegenstände verfolgte. Kurzum: der ERR und die Kunstschutztruppe der Militärverwaltung standen sich zwar nicht als Todfeinde gegenüber, im Mindesten aber als eifersüchtig konkurrierende Dienststellen, die sich ihre gegenseitige Geringschätzung stets sehr deutlich zu zeigen wussten.

Eylmann wusste genau, wen seine Quelle mit *unser Mann* beschrieben hatte. Der wie er selbst hoch aufgeschossene und ähnlich hagere Leutnant mit der Augenklappe war ihm schon mehrfach in der Militärverwaltung aufgefallen. Durch den soldatischen Bürstenschnitt schimmerte ein dichtes schwarzes Haupthaar und ließ den Mann um einige Jahre jünger wirken. Untersturmführer Eylmann hingegen war von den einstmals dunklen Locken nur schütteres und bereits ergrauendes Haupthaar geblieben. *Er würde seine Schirmmütze tragen, aber die Schläfen vorher nochmals rasieren lassen.*

Leutnant Ernst Lomberg hatte es sich zur Gewohnheit gemacht, immer erst um halb zwei zum Mittagstisch in die Kantine zu gehen. Zu dieser Zeit war es dort bereits deutlich ruhiger, was ihm zumeist erlaubte, seine Mahlzeit alleine zu sich zu nehmen. Die stechenden Kopfschmerzen machten ihm weiterhin zu schaffen und laute Unterhaltungen in größeren Gruppen waren ihm noch immer eine Qual. Wie üblich entschied er sich für einen der abgelegenen Plätze im großen Speisesaal, der schon fast wieder menschenleer war. Bei der Essensausgabe nahm Lomberg flüchtige Notiz von einem Mann, dessen Uniform ihn als Oberleutnant auswies. Auf dem Weg zu seinem Tisch verlor er ihn jedoch wieder aus seinem eingeschränkten Sichtfeld, bevor wenig später vor seinem Tisch ein plötzlicher Schatten aufzog.

»Mahlzeit.«

»Mahlzeit.«

»Ist wohl überflüssig zu fragen, ob hier noch Platz ist?«

»In der Tat, Herr Oberleutnant. Möchten Sie sich setzen?«

»Gerne, wenn ich darf.«

»Natürlich, Herr Oberleutnant. Bitte sehr. Leutnant Lomberg, Kunstschutz.«

»Sehr erfreut. Oberleutnant Eylmann, Wirtschaftsabteilung.«

Eylmann suchte nach einem passenden Gesprächseinstieg.

»Bohnensuppe ...«

»Sie sagen es. Bohnensuppe. Ist ja auch Freitag. Und Freitag ist immer Bohnensuppe. Aber ich will nicht klagen. Habe heute Glück gehabt. Mehr Speck als sonst.«

»Aber Sie hatten wohl nicht immer so viel Glück, nicht wahr, Kamerad?« Eylmann deutete diskret auf Lombergs Augenklappe.

»Das kann man so oder so sehen. Die Granate hätte mir auch den ganzen Kopf abreißen können. Und das andere Auge wäre fast auch futsch gewesen. So gesehen, habe ich vielleicht doch eher Glück gehabt.«

»Hier in Frankreich passiert?«

»3. Juni 40. Nähe Abbeville. 57. Infanterie-Division, Regiment 179«, erläuterte Lomberg auskunftsbereit mit den sich selbst erklärenden militärischen Fakten.

»Verstehe. Auf dem Weg nach Dünkirchen.«

»Korrekt, Herr Oberleutnant. Bis dahin bin ich nicht mehr gekommen. Aber ich allein hätte sicher auch nichts ausrichten können ...«, schickte Lomberg leicht süffisant hinterher.

»Immer noch unbegreiflich, oder?«, entgegnete Eylmann konspirativ und tastete sich damit langsam vor. Seine auf das Versagen der Wehrmachtsführung in der Schlacht um Dünkirchen anspielende Frage schien ihm geeignet, die Gesprächsatmosphäre etwas zu lockern und Lombergs Vertrauen in seine kameradschaftliche Gesinnung zu bestärken. Dessen Reaktion kam ohne Worte aus und auch Eylmann beließ es bei einem vielsagenden Blick. Die beiden Soldaten wussten nur zu genau, wann Worte nicht notwendig waren. Oder nicht ratsam.

»Kunstschutz? Klingt ja ziemlich interessant.«

»Ja, klingt interessant. Ist es auch. Allerdings nicht immer. Unterm Strich ist es wohl nicht sehr viel anders als in der Wirtschaftsabteilung.«

Die Vorlage nahm Eylmann dankbar auf. »Ach wissen Sie, Lomberg ...«, hob er an und verstummte sogleich wieder. Auf einen prüfenden Blick nach rechts und links beugte er sich schließlich vor und sprach mit gedämpfter Stimme weiter. »Ganz unter uns, Lomberg, es ist einfach nur öde. Eine Arbeit für Schwachsinnige. Ich sitze seit Wochen daran, Zugfahrpläne auszuarbeiten. Güterzüge. In St. Étienne haben sie im März eine ganze Fabrik abgebaut und wir müssen den maroden Krempel von den Franzacken jetzt nach Deutschland bringen. Und zwar in Einzelteilen an neun unterschiedliche Zielorte.« Eylmann untermalte sein Klagen mit einem Seufzer und schob nach: »Ich weiß gar nicht, was die mit dem ganzen verrosteten Mist anfangen wollen. Ist mir eigentlich auch scheißegal. Ich würde nur gerne mal wieder was anderes machen als nur diese verdammten Fahrpläne.«

»Mir geht es ganz ähnlich, Herr Oberleutnant.« Lomberg traute sich nicht ganz, dem ranghöheren Kameraden gegenüber einen ähnlich informellen Ton anzuschlagen, empfand den Austausch mit einem Kameraden aus einer anderen Abteilung aber als angenehme Abwechslung. Und Eylmann schien auch ganz in Ordnung zu sein. »Bei mir sind es keine Fahrpläne, sondern Inventarlisten.«

»Inventarlisten?« Eylmann musste sein Interesse nicht vorgaukeln.

»Ja, ich bin zuständig für die Erfassung von sichergestellten Kunstwerken«, erklärte Lomberg. »Die ganzen Sachen, die der ERR in seinem Museum aufbewahrt, sollen parallel vom Kunstschutz registriert werden. In der Praxis haben die Rosenberg-Leute zwar oft das letzte Wort, was mit den ganzen Bildern geschieht. Aber die Wehrmacht hat halt ihre Prinzipien. Irgendwann wird dieser Krieg ja auch mal vorbei sein. Sie verstehen?«

»Natürlich.«

Eine ziemlich arglose Bemerkung, befand Eylmann. Der junge Leutnant neigte offenbar zu einer losen Zunge.

»Habe von diesem ERR auch schon gehört. Die hängen doch an der SS dran, oder?«, hakte Eylmann mit vorgetäuschtem Halbwissen sogleich ein.

»So ist es, Herr Oberleutnant.«

»Verstehe, dann gibt es also so eine Art Aufgabenteilung zwischen Kunstschutz und ERR?«

»Ja, so könnte man das sagen. Und wie immer, wenn zwei Dienststellen sich eine Zuständigkeit teilen, ist es das übliche Hickhack. Erschwerend kommt hinzu, dass unser Oberst Rommerskirchen und sein Pendant auf der anderen Seite, ein SS-Standartenführer, sich auch persönlich nicht ausstehen können. Rommerskirchen nennt die ERR-Leute immer nur die Museumsfritzen«, gab Lomberg leichtfertig preis.

»Hat der ERR tatsächlich ein eigenes Museum?«, fragte Eylmann jetzt mit gespielter Verwunderung.

»Nein, nicht wirklich. Das Gebäude war früher mal ein Museum. Das Jeu de Paume. Jetzt ist das einfach nur eine Lagerhalle.«

»Waren Sie schon mal dort? Das ist doch sicher ein sehr, wie soll ich sagen, sensibler Bereich?«

»Hochsensibel! Bisher war ich erst zweimal drinnen, seitdem ich hier letzten September den Posten übernommen habe. Hin und wieder werden Objekte vom Museum in die Militärverwaltung gebracht und dann von unseren Experten begutachtet. Zuletzt so vor circa sechs Wochen. Es ging um eine ganze Serie von Bildern, deren Herkunft und damit auch deren Wert unklar waren. Ich habe die Bilder im Museum abgeholt und zwei Tage später wieder zurückgebracht. In der Zwischenzeit wurden die Bilder dann hier geprüft. Und inventarisiert, versteht sich.«

»Natürlich. Muss ja alles seine Ordnung haben.« Eylmann unterstrich seine Anerkennung für Lombergs verantwortungsvolle Aufgabe mit einem kräftigen Nicken. »So, Lomberg. Der Dienst ruft. Ich muss zurück zu meinen verdammten Fahrplänen. Und zum Friseur will ich auch noch. War nett, Sie kennenzulernen.«

»Ganz meinerseits, Herr Oberleutnant.«

»Dann bis zum nächsten Mal.«

»Jawoll, bis zum nächsten Mal.«

Dienstag, 25. Mai 1943, 11:05 Uhr, Jeu de Paume, Paris, 1 Place de la Concorde, 1. Arrondissement

Die beiden baumlangen Schützen von der SS, die die Hauptpforte an der Westseite des Jeu de Paume flankierten, schienen mit der Zugangskontrolle nichts weiter zu tun zu haben. Dem Offizier mit der Augenklappe wurde regungslos Zutritt gewährt. Im Inneren des Gebäudes angekommen, gab ihm das Hinweisschild *Anmeldung* Auskunft darüber, dass diese genau dort zu erfolgen hatte. Eine in die Wand eingelassene und schon lange nicht mehr gereinigte Fensterscheibe mit einer Sprechöffnung trennte das Foyer vom dahinterliegenden Büro des diensthabenden Wachmanns. Dieser gehörte offenbar nicht der SS an, sondern war als einfacher Feldwebel uniformiert.

»Militärverwaltung, Abteilung Kunstschutz, Leutnant Lomberg.«

Feldwebel Max Ruscher war reflexartig von seinem Stuhl aufgesprungen, salutierte ein eilfertiges »Heil Hitler« und trat schließlich aus seiner Bürostube heraus.

»Schönen Gruß von Oberst Rommerskirchen«, eröffnete Eylmann. »Wir müssen uns die Sammlung Bleustein-Levy noch mal genauer ansehen. Es geht um acht Bilder. Ich komme, um sie rüber zur MV zu bringen. Ist mit Standartenführer Fiebig besprochen«, ließ Eylmann den Feldwebel wissen und gab dabei seinen Dienstausweis der Militärverwaltung nur flüchtig zur Betrachtung preis.

»Jawoll, Herr Leutnant. Bitte haben Sie einen Moment Geduld. Ich muss kurz Rücksprache halten«, entgegnete der Wachhabende beflissen, ging zurück in sein Büro und steuerte die Tür an, die zu einem Nebenraum führte.

»Feldwebel Ruscher für Standartenführer Fiebig, dringend.«

»Moment, ich stelle durch.«

»Heil Hitler! Feldwebel Ruscher hier. Pforte West. Verzeihen Sie bitte, Herr Standartenführer. Hier steht ein gewisser Leutnant Lomberg vom Kunstschutz und will sich die Sammlung Bleustein-Levy ansehen. Acht Bilder will er mitnehmen. Dies sei mit Ihnen geklärt.«

»Lieber Herrgott, Ruscher. Nicht das jetzt! Diese Weicheier vom Kunstschutz. Als ob ich nicht genug am Hacken habe.«

»Wie lautet ihr Befehl, Standartenführer?«

»Lassen Sie den Kerl verdammt noch mal rein! Der Blaustein-Krempel steht in Raum 14.«

»Ja, ich weiß, Herr Standartenführer. So steht es hier auch auf der Lagerliste.«

»In vierundzwanzig Stunden sind die Bilder gefälligst wieder an ihrem Platz. Also morgen um 11:15 Uhr. Wenn nicht, stehe ich um 12:00 Uhr bei Rommerskirchen auf der Matte. Und zwar höchstpersönlich. Ich habe langsam die Schnauze voll von diesen ständigen Interventionen! Sagen Sie das diesem Lemberg, oder wie der Kerl heißt.«

»Lomberg, Herr Standartenführer. Leutnant Lomberg.«

»Ja, dann meinetwegen Lomberg. Haben Sie mich verstanden, Ruscher?«

»Jawoll, Herr Standartenführer. Verstanden. Morgen um 11:15 Uhr!«

Mit knapp ein Meter achtzig brachte es Standartenführer Helmut Fiebig auf ein Kampfgewicht von stolzen einhundertzehn Kilo – und war dennoch zu einer mickrigen Kreatur geschrumpft. Nicht weniger als seine gesamte Existenz stand plötzlich zur Disposition. Eylmann hatte es ihm erst gar nicht in Aussicht gestellt, sich jemals wieder in Sicherheit wiegen zu können. »Auch eine Aushändigung des Negativfilms ist bedeutungslos«, ließ er ihn wissen, »da ich ohnehin längst hätte Abzüge und sogar Negativkopien anfertigen können.« In seiner Verzweiflung hatte Fiebig ihm ein verzweifeltes »Ich bringe dich um, du Schwein!« an den Kopf geworfen, was Eylmann jedoch nur als Einladung nahm, seine Entschlossenheit zu unterstreichen. »Natürlich, Sie können versuchen mich umzubringen. Vermutlich würde es Ihnen sogar irgendwie gelingen. Meine Leiche wird aber noch nicht unter der Erde sein, wenn die Fotos mit Ihren Sauereien schon im *Hotel Commodore* liegen. Und Ihre katholische Pfarrerstochter in Fulda hat dann auch schon ein paar Abzüge bekommen. Das Letzte, was die sechs kleinen Bastarde von ihrem Vater sehen, ist ein sabbernder Fettwanst mit einem Vibrator im Hintern.«

Eylmann hatte Fiebig schließlich über seine Optionen aufgeklärt. Allein die Komplizenschaft mit ihm könne diesen davon abbringen, von seinem Faustpfand Gebrauch zu machen. Auf die ihm in Aussicht gestellte Beteiligung am späteren Verkaufserlös hätte Fiebig nur zu gerne verzichtet, aber es gab kein Entrinnen. Um seine Haut zu retten, musste er Eylmanns Coup zum Erfolg führen. Seine Loyalität gegenüber dem ERR stand ihm dabei nicht im Wege, denn diese war ohnehin korrumpiert. Auch Fiebig war längst dazu übergegangen, nebenher auf eigene Rechnung zu arbeiten, wodurch seine Mitwirkung in doppelter Hinsicht nützlich sein sollte. Schließlich ging es nicht nur darum, die Beute – im Schein der Legalität – aus dem Museum herauszubekommen, sondern auch darum, diese sodann auf dem schnellsten Weg zu versilbern.

Fast zehn Minuten waren vergangen und Eylmann wartete noch immer. Zwei passierende Offiziere musterten ihn flüchtig im Vorbeigehen. Sein Puls war auf hundertachtzig, er schwitzte unter seiner Uniform. Die für Mai ungewöhnlichen, fast hochsommerlichen Temperaturen hatten das Jeu de Paume in ein stickiges Loch verwandelt.

»Bitte um Verständnis, Herr Leutnant, dass es etwas gedauert hat. Standartenführer Fiebig lässt ausrichten, dass die Bilder in vierundzwanzig Stunden wieder an ihrem Platz sein müssen.«

»Kein Problem. Richten Sie dem Standartenführer aus, dass der Zeitplan strikt eingehalten wird!«

»Gut, dann folgen Sie mir bitte, Herr Leutnant.«

Die beiden Männer durchschritten die drei Säle im Erdgeschoss des ungefähr achtzig auf fünfundzwanzig Meter großen Gebäudes.

Auf zwei Etagen von je rund fünf Metern Raumhöhe stand eine beachtliche Lagerkapazität zur Verfügung – und die wurde ganz offensichtlich auch gebraucht. Vom breiten Mittelgang, der die Säle längs durchquerte, gingen Laufwege ab, die zu in einzelnen Abteilungen zusammengestellten Objekten führten. Vorbeieilend sah Eylmann ungezählte Gemälde und Skulpturen. Aber auch Möbel und Teppiche. Porzellan, Keramik, Fayencen und dekorativen Zierrat jeder nur vorstellbaren Art. Das Jeu de Paume schien aus allen Nähten zu platzen, zugleich aber war eine gewisse Grundordnung sehr wohl noch erkennbar. Am Ende des Ganges bog Feldwebel Ruscher rechts ab, um die große Halle zu verlassen, und Eylmann folgte ihm von dort zu einer Treppe, die in den Keller führte. Das Untergeschoss war längs des Gebäudegrundrisses in zwei parallele Gänge zergliedert, die nur spärlich beleuchtet waren. Im Abstand von circa fünf Metern folgte Tür auf Tür.

»Lagerraum 14, da wären wir«, sagte der Feldwebel und schloss auf. Die Leuchtstoffröhre brauchte ein paar Sekunden. Schließlich erhellte sich der Raum, den Eylmann sofort auf eine Größe von rund fünfzig Quadratmetern taxierte.

»Verdammte Scheiße«, entfuhr es ihm, als der enorme Umfang der eingelagerten Sammlung Bleustein-Levy sichtbar wurde.

»Bedauere, Herr Oberleutnant. Wird wohl etwas dauern, bis Sie Ihre acht Bilder gefunden haben.«

»Soll nicht Ihre Sorge sein, Feldwebel. Warten Sie draußen vor der Tür.«

Eylmann hatte von Haus aus keinerlei Ahnung von Kunst. Aber das war auch nicht nötig, um die Bedeutung des sich ihm offenbarenden Kunstschatzes zu erfassen. Er hielt kurz inne. Gestattete sich sogar einen Moment der Nachdenklichkeit. Die nur zu wahrscheinliche Tragödie der Familie Bleustein-Levy war förmlich greifbar. Der designierte Abnehmer des Beuteguts war über die Umstände im Museum bestens informiert und hatte Fiebig dazu angehalten, den enteigneten Besitz der bekannten jüdischen Sammlerfamilie aus Lyon in den Fokus zu rücken, augenscheinlich in der Erwartung, sich damit besonders wertvolle Kunstwerke unter den Nagel reißen zu können. Und auch die Zahl acht war nicht zufällig gewählt. Sie resultierte aus der Einschätzung Fiebigs, wie viele Gemälde, bei angenommener Durchschnittsgröße, »in einem Rutsch« aus dem Gebäude entfernt werden konnten. Eylmann hatte die von Fiebig beschriebenen acht Zielobjekte sofort erkannt.

»Ruscher!«

»Jawoll, Herr Oberleutnant.«

»Das da sind die acht Bilder! Provenienzklärung, Authentizitätsprüfung, Inventarisierung. Der übliche Ablauf. Morgen Viertel nach elf sind die Klamotten wieder da.«

»Jawoll, Herr Leutnant.«

»Wie kriegen wir diesen Haufen denn überhaupt hier raus? Mein Transportwagen steht vor der Westpforte. Also genau am anderen Ende.«

»Es gibt hier einen Lastenaufzug. Mit dem kommen wir zurück ins Erdgeschoss, wo es einen Nebenausgang zur Ostseite gibt. Wir schaffen das knapp in einem Durchgang«, lautete die wenig überraschende Antwort von Feldwebel Ruscher. »Das Einfachste ist es, Sie holen Ihren Wagen und fahren dort vor. Wir laden die Bilder ein, gehen außen herum zurück zur Ostpforte und machen dort die Papiere.«

»Sehr gut, Ruscher.«

Der Feldwebel hatte eine offenbar eigens für größere Gemälde umgebaute Sackkarre geholt und war schließlich damit beschäftigt, die Ware darauf transportsicher zu fixieren. Eylmann ließ seinen Blick noch mal durch den Raum wandern. Zu Recht nahm er an, wohl nie wieder in seinem Leben eine Ansammlung von derart kostbaren Kunstschätzen auf so kleinem Raum konzentriert anzutreffen. Er hatte sich beinahe wieder abgewandt, als seine Aufmerksamkeit plötzlich auf ein Bild gelenkt wurde, das im hinteren Teil des Raumes einzeln an die Wand gelehnt stand, als würde es mit dem Rest der Sammlung nichts zu tun haben.

Eylmann schritt auf das Gemälde zu, nahm ein herumliegendes Stofftuch zur Hand und befreite es von der gröbsten Staubschicht. Es war für ihn zunächst gar nicht zu erkennen, was auf dem insgesamt eher düsteren und für sein Verständnis zunächst gänzlich abstrakten Gemälde abgebildet war. Aber er fühlte sich sofort stark von ihm angezogen. Es hatte eine außergewöhnliche Plastizität und Tiefe. Die auf den ersten Blick sinnfreien Formen schienen in mehreren Schichtungen regelrecht auf der Leinwand zu schweben und veränderten sich auf frappierende Art und Weise, wenn man sie aus unterschiedlichen Blickwinkeln betrachtete. Nicht, dass es ihm im eigentlichen Sinne gefiel, aber er konnte sich des Eindrucks nicht erwehren, dass es sich um eine ganz außergewöhnliche Maltechnik handeln musste. Eylmann war sich zunächst nicht ganz sicher, erkannte die Umrisse von zwei figürlichen Abbildungen dann aber doch eindeutig als salutierende Soldaten mit ihren Gewehren. Am rechten unteren Bildrand entdeckte Eylmann eine ihm ungewöhnlich erscheinende Signatur. Nicht groß, aber doch deutlich zu entziffern, weil sehr auffällig und, ihm untypisch erscheinend, in einfachen Blockbuchstaben geschrieben. ALGADA. Das sagte ihm absolut nichts. Natürlich könnte es einen Künstler geben oder gegeben haben, der diesen Namen trug. Er kannte sich viel zu wenig aus, um diese Frage beantworten zu können, ließ zugleich aber auch den Gedanken zu, dass ALGADA womöglich gar nicht der Name des Künstlers war und folglich auch gar keine wirkliche Signatur darstellte. Instinktmensch Eylmann spürte plötzlich den ungeheuren Drang, vom zuvor minutiös vorbereiteten Plan abzuweichen.

»Ruscher? Was ist mit diesem Bild? Gehört das auch zur Sammlung?«

»Es gehört nicht zu meinen Aufgaben, das zu hinterfragen.«

»Aber zu meinen. Darum nehmen wir das vorsorglich auch mit!«

»Aber Herr Leutnant, das ist nicht abgesprochen.«

»Beruhigen Sie sich, Ruscher. Wird natürlich quittiert. Und ist morgen um Viertel nach elf auch spätestens wieder hier. Machen Sie ruhig Meldung beim Standartenführer.«

»Aber das Bild passt doch gar nicht mehr auf den Wagen. Dann müssen wir ein zweites Mal ...«

»Papperlapapp. Auf die Sackkarre damit! Haben Sie mich verstanden?«

»Meinetwegen. Wenn es Ärger gibt, trifft es sowieso einen anderen. Ich habe nämlich jetzt zwei Tage Urlaub und werde dann gepflegt auf den Champs-Élysées spazieren, wenn Sie morgen wiederkommen«, gab Feldwebel Ruscher preis und klärte Eylmann damit indirekt auf, dass am nächsten Tag ein anderer Wachmann die Bilder wieder in Empfang nehmen würde. Aber das wusste er ohnehin schon.

Dienstag, 25. Mai 1943, 12:25 Uhr, Paris, 25 Rue de Charlot, Marais-Viertel, 4. Arrondissement

Feldwebel Ruscher hatte die rückseitig auf den Rahmungen der Bilder vermerkten internen Nummerierungen handschriftlich auf einen offiziellen Briefbogen des ERR übertragen und ließ die formlose Auflistung danach mit Durchschlag von Eylmann quittieren. *Gezeichnet, Leutnant Ernst Lomberg, Paris, 25.05.1943, 11:40 Uhr.* Wenig später saß Eylmann schon am Steuer eines Peugeot-402-Transporters, den ihm ein Cousin von Dame Édith zur Verfügung gestellt hatte, der im Umfeld des *Maison Barancourt* stets nur als *der Korse* bezeichnet wurde. Auf der Ladefläche befanden sich acht noch nicht näher spezifizierte, aber laut Fiebig höchst wertvolle Gemälde bedeutender Gegenwartskünstler. Sowie ein neuntes Bild von unklarer Herkunft und bestenfalls fraglichem Wert. Ziel der Fahrt war die nur wenige Kilometer entfernte Rue Charlot im Marais. Dort ansässig war die Firma *Jean-Rémy Blanck, Commerce internationale d'Objets d'Art.* Standartenführer Fiebig und der Kunsthändler Blanck hatten in den zurückliegenden Monaten nicht nur gemeinsame private Vorlieben im Pariser Nachtleben geteilt, sondern auch geschäftlich enge Bande geknüpft. Es dauerte nicht lange, bis Fiebig nach seiner Ernennung zum Kommandeur im Jeu de Paume begriff, wo dort der Hund begraben lag. Auch er wollte ein Stück vom Kuchen abhaben und fand im Schweizer Blanck einen dankbaren Abnehmer für eine Vielzahl von Kunstwerken aus dem ausufernden Chaos des Jeu de Paume. Blanck verfügte im Vergleich zu den ungezählten anderen Pariser Kunsthändlern, die wie er in den inoffiziellen Handel mit Beutekunst verstrickt waren, über einen großen Pluspunkt. Er zahlte in Schweizer Franken.

Für die Versorgung mit harter Währung sorgte das in Luzern ansässige *Auktionshaus Seemann*, dessen Alleingesellschafter kein anderer war als Charles Blanck, Jean-Rémys älterer Bruder. Und dieser wiederum agierte als kein Geringerer denn als offizieller Schweizer Gesandter im besetzten Frankreich mit Dienstsitz in Vichy. Im Diplomatengepäck der eidgenössischen Beamten ließ sich somit nicht nur das notwendige Bargeld transportieren, das zum illegalen Ankauf der Bilder in Paris gebraucht wurde, auch die Bilder konnten retour ungehindert aus Frankreich herausgeschafft werden. Genauer gesagt, nach Luzern. Der Einmarsch der Wehrmacht in das sogenannte Freie Frankreich erwies sich dabei als höchst förderlicher Umstand für den Verkehr von Ware und Geld zwischen Paris und Vichy, schließlich waren die vormaligen Reisebeschränkungen nach Wegfall der Nord-Süd-Demarkationslinie praktisch aufgehoben. Bislang hatte sich Fiebig noch nicht an die ganz großen Sachen herangewagt und sein Nebenerwerb trug bestenfalls dazu bei, seine kostspieligen Eskapaden im *Maison Barancourt* zu refinanzieren. In diesem Fall aber, das ließ er den Schweizer Kunsthändler vorab wissen, würde man eine besondere Lieferung für Luzern auf den Weg bringen können und Blanck sei gut beraten, genügend Bargeld verfügbar zu halten, um mit einem deutschen Offizier ins Geschäft zu kommen.

Blancks Angestellter hatte die Bilder aus dem *Peugeot*-Transporter geholt, in den Lagerraum geschafft und dort in einer Reihe an eine Wand gelehnt. Eylmann trug weiterhin seine Augenklappe. Er beobachtete Blanck misstrauisch aus einem Auge, während dieser ein Objekt nach dem anderen abschritt und jeweils begutachtete.

»Ihr Kontaktmann im Museum hat sich ziemlich vergriffen. Als ich das Stichwort Bleustein-Levy hörte, war ich natürlich von Impressionismus ausgegangen, Monsieur. Ich hatte eigentlich klare Instruktionen gegeben. Aber das hier? Enttäuschend! Es war schon immer bekannt, dass die kubistische Sammlung vom alten

Bleustein nicht viel hergibt.« Blanck gefiel sich in kühler Professionalität, überschätzte aber in seiner Arroganz deren Wirkung auf den Verhandlungspartner.

»Ich nehme keine Reklamationen entgegen. Nur Bargeld«, gab Eylmann frostig zurück.

»Die vier Légers sind Geld wert. Der Picasso natürlich auch. Das Bild Duchamps ist sicher eine seiner schwächeren Arbeiten. Der Fauconnier könnte was sein. Mit dem Matisse haben wir immerhin *einen* Impressionisten dabei, obwohl der auch nicht mein Fall ist. Aber der Köder muss ja nicht dem Angler schmecken.«

»Machen Sie sich keine Mühe, Blanck. Sie nehmen alle oder keines.«

»Keine Sorge, Monsieur! Ich nehme alle. Allerdings zahle ich nicht für alle.«

»Sondern für wie viele?«

»Nur für acht.«

Eylmann war wenig überrascht. Der sachkundige Kunsthändler hatte erwartungsgemäß erkannt, dass das neunte Gemälde sprichwörtlich aus dem Rahmen fiel und auch keinerlei Korrespondenz zu den anderen acht Objekten aus der Sammlung aufwies.

»Offen gestanden, Monsieur, finde ich dieses Bild tatsächlich außergewöhnlich. Es trägt Merkmale, die auf eine interessante Provenienz hindeuten. Aber ALGADA? Nie gehört. Fraglich, ob das ein Hinweis auf den Künstler sein soll oder doch auf das Bild. Ich könnte es näher untersuchen lassen, wenn Sie wollen. Allerdings vermute ich, dass das wohl vergebene Liebesmühe sein wird. Das würde mindestens drei Tage dauern. Vermutlich ist das mehr Zeit, als Sie haben?«

Blanck mutmaßte vollkommen richtig, dass Eylmann keinesfalls plante, sich in drei Tagen noch in Paris aufzuhalten.

»Dann eben nur acht, Monsieur Blanck.«

»Was ist Ihre Erwartung, Monsieur?«

»Einhunderttausend.«

»Das ist lächerlich!«

»Und was ist Ihrer Meinung nach nicht lächerlich, Blanck?«

»Vierzigtausend. Fünf pro Bild.«

»*Das* ist lächerlich!«

»Ich kann Ihnen fünfzigtausend geben. Keinen Franken mehr. Sie wissen, dass Sie gar keine Alternative haben, als das zu akzeptieren, Monsieur.«

Eylmann verkniff es sich, auf die durchschaubare Verhandlungstaktik des Schweizer Kunsthändlers einzugehen, und unterbrach das Gespräch.

»Ich müsste mal austreten, Monsieur Blanck.«

»Natürlich. Bitte folgen Sie mir nach vorne in mein Büro.«

Eylmann nahm für einen Moment die Augenklappe ab, benetzte sein Gesicht mit kaltem Wasser und blickte in den Spiegel. Die enorme Anspannung der letzten Stunden war unübersehbar. Und ebenso offensichtlich war seine Verhandlungsposition nicht die beste. Fünfzigtausend Franken waren zwar kein bedeutendes Vermögen, aber im Jahr 1943 immerhin ein durchaus solides Polster für einen Neuanfang in der Schweiz. Der Weg von der Toilette zurück in Blancks Büro führte durch einen Ausstellungsraum mit diversen Vitrinen, denen Eylmann im Vorbeigehen flüchtige Aufmerksamkeit schenkte. Blanck saß nun hinter seinem Schreibtisch, auf dem eine Flasche Cognac mit zwei Gläsern in Position gebracht worden war.

»Bitte bedienen Sie sich, Monsieur!«

»Nein danke, Monsieur Blanck. Ich würde dann gerne zur Sache kommen.«

»Ich höre.«

»Achtzigtausend Schweizer Franken, zehntausend pro Bild. Und Ihre Uhr nehme ich auch.«

»Meine Uhr?«

»Sie haben richtig gehört. Ich habe ein Faible für Uhren. *Jaeger-LeCoultre.* Eine *Reverso.* Wahrscheinlich Baujahr 1922, vielleicht 23. Sehr geschmackvoll.«

»Geschmackvoll? Was fällt Ihnen überhaupt ein? Das ist *geschmacklos*, Monsieur. Das ist ein Erbstück. Ein guter Freund hat sie mir … er würde sich im Grab umdrehen.«

»Wie lautet Ihr Angebot, Monsieur Blanck? Und jetzt keine melo-
dramatischen Aufführungen mehr, haben wir uns verstanden?«

Eylmanns zwischenzeitliches Tief war schon wieder überwunden,
er war in den antrainierten Aggressions-Modus übergegangen, mit
dem er bei der Politischen Polizei schon ganz andere Kaliber klein-
gekriegt hatte.

»Warten Sie hier! Ich muss telefonieren.«

»Bitte sehr, Monsieur Blanck. Allerdings würde ich mir die Bilder
gerne noch mal ansehen.«

»Sie wissen ja, wo sie stehen. Ich komme dann gleich zu Ihnen.«

Eylmann war die aufgereihten neun Gemälde nochmals abge-
gangen. Mit dem Blick eines interessierten, aber weitgehend kennt-
nisfreien Laien begutachtete er die einzelnen Objekte jeweils für einige Sekunden und ließ diese erneut auf sich wirken. Die meisten
Objekte ließen ihn ratlos zurück, speziell die vier Légers erschlossen sich ihm gar nicht. Das ihm gefälligste Gemälde war ausgerechnet jenes, das als einziges wertlos zu sein schien. Jenes Bild,
das hier eigentlich gar nicht hingehörte und nur einer spontanen
Eingebung geschuldet einen Platz neben bedeutenden Werken der
vermeintlich entarteten Gegenwartskunst gefunden hatte. Das Gemälde entfachte eine geradezu hypnotische Faszination und ver-
leitete Eylmann, die wie greifbar im Raum schwebenden Bildelemente vorsichtig zu ertasten. Ihm war völlig schleierhaft, wie man
mit einem Pinsel und ein wenig Farbe eine derartige Illusion erzeu-
gen konnte. Das Gemälde fesselte ihn so sehr, dass er den zwischenzeitlich zurückgekehrten Kunsthändler gar nicht bemerkte. Blanck
stand schon wieder hinter ihm und beobachtete den unverschämt
auftretenden Lieferanten mit aufmerksamem Misstrauen. Er hatte
die Deutschen noch nie ausstehen können, es im Laufe der letzten
Monate aber immerhin verstanden, sich mit ihnen zu arrangieren.

»Aaah, Monsieur Blanck. Da sind Sie ja wieder. Was hat Ihr Vorgesetzter gesagt?«

»Ich habe keinen Vorgesetzten.«

»Umso besser. Dann hoffe ich, dass Sie sich mit Ihrer Bank besprochen haben.«

»Nicht nötig.«

»Großartig.«

»Fünfundsechzigtausend. Und meine Uhr bleibt da, wo sie ist. An meinem Handgelenk.«

»Nicht so voreilig, Blanck. Darauf kommen wir noch zu sprechen.«

»Ich muss schon bitten.«

»Fünfundsechzigtausend sind in Ordnung, Blanck. Ich meine fünfundsechzigtausend Franken in bar, hier und jetzt sofort.«

»Einverstanden.«

»Und noch eine Kleinigkeit müssen Sie für mich erledigen.«

»Kleinigkeit?«

»Die Bilder gehen nach Luzern, nicht wahr?«

»Kein Kommentar.«

»Verkaufen Sie mich nicht für blöd! Ich weiß, wie Sie und Ihr Bruder das Zeugs außer Landes schaffen. Und wo es dann hinkommt. Ihr Busenfreund Fiebig neigt zur Geschwätzigkeit.«

»Luzern. Ja und?«

»Ich werde das Bild, an dem Sie kein Interesse haben, behalten. Und Sie bringen es mit den anderen acht zusammen ins *Auktionshaus Seemann*. Dort verwahren Sie es für mich, bis ich es abhole. Kann allerdings was dauern.«

»Können wir erledigen.«

»Allerdings brauche ich eine Art Pfandschein als Sicherheit.«

»Können wir ausstellen, Monsieur. Sie müssten sich bei Abholung dann namentlich identifizieren. Ich werde ja sehr vermutlich nicht dort sein, wenn Sie zur Abholung kommen.«

»Meinen Namen? Sie machen Witze, Blanck.«

»Wie soll bitte schön der Pfandschein sonst ausgestellt sein, wenn nicht auf Ihren Namen?«

»Sagen Sie Ihren Leuten in Luzern, dass ein Mann mit einer Augenklappe kommt. Er wird im Gegenzug für die Herausgabe des Bildes eine Uhr zurückbringen. Eine *Jaeger-LeCoultre Reverso*.«

Eylmann verließ die Rue Charlot um 13:35 Uhr, also exakt zweieinhalb Stunden nach seiner Ankunft im Jeu de Paume, mit einem Barvermögen von fünfundsechzigtausend Schweizer Franken in gemischten Scheinen und bis auf Weiteres mit einer neuen Uhr. Blancks Hilfskraft hatte bereits damit begonnen, die Gemälde aus dem Museum aus ihren Rahmen zu befreien. Die Originalrahmungen mit den internen Kennzeichnungen des ERR wurden am nächsten Tag dringend gebraucht: als dekorative Umrandung für neun vollkommen wertlose Gemälde aus dem Lagerbestand der Firma *Jean-Rémy Blanck, Commerce internationale d'Objets d'Art*, die soeben zum neuen Eigentümer von vier Légers, je einem Picasso, Duchamp, Fauconnier und einem Matisse geworden war sowie ein weiteres, nicht näher spezifizierbares Gemälde in Verwahrung genommen hatte, dessen Rahmen keine Registrierung aufzeigte und deshalb im Originalrahmen verblieb.

Auf dem Rückweg zur Militärverwaltung passierte Eylmann mit seinem Transporter ein weiteres Mal die Rue de Rivoli. Er würde am nächsten Tag noch mal den gleichen Weg in entgegengesetzter Fahrtrichtung nehmen. Blanck hatte ihm zugesichert, dass die Austauschbilder ab zehn Uhr abholbereit seien. Es führte kein Weg daran vorbei, Eylmann musste noch ein zweites Mal ins Jeu de Paume und auch heil wieder raus. Aber Komplize Fiebig hatte sich wieder etwas ausgedacht. Eylmann nahm die Augenklappe ab und warf einen erfreuten Blick auf sein linkes Handgelenk. Dame Édith würde in einer Stunde zum Dienst erscheinen.

Mittwoch, 26. Mai 1943, 11:05 Uhr, Paris, Jeu de Paume,
1 Place de la Concorde, 1. Arrondissement

Der Urlaub von Feldwebel Ruscher riss unweigerlich eine Lücke in den Dienstplan der Pförtner. Fiebig war in Gedanken ein paar Namen durchgegangen und schließlich bei Schütze Schmitt hängen geblieben, der sich als rundum geeigneter Sündenbock empfahl.

»Heil Hitler! Leutnant Lomberg vom Kunstschutz. Ich bringe

neun Bilder zurück. Es eilt! Standartenführer Fiebig erwartet die Rückgabe um 11:15 Uhr. Also in exakt zehn Minuten. Lagerraum 41.«

»Heil Hitler, Herr Leutnant! Sofort.«

Schütze Schmitt verschwand durch exakt die gleiche Tür zum Nebenraum wie tags zuvor Feldwebel Ruscher und griff dort zum Hörer.

»Heil Hitler! Schütze Schmitt. Ein Leutnant vom Kunstschutz bringt Bilder zurück. Der Herr Standartenführer würde Bescheid wissen.«

»Ja und? Was wollen Sie denn?«

»Ja, der Herr Standartenführer ...«

»Warten Sie!«

Schütze Schmitt wippte nervös in seinen Stiefeln.

»Verdammt noch mal! Was ist denn nun schon wieder los?« Fiebig war bekannt dafür, seine Leute vorzugsweise anzubrüllen. Für Schütze Schmitt, erst vor einer Woche ins Museum abkommandiert, war es die Premiere.

»Ja, Herrgott noch mal, Schütze. Sagen Sie dem Kunstschnösel, dass er die Bilder zum Nebeneingang an der Ostseite bringen soll. Und Sie kontrollieren das gefälligst! Mit der Ausgabequittung. Haben wir uns verstanden, Schütze?«

»Jawoll, Herr Standartenführer! Der Leutnant sagt, dass die Bilder in den Raum 41 sollen. Ist das korrekt, Herr Standartenführer?«

»Scheiße noch mal, Schmitt! Bin ich, zum Henker, die lebende Lagerliste? Im Keller sind dreiundsechzig Lagerräume. Sie glauben doch wohl nicht im Ernst, dass ich das verdammt noch mal auswendig weiß, wo hier welcher Judendreck lagert. Gucken Sie gefälligst in Ihren Ordner!«

»Jawoll, Herr Standartenführer, der Ordner!«

Schütze Schmitt verfluchte seinen neuen Posten. Der Wachdienst im *Hotel Commodore* war deutlich entspannter als der in diesem sogenannten Museum, das ihm schon am ersten Diensttag vorkam wie ein Irrenhaus. Der Anschiss von Fiebig hatte ihn kreidebleich werden lassen und der nächste sollte schon auf ihn warten.

»Wo bleiben Sie denn, verdammt noch mal?«

»Verzeihung, Herr Leutnant ... der Standartenführer ...«

»Ja, was denn?«

»Geht alles in Ordnung. Raum 41.«

»Na also. Sag ich doch. Ich fahre jetzt direkt zur Ostseite. Sie kommen dann mit Ihrem Papierkrams dorthin und übernehmen da die Objekte! Verstanden, Schmitt?«

»Jawoll, Herr Leutnant.«

»Und das alles ein bisschen zackig. Wenn ich bitten darf!«

»Jawoll, Herr Leutnant.«

Wenige Minuten später, am Nebeneingang Ost, hatte sich die Gesichtsfarbe von Schütze Schmitt in ein panisches Rot verwandelt.

»Herr Leutnant, der Ordner mit den Lagerlisten ist unauffindbar. Was machen wir denn jetzt?«

»Verdammt noch mal, Schmitt, das ist doch nicht mein Problem, Sie Hornochse! Wir bringen jetzt unverzüglich die Bilder in 41 – dahin, wo ich sie gestern abgeholt habe – und Ihren verdammten Ordner suchen Sie gefälligst hinterher. Ich bin doch nicht zum Spaß hier. Bewegen Sie jetzt Ihren Arsch!«

Schütze Schmitt gehorchte wohl oder übel und führte Eylmann in den schon bekannten Arkadengang. Raum 41. Der Unterschied zu Raum 14 hätte nicht größer sein können – oder genauer gesagt dessen Inhalt. Denn da wartete nichts, was mit der kostbaren Sammlung Bleustein-Levy in 14 auch nur annähernd vergleichbar gewesen wäre. Nur die absurde Wahrheit über die in der Nachwelt der Kunstgeschichte so berühmt gewordene Bilderverbrennung am Jeu de Paume. Diese war nicht mehr als eine der typischen Nazi-Scharaden. Anstatt der großmäulig angekündigten Vernichtung von Bildern bedeutender Modernisten warteten in 41 nur wertlose Ölschinken auf ihr Ende. Mit diesen war schlichtweg kein Geld zu verdienen – und nur darum waren sie für den ERR verzichtbar geworden.

»Lehnen Sie die Bilder genau da an die Wand, Schmitt. Da haben Sie gestern auch gestanden. Soll ja keiner nachher meckern, dass wir uns nicht an die Abmachungen halten.«

Mittwoch, 26. Mai 1943, 22:20 Uhr, Paris, rechtes Ufer der Seine in Höhe der Pont de la Concorde, 7. Arrondissement

Als erfahrener Kriminalist verließ Franz Eylmann das Jeu de Paume am 26. Mai des Jahres 1943 um exakt 11:41 Uhr in der festen Absicht, nie wieder an den Tatort zurückzukehren. Schütze Schmitt hatte die ordnungsgemäße Rückbringung der Bilder auf dem Ausgabeschein widerstrebend quittiert und sollte den Rest des Tages damit verbringen, den verschollenen Lagerlisten-Ordner zu suchen. Und zwar vergeblich. Denn erst um 21 Uhr war dieser wieder an seinem vorgesehenen Platz in der Schreibstube an der Westpforte – und da war für Schütze Schmitt schon lange Dienstschluss. SS-Standartenführer Helmut Fiebig hielt sich dann auch nicht mehr lange in der Schreibstube auf und verließ das Museum durch den Haupteingang, um sich zu seiner Verabredung aufzumachen. Er trug zivil. Das hatte Eylmann so angeordnet. Es war mittlerweile schon fast halb elf. Die Lichtverhältnisse unter der Pont de la Concorde waren so wie von Eylmann erwartet. Er stand im Schatten des mächtigen Brückengewölbes, das sich ausladend über die Seine-Promenade bog, auf der normalerweise die Pariser auch in späteren Abendstunden noch so gerne flanierten. Aber im Mai 1943 war in Paris gar nichts normal. Kein Mensch weit und breit. Außer Fiebig, der sich aus westlicher Richtung eilig der Brücke näherte und den Eylmann schon aus beinahe hundert Metern Entfernung hatte kommen sehen. Ganz im Unterschied zu Fiebig, der fürchterlich erschrak, als Eylmann schlagartig aus dem Schatten trat.

»Sie sind zehn Minuten zu spät, Fiebig.«

»Eylmann, Sie Dreckskerl! Was soll das? Warum schicken Sie mich erst nach Saint-Germain? Ich war pünktlich um zehn im *Café Bourbon.*« Eylmann hatte Fiebig zunächst in das Lokal in der Rue de Lille geschickt, wo dieser von einer Kellnerin einen Zettel zugesteckt bekam. Dieser wies dann auf den tatsächlichen Treffpunkt hin und ermahnte obendrein zu größter Eile.

»Regen Sie sich nicht so auf, Fiebig! Ich wollte nur sichergehen, dass wir uns hier auch wirklich nur zu zweit austauschen können. Reine Vorsichtsmaßnahme.«

»Ihre verdammten Spielchen kotzen mich an.«

Eylmann hatte seinen Komplizen genau da, wo er ihn haben wollte. Gehetzt, unkonzentriert, aufgebracht.

»Ich will jetzt meinen Lohn, Eylmann. Ich habe immerhin meinen Arsch für Ihren Coup riskiert.«

»Falsch, Fiebig! Sie haben Ihren Arsch bei Madame Barancourt riskiert«, erwiderte Eylmann mit einem höhnischen Lachen. Fiebig platzte vor Wut und versuchte, Eylmann am Kragen zu packen, der ihm jedoch mit einem kleinen Schritt zur Seite problemlos auswich und dabei die Hände beschwichtigend in die Höhe nahm.

»Langsam, langsam, Herr Standartenführer! Wir wollen uns doch jetzt nicht streiten. Nachdem unsere Zusammenarbeit so erfolgreich war.«

»Ich hasse Sie, Eylmann!«

»Ach, Fiebig, lassen Sie uns doch wie zwei zivilisierte Menschen reden. Apropos zivil, Mantel und Hut stehen Ihnen vortrefflich. Kompliment auch für Ihre Personalplanung! Schütze Schmitt war eine Idealbesetzung, die arme Sau kriegt sicher bald eine Freifahrt zur Ostfront.«

»Eylmann. Die Fotos. Das Geld. Sofort!«

»Was bitte schön zuerst? Lassen Sie mich raten, Fiebig. Erst die Fotos?«

»Nun machen Sie schon!«

Eylmann holte eine einfache Versandhülle aus seiner Jackentasche und drückte sie Fiebig in die Hand. »Hier. Die Negative. Und die Abzüge.«

»Und Sie haben keine weiteren Abzüge?«

»Fiebig, ich habe Ihnen das doch von Anfang an gesagt. Nichts hätte mich davon abbringen können, weitere Abzüge machen zu lassen. Und auch die Negative hätte ich duplizieren lassen können. Wenn es mir etwas bringen würde. Tut es aber nicht.«

»Eylmann, Sie Schweinehund! Sie haben mich doch weiter in der Hand!«

»Beruhigen Sie sich, Fiebig! Ich habe kein Interesse daran, Sie ans Messer zu liefern. Je weniger Aufsehen, desto besser. Sie wissen doch, wie es laufen würde. Unsere Freunde von der Gestapo würden Sie erst mal schön in die Mangel nehmen und dann würde es auch nicht lange dauern und die hätten ihre Spur. Die wohin führt? Zu mir! Will ich das? Natürlich nicht! Vertrauen Sie mir. Die Sache ist erledigt. Ich habe keine weiteren Abzüge und auch keine Negative. Ich gebe Ihnen mein Wort!«

Fiebig blieb stumm und musterte Eylmann mit einer Mischung aus Angst, Abscheu und Hoffnung.

»Keine Abzüge, keine Negative, Herr Standartenführer. Aber dafür eine Stange Geld. Schweizer Franken. Guter Mann, Ihr Freund! Monsieur Blanck hat sich nicht lumpen lassen.«

»Wie viel?«

»Fünfundsechzigtausend in bar. Zwanzig Prozent für Sie, wie besprochen. Dreizehntausend. Sie können sich morgen gerne bei Blanck rückversichern, dass ich Sie nicht übers Ohr gehauen habe.« Eylmann hielt Fiebig ein weiteres Kuvert hin, dessen Inhalt dieser sogleich zu ertasten begann. »Zählen Sie nach!«

»Hier? Im Dunkeln?«

»Warten Sie, Fiebig.« Eylmann nestelte in seiner Jacke, holte eine kleine Taschenlampe hervor und prüfte ihre Funktionsfähigkeit, indem er den An-aus-Schalter zweimal betätigte und den Lichtstrahl dabei auf den Boden lenkte.

»Soll ich die Lampe halten, während Sie zählen?«

Fiebig nickte in das ihm entgegengehaltene Licht, riss das Kuvert auf und begann zu zählen. Die lautlose Bewegung seiner Lippen endete abrupt, kurz nachdem er bei dreitausend angelangt war. Die von hinten angesetzte Klinge hatte seine Kehle in einem Schnitt durchtrennt. Ein großer Schwall Blut sprudelte augenblicklich aus der den Kehlkopf und die Stimmbänder freilegenden Wunde. Reaktionsschnell griff Eylmann nach dem Geld in Fiebigs Händen, dessen Körper sackte zusammen und ging zu Boden. Der Korse verstand sein Geschäft. Das zweimalige Aufblinken der Taschenlampe war das Signal gewesen, auf das er sich von seinem Beobachterposten entfernt und lautlos von hinten an Fiebig herangepirscht hatte. Die Klinge hatte sogleich die Halsschlagader getroffen, der Blutdruck in Fiebigs Gehirn war in einem Sekundenbruchteil auf null abgesackt, was zum sofortigen Tod führte. Vollkommen lautlos. Eylmann wies den Korsen an, das kurz zuvor noch übergebene Kuvert mit den kompromittierenden Bildern wieder aus Fiebigs Jacke zu entfernen, ließ es sich von ihm aushändigen, bezahlte das Honorar und entfernte sich ohne Eile.

Der Korse stürzte den leblosen Körper des Standartenführers geräuschlos in die Seine, deren Wasserstand unter der Pont de la Concorde nur knapp einen Meter unter dem Höhenniveau der Promenade lag. Ein eilig um Fiebigs Fesseln gewickelter Strick war zuvor noch mit einem herumliegenden Bruchstein verbunden worden, dessen Gewicht den Leichnam sogleich unter Wasser zog. Wenige Minuten später erreichte Eylmann schon wieder das linke Seine-Ufer und war von dort in Richtung Saint-Germain abgebogen. Auf der Rue de Courty blickte er im Vorbeigehen in einen Hinterhof und sah dort eine brennende Mülltonne. *Bilderverbrennung*, schoss es ihm in den Kopf und er befand mit einer ihn selbst amüsierenden Ironie, dass eine Einäscherung die passende Bestattungsform für Fiebigs schmutziges Geheimnis war.

Freitag, 28. Mai 1943, 11:05 Uhr, Paris, Jeu de Paume, 1 Place de la Concorde, 1. Arrondissement

Feldwebel Ruschers Kurzurlaub hatte zu weit vorgerückter Stunde in einer Bar auf dem Boulevard de Montparnasse geendet. Entsprechend wortkarg fiel die Begrüßung in der Schreibstube der Pforte Ost aus: »Irgendwelche besonderen Vorkommnisse, Schütze?«

»Heil Hitler! Herr Feldwebel.«

»Ja, ja, ist schon gut, Schmitt.«

»Herr Feldwebel haben wohl noch nicht davon gehört?«

»Wovon gehört, Schmitt?«

»Die Verbrennungsaktion gestern.«

»Natürlich habe ich davon gehört. Stand doch auch schon in der Zeitung. Von wegen Picasso. Die haben doch nur den alten Krempel aus 41 verfeuert.«

»Ja, richtig. Ich war auch abgestellt, um mitzuhelfen, die ganzen Sachen rauszubringen. Das war ein ganz schöner Scheiterhaufen. Da waren ja auch die Bilder dabei, die der Mann vom Kunstschutz zurückgebracht hat.«

»Sagen Sie das noch mal, Schmitt!« Feldwebel Ruscher merkte, wie ihm das Blut in den Kopf stieg.

»Ja, dieser Leutnant halt. Lomberg hieß er. Hat hier ein Riesentrara gemacht, vorgestern. Und ich musste mir wegen dem auch noch einen Anschiss von Fiebig anhören.«

»So, Schmitt. Jetzt noch mal eins nach dem anderen!«

»Ja, also, Herr Feldwebel, was soll ich sagen. Vorgestern um kurz nach elf stand dieser Leutnant hier, um diese Bilder zurückzubringen. Die, die Sie ihm am Tag davor rausgegeben haben. Und die haben wir dann gemeinsam zurück in den Lagerraum gebracht. Und gestern haben wir dann 41 ausgeräumt und alles verbrannt.«

»Aber verdammt noch mal, Schmitt! Die Bilder hätten doch in 14 zurückgebracht werden müssen. Da haben sie doch vorher gestanden.«

»Die Rede war nur von 41.«

»Aber haben Sie das denn nicht kontrolliert?«

»Ging nicht.«

»Wie? Ging nicht? Warum haben Sie denn nicht in den Lagerlisten-Ordner geguckt?«

»Der war nicht da.«

»Wie, der war nicht da? Da steht er doch!«

»Das war ja das Komische. Als dieser Leutnant hier auftauchte, war der Ordner einfach nicht da. Einen Riesendruck hat der Mann gemacht und mir dann befohlen, den Ordner nachher zu suchen. Weil die Zeit drängte. Der Standartenführer würde mächtigen Ärger machen, wenn die Bilder nicht pünktlich wieder an ihrem Platz stehen. Ich habe dann nur die Bilder anhand Ihrer Ausgabequittung kontrolliert. War alles in Ordnung. Nachher habe ich die ganze

Schreibstube auf den Kopf gestellt. Von dem verflixten Ordner keine Spur. Aber als ich gestern um sieben zum Dienst kam, stand er wieder an seinem Platz. Da, wo er jetzt steht.«

Feldwebel Max Ruscher ließ sich auf einen Bürostuhl fallen und starrte wortlos auf den Lagerlisten-Ordner, der sich gut sichtbar an seinem vorgesehenen Platz befand. Im Regal neben der Tür. Schütze Schmitt stand derweil immer noch wie eine Kerze im Raum, wobei sein Gesichtsausdruck verriet, dass er tatsächlich noch nicht begriff, was eigentlich los war.

»Schmitt, Sie haben ein Problem!«

Ruscher war auf das Schlimmste gefasst. Es gab keine Alternative: Fiebig musste informiert werden. Neun Gemälde aus der Sammlung Bleustein-Levy waren infolge einer unglücklichen und eigentlich unerklärlichen Verkettung von Ereignissen vernichtet worden – und Ruscher war der Ernst der Lage zügig klar geworden. Etwas war faul an der Sache! Und ganz besonders an diesem Leutnant Lomberg. Schütze Schmitt würde einen vortrefflichen Sündenbock abgeben. Er hatte gewiss nicht vor, den Helden zu spielen und diesen nachträglich in Schutz zu nehmen. Er versuchte sich daran zu erinnern, wie sich Lomberg drei Tage zuvor bei der Abholung ausgewiesen hatte, und kam dabei zu der Erkenntnis, dass nicht nur Schmitt ein Problem bekommen würde. Ruscher malte sich in Gedanken den Tobsuchtsanfall von Fiebig aus. Der Standartenführer war sowieso ständig auf Krawall gebürstet, in diesem Fall aber drohte weit Schlimmeres als die obligatorischen Erniedrigungen, an die sich Wachmannschaften im Museum längst gewöhnt hatten. Seine einzige Hoffnung war, dass Fiebig selbst kein Interesse daran haben konnte, die Sache an die große Glocke zu hängen. Das Versagen von zwei Subalternen würde ihm im *Hotel Commodore* kein hinreichendes Alibi verschaffen, um selbst heil aus der Sache rauszukommen.

Feldwebel Ruscher betrat das Vorzimmer des Standartenführers gewohnheitsmäßig ohne anzuklopfen und war in der Erwartung, dort nur dessen notorisch übellaunige Bürovorsteherin Eva Rickert anzutreffen. Tatsächlich saß Fräulein Rickert zwar am gewohnten

Platz, unter dem Führerporträt, das die offene Tür zu Fiebigs Büro von rechts flankierte – ansonsten aber war nichts wie gewohnt. Ihre aufgequollenen Augen und der verschmierte Lidschatten gaben dem Ausnahmezustand ein von Todesangst erfülltes Gesicht. Von Fiebig keine Spur. Anstatt seiner: fünf Männer in ziviler Kleidung, die bei zwei der Herren aus schwarzen Ledermänteln bestand und die augenscheinlich damit beschäftigt waren, das Büro Fiebigs einer genaueren Inventur zu unterziehen. Ruscher stockte der Atem.

»Heil Hitler, Feldwebel Ruscher, Pforte West! Meldung für Standartenführer Fiebig.«

Einer der beiden Ledermäntel trat auf ihn zu und musterte ihn mit einschüchternder Miene, während einer der unauffälliger gekleideten Besucher zur Tür schritt und dort Position einnahm. Ruscher war sofort klar: Diesen Raum würde man nur noch mit dem Einverständnis der Gestapo verlassen können. Oder in deren Begleitung.

»Standartenführer Fiebig ist verhindert«, erklärte der Ledermantelträger und schob hinterher: »Einstweilen hat Oberführer von Behr das Kommando über das Museum auf den hiesigen Leiter des Sicherheitsdienstes übertragen. Und das bin ich.«

Samstag, 29. Mai 1943, Paris, 10:15 Uhr, Hotel Majestic, Sitz der deutschen Militärverwaltung, 19 Avenue Kléber, 16. Arrondissement

Der Zweite Weltkrieg kannte keine Wochenenden. Leutnant Ernst Lomberg hatte um zehn Uhr schon eine Menge weggeschafft, und es war Zeit für eine kurze Pause. Er nahm sich eine Zigarette aus der noch fast vollen Schachtel *Juno* und genoss die ersten Züge, während er mit dem noch sehtüchtigen Auge aus dem geöffneten Fenster das unruhige Treiben auf dem Innenhof der Militärverwaltung beobachtete. Es war die letzte Packung, die die Militärverwaltung noch hatte ausgeben können. Es hieß, der Produktionsbetrieb in Deutschland sei jüngst bei einem Luftangriff der Engländer zerstört worden. Doch Lombergs kleines Intermezzo wurde jäh unterbrochen, als Oberst Rommerskirchen ohne jegliche Vorankündigung das Büro betrat und mit ernster Miene befahl, »Lomberg, mitkommen! Sofort!«

Ilse Klug und Hanna Wolff, die beiden Schreibkräfte, mit denen sich Lomberg das Büro teilte, merkten sofort, dass es offenbar ein größeres Problem gab, und schauten sorgenvoll in Lombergs Richtung.

»Sofort, Herr Oberst!«

Lomberg drückte die halb Gerauchte aus, zog sich die Uniformjacke an und folgte Rommerskirchen auf den Gang.

»Leutnant Lomberg?« Einer der beiden dort postierten, schwarz uniformierten Männer war auf ihn zugetreten, während Oberst Rommerskirchen Abstand hielt und ihn mit versteinerter Miene musterte. Drei weitere Soldaten in gewöhnlichen Wehrmachtsuniformen traten ebenso näher an Lomberg heran und kesselten ihn ein.

»Sie sind festgenommen!«, klärte ihn der Beamte der Gestapo auf. »Dringender Tatverdacht. Schwerer Raub zulasten des Deutschen Reiches und offenkundige Verwicklung in den Mord an SS-Standartenführer Helmut Fiebig! Beides in Tateinheit mit Kollaboration mit Feinden des deutschen Volkes!«

Lomberg schnappte nach Luft, als die beiden Wachmänner schon nach seinen Armen griffen und diese schließlich hinter seinem Rücken in Handschellen legten. Er warf Oberst Rommerskirchen einen verzweifelt fragenden Blick zu, musste aber feststellen, dass dieser allem Anschein nach nicht zu intervenieren gedachte.

»Das muss ein Missverständnis sein ... ich bin unschuldig ... ich habe nichts getan. Verdammt, ich weiß gar nicht, wovon Sie reden ...« Lomberg hatte seine Stimme nun zwar wiedergefunden, aber diese war nur mehr ein Echo, dass durch den langen Gang hallte, während er bereits, ohne Widerstand zu leisten, abgeführt wurde.

1943 gab es bequemere Unterkünfte für eine Übernachtung in Paris. Während sich die Leitung der Gestapo an der mondänen Avenue Foch eingerichtet hatte, regierte an der unauffälligen Adresse in der Nähe des Élysé-Palastes der operative Mob des SD, der sich um die Verhöre von vermeintlichen Volksfeinden kümmerte, wobei der Begriff Verhör in diesem Fall gleichbedeutend war mit Folter. Sie hatten ihn schlimm zugerichtet, allerdings waren im Laufe des Tages bislang nur konventionelle Methoden zur Anwendung gekommen: Schläge und Tritte. Lomberg hatte stundenlang auf einem Holzschemel gesessen, war dabei an Händen und Füßen mit Ketten gefesselt und unzählige Male mitsamt dem Stuhl umgefallen, als ihn die Fausthiebe und Tritte trafen. Verhörexperte Heinz Bökelmann hielt es erst gar nicht für nötig, die Folter von Gefangenen in gesonderten Räumen durchzuführen, sondern zog es vor, dies in seinem eigenen Dienstzimmer zu erledigen. Wie selbstverständlich mischte sich dort normale Büroeinrichtung mit bizarren Folterinstrumenten. Lomberg war mehrfach zum Verhör vorgeführt worden und hatte beim letzten Mal im Vorbeigehen gesehen, wie ein anderer Gefangener wimmernd und mit einem Sack über dem Kopf auf einem Bettgestell lag. Es roch verbrannt. »Verschärfte Vernehmung«, beschied Bökelmann und ergänzte, »damit geht's morgen weiter, wenn Sie sich über Nacht nicht eines Besseren besinnen. Sie verlassen diesen Raum morgen entweder geständig oder in Einzelteilen!«

Lombergs Nachtquartier wies eine Grundfläche von zwei mal drei Metern auf, war fensterlos und lediglich mit einer Blechschüssel zur Verrichtung seiner Notdurft ausgestattet. Vier mächtige Lichtstrahler, je einer pro Wand, wurden im Zehnminutentakt an- und ausgeschaltet. Entweder strahlte ein gleißendes Licht den Inhaftierten an oder dieser fand sich in vollständiger Dunkelheit wieder. So ging es nun schon über Stunden. Jedes Mal, wenn die Strahler wieder angingen, versuchte sich Lomberg reflexartig die

Hände vors Gesicht zu halten, was jedoch kaum möglich war, da diese in Handschellen lagen. Immer wieder hatte er aufgeschrien, damit aber nur den Hohn der Wärter geerntet. »Stell dich nicht so an, Verräter! Du hast doch sowieso nur ein Auge!« An Schlaf war nicht zu denken und Denken war ebenso kaum möglich. Die Schmerzen der wahrscheinlich gebrochenen Rippen waren auszuhalten, aber sein Gehirn spielte vollkommen verrückt. Ratlosigkeit, Verwirrung und Verzweiflung wechselten im schnellen Takt. Darauf waren sie fraglos aus. Irgendwann tief in der Nacht zeigten die Wärter ein wohl kalkuliertes Erbarmen und unterbrachen die psychische Folter für eine Stunde. Es blieb dunkel. *Jeu de Paume.* Immer und immer wieder sprach er die drei Worte vor sich hin, *Jeu de Paume.* Nur mühsam kamen die grauen Zellen wieder in Gang, aber irgendwann gelang es ihm schließlich, die entscheidenden Bruchstücke zusammenzufügen. Auf eine sich langsam ausbreitende dunkle Vorahnung war schließlich eine zutiefst beunruhigende Erkenntnis gefolgt.

Leutnant Ernst Lomberg, dem Tod auf dem Feld gerade eben noch von der Schippe gesprungen, drohte das Opfer eines mörderischen Komplotts zu werden. Als Marionette eines kaltblütigen Verbrechers. Sein Leben hing schon wieder am seidenen Faden. Was er dabei noch nicht wissen konnte: In den beiden Nachbarzellen saßen gleich zwei potenzielle Entlastungszeugen. Diese jedoch galten selbst als Tatverdächtige, wobei Feldwebel Ruscher in ganz besonderem Maße zur Zielscheibe von Bökelmanns Sadismus geworden war. Ruscher wusste gar nicht wohin mit dem ihm zugefügten Schmerz. In den wenigen klaren Momenten, die sein Leid noch zuließ, sah er sich wahlweise am Galgen oder an der Ostfront. Ohne sich festlegen zu können, was dabei Pest und was Cholera sein würde. Schütze Schmitt hingegen hatte immer noch nicht begriffen, was eigentlich los war.

Der Mord war routiniert ausgeführt worden, bei der Beseitigung der Leiche hatte es der Korse aber an Sorgfalt vermissen lassen. Fiebigs aufgedunsener Körper war nur kurz unter Wasser geblieben, bevor sich der Strick an seinen Füßen samt dem zur Beschwerung vorgesehenen Stein wieder löste. Eine Patrouille war am nächsten Morgen auf den Leichnam aufmerksam geworden. Nur fünfhundert Meter flussabwärts, wo dieser an einem ankernden Boot hängen geblieben war. Zu diesem Zeitpunkt hatte es vor dem Jeu de Paume bereits lichterloh gebrannt. Eylmann wäre nervös geworden, hätte er von der frühzeitigen Entdeckung der Leiche erfahren, denn er war noch nicht über den Berg.

Der Zug nach Basel hatte den Gare du Lyon zwar schon um kurz vor acht verlassen, passierte zu diesem Zeitpunkt aber erst Bourg-en-Bresse. Fünf Stunden später, die Ermittlungen der Gestapo nahmen gerade erst Fahrt auf, hatte er die ihn erwartenden deutschen Agenten von der Abwehr schon beim Verlassen des Zugs am Zielbahnhof geortet. Deren Verunsicherung war offensichtlich, als keiner der ausgestiegenen Fahrgäste ihrem Suchschema entsprach. Für eine Gruppe anderer auf dem Bahnsteig wartender Männer hingegen war die Augenklappe genau das, wonach sie Ausschau hielten. Die Begrüßung fiel knapp aus und schon wenige Minuten später bestieg Eylmann einen komfortablen Dienstwagen seines neuen Arbeitgebers.

Der unter der Bezeichnung *Office of Strategic Services* – kurz OSS – firmierende Militärische Nachrichtendienst der Vereinigten Staaten von Amerika führte SS-Untersturmführer Franz Eylmann schon seit Sommer 1942 auf der Gehaltsliste. Sein Doppelagentenstatus sollte ursprünglich noch eine Weile aufrechterhalten werden. Dann jedoch hatte man kurzfristig neu disponiert, als es hieß, Eylmann würde aus Berlin abgezogen werden. Der Zweite Weltkrieg sollte noch zwei Jahre andauern, als Eylmann die Schwelle zu einer neuen Zeit schon überschritten hatte. In der Gewissheit, dass Leute wie er auch in Zukunft gebraucht wurden. Und zwar mehr denn je.

Kapitel 3

GENERATIONEN
UND GEHEIMNISSE

**Donnerstag, 12. Mai 2016, 9:15 Uhr,
Avignon (FRA), TGV-Bahnhof**

Es hätten schöne gemeinsame Tage auf Clos des Pins werden können, wenn auch nur zwei oder drei, doch Carine Berger hatte ihre
Prioritäten kurzerhand neu sortiert. Wieder einmal. Anlass für
die Absage war eine mit Dringlichkeit anberaumte Sondersitzung,
in der die Spitzengremien der Luxemburger *KBL Bank* über das
Schicksal eines kriselnden Geschäftskunden aus Belgien beraten
wollten. Die Anwesenheit des zuständigen Bereichsvorstands war
ausdrücklich eingefordert worden, denn Madame Berger hatte bereits für eine neuerliche Überbrückungs-Finanzierung plädiert, was
jedoch auf wenig Gegenliebe bei ihrem Chef gestoßen war.

Lombergs Stimmung zeigte sich am Morgen entsprechend. Barrington und der Kanadier waren schon früh in Richtung Süden aufgebrochen, um dem eigentlichen Zweck ihres Treffens nachzugehen.
Ziel war das Département Hérault. Deveraux liebäugelte angeblich
mit einem Zweitwohnsitz in der Region, woraufhin Peter einen Kontakt zu Jack Innes hergestellt hatte. Peters schottischer Freund hatte
vor Jahren ein Weingut in der Appellation Saint-Chinian übernommen und war später dazu übergegangen, Teile des vom Ausster-
ben bedrohten Nachbardorfs Cazeneuve-de-l'Orb zu kaufen, um es
touristisch zu erschließen. Ein frisch revitalisiertes Dorfhaus stand
aktuell zum Verkauf.

Lomberg bot sich für den vorzeitigen Rückflug die Qual der Wahl
zwischen Marseille, Béziers, Nizza oder sogar Lyon sowie zwischen
Düsseldorf oder Frankfurt. Er hatte sich spontan für die zuvor nie
genutzte Zugverbindung entschieden und Hector gebeten, ihn nach

Avignon zu bringen. Der TGV würde kaum mehr als sieben Stunden bis Frankfurt brauchen und Gelegenheit bieten, das anstehende Expressionisten-Seminar mit der gebotenen Sorgfalt vorzubereiten. Für die Schlussetappe nach Bonn würde er auf einen Leihwagen umsteigen. Zu Lombergs Enttäuschung erklärte Hector auf der halbstündigen Anfahrt, dass es sich bei der TGV-Station für die Fernverbindungen um ein gänzlich neues, erst 2001 errichtetes Gebäude handelte und nicht etwa um den historischen Bahnhof. Dieser würde an anderer Stelle zwar noch existieren, diene aber nur noch dem Regionalverkehr.

Am Bahnhof von Avignon. Es war der Moment gewesen, als Lombergs Neugier in Misstrauen umgeschlagen war. Deveraux' beiläufige Erwähnung des Treffpunkts, den Dupret für die Unterredung mit dessen Mitarbeiter gewählt hatte, entlarvte sich als ein ziemlich plumper Test. Lomberg hatte sich jedoch nicht locken lassen und mit dem rhetorischen Ausweichmanöver zu Dalís *Gare de Perpignan* von seinen tatsächlichen Gedanken ablenken können. Auch Barringtons feine Antenne war in diesem Moment auf vollen Empfang geschaltet. Viel mehr Kunstmanager denn echter Kenner der Kunstgeschichte, konnte doch auch Peter mit dem genannten Stichwort etwas anfangen.

Die Zusammenkunft auf Clos des Pins hatte ganz Erstaunliches zutage gefördert und Lomberg weit mehr in Erfahrung gebracht, als es auch nur im Ansatz zu erwarten gewesen war. Die Geschichte, mit der sich Gilles Dupret bei Deveraux interessant gemacht hatte und die dieser in auffälliger Bereitwilligkeit mit ihm und Peter teilte, schien nahezu unglaublich. Aber auch faszinierend. Als Deveraux schließlich auf Paris 1943 zu sprechen kam und damit auf die angebliche Verstrickung der damaligen deutschen Militärverwaltung in einen bislang unbekannten Fall von Kunstraub, hatte Lomberg jedoch schon Lunte gerochen. Die Behauptung, dass sich der besagte Coup nicht nur mit der mythenbehafteten Bilderverbrennung am Jeu de Paume verband, sondern obendrein mit einem Komplott deutscher Geheimdienste, war dann nur noch das verschwörungstheoretische Sahnehäubchen. Der Subtext der aneinandergereihten

Stichwörter ließ keinen Zweifel zu, worum es *eigentlich* ging. Deveraux wusste mehr, als er preisgab, und auch die Behauptung, mit der Angelegenheit praktisch schon abgeschlossen zu haben, war wenig glaubwürdig. Wenn auch nur ein Funken Wahrheit in Duprets Geschichte steckte, es wäre genau jene Qualität von Fall gewesen, auf die *Artclaim* gemeinhin aus war. Je spektakulärer, desto reizvoller. Je brisanter, desto einträglicher. Umso frustrierender musste es für Deveraux gewesen sein, dass ihm Dupret schließlich durch die Lappen gegangen war. Deveraux' Aktien waren evident und von rein geschäftlicher Natur. In der Sache war das noch nicht einmal verwerflich. Die allzu offensichtliche Verschleierung seiner wahren Motive lieferte jedoch allen Grund, an der Integrität des Kanadiers zu zweifeln.

Das Verhalten des ums Leben gekommenen Gilles Dupret hingegen zeigte sich weiter so rätselhaft wie widersprüchlich. Lomberg erinnerte sich noch genau an dessen Worte: »Im Umfeld der Stiftung gibt es Stimmen, die die Angelegenheit bevorzugt von der Firma *Artclaim* erledigen lassen wollen.« Dupret selbst jedoch hatte dies eigenen Angaben zufolge nicht getan und war vermutlich genau deshalb auf ihn zugekommen. Aus einem unbekannten, aber vermutlich wichtigen Grund schien Dupret ein Problem mit *Artclaim* gehabt zu haben. Dennoch war er in persönlichen Kontakt zu den Kanadiern getreten. Und zwar bereits am 14. April, also acht Tage vor seinem Anruf bei Lomberg. Deveraux gegenüber hatte er auch deutlich mehr preisgegeben, als er es bei seinem Anruf am 22. April getan hatte. Als Erklärung blieb Lomberg nur seine zunächst ablehnende Haltung. Und dennoch: Zu Duprets erklärter Absicht, ihn anstelle von *Artclaim* mit der offenbar heiklen Beutekunstangelegenheit zu betrauen, wollte das nicht so recht passen. Womöglich war nach dem oder während des Telefonats mit Deveraux etwas passiert, das Dupret zu einem Richtungswechsel bewogen hatte.

Es war noch eine halbe Stunde Zeit, bevor sich der TGV in Richtung Norden aufmachen würde. Lomberg war eine Weile durch die avantgardistische Bahnhofshalle geschlendert und hatte den notorischen Überschwang der französischen Gegenwartsarchitektur auf sich wirken lassen. Spuren der Geschichte waren hier natürlich nicht zu finden. Die Geschichte des Gilles Dupret indes war in den letzten vierundzwanzig Stunden sehr viel deutlicher zutage getreten, zugleich aber noch verworrener geworden und war dabei bedrohlich nah an Lennard Lomberg herangerückt.

Freitag, 13. Mai 2016, 22:30 Uhr,
Haus Lomberg, Bonn, Venusbergweg 9

Mit einem Lächeln quittierte Lomberg das gedämpfte Licht in seinem Haus, als er den in Frankfurt übernommenen Leihwagen am heimischen Venusbergweg zum Stillstand brachte.

»Hi, Dad«, rief ihm seine Tochter schon zu, als Lomberg noch im Flur stand und seinen Trench im Garderobenschrank verstaute. Sein Blick in das sich anschließende weitläufige Wohnzimmer zeigte ein vertrautes Bild. Julie hatte es sich gemütlich gemacht, ein paar Kerzen brannten und die Leuchten auf den Beistelltischen waren auf die niedrigste Stufe gedimmt. Sie lag im Halbdunkel auf dem ausladenden Sofa, wobei ihr Gesicht vom Gegenlicht des iPads erhellt wurde.

»Eine Frau im Haus, wie schön! Sicher hast du für mich gekocht?« In Lombergs Frage spiegelte sich die nüchterne Erkenntnis, an diesem Abend hungrig ins Bett zu gehen.

»Nein, aber nimm dir doch auch ein Glas Wein! Habe mir von unten eine Flasche hochgeholt. *Vieux Télégraphe* – das klang irgendwie nice.«

»Den 2012er?«

»Keine Ahnung.«

»Steht auf dem Etikett.«

»Da steht was von 2007.«

Es kam immer mal wieder vor, dass sich seine Tochter ein paar Tage Auszeit vom Studentendasein gönnte, um es sich bei ihrem Vater in Bonn bequem zu machen. So immens seine Freude war, wenn Julie mit kleinem Handgepäck vor der Tür stand, so groß war seine

Erleichterung, wenn sie nach ein paar Tagen wieder verschwand. Die vielen Jahre als Wohnsingle hatten Lomberg zu einem bisweilen komplizierten Zeitgenossen werden lassen, der sich in seiner Intimität schnell gestört fühlte. Der zum Gastprofessor avancierte Kunstmanager hatte ein Refugium ganz und gar nach seinem eigenen Geschmack geschaffen. Dieses erwies sich zwar als ungemein kostspielig, bestach aber mehr mit eleganter Diskretion und Sinn für Details denn mit offensichtlichen Statussymbolen. Eine Aussicht, dass dieser optimierte Männerhaushalt einst auch das Zuhause einer festen Partnerin werden könnte, erschloss sich indes überhaupt nicht. Auch nicht Carine Berger, die sich im Gesamtkunstwerk am Venusbergweg nicht selten wie ein ungebetener Eindringling vorkam. Gegenstände, die Lomberg wichtig oder nützlich waren, hatten allesamt einen fest definierten Platz gefunden, wodurch eine Vielzahl von automatisierten Alltagsroutinen erleichtert werden sollte. Ordnung war für Lomberg kein Wert an sich, sondern rein funktional determiniert, als Mittel zur Beherrschung von Komplexität, als Grundvoraussetzung für ein Gefühl der Sicherheit und im Umkehrschluss Unordnung ein Vorbote von Kontrollverlust. Exakt dieses Szenario aber drohte bei den maximalinvasiven Aufenthalten seiner Tochter in der Regel schon nach kürzester Zeit. Die Grenze zwischen Besuch und Heimsuchung war bei ihr stets fließend.

Lomberg gab ihr einen Kuss auf die Stirn und ließ sich neben ihr auf die Couch fallen.

»Stress in der WG?«

»Die Jungs haben die ganze Nacht Vollgas gegeben. Als ich heute Morgen in die Küche kam, saß da eine nackte Frau mit einem Hundekopf-Tattoo auf dem Dekolleté und trank Bier. Ich habe gleich meine Sachen gepackt. Kann ich ein paar Tage bleiben? Es war übrigens ein Husky.«

»Hast du nicht auch schon mal über ein Tattoo nachgedacht?«

»Ja schon, aber ich bitte dich, doch nicht auf dem Dekolleté!«

»Sondern wo?«

»Wenn, dann irgendwas Dezentes. Vielleicht auf dem Schulterblatt. Vielleicht lass ich es aber auch einfach.«

»Wie wär's denn hier so auf dem Arm?« Lomberg strich mit einem Finger vom Ellbogen hinauf zu ihrer Schulter und von dort zum Rücken.

»Sag mal, Dad, geht's noch?«

»Ich darf ja wohl mal fragen.«

Julie amüsierte sich. Ihr Vater drohte mit fortschreitendem Alter zu einem komischen Kauz zu werden.

»Ich dachte, du würdest Carine mitbringen?«

Lomberg stieß einen Seufzer aus, der keine weiteren Erklärungen verlangte.

»Wie war es denn bei Peter?«

»Anstrengend. Es ist spät geworden gestern und dann habe ich auch kaum geschlafen.«

»Wegen Carine?«

»Wegen meines Gesprächs mit Peter und seinem kanadischen Freund. Ich habe die halbe Nacht wach gelegen und an deinen Großvater gedacht.«

Julie hatte Lombergs Vater nie kennengelernt. Als Ernst Lomberg 1995 gestorben war, war Julie erst drei Jahre alt gewesen. Ihre Mutter, die Londoner Galeristin Fiona Bell, hatte die Beziehung zu Lomberg bereits im vierten Schwangerschaftsmonat beendet, womit seine ohnehin nur vage Hoffnung auf ein Familienleben schon im Keim erstickt worden war. Sie hatte ihn wissen lassen, dass es ihr eigentlich immer nur um den Sex gegangen war, und zudem auf ihre wirtschaftliche Unabhängigkeit verwiesen. Eine von Lomberg auszufüllende Vaterrolle hielt sie schlichtweg für überflüssig. Julie wuchs sodann bei ihrer Mutter auf und diese zeigte fortan auch kein Interesse, eine Beziehung zur Familie des Samenspenders zu pflegen. So blieb es Julie und ihrem Großvater zeitlebens versagt, sich kennenzulernen, und auch der Kontakt zwischen Vater und Tochter wurde vonseiten der Mutter für viele Jahre auf das Allernötigste beschränkt.

Als Teenager war es dann Julie selbst, die mehr und mehr die Nähe zum Vater suchte und sich in der Folge auch verstärkt für ihre deutsche Familie zu interessieren begann. Lombergs stiller Triumph über die mittlerweile offen bisexuell lebende Fiona war schließlich perfekt, als Julie von der kaltherzigen Egozentrik ihrer Mutter die Schnauze voll hatte und kurz nach ihrem achtzehnten Geburtstag die Koffer packte. Es folgten zwei Coming-of-Age-Jahre als Artist Manager in der Londoner Clublegende *Ministry of Sound*. Lomberg wusste nur zu genau, mit welchen Nebengeräuschen dieser Job gemeinhin verbunden war, ließ sie aber gewähren. Ihre Entscheidung für ein Studium gab ihm zwei Jahre später recht. Dass es sie dabei nach Deutschland verschlagen sollte, kam hingegen überraschend. Demonstrativer hätte ihre Hinwendung zu den väterlichen Wurzeln nicht sein können – und so kam es, dass Elisabeth Lomberg in ihren letzten Lebensjahren doch noch eine Enkelin bekam.

Julie nahm sich die gerahmte Fotografie der Eltern Lomberg von einem Beistelltisch, auf dem auch Bilder von ihr und Carine standen, und betrachtete sie ausgiebig.

»Irgendwas stimmt mit seinem Blick nicht ...«

»Hat deine Großmutter dir nie davon erzählt?«

»Wovon?«

»Das Glasauge. Links.«

»Nein ... aber jetzt sehe ich es. Eine Kriegsverletzung?«

»Volltreffer! Eine Handgranate in Nordfrankreich 1940.«

»Dad, das ist zynisch!«

»In England nennt man das Humor.«

»Von dieser Art Humor habe ich in meinem Leben schon genug gehabt.«

»Deine Großmutter hat dir doch bestimmt viel von ihm erzählt?«

»Ja, aber nur Sachen, über die eine alte Lady so spricht. Von ihren gemeinsamen Reisen und wie es war, als ihr Kinder wart, und natürlich, dass er wegen seines Amtes oft weg war und so weiter ... und dass sie ihn über alles geliebt hat. So was halt.«

»Na ja, in gewisser Weise fängt unsere Familienchronik sogar mit dem Glasauge an.« Lombergs Worte klangen eher etwas dahingesagt, weniger nach Erzählstunde. Julie schenkte nach und sah ihren Vater erwartungsvoll an.

»Dein Großvater war zwanzig, als der Krieg begann. Und dann ging es auch bald los für ihn. 1940, Frankreich. Mit vollem Elan.«

»War er etwa ein Nazi?«

»Er war in der Hitlerjugend, obwohl er 1933 immerhin schon vierzehn war. Der eine oder andere aus seinem Jahrgang mag zu der Zeit vielleicht schon etwas schlauer gewesen sein. Nicht ausgeschlossen, dass er später auch in die Partei eingetreten wäre. Ist er aber nicht.«

»Was hat ihn deiner Meinung nach davon abgehalten?«

»Vermutlich der Aufnahmestopp der NSDAP.«

»Du machst Witze!«

»Soweit ich weiß, wollte Hitler ein Verhältnis von eins zu zehn zwischen Partei- und Volksgenossen erreichen. Und dann war das Boot eben schnell voll.«

»In meiner englischen Familie würde man eher auf zehn zu eins tippen.«

»Die ist ja nun Gott sei Dank weit weg, nicht wahr?« Lomberg untermalte seine Worte mit einem sarkastischen Lachen.

»Du schweifst ab.«

»Nun ja ... dann sind sie nach Frankreich marschiert. Bis sie in eine Stadt namens Abbeville kamen. Und da ist es dann passiert. Er hatte sogar noch Glück. Zuerst sah es so aus, als hätte er das andere Auge auch verloren. Aber die Ärzte haben einen guten Job gemacht und ihn wieder zusammengeflickt.«

»Und was passierte dann? Musste er wieder in den Krieg zurück?«

»Jein. Das Glasauge war nützlich. Man erklärte ihn für GV. Das war das Kürzel für nur noch *garnisonsverwendungsfähig*. Diesen Begriff verwendete er später auch als Pensionär und bezog das auf seinen unfreiwilligen Ruhestand, der alte Grantler.«

»Erzähl weiter, Dad!«

»Und deswegen musste er nicht mehr an die Front. Irgendwann hat die Wehrmacht gemerkt, dass er ganz passabel Französisch sprach, und man gab ihm einen Job in der Militärverwaltung in Frankreich. Paris anstatt Stalingrad. Hätte also schlimmer kommen können. Ohne Glasauge.«

»Und weißt du, was er da gemacht hat?«

»Schreibstube. Erfassung von Wirtschaftsgütern und dergleichen. War später aber nie ein großes Thema bei uns zu Hause. Ehrlich gesagt hat es mich auch nicht sonderlich interessiert. Bis gestern.«

»Was soll das heißen, bis gestern?«

»Vergiss es!«

»Wie, vergiss es?«

»Vergiss es!«

»Okay, dann musst du aber erzählen, wie es damals weiterging!«

»Dein Großvater gehörte im Sommer 1944 zu den letzten deutschen Soldaten, die Paris verließen. Und irgendwie, frag mich nicht nach Details, ist er kurz vor Ende des Krieges in Gefangenschaft gekommen.«

»Und wie lange war er eingesperrt?«

»Nicht so lange. Hat wieder Glück gehabt. Die Amis meinten nämlich, dass die Jahrgänge ab einschließlich 1919 aufwärts unschuldig waren. Er war zuletzt immerhin Oberleutnant und das war eigentlich das Level, wo man anfing, näher hinzuschauen. Auch bei Nicht-Parteimitgliedern. Dann ist er erst mal zurück nach Bremen gegangen, nach Hause, zu seinen Eltern. Die waren übrigens schon beide tot, als ich zur Welt kam. Ende der Vierziger hat er schließlich das Studium angefangen. Jura. In Göttingen.«

»Und dann Bonn?«

»Julie, es ist gleich zwölf!«

»Ich stehe morgen nicht vor neun auf, Dad.«

»Bonn kam erst Jahre später. Sein erster Job war bei der Staatsanwaltschaft in Hannover. Ich glaube 1955 ist er nach Bonn gegangen. Ab dann war er sozusagen im Geschäft.«

»Und wie war das mit ihm und Großmutter?«

»Erst mal war gar nichts. Er hatte eine andere Frau. Sie waren verlobt. Die Frau ist krank geworden und sehr bald auch gestorben. Kurz nachdem die beiden nach Bonn gekommen waren. Muss wohl ziemlich tragisch gewesen sein.«

»Und weiter?«

»Er war erst mal alleine. Bis er ein Problem mit dem übrig gebliebenen Auge bekam und noch mal operiert werden musste. Da hatte er wieder gute Ärzte und obendrein auch noch eine sehr gute Krankenschwester.«

»Großmutter?«

»So ist es, Darling! Und dann haben sie auch gleich Nägel mit Köpfen gemacht und 1959 geheiratet. Er war immerhin schon vierzig und deine Großmutter neunundzwanzig. Für damalige Verhältnisse also schon spät dran. Das gilt im Übrigen auch für mich. Ich geh jetzt schlafen.«

»Wie alt ist eigentlich deine Schwester?«

»Meine Güte, Julie, jetzt auch das noch?«

»Ich höre!«

»Tine ist sechs Jahre älter als ich. Jahrgang sechzig. Nach ihr hatte meine Mutter zwei Fehlgeburten. Deshalb auch der Abstand zwischen uns.«

»Großmutter hat in unseren Gesprächen immer einen großen Bogen um das Thema gemacht. Ich wusste durch Tine davon, habe es aber nie angesprochen. Deine Schwester meinte übrigens, dass sei auch der Grund, warum Großmutter dich immer so verhätschelt hat.«

»Na ja, Tine hat ihrer Mutter jedenfalls wenig Grund gegeben, sich verhätscheln zu lassen.«

»Also ist Tine jetzt sechsundfünfzig? Verrückt, sie geht als mindestens fünfzehn Jahre jünger durch. Darum hatten wir letztes Jahr auch so großen Spaß auf Ibiza.«

»Du meinst, ihr habt große Joints geraucht, du und deine Tante.«

»Themenwechsel, Dad.«

»Ach ja, Themenwechsel. Du kannst also bestimmen, wann das Thema gewechselt werden soll und ich ...«

»Wenn ich meinen Großvater schon nicht kennenlernen durfte, will ich zumindest wissen, wie aus ihm der Bundesgeneralanwalt wurde. Das war er doch, oder?«

»Generalbundesanwalt, Julie. Lass uns das aber bitte ein andermal fortsetzen. Ich muss jetzt wirklich ins Bett.«

Lomberg war schon um sechs Uhr wach geworden und bei der dritten Tasse Breakfast Tea angelangt. *Twinings* hatte inzwischen geliefert. Es hatte in der Nacht stark geregnet, doch die ersten Sonnenstrahlen aus einem makellos blauen Himmel hatten die Feuchtigkeit schon verdunsten lassen. In solchen Momenten war die über dem rückwärtigen Anbau neu entstandene Terrasse Gold wert und Lombergs bevorzugter Platz, um in den Tag zu finden. Ein melodisches »Good morning, Dad!« riss ihn um kurz nach neun aus seinen Gedanken.

Julie Bell hatte im Sommer 2010, wenige Wochen nach ihrem achtzehnten Geburtstag, das Haus ihrer Mutter und die darin nicht immer glücklich verbrachte Kindheit am Shoot-up Hill für immer hinter sich gelassen, um einen schon länger gehegten Plan umzusetzen. Das erste Anlaufziel war sogleich das Einwohnermeldeamt in Camden Town gewesen, welches sie nur wenig später als Julie Lomberg-Bell wieder verlassen sollte. Es war der Intervention des Vaters zu verdanken, dass sich Julie nicht, wie ursprünglich beabsichtigt, ganz vom Namen ihrer Mutter trennte. »Schau bitte in den Spiegel!«, mehr hatte Lomberg nicht sagen müssen und sich daraufhin mit den britischen Behörden in Verbindung gesetzt.

Die Erbbiologie hatte es so eingerichtet, dass die unübersehbaren Vorzüge der Fiona Bell nahtlos auf ihre Tochter übergegangen waren. Genau jene Vorzüge, die Lomberg einst kopflos ins offene Messer laufen ließen, bevor er erkennen musste, dass sich hinter der reizvollen Fassade ein charakterlicher Abgrund auftat. Auch das forsche, bisweilen sogar impulsive Auftreten speiste sich fraglos aus der Mutter-DNA, nicht aber Julies warmherzige Fröhlichkeit. Lomberg wollte sich diese Eigenschaften nicht selbst zuschreiben, dafür kam er zu sehr nach seinem Vater. Julies Seelenverwandtschaft mit seiner Mutter hingegen drängte sich als genetische Erklärung geradezu auf und fand im liebevollen Verhältnis zwischen Großmutter und Enkelin auch eindrückliche Bestätigung.

Julie war mit ihrem Frühstück auf die Terrasse getreten, das aus einem doppelten Espresso und einer selbst gedrehten Zigarette bestand. Sie trug einen bedenklich kurz geschnittenen Kimono, dessen cremefarbener Stoff leicht glänzte. Ihre Haare zeigten sich nach oben wie zur Seite hin noch vom Schlaf wild zerzaust, aber eine Strähne war ins Dekolleté gefallen.

»Sehen dich deine Kölner Kommunarden morgens auch in diesem Aufzug?« Lombergs Tonfall sollte die väterliche Sorge gespielt und darum weniger ernst wirken lassen.

»Deine Tochter ist ein großes Mädchen«, lautete die knappe Antwort, woraufhin Julie sich zu ihm setzte.

»Na dann«, gab Lomberg zurück und ließ seinen Blick ins Unbestimmte wandern, um die beunruhigenden Bilder in seinem Kopf abzuschütteln.

»Steht dir wirklich gut!« Julie strich über den Sieben-Tage-Bart, zu dem sie ihrem Vater erst jüngst geraten hatte. »Deine Kratzbürste Carine steht doch sicher drauf, oder?«

»Also Julie, ich muss schon bitten!« Selbst die Empörung wollte ihm nicht glaubhaft geraten.

»Ich seh schon, Dad ... schlecht geschlafen?«

»Mir gehen halt ein paar Dinge durch den Kopf.«

»Paris?«

»Paris? Wie kommst du darauf?«

»Deine Bemerkung gestern Abend. Du sagtest, du hättest dich nie gefragt, was Großvater in Paris getrieben hat. Bis gestern beziehungsweise bis vorgestern.«

»Möchtest du etwas essen?«

»Du weichst mir aus, Dad.«

»Ach Julie, das ist eine alte Geschichte.«

»Ja, klar ist das eine alte Geschichte. Siebzig Jahre alt. Aber wie es scheint, ist es ja trotzdem eine aktuelle Geschichte. Und obendrein eine Familiengeschichte. Und deshalb bestehe ich darauf, dass du sie mir erzählst. Wie du weißt, ist das der Grund, warum ich hier bin. Ich musste immerhin fast volljährig werden, um diesen Teil meiner Familie überhaupt erst kennenzulernen. Und deshalb akzeptiere ich jetzt keine Geheimnisse mehr! Alles klar?«

»Sonnenklar.«

Da war sie wieder, die Mutter. Julie hatte sich prompt in Rage geredet. Die Gefahr, über das Ziel hinauszuschießen, war Julies steti-
ger Begleiter. Dennoch war Lomberg gerührt. Die Familie bedeutete
ihr viel. Seine Familie.

»Okay, großes Mädchen. Vielleicht kannst du mir als angehende
Journalistin sogar helfen.«

»Das klingt schon besser!«

»Du weißt ja, warum auf der Klingel nicht nur Lomberg, sondern
Dr. Lomberg steht?«

»Ja, weil du eitel genug bist, es nicht zu unterschlagen. Vermutlich müssen deine Studierenden sogar Herr Professor zu dir sagen.«

»Müssen sie nicht, du respektloses Stück! In meiner Doktorarbeit
ging es um das Thema NS-Beutekunst. Und obwohl ich mich schon
seit Jahren nicht mehr damit beschäftige, gelte ich immer noch als
Experte auf diesem Gebiet. Deshalb kommt es hier und da vor, dass
mich das Thema einholt.«

»Und das war bei deinem Frankreich-Trip der Fall?«

»So ist es.«

»Worum ging es?«

»Ich hatte mit Peter und einem gewissen Carl Deveraux eine Unterredung über einen vermeintlich besonderen Fall von Kunstraub
im Jahr 1943. Deveraux, ein Kanadier übrigens, erzählte eine ziemlich unglaubliche Geschichte. Die Kurzfassung: Angehörige der
deutschen Militärverwaltung in Paris sollen in diesen besonderen
Fall verwickelt gewesen sein.«

Lomberg beließ es zunächst dabei und blickte in die hellwachen
Augen seiner Tochter.

»Verstehe ... Paris ... Militärverwaltung ... Großvater. Und deshalb
wirst du nervös? Da haben doch bestimmt Hunderte von Menschen
gearbeitet. Warum sollte ausgerechnet er was damit zu tun haben?«

»Das hat dieser Deveraux auch nicht behauptet.«

»Aber?«

»Angedeutet.«

»Bist du dir sicher?«

»Ziemlich sicher.«

»Hältst du es denn für möglich, dass ...«

»Darüber denke ich jetzt seit achtundvierzig Stunden nach.«

»Und mit welchem Ergebnis?«

»Kein Ergebnis. Aber ein ungutes Gefühl.«

Julie zündete sich die nächste Zigarette an und ließ ihren Blick gedankenverloren über die Poppelsdorfer Dachgiebel schweifen. Lomberg schmunzelte und sah eine künftige Chefredakteurin vor sich.

»Du hast mir noch nicht gesagt, was der eigentliche Grund für das Treffen mit Peter und diesem Kanadier war.«

Eine kluge Frage, befand Lomberg, der sich ertappt und gleichsam bestätigt fühlte.

»Und wie kann ich nun helfen?«, erwiderte Julie unaufgeregt, nachdem Lomberg ihr die Ereignisse seit dem 22. April in aller Ausführlichkeit geschildert hatte.

»Du willst alles über deine deutsche Familie wissen? Dann mach dich an die Arbeit! Im Keller stehen elf Umzugskartons, in denen sich der gesamte schriftliche Nachlass deines Großvaters befindet. Tagebücher, Urkunden, Briefe, Zeitungsausschnitte, Fotos, Orden sowie Hunderte Seiten von Manuskripten für unzählige Vorträge. Und für das Buch, das einfach nie fertig werden wollte. Ist ein ziemliches Durcheinander. Tine und ich wollten uns längst darum gekümmert haben, aber du weißt ja, wie es ist.«

»Buch?«

»Nach der Versetzung in den Ruhestand wollte er seine Erinnerungen aufschreiben. Mit Erinnerungen meinte er die Zeit von 1966 bis 1985, also die Zeit beim BKA und bei Interpol. Und dann als Generalbundesanwalt. Also seine Erinnerungen an zwanzig Jahre *höchst persönliche Terrorismusbekämpfung*. Irgendwie aber gelang es ihm nicht, daraus ein lesbares Buch zu machen. Ist aber auch egal. Interessant sind die fünfundzwanzig Jahre davor. Mir ist in den letzten beiden Tagen klar geworden, wie wenig ich über diese Zeit weiß. Vermutlich weiß ich auch nur das, was ich wissen sollte oder durfte.«

»Was ich nicht verstehe, Dad. Wie kann es sein, dass ein paar

Anspielungen von diesem Kanadier dich so durcheinanderbringen? Und einen solchen Verdacht schöpfen lassen. Das ist es doch, oder?«

Lomberg antwortete nicht.

»Oder ist da noch was? Hat dieser Deveraux irgendeine Taste bei dir gedrückt?«

»Du verstehst dein Geschäft, Darling. Es gibt da tatsächlich etwas. Lass uns reingehen. Ich will dir was zeigen.«

Julie folgte ihrem Vater von der Terrasse ins Haus und ahnte schon, dass ihr Weg in den von Elisabeth Lomberg einst *Salon* getauften Raum führen würde. Anders als es die Bezeichnung vermuten ließ, handelte es sich bei dem großzügigen Zimmer mit einem zum Venusbergweg hin ausgerichteten Erkerfenster um die hauseigene Bibliothek. Lomberg hatte das geschmackvoll möblierte Refugium seines Vaters nahezu unangetastet gelassen, lediglich zusätzlichen Platz für seinen eigenen Literaturbestand geschaffen. Das penibel organisierte Bücherregal galt als eine der ganz besonders heiklen Verbotszonen im Haushalt und setzte auf sechs Meter Länge das raumhohe Ausrufezeichen eines im Übermaß belesenen Mannes. Zielstrebig steuerte Lomberg das Regalfach im Planquader vier/sieben an, entnahm ein gebundenes Buch, von dem er offenbar mehrere Exemplare vorrätig hielt, und drückte es Julie mit bedeutungsvoller Miene in die Hand. Auf der Rückseite des Buchumschlags war ein fast zwanzig Jahre altes Foto ihres Vaters abgebildet, das Julie mit einem amüsierten Lächeln quittierte, bevor sie das Buch wieder umdrehte und den Titel vorlas.

RESTITUTION. Kritische Bilanz der Wiedergutmachungspolitik der Bundesrepublik Deutschland zur Erfüllung von Ansprüchen aus NS-verfolgungsbedingtem Kunstraub in Westeuropa. Dr. Lennard Lomberg. Verlag Dr. Bartos. 3. Auflage. 1998.

»Ich gehe mal davon aus, dass der Inhalt spannender ist, als es der Titel vermuten lässt«, bemerkte Julie spitz.

»Es hat sich immerhin siebzehntausend Mal verkauft und musste zwei Mal nachgedruckt werden. Es gibt auch eine englische und französische Ausgabe.«

»Warum zeigst du mir das? Soll ich das jetzt auch lesen?«

»Meinetwegen. Aber nicht, bevor du die elf Kartons durchgearbeitet hast!«

»Also, was hat es damit auf sich?«

»Ich muss dafür etwas ausholen ...« Lomberg nahm sich eine weitere Tasse Tee und versuchte seine Gedanken zu sortieren. »1986. Ich war einundzwanzig. Abitur in der Tasche und den Zivildienst erledigt. Achtzehn Monate, heute dagegen ...«

»Dad, du schweifst wieder ab.«

»Ich dachte mir, jetzt kann ich ja mal schön die Füße hochlegen. Aber die Rechnung habe ich ohne den Wirt gemacht. Anfang des Jahres war dein Großvater in den Ruhestand getreten. Nicht ganz so freiwillig, wie es seinerzeit dargestellt wurde. Das führte in der Familie Lomberg zu einer neuen Situation. Er war plötzlich zu Hause. Und zwar ständig. Er war frustriert, wusste nichts mit sich anzufangen und ist allen auf den Wecker gegangen. Allen voran mir. An den besseren Tagen nannte er mich Weichei oder Traumtänzer. An schlechteren war ich bevorzugt der Gammler. Meine Freunde waren abwechselnd Haschbrüder, Salonbolschewisten oder Wegelagerer. Tagtäglich traktierte er mich mit seinen Plänen. Sprich, mit den Plänen, die er für mich machte. Mit sehr genauen Vorstellungen, versteht sich: Jura. Natürlich Jura. Für ihn war vollkommen klar, dass sein Sohn in seine Fußstapfen treten sollte.«

»Aber darauf hast du keine Lust gehabt.«

»Ich war in der Schule gut in Sprachen, Geschichte und Sport. Aber ich hatte keine Ahnung, was ich damit anfangen sollte. Lehrer? Ausgeschlossen! Kunst war schon interessant, aber ich war ja nicht im eigentlichen Sinne künstlerisch begabt. Und Kunstgeschichte hatte ich schon mal gar nicht auf dem Schirm.«

»Also?«

»Also war ich dem Thema Jura gegenüber gar nicht so abgeneigt. Aber ich wollte mich einfach nicht drängen lassen und deshalb habe ich ihn wochenlang auflaufen lassen.«

»Bis?«

»Bis sich mein Vater zu der Aussage verstieg, dass er mir auch eine Wohnung bezahlen würde, wenn ich für das Jurastudium in eine andere Stadt gehen müsste. Und dass ein Auto zur Not auch drin wäre.«

»Ich kann mir vorstellen, wie es weitergegangen ist«, bemerkte Julie amüsiert.

»Ich habe ihn ausgetrickst und mich einfach eingeschrieben. Jura. In West-Berlin. Maximal weit weg von zu Hause. Jura gegen Wohnung, Jura gegen einen *Renault R4* Kastenwagen und Jura gegen achthundert Mark monatlich. Das hat er geschluckt. Und ich hatte nicht nur endlich meine Ruhe, sondern auch meine Freiheit. Mein erster Deal.«

»Und dann hast du den Deal gebrochen und das Jurastudium wieder geschmissen?«

»Nicht so forsch, junge Frau! Erst nach drei Jahren und nach dem ersten Staatsexamen. Es war nämlich gar nicht so schlecht und ich war es auch nicht. Im Gegenteil: diese ganz eigene Sprache, die langen verschachtelten Sätze. Die Präzision bei der Beschreibung von Sachverhalten. Ich mochte das sehr. Aber nach dem Praktikum bei der Staatsanwaltschaft war mir klar, dass ich etwas ganz anderes machen musste.«

»Verstehe. Aber war das nicht voreilig? Mein erstes Praktikum bei der Redaktion war auch ein Schock: Zyniker, Säufer, Machos. So viele gescheiterte Existenzen auf einem Haufen. In den ersten Wochen lag ich jeden Abend heulend im Bett.«

»Da war noch was. Es war mittlerweile 1990 und in Berlin die Hölle los. Diese ganze Wiedervereinigungs-Orgie war überhaupt nicht mein Ding. Offen gestanden: Es hat mich angekotzt. Zudem hatte ich eine nervenaufreibende Beziehung zu einer spanischen Mitstudentin. Sehr schön, sehr klug, sehr kompliziert. Enea Montoya ...«

»Bleib beim Thema, Dad.«

»In diesen Tagen hab ich oft bei meinem Nachbarn Jeremy rumgehangen. Er arbeitete in einer Galerie in Kreuzberg. Abends saßen wir meist in seiner Bude und haben Whiskey getrunken, wobei er mir vom Kunstbusiness erzählt hat, was ich sehr faszinierend fand. Eines Tages fragte er mich, ob ich Lust hätte, ihn für eine Woche nach London zu begleiten. Habe ich dann auch gemacht. Es dauerte ganze drei Tage, bevor mir dank seiner Kontakte ein Aushilfsjob in der *Saatchi Gallery* angeboten wurde. Dann war es um mich geschehen. Ich habe mich am University College für Kunstgeschichte eingeschrieben und bin einfach in England geblieben. Vierundzwanzig Jahre. Wie du weißt.«

»Und dein Vater?«

»Ich war auf seinen Zorn gefasst. Aber was dann kam, war schon sehr krass. Er ereiferte sich nicht nur darüber, dass ich Jura geschmissen hatte, sondern vor allem über mein neues Studienfach. Er wollte mich mit allen Mitteln von der Kunstgeschichte abbringen. Er hat das regelrecht verteufelt und behauptete, dass Kunsthandel ein dreckiges Geschäft sei und ich davon gefälligst die Finger lassen solle. Ich war außer mir. *Dreckiges Geschäft?* Mein Vater hatte sich jahrzehntelang mit Politikern, Geheimdienstlern und Terroristen rumgeschlagen und kam mir dann so? Ich hatte überhaupt kein Verständnis für sein Verhalten und das sagte ich ihm auch in aller Deutlichkeit. Wir gingen im Streit auseinander und haben dann erst mal gar nicht mehr miteinander gesprochen. Ich habe mir danach die ganze Zeit den Kopf darüber zerbrochen, was eigentlich sein Problem war.«

»Ich verstehe, Dad, worauf das hinausläuft. Aber welche Rolle spielt dann dieses Buch?«

»Schau, Julie, ich habe das Kunstgeschichte-Studium förmlich im Schweinsgalopp durchgezogen. Wie du weißt, bin ich zwischenzeitlich Vater geworden. Ich musste liefern! 1994 war ich fertig und konnte direkt bei *Christie's* anfangen. Dann bot sich noch die Gelegenheit, die Promotion hinterherzuschieben. Und daraus ist das Buch entstanden, das du gerade in den Händen hältst.«

»Ja und?«

»Im Herbst 1994 stellten sie bei deinem Großvater einen weit fortgeschrittenen Prostatakrebs fest. Metastasen in den Hüftknochen und Rückenwirbeln. Nach kurzer Zeit saß er schon im Rollstuhl. Natürlich wollte ich in dieser Zeit unsere Differenzen irgendwie ausräumen. Ich bin viel zwischen London und Bonn gependelt, um bei ihm zu sein. Nebenbei: Auch mir ging es miserabel. Deine Mutter hatte mich abserviert und dich gekidnappt. Dein Großvater und ich haben dann halbwegs wieder zueinandergefunden. Wobei ich mir nie ganz sicher war, ob es bei ihm wirklicher Versöhnungswille war. Vielleicht sind es auch einfach nur seine nachlassenden Kräfte gewesen, die ihn besänftigten. Das ging dann so bis zu seinem sechsundsiebzigsten Geburtstag im März 1995, von dem alle wussten, dass es sein letzter sein würde.«

»Was ist passiert?«

Lomberg griff nach dem Buch in Julies Händen und deutete auf den Titel. »Mir ging es darum, dem ganzen langen Weg nochmals einen Sinn zu geben, einen kunsthistorischen Sachverhalt aus juristischer Perspektive zu beleuchten. Die Quintessenz von sechs Jahren Studium.«

Julie stand auf, ging zum großen Erkerfenster und blickte eine Weile gedankenverloren herab auf den unter ihr liegenden Venusbergweg, einem jungen Mann hinterher, der mit der linken Hand einen futuristisch anmutenden Kinderwagen über den Bürgersteig schob und in der rechten ein Smartphone hielt, dem seine ungeteilte Aufmerksamkeit zu gelten schien.

»Du wolltest deinem Vater imponieren, nicht wahr?«

»Ich hatte ihm das fertige Manuskript geschickt. Als Geschenk für ihn. Da ich erst später am Abend kommen konnte, ließ ich es ihm schon zum Frühstück zustellen. Ich wollte, dass er die Gelegenheit bekam, schon mal ein paar Seiten zu lesen. Natürlich suchte ich seine Anerkennung. Welchem Sohn ist die Anerkennung des Vaters schon gleichgültig. Oder welcher Tochter?«

»Und dann ist die Sache nach hinten losgegangen?«

»Mehr als das. Es war praktisch das Ende unserer Vater-Sohn-Beziehung. Als ich abends schließlich kam und ihn zur Begrüßung umarmen wollte, stieß er mich von sich. Er ist in seinem Rollstuhl geradezu explodiert.«

Lomberg ging ein paar Schritte, hin zu jener Stelle, an der vor einundzwanzig Jahren der Konflikt eskaliert war. Er setzte sich in den alten Eames-Sessel und schlüpfte damit in die Rolle des Vaters, der sein heiß geliebtes Sitzmöbel seinerzeit gegen den Rollstuhl hatte eintauschen müssen. Er räusperte sich kurz und fing plötzlich an zu brüllen:

»Anstatt diesem Staat dankbar zu sein, ein Leben in Frieden und Wohlstand führen zu können, hast du nichts Besseres zu tun, als ihn mit altem Nazi-Dreck zu bewerfen. Anstatt meiner Generation den Respekt dafür zu erweisen, dass wir dieses Land aus dem Nichts wiederaufgebaut haben, spuckst du uns ins Gesicht. Mit deiner selbstgefälligen Arroganz. Mit deinem überheblichen Moralismus. Diese kleine unperfekte Republik, die du anklagst, ist das Beste, was wir Deutschen je hatten. Ich habe jahrzehntelang meinen Kopf für dieses Land hingehalten. Damit die nächsten Generationen ein besseres Leben haben. Und was macht der ach so schlaue Sohn, der Herr Doktor? Er scheißt drauf! Du und dein armseliger Kunsthandel. Verschwinde wieder in dein Königreich! Du flamboyanter Snob! Ich will dich hier nicht mehr sehen!«

Lomberg ließ die Worte einen Moment im Raum stehen, stand schließlich auf und ging zurück zu Julie, die der Inszenierung mit versteinerter Miene gefolgt war.

»Das waren so ungefähr seine Worte. Ich konnte erst mal gar nichts sagen. Meine Mutter brach mit einem Weinkrampf zusammen. Gott sei Dank war Tine da. Ich habe meine Sachen gepackt und bin gegangen. Er rief mir noch hinterher, dass ich es eines Tages bereuen würde.«

»Oh my god ...«

»Eine Woche später kam er ins Krankenhaus. Und nicht wieder raus. Am Tag vor seinem Tod habe ich ihn noch einmal kurz gesehen. Er fing an zu weinen. Konnte nicht mehr sprechen. Ich habe mir eingebildet, dass er mich um Verzeihung bitten wollte.«

Julie starrte ihren Vater weiter fassungslos an, bevor sich schließlich Tränen ihren Weg bahnten und nur noch tiefe Erschütterung aus ihrem Gesicht sprach.

Esther hatte den Braten direkt gerochen. Es war niemand im Haus, als sie pünktlich um neun im Venusbergweg eintraf, um ihren täglichen Bürodienst bei *LenLo International Art Advisors* anzutreten. Auf ihrem Schreibtisch stand ein geschmackvoll zusammengestellter Blumenstrauß. Daran angelehnt ein Briefkuvert, das sie sogleich öffnete, um darin zwei Konzertkarten zu finden: *Max Raabe und das Palastorchester* in der Kölner Philharmonie. Die mit Bedacht ausgewählte Aufmerksamkeit ihres Chefs war aber nur die Hälfte der Botschaft. Die andere präsentierte sich in einem neben der Blumenvase liegenden Papierstapel. Das Vortragsmanuskript für das bevorstehende Seminar über die deutschen Expressionisten der Zwanzigerjahre. Esther hatte daran zwar intensiv mitgearbeitet, dass es am Ende jedoch ihr zufallen würde, die Vorlesung zu halten, sorgte erst mal für Schnappatmung.

Sag einfach, meine Stimmbänder sind hin. Du schaffst das schon! Danke! Gruß, Lenn, lautete der handschriftlich nachgetragene Vermerk auf der Titelseite.

Carine hatte sich am Tag zuvor unerwartet gemeldet, um an eine angeblich schon seit Längerem bestehende Einladung bei den Trierweilers zu erinnern, von der Lomberg jedoch bislang rein gar nichts wusste. Die Verantwortung für das Kommunikationsdelta schob Carine auf ihren ohnehin schon angezählten Sekretär, woraufhin Lomberg erst recht auf stur schaltete. Carine war der Ernst der Lage irgendwann klar geworden. Lombergs Verärgerung hatte herzlich wenig mit der Trierweiler-Party zu tun, umso mehr aber mit der jüngsten Absage ihres Treffens auf Clos des Pins. Es folgte eine taktische Links-rechts-Kombination aus Süßholzgeraspel und frivolen Anspielungen, von der sich Lomberg schließlich erweichen ließ. Dass ihm die Trierweiler-Party in Wahrheit höchst gelegen kam, ließ er unerwähnt.

Von den regelmäßigen gesellschaftlichen Terminen, nicht zuletzt mit Kunden der Bank, denen sich Carine aufgrund ihrer Position bei der *KBL* nicht entziehen konnte, gehörten die Einladungen der Trierweilers stets zu den angenehmeren. Jacques Trierweiler war allerdings auch kein Kunde. Er war der Chef der Bank und damit auch der ihre. Jacques und seine Frau Brigitte waren trotz ihrer Prominenz im Großherzogtum vergleichsweise unkomplizierte Leute, die ihr Haus regelmäßig für viele Gäste öffneten. Unter diesen waren die einschlägigen Wirtschafts- und Politikmächtigen zwar immer auch mit kleinen Fraktionen vertreten, die Mehrheit bildeten jedoch stets Leute aus dem internationalen Kulturbetrieb, dem die Trierweilers in vielen Bereichen als Mäzene eng verbunden waren. Verleger und Autoren, Journalisten, Maler, Architekten, Designer – wenn nicht aus dem Benelux-Raum, dann vorwiegend aus Frankreich und Spanien – gaben sich bei den Trierweilers die Klinke in die Hand und sorgten dafür, dass deren Soireen nicht annähernd so steif ausfielen, wie das bei Bankern gemeinhin zu erwarten war.

Fester Bestandteil der bunten Trierweiler-Clique war auch Raoul Castigno. Lomberg und Raoul waren nicht nur vom gleichen Fach, sondern einander auch persönlich von Beginn an sympathisch gewesen. Der katalanische Franzose aus Narbonne mit Dienstsitz in Barcelona hatte sich einen Namen als Herausgeber des Magazins *Artforum* gemacht, das in der internationalen Kunstwelt ein vorzügliches Renommee genoss. Lomberg konnte nach dem letzten Miteinander im Hause der Trierweilers einen Kontakt zu Peter Barrington vermitteln, was dazu geführt hatte, dass *Walcott* jetzt regelmäßig Anzeigen in *Artforum* schaltete. Er hatte also noch etwas gut bei Castigno und nebenbei ein paar fachliche Fragen. Raoul galt nämlich als wandelndes Lexikon zum Thema Kubismus.

Lomberg war nach längerer Zeit mal wieder mit zwölf Zylindern unterwegs und genoss die rund zweistündige Tour von Bonn nach Luxemburg in vollen Zügen. Der 5,2-Liter-Motor des Jaguar XJ Coupé aus dem Baujahr 1978, dem letzten der Series 2, tat es ihm dabei gleich und gönnte sich auf der zweihundertzwanzig Kilometer langen Strecke ganze 50 Liter Superbenzin. Seine geliebte *Katze*, mit royaler Erstlackierung in Clairet-Rot und in der begehrten Vanden-Plas-Version ausgestattet, war ihm nach dem ersten *White Glove*

Sale-Bonus bei *Christie's* zugelaufen. Seither befand er kein anderes Auto für anschaffungswürdig und fuhr deshalb zumeist Taxi.

Es war schon 16 Uhr, als Lomberg seinen Wagen vor Carines Haus in Frisange parkte. Sie hatte die diskrete Hinterhof-Location vor einem Jahr durch Zufall entdeckt und dafür das luxuriöse, aber auch anonyme Penthouse in Luxemburg Stadt leichten Herzens aufgegeben. Drei Stunden würden ihnen zu zweit bleiben. Carine begrüßte ihn mit den Worten, dass hinterher noch genügend Zeit sei, um über die Misstöne der letzten Wochen zu reden. Die erste Runde war von gewissen Startschwierigkeiten beeinträchtigt. Das zweite Mal ließ sich schon geschmeidiger an und gipfelte schließlich in einer Zügellosigkeit, die mit der Entladung aufgestauter Anspannung mindestens so viel zu tun hatte wie mit liebevoller Hingabe.

»Ich habe Braque seither nie wiedergesehen.«

»Das tut mir leid, Liebster!« Carine hatte ihren Kopf auf Lombergs Brustbewuchs gebettet und in dieser Stellung ihre Befriedigung eine ganze Weile lang in sprachloser Erschöpfung genossen. Lomberg aber war mit seinen Gedanken schon wieder ganz woanders.

»Wusste ich gar nicht, dass du Braque persönlich gekannt hast. War der nicht schon tot, als du zur Welt gekommen bist?«, fragte Carine mit säuselnd gespielter Naivität.

»Ja. Drei Jahre. Diese Aussage muss man auch metaphorisch verstehen.«

»Aha. Also vermisst du ihn nicht wirklich?«

»Nicht ich. Picasso.«

»Aaah ... Picasso, jetzt verstehe ich! Du wirst dich auf der Party also wieder mit deinem Spezi Raoul aus dem Staub machen.«

»Picasso wollte damit eigentlich sagen, dass er mit dem Künstler Braque – so wie er ihn kannte und schätzte – später nichts mehr anfangen konnte. Weil der sich nach dem Krieg vom Kubismus abwendete. Und dann war ihre Beziehung hin.«

»Lenn, ich war nicht im Krieg. Ich hatte nur sehr viel zu tun in letzter Zeit.«

Carine Berger, deren Nachname in der für Luxemburg typischen Mischung aus deutscher und französischer Aussprache zu intonieren war, liebte diese Auftritte. Und auch Lomberg hatte sich mächtig rausgeputzt. Der schlank machende schwarze Anzug mit tief ausgeschnittener Weste und das weiße Hemd mit zwei geöffneten Knöpfen machten einen ganz anderen Typ aus ihm als der zuletzt eher nachlässig kultivierte Professoren-Look mit Cord und Tweed. Und auch Lomberg genoss es sichtlich, wie die Frau an seiner Seite die Blicke der anderen Gäste auf sich zog.

»Ich wusste gar nicht, dass Brigitte auch die Clooneys eingeladen hat«, lautete die herzlich polternde Begrüßung durch den Hausherrn, die natürlich als Kompliment für den eleganten Aufzug der beiden gemeint war.

»We just came down from Como with our new heli ...« Lomberg hatte die Steilvorlage nur zu gerne aufgenommen und überraschte dabei mit einem grotesk parodierten Südstaaten-Akzent. Carine fand das weniger komisch und bohrte ihm den Pfennigabsatz ihrer *Louboutins* in den linken Fuß.

»Pardon, Jacques, er spielt schon den ganzen Tag den Clown.«

»Lennard, mein Guter, was kann ich Ihnen anbieten?«

»Ich würde einen heimischen Riesling-Sekt von der Moselle einem Champagner klar vorziehen.«

»Ein Clown? Ein Schmeichler, dein Mann!«

»Ich weiß, Jacques. Ich sollte besser auf ihn aufpassen.«

»Lennard, es tut mir wirklich leid, dass wir Carine so in Beschlag nehmen. Sie ist absolut unverzichtbar für uns. Ich möchte mir gar nicht vorstellen, wo wir ohne sie ständen«, bemerkte der Bankchef und gab Lomberg damit zu verstehen, dass er seine Geliebte auch in Zukunft selten zu sehen bekommen würde.

»Jacques, mein Freund, Sie müssen es mir nicht erklären. Wenn Carine etwas macht, dann macht sie es richtig. Und mit Leidenschaft.«

»Wie ich schon sagte, Carine, ein Schmeichler.«

»Und ein unglaublicher Schuft«, waren die Worte, mit denen Carine die Aufwartung beim gastgebenden Arbeitgeber zu ihrem Ende führte.

Nachdem sie gemeinsam eine ganze Reihe von Pärchen-Small-Talks schadlos überstanden hatten, waren Lomberg und Carine zunächst getrennte Wege gegangen. Lomberg kam dabei gut auf seine Kosten. Nicht nur das kulinarische Angebot war außergewöhnlich, auch die Bar zeigte sich vorzüglich sortiert. Er wurde schließlich in ein längeres Gespräch mit dem Leiter der Private-Wealth-Sparte bei der *KBL* verwickelt und nutzte die Gelegenheit, die Vorzüge von Kunstbesitz als alternativer Anlageform anzupreisen. Am Ende kam ein kleiner Auftrag für *LenLo* heraus. Carines Vorfreude auf die Party wurde hingegen schnell getrübt. Die Krise des belgischen Kunden hatte hohe Wellen geschlagen und Trierweiler auf ein nochmaliges Gespräch unter vier Augen gedrängt, das schließlich eine ganze Stunde in Anspruch nahm. Es war schon nach zehn, als Carine sich wieder unter die Gäste mischte. Lomberg sah sie mit einer Gruppe von Frauen zusammenstehen, die allesamt an den Lippen eines Mannes hingen, der zuvor schon als katalanischer Nachwuchskünstler annonciert und scheinbar als besondere Attraktion zur Party geladen war. Lomberg beobachtete den gestenreichen Vortrag des juvenilen Kreativen aus sicherer Distanz, ohne zugleich seinen Blick von Carine abwenden zu können, die erstmals das rückenfreie Abendkleid von *Balenciaga* trug. Sie hatten das edle Stück bei einem Wochenend-Trip nach Mailand im zurückliegenden Dezember in einem Schaufenster bei *Rinascente* entdeckt. Lomberg wollte es ihr unbedingt schenken, doch Carine hatte darauf bestanden, es sich selbst zu kaufen, woraufhin es zu einem Streit gekommen war.

»És una vista bella, veritat?«, ertönte plötzlich die vertraut wirkende Stimme jenes Mannes, der immer wieder seine Freude daran hatte, Lombergs rudimentäre Katalanischkenntnisse auf die Probe zu stellen.

»Raoul, amic meu, com va?«

»Gràcies. Gràcies al fet que està fent bé.«

Raoul umarmte Lomberg überschwänglich und präsentierte sich

in gewohnt exzentrischer Manier. Natürlich fehlte auch der dalíeske Gehstock nicht, war dieser doch das unvermeidliche Erkennungszeichen der Marke Raoul Castigno, die im internationalen Kunstbetrieb einen Ruf wie Donnerhall genoss.

»Habe schon gedacht, du kommst gar nicht mehr. Wo hast du gesteckt?«

Raoul schickte seiner Erklärung einen theatralischen Seufzer voran. »Das Geschäft. Das liebe Geschäft. Wir haben gleich Druckschluss für die neue Ausgabe. Ein Riesen-Hickhack. Ein ohnehin höchst mittelmäßiger Galerist aus Miami hat uns mit einem Interview hängen lassen. Habe jetzt zwei Stunden mit der Redaktion telefoniert. Die spielen alle verrückt.«

Da er wusste, dass Raoul zu einer gewissen Larmoyanz neigte, wenn es um seine Arbeit ging, wechselte Lomberg sofort das Thema. »Lass mich raten, Raoul, der Frauenunterhalter da hinten ist sicher ein neuer Schützling von dir?«

»Ja, ich kümmere mich ein wenig um ihn. Sehr talentiert. Und nebenbei kümmert er sich auch ein bisschen um mich.«

»Du meinst?«

»So ist es! Wir sind seit drei Monaten zusammen. Ich fühle mich wie ausgetauscht. Javier ist ein wahrer Jungbrunnen.«

»Das klingt ja fabelhaft! Ich freue mich sehr für dich«, kommentierte Lomberg ungelenk, während er versuchte, sich das Miteinander der beiden mindestens dreißig Jahre auseinanderliegenden Männer vorzustellen.

»Was hast du mit deinen Haaren gemacht, Lenn? Wie heißt das Mittel?«

»Das Mittel heißt, ich werde fünfzig, habe den Arsch voller Arbeit und gehe zu oft alleine ins Bett.«

»Dabei macht dich das Grau doch erst so richtig sexy.«

»Ach komm, Raoul, lass gut sein! Lass uns über was anderes reden. Offen gesagt, wüsste ich auch schon, worüber. Habe da so eine Sache, über die ich mich gerne mal austauschen würde.«

»Només parlar?«

»No parlant i bevent.«

»Com sempre?«

»Sí. Com sempre.«

Castigno brachte zwei Scotch Soda auf eine jener zahlreichen Terrassen, die die im Geiste von Richard Neutra konzipierte Mid-Century-Villa für Bewohner und Gäste zur Verfügung stellte, und bot Lomberg dazu eine *Ducados* an.

»Merda en paper«, lauteten dessen dankbare Worte.

»Und mein Freund? Worum geht's?«

»Lange Geschichte.«

»Lange Geschichten sind schlecht. Gib mir lieber einfach ein Stichwort.«

»Sorgues, August 1914.«

Castigno blickte kurz auf, schien irgendwie überrascht und antwortete mit etwas Verzögerung. »Picasso, Braque, Derain. Im Sommerhaus von Madame Janer. Leider nur eine kurze Episode. Ganz anders als 1912. *La Grande Guerre* kam ihnen dazwischen.«

»Wie lang waren sie zusammen?«

»Sechs Wochen, höchstens. Picasso war auch nur tagsüber bei den Männern. Eva Gouel war auch da und mit ihr hatte er ein weiteres Haus in Avignon gemietet. Die *Villa Les Clochettes*. In der Nacht war er meist bei ihr. Bekanntlich hatte er in dieser Zeit ja einen ziemlichen Verschleiß.«

»Sind in diesen sechs Wochen Werke entstanden, die später als bedeutsam eingestuft wurden?«

Castigno legte die Stirn in Falten und blickte Lomberg mit halb zugekniffenen Augen an. »Alles, was die drei je gemacht haben, wurde später für bedeutsam erklärt.«

»Ist schon klar. Ich meine, ist diese kurze Periode speziell relevant? Kunsthistorisch relevant, meine ich?«

»Nein, ist sie nicht. Aber biografisch. Das Ende des Künstlerpaars Braque und Picasso. Wegen des Krieges. Picassos berühmtes Zitat. Und so weiter. Du weißt schon.«

»Ja, ich weiß«, meinte Lomberg und schob nach, »genau das interessiert mich.«

»Was willst du wissen, Lenn?«

»So genau kann ich dir das gar nicht sagen. Mehr oder weniger alles, was damit zusammenhängt.« Kaum hatte er die Worte ausgesprochen, überfiel Lomberg ein Hustenanfall. Er griff hektisch nach dem Scotch und trank den Doppelten in einem Zug aus.

»Salut.« Castigno tat es ihm gleich.

»Nehmen wir mal Folgendes an, Raoul, es gibt da draußen irgendwo einen Typen, der einem kunsthistorischen Geheimnis auf die Spur gekommen ist. Ein Geheimnis, das seit langer Zeit bestens gehütet wird. Und das heute für große Aufmerksamkeit sorgen würde, wenn es denn gelüftet würde. Und es gibt dann auch noch ein paar Leute, für die es besser wäre, wenn das Geheimnis auch ein solches bliebe.«

»Okay, Lenn. Ich versuche mir so etwas vorzustellen und währenddessen kümmerst du dich um neue Drinks.«

Lomberg steuerte zielstrebig die Bar an und fand dort Carine vor, die erkennbar lustlos an einem Glas Weißwein nippte.

»Alles klar?« Lomberg legte seinen Arm um ihre Schultern und gab ihr einen Kuss.

»Ich glaube, ich werde heute nicht alt hier, Lenn. Der ganze Stress in den letzten Wochen fordert seinen Tribut.«

»Was soll ich dazu jetzt sagen?«

»Sag einfach nichts und küss mich noch mal.«

Lomberg kam der Aufforderung widerspruchslos nach.

»Wie geht es Raoul?«

»Gut geht's ihm. Schon von seiner neuen Liaison gehört?«

»Du meinst diesen Xavier oder Javier? Natürlich!«

»Und was denkst du?«

»Bin mir nicht sicher. Kultivierter und vermögender Mann jenseits der sechzig mit besten Kontakten verknallt sich in den gut aussehenden Nachwuchskünstler und öffnet ihm alle Türen.«

»Und du meinst, dass der dann schon sehr bald wieder durch eine dieser Türen verschwindet?«

»Genau das denke ich. Wenn Raoul nicht mehr nützlich ist, wird sich der hübsche Javier den nächsten Gönner angeln. Wäre ja auch nicht das erste Mal, dass Raoul so was erlebt.«

»Wie schön, dass wir immer so ähnlich denken.«

»Ich liebe dich, Lenn!«

»Ich liebe dich auch, Carine. Ich wünschte nur, wir hätten mehr Zeit für uns.«

»In Wahrheit willst du sagen, dass ich mehr Zeit für dich haben sollte. Und damit hast du auch recht.«

»Kann es sein, dass du mir was sagen willst?«

»Es tut mir leid ...«

»Was?«

»Du wolltest ja ein paar Tage bei mir bleiben. Aber es bleibt uns leider nur der Tag morgen, dann ...«

»... dann was?«

»Trierweiler hat mich eben verhaftet. Er will, dass ich mit ihm übermorgen nach Chicago fliege. Es geht um ein Joint Venture mit einer US Investment Bank. Ziemlich wichtige Sache. Bislang weiß noch niemand davon, auch nicht im Vorstand. Ich bin die Erste, die er ins Boot geholt hat.«

»Sehr schmeichelhaft. Du hattest also keine Chance, abzulehnen.«

»Willst du damit dein Verständnis andeuten?«

»Würdest du dich dann besser fühlen?«

»Natürlich würde ich das. Weißt du ...«

»Nein, Carine. Nicht jetzt. Nicht hier. Lass uns das vertagen. Ich habe außerdem noch etwas mit Raoul zu besprechen. Dauert nicht lange. Eine halbe Stunde höchstens.«

Lomberg hatte seine langjährige Lebensgefährtin ohne ein Zeichen von Verärgerung oder gar Enttäuschung an der Bar zurückgelassen. Allerdings auch ohne ein Signal, das ihr die Last des schlechten Gewissens hätte nehmen können. Die Grenzen seines Verständnisses für Carines berufliche Prioritäten waren gerade mal wieder in Richtung einer sich immer mehr verfestigenden Resignation verschoben worden. Er war schließlich auf die Terrasse zurückgekehrt und entdeckte Castigno im Zwiegespräch mit seinem neuen Schützling, der jedoch sogleich wieder fortgeschickt wurde, als sich Lomberg bemerkbar machte.

»Entschuldige, Raoul. Carine ...«

»Gibt's ein Problem?«

»Zumindest kein neues.«

»Immerhin. Cheers.«

»Cheers.«

»Jemand hat ein Geheimnis der Kunstgeschichte aufgedeckt, droht es öffentlich zu machen und andere wollen das verhindern. Da waren wir stehen geblieben, nicht wahr?«

Castignos Augen verrieten Neugier, aber auch eine unbestimmte Art von Skepsis. »Ich weiß nicht, ob die anderen es verhindern wollen, aber sie sind zumindest beunruhigt. Ansonsten ja, korrekt.«

»Gut. Und wenn ich dich recht verstehe, hat die Geschichte mit Sorgues 1914 zu tun, also mit Picasso, Braque und Derain?«

»Sí.«

»Und du erwähntest, dass das damit verbundene und bisher gut gehütete Geheimnis schon ein paar Jahre alt ist?«

»Dreiundsiebzig Jahre, um genau zu sein«, präzisierte Lomberg, wartete einen Moment ab und schob nach, »... und der Bahnhof von Avignon sollte auch Teil der Assoziationskette sein.«

Lomberg bemerkte es sofort. Das zuletzt genannte Stichwort verwandelte die Gesprächsatmosphäre abrupt. Die beiden hatten sich zuvor mit dem Rücken an das Terrassengeländer gelehnt und sich damit während ihres Gesprächs bisher dem Inneren des Hauses zugewandt, in dem die Party immer noch in vollem Gange war. Castigno drehte sich nun plötzlich um, zündete sich eine weitere *Ducados* an und ließ den Rauch des ersten Zugs langsam wieder entgleiten. Lomberg tat es ihm gleich.

»Was willst du mir sagen, Raoul?«

Castigno warf seinem deutschen Kollegen einen ernsten Blick zu. »Der Name Bleustein-Levy sagt dir sicher was?«

»Natürlich. Eine der großen französischen Sammlerfamilien. Juden. Lyon. Auschwitz.«

»Birkenau. Um genau zu sein.«

Lomberg lief ein kalter Schauer über den Rücken. Das nächste

Stichwort für Castigno lag ihm schon auf der Zunge, aber er entschied spontan, das Jeu de Paume vorerst unerwähnt zu lassen.

»Lucien Bleustein hatte für den Kubismus eigentlich gar nicht so viel übrig«, fuhr Castigno fort. »Er liebte die Impressionisten. Die bildeten auch das Herzstück seiner Sammlung. Die Nazis machten nach dem Ende der *freien Zone* sofort kurzen Prozess in Lyon. Sie haben ihnen alles genommen. Zuerst die Kunst, dann das restliche Hab und Gut und danach haben sie sie deportiert und ins Gas geschickt. Das Einzige, was sie vergessen haben, war das Tagebuch vom alten Lucien.«

»Tagebuch?«

»Nicht wirklich ein typisches Tagebuch, mehr eine Art Logbuch seiner Sammlertätigkeit. Mit detaillierten Aufzeichnungen, wann er wo welches Bild gekauft oder auch verkauft hat. Mit genauen Angaben, von wem, an wen und für welchen Preis. Immer auch mit einigen persönlichen Notizen, zum Bild, zum Maler oder auch zum Verkäufer.«

»Komisch. Nie davon gehört«, entgegnete Lomberg eher indifferent und wusste nicht so recht, was er mit dieser Information anfangen sollte.

»Es ist im Besitz des *CHRD* in Lyon, des *Centre d'Histoire de la Résistance et de la Déportation*.«

»Hilf mir, Raoul. Wo ist die Verbindung?«

Castigno zögerte, während Lomberg nur zu deutlich spürte, schon wieder in ein Wespennest gestochen zu haben.

»Ich kenne das Buch. Die *Picasso Society* beauftragte mich 1998, einige Nachforschungen anzustellen. Zu diesem Zweck war ich damals auch in Lyon. Es gibt in dem Buch einen merkwürdigen Hinweis. Bleustein dokumentierte darin den Kauf eines kubistischen Gemäldes. Im August 1938. Der Verkäufer war nicht der Künstler, aber es war auch kein Kunsthändler, Galerist oder Agent, sprich keine der üblichen Quellen für einen professionellen Sammler.«

»Sondern?«

»Ein Antiquariat.«

»Aha, und?«

»Im Zusammenhang mit dem Kauf des Bildes gibt es einen besonderen Vermerk Luciens: *Zufallsfund, außergewöhnliches kubistisches Werk, Künstler unbekannt. Provenienz-Recherche?* So oder ganz ähnlich jedenfalls.«

»Interessant. Und was hat das mit Picasso zu tun?«

»Frag mich doch mal, wo dieser Antiquar seinen Laden hatte?«

Lomberg lief der nächste Schauer über den Rücken.

»Sag nicht Sorgues?«

»Knapp daneben, mein Freund. In Isle-sur-la-Sorgue. Gleich um die Ecke.«

Lomberg dachte kurz nach. »Aber das alleine hat doch noch nicht wirklich was zu sagen. Das alleine ist doch kein Grund zu glauben, dass der unbekannte Künstler womöglich doch nicht so unbekannt war. Darauf willst doch hinaus, oder?«

»Das alleine nicht. Nein. Aber einige Tage nach dem dokumentierten Kauf machte sich Bleustein eine weitere Notiz zu dem Bild: *Recherche in Sorgues. Vermutung besonderer Provenienz erhärtet. Klärung Signatur?*«

»Aha. Und was hast du dir darauf für einen Reim gemacht?«

»Offenbar bewies Lucien damals seinen bekannt guten Riecher. Ich vermute, dass es der Antiquar war, der ihm vielleicht einen Hinweis gab, wie er zu dem Bild gelangt war. Ganz offensichtlich führte ihn dieser Hinweis nach Sorgues. Und die zeitlichen Angaben legen nahe, dass Lucien diesem auch sofort nachgegangen ist.«

»Solche Antiquariate beziehen ihre Ware ja bevorzugt durch Haushaltsauflösungen«, meinte Lomberg halb abwesend, während ihm zeitgleich eine ganze Kaskade von ungeordneten Gedanken durch den Kopf schoss.

»Du sagst es, Lenn. Und was glaubst du, was mit dem Haushalt von Madame Janer geschah, nachdem sie gestorben war?«

»Du sagst mir jetzt nicht, dass er aufgelöst wurde, oder?«

»Doch, das sage ich.«

»Aber nicht 1938?«

»Nein, 1937.«

Lomberg blickte seinen Freund starr und sprachlos an.

»Und, meu amic, wäre es jetzt nicht mal an der Zeit, mir zu erzählen, worum es bei deiner *langen Geschichte* überhaupt geht?«

Lomberg ignorierte das. »Wenn ich dich recht verstanden habe, gibt es also die These, dass Bleustein wahrscheinlich rein zufällig einen unbekannten, irreführend signierten und aus irgendeinem Grund vergessenen Picasso gekauft hat. Und zwar bei einem Broquante in Isle-sur-la-Sorgue, der damals den Hausstand der ehemaligen Vermieterin von Picasso verhökerte?«

»Sie war auch die Vermieterin von Braque und Derain«, mauerte Castigno plötzlich.

»Und warum hat dich dann die *Picasso Society* nach Lyon geschickt?«, hakte Lomberg nach, erhielt aber keine Antwort mehr.

Carine war zu den beiden Männern auf die Terrasse gekommen und deutete damit an, dass Lomberg dabei war, sein Zeitlimit zu überschreiten.

»Raoul, ich danke dir. Ich werde dir alles erklären. In Ruhe. Versprochen! Ich melde mich.«

»Muss ich mir Gedanken machen?«

»Nein, musst du nicht. Noch mal: Ich erkläre dir das Ganze. Wenn ich selbst etwas mehr Klarheit habe in dieser Sache.«

»Okay. Ich erwarte deinen Anruf«, meinte Castigno mit besorgter und zugleich ärgerlicher Miene.

Lomberg hatte das seit Wochen im Raum stehende Thema bei Carine bislang gänzlich ausgespart. In Gegenwart der beiden Männer wurde ihr jedoch sofort klar, dass offensichtlich eine ernste Angelegenheit besprochen wurde. Sie waren schon ein paar Meter gegangen, als Lomberg sich noch einmal umdrehte.

»Raoul?«

»Ja?«

»Die Signatur, du erwähntest eine Signatur?«

»ALGADA.«

»Und was soll das bitte schön heißen?«

»Denk an deine eigenen Worte, Lenn!«

Castigno beließ es dabei. Mehr wollte er seinem deutschen Freund an diesem Tag nicht verraten.

Sechs Gläser Riesling-Sekt und zwei doppelte Scotch waren Grund genug, Carine das Steuer der *Katze* zu überlassen, hinderten Lomberg aber nicht daran, präzise und jederzeit logisch nachvollziehbar von den zurückliegenden Ereignissen zu berichten. Jene, die sich seit dem 22. April zugetragen hatten, als ein gewisser Gilles Dupret in sein Leben getreten war, um sich nur drei Tage später schon wieder daraus zu verabschieden. Der Besuch des BKA in seinem Haus fand genauso Erwähnung wie die Unterredung mit Carl Deveraux auf Clos des Pins. Und auch die Inhalte des Gesprächs mit Raoul Castigno wurden detailreich rekapituliert.

»Auf deine Frage nach der Signatur meinte Raoul, du sollst an deine eigenen Worte denken ...«, stellte Carine fragend fest, als sie nach einer halben Stunde Fahrzeit den Wagen wieder vor ihrem Haus parkte.

»Ja. Das sagte er. Er war verärgert. Kein Wunder. Ich habe ihn die ganze Zeit ausgequetscht, ohne ihm überhaupt zu sagen, worum es mir eigentlich ging. Und dann wollte er nicht mehr.«

»Was meinte er, als er von *deinen Worten* sprach?«

»Vermutlich meinte er die Stichworte, die ich ihm eingangs genannt habe.«

»Und welche waren das?«

»Sorgues 1914 und damit indirekt Picasso, Braque, Derain. Und dann noch der Bahnhof von Avignon.«

Die beiden saßen noch einen Moment gedankenverloren im Auto und lauschten still der Akustik leichter Regentropfen, die auf die korrosionsanfällige Karosserie niedergingen. Plötzlich begann Carine damit, À *la Gare d'Avignon* mit einer Fingerspitze auf die mittlerweile von innen beschlagene Windschutzscheibe zu schreiben.

»Lass uns hochgehen!« Für Lomberg schien der Abend gelaufen.

Carine ignorierte seine Worte und ergänzte schließlich den Buchstaben A mit einem accent grave. Lomberg bemerkte ein zufriedenes Lächeln auf ihrem Gesicht.

»Was ist?«

Carine blieb stumm und setze unter jeden Anfangsbuchstaben eine Unterstreichung, wobei das Wort *Gare* eine weitere unter dem *a* erhielt. *À la Gare d'Avignon. ALGADA.*

Kapitel 4

DER SCHEISSKRIEG

Der Scheißkrieg. Unter dem Strich hatte ihn der Feldzug des Tausendjährigen Reichs exakt eine ganze Lebensdekade gekostet. Erst Polen, dann Frankreich und ab 1944 die Kriegsgefangenschaft in Algerien, aus der er pünktlich am 1. September 1949 zurückgekehrt war. Verlaust, unterernährt, mittellos und reich an Erfahrungen, die er nie hatte sammeln wollen. Von seiner Heimatstadt Bielefeld war nicht viel übrig geblieben. Ebenso wenig von seiner Familie, deren Existenz am 30. September 1944 bei einem Brandbomben-Angriff der Royal Air Force vollständig verglüht war.

Unterschlupf sollte der umherirrende Kriegsheimkehrer schließlich bei einer Tante in der westfälischen Provinz finden. Diese war in zweiter Ehe mit dem ehemaligen Ortsgruppenführer von Anröchte verheiratet, der ebendort schon wieder eine erfolgreiche Möbelspedition betrieb und *Gnade vor Recht* walten ließ, als seine Frau ihn darum bat, Feldwebel a. D. Max Ruscher wieder auf die Beine zu helfen. Die Notlösung hielt ein paar Monate, bevor der gelernte Großhandelskaufmann weiterzog: Nachtschichten auf einer Autobahntankstelle, Bordkellner bei der Deutschen Bahn, Lagerist bei einem Versandhändler für Reitsportartikel. Ruscher war auf der Suche nach seinem eigenen Wirtschaftswunder nicht wählerisch gewesen – und zugleich auf der ständigen Flucht vor sich selbst und seinem Erinnerungsschmerz. Alles war besser als der Scheißkrieg.

Als er 1954 die neue Stelle bei der *Wasserberg KG* im rheinhessischen Nieder-Olm antrat, konnte er noch nicht ahnen, damit eine wegweisende Entscheidung getroffen zu haben. Herrmann

Wasserberg hatte das einstmalige Elektrofachgeschäft in zweiter Generation übernommen und erfolgreich zu einem Verleihbetrieb für Veranstaltungstechnik ausgebaut. Ob Straßenfeste, Firmenjubiläen, Krönungen von Weinköniginnen oder Kommunalwahlkampf, wann immer in der Gegend etwas los war, Wasserberg war zur Stelle. *Beleuchtung, Beschallung, Begeisterung* hatte eine Werbeagentur aus dem Frankfurter Westend für den passenden Werbeslogan gehalten und die ganze Sache damit gut auf den Punkt gebracht.

Dank seines Fleißes und seiner Anpassungsfähigkeit gelang es Ruscher, im Familienbetrieb der Wasserbergs schnell Fuß zu fassen, und schon bald war er ein fester Teil der Zukunftsplanung geworden. Nur eine Bedingung wurde ihm vom alten Wasserberg gestellt: Aus Max Ruscher musste Herr Ruscher-Wasserberg werden, schließlich ging es bei der Aufnahme in den Clan nicht nur um die Ehe mit dessen ältester Tochter Helene, sondern auch um die sich abzeichnende Nachfolge im Betrieb. Sodann wurde 1958 mit dem Trauschein auch Prokura erteilt.

»Firma Wasserberg, Ruscher-Wasserberg am Apparat. Guten Tag.«

»Spreche ich mit dem Junior?«, lautete die wenig galante Gesprächseröffnung der anrufenden Dame, die er der Stimme nach auf ein mittleres Alter taxierte und aufgrund des Dialekts zunächst in der Schweiz verortete.

»Junior ist in meinem Alter etwas schmeichelhaft. Aber ja, richtig, ich bin der Schwiegersohn von Herrn Wasserberg.«

»Mein Name ist Bärlach, Marie-Louise Bärlach aus Eltville. Sagt Ihnen das etwas?« Die Anruferin ließ mit der Frage zweifelsfrei ihre Erwartung durchblicken.

»Der Nachname Bärlach sagt mir natürlich etwas. Paul Bärlach, Wiesbaden? Bin ich auf der richtigen Spur?«

»Erfasst, junger Mann! Die Familie von Rippenberg hat uns Ihren Betrieb empfohlen.«

»Das hören wir gerne. Die von Rippenbergs sind langjährige Kunden des Hauses. Wir haben erst vor sechs Wochen die Konzertveranstaltung in Oestrich-Winkel begleitet. Die *Riesling-Sonate*. Sicher haben Sie davon gehört?«

»Haben wir. Mein Gatte und ich waren natürlich auch zugegen.«

»Was kann ich für Sie tun, Frau Bärlach?«

»Mein Mann feiert am 20. August zehnjähriges Dienstjubiläum. Die Halsabschneider in Bonn haben ihm nur einen billigen Sektempfang im Amt gegönnt. Am Abend wollen wir dann aber angemessen feiern. Privat. Bei uns in der Villa Florence.«

»Wie viele Gäste erwarten Sie denn, verehrte Frau Bärlach?«

»Circa einhundertfünfzig. Zahlreiche aus dem Ausland. Es wird eine ganze Reihe von Reden gehalten.«

»Werden alle Zuhörer in einem Raum sein, wenn gesprochen wird?« Ruscher begann sich Notizen über den sich abzeichnenden Auftrag zu machen.

»Also, ich bitte Sie! Die Villa Florence ist keine Hundehütte«, bemerkte Frau Bärlach indigniert, um dann jedoch klarzustellen, »aber einhundertfünfzig Leute? Nein, die Gäste werden sich wohl oder übel etwas verteilen müssen. Die Hälfte im Foyer und der Rest in den sich anschließenden Salons.«

»Dann bräuchte es also ein Mindestmaß an technischer Beschallung. Mikrofon und einige Lautsprecher, verteilt auf die einzelnen Räume, mit einer vernünftigen Tonsteuerung. Da können wir selbstverständlich behilflich sein, Frau Bärlach.«

»Davon bin ich ausgegangen, Herr Wasserberg.«

Der Ortstermin in der Villa Florence wurde für den übernächsten Tag vereinbart. Danach sollte eine konkrete Planung nebst Kostenvoranschlag erstellt werden. Die Geschäfte florierten. Nicht zuletzt dank der Mund-zu-Mund-Propaganda in der besseren Gesellschaft des Rhein-Main-Gebietes, die der *Wasserberg KG* immer wieder hochkarätige Neukunden zutrug. Und nun die Bärlachs.

Der langjährige Chef des Bundeskriminalamtes und seine neun Jahre jüngere Gattin Marie-Louise waren bekannt für ihre rege Teilnahme am gesellschaftlichen Leben in der Region und galten auch selbst als großzügige Gastgeber. Die Jugendstil-Villa in exponierter

Rheinblick-Lage genoss nicht nur den Ruf, Ort von stets opulenten Feierlichkeiten zu sein, sondern galt auch als eine der teuersten Immobilien im ganzen Umkreis. Sogar einen eigenen Luftschutzbunker konnten die Bärlachs ihr Eigen nennen. Es ging jedoch das Gerücht um, dass der Besitz in einer nicht ganz transparenten Beziehung zu einer Schweizer Privatbank stünde – und diese wiederum in familiärer Nähe zu Marie-Louise Bärlach, geborene Ruetschli. Deutschlands höchstrangiger Polizist hatte strategisch geheiratet und kultivierte einen Lebensstil, der für einen Spitzenbeamten der Bundesrepublik in den Sechzigerjahren als eher ungewöhnlich einzuschätzen war. Helene Ruscher-Wasserberg bremste die fast schon euphorische Freude ihres Mannes über die sich anbahnende neue Kundenbeziehung dann auch direkt aus und verteilte mit Blick auf Familie Bärlach die Prädikate »neureich« und »nicht so ganz koscher«, um jedoch zu konzedieren, »dass deren Geld aber auch nicht stinkt«.

Ruscher trug sich die Termine in seinen Kalender ein. Übermorgen: der Ortstermin mit anschließender Erstellung des Angebots. Zwei Tage vor der Veranstaltung würde man mit dem Aufbau der Anlage beginnen und am 19. August eine Generalprobe durchführen. Bei der Veranstaltung müsste er mindestens bis zum Ende des offiziellen Teils vor Ort sein, um bei eventuellen Problemen sofort eingreifen zu können. Das war Usus bei der *Wasserberg KG*. Der Abbau sollte direkt am nächsten Morgen erfolgen. *Das passt ja dann so gerade*, dachte Ruscher und hatte dabei den privaten Termin am 22. August in Köln im Blick, der ihm eine Herzensangelegenheit war.

Zur gleichen Zeit, Montag, 8. August 1966, Ministerium des Inneren, Bonn, Graurheindorfer Straße 108

Anstrengende Wochen und eine schlaflose Nacht lagen hinter ihm, als Ernst Lomberg gegen zehn ins Büro kam und von seinen Kollegen erst mal kräftig geherzt wurde. Nach der Geburt von Tochter Christine 1960 mussten die Lombergs in den darauffolgenden Jahren zweimal großes Unglück beklagen und auch die jüngste

Schwangerschaft war komplikationsreich, am Ende jedoch glücklich verlaufen. In den späten Abendstunden des 7. August 1966 hatte Elisabeth Lomberg per Kaiserschnitt einen gesunden Sohn zur Welt gebracht. Lennard war der Name, auf den sich das Elternpaar nach längerer Diskussion verständigt hatte. Für den Fall, dass es ein Junge werden sollte – und darauf hatte Ernst Lomberg, Leiter des Referats für polizeiliche Grundsatzfragen beim Bundesminister des Inneren, schon sehr gehofft.

Sekretärin Erika Nordhoff nahm den Hörer ab und rief Lomberg stumm, aber gestenreich herbei. »Der Minister!«, flüsterte sie, als Lomberg nach dem Hörer griff.

»Lomberg hier, guten Morgen, Herr Minister. Das ist ausgesprochen freundlich von Ihnen, an mich zu denken.«

»Sie müssen mir bei einem Problem helfen, Lomberg!«

Es ging also ums Geschäft.

»Ja, bitte, worum geht es, Herr Minister?«

»Eine dringende familiäre Angelegenheit hat meine Tagesplanung zunichtegemacht. Den Termin um 15 Uhr kann ich nicht wahrnehmen. Sie wissen, welchen Termin ich meine.«

»Tut mir leid zu hören, Herr Minister. Natürlich weiß ich, welcher Termin heute ansteht. Kann Staatssekretär Spiegel Sie nicht vertreten?«

»Ach, vergessen Sie Spiegel! Der hat von der Materie doch überhaupt keine Ahnung. Sie haben doch die ganze Arbeit allein gemacht.«

»Und das heißt?«

»Ganz einfach, Lomberg. Sie müssen das selbst in die Hand nehmen.«

Lomberg traute seinen Ohren nicht. »Verstehe ich Sie richtig, Herr Minister? Ich soll anstatt Ihrer zu Radtke gehen und mit ihm über das Gutachten sprechen? Der redet doch nicht mit einem Referatsleiter. Bei allem Respekt, aber ich halte das für keine gute Idee. Dafür ist die Sache viel zu wichtig.«

»Die Sache läuft nicht über Radtke. Habe ich schon geregelt. Wir wollen doch den Bock nicht zum Gärtner machen.«

»Aber Herr Minister, es vergeht doch kein Tag, bevor Radtke nicht davon erfährt, wenn wir mit jemand anderem im Kanzleramt geredet haben. Der hat doch überall seine Spitzel.« Das kurze Schweigen in der Leitung ließ Lomberg für einen Moment glauben, sich vergaloppiert zu haben. Doch Minister Lücke löste die Situation sogleich wieder auf.

»Ich sagte ja, dass ich das schon geregelt habe. Das Kanzleramt lassen wir erst mal schön außen vor. Sie gehen direkt zum *Bungalow*. Sie sind bereits angemeldet.«

Montag, 8. August 1966, 15:00 Uhr, Residenz des Bundeskanzlers, Bonn, Regierungsviertel

Die Angelegenheit war extrem heikel. Es ging um die sogenannte Sicherungsgruppe Bonn, kurz SG. Der im unweit gelegenen Meckenheim ansässige Ableger des Bundeskriminalamtes war 1951 mit dem speziellen Zweck gegründet worden, die Verfassungsorgane der Bonner Republik zu schützen, sprich Kanzler und Regierung, Bundestag und Bundesrat, natürlich auch den Bundespräsidenten und nebenbei auch noch das Bundesverfassungsgericht in Karlsruhe. Bis dato hatten die Personenschützer einen eher überschaubar komplizierten Job zu erledigen. Eine Neubewertung der Gefährdungslage Anfang 1966 – die aufkommenden Proteste gegen den Vietnamkrieg spielten dabei eine wichtige Rolle – warf jedoch neue Fragen auf. Und auf die hatte das BKA sogleich mit umfassenden Vorschlägen für den Ausbau und die Neu-Organisation der SG reagiert. Das selbstbewusst als *Beschlussvorlage* eingebrachte Papier der BKA-Leitung war an Staatssekretär Spiegel adressiert worden. Dieser wollte die politische Tragweite der Initiative erst nicht erkennen und ließ dann auch jeglichen Ehrgeiz vermissen, den Widerstand der Innenbehörde gegen Wiesbaden zu mobilisieren. Stattdessen hielt er es für eine schlaue Idee, das Papier an das Justizministerium durchzustechen, um erst mal eine juristische Einschätzung zu erhalten. Von dort kam es postwendend mit dem Verweis auf Nichtzuständigkeit zurück. Diesmal landete der Vorgang dann direkt bei Lücke und von dort auf dem Schreibtisch des Grundsatzreferats.

Lomberg konnte Minister Lücke schnell für seine Sicht der Dinge einnehmen. Zwar enthielt das BKA-Papier eine ganze Reihe von operativ sinnvollen Vorschlägen, die Ausführungen zu den damit verbundenen juristischen Sachverhalten erschienen jedoch noch völlig unausgereift und auch Finanzierungsfragen wurden erst mal komplett ausgeklammert. Und was noch mehr ins Gewicht fiel: Es handelte sich um den gänzlich unverblümten Versuch, die Position des BKA innerhalb des Sicherheitsapparats deutlich zu stärken und den dafür notwendigen politischen Diskurs auf dem vermeintlich kurzen Dienstweg zu unterlaufen.

»Wiesbaden will Politik durch die Hintertür machen«, urteilte Minister Lücke scharf und befand dies nicht nur allgemein als ungehörig, sondern im Wissen um das Personaltableau, mit dem man es beim BKA zu tun hatte, als vollkommen inakzeptabel. In Ministerialrat Radtke vermutete Lücke zurecht einen potenziellen Fürsprecher für die Wiesbadener Pläne, war dieser doch bekanntermaßen vom gleichen Schlage. Die Kamarilla von Alt-Nazis, die die Behörde von Anbeginn an unterwandert hatte, würde von einem Typen wie Radtke ganz sicher nicht auszubremsen sein. Im Gegenteil. Und deshalb musste man direkt mit *ihm* reden.

Lomberg war schon ein wenig rumgekommen in der Welt und deshalb auch nicht mehr so leicht zu beeindrucken. Aber das hier war tatsächlich etwas ganz Neues. Adenauer hätte den Architekten des Kanzlerbungalows am liebsten für zehn Jahre in Haft nehmen lassen. Bauherr und Amtsnachfolger Ludwig Erhard hingegen stellte bei der feierlichen Schlüsselübergabe fest, *»dass das Haus, in seiner Art, Ausstattung und Anordnung, exakt so gebaut worden ist, wie es dem Wesen meiner Frau und mir gemäß ist«*. Mehr noch als um seinen persönlichen Geschmack ging es ihm aber darum, die neue Residenz des Regierungschefs zu einem Symbol der weltoffenen und fortschrittlichen Gesinnung der jungen Republik zu machen. Auf die Machtarchitektur der Preußen und später derer von Speer war das elegante Understatement der klassischen Moderne gefolgt. Aber der Garderoben-Bereich im Entree erinnerte Lomberg dann doch ein wenig an eine Jugendherberge im Hunsrück. Er war schließlich in einen großen Raum vorgetreten, der ihm als Gesellschaftszimmer vorgestellt wurde, und musterte dort interessiert das Arrangement moderner Sitzmöbel.

»Bitte warten Sie einen Moment hier«, ließ ihn eine freundliche Dame mit Nana-Mouskouri-Brille wissen und entschwand gleich wieder lautlos schwebend über den hochflorigen Teppichboden.

Amerikanisch war seine spontane Assoziation. Er konnte zu diesem Zeitpunkt noch nicht ahnen, dass er wenige Monate später selbst einen Lobby Chair von *Charles Eames* für sein Heim anschaffen sollte. Und noch weniger, dass sein gerade erst zur Welt gekommener Sohn, ein halbes Jahrhundert später, immer noch bevorzugt auf diesem Platz nehmen würde. Die fließenden Raumstrukturen und das großzügig verglaste Atrium legten außergewöhnlich weitreichende Sichtachsen frei und gaben dem Haus eine Atmosphäre von unaufdringlicher Großzügigkeit und Transparenz. Der viel gescholtene Kanzlerbungalow verlieh dem neuen Staatsverständnis ein wahrhaft visionäres Statement, in dem sich der aufstrebende Regierungsbeamte Ernst Lomberg auch gerne wiederfand, gleichwohl seine Wahrnehmung von Räumlichkeit durch den Verlust des linken Auges irreparabel stark beeinträchtigt war. Die jüngere Vergangenheit Deutschlands schien im Machtzentrum des neuen Staats schon überwunden. Lomberg sah den Gastgeber gemächlichen Ganges heranschreiten.

»Kommen Sie, kommen Sie!«

Der Mann war nicht gut zu Fuß.

»Herzlich willkommen, Herr Lomberg.« Ehrhard begrüßte ihn mit festem Handschlag, begleitet von einem freundlichen, aber auch prüfenden Blick.

»Es ist mir eine Ehre, Herr Bundeskanzler.«

»Ach, wissen Sie, wir machen hier kein großes Gewese. Sie sehen, das ist ein offenes Haus, das seinen Bewohner nicht wichtiger macht, als er ist.«

»Aber die Bedeutung des Amtes dennoch eindrucksvoll unterstreicht.«

»Es freut mich, dass Sie das so sehen, Lomberg. Allerdings gehören Sie damit einer ziemlich kleinen Minderheit an.«

»Minderheiten sind die Mehrheiten der nächsten Generation.«

»*Jean Paul.* Ich sehe schon Lomberg, mit Ihnen lässt sich angeregt plaudern. Folgen Sie mir doch bitte. Das liebenswürdige Fräulein Kruschwitz hat uns dort in der Ecke Kaffee hingestellt.« Der Kanzler deutete zu der hinteren Sitzgruppe, die sich von der vorderen nur farblich unterschied. »Und außerdem gibt's Bienenstich! Ist Bienenstich in Ordnung?«

»Bienenstich ist angenehm. Wirklich zu freundlich!«

Es vergingen keine drei Minuten, bevor der Vater des Wirtschaftswunders bewies, dass er auch der Patenonkel der Fresswelle war. Lomberg hatte noch nicht einmal die Hälfte des Kuchens geschafft, als der Kanzler schon nach der Stoffserviette griff und sich den Mund tupfte. Der mit feinem Faden silbrig eingestickte Bundesadler schimmerte darauf fast unmerklich.

»Köstlich! Ich lebe hier wie die Made im Speck, mein lieber Lomberg. Die Damen verwöhnen mich so sehr ...«

Fräulein Kruschwitz-Mouskouri lächelte verlegen.

»Das Problem ist nur, dass ich von Zeit zu Zeit ja auch mal aus dem Haus muss. Und dann kommen die ganzen Hyänen aus ihren Büschen und fallen wieder über mich her. Aber das soll nicht Ihre Sorge sein, Herr Referatsleiter. Lassen Sie uns über Ihr Gutachten reden.«

Lomberg war darauf vorbereitet, die Ergebnisse seiner Arbeit zunächst voranstellend zusammenzufassen, und gab einen komprimierten Bericht.

»Ich kann die Vorbehalte in großen Teilen nachvollziehen, Herr Lomberg. Lücke neigt sicher zu einer gewissen Hitze, wenn es um das BKA geht. Da gibt es persönliche Animositäten. Aber soweit ich das einschätzen kann, haben Ihre Argumente Hand und Fuß.«

»Das freut mich, Herr Bundeskanzler. Bitte vertrauen Sie darauf, dass sich das Gutachten auf den ganzen juristischen Sachverstand des Grundsatzreferats stützt. Von politischen Bewertungen haben wir natürlich erst einmal Abstand genommen.«

Erhard ließ das Gesagte stehen und blickte leicht versonnen nach draußen. »Aber die Konsequenzen, die wir gegebenenfalls daraus ziehen, wären ganz und gar politischer Natur«, schickte der Kanzler hinterher und adressierte Lomberg mit erwartungsvollem Blick.

»Darüber bin ich mir natürlich im Klaren, Herr Bundeskanzler. Bisher habe ich, Verzeihung, haben Herr Minister Lücke und ich, bewusst entschieden, noch keine Stellung zu beziehen. Reine Analyse für den Moment.«

»Dann wird es aber höchste Zeit, Lomberg!«

Natürlich hatte er gehörigen Respekt verspürt, als ihn Lücke am Vormittag an seiner statt zum Bundeskanzler beorderte. Bisher aber verlief das Treffen erstaunlich unverkrampft und Erhard mühte sich fast schon rührend, ihm halbwegs auf Augenhöhe zu begegnen. Aber jetzt spürte Lomberg, dass es langsam ernst wurde.

»Pardon, Herr Bundeskanzler. Ich verstehe nicht ganz.«

»Ich will nicht nur Ihre juristische Bewertung haben, Lomberg. Ich will wissen, was Sie empfehlen! Politisch empfehlen.«

»Ehrlich gesagt, Herr Bundeskanzler, würde ich mich dazu lieber nochmals mit dem Herrn Minister abstimmen.«

»Nein, nein. So kommen Sie mir jetzt nicht davon! Sie haben Prokura, Lomberg!«

»Verzeihung?«

»Lücke hat mir klipp und klar zu verstehen gegeben, dass Sie in dieser Sache besser Bescheid wissen als jeder andere und deswegen auch ganz sicher kein dummes Zeug reden werden. Und wenn der unpässliche Herr Minister nicht seinen Staatssekretär schickt, sondern den Referatsleiter, dann muss halt der Tacheles reden. Also raus mit der Sprache!«

»Es ehrt mich natürlich, dass der Herr Minister mir so viel Vertrauen schenkt«, antwortete Lomberg unbeholfen.

»Sie müssen mir ja nicht gleich eine Gesetzesvorlage diktieren. Vielleicht teilen Sie mir einfach Ihre, sagen wir mal, drei wichtigsten Punkte mit, wie wir agieren sollten.«

»Darüber müsste ich einen kleinen Moment nachdenken, Herr Bundeskanzler.«

»Vielleicht hilft ein bisschen frische Luft, mein lieber Lomberg. Was meinen Sie?«

Lomberg folgte dem Hausherrn auf die weitläufige Terrasse, die einen gänzlich unverstellten Blick auf die rechte Rheinseite erlaubte. Nicht mehr als zweihundert Meter, war seine Schätzung, während er sich in einem spontanen Gedanken verlor. Welcher Kanzler auch immer, er säße hier förmlich auf dem Präsentierteller. Kennedy im fahrenden Auto war ein deutlich anspruchsvolleres Ziel gewesen. Die neue SG müsste sich der Sache annehmen. Vielleicht eine Panzerglasscheibe, einmal quer durch den Garten. Als er gedanklich wieder bei der Sache war, fasste er sich, seit Beginn der jüngsten Schwangerschaft von Elisabeth Lomberg nur noch als Gelegenheitsraucher firmierend, ein Herz und bat um eine Zigarette. Fräulein Kruschwitz war sofort mit einem reichhaltigen Markenangebot zur Stelle. Lomberg entschied sich für die schon geöffnete Schachtel *Erste Sorte* und bediente sich. Der Bundeskanzler hielt sogleich *Welthölzer* bereit.

Lomberg ergriff das Wort: »Vorneweg muss man erst mal festhalten: das BKA-Papier ist eine Schweinerei! Eine ziemlich schlampige obendrein.« Er hielt kurz inne und fragte sich, ob Erhard diese Offenheit wohl goutieren würde.

»Keine Bange, Lomberg. Fahren Sie fort!«, lautete die Antwort des scheinbar gedankenlesenden Regierungschefs.

»Wissen Sie, Herr Bundeskanzler, es ist auch gar kein Wunder, dass die Leute vom Justizminister dieses Pamphlet gar nicht kommentieren wollten. Die haben natürlich überhaupt keine Lust, sich mit derart unausgereiften Konzepten zu befassen. Verständlicherweise haben die sich gedacht, soll doch das Innenministerium überhaupt erst mal sagen, was es will. Ist für mich auch völlig unverständlich, warum man die Justiz da überhaupt reingezogen hat.«

»Geschenkt. Und was sagt das Innenministerium?« Referatsleiter Ernst Lomberg sprach nun also als *das Innenministerium.*

»Punkt Nummer eins. Wenn es nach Minister Lücke ginge, würde er die SG am liebsten als unabhängige Einheit geführt sehen und aus dem BKA rauslösen. So wie die Amerikaner das machen. FBI und Secret Service sind dort ja bewusst voneinander getrennt.«

»Das ist aber ein etwas gewagter Vergleich, mein lieber Lomberg. Und Lücke weiß auch, dass das politisch gar nicht durchsetzbar ist«, lautete der sofortige Einwand des Regierungschefs. »Und seit Dallas taugen die Amis in dieser Hinsicht nun wahrlich nicht mehr als Vorbild.«

Lomberg hatte diese Reaktion erwartet und ging sogleich zum nächsten Punkt über. »Punkt Nummer zwei. Richtig ist die Forderung, dass die SG enger mit BND und Bundesgrenzschutz verzahnt werden muss. Allerdings empfehlen wir, dass die Dienste das nicht unter sich ausmachen sollten. Die Schnittstelle muss in Bonn sitzen. Entweder beim Innenminister oder im Kanzleramt. Und wenn im Kanzleramt, dann, mit Verlaub, nicht bei Radtke.« Lomberg holte tief Luft.

Erhard reagierte mit einem breiten Grinsen, wurde aber sogleich wieder ernst. »Ich schließe mich dem an. Ein Geheimdienst-Koordinator in Bonn. Lücke fordert das schon lange. Und recht hat er damit. Aber dann im Kanzleramt bitte! Was Radtke angeht: Er steht in der nächsten Legislatur nicht mehr zur Verfügung. Aber ich warne Sie, Lomberg, wenn Sie das ausplaudern, gibt's nicht nur keinen Bienenstich mehr, sondern dann wird es richtig, richtig ungemütlich! Haben Sie mich verstanden?«

»Verstanden. Natürlich.«

»Punkt Nummer drei, darf ich bitten?«

»Punkt Nummer drei, Herr Bundeskanzler. Wiesbaden will mehr Kompetenzen bei sich. Wir hingegen wollen mehr Kompetenzen in Bonn.«

»Den Schlager kenne ich jetzt aber schon«, erwiderte der Kanzler ungeduldig.

»Aber wir haben dazu einen konkreten Plan.«

»Das klingt schon besser!«

»Anstatt, dass nur Wiesbaden die SG kontrolliert, wollen wir, dass die SG uns dabei hilft, das BKA besser zu kontrollieren.«

»Und wie wollen Sie das bitte schön bewerkstelligen, Lomberg?«

»Wir empfehlen, nein pardon, der Herr Minister empfiehlt, dass a der künftige Leiter der SG einer von künftig zwei Vizepräsidenten des BKA wird, und b, dass der betreffende Mann ein geeigneter politischer Beamter von außerhalb des BKA sein sollte. Am besten einer aus Bonn und am allerbesten einer von uns. Aus dem Innenministerium.«

Von wegen bekannter Schlager. Das war eine mächtige Forderung, an der Erhard sichtbar genauso zu kauen hatte wie an der fast schon zur Gänze abgebrannten Zigarre.

»Kennen Sie Bärlach?«

»Nein, Herr Bundeskanzler. Persönlich hatte ich noch nicht das Vergnügen.«

»Das werden Sie dann aber bald haben, wenn Sie die Sache tatsächlich so durchziehen wollen. Ein grober Klotz, der Mann. Er wird mächtig Ärger machen.«

Lomberg blieb stumm.

»Meinetwegen kann Lücke das so machen«, fuhr der Kanzler fort. »Aber ziehen Sie sich beide warm an!«

Lombergs anfänglicher Respekt war nahezu völlig verflogen. Es lief perfekt.

»Der Herr Minister hätte zum konkreten Ablauf noch einen Vorschlag.«

»Und der wäre?«

Lomberg nahm sich eine weitere Zigarette und holte aus: »Formal wird Bärlach den künftigen SG-Chef und Vizepräsidenten selbst ernennen. Wir begnügen uns mit einem Vetorecht. Aber noch wichtiger: Wir definieren vorher die Auswahlkriterien. So wäre sichergestellt, dass es für Bärlach gesichtswahrend nach seiner eigenen Entscheidung aussieht, während wir dafür sorgen, dass es ein Kandidat unserer Façon wird.«

Der Kanzler schmunzelte. »Ich glaube ehrlich gesagt nicht, dass sich der gute Lücke das ausgedacht hat. Aber ich glaube, mein lieber Lomberg, aus Ihnen wird noch mal was!«

Bei der Verabschiedung wurde es dann überraschend persönlich. Der Kanzler hatte sich höflichkeitshalber nach der Familie und der Frau Gemahlin erkundigt und erst bei dieser Gelegenheit Kenntnis darüber erlangt, dass es für Lomberg ein doppelt denkwürdiger Tag mit gleich zwei Premieren war. Die andere Premiere lag zur gleichen Zeit auf der Säuglingsstation am Venusberg und dort vielleicht gerade auch an der Brust seiner Mutter. Fräulein Kruschwitz wurde nochmals eilig herbeigerufen und erhielt den regierungsamtlichen Auftrag, zwei weitere Stücke Bienenstich sowie einen Blumenstrauß transportfähig zu machen.

Es war noch keine halb fünf, als Lomberg wieder in seinem Wagen saß und entschied, doch nicht sofort zu Frau und Sohn ins Marienhospital zu eilen. Tochter Tine, die den Tag bei Freunden in der Nachbarschaft verbrachte, würde vor Neugier platzen, ihren Bruder kennenzulernen – und weitere Geduld beweisen müssen, denn wenig später war Lombergs Zeitplan schon wieder Makulatur. Die Reuterstraße, Hauptverkehrsader durch den Stadtteil Poppelsdorf, war völlig verstopft. Aufgrund der Baustelle auf der B9 aber bot sich keine adäquate Alternative, um vom Regierungsviertel kommend zur Kennedy-Brücke und schließlich auf die andere Rheinseite zu gelangen.

Sankt Augustin war sechs Jahre zuvor ein tragfähiger Kompromiss gewesen. Abstriche bei der Lage zugunsten einer ordentlichen Wohnfläche von immerhin achtzig Quadratmetern in vier Zimmern. Der kleine Lennard würde sehr bald das schon seit einigen Jahren für ihn bereitstehende zweite Kinderzimmer beziehen können. Höhe Jagdweg steuerte Lomberg seinen Ford Taunus P5 spontan aus dem Stau in eine freie Parklücke, die sich direkt vor einer Lotto-Toto-Annahmestelle befand, die wie üblich auch mit Tabakwaren handelte. *Das wäre was für uns*, dachte sich Gelegenheitsraucher Lomberg, als er den ersten Zug nahm und einen Blick in die gediegene Wohnstraße warf. Vom Krieg unversehrte oder zumindest sorgsam wiederhergestellte dreigeschossige Wohnhäuser aus den frühen Neunzehnhunderter-Jahren reihten sich dort harmonisch aneinander. Sommerlich ausladende Kirschbäume säumten die Straße und spendeten – an diesem kühlen Tag unnötigen – Schatten für einige Kinder, die auf dem Bürgersteig spielten. Eine seltene Idylle im geschundenen Bonner Stadtbild dieser Zeit.

Lomberg kannte die Tarifstrukturen im gehobenen Staatsdienst genau und rechnete sich aus, dass der künftige Leiter der SG gute zweitausend D-Mark mehr in der Tasche haben würde als ein Referatsleiter beim Innenminister. Aber daran war nicht ernsthaft zu denken. Nicht, dass er sich für ungeeignet hielt, jedoch wäre es politisch nahezu unmöglich, die bald vakante Stelle mit so wenig polizeilichem Stallgeruch zu besetzen. Er schnippte die halb gerauchte Zigarette in die Idylle und ging zurück zum Wagen.

Freitag, 19. August 1966, 16:30 Uhr, Villa Florence, Eltville im Rheingau, Lindenstraße 10

»Liebling, darf ich vorstellen, Herr Wasserberg junior von der Firma Wasserberg, Beleuchtung und Beschallung.«

»Die von Rippenbergs halten ja große Stücke auf Ihren Laden, Herr Wasserberg. Da wollen wir mal sehen, ob das auch bei uns mit der Begeisterung klappt«, lauteten die herablassenden Begrüßungsworte des BKA-Chefs an den empfohlenen Experten. Ruscher nahm das gleichmütig hin und machte sich erst gar nicht die Mühe, die Sache mit dem Junior richtigzustellen. Dienstjubilar Bärlach wollte es sich nicht nehmen lassen, die Generalprobe für das große Fest höchstselbst abzunehmen, und hatte dafür die Sitzung mit den »Schmeißfliegen vom Bundesrechnungshof« schon um vier verlassen.

»Es ist sozusagen angerichtet, verehrter Herr Bärlach! Meine Leute sind vor einer Stunde fertig geworden. Wenn es beliebt, könnten wir jetzt die Generalprobe durchführen.« Bärlach ließ die erwartete Antwort zunächst vermissen und wirkte plötzlich irritiert.

»Kennen wir uns vielleicht von irgendwoher, Wasserberg? Mir kommt es fast so vor.«

»Pardon, nicht das ich wüsste, Herr Bärlach. Ich würde das sogar fast ausschließen wollen. Vermutlich liegt das nur an meinem Allerweltsgesicht.«

Max Ruscher-Wasserberg hatte seine Lektion gelernt und die servile Dienstleistermentalität seines Schwiegervaters auch zum eigenen Erfolgsrezept gemacht. Allerdings ohne dabei die Wahrheit zu sagen. Da war tatsächlich etwas zwischen ihnen, und seine spontan empfundene Abneigung konnte nicht nur Bärlachs großbürgerlichem Getue geschuldet sein. Schließlich waren sie hier ja alle so, die feinen Herrschaften im Rheingau, und daran hatte sich der bodenständige Westfale Ruscher längst gewöhnt.

Ein Fußball rollte plötzlich durch die große Empfangshalle der Villa Florence, gefolgt von einem Jungen mit weißem Trikot und schwarzer kurzer Hose.

»Mein Sohn Marcus«, erklärte Bärlach heiter, wodurch sich die zwischenzeitliche Anspannung zwischen den beiden Männern spontan löste. »Er ist Beckenbauer, denkt er. Deswegen die Vier auf dem Rücken. Haben Sie die Weltmeisterschaft verfolgt? Beckenbauer war unglaublich. Ihm gehört die Zukunft!«

»Gewiss, gewiss, Herr Bärlach. Beckenbauer war wirklich gut«, entgegnete Ruscher in einer Art und Weise, die sein Desinteresse an Fußball nur schlecht kaschieren konnte.

»Marcus, komm her und sag Herrn Wasserberg Guten Tag«, wurde dem Jungen von seiner Mutter befohlen.

»Guten Tag, Herr Wasserberg.«

»Guten Tag, Marcus. Es freut mich, dich kennenzulernen. Wie alt bist du denn?«

»Vierzehn«, antwortete der Nachwuchsspieler mit dem mundfaulen Missmut der frühen Pubertät. Ruscher wusste, dass ihm das mit seinem erst zehnjährigen Filius in ein paar Jahren auch noch bevorstehen würde. *Auch so ein verspäteter Vater, der alte Bärlach*, kam es ihm in den Sinn und er war in Gedanken fast schon wieder beim Scheißkrieg.

»Dann gehst du bald in die neunte Klasse? Sicher hier in Eltville, nicht wahr?«

»Nein, ich gehe schon in die Zehnte. Ins Internat in der Schweiz. Bin nur in den Sommerferien hier.«

Die Bärlachs nahmen Ruschers freundliche Zugewandtheit ihrem Sprössling gegenüber wohlwollend zur Kenntnis, befanden aber, dass man sich nun doch dem eigentlichen Zweck des Zusammentreffens zu widmen hätte, und schickten Marcus Aurelius Bärlach kurzerhand auf sein Zimmer.

»Gute Arbeit, Wasserberg!«

Die Generalprobe verlief ohne Probleme. Als optimale Position für das Mikrofon war die Empore im großen Foyer bestimmt worden. Die Übertragung des Tonsignals von dort auf die Lautsprecher in die angrenzenden Räume klappte einwandfrei. Keine Verzögerungen, kein Rauschen, kein Hall. Perfekter Klang.

»Danke, Herr Bärlach. Wenn Sie gestatten, darf ich aber noch einen Hinweis zur Beleuchtung geben.«

»Ja, was denn?«

»Die Rednerposition auf der Empore ist sicher schon angemessen exponiert. Noch schöner wäre es jedoch, ich sagte dies heute Morgen schon zu Ihrer Frau Gemahlin, wenn wir auf der Galerie im ersten Stock zusätzlich einen oder zwei Strahler positionieren könnten. Das würde das Bühnenbild noch ein wenig erhabener wirken lassen.«

»Ja, das ist doch gar keine Frage, Wasserberg! Ich will natürlich, dass die Herrschaften, die sich zu meinen Ehren zu Wort melden, eine gute Figur machen. Allen voran mein geliebter Schwiegervater, der ehrenwerte Dr. Ruetschli.« Die Erwähnung seines Schwiegervaters aus der Schweiz zauberte ein entrücktes Lächeln auf das Gesicht von Marie-Louise Bärlach, wobei sich Ruscher an Bilder von Magda Goebbels in Gedanken an den *lieben Führer* erinnert fühlte.

»Sehr gute Entscheidung, Herr Bärlach! Allerdings müssen wir beachten, dass die 600-Watt-Strahler schon eine Herausforderung für Ihre Elektroinstallation darstellen können. Ich würde ohnehin gerne mal einen Blick in Ihren Sicherungskasten werfen. Zur Sicherheit.«

»Wenn das sein muss«, antwortete Bärlach mit ostentativem Desinteresse für Details.

»Ihre Frau Gemahlin sagte bereits, dass sich der Verteilerkasten in Ihrem Büro befindet. Selbstverständlich wollten wir aber Ihre persönliche Zustimmung abwarten, bevor ich mich dort umsehe.«

Bärlachs Privatbüro befand sich im rückwärtigen Teil des Erdgeschosses. Offenbar war der Raum bei der Errichtung der Villa Florence im Jahr 1903 für die Unterbringung der Haustechnik eingerichtet und erst viel später als Wohnraum erschlossen worden. Auf den Rheinblick musste Bärlach hier verzichten. Immerhin: Ein nicht sehr großes Fenster in westlicher Ausrichtung bot ein hübsches Panorama auf die umliegenden Weinberge. Trotz der B-Lage schien das Büro regelmäßig vom Hausherrn genutzt zu werden. Geruchsrückstände von Pfeifentabak und Aftershave deuteten darauf genauso hin wie die professionell anmutende Telefonanlage mit ausladender Schalttafel. Ganz offensichtlich hatte Bärlach dafür gesorgt, seinen dringlichen Dienstpflichten auch daheim stets angemessen nachkommen zu können, und vermutlich waren seine wichtigsten Mitarbeiter im Amt von hier aus auch jeweils nur einen Tastendruck entfernt. Die Einrichtung der in etwa fünf auf fünf Meter geschnittenen Präsidentensuite untermalte den Geltungsdrang Bärlachs mit großer Bestimmtheit. Die Wand hinter dem mächtigen Schreibtisch war mit gerahmten Fotografien gepflastert, auf denen ausnahmslos der Hausherr selbst zu sehen war. Mal in jüngeren, mal in späteren Jahren. Zumeist flankiert von anderen, vermutlich ebenso wichtigen Persönlichkeiten, vornehmlich Männer, entweder in Anzügen oder in Uniformen. Familienfotos waren Mangelware. Eine halbhohe Holztäfelung an der gegenüberliegenden Wand wurde nach oben hin von einem Sims mit rund zwanzig Zentimeter Tiefe abgeschlossen. Bärlach hatte diese Fläche genutzt, um dort dekorative Objekte auszustellen, mit denen er vermutlich persönliche Erinnerungen verband. Einige Automobilmodelle aus der Vorkriegszeit fielen Ruscher ins Auge, eine historische Dampflok, ein klobiger Aschenbecher mit einer alten französischen Werbeaufschrift und daneben eine kleine Cäsaren-Büste aus Marmor. Der typische Zierrat, mit dem Männer vom Schlage Bärlachs gemeinhin Status und persönlichen Geschmack demonstrieren wollten. Sein Blick fiel schließlich auf eine rechteckige, fast einen Meter breite antike Vitrine, die unterhalb des Fensters positioniert war und durch eine Glasscheibe den Blick auf eine wahrscheinlich wertvolle Uhrensammlung preisgab.

»Sie dürfen ruhig mal einen näheren Blick darauf werfen, wenn Sie Ihre Arbeit erledigt haben«, bemerkte Bärlach gönnerhaft. Ganz der Polizist war ihm Ruschers Aufmerksamkeit für seine geliebten Zeitmesser nicht verborgen geblieben.

»Verzeihen Sie bitte, Herr Bärlach.«

»Ist schon gut. Der Verteilerkasten ist hinter dem Bild.« Bärlach deutete auf die Wand vis-à-vis dem Fenster.

»Kann ich Sie einen Moment alleine lassen? Ich muss mal den Faulpelz von Gärtner einnorden.«

»Natürlich, Herr Bärlach. Ich rühre hier nichts an. Mache mir nur einen kurzen Eindruck. Und dann sind Sie mich auch schon wieder los.«

Ruschers Blick in den Sicherungskasten war die erwartete Zeitreise in die Frühgeschichte der häuslichen Stromverteilung. Alte Zählertafeln. Schraubsicherungen. Aluminiumleitungen. Natürlich auch noch kein FI-Schalter. Die Rednerbühne bot nur Platz für einen Strahler. Das Risiko, nachher im Dunkeln zu stehen, war bei 1.200 Watt nicht von der Hand zu weisen. Ruscher nahm ein Putztuch aus seiner Arbeitstasche und begann, die einzelnen Schraubsicherungen, auf denen sich eine bedenkliche Staubschicht angesammelt hatte, abzudrehen. Eine nach der anderen nahm er sich vor und reinigte sie gründlich. Währenddessen hätte er am liebsten noch mal einen Blick in Bärlachs Uhrenvitrine geworfen. Aber er wollte sich auf keinen Fall ein weiteres Mal dabei ertappen lassen. Stattdessen lenkte er seine Aufmerksamkeit auf die zahlreichen Fotografien hinter Bärlachs Schreibtisch.

Ein noch recht neues Foto zeigte ihn mit dem Ministerpräsidenten von Hessen. Die Aufnahmen aus Washington schienen deutlich älteren Datums. Bärlach am Lincoln Memorial und ein anderes Mal vor dem Capitol. Ruscher tippte auf frühe Fünfzigerjahre. Ein weiteres Foto zeigte eine Gruppe von Männern, Bärlach mittendrin, im Hintergrund ein Sternenbanner sowie am unteren Bildrand die Information *Langley 1948*. Ruscher war diese Ortsbezeichnung nicht geläufig. Dennoch musste das Foto zweifelsfrei ebenso in den USA entstanden sein und dies vermutlich nicht viel früher oder später als die eher touristisch anmutenden Fotos aus der Hauptstadt.

Eine ganze Reihe von Bildern schien in der Schweiz gemacht worden zu sein. Zürich und Luzern. Ruscher kannte sich dort ganz gut aus. *Der ehrenwerte Dr. Ruetschli, der geliebte Herr Schwiegervater. Das muss er sein.* Das Foto schien schon ein paar Jahre alt zu sein. Marie-Louise Bärlach, noch deutlich besser in Schuss als aktuell, und der irgendwie alterslose Gemahl flankierten einen leicht untersetzten Herrn mit Glatze, der ernsten Blickes direkt in die Kamera stierte. Ruscher klangen noch die Worte seiner Frau Helene nach, die zu wissen meinte, dass der Wohlstand der Familie Bärlach in der Hauptsache auf das Konto der Ruetschlis ging. Oder, besser gesagt, vom Konto der Ruetschlis abging. »Hat was mit Waffen am Hut, der Schwiegervater«, hatte sie bemerkt, ohne die Details zu kennen – anders als Ruscher selbst, der als eifriger Zeitungsleser gut informiert war, wer hier womit seine Geschäfte betrieb. Die *Ruetschli Metallwerke AG* hatten nicht nur irgendwie mit Waffen zu tun, sondern waren der mit Abstand größte Rüstungsbetrieb der Schweiz. Ruetschli-Stahlrohre erfreuten sich weltweit größter Beliebtheit, vornehmlich auf Panzern installiert.

Schwiegervater Ruetschli war neben Bärlach der meistabgelichtete Mann. Ein Bild von einer Safari zeigte den Großwildindustriellen großkalibrig bewaffnet auf der Ladefläche eines Jeeps. Ruscher hatte mittlerweile die insgesamt fünfundzwanzig Drehsicherungen gründlich gereinigt und war schon wieder dabei, seine Sachen zu packen.

»So, der Gärtner ist jetzt wieder auf Spur. Und wie sieht's in der Elektroabteilung aus?«, meldete sich der Chef des Hauses großmäulig zurück.

»Die Arbeit ist erst mal erledigt. Ich war schon im Begriff zu gehen.«

»Was ist denn nun mit den Sicherungen?«

»Na ja, ich denke, Sie werden den morgigen Tag überleben. Aber Ihre Stromverteilung ist alles andere als heutiger Standard. Da steht in den nächsten Jahren sicher eine komplette Modernisierung an, mit Verlaub.«

»Verstehe. Und was schätzen Sie, muss ich da wohl investieren?«

»Oh, da bin ich ehrlich gesagt überfragt, Herr Bärlach.«

»Aber Sie können doch sicher einen tüchtigen Betrieb empfehlen, der sich das mal anschaut? Nicht, dass ich nicht auch welche kenne, aber die stehen ja alle auf der Lieferantenliste des Amtes. Und das ist ja dann immer so eine Sache, Sie verstehen schon …«

»Ein Freund meines Schwiegervaters hat eine Elektrofirma in Bad Schwalbach. *Taunus Elektro*. Wenn die schon mal für das BKA gearbeitet hätten, wüsste ich das. Ich kann Ihnen die Telefonnummer geben. Beziehen Sie sich einfach auf die Firma Wasserberg. Aber wenn die den Namen Bärlach hören, sind die bestimmt sowieso gleich auf Zack.« Der BKA-Chef war schon zu sehr an derartige Schmeicheleien gewöhnt, als dass ihm die Bemerkung einen Kommentar wert gewesen wäre. Er nahm an seinem Schreibtisch Platz und griff nach einem Kugelschreiber. Ruscher hatte sein kleines Telefonbuch schon zur Hand genommen, als auf der Telefon-Schalttafel eine gelbe Lampe aufleuchtete. Bärlach nahm den Hörer ab und bedeutete Ruscher, dass er einen Moment warten solle. Dieser zeigte auf die Tür, um damit zu erfragen, ob er so lange den Raum verlassen solle. Bärlach verneinte wortlos und drehte sich auf seinem Bürosessel von Ruscher weg. Es ging um den morgigen Sektempfang im Amt und Ruscher mutmaßte, dass es sich um Bärlachs Sekretärin handelte.

Das Telefonat seines Auftraggebers geduldig abwartend, musterte Ruscher erneut die mit gerahmten Fotografien geschmückte Wand. Die Aufnahme gleich neben dem Safari-Foto zeigte ebenfalls den alten Ruetschli. Alleine diesmal. Stehend und, im Gegensatz zu den anderen Aufnahmen, lächelnd. Im Hintergrund des Fotos war ein großformatiges abstraktes Gemälde zu sehen. Ruetschli, nicht mehr als geschätzt einen Meter davor posierend, hatte seinen Oberkörper leicht zur Seite gedreht und schien dem Fotografen einen unverstellten Blick auf das Gemälde ermöglichen zu wollen, ohne jedoch sich selbst dabei bloß zum Beiwerk der Aufnahme zu machen. Das Foto musste mit einer professionellen Kamera gemacht worden sein. Die Schärfentiefe war so eingestellt worden, dass die beiden versetzt zur Kamera positionierten Bildinhalte – vorne Mann, hinten Gemälde – ohne Unschärfen wiedergegeben wurden. Ganz offensichtlich wollte Ruetschli auf diesem Foto dezent auf das Gemälde verweisen. Je länger Ruscher auf das Foto starrte, desto mehr erschien ihm dessen sanftes Lächeln eine ganz besonders tiefe Zufriedenheit auszustrahlen. Und je länger er auf das abgebildete Gemälde blickte, desto außergewöhnlicher erschien ihm auch dieses. Zweifelsohne bestand eine ganz spezielle Beziehung zwischen Ruetschli und dem Gemälde. Womöglich war dieses auch in irgendeiner Art und Weise bedeutsam für das Verhältnis von Schwiegervater und Schwiegersohn.

»Die Nummer, Herr Wasserberg.«

»Verzeihen Sie, Herr Bärlach. Ich war ganz gefesselt von dieser Fotografie dort. Ich würde auch so gerne mal auf Safari gehen. Aber da ist leider gar nicht dran zu denken. Die liebe Arbeit, Sie wissen schon.«

»Was noch nicht ist, kann ja noch werden«, beschied Bärlach lapidar und notierte sich die Telefonnummer von *Taunus Elektro*.

Ruscher war erleichtert, als er die Villa Florence nach vier Stunden verlassen konnte. Er hatte sich in Gegenwart der Bärlachs die ganze Zeit auf merkwürdige Art und Weise unbehaglich gefühlt, ohne den Grund dafür klar benennen zu können. Großspurige Kunden, die einem Dienstleister wie ihm jegliche Art von Respekt verwehrten, waren nichts Neues für ihn. Er konnte damit umgehen, wenn der Auftrag groß genug war. Und das war hier sehr wohl der Fall. Zunächst hatte sich Ruscher noch über seine Frau geärgert und deren abschätzige Bemerkungen über die neue Kundschaft als eine ihrer üblichen Lästereien abgetan. Aber Helene lag wohl nicht ganz falsch. Der ehrenwerte Dr. Ruetschli schien auch in Abwesenheit allgegenwärtig zu sein. Ruscher war vor seiner Skatrunde im *Goldenen Reh* noch einmal kurz im Büro vorbeigefahren, um ein dringendes Telefonat zu erledigen. Es ging um die Verabredung am übernächsten Tag in Köln, deren Anlass eigentlich ein trauriger war, aber dennoch Grund zur Vorfreude gab.

Samstag, 20. August 1966, 7:50 Uhr, Haus Ruscher-Wasserberg, Nieder-Olm, Anne-Frank-Straße 7

»Bringt den dreckigen Verräter zu mir! Heute gibt's ein Geständnis.« Feldwebel Ruscher kannte das Gebrüll schon. Er zitterte am ganzen Körper. Am ersten Tag hatten sie sich noch mit Schlägen begnügt und ihm nur die Nase gebrochen. Am nächsten hatten sie ihn um sieben Uhr aus der Zelle geholt. Er musste sich ausziehen. Komplett. Über seinen Kopf hatten sie einen Sack gezogen. »So. Ich will jetzt wissen, wer der Rädelsführer war. Wer von euch Schweinen hat sich das ausgedacht?«, brüllte ihn Bökelmann an. »Ich habe es doch schon gestern gesagt, ich habe nichts damit zu tun. Die haben mich nur benutzt. Ich bin unschuldig. Bitte glauben Sie mir!«, bekräftigte der Feldwebel mit noch halbwegs gefasster Stimme. Der erste Schlag traf ihn in die Nieren. Der Schmerz war gewaltig, aber Ruscher schaffte es irgendwie, diesen stumm zu ertragen. »Ah, da will jemanden den Helden spielen. Für Helden haben wir hier was ganz Besonderes!« Ein nasser Ledergürtel knallte auf den nackten Rücken und riss eine tiefe Furche in seine Haut. Ruscher konnte nicht mehr anders und schrie laut auf. Nach dem zweiten Hieb verlor er erst das Gleichgewicht und kurze Zeit später auch das Bewusstsein. Währenddessen versagten seine Schließmuskeln den Dienst. Als er wieder zur Besinnung kam, von sich selbst beschmutzt auf dem kahlen Fußboden kauernd, konnte er nur noch wimmern. Es war entwürdigend. Und es war die Hölle. »Ich will ein Geständnis!«, wiederholte sich Verhörexperte Bökelmann. »Wir werden dich und deinen Komplizen Lomberg und diese armselige Kreatur von Schmitt so lange in die Mangel nehmen, bis ihr den Mund aufmacht. Kapiert? Und wenn es nötig ist, buddeln wir auch den toten Fiebig wieder aus. Die schwule Sau.« Die letzten Worte waren kaum gefallen, als sich ein Lederstiefel in Ruschers Eingeweide bohrte und er erneut das Bewusstsein verlor. Wieder nur für einen kurzen Moment. Ein Eimer Eiswasser holte ihn zurück. Sie packten ihn an den Armen, zerrten ihn durch den Raum und warfen ihn rücklings auf ein Bettgestell ohne Matratze. Die stumpfen Springfedern bohrten sich in die frischen Wunden auf seinem Rücken. Ruscher schrie auf. Seine Panik wurde sogleich noch größer als

der Schmerz, als sie anfingen, ihn mit Händen und Füßen am Bettge-
stell zu fixieren, während sein Kopf immer noch in dem schmutzigen Sack
steckte. Auch ohne sehen zu können, wusste er, was jetzt kommen würde.
»Oh mein Gott, steh mir bei! Nein, nein. Hört auf. Ich war es nicht. Ich
habe damit nichts zu tun. Es war nur ein Fehler. Bitte nicht. Nein! Ich
flehe euch an ...«

»Max! Max, wach auf! Um Gottes willen, wach auf! Wach auf!« Helene Ruscher-Wasserberg rüttelte mit aller Kraft an den Schultern
ihres Mannes. Wie festgebunden lag er auf dem Rücken und krallte
sich mit seinen Händen an der Matratze fest, während seine Gliedmaßen in kurzen Abständen immer wieder wild zuckten, als würden sie von Stromschlägen erfasst. Gefangen im Albtraum der Rue
des Saussaies.

Erst eine resolute Ohrfeige seiner Frau ließ ihn schließlich entkommen. Sein Oberkörper schnellte hoch wie ein sich öffnendes
Klappmesser. Für einen Moment verharrte er in dieser Position und
rang mit panikerfülltem Blick um sein Bewusstsein. Dann ließ er
sich zurück in die Kissen fallen und lag eine Weile wach, aber reglos da. Schweißgebadet. Helene Wasserberg betrachtete ihren Mann
schweigend. Nach einer Weile stand Ruscher schließlich auf, verließ
wortlos das Schlafzimmer und verschwand im Bad.

Die quälenden Albträume waren nie weggegangen, aber zuletzt
doch seltener vorgekommen. Zumeist dann, wenn kurz zuvor irgendetwas Besonderes vorgefallen war, was ihn besonders aufgeregt
oder berührt hatte – und irgendwie mit dem *Scheißkrieg* zu tun hatte.
Jahrzehnte später sollte der Begriff der posttraumatischen Belastungsstörung Einzug in die psychotherapeutische Medizin finden,
aber für die Generation Ruscher hieß es lediglich: »Reiß dich zusammen und nimm eine Valium!« Ruscher hatte sich etwas frisch
gemacht und den verschwitzten Pyjama gegen ein neues Exemplar
getauscht. Er zögerte einen Moment und stellte die Pillen wieder in
den Allibert.

Sie hatten ihn schon erwartet. Marie-Louise Bärlach stand im großen Foyer der Villa Florence und gefiel sich darin, das Servicepersonal mit zackigen Kommandos auf Trab zu halten. Die ersten Gäste wurden für 18 Uhr erwartet.

»Sie sehen aber blass aus, Herr Wasserberg. Nicht, dass Sie uns heute noch schlappmachen. Wir verlassen uns auf Sie.«

Ruscher war eigentlich ein Meister darin, die Impertinenz seiner Kunden wegzulächeln. Aber nicht an diesem Tag. Nicht nach dieser Nacht.

»Ich habe schlecht geschlafen. Oder, besser gesagt, schlecht geträumt, Frau Bärlach. Genauer gesagt, von Ihrer Stromverteilung«, erwiderte Ruscher, ohne eine Miene zu verziehen. Seine jederzeit dienstbereite Freundlichkeit schien über Nacht restlos verloren gegangen zu sein.

»Ich bin noch kurz beim Großhändler vorbeigefahren. Ihr Einverständnis voraussetzend, habe ich fünfundzwanzig neue Drehsicherungen gekauft. Fünfzehn Ampere, anstatt nur zehn, wie die alten Hündchen in Ihrem Sicherungskasten«, erläuterte Ruscher und schob mit provozierender Beiläufigkeit nach: »... kommt dann mit auf die Abschlussrechnung.«

»Ich verstehe nicht«, antwortete die Hausherrin irritiert.

»Die Villa Florence mag zwar keine Hundehütte sein, aber Ihre Elektroinstallation ist was fürs Museum. Wenn ich sage, dass ich davon geträumt habe, sollten Sie das lieber ernst nehmen.«

»Bitte?«

»Nehmen Sie es einfach als eine Mischung aus Aberglaube und professioneller Skepsis«, erläuterte Ruscher herablassend, während Marie-Louise Bärlach sichtbar um Fassung rang.

»Und was soll das jetzt bitte schön heißen?«

»Das heißt, dass ich noch mal in das Büro des Herrn Gemahl muss, um die Sicherungen auszutauschen.«

Die präsidiale Freigabe für einen neuerlichen Zutritt ins Arbeitszimmer ließ eine Weile auf sich warten. Paul Bärlach musste gerade den Sektempfang im Amt über sich ergehen lassen und kochte innerlich vor Wut. Sein Dienstherr, in Person von Bundesinnenminister Lücke, hatte auf *dringende Amtspflichten* verwiesen und sein Kommen kurzfristig abgesagt. An seiner statt schickte Bonn lediglich Staatssekretär Spiegel nach Wiesbaden, um Deutschlands Polizisten Nr. 1 die Jubiläumsehre zu erweisen. Immerhin: SPD-Ministerpräsident Zinn war gekommen, die Kollegen vom BND hatten auch ein paar Leute geschickt und die bestellten Presseleute waren ebenfalls vor Ort.

»Ich habe mit meinem Mann telefonieren können. Folgen Sie mir«, informierte die Hausherrin, nun ihrerseits mit schneidender Kälte.

»Nach Ihnen, Frau Bärlach.« Ruscher betrat das ihm schon vertraute Privatbüro und steuerte zielstrebig den Sicherungskasten an.

»Ich kenne mich aus. Dauert eine halbe Stunde. Lassen Sie sich nicht von mir aufhalten. Sie haben sicher noch eine Menge zu tun.«

Marie-Louise Bärlach blinzelte missmutig. »Sicher geht das auch etwas schneller.«

»Gewiss, Frau Bärlach. Es geht immer auch etwas schneller.«

Ruscher ließ einen Moment verstreichen, bevor er seine Kamera aus der Arbeitstasche holte. Er musste das bestmögliche Bild-vom-Bild machen, um das Gemälde auf einem späteren Abzug präzise wiederzugeben. Entschlossen nahm Ruscher die Fotografie von der Wand und legte sie auf den Schreibtisch. Er machte umgehend mehrere Aufnahmen, wobei er den Abstand zum Motiv und auch die Objektiveinstellungen ein paarmal marginal variierte. Schon nach kurzer Zeit hatte er circa zwanzigmal auf den Auslöser gedrückt, dann verstaute er seine Kamera und begann mit dem nutzlosen Austausch der Sicherungen.

Festspielleiterin Bärlach schien tatsächlich stark gefordert und ließ Ruscher in Ruhe seine Arbeit verrichten. Als ihr Herr Wasserberg junior wieder in den Sinn gekommen war, stand dieser als Max Ruscher längst schon auf der Leiter im Foyer, um seinem Mitarbeiter beim Anschluss der 600-Watt-Strahler zu helfen. »Sie können nun unbesorgt sein, Frau Bärlach«, rief er ihr zu und schob nach, »wir werden Ihren Herrn Gemahl jetzt ins rechte Licht setzen können – und Ihren werten Herrn Vater selbstverständlich auch.«

Auf die *Wasserberg KG* war Verlass. Wie von Max Ruscher-Wasserberg angekündigt, verlief tatsächlich alles nach Plan, und um Punkt 20:15 Uhr war sein Job erledigt. Insgesamt fünf Laudatoren hatten sich im 2-mal-600-Watt-Scheinwerferlicht mit glasklarem Klang zu Wort gemeldet und mit jeweils angenehm kurzen Ansprachen den Jubilar hochleben lassen. Die angekündigten Redner aus dem Ausland gaben sich als CIA-Direktor Mike Paling sowie als Frank Walters vom FBI die Ehre. Ruscher, der sich während der Reden diskret, aber wachsam in den hintersten Winkel des Foyers zurückgezogen hatte, erinnerte sich sofort an die Fotografien in Bärlachs Arbeitszimmer. Er hätte darauf wetten können, dass auch die beiden amerikanischen Kollegen auf den Bildern in Bärlachs Büro zu sehen waren. Es bestätigte sich auch seine Vermutung, dass Bärlachs USA-Aufenthalt Ende der Vierziger und dann nochmals zu Beginn der Fünfziger keine Urlaubsreisen gewesen waren. Sowohl Paling als auch Walters kamen in ihren Reden mehrfach auf die gemeinsame Zeit in Langley und später in Washington zu sprechen und betonten dabei ein ums andere Mal, wie aus der seinerzeitigen Zusammenarbeit eine enge Freundschaft erwachsen war. Interessante Hinweise zu Bärlachs Vita lieferte dann auch der ehrenwerte Dr. Ruetschli mit einer launig-anekdotischen Rede auf seinen Schwiegersohn. Der leidenschaftliche Hobbyflieger, der auch zu Bärlachs Ehrentag mit seiner Privatmaschine angereist war – er erwähnte das beiläufig –, wusste davon zu berichten, dass er es höchstselbst gewesen war, der einst auch Paul Bärlach zur Fliegerei gebracht hatte. Und dieser wiederum sollte, wie Ruetschli die Zuhörer wissen ließ, beim ersten gemeinsamen Flug, an dem er selbst die Hand am Steuerknüppel hielt, die Gunst der Stunde nutzen *und um die Hand seiner Tochter anhalten.*

Ruscher fand Ruetschlis rhetorische Pirouetten zwar lächerlich platt, hatte zwischendurch aber mehrfach interessiert aufgehorcht. Ganz nebenbei wurde in Ruetschlis Rede nämlich deutlich, dass sich die beiden Männer schon seit 1949 kannten. Und ganz ähnlich wie bei den Ruscher-Wasserbergs war auch die spätere Verbindung Bärlachs mit der Unternehmertochter des Hauses auf eine ursprüngliche Tätigkeit für den Vater gefolgt. Offenbar hatte Bärlachs steile Nachkriegskarriere ihren Anfang bei den *Ruetschli Metallwerken* in der Schweiz genommen und ihn mit einem sich daran anschließenden Intermezzo in den USA schließlich zum BKA nach Wiesbaden geführt.

Das Finale gehörte dann erwartungsgemäß Paul Bärlach selbst. Ruscher erwartete wie selbstverständlich, dass sich der Gastgeber in seiner Rede hauptsächlich mit persönlichen Worten an seine Gäste richten würde. Doch weit gefehlt! Nicht einmal eine kleine Bezugnahme auf die zuvor wohlmeinenden und zum Teil sogar herzlichen Auslassungen der Vorredner schien ihm angebracht. Ganz augenscheinlich sah Bärlach in seinem zehnjährigen Dienstjubiläum als BKA-Präsident den Anlass, auch ganz als der Präsident zu seinen Gästen zu sprechen, und tat dies mit denkbar staatsmännischem Gestus.

Sonntag, 21. August 1966, 14:20 Uhr, Ostfriedhof der Stadt Köln im Stadtteil Dellbrück

Der Sommer 1966 enttäuschte bis weit in den August mit ungewöhnlich kühlen Temperaturen. Quasi über Nacht hatten sich die grauen Wolken jedoch verzogen und den 21. August zu einem unerwarteten Bilderbuchtag gemacht. Wie gemalt für die geplante Landpartie. Oberst a. D. Konrad Rommerskirchen hatte unmittelbar nach der Diagnose verfügt, dass seine Beisetzung nur im engsten Kreis der Familie erfolgen sollte, und lag nun schon seit sechs Wochen in seiner letzten Ruhestätte auf dem Kölner Ostfriedhof. Der zeitliche Abstand zu seinem Todestag war rein zufällig. Familie Rommerskirchen hatte mit der Kirche herzlich wenig am Hut und statt eines Sechs-Wochen-Amtes lud Witwe Emilie eine Reihe von engen Freunden zu einer gemütlichen Kaffeetafel im Bergischen Land ein, um dort in ungezwungener Atmosphäre des Verstorbenen zu gedenken. Die beiden Freunde Ernst Lomberg und Max Ruscher hatten sich länger nicht gesprochen und dem Wiedersehen, trotz des traurigen Anlasses, mit Vorfreude entgegengesehen, wobei verabredet war, dem Oberst zuvor einen kurzen Besuch abzustatten. Lomberg war überpünktlich und fand eine schattige Parkbank neben der Kapelle. Zwei Zigarettenlängen später begrüßte er seinen angereisten Freund mit einer herzlichen Umarmung.

»Bis zum Grab sind es nur ein paar Meter«, meinte Lomberg und legte seinen Arm um Ruschers Schulter.

»Bevor wir der Toten gedenken, möchte ich aber etwas von den Lebenden sehen.«

Lomberg schaute fragend. »Ach so, ja natürlich.« Er griff nach seiner Brieftasche, holte das Foto hervor und hielt es Ruscher zur Betrachtung hin. »Darf ich vorstellen, Lennard Lomberg, geboren am 7. August 1966 um dreiundzwanzig einhundertdreizehn Uhr. Amtlich festgestelltes Kampfgewicht: viertausendeinhundert Gramm.«

Ruscher betrachtete das Foto ausgiebig, hielt es zum Spaß neben Lombergs Gesicht und schüttelte lachend den Kopf.

»Pass jetzt bloß auf, was du sagst!«

»Warst vor zehn Monaten wohl länger auf Dienstreise?«

»Wart's ab, du Schuft!«

Ruscher umarmte seinen Freund ein weiteres Mal.

»Ich freue mich so sehr für euch.«

»Danke, Max. Du wusstest ja, dass ...«

»Wie geht es Lisa?«

»Noch ziemlich geschafft. Kaiserschnitt eben. Sie hat mich gebeten, dich etwas zu fragen.«

»Aha, und das wäre?«

Lomberg ließ einen Moment verstreichen und machte sich einen Spaß daraus, die Geduld seines Kameraden auf die Probe zu stellen.

»Oberleutnant a. D. Ernst Lomberg und seine Gemahlin, die liebenswürdige Elisabeth Lomberg, äußern den Herzenswunsch, dass der enge Vertraute der Familie, ein gewisser Feldwebel a. D. Max Ruscher-Wasserberg, Taufpate des Stammhalters wird.«

Der Feldwebel nahm seinerseits Haltung an.

»Es wäre mir eine Ehre, Herr Oberleutnant!«

Zehn Minuten später standen Lomberg und Ruscher schweigend am Grab von Oberst Rommerskirchen und waren dabei in ihrem Gedenken vereint. Er hatte sie damals rausgehauen. In Kauf nehmend, möglicherweise sogar noch selbst ins Visier der Gestapo zu geraten, hatte der Leiter der Kunstschutztruppe, nach nur kurzem Zögern, alle Hebel in Bewegung gesetzt, um seinen Leutnant aus dem Folterkeller der Rue des Saussaies zu befreien. Rommerskirchen schloss von Anfang an aus, dass Leutnant Lomberg tatsächlich in den Raub verwickelt sein könnte. Er schätzte den jungen Mann, den es in Nordfrankreich so schlimm erwischt hatte, als korrekten und fleißigen Mitarbeiter. Manchmal etwas eigensinnig, aber an seiner Loyalität war nie zu zweifeln. Rommerskirchen war klar: Wenn er handeln wollte, musste es sehr bald geschehen. Die Gestapo wusste nur zu gut, wie Geständnisse von Unschuldigen zu erzwingen waren – und dann war es in der Regel schon zu spät. Ernsthafte Ermittlungen waren nicht zu erwarten, was sich auch darin zeigte, dass auf eine Beschlagnahmung von Unterlagen aus Lombergs Büro verzichtet wurde. Jeder Dorfpolizist, dem es um Recht und Gesetz gegangen wäre, hätte in Erfahrung bringen wollen, was Lomberg zum Tatzeitpunkt denn überhaupt getrieben hatte. Aber mit derartigem Kriminalisten-Klein-Klein gab sich die Gestapo erst gar nicht ab.

Rommerskirchen war spätestens seit Beginn der Judenpogrome, die nur wenig verspätet auch in Köln um sich gegriffen hatten, auf Abstand gegangen. Das war nicht mehr sein Deutschland. Und trotzdem saß er hier. In diesem *Scheißkrieg*.

Lomberg war noch nicht in seiner Zelle angelangt, als sich Rommerskirchen schon über dessen Arbeitsplatz in der Militärverwaltung hergemacht hatte. Er hoffte, irgendeinen Hinweis zu finden, der entweder zu seiner Entlastung beitragen konnte oder auch zur Erhärtung des Verdachts. Lombergs Terminkalender zeigte keinerlei Hinweise auf auffällige Aktivitäten am besagten 25. Mai. Es schien ein ganz normaler Diensttag für ihn gewesen zu sein. Eine Unterredung mit Rommerskirchen selbst war vermerkt, an die sich der Oberst auch gut erinnern konnte, weil es ein bisschen hoch hergegangen war. Die Prüfung der Anwesenheitslisten beim Pförtner der Militärverwaltung belegte zweifelsfrei, dass sich der Leutnant ganz offenbar von morgens um sieben bis um achtzehn Uhr am frühen Abend durchgehend im Gebäude aufgehalten hatte. Er konnte es nicht gewesen sein.

Der mutmaßliche Kunsträuber war bereits vierundzwanzig Stunden in Haft, als Rommerskirchen endlich aktiv wurde. Von vornherein war es sein Verdacht gewesen, dass eine unbekannte dritte Person gezielt die Identität Lombergs angenommen haben könnte, um sich Zugang zum Jeu de Paume zu verschaffen. Und offensichtlich besaß diese Person Kenntnisse über die Zusammenarbeit zwischen Kunstschutz und ERR. Aber warum gerade Lomberg? Und nicht irgendein anderer aus der Abteilung?

An dieser Frage biss sich Rommerskirchen stundenlang fest, bevor es ihm morgens um vier wie Schuppen von den Augen fiel: die Augenklappe. Für den Täter die perfekte Camouflage und zugleich das überaus markante Merkmal jener Person, in deren Namen er den Raub der Kunstwerke ausgeführt hatte: Lomberg. Gegen zunächst heftigen Widerstand des ERR konnte Rommerskirchen schließlich durchsetzen, dass Lombergs Unterschrift auf den Ausgabequittungen der Gemälde mit authentischen Signaturen des Leutnants verglichen wurde. Dabei kam zweifelsfrei zutage, dass Lombergs Unterschrift gefälscht worden war. Rommerskirchen hatte sich von Generalmajor von Falkenburg höchstselbst autorisieren lassen, dem mit Tapferkeit vor dem Feind ausgezeichneten Leutnant zu Hilfe zu kommen. Schon wenige Stunden später standen sich Leutnant Lomberg und Feldwebel Ruscher zum ersten Mal in ihrem Leben gegenüber und auch die Konfrontation mit Schütze Schmitt ergab eindeutig, dass Leutnant Ernst Lomberg nicht derjenige Lomberg gewesen war, der sich am 25. Mai und dann noch mal am 26. als solcher im Jeu de Paume ausgegeben hatte. Augenklappe hin oder her. Er war es nicht. Der Umstand, dass die drei Männer von Bökelmanns Metzgergesellen schlimm zugerichtet und davon auch noch mächtig benommen waren – Ruscher hatte es am ärgsten getroffen –, begründete dann auch keinen weiteren Zweifel an der Richtigkeit der protokollierten Aussagen. Die sofortige Freiheit bedeutete das aber noch nicht. Lomberg und Schmitt wurden zunächst in den Arrest der Militärverwaltung überstellt. Ruscher musste erst noch zusammengeflickt werden und folgte den beiden nach einer Zwischenetappe im Krankenhaus zwei Tage später. Das war der Kompromiss mit der Gestapo, deren sogenannte Ermittlungen erst mal weiterliefen. Am 5. Juni war der Spuk schließlich vorbei. Nicht nur für Lomberg, der von den Beschuldigungen vollständig entlastet wurde, auch Feldwebel Ruscher und Schütze Schmitt galten nicht länger als tatverdächtig, sondern fortan als untaugliche Versager.

Sonntag, 21. August 1966, 15:45 Uhr, Ausflugslokal Bergische Schweiz, Engelskirchen, Oberbergischer Kreis

Vom Kölner Ostfriedhof war es nicht weit bis zur Bundesstraße 55, auf der Lomberg und Ruscher schon nach wenigen Minuten die östliche Kölner Stadtgrenze überquerten. In Zweier-Kolonne fahrend passierten sie die begehrten Wohngegenden am Rande des Königsforsts und ließen dann Schloss Bensberg hinter sich. Kurz vor Ehreshoven verließen sie die Hauptstraße und folgten von dort über eine kurvenreich geschotterte Piste bergauf den Hinweisschildern zur *Bergischen Schweiz*. Das am Hang liegende und rückseitig von dichtem Tannenwald eingerahmte Kleinod erfreute sich großer Beliebtheit bei Ausflüglern, die dem geschundenen Nachkriegs-Köln zumindest an Sonntagnachmittagen für ein paar Stunden entfliehen wollten. Das angrenzende Freigehege mit allerlei Wildgetier sowie ein schlichtes Schaukel-Karussell, das für nur zehn Pfennig ganze zehn Minuten elektrisch in Gang gesetzt werden konnte, bildeten das Rahmenprogramm für die zuvor mit Kakao und Waffeln vollgestopften Stadtkinder.

Auf dem großzügig bemessenen Parkplatz präsentierte sich eine ganze Flotte von nagelneuen oder mindestens blank geputzten Fahrzeugen aus der aktuellen Modellpalette von Ford. Intuitiv entschied sich Lomberg, die Parkreihe mit seinem P5 um eine weitere Position zu verlängern. Augenscheinlich war der kleine Kreis, der von Emilie Rommerskirchen angekündigt worden war, um einige berufliche Weggefährten des Verstorbenen erweitert worden. Der Oberst hatte nach dem Krieg eine ganz und gar zivile Karriere eingeschlagen und war an deren Höhepunkt, nach langer leitender Tätigkeit in der Personalabteilung, zum Betriebsratsvorsitzenden der Kölner Ford-Werke berufen worden. Prokurist Ruscher-Wasserberg erschien die Ansammlung automobiler Mittelklasse aus rheinischer Fabrikation allerdings kein würdiger Platz für seine Heckflosse. Ein etwas abseits parkender Zweihundertfünfziger-Kollege mit Stuttgarter Kennzeichen versprach angemessenere Gesellschaft. Lomberg beobachtete die Zusammenkunft der Sterne amüsiert und war schon ein paar Schritte vorgelaufen.

Der kleine Kreis umfasste immerhin rund vierzig Personen und die Bergische Kaffeetafel war bereits mit Bier und Korn garniert worden. Eine Gedenkfeier ganz nach dem Geschmack des viel zu früh verstorbenen Herrn Oberst. Witwe Emilie saß eingerahmt von ihren beiden Töchtern, den dazugehörigen Schwiegersöhnen und Enkeln und war erst mal nicht greifbar. Ruscher fand einen Platz in der Nähe der engeren Familie, während Lomberg von Siegwart Nebel abgefangen wurde, der sich schon früh an der Theke eingerichtet hatte. Der mit Chauffeur angereiste Parkplatznachbar Ruschers war Rommerskirchens Pendant beim Konkurrenten Daimler-Benz. Die gemeinsame Zeit beim *Verband der Automobilindustrie* hatte die beiden Männer zueinanderfinden lassen und nach und nach ein freundschaftliches Vertrauensverhältnis begründet. Man kannte sich von vorangegangenen Treffen beim Oberst und Nebel adressierte Lomberg auch sogleich in dessen ihm bekannter beruflicher Rolle in Bonn. Bereits unangenehm indisponiert schwafelte der automobile Lobbyist von »ungeahnten Bedrohungen der inneren Sicherheit« und von »linksradikalen Tendenzen an den Universitäten«, vor denen einem noch »angst und bange werden müsse«, wobei es »in West-Berlin ganz besonders schlimm sei«.

Doch Lomberg hatte an diesem Tag schlichtweg kein Ohr für solche Themen und nutzte die erste sich bietende Chance zur Flucht. Auch Emilie hatte sich aus der familiären Umklammerung befreien können. Links und rechts eingehakt bei Lomberg und Ruscher genoss die ältere Dame den kurzen Austritt ins Freigehege und war beim Füttern der Rehkitze ins Plaudern gekommen.

»Ihr wart immer so treu. Immer habt ihr an seinen Geburtstag gedacht!«

»Natürlich, der war in meinem Kalender auch immer fett markiert«, bestätigte Lomberg.

»Das sagt er so. Tatsächlich habe ich ihn an jedem 3. Dezember angerufen, um ihn auch ja daran zu erinnern«, frotzelte Ruscher gegen seine melancholische Stimmung an.

»Wenn er von euch redete, sprach er immer von seinen Söhnen im Geiste«, bemerkte Emilie mit belegter Stimme.

Die beiden Männer reagierten verlegen, bevor Lomberg als Erster zu Worten fand: »Söhne verdanken ihr Leben nicht zuletzt einem Vater. Und unser Leben verdanken wir nicht zuletzt ihm.«

»Das hast du schön gesagt. Und das bedeutet ja auch, dass ihr beiden eigentlich Brüder seid. Nicht wahr?«

»Das sind wir auch. Brüder im Geiste«, bestätigte Lomberg und suchte den Blickkontakt zu seinem Freund, dessen betrübte Miene auch Witwe Rommerskirchen nicht verborgen blieb.

»So, ihr Lieben. Ihr wollt sicher noch ein bisschen quatschen. Ihr seht euch ja auch nicht so oft. Ich gehe dann jetzt mal wieder rein. Zu meinen Töchtern. Und den Herren Schwiegersöhnen. Die sind ja immer etwas eifersüchtig, wenn ihr aufkreuzt. Die Sache mit den Söhnen im Geiste ist denen nämlich nicht ganz verborgen geblieben. Ihr wisst schon.«

»Sollen wir dich nicht zurückbringen?«, bot Lomberg an.

»Nein, nein, nicht nötig. Ich komm schon klar. Und qualmt nicht so viel! Ihr wisst ja, wo es hinführt: auf den Ostfriedhof!«

Lomberg hatte schon gemerkt, dass bei Ruscher die Trauer über den Verlust des väterlichen Freundes schlagartig wieder aufgeblüht war.

»Lass uns wieder reingehen, was trinken!«

Ruscher reagierte kopfschüttelnd und mit wässrigen Augen.

»Mensch, Max, mir geht's doch genauso. Es ist traurig. Viel zu früh ist er gegangen. Aber wir müssen es akzeptieren. Unser Leben geht weiter und wir halten ihn immer in Erinnerung. In bester Erinnerung.«

»Das ist es nicht.«

»Was ist es dann?«

»Die letzten Tage waren schlimm. Ist alles wieder hochgekommen.«

»Wieder diese Träume?«

»Nicht *die* Träume, *der* Traum.«

Lomberg brauchte keine weiteren Erklärungen. Sie hatten oft darüber gesprochen und niemand konnte besser nachempfinden, wie sehr Ruscher unter der traumatischen Erfahrung aus der Rue des Saussaies litt.

»Warum jetzt? Wenn es nicht wegen dem Oberst ist. Ist etwas anderes vorgefallen?«

Ruscher griff unvermittelt in die Innentasche seines Sakkos.

»Ich habe auch ein Bild dabei.«

Mit fragendem Blick nahm Lomberg das ihm hingehaltene Foto, auf dem ein Mann, im Vordergrund stehend, auf ein Gemälde verwies, das in einigem Abstand an einer Wand hinter ihm hing und dennoch gut erkennbar war. Lomberg überspielte seine Überraschung mit einer arglos anmutenden Frage: »Wer ist das?«

»Ich kann dir sagen, wer das ist. Aber vielleicht fragst du mich zuerst, *was* das ist.«

»Meinetwegen. *Was* ist das?«

Ruscher nahm seinem Freund das Foto wieder aus der Hand, betrachtete es selbst noch einmal und antwortete dann mit fester Stimme: »Das ist das neunte Gemälde.«

Lomberg blieb stumm.

»Dieser verdammte Dreckskerl, der sich damals unter deinem Namen ... und dem ich Idiot auf den Leim gegangen bin ...« Ruscher setzte neu an. »Dieser Kerl und sein Komplize Fiebig, das Standartenarschloch ...« Ruscher brach wieder ab. »Also, diese Schweinehunde hatten ja offensichtlich den Raub von acht Gemälden geplant und auch minutiös vorbereitet. Die acht Bilder standen ja schon abholbereit in der Lagerkammer. Wie auf dem Präsentierteller.«

»Ich weiß, Max. Ich kenne jedes verdammte Detail deiner damaligen Aussage.«

»Während ich die acht ganz offensichtlich vorausgewählten Bilder auf die Sackkarre gewuchtet habe, schlich der Kerl weiter in der Lagerkammer rum. Und dann kam er plötzlich mit noch einem Bild an. Ich habe zuerst protestiert. Es war ja nur von acht Bildern die Rede. Ich stand da und wusste nicht, wie ich mich verhalten sollte. Dann redete der Kerl auf mich ein und währenddessen musste ich immer auf dieses verdammte Bild starren. Und schließlich habe ich klein beigegeben und das Bild auch noch auf die Sackkarre gestellt, obwohl die eigentlich schon völlig überladen war. Auf dem Weg zum Ostausgang ist es mir runtergefallen. Und da musste ich es wieder zur Hand nehmen. Und wieder draufstarren. Wie ferngesteuert. Weil es so außergewöhnlich war. So hypnotisch.«

»Bist du dir ganz sicher?«, entgegnete Lomberg mit gespieltem Unglauben.

»Ganz sicher.«

»Nach dreiundzwanzig Jahren? Nach dieser Ewigkeit glaubst du, dich an ein Gemälde zu erinnern, das du damals keine fünf Minuten betrachten konntest?«

»Ich glaube es nicht, ich weiß es!«

»Max, ich bitte dich ...«

»Zugegeben: Ich habe es nicht sofort gemerkt. Es ist mir erst mit etwas Verzögerung klar geworden. Genauer gesagt, eine Nacht später. Dann aber umso klarer.«

»Der Traum?«

Ruscher nickte stumm, während Lomberg ihm das Foto wieder aus der Hand nahm.

»Und, *wer* ist das nun?«

»Ein gewisser Beat Ruetschli. Schon mal gehört?«

»Wie alt ist das Bild?«

»Kann ich nicht genau sagen. Ich habe den Mann vorgestern bei einer Veranstaltung gesehen. Auf dem Foto erscheint er mir mindestens zehn Jahre jünger. Eher fünfzehn.«

»*Kanonen-Ruetschli.* Ich hätte ihn fast nicht erkannt. Scheint in der Tat schon ein paar Jährchen alt zu sein. Aber natürlich weiß ich, wer das ist. Schweizer Rüstungsindustrie. Große Nummer im Nahen Osten. Nebenbei Kunstsammler.«

Ruscher hatte erwartet, dass der Name Ruetschli seinem Freund halbwegs geläufig sein würde, war über dessen offenkundige Detailkenntnisse aber doch überrascht.

»Du erwähntest eine Veranstaltung?«

»Ja. Ein zehnjähriges Dienstjubiläum. Großes Polit-Tamtam. Bei uns in der Gegend. Der Name wird dir sicher was sagen: Paul Bärlach.«

Lomberg nickte. »Sicher. Wir haben ja schließlich den gleichen Chef. Aber ich kenne ihn nicht persönlich.«

»Du weißt, was Ruetschli und Bärlach privat miteinander verbindet?«

»Nein. Keine Ahnung.«

»Ruetschli ist Bärlachs Schwiegervater.«

»Ach, echt? Wusste ich nicht«, log Lomberg. »Der BKA-Chef und der Waffenfabrikant. Das klingt ja fast ein bisschen pikant.«

»Du sagst es.«

»Unwahrscheinlich, dass sich dafür noch nie jemand interessiert hat, doch soweit ich weiß, gilt Bärlach als skandalfrei. Aber ich lese wahrscheinlich auch die falschen Zeitungen.«

»Ein Unsympath, wie er im Buche steht«, hob Ruscher neu an und berichtete seinem Freund von den Erlebnissen in der Villa Florence.

Es war sehr schnell klar, worauf Ruscher hinauswollte, aber er sprach es zunächst nicht direkt an. Er kam immer wieder auf seinen Traum zurück und die Gewissheit, mit der dieser ihm vermeintlich die Augen geöffnet hatte. Offensichtlich spekulierte Ruscher darauf, dass sein Verdacht als Konsequenz seiner Schilderungen von Lomberg selbst ausgesprochen werden würde. Lomberg spürte die Erwartungshaltung seines Freundes, zog es aber vor, zu schweigen. Erst nach einer gefühlten Ewigkeit ergriff er schließlich das Wort.

»Max. Bitte verzeih mir. Ich habe die Sache für mich zu den Akten gelegt. Lass die Vergangenheit endlich ruhen. Es bringt nichts. Lass uns nach vorne schauen.«

»Aber wenn ich es dir sage ... ich spüre es ...«

»Es tut mir wirklich leid, wenn dich das alles bis heute so quält. Aber du musst jetzt endlich einen Weg finden, darüber hinwegzukommen. Besinn dich auf das Positive. Deine Familie, die Firma. Es geht doch seit Jahren eigentlich nur bergauf, oder etwa nicht?«

Ruscher war fassungslos und seine Verunsicherung über Lombergs Verhalten verwandelte sich jetzt in massive Verärgerung.

»Ich verstehe dich nicht! Du hast damals Rache geschworen! Und wir haben uns damals gemeinsam vorgenommen, den Kerl zur Strecke zu bringen, wenn sich eines Tages die Chance bietet. Ich sage es dir: ich bin mir sicher! Er ist es! Bärlach ist der falsche Lomberg! Bärlach ist Eylmann!«

Lomberg schüttelte den Kopf. »Das ist total abwegig! Du glaubst doch nicht etwa, dass ein Mann mit so einer Vergangenheit heute auf dem BKA-Thron in Wiesbaden sitzt.«

»Ach komm, erzähl mir jetzt nicht so einen Scheiß! Du weißt doch ganz genau, was da für Leute in Amt und Würden sind. Sind doch allesamt alte Nazibonzen.«

»Du hast ja recht, einige von ihnen zumindest. Aber Bärlach? Unmöglich! Er ist ein Günstling der Amerikaner. Die haben ihn vor zehn Jahren ins Amt gehievt. Weil sie einen Mann mit weißer Weste haben wollten. Ausgeschlossen!«

»Was soll das bitte schön heißen: weiße Weste?«

»Kann ich dir sagen: Bärlach ist als junger Mann in die USA gegangen und hat dann später gegen die Deutschen gekämpft. Nach dem Krieg ist er bei der CIA gelandet und als man in Deutschland wieder Leute wie ihn brauchte, hat er mithilfe der Amis Karriere beim BKA gemacht. Frag mich nicht nach mehr Details, ich kenne sonst keine«, log Lomberg.

»Es ist doch so offensichtlich! Du sagtest damals selbst, dass wir in der Schweiz suchen müssten.«

»Ja und?«

»Ich kann dir sagen: *ja und*. Ruetschli! Bärlach und Ruetschli kennen sich schon seit 1949. Mindestens. Geschäfte haben sie miteinander gemacht, diese Schweinehunde, Waffengeschäfte. Das liegt doch auf der Hand. Und später hat er sich auch noch die Tochter geangelt. Und wahrscheinlich haben sie auch Kunstgeschäfte gemacht. Und zwar nicht zuletzt mit diesem Bild! Wegen dem wir fast am Galgen gehangen hätten. Wenn uns der SD nicht schon vorher totgefoltert hätte. Begreif es doch endlich!«

Lomberg realisierte, dass er die Rachsucht seines Freundes nicht mehr würde einfangen können, und setzte zum Gegenangriff an: »Max, jetzt halt aber mal die Luft an! Ja, richtig! Die Schweiz. Wahrlich kein Geheimnis, dass viele Bilder aus dem Jeu de Paume früher oder später in der Schweiz gelandet sind. Und von dort aus dann in alle Welt verkauft wurden. Und genau deshalb habe ich damals auch gesagt, dass wir in der Schweiz suchen müssten.« Lomberg deutete wieder auf Ruschers Foto. »Nehmen wir mal an, das da ist das mysteriöse neunte Bild ... und du weißt ganz genau, wie spekulativ diese Annahme ist, wäre es dann so verwunderlich, dass es irgendwann in der Schweiz aufgetaucht ist? Und zwar nicht irgendwo, sondern in der größten Privatsammlung des Landes?«

»Aber ...«

»Nichts aber!« Lomberg ließ jetzt keinen Einwand mehr gelten. »Ich rede jetzt! Dein Foto beweist keineswegs, dass Bärlach eine Beziehung zu diesem Gemälde hat. Das Foto zeigt schlicht und ergreifend seinen Schwiegervater. Ruetschli. Wie die anderen Fotos in seinem Arbeitszimmer – du hast es ja selbst gesagt. Und was sehen wir auf diesem Foto? Nichts weiter als den Herrn Schwiegervater in einer seiner vermutlich gewöhnlichsten Posen. Als stolzer Kunstsammler, der sich gerade augenfällig am Besitz eines bestimmten Gemäldes erfreut. Nicht mehr und nicht weniger. Du siehst doch in diesem Foto nicht, was es zeigt, sondern, was du darin sehen willst.«

»Du meinst also, ich sehe Gespenster?«

»Nein, Max. Das Problem ist nur, dass dich dieser *Scheißkrieg* einfach nicht loslassen will. Und dich davon abhält, das Naheliegende zu tun. Zu leben. Einfach zu leben. Ich habe ja auch meine Zeit gebraucht. Aber glaub mir, es macht keinen Sinn.« Lomberg legte seinen Arm freundschaftlich um Ruschers Schulter und ließ ihn dabei einen Moment mit seinen Gedanken alleine.

»Wahrscheinlich hast du recht. Wie so oft«, gab Ruscher klein bei und damit indirekt zu verstehen, die Auseinandersetzung nicht weiter fortführen zu wollen.

»Alles in Ordnung?«

»Ja, alles in Ordnung. Geht schon«, log Ruscher, denn sein Gefühl sagte ihm weiterhin, dass irgendetwas ganz und gar nicht in Ordnung war.

Montag, 22. August 1966, 13:15 Uhr, Bundesministerium des Inneren, Bonn, Graurheindorfer Straße 108

Minister Lücke ließ Lombergs Sekretariat schon am frühen Morgen wissen, wieder im Dienst zu sein, und war alles andere als erfreut, als es hieß, dass sein Referatsleiter einen halben Tag Sonderurlaub genommen hatte. Der Tag begann für Lomberg zunächst mit einem schlimmen Kater und auch Ruscher, der bei ihm übernachtet hatte, trat den Rückweg nach Hause mit einer bedenklichen Menge an Restalkohol an. Sie hatten sich wieder zusammengerauft und waren schließlich in der *Schumann-Klause* versackt. Der seit Langem geplante Abend war doch noch ein schöner geworden, aber beim Katzenfrühstück in Sankt Augustin zeigte der zwischenzeitlich ertränkte Konflikt des Vortages ebenso seine Nachwirkung wie die fünfzehn Gläser Kölsch und die nicht gezählten Schnäpse. Lomberg hatte versucht, die merkliche Beklommenheit seines Freundes mit der Aussicht auf ein baldiges Wiedersehen zu lockern. Immerhin stand in einigen Wochen die Taufe von Sohn Lennard an und bei dieser war für Ruscher eine tragende Rolle vorgesehen. Und auch Ruscher war nicht darauf aus, den Streit neu ausbrechen zu lassen. Von außen betrachtet hätte die Verabschiedung der Freunde genauso innig gewirkt wie ihre Begrüßung tags zuvor. Aber beide

Männer spürten, jeder auf seine Weise, dass jetzt etwas zwischen ihnen stand. Immer wieder hatten Lomberg und Ruscher einander beteuert, dass für den Rest ihres Lebens kein Blatt mehr zwischen sie passen würde. Aber das stimmte jetzt nicht mehr. Sehr wohl passte ein Blatt zwischen sie. Ein sehr dickes sogar. Aus Leinwand.

Gegen zehn hatten die zwei Aspirin Lomberg wieder gesellschaftsfähig gemacht und er war zum Krankenhaus am Venusberg gefahren. Zwei Stunden später bezog Lennard Lomberg sein seit Jahren für ihn bereitstehendes Kinderzimmer, um umgehend nach mütterlicher Nahrung zu verlangen. Lomberg, jetzt Lomberg senior, verabschiedete sich eilig, aber mit dem Versprechen, so früh wie möglich Feierabend zu machen. Auf dem Weg ins Ministerium hielt er für einen Zwischenstopp bei der Deutschen Bank am Kaiserplatz. Filialleiter Eckermann lief ihm unvermeidlich in die Arme, erkundigte sich höflich nach dem Befinden der Familie und erneuerte das Gesprächsangebot in Sachen Baufinanzierung. Der Hinweis auf den unmittelbar bevorstehenden Termin im Amt half die Unterredung abzukürzen und Zugang zum Schließfachraum zu erhalten. Lomberg öffnete die Tür zu Schließfach 43, in dem sich lediglich ein Gegenstand befand. Er nahm die stiefelkartongroße Schatulle heraus, stellte sie auf einen für die Schließfachkunden bereitstehenden Tisch und öffnete den Deckel, auf dem handschriftlich notiert die Markierung *E/B* zu lesen war. Er griff in seine Sakkotasche und holte das Foto hervor, das sein Freund Max tags zuvor zum Anlass genommen hatte, BKA-Präsident Paul Bärlach eines dreiundzwanzig Jahre zurückliegenden Verbrechens zu beschuldigen und dabei zu behaupten, dass sich hinter dessen Identität in Wahrheit der sogenannte *falsche Lomberg* verstecken würde. Er betrachtete das Foto, das ihm Ruscher gegeben hatte, ohne es nachher zurückzuverlangen, noch mal eingehend und verglich es mit jener Aufnahme, die seit nun schon vier Jahren als wichtiges Beweisstück im Schließfach verwahrt wurde. Die Fotografien bildeten nicht nur das gleiche Gemälde ab, sondern zeigten auch den identischen Aufenthaltsort. Lomberg legte das in der Villa Florence geschossene Bild-vom-Bild und die in Ruetschlis Büro entstandene Aufnahme auf den in der Schatulle befindlichen

Aktenstapel. Dieser war im Laufe der Jahre auf die Telefonbuchdicke einer Millionenstadt angewachsen. Die verschiedenen Dokumente, Fotografien und zahlreichen Aufzeichnungen bildeten in Summe ein nahezu vollständiges Dossier über Leben und Wirken von SS-Obersturmführer Franz Eylmann alias BKA-Präsident Paul Bärlach. Womöglich hätten Bökelmanns Schergen in der Rue des Saussaies es irgendwann geschafft, den Namen Eylmann aus ihm herauszuprügeln, wenn nicht Oberst Rommerskirchen damals gerade noch rechtzeitig eingeschritten wäre. In den späteren Vernehmungen nach seiner Freilassung hatte Lomberg jede Anschuldigung in Eylmanns Richtung vermieden. Auch um seine arglose, mithin dumme Indiskretion über die Arbeitsweisen der Kunstschutztruppe zu verschweigen. Zugleich aber, weil er der Ansicht war, dass eine gerechte Bestrafung Eylmanns ein exklusives Privileg darstellte, das er auf keinen Fall bereit war, zu teilen. Schon gar nicht mit Vertretern des Nazi-Regimes und später dann auch nicht mit den dafür infrage kommenden Behörden in der Bundesrepublik. Und auch nicht mit Ruscher, dessen Gerede von einem gemeinsamen Racheplan nicht den Tatsachen entsprach, sondern bestenfalls einem frommen Wunsch. So blieb der Name Eylmann fortan für immer unerwähnt und das Wissen um dessen Täterschaft das alleinige Geheimnis von Oberleutnant a. D. Ernst Lomberg. Bisher.

Paul Bärlach. Ein Zufall hatte Lomberg 1958 auf seine Spur geführt. Es hatte dann noch ein paar Jahre gebraucht, um aus den sich aneinanderreihenden Indizien schließlich eine lückenlose Beweiskette zu formen. Zweifel, ob die Beweislage für eine Gefängnisstrafe gereicht hätte, waren zwar begründet, die Ruinierung des Ansehens Bärlachs aber war garantiert und hätte mindestens die berufliche Laufbahn des zum bundesdeutschen Spitzenbeamten avancierten SS-Mannes für immer und alle Zeit beendet. Dann jedoch hatte Lomberg gezögert. Mit dem gewachsenen Abstand zu den Ereignissen im Jahr 1943 war ihm eine Rache aus reinem Selbstzweck immer weniger als sinnvolle Handlungsoption erschienen. Jetzt aber hatte sich in gleich mehrfacher Hinsicht eine neue Situation ergeben.

»Spiegel ist noch drin«, klärte die Sekretärin Irmgard Dobberstein auf und verdrehte dabei vielsagend die Augen. »Der Minister hat schon mehrfach nach Ihnen gefragt. Hat sicher mit Ihrem Termin im Bungalow zu tun?«, schob sie mit einem breiten Grinsen hinterher. »Ich lass ihn wissen, dass Sie da sind. Dauert sicher nicht mehr lang. Kaffee?«

»Ja, gerne. Wenig Milch. Kein Zucker.«

Lomberg zog sich in die altmodische Sitzecke in Lückes Vorzimmer zurück und musste unweigerlich an die Eames Chairs beim Kanzler denken. Der Kaffee kam unverzüglich und nach einem ersten Schluck griff er nach dem Stapel der tagesaktuellen Presse. Er entschied sich für die *Neue Zürcher Zeitung*, deren Aufmacher nicht dem Weltgeschehen, sondern einer Lokalmeldung gewidmet war.

Ruetschli tot. Absturz mit Privatflugzeug

Der landesweit bekannte Industrielle Beatus »Beat« Ruetschli (69), Verwaltungsratschef und Mehrheitsaktionär der Ruetschli Metallwerke AG (RMW AG), ist am frühen Abend des 21. August mit seiner von ihm selbst gesteuerten Privatmaschine vom Typ Piper PA-28 beim Anflug auf den Zürcher Flughafen abgestürzt und ums Leben gekommen. Sein Privatsekretär Diethelm B. wurde an der Unfallstelle noch lebend geborgen, verstarb aber kurze Zeit später auf dem Weg ins Krankenhaus. Ruetschlis Enkel, Marcus Aurelius Bärlach (14), befand sich ebenfalls an Bord der Unglücksmaschine. Dieser hat den Absturz überlebt und wird mit mutmaßlich schweren Verletzungen in einer nicht näher benannten Unfallklinik behandelt. Ruetschli war auf dem Rückweg von einer privaten Feier in Deutschland und knapp zwei Stunden zuvor von einer Militärbasis im Rhein-Main-Gebiet gestartet. Die Ursache für den Absturz ist noch völlig unklar. Technische Probleme am Fluggerät müssen ebenso in Betracht gezogen werden wie ein Pilotenfehler oder auch ein gesundheitliches Problem. Ruetschli galt als

erfahrener Pilot, litt aber bekanntermaßen an einer Herzer-
krankung. Das Direktorium der RMW AG kommt heute zu
einer Sondersitzung zusammen und hat für 15:30 Uhr eine
Pressekonferenz einberufen.

Kapitel 5

KUBISTISCHE PERIODE

**Dienstag, 24. Mai 2016, 10:15 Uhr,
Kunsthistorisches Institut der Universität Bonn,
Bonn, Regina-Pacis-Weg 1**

Die Abgrenzung des Fauvismus vom Expressionismus war das Thema und die Vorlesung bei Louis Vauxcelles' *wilden Bestien und dem Schicksal der christlichen Jungfrau* angelangt, als sich eine Nachzüglerin in den nur mäßig besetzten Großen Hörsaal schlich. Sina Röhm nahm geräuschlos einen Platz in der obersten Sitzreihe ein, bemüht, die Aufmerksamkeit der rund fünfzig anwesenden Studierenden nicht über Gebühr zu stören. Und auch der Dozent schien zunächst keine besondere Notiz von der neuen Gasthörerin genommen zu haben. Als Lomberg den Studierenden dann aber das Stichwort *La femme au chapeau* gab und damit wieder auf Matisse zu sprechen kam, war ihm die allgemeine Erheiterung im Auditorium sicher. Röhm nestelte verlegen an ihrem sommerlichen Trilby-Hut und versuchte möglichst unbeteiligt zu wirken.

»Wenn ich Sie recht verstanden habe, dann macht also die Farbe den Unterschied?«

»So ist es, Frau Kriminalrätin. Die Fauvisten haben die Farbe um ihrer selbst willen eingesetzt. Als rein kompositorisches Statement. Nicht wie die expressionistischen Künstler als Ausdruck ihres eigenen emotionalen Erlebens. Das macht den Fauvismus als eigenständige Stilrichtung aus und widerlegt in meinen Augen auch die Theorie von der Teilströmung des Expressionismus. Mit anderen Worten: Ich halte diese für vollkommen unsinnig.«

»Der Jammer ist doch, dass viel zu viele Theorien im Umlauf sind und nicht genug Leidenschaft, sie zum Leben zu erwecken ...«

»Chapeau, Frau Kriminalrätin! Sie zitieren gerade André Derain.«

»Wenn Sie noch einmal Chapeau sagen, nehme ich Sie in Beugehaft.«

Die Leiterin des Dezernats für Kunst- und Kulturgutkriminalität war Lombergs Vortrag geduldig gefolgt und stand, nachdem alle Studenten den Hörsaal verlassen hatten, nun an seinem Dozentenpult.

»Ich bitte um Vergebung. Kann ich mich für den kleinen Scherz auf Ihre Kosten revanchieren, Frau Kriminalrätin?«

»Ausnahmsweise verziehen. Und jetzt lassen Sie mal die Frau Kriminalrätin aus dem Spiel. Das war übrigens ein sehr unterhaltsamer Vortrag.«

»Danke, sehr freundlich. Fraglich nur, ob die Studierenden das auch so gesehen haben.«

»Die Studentinnen jedenfalls himmeln Sie an.«

»Vermutlich wollen Sie mir berichten, was Scotland Yard zu meinem Alibi gesagt hat?«

»Nehmen Sie das nicht persönlich. Die Überprüfung Ihrer Aussagen war alleine dem Umstand geschuldet, dass in einem mutmaßlichen Tötungsdelikt ermittelt wird. Ich kann Sie beruhigen: Wir haben nicht den geringsten Zweifel, dass Ihre Angaben korrekt waren.«

»Steht denn jetzt fest, dass es ein Mord war?«

»Der Verdacht hat sich für mich in Richtung Totschlag erhärtet. Wir vermuten, dass es zu einem Handgemenge gekommen ist. Eine weitere Person wurde offenbar verletzt. Es gibt eine Blutspur. Wir haben eine DNA-Analyse, aber mit der können wir leider nichts anfangen. Unbekannter Datensatz.«

»Also vermuten Sie, dass sich Dupret gewehrt hat?«

»Eine, genauer gesagt meine Theorie lautet, dass die zweite Person in das Hotelzimmer eingedrungen ist und dabei erwartete, Dupret dort nicht anzutreffen. Entweder war das von vornherein ein Irrtum oder aber Dupret ist unerwartet zurückgekehrt und hat die Person überrascht. Für Letzteres spricht, dass Dupret um 17:05 Uhr das Hotel verließ, aber schon um 17:50 Uhr wieder zurückkehrte. Das zeigen die Videoaufzeichnungen im *Kameha*. Die Rechtsmedizin gibt den Todeszeitpunkt zwischen 18:00 und 20:00 Uhr an. Am nächsten Morgen um 8:00 Uhr wurde Dupret vom Room Service gefunden.«

»Konnten Sie herausfinden, was Dupret in den fünfundvierzig Minuten dazwischen gemacht hat?« Lombergs Frage verriet zum ersten Mal ein aufkeimendes Interesse an der tragischen Geschichte des Gilles Dupret.

»Dupret hat sich am 24. April ein Auto gemietet. Bei einer Avis-Station in der Nähe des Hotels. Am besagten Tag hat er den Wagen dann gegen einen anderen eingetauscht. Und zwar um 17:20 Uhr, wie uns die Leute von Avis bestätigt haben. Von dort ist er zurück zum Hotel gefahren und hat seinen Wagenschlüssel beim Concierge abgegeben. Der hat das Fahrzeug dann geparkt. Allerdings nicht in der Tiefgarage, sondern auf einem Außenstellplatz. Etwas abgelegen. Im Wagen haben wir übrigens auch Duprets Mobiltelefon gefunden.«

»Und dann ist er auf sein Zimmer zurück und ...«

»So wird es wohl gewesen sein.« Röhm verstummte und warf Lomberg einen erwartungsvollen Blick zu.

»Der Hergang deutet für mich darauf hin, dass der Unbekannte womöglich etwas gesucht hat. In Duprets Hotelzimmer, meine ich. Oder was denken Sie?« Lomberg bereute seine spontane Verdachtsäußerung sofort.

»Sie sagen es. Und ich hätte jetzt gerne gewusst, ob Sie nicht eine Idee hätten, was dieses Etwas gewesen sein könnte.«

Sie hatte ihn eingewickelt. Die nur zu bereitwillige Schilderung von Ermittlungsdetails hatte seine Neugier geweckt und ihn prompt aufs Glatteis geführt.

»Ich? Was weiß ich denn, was ein Unbekannter im Hotelzimmer von diesem Dupret gesucht haben soll? Der für mich ja genauso ein Unbekannter ist. Wie Sie wissen.«

Lombergs Stimme klang jetzt eher künstlich empört. Röhm neigte ihren Kopf leicht zur Seite und legte ein entwaffnendes Lächeln auf. »Ja, das sagten Sie schon.«

Natürlich hatte Lomberg eine Idee, was der Unbekannte in Duprets Hotelzimmer gesucht haben könnte, und ihm war bewusst, dass sie das Gleiche dachte. Sie hätte ihn jetzt festnageln können. Zu seiner Überraschung ließ sie ihn jedoch erst mal davonkommen.

»Selbstverständlich haben wir auch bei Dupret eine DNA-Analyse gemacht.«

»Und dazu wollen Sie mir noch etwas sagen, Frau Röhm?«

»Ja, da gibt es etwas, das Sie interessieren dürfte.«

»Ich höre.«

»Es gibt eine Verbindung Duprets zu einer Straftat aus dem Jahr 1985. Die Ermittlungen wurden seinerzeit von der Bundesanwaltschaft geführt.«

Sina Röhm musste nicht weiterreden. Lomberg wendete seinen Blick erstmals von seiner Gesprächspartnerin ab und starrte jetzt in die Leere des Hörsaals. »1985, sagen Sie?«

»Korrekt.«

»Von meinem Vater, darf ich also annehmen?«

Die Nachricht selbst war für Lomberg am Ende weniger überraschend als das merkwürdige Gefühl der Erleichterung, das sich durch die Bestätigung des ohnehin gehegten Verdachts einstellte. Gilles Duprets gleichermaßen diffuse wie auch bedrohliche Andeutung, der Name Lomberg stünde im Zusammenhang mit einem unbekannten Fall von NS-Beutekunst, war ihm zunächst vollkommen abwegig erschienen. Zumal der Franzose nicht den geringsten Hinweis gab, in welcher Form diese Verbindung bestehen sollte. Anders Carl Deveraux, der von Dupret die Stichworte Jeu de Paume und Militärverwaltung bekommen haben wollte, um schließlich sogar noch eine Verbindung zu den späteren Sicherheitsdiensten der BRD zu behaupten. Worauf das hinauslaufen sollte, war schon kein ganz großes Rätselraten mehr. Hätte es noch eines letzten Beweises bedurft, Sina Röhm hatte ihn gerade erbracht.

Bereits ein vorangegangener Aktenfund hatte das Seine dazu beigetragen, dass sich Lombergs Überraschung nunmehr in Grenzen hielt. Nach zunächst unergiebiger Recherche im großväterlichen Nachlass war Julie tags zuvor auf ein erhellendes Dokument gestoßen. Die bekannten und äußerst spärlichen Fakten zu Ernst Lombergs Militärzeit im besetzten Frankreich waren damit augenblicklich um ein erstaunliches Detail reichhaltiger und vor allem genauer geworden. *23. August 1942 bis 18. August 1944.* Ernst Lombergs zweijähriger Dienst in der Pariser Militärverwaltung markierte den Zeitabschnitt vom Tag des Angriffs auf Stalingrad bis genau eine Woche vor der endgültigen Befreiung der französischen Hauptstadt durch de Gaulles vorgeschickte Truppen. Das war bekannt. Genauso seine »hauptsächliche Verwendung in der Wirtschaftsabteilung«, wie er sich später stets mürrisch zitieren ließ. Sein damaliges Aufgabengebiet wurde von ihm meist mit »Schreibstube« bezeichnet. Ergänzungen wie »Inventarlisten führen« trugen ebenso wenig zur Transparenz bei. Lomberg hatte seinerzeit nie einen triftigen Grund gesehen, und noch weniger Lust verspürt, den nur zu offensichtlichen Nebelkerzen seines Vaters mit allzu kritischen Fragen nach Einzelheiten auf den Grund zu gehen. Eine solche Einzelheit lag aber nun plötzlich auf dem Tisch: in Gestalt eines erstaunlich gut erhaltenen Schriftstücks vom 12. September 1943. Im Zusammenhang mit einer offenbar in Aussicht stehenden Versetzung innerhalb der Militärverwaltung wurde darin ein gewisser Oberst Rommerskirchen mit einer Empfehlung zitiert. Der zufolge hatte sich Leutnant Ernst Lomberg »während seines Dienstes in der Abteilung Kunstschutz in hohem Maße verdient gemacht«. Besondere Erwähnung fand dabei »seine außergewöhnliche Sorgfalt bei der Inventarisierung der unter der Obhut der Kunstschutzabteilung stehenden Kulturgüter im Besatzungsgebiet«.

»Herr Dr. Lomberg?«

»Pardon, mir ging gerade etwas durch den Kopf. Lag denn gegen Dupret etwas vor?«

»Nein. Im Zusammenhang mit der besagten Straftat wird schon lange nicht mehr ermittelt.«

»Verjährt?«

»Nein, verbüßt. Mehr kann ich Ihnen momentan dazu leider nicht sagen. Staatsschutz-Angelegenheit.«

»Deswegen auch Ihr Kollege von der PMK?«

»Ja, Baumann bearbeitet diese Seite des Falls.«

»Also gibt es noch eine weitere?«

Röhm griff nach ihrer Tasche, holte ihr iPhone heraus und startete die *Audio Edit App*. »Ich möchte, dass Sie sich das mal anhören.«

Monsieur Dupret, wie ich hörte, ist es nicht zu dem verabredeten Treffen gekommen (...). Bitte melden Sie sich doch bei mir! Sicher finden wir eine gemeinsame Lösung für das Problem. Danke (...).

Lombergs Französisch war nicht gerade blendend, aber allemal gut genug, den Inhalt der Nachricht zu verstehen. Dennoch bat er um eine erneute Wiedergabe. Der Anrufer beherrschte die Landessprache akzentfrei. Sehr wahrscheinlich war es ein Franzose. Irgendwie kam ihm die Stimme bekannt vor. Allerdings war sie aufgrund lauter Hintergrundgeräusche schwer zu verstehen. Der Anrufer schien sich in einem öffentlichen Raum befunden zu haben. Die Nachricht war nicht nur ungewöhnlich kurz. Die beiden gesprochenen Sätze klangen in ihrer Kombination unnatürlich. Sowohl vom Tonfall als auch vom Inhalt der Botschaft her. Auf eine Art wie auseinandergerissen. Lomberg war sich sicher: Die Audiodatei war bearbeitet worden und gab wahrscheinlich nur einen Teil der gesamten Nachricht wieder.

»Duprets Mailbox?«

»Ja. Genauer gesagt, die Mailbox, die mit der SIM-Karte gekoppelt war, die wir bei einer Durchsuchung von Duprets Wagen gefunden haben. Im abgeschlossenen Handschuhfach. Französischer Vertrag. Prepaid.«

»Sie sagten doch eben, Sie hätten in seinem Wagen das Handy von Dupret gefunden?«

»Haben wir auch. Darin war eine deutsche SIM-Karte. Aktiviert am 20. April. Auch prepaid.«

»Alles andere hätte mich gewundert.«

»Vieles deutet darauf hin, dass Dupret am oder kurz vor dem 20. April von Frankreich nach Deutschland eingereist ist und als Erstes in einen Telefonladen spaziert ist, um sich eine deutsche SIM-Karte zu besorgen.«

»Gibt es weitere Nachrichten auf der Mailbox?«

»Nein. Was immer auch darauf gewesen sein mag – alles gelöscht. Die Mailbox wurde dann ebenso am 20. April deaktiviert.«

»Als ob er alles hinter sich lassen wollte ...«

Röhm registrierte Lombergs Einwurf aufmerksam, ging aber nicht weiter darauf ein. »Die Nachricht des unbekannten Anrufers stammt, wen wundert es, auch vom 20. und scheint in genau jener Zeit reingekommen zu sein, den ein Provider für gewöhnlich braucht, um eine Mailbox endgültig abzuschalten, während der Kunde denkt, es sei bereits geschehen. Das dauert gerne mal ein paar Stunden. Wir vermuten, dass Dupret die Nachricht gar nicht mehr bemerkt hat.«

»Und können Sie und Ihre Kollegen beim BKA mit der Nachricht irgendetwas anfangen?«

»Das frage ich Sie, Herr Dr. Lomberg.«

»Nein, kann ich nicht. Aber mein Verdacht ist, dass diese Mailbox-Aufzeichnung der Grund ist, warum das Dezernat für Kunst- und Kulturgutkriminalität im Fall Dupret überhaupt eingeschaltet wurde. Ich meine die Aufzeichnung, einschließlich jener Passagen, die Sie herausgeschnitten haben und mir vorenthalten wollen.«

Röhm verzog kurz das Gesicht, ließ sich aber nicht aus dem Konzept bringen. »Da liegen Sie falsch! Der Grund dafür ist nämlich ganz simpel. Der Grund, warum ich in dieser Sache ermittle, sind vor allem Sie, Herr Dr. Lomberg!«

»Sie schmeicheln mir, Frau Röhm.«

»Wir haben natürlich auch das deutsche Handy, besser gesagt, Duprets Handy mit deutscher SIM-Karte ausgelesen. Keine Mailboxnachrichten, er hatte erst gar keine Mailbox eingerichtet. Auch keine SMS, *WhatsApp* oder sonstige Kommunikation über digitale Dienste. Keine Telefonate. Nur zwei Gespräche mit der besagten Autovermietung. Allerdings auch ein ausgehender Kontakt zu einer deutschen Mobilfunknummer sowie ein eingegangener Anruf von einer Festnetznummer in Bonn. Beide konnten den Anschlüssen eines bekannten Kunstexperten zugeordnet werden. Außerdem war Dupret im Netz unterwegs. Sein Interesse galt zum einen dem Presseecho auf Modiglianis wiedergefundenen *Homme assis* und der damit in Verbindung stehenden Firma *Artclaim* in Kanada. Zum anderen einer ganzen Reihe von Publikationen eines gewissen Dr. Lennard Lomberg zum Thema NS-Beutekunst.«

Röhm war jetzt endgültig aus der Deckung gekommen. Die dargelegten Gründe, warum der Ermittlungsstand im Fall Dupret eindeutig beziehungsweise *eindeutig auch* auf einen kunstbezogenen Sachverhalt hindeutete, waren fraglos überzeugend. Logisch darum auch die Einbeziehung des Fachdezernats und genauso nachvollziehbar das besondere Augenmerk der Ermittlungen auf die Rolle Lombergs. Seine bislang renitente Weigerung, den Fall Dupret an sich heranzulassen, entlarvte sich immer mehr als Farce. Die Verbindung war nicht mehr zu leugnen, zumal sie in gleich doppelter Hinsicht belegt war.

»Ich hatte bereits bei unserem ersten Gespräch meine Vermutung mitgeteilt, dass Duprets Anliegen mit diesem Thema zusammenhängen könnte. Es kommt halt immer mal wieder vor, dass mich wildfremde Leute dazu kontaktieren. Ohne zu wissen, dass ich mich schon seit Jahren nicht mehr damit beschäftige. So ein Buch kann einem lange hinterherlaufen.«

Lomberg gab wieder das Unschuldslamm, Röhm spürte nur zu genau, dass er weiterhin nicht gewillt war, die Wahrheit zu sagen. Zumindest nicht die ganze.

»Ihr Londoner Alibi ist wasserdicht. Ich persönlich glaube Ihnen auch, dass Sie ohne eigenes Zutun in diese Sache verwickelt wurden. Fakt ist aber, dass es eine Verwicklung gibt, und es sollte auch in Ihrem eigenen Interesse sein, zu deren Klärung beizutragen.«

Sina Röhm mühte sich, weiter cool zu bleiben, ihre wachsende Verärgerung über Lombergs Blockadehaltung konnte sie jedoch kaum verbergen.

»Natürlich, Frau Röhm. Wenn mir dazu noch etwas einfällt, lass ich es Sie sofort wissen.«

»Ich bitte darum!«

Lomberg schwankte. Auf der einen Seite hoffte er inständig, sie möge ihn jetzt in Ruhe lassen und verschwinden, zugleich empfand er die Gegenwart von Kriminalrätin Röhm ganz und gar nicht als unangenehm.

»Wäre es das für heute oder kann ich noch etwas für Sie tun?«

»Ja, können Sie.«

Röhm holte ein schmales Buch aus ihrer Tasche, das unschwer als einer der üblichen Reiseführer im Kompaktformat zu erkennen war.

»Sie gehen auf Reisen?«

»Südfrankreich. Céret, genauer gesagt. Das dürfte Ihnen sicher etwas sagen?«

»Gewiss. Die Kolonie der Kubisten. Ich war mal da. Ein reizender Ort. Catherine Millet nannte sie jüngst noch *eine Stadt von besonderer Eleganz.*«

»Diese Künstlerin ist mir nicht bekannt.«

»Eine Schriftstellerin.«

»Und wie heißt das Buch, in dem sie das sagt?«

»*Das sexuelle Leben der Catherine M.*«

»Ein autobiografisches Werk, muss ich wohl annehmen?«

»Ja, eine Art *Fifty Shades of Grey* für Fortgeschrittene. Wenn Sie verstehen, was ich meine?«

»Da bin ich mir ehrlich gesagt nicht ganz sicher, Herr Lomberg.«

»Pardon, ich wollte ...«

»Was war denn seinerzeit Anlass für Ihre Reise?«

»Ich verstehe nicht ganz?«

»Sie sagten gerade, Sie seien schon mal in Cerét gewesen.«

»Ach so, ja. Mein Freund Raoul Castigno ist Mitglied im Kuratorium des *Musée d'Art Moderne von Céret*. Er hatte eine besondere Ausstellung dorthin gebracht. *Le Peintre et l'arène.* Kunst und Stierkampf. Hauptsächlich Goya. Ich liebe Goya. Darum lud er mich ein. Vorletztes Jahr im Sommer.«

»Verstehe. Dann war die Reise also nicht zum Vergnügen, sondern geschäftlicher Natur?«

»Es war sehr wohl ein Vergnügen, aber Sie haben schon recht. Es war gewissermaßen eine Fortbildungsreise.«

Röhm warf einen prüfenden Blick auf ihren mächtigen Herren-Chronometer, der ihr schlankes Handgelenk nur locker umschloss und schien mit dieser Geste, das Ende des Gesprächs einleiten zu wollen.

»Und was ist der Grund für Ihre Reise, wenn ich fragen darf?«

»In meinem Fall handelt es sich tatsächlich um eine Dienstreise.«

»In Begleitung von Kollege Baumann?«

Lombergs breites Grinsen blieb unerwidert.

»Baumann hat sich erst mal auf unbestimmte Zeit verabschiedet. Hat's am Herzen.«

»Der Ärmste. Und Sie müssen jetzt einspringen?«

»Ich eskortiere die Überführung eines Leichnams und nutze die Gelegenheit für einige Recherchen vor Ort.«

»Sie wollen mich wieder neugierig machen.«

»Das kostet mich keine Mühe.«

»Hatte Dupret Angehörige in Céret?«

»Unseres Wissens nach hatte Dupret gar keine Angehörigen.«

»Und wem wird der Leichnam dann übergeben?«

»Dafür, dass Sie Dupret gar nicht kannten, sind Sie aber schon sehr an Details interessiert.«

»Ich habe Ihnen erst vor fünf Minuten versprochen, dass ich Ihre Ermittlungen unterstütze, wenn ich kann.«

»Touché, Herr Doktor. Château Aubiry. Sagt Ihnen das was?«

Lomberg dachte kurz nach. »Nein, nie gehört. Heißt aber nichts. Châteaux sind da unten eine recht gängige Behausung.«

»Muss wohl etwas außerhalb von Céret liegen. Die Kontaktperson ist ein gewisser Père Lavail. Er ist Leiter eines Ordens, *L'Ordre Hospitalier de Saint Martin de Dieu*.«

»Da muss ich passen. Das ist jetzt nun gar nicht mein Genre.«

»Halten Sie es für möglich, dass Duprets Kontaktaufnahme mit Ihren Verbindungen nach Céret zu tun hatte?«

»Verbindungen nach Céret? Das ist übertrieben. Ausschließen kann ich das natürlich nicht, aber eine Erklärung fällt mir beim besten Willen nicht ein.«

»Alles andere hätte mich auch gewundert, Herr Dr. Lomberg.«

»Was soll ich sagen?«

»Schon gut. Ich will Sie jetzt auch nicht noch weiter aufhalten. Sie haben ja schließlich noch einen Termin beim Dekan, nicht wahr?«

Lomberg reagierte mit einem verwunderten Lächeln.

»Ihre Sekretärin erwähnte das, als ich anrief.«

»Es war mir ein Vergnügen, Frau Kriminalrätin. Sie sind als Gasthörerin jederzeit willkommen.«

»Mal sehen. Vielleicht, wenn Sie demnächst mal über den Kubismus sprechen.«

»Gerne. Ein reichhaltiges Thema.«

»Sie wissen ja, wie Sie mich erreichen, Herr Lomberg. Auf Wiedersehen.« Röhm hatte auf dem Absatz kehrtgemacht und schon die ersten Stufen hinauf zum Ausgang des Hörsaals genommen.

»Frau Röhm?«

»Ja?«

»Der Hut steht Ihnen ganz ausgezeichnet!«

Donnerstag, 26. Mai 2016, 11:30 Uhr, Archiv des Kölner Stadt-Anzeigers, Köln, Amsterdamer Straße 192

»Julie! Dass ich das noch erlebe.« Die Begrüßung kam von Herzen, aber Julie war dann doch erleichtert, als Jacky Schönzeit sie endlich wieder losließ.

»Wie lange ist das her?«

»2012.«

»Vier Jahre schon? Mein Gott, wie die Zeit rast. Aber du siehst: ich bin immer noch hier!«

»Was sollen sie auch ohne dich machen?«

»Lass uns von *dir* reden!«

»Neuntes Semester. Eigentlich bin ich fast durch. Aber auch nur eigentlich. Ich werde wohl noch ein Urlaubssemester dranhängen. Ein Projekt. Das Examen kann ruhig noch ein Jahr warten. Deswegen bin ich auch hier.«

Jacky Schönzeit galt als das Faktotum im Verlag und war eigentlich schon längst in Rente. Schon Anfang der Siebziger hatte der Zigarrenfreund und notorische Pferdeschwanzträger seinen Posten im Zentralarchiv eingenommen. Und das war genau jene Abteilung, in der Julie nicht nur den größten Teil ihres Zeitungs-Volontariats absolviert, sondern auch die, in der sie am meisten gelernt hatte. Und Spaß hatte es auch gemacht, nachdem die Wochen bei den Schnapstrinkern in der Innenpolitik-Redaktion schlichtweg die Hölle gewesen waren. »Der Archivar ist der Star. Denn er weiß, wie es war«, lautete die Lektion eins für die wissbegierige wie selbstbewusste Schülerin. Nach ein paar Wochen schon war das ungleiche Duo ein gut funktionierendes Tandem geworden. Und natürlich sollte der schrullige Senior die Begleitung der attraktiven Volontärin stets genießen.

Das traditionelle, sprich nichtdigitale Belegarchiv des *Kölner Stadt-Anzeigers* umfasste den Zeitraum von 1949 bis 1991. Noch bedrohlicher als die Unmenge an Information war die praktisch undurchdringliche Systematik der Archivierung. In den Jahrzehnten seines autonomen Kellerregimes hatte sich Jacky mit seinem Herrschaftswissen derart unverzichtbar gemacht, dass er mit 69 Jahren immer noch auf seinem angestammten Platz saß, wenngleich nur noch drei halbe Tage in der Woche.

»Projekt?«

»Ja. Ich habe mir da was in den Kopf gesetzt. Und ich glaube, du könntest mir helfen, Jacky.«

»Ich höre.«

»Ich will ein Buch schreiben. Eine Biografie. Ein Stück weit ist es auch eine Familienchronik und nebenbei soll es eine Art zeitgeschichtliches Essay werden.«

»Klingt gut. Aber hat das nicht vielleicht Zeit bis nach deinem Examen?«

»Es ist etwas Persönliches. Es brennt mir unter den Nägeln.«

»Um wen geht es?«

»Um meinen Großvater.«

»Ich verstehe.«

Jacky war schon während Julies Volontariat im Bilde gewesen, aber da sie es zu keiner Zeit zu einem Thema gemacht hatte, war es zwischen ihnen auch nie eines gewesen. Julies Großvater, Ernst

Lomberg, war 1977 in das hohe Amt des Generalbundesanwaltes berufen worden und hatte spätestens ab diesem Zeitpunkt eine mediale Beachtung gefunden, die natürlich auch in den Archiven des *Kölner Stadt-Anzeigers* ihre Spuren hinterlassen sollte.

»Wie kommt es, dass du dich plötzlich für ihn interessierst? Ich meine so sehr, dass du gleich ein Buch über ihn schreiben willst?«

Julie antwortete nicht direkt.

»Du kennst doch meine Familiengeschichte, oder?«

»Ja, du hast damals erzählt, warum du aus England weggegangen bist. Du wolltest deine deutsche Familie kennenlernen.«

»Und ich bin immer noch dabei. Übrigens, mein Vater lebt jetzt auch wieder hier. Er fremdelt immer noch ein bisschen. War ja auch mehr als zwanzig Jahre weg. Manchmal kommt er mir britischer vor, als ich es bin.«

»Er hat doch irgendwie mit Kunst zu tun?«

»Ja. Jetzt als freier Sachverständiger und Berater. Und nebenbei gibt er den Gastprofessor an der Uni in Bonn.«

»Weiß er von deinem sogenannten Projekt?«

»Er weiß von meinen Recherchen. In dieser Hinsicht bin ich sogar in seinem Auftrag tätig. Aber von dem Buch weiß er nichts. Noch nicht.«

»Also, raus mit der Sprache! Worum geht es?«

»Ich hatte kürzlich ein langes Gespräch mit meinem Vater. Er kam auf seinen Vater zu sprechen. Ich habe das natürlich dankbar angenommen.«

»Kann ich mir gut vorstellen.« Jacky lächelte wissend.

»Um es abzukürzen: Mein Vater machte mir den Vorschlag, mich in den Nachlass meines Großvaters einzulesen. Elf Umzugskartons. Briefe, Tagebücher, Fotos, Zeitungsartikel, Entwürfe für ein Buch, ein grauenhaftes Durcheinander. Er hätte einen Archivar gebraucht ...«

»Hast du nach etwas Besonderem gesucht?«

»Auslöser war eine Bemerkung meines Vaters. Er meinte, ihm sei plötzlich klar geworden, seinen Vater womöglich viel weniger zu kennen, als er immer gedacht hat. Oder anders gesagt, dass Großvaters späte Prominenz offensichtlich andere Dinge aus seiner Biografie überlagert hätte.«

»Du hast also nach alten Kriegsgeschichten gesucht?«

»Klar.«

»Und?«

»Erstaunlich wenig. Auffällig wenig, könnte man auch sagen.«

Jacky spürte, dass Julie noch nicht zum Punkt gekommen war, und zündete sich einen *Moods*-Zigarillo an.

»Erwartungsgemäß ist der ganze RAF-Irrsinn aus den Siebzigern klar überrepräsentiert. Also seine Zeit als Generalbundesanwalt. Auch die nicht zu Ende geschriebenen Memoiren handeln davon. Nur davon. Und genau das meinte auch mein Vater: Über diese Zeit ist eigentlich alles mehr oder weniger bekannt. Interessanter fand ich die Unterlagen aus den Sechzigern.«

»Das ist selbst für mich alten Sack schon verdammt lange her. Ich kann mich natürlich an ihn erinnern. Eine Zeitlang war er ja medial ziemlich präsent. Aber was er vorher gemacht hat, keine Ahnung.«

»Innenministerium, BKA, Interpol und ein Intermezzo im Justizministerium.«

»Verstehe. Klingt doch nach einem schlüssigen Lebenslauf?«

»Ja und nein«, erwiderte Julie und Jacky ahnte schon, dass es jetzt endlich spannend werden würde. »1966 muss etwas Besonderes vorgefallen sein. Anders kann ich es mir nicht erklären. Aus den Unterlagen geht hervor, dass mein Großvater im September 1966 noch als Referatsleiter beim Innenminister tätig war. Verantwortlich für *polizeiliche Grundsatzfragen*. Für mich klingt das nach einem typischen Bürokratenjob.«

»Neunzig Prozent des Politikbetriebs wird von Bürokraten bestimmt.«

»Im September ist er aber plötzlich Leiter der sogenannten Sicherungsgruppe Bonn, einer Unterabteilung des BKA, und so ganz nebenbei dessen Vizepräsident. Hauptverantwortlich für den Schutz der Verfassungsorgane. Sozusagen der Bodyguard Nr. 1 der Republik.«

Jacky musste schmunzeln. Julie hatte nicht nur das lose Mundwerk, das angehende Journalisten zumeist auszeichnete, sondern auch die eher seltene Begabung, die Dinge plakativ auf den Punkt zu bringen.

»Klingt nach Karrieresprung.«

»Ich habe recherchiert. Das waren wohl drei Treppenstufen auf einmal.«

»Wahrscheinlich auch drei Tarifstufen«, kommentierte Jacky sarkastisch und ließ wiedrum durchblicken, was er vom politischen Beamtentum hielt.

»Du sagst es. Im Januar 1967 hat sich Familie Lomberg nämlich so ganz nebenbei ein schickes Eigenheim im vornehmen Poppelsdorf gekauft. Es gehört uns immer noch.«

»War der alte Lomberg eigentlich in irgendeiner Partei?«

»Nein. Aber er stand als junger Mann wohl jener Partei nahe, die es nach 1945 nicht mehr gab.«

»Verstehe. Sonst irgendwie belastet?«

»Negativ. Jahrgang 1919. *Die Gnade der späten Geburt.* So heißt es doch?«

»Ein Euphemismus der ganz besonders schändlichen Art.«

»Wie gesagt: Ende 1966 war der zuvor völlig unsichtbare Referatsleiter plötzlich in die Beletage der deutschen Innenpolitik aufgerückt. Und dann ging es Schlag auf Schlag. Erst Chef der Sicherungsgruppe in Bonn und BKA-Vize. Ab 1971 fünf Jahre Direktor bei Interpol in Lyon. 1976 der kurzzeitige Wechsel ins Justizministerium als Staatssekretär. Und als 1977 ein neuer Mann für Karlsruhe gebraucht wurde, machte man ihn zum Generalbundesanwalt. Neun Jahre war er im Amt – dann hat ihn die Kohl-Regierung in Rente geschickt.«

»Wonach soll ich suchen?«

»Wir müssen zurück in die Sechziger. Nach meinen Recherchen war die Sicherungsgruppe damals ein ziemlich heißes Eisen. Ich könnte mir vorstellen, dass sein plötzlicher Aufstieg an die Spitze der SG in irgendeiner Art und Weise ein Thema in der Presse gewesen ist.«

»Das könnte sein. Aber worauf willst du eigentlich hinaus?«

»Kann ich dir sagen: Wenn ich mir den Lebenslauf meines Großvaters bis 1966 anschaue, sehe ich keinerlei Qualifikation für diesen Job. Er war Jurist, Verwaltungsjurist. Aber doch kein Polizist. Und darum ging es: Polizeiarbeit. Polizeiarbeit auf höchster Stufe. Staatsschutz.«

»Ich versteh das schon. Das klingt vielleicht erst mal merkwürdig. Aber nimm es mir nicht übel: Es ist schon auch etwas naiv, zu denken, dass solche Positionen auf Grundlage von besonderer Kompetenz besetzt wurden. Beziehungsweise werden.«

»Ich bin kein bisschen naiv, Jacky!«

»Du meinst, es gab politische Gründe?«

»Natürlich! Das liegt doch auf der Hand. Wenn es für einen politischen Beamten aus der dritten oder eher noch vierten Reihe plötzlich so bergauf geht, muss es doch irgendjemanden ganz oben geben, der sich dafür einsetzt. Umso mehr, da es ganz sicher Kandidaten gab, die für den betreffenden Posten eher infrage kamen. So läuft das doch schon immer. In England jedenfalls. Und hier ist es doch genauso oder etwa nicht?«

»Und derjenige, der sich dafür eingesetzt hat, soll daraus einen politischen Nutzen gezogen haben, meinst du?«

»Das ist doch ziemlich offensichtlich, oder?«

Jacky gab mit einem stummen Nicken zu verstehen, dass er Julies Überlegungen für schlüssig hielt.

»Etwas spricht gegen deine Theorie.«

»Und zwar?«

»Du sagtest, dass dein Großvater parteilos war. Ich würde aber mal schätzen, das neun von zehn fragwürdigen Personalentscheidungen im deutschen Politikbetrieb auf das Konto von Parteikungeleien gegangen sind. Und bis heute gehen. Aber das scheint hier ja eher unwahrscheinlich. Also etwas Persönliches?«

»Vielleicht«, erwiderte Julie mehr fragend als bestätigend.

Jacky hatte Julie noch zurück bis zum Empfang des Verlagshauses begleitet. Während dieser knapp fünf Minuten war noch etwas Zeit für ein paar persönliche Worte geblieben, die der Archivar darauf verwendete, von seinen Enkelkindern zu berichten. Julie umarmte ihren alten Mentor und gab ihm einen beherzten Kuss auf die Bartfussel seiner linken Wange.

»Eins noch, Julie.«

»Ja?«

»Du bist dir ganz sicher, dass du das willst?«

»Vollkommen sicher!«

»Und wenn wir irgendetwas finden, das deinen Großvater vielleicht in ein neues Licht stellt? Ein weniger schmeichelhaftes sogar? Ich meine, er ist immerhin seit fünfundzwanzig Jahren tot. Und außerdem geht es um deine Familie.«

»Du kannst ganz sicher sein, Jacky: Ich habe in keiner Weise vor, die Geschichte meiner Familie in Misskredit zu bringen. Im Gegenteil!«

Dienstag, 31. Mai 2016, 15:30 Uhr, Bar Le Pablo, Céret, Département Pyrénées-Orientales, 1 Place Pablo Picasso

GRÈVE! Gilles Duprets finale Heimkehr sollte ihn eigentlich per Direktflug vom niederrheinischen Regionalflughafen Weeze nach Béziers bringen, wohin Kollegen der Police Nationale bestellt worden waren, um die Überführung von dort nach Céret zu übernehmen. Aber die französischen Fluglotsen machten ihnen wie so oft einen Strich durch die Rechnung: *STREIK!* Barcelona war als Ausweichziel bestimmt worden und so fiel es den Kollegen beim LKA in Düsseldorf zu – diese hatten die Angelegenheit für Wiesbaden übernommen –, die spanischen und französischen Behörden zusammenzubringen, um eine Übergabe des Leichnams am Grenzpunkt La Jonquera zu organisieren. Erwartungsgemäß sorgte dies für eine Verzögerung, deren Dauer unverbindlich auf circa zwei Tage vorhergesagt wurde. Kriminalrätin Sina Röhm hingegen war schon am nicht allzu weit entfernten Zielort eingetroffen.

Ihre Wahl war auf das *Hotel des Arcades* im Ortszentrum von Céret gefallen. Das Zimmer sechs im dritten Stock bot einen vorzüglichen Ausblick auf den Place de Picasso und im Erdgeschoss fand sich mit der *Bar Le Pablo* ein wahrer Bilderbuchort, um die Atmosphäre des bekannten Künstlerdorfs auf sich wirken zu lassen. Unweit der Theke befand sich ein altes Münztelefon, gleich neben zwei Spielautomaten. Zweifel an der Funktionstüchtigkeit des äußerst schäbigen Geräts schienen berechtigt, wäre nicht festgestellt worden, dass exakt von diesem Telefonanschluss am 20. April ein Anruf getätigt wurde, in dessen Folge ein Unbekannter eine Nachricht auf Gilles Duprets französischer Mailbox hinterließ. Sina Röhm hatte den Vormittag sogleich dazu genutzt, dem *Musée d'Art Moderne* einen Besuch abzustatten, war dann aber weder von dessen Kunstbesitz noch von der aktuellen Wanderausstellung allzu angetan. Allerdings konnte sie im Museumsshop noch einen Katalog für die Ausstellung *Le peintre et l'arène* erstehen. Diese war im Jahr 2014 tatsächlich ein großer Publikumserfolg gewesen, ließ der sportliche, sonnengebräunte Verkäufer mit passablen Deutschkenntnissen wissen, nicht ohne sich sogleich vorzustellen und den Hinweis zu geben, dass auch persönliche Führungen durch das Museum zu seinen Aufgaben gehörten. Jean-Marc, Röhm taxierte den charmanten Südfranzosen auf Anfang vierzig, punktete mit soliden Kenntnissen über Goya und konnte schließlich auch mit einem Tipp für einen Buchladen dienen. Tatsächlich fand sich dort auch ein beeindruckender Lagerbestand des erfragten Bestseller-Romans: *The sexual life of Catherine M.*

Englisch ging es später auch am Nachbartisch im *Le Pablo* zu. Zwei Paare in den geschätzt frühen Sechzigern, dem Teint und der Kleidung nach langjährig assimilierte Expats, verrieten sich durch ihren strengen Cockney-Akzent. Während die Männer versuchten, mit einer Flasche *Tanqueray* das Schreckgespenst des drohenden Brexit zu vertreiben, tauschten die Damen Erfahrungsberichte über ortsansässige Fachärzte und Handwerker aus. Ein gewisser Manuelle fand geflüsterte Erwähnung, der, obgleich noch zarten Alters, als bereits gestandener Gärtner zu empfehlen sei. Zwei Pastis Soda gingen auf die britische Seite. »Cheers!«, hieß es von dort.

»Santé«, erwiderte Sina Röhm mit einem eisgekühlten Rosé aus Collioure, woraufhin ein paar unverbindliche Freundlichkeiten ausgetauscht wurden. Röhm schlüpfte dabei widerstandslos in die Rolle der allein reisenden deutschen Touristin.

»Good food, culture, enjoying the landscape and the sun, you know …«, waren die etwas ungelenk vorgetragenen Stichworte, mit denen die Kriminalrätin ihre vermeintliche Reiseagenda umriss.

»And reading a great book, apparently!«, kommentierte eine der beiden Ladys und gab dabei mit konspirativem Augenzwinkern zu verstehen, bereits in die Geheimnisse der Catherine M. eingeweiht zu sein.

Der Vibrationsalarm des Smartphones kam gelegen, den nicht sehr inspirierenden Small Talk zu beenden. Beendet war dann aber auch die ohnehin trügerische Fantasie auf ein paar ungestörte Tage Extraurlaub. Eine SMS informierte sie, dass die Fracht doch schon für den nächsten Tag, 11:30 Uhr, annonciert war. Sergeant Villepins würde sie vorher an der Rezeption im *Arcades* treffen und gemeinsam mit ihr die kurze Fahrt nach Château Aubiry antreten, um dort Père Lavail zu treffen. Immerhin ein Abend würde ihr bleiben, um Céret noch etwas näher kennenzulernen, wobei sich ein vernünftiges Abendessen als in jeder Hinsicht naheliegendes Entree empfahl. Die zahlreichen Restaurants – die meisten mit großzügigen Terrassen – machten von außen alle den mehr oder weniger gleich guten Eindruck. Die *Tripadvisor*-App wollte dann aber nicht so recht funktionieren und so entschied sich Sina Röhm spontan, noch mal für einen persönlichen Rat im Museumsshop vorzusprechen. Jean-Marc schlug das *Le Fournil* vor und übernahm sogleich die telefonische Reservierung. »Deux personnes, huites heures et demie. Dans la terrasse. Merci, Marianne. À plus tard.«

Mittwoch, 1. Juni 2016, 11:55 Uhr, Château Aubiry, Céret, Département Pyrénées-Orientales, 1021 Rue de Commune

Ein paar Baustellen zu viel in letzter Zeit, lautete die kritische Selbsteinsicht, nachdem der erste Schluck ihres Café Crème seine gleichermaßen wärmende wie auch belebende Wirkung entfaltet hatte. Viel hatte nicht gefehlt und eine weitere wäre am Vorabend dazugekommen. Das Dinner auf der Terrasse des *Le Fournil* war durchaus angenehm verlaufen. Es war schon weit nach Mitternacht gewesen und das *Hotel des Arcades* nur noch ein paar Schritte entfernt, als zwei Mitbürger von Céret mit offenbar nordafrikanischen Wurzeln ihren Weg kreuzten.

»Verpisst euch!«, hätte wohl die Übersetzung dessen gelautet, was Jean-Marc den beiden zugerufen hatte, und das hinterhergeschickte »Écume!« war ihr zwar nicht geläufig gewesen, der *Google Translator* hatte es aber bereits einige Minuten später mit »Abschaum« übersetzt. Jean-Marc hatte sich schon beim Essen damit gebrüstet, in der hiesigen Lokalpolitik jetzt ein Wörtchen mitzureden. Röhm fand das zwar nicht besonders aufregend, sah darin zunächst aber auch keinen Grund, keinen Sex mit ihm zu haben. Erst das spätabendliche Outing als lokaler Vertreter des *Front National* war dann der nötige Weckruf gewesen. Der gut aussehende Jean-Marc hatte sich sprichwörtlich auf den letzten Metern selbst von der Bettkante gestoßen.

Sina Röhm mühte sich um Konzentration und ging die bislang bekannte Sachlage noch mal in Gedanken durch. Château Aubiry, 1021 Rue de Commune, lautete die Meldeadresse des zu Tode gekommenen Gilles Dupret und diese lag etwa sechs Kilometer außerhalb von Céret, unweit der D 115 in Richtung Küste. Das mächtige Schloss im neobarocken Stil des Art nouveau war von seinen Erbauern rückseitig in einen Ausläufer des Pic Canigou modelliert worden und machte schon auf Fotos den Eindruck einer wahren Trutzburg. Als Eigentümer und alleiniger Nutzer stellte sich eine Stiftung mit dem Namen *Foundation Ruetschli* heraus. Wie anhand der Namensgebung zu vermuten war, bestätigte sich, dass diese ihre Wurzeln in der Schweiz hatte. Ein gewisser Beat Ruetschli hatte es mit Rüstungsgeschäften in den Kriegs- und Nachkriegsjahren zu legendärem Reichtum gebracht, bevor er 1966 bei einem Flugzeugabsturz ums Leben gekommen war. Seine Erben sollten hiernach den Erlös aus dem Verkauf der *Ruetschli Metallwerke AG* sowie große Teile des schon zuvor bestehenden Familienvermögens in eine eigens dafür gegründete Stiftung überführen. Und diese agierte nun schon seit Jahrzehnten mit fast verdächtiger Diskretion, aber auch mit bemerkenswertem philanthropischen Eifer. Schon mehr als eine Milliarde Schweizer Franken, so hieß es, hätte die *Foundation Ruetschli* seit ihrer Gründung im Jahr 1969 für gemeinnützige Zwecke bereitgestellt.

Die Unterstützung des *Musée d'Art Moderne* in Céret war in finanzieller Hinsicht wohl nicht mehr als eine Fußnote, aber dennoch ein Beleg für die Ausrichtung der Stiftung, die sich im Besonderen der Kulturförderung verschrieben hatte. Beat Ruetschli war zeit seines Lebens nicht nur der größte Waffenfabrikant der Schweiz gewesen, sondern auch deren bedeutendster Kunstsammler. Über seinen zuvor untadeligen Ruf sollte sich nach dem tragischen Unfalltod indes ein Schatten legen, als nämlich seine undurchsichtigen Verbindungen zu den skandalumwitterten Kunsthändlern Charles und Jean-Rémy Blanck ans Licht gekommen waren. Diese hatten einst im großen Stil Geschäfte mit NS-Beutekunst gemacht und die Stadt Luzern zwischenzeitlich zu einer führenden Drehscheibe im illegalen Kunsthandel werden lassen. Ganz offenbar war die diesbezügliche Rehabilitation des Ruetschli-Clans dann auch eine wichtige Triebfeder bei der Gründung der Stiftung gewesen. Große Teile der einstigen Privatsammlung wurden über die Jahre an Museen weitergegeben und Erlöse aus Verkäufen großzügig gespendet.

Das waren die bis dahin bekannten Fakten zur *Foundation Ruetschli*. Und nun kam der Mann ins Spiel, dessen sterbliche Überreste sich in einem einfachen Zinksarg im Laderaum von Sergeant Villepins *Renault*-Transporter befanden. Es gab zunächst überhaupt keinen Anlass für die Polizei in Bonn, die Identität des zu Tode gekommenen infrage zu stellen, denn die sichergestellten Papiere schienen vollkommen in Ordnung zu sein. Weder sein gemeldeter Wohnsitz auf Château Aubiry noch die einer Visitenkarte ablesbaren Hinweise auf eine Tätigkeit für die Foundation lieferten spontane Verdachtsmomente. Das änderte sich jedoch schlagartig mit dem Anruf aus Wiesbaden. Der routinemäßige Abgleich der Unfallopfer-DNA mit der Analysedatei beim BKA hatte nicht nur eine Übereinstimmung mit einem der rund achthundertsechzigtausend dort gespeicherten Personendatensätzen ergeben, sondern eine faustdicke Überraschung zutage befördert.

Umgehend von Deutschland aus aufgenommene Nachforschungen in Céret liefen zunächst ins Leere. Die dann eingeschaltete Police Nationale hingegen brauchte nicht lange, um vor Ort einen gewissen Père Lavail ausfindig zu machen. Dieser sei, so hieß es, die zuständige Person, sprich von der *Foundation Ruetschli* bevollmächtigt, Auskünfte zu erteilen und im Übrigen auch den Leichnam von Dupret zu übernehmen. Auf diesem Wege wurden die deutschen Behörden schließlich auch über den Umstand informiert, dass Dupret als Privatsekretär des Stiftungsratsvorsitzenden tätig gewesen war. Und zwar seit 2010 – und das passte dann auch perfekt ins Bild.

Denn im August des besagten Jahres endete für den Mann, der sich zuletzt Gilles Dupret nannte, eine fast neunzehnjährige Haftstrafe. Diese ging auf ein Gerichtsurteil zurück, das im Jahr 1991 noch auf *lebenslänglich* gelautet hatte. Als bewiesene Schuld galt die Mitgliedschaft in einer terroristischen Vereinigung – namentlich *Rote Armee Fraktion* – sowie die aktive Beteiligung an einem Anschlag auf die US Air Base in Frankfurt im August 1985 mit zwei Todesopfern und dreiundzwanzig zum Teil schwer Verletzten. Beinahe wäre es sogar zweimal lebenslänglich geworden, denn Indizien deuteten auch auf eine Verbindung des deutschen Terroristen zur französischen *Action Directe* hin, deren tödlicher Anschlag auf General René Audran im Januar 1985 unter nachweislicher Mitwirkung der deutschen Waffenbrüder verübt worden war. Die notwendigen Beweise für eine Verurteilung blieb die Generalbundesanwaltschaft an dieser Stelle jedoch schuldig und so blieb es bei *einmal lebenslänglich*. In der deutschen Justizvollstreckung bedeutete das Urteil in der Regel eine Mindesthaftstrafe von 19 Jahren – und diese sollte der Häftling dann auch tatsächlich bis zum 30. Juni 2010 absitzen. Christian »Chris« Wasserberg, Jahrgang 1957, gebürtig im rheinhessischen Nieder-Olm, galt seit 1982 als aktives Mitglied der *Dritten Generation* und dabei auch als mutmaßlicher Mitverfasser des sogenannten *Mai-Papiers*, mit dem die *RAF* ihre Neuausrichtung auf den internationalen Metropolenkampf verkündet hatte. Ohnehin steckbrieflich gesucht, hatte der dringende Tatverdacht auf eine Beteiligung Wasserbergs am Anschlag auf die US Air Base den Fahndungsdruck ab 1985 noch mal verstärkt. Diesem konnte er sich schließlich nur noch durch einen neuerlich radikalen Schritt entziehen. Unter der Chiffre IM Riesling trat Chris Wasserberg Anfang 1986 als Informeller Mitarbeiter in den Dienst des Ministeriums für Staatssicherheit der Deutschen Demokratischen Republik. Die für ihn vorgesehene Tarnung bestand in einer Anstellung als Übersetzer beim Karl-Liebknecht-Institut für internationalen Kulturaustausch in Ost-Berlin – und hielt genau bis zum 3. Oktober des Jahres 1990.

Der Schotterweg von der Hauptstraße zum Schloss führte durch mäßig gepflegte Olivenbaumhaine und endete weit vor dem eigentlichen Hauptgebäude an einem bewachten Schlagbaum. Gäste wurden auf Château Aubiry ausdrücklich auf Distanz gehalten. Das Pförtnerhaus ähnelte mehr einer Kapelle und war an den Außenwänden mit neorealistischen Darstellungen von Landarbeitern bei der Ernte verziert. Darüber prangte eine Inschrift: *Travail, Famille, Patrie.* Sergeant Villepins grinste schief und gab ein »alors, ça boume?« von sich, das Sina Röhm mit einem verständigen Kopfnicken und »oui, c'est clair!« beantwortete.

Das von der Foundation einbestellte Bestattungsunternehmen *Octave Misery & Fils* hatte den Leichenwagen direkt neben der pittoresken Pförtnerbehausung geparkt und schien schon gewappnet, die Fracht zu übernehmen. Der Totengräber war im Gespräch mit einem Geistlichen zu sehen, zog sich aber sogleich diskret zurück, als dieser von den ankommenden Polizeibeamten Notiz nahm.

»Madame, Monsieur?«

Sina Röhm schätzte den glatzköpfigen Zweimetermann auf Mitte-Ende sechzig und erschrak regelrecht über dessen grobschlächtige Erscheinung.

»Gestatten, Sergeant Villepins von der Police Nationale aus Perpignan und das ist Madame la Commissaire Sina Röhm vom Bundeskriminalamt aus Deutschland. Père Lavail, darf ich annehmen?«

»Ganz recht, meine Herrschaften. Im Namen der *Foundation*

Ruetschli danke ich Ihnen für Ihr Kommen«, antwortete der Geistliche und begrüßte die Besucher mit einer hingehaltenen linken Hand. »Ein kleines Missgeschick bei der Erntearbeit.« Père Lavail deutete auf die schwarze Stoffschlinge, die seinen bandagierten, offensichtlich verletzten rechten Arm stützte. »Bedauerlich, dass Ihr Besuch einen so traurigen Anlass hat. Was für eine Tragödie. Wir sind immer noch sprachlos.«

»Wir haben Ihnen zu danken, Père, dass Sie sich der Angelegenheit angenommen haben«, schaltete sich Sina Röhm ein und übernahm fortan die Führung des Gesprächs. »Vielleicht bringen wir das Unangenehme als Erstes hinter uns. Ich muss dazu leider sagen, dass die Umstände des Unfalls natürlich Spuren hinterlassen haben.«

»Mon dieu«, entfuhr es Père Lavail im Angesicht der sterblichen Überreste jenes Mannes, der sich Gilles Dupret genannt hatte. Auf einen Moment des Innehaltens folgte ein bestätigendes Nicken und daraufhin ein kurzes Gebet für den Verstorbenen, dem sich Sina Röhm höflichkeitshalber, aber auch nur dem Schein nach anschloss. Sergeant Villepins hingegen war mit vollem Ernst bei der Sache.

»Père Lavail, wenn Sie gestatten, wir hätten noch ein paar Fragen.«

»Selbstverständlich, Madame la Commissaire. Wir müssen alle unsere Pflicht tun.«

»Danke, Père. Würden Sie uns bitte zunächst erläutern, in welcher Beziehung Sie beziehungsweise Ihr Orden zur *Foundation Ruetschli* stehen?«

»Den Orden und die Foundation verbindet eine lange Partnerschaft. Die Foundation unterstützt unsere Gemeinschaft schon seit geraumer Zeit. Ihre Großzügigkeit erlaubt uns, unseren seelsorgerischen und karitativen Aufgaben noch verantwortungsvoller nachzukommen, als wir das ohnehin schon tun.«

»Sie sprachen von einer Partnerschaft. Ich nehme also an, dass Ihr Orden auch für die Foundation tätig ist?«

»Ganz recht, Madame la Commissaire. Wir bewirtschaften die Ländereien der Foundation hier auf Château Aubiry. Insgesamt fast achtzig Hektar landwirtschaftliche Fläche. Hauptsächlich Wein und Oliven, aber auch Kirschen, Orangen und Mandeln. Wir liefern an die örtlichen Kooperativen. Die erzielten Überschüsse fließen an den Orden.«

»Ihre Gemeinschaft kommt eigentlich aus dem Burgund, nicht wahr?«

»Ja, das ist richtig. Der *Ordre Hospitalier de Saint Martin de Dieu* wurde 1545 in Chorey-lcs-Beaune gegründet und das ist bis heute unser Zuhause. Im Allgemeinen beschränkt sich unser Engagement auch auf die dortige Region. Unsere Arbeit hier im Roussillon bildet eine Ausnahme und gilt nur der Foundation. Unsere Brüder und Schwestern sind in der Hauptsache zur Erntezeit hier. Mit Ausnahme des medizinischen Personals. Das ist ganzjährig vor Ort.«

»Medizinisches Personal?«

»Die leider gebotene Pflege des Stiftungsratsvorsitzenden liegt ebenso in unseren Händen.«

»Wir hatten eigentlich gehofft, Monsieur Ruetschli persönlich sprechen zu können. Immerhin war Monsieur Dupret sein Privatsekretär.«

Das bislang zurückhaltend respektvolle Auftreten gegenüber dem Geistlichen war in diesem Moment etwas in den Hintergrund getreten. Sina Röhm wählte jetzt einen Tonfall, der ihre Erwartung auf etwas mehr Transparenz deutlich hervorhob. Überraschend schroff war die Reaktion.

»Das muss ich als geistlicher Beistand von Monsieur Ruetschli leider kategorisch ausschließen«, entgegnete Lavail und ergänzte: »Seine gesundheitliche Verfassung hat sich in letzter Zeit noch mal sehr verschlechtert und lässt dies bedauerlicherweise nicht zu.«

»Sie hatten angegeben, dass Gilles Dupret seit 2010 für die Foundation tätig war ...«

»Ja, das ist auch richtig.«

»Natürlich, Père. Ihr Wort steht da außer Zweifel. Uns interessiert aber, wie Dupret eigentlich hierhergekommen ist.«

»Der zuvor langjährige Sekretär von Monsieur Ruetschli war verstorben und es wurde ein passender Nachfolger gesucht. Die Wahl fiel auf Monsieur Dupret. Warum fragen Sie, Madame?«

»Hatte er sich auf die Stelle beworben?«

»Nein, das denke ich nicht.«

»Bestand denn schon vorher eine Verbindung zwischen Monsieur Ruetschli und Monsieur Dupret?«

»Das kann ich nicht bestätigen.«

»Aber Sie könnten das vielleicht in Erfahrung bringen?«

»Wie gesagt, die besonderen Umstände verlangen es, Monsieur Ruetschli möglichst keine verzichtbare Aufregung zuzumuten. Es geht ihm wirklich sehr schlecht.«

»Bei allem Respekt, Père, über die Verzichtbarkeit näherer Auskünfte entscheiden am Ende Sergeant Villepins und ich.« Röhm wandte sich ihrem französischen Kollegen zu, in der Erwartung, dieser würde ihrer Bemerkung zusätzliches Gewicht verleihen. Aber da kam nichts.

»Madame, im Angesicht des bedauernswerten Ereignisses sehe ich wirklich keinen Anlass, warum wir dies jetzt noch erörtern müssten.«

»Père, Sie können sich vielleicht vorstellen, dass mein Arbeitgeber mich nicht an diesen schönen Ort geschickt hat, nur um einem Leichnam Geleitschutz zu geben.«

Lavail quittierte Sina Röhms jetzt ungeniert vorgetragene Verärgerung mit salbungsvoller Miene. »Die Wege des Herrn sind unergründlich. Aber Sie können mich gerne über Ihre Mission aufklären.«

»Meine Mission, geschätzter Père, besteht darin, herauszufinden, warum ein ehemaliger Straftäter nach Verbüßung seiner Haftstrafe plötzlich vom Erdboden verschwunden ist. Vom deutschen Erdboden, wohlgemerkt. Und warum er ausgerechnet hier in Ihrem Château gelandet ist.«

»Es ist nicht *mein* Château. Das sollte doch jetzt geklärt sein«, stellte der Geistliche mit bemerkenswerter Kälte richtig, ohne damit jedoch den Eifer der deutschen Ermittlerin bremsen zu können.

»Und zwar unter einer anderen, offenkundig gefälschten Identität. Ich will herausfinden, was er hier gemacht hat. Und ob sein neuerlicher Aufenthalt in Deutschland – unter falschem Namen – etwas mit seiner Arbeit für die Foundation zu tun hatte. Habe ich mich klar ausgedrückt?«

»Madame la Commissaire, die Police Nationale hat mich aufgeklärt, dass sich der bedauernswerte Monsieur Dupret – Gott hab ihn selig – weder in Deutschland noch in Frankreich irgendetwas zuschulden hat kommen lassen, was aktuell, ich meine im Hier und Heute, Gegenstand von polizeilichen Ermittlungen sein könnte. Das können Sie doch sicher bestätigen, Sergeant Villepins?«

»Oui, mon Père. Es liegt nichts gegen ihn vor.«

Sina Röhm warf ihrem Kollegen einen verständnislosen Blick zu. Villepins wich peinlich berührt aus. Den kurzen Moment ihrer Sprachlosigkeit nutzte Lavail zum finalen Schlag.

»Madame la Commissaire, unser Hauptaugenmerk sollte jetzt ganz darauf gerichtet sein, Monsieur Dupret auf seinem letzten Weg zu begleiten und sein Schicksal in die Hände Gottes zu übergeben. *Haltet mich nicht auf, denn der Herr hat Gnade zu meiner Reise gegeben.*«

Es stank sprichwörtlich zum Himmel. Gilles Dupret, Jahrgang 1957, aus dem Dorf Montfort-sur-Meu in der Bretagne stammend, war im Jahr 2009 als Erntehelfer ohne festen Wohnsitz bei der Weinlese auf der Domaine Clos de Junot in Nuits-Saint-Georges eingesetzt worden. An einem für das Burgund außergewöhnlich warmen Tag im September war Dupret erst am späten Vormittag zur Arbeit erschienen und hatte über Übelkeit und ein Stechen in der Brust geklagt. Zur Mittagspause war er bereits tot. Die Entfernung von Nuits-Saint-Georges nach Chorey-les-Beaune betrug gerade mal eben zwanzig Kilometer und genauso naheliegend war der Verdacht, dass der *Ordre Hospitalier de Saint Martin de Dieu* seinen spirituellen Beitrag geleistet haben könnte, um Chris Wasserberg zu einer neuen Identität zu verhelfen. Ein Motiv dafür lag jedoch völlig im Dunkeln. Mindestens genauso rätselhaft, um nicht zu sagen verdächtig, erschien die Verbindung des Ordens zur *Foundation Ruetschli.* Und auch diese war alles andere als eine vertrauenswürdige Organisation.

Die Auslassungen von Père Lavail hatten in keiner Weise zur Erhellung der Umstände beigetragen. Im Gegenteil: dieser war ganz offensichtlich ein Lügner vor dem Herrn. Und Sergeant Villepins ein Waschlappen, der sich in Gegenwart der geistlichen Autorität förmlich in die Hose geschissen hatte. Allerdings war auch klar zu konzedieren, dass er ein Polizist ohne Ermittlungsauftrag war. Die französischen Behörden zeigten schlichtweg kein Interesse daran, aus einem Toten in Deutschland einen Fall in Frankreich zu machen. Röhm hatte insgeheim darauf gesetzt, dass die Police Nationale letztlich doch noch Gefallen daran finden könnte, dem undurchsichtigen Treiben auf Château Aubiry etwas weiter auf den Zahn zu fühlen. Immerhin lag ein ziemlich konkreter Verdacht auf Urkundenfälschung vor und der Aufenthalt eines deutschen Ex-Terroristen in Frankreich hätte ihrer Ansicht nach sehr wohl Anlass für weitere Ermittlungen geboten. Fehlanzeige.

Hinzu kam: Auch auf der deutschen Seite gab es keinerlei erkennbaren Ehrgeiz, die Ermittlungen im Fall Dupret zu vertiefen. Noch nicht einmal Totschlag war stichhaltig zu beweisen, ein Unfall hingegen schien beim BKA sogar hochwillkommen, um sich der ganzen Angelegenheit geräuschlos und endgültig zu entledigen. Nachdem Baumann krankheitsbedingt ausgefallen war, fand sich in Wiesbaden niemand, der eine erkennbare Bereitschaft zeigte, die Akte aus dem Jahr 1985 wieder zu öffnen. Chris Wasserberg war mausetot. Für seine einstigen Verbrechen hatte er längst und vollständig gebüßt. Konkrete Hinweise auf ein neuerliches Verbrechen unter dem falschen Namen Gilles Dupret? Keine. Sein Leichnam: übergeben an einen bevollmächtigten Geistlichen an seinem letzten Wohnort. Der Tote würde seine letzte Ruhestätte unter der Sonne des Roussillon finden und auch alle anderen würden ihre Ruhe haben.

Sina Röhm war in Gedanken immer noch auf Château Aubiry gefangen, als die *Ryanair*-Maschine über dem Plateau de Vaucluse ihre Reiseflughöhe erreicht hatte. Auf dem holprigen Weg vom Schloss zurück zur D 115 hatte sie kurz ihr Make-up prüfen wollen und Sergeant Villepins angewiesen, den *Renault* noch mal kurz anzuhalten. Sie hatte nach ihrer Handtasche auf dem Rücksitz gegriffen und dann noch zufällig einen Blick durch die großzügige Verglasung der Hecktüren geworfen, die eine fast unverstellte Sicht auf eine der zahlreichen Terrassen des Schlosses erlaubte. Praktischerweise enthielt ihre Tasche einen kleinen Feldstecher, kaum größer als ein Opernglas. Zwei Nonnen waren zu erkennen, die einem Mann im Rollstuhl vermutlich einige Sonnenstrahlen gönnen wollten. Kein gewöhnlicher Rollstuhl war das, wie man ihn für gewöhnlich von Querschnittsgelähmten kannte. Er war größer und mit einer auffallend hohen Lehne, die erkennbar dazu diente, den Oberkörper des Mannes in leicht nach hinten geneigter Position zu fixieren. Unweigerlich fühlte sich Röhm an Bilder des jungen Mannes erinnert, der einige Jahre zuvor in einer deutschen Fernsehshow bei einer waghalsigen, um nicht zu sagen vollkommen verrückten Akrobatikeinlage verunglückt und seitdem vom Hals abwärts gelähmt war. Anders als dieser, schien der Mann auf der Terrasse deutlich älter zu sein, wobei dieser Eindruck im Besonderen auf die schlohweiße Kopfbehaarung zurückzuführen war. Die mächtige tiefschwarze Sonnenbrille stand in scharfem Kontrast zu dem weißen Morgenmantel, der viel zu groß erschien und den offenbar hageren Körper regelrecht verhüllte. Plötzlich knickte der Kopf des Rollstuhlfahrers zur Seite, was die Nonnen in sichtbare Aufregung versetzte. Die Sonnenbrille war bei der Bewegung heruntergefallen und gab nun den Blick auf erschreckend starre, nahezu leblose Augen frei. Die beiden Frauen versuchten, den Kopf wiederaufzurichten und erneut zu fixieren, was jedoch nicht gelingen wollte. Eine der beiden gestikulierte schließlich wild, woraufhin die andere den Rollstuhl um seine Achse drehte und eilig zurück in Richtung des Gebäudes schob. Dann verschwanden sie aus dem Sichtfeld. Marcus Aurelius Ruetschli war nicht nur vollständig gelähmt, was allgemein bekannt war, sondern schien auch mental komplett ausgeschaltet. Beinahe schon tot. Ein Gespenst.

Vorstandschef eines der führenden Geldhäuser Luxemburgs zu sein, war für Jacques Trierweiler weit mehr als nur eine Frage von Soll und Haben. »Landschaftspflege ist der eigentlich passende Begriff, um den Wesenskern meiner Rolle als Bankier zu begreifen«, pflegte er zur Freude der PR-Abteilung bei jeder sich passenden Gelegenheit zu sagen. Dabei war mit dem Begriff Landschaft das von der *KBL Bank* hauptsächlich beackerte Terroir im Inland bezeichnet. Aber auch jenseits der Grenze, im sogenannten belgischen Luxemburg, war man engagiert. Natürlich kam es hin und wieder vor, dass auch im Garten Trierweiler mal das Unkraut spross. Der vornehme und zumeist auf Ausgleich bedachte Bankchef konnte in solchen Fällen durchaus ungemütlich werden und zeigte sodann auch keine Hemmungen, die Sense rauszuholen. Fünfundzwanzig Millionen Euro. Die rote Linie war wiederholt genannt worden und jetzt erreicht.

Ein gewisser Michel Vanderweyer und seine grenznah im belgischen Arel ansässige Solartechnikfirma *Solaria S. A.* hatten den Bogen endgültig überspannt. Es war die übliche Kombination aus Gier, Inkompetenz und Verantwortungslosigkeit. In der Boom-Phase der Solartechnik hatte sich der gebürtige Flame zuerst üppig an EU-Fördertöpfen bedient, um sich dann Jahr für Jahr schamlos hohe Privatentnahmen zu gönnen und nicht mehr zu investieren. Erst kamen die Chinesen, danach die Finanzkrise und schließlich landete Vanderweyer eines Tages bei der *KBL*, nachdem ihm die belgischen Banken den Hahn abgedreht hatten.

Nicht nur Trierweiler verfluchte diesen Tag schon seit Langem. Auch die Leiterin der Firmenkundensparte war nicht mehr gut auf den Kunden zu sprechen. *Solaria* drohte zu einem schwarzen Fleck in der bislang makellosen Banker-Karriere von Carine Berger zu werden. Sie hatte bis zuletzt dafür plädiert, Vanderweyer noch nicht fallen zu lassen und ihm sogar weitere fünf Millionen Euro an Kreditmitteln zur Verfügung zu stellen. Hintergrund war ein in Aussicht

stehender Auftrag für eine Photovoltaikanlage, die bei einem Trink-
wasseraufbereitungs-Projekt in Kenia zum Einsatz kommen sollte.
Die Produktion musste erneut vorfinanziert werden, versprach jedoch ein gutes Geschäft. Carine argumentierte, dass der Kunde nur
so die acht Millionen aus der Zwischenfinanzierung aus dem Vor-
jahr ablösen könne. Dies stand nämlich in Kürze an und es drohte
eine Wertberichtigung in der schon veröffentlichten Vorjahresbi-
lanz der Bank. Hohe Wellen hatte die *Solaria*-Krise in der Bank geschlagen. Selbst auf der Party bei den Trierweilers, zwei Wochen zuvor, war das Thema zur Sprache gekommen, wobei der Chef seine
endgültige Entscheidung mitgeteilt hatte: »I want my money back!«

Trierweiler hatte daraufhin eine auf Wirtschaftskriminalität spe-
zialisierte Detektei engagiert, die dem missliebigen Klienten aus
Belgien dann auch zügig auf die Schliche kommen sollte. Mithilfe
einer Treuhandgesellschaft war es diesem gelungen, seinen privaten
und auch gänzlich schuldenfreien Immobilienbesitz im belgischen
Strandbad Knokke zu verschleiern. Fünf luxuriöse Wohnungen mit
Meerblick und Flächen von bis zu zweihundert Quadratmetern in
einer sogenannten Gated Community wiesen einen Marktwert von
alleine fast sieben Millionen Euro auf. Mehr als genug also, um ein
paar neue Solarpanels für Kenia zu liefern. Aber da war noch etwas:
Paul Delvaux, Louis van Lint, Frans Masereel. Dazu einige zeitgenössische Künstler, speziell Thierry de Cordier und Sam Dillemans.
Belgische Künstler bildeten den Kern der lokalpatriotischen Kunst-
sammlung des Michel Vanderweyer. Die Tilgung der Altschul-
den war mit diesen beweglichen Vermögenswerten in sicherer und
schneller Reichweite. Das jedenfalls war die Einschätzung des vom
KBL-Vorstand engagierten Kunstgutachters Lennard Lomberg und
seines eigens aus London angereisten Kollegen Peter Barrington,
dessen Geschäftsmodell als Kunstversicherer gemeinhin dann griff,
wenn Kunstwerke den Besitzer wechselten. Der Vanderweyer-Deal
war für *Walcott* eigentlich nicht mehr als *odds and sods*. Peter gab
zu verstehen, dass ein Dinner im *Étoilé* allerdings ein Grund sein
könnte, um dafür ins Flugzeug zu steigen.

»Lasst uns auf den beachtlichen Kunstgeschmack des Monsieur Vanderweyer anstoßen, meine Lieben«, lautete Peters Toast auf den ehemaligen Kunstsammler, der sich jetzt wieder auf sein Kerngeschäft konzentrieren konnte. Bei der Menüwahl herrschte großes Einvernehmen: dreimal Foie gras, jeweils gefolgt von Lammfilet in Blätterteig und einer Assiette de Fromage. Die Weinauswahl wurde dem Sommelier übertragen, auf den bekanntermaßen Verlass war.

»Wir sollten auf Carine anstoßen. Sie hat uns den Job verschafft«, entgegnete Lomberg.

»Auf dich, Carine! Die liebenswürdigste Bankerin, die ich je kennengelernt habe. Allerdings auch die einzige liebenswürdige Bankerin, die ich je kennengelernt habe.«

»Keine Umstände. Gern geschehen«, meinte Carine heiter und schickte nach: »Ich bin so erleichtert. Zwischenzeitlich habe ich schon gedacht, dass mich Trierweiler wegen der *Solaria*-Sache vor die Tür setzt.«

»Wie war es denn eigentlich im Süden?« Lomberg hatte mit dieser Frage bewusst bis nach der Hauptspeise gewartet.

»Ich hätte das jetzt auch angesprochen.«

»Du hättest?«

»Richtig, ich hätte, wenn wir noch etwas Wein gehabt hätten«, antwortete Peter mit eindeutiger Erwartungshaltung.

Lomberg gab dem Sommelier ein Zeichen.

»Unser englischer Freund würde gerne noch etwas trinken.«

»Darf ich wieder etwas für Sie aussuchen? Vielleicht einen Paulliac zum Käse?«

»Schauen Sie doch mal, ob Sie uns nicht vielleicht mit einem schönen Südfranzosen beglücken könnten. Kann auch etwas Wumms haben.«

»Ich kann einen ganz außergewöhnlichen Côtes Catalanes empfehlen. *Château de L'Ou* 2011. Hundert Prozent Syrah. Sechsundneunzig Parker-Punkte.«

»Her damit. Ich verdurste.« Peter war ein Mann klarer Worte.

Lomberg hatte seinen Geschäftspartner über die erstaunlichen Entwicklungen im Fall Dupret bislang nur telefonisch informiert.

Einige Details waren dabei zwangsläufig zu kurz gekommen und auch über Carl Deveraux war seit dem Treffen auf Clos des Pins noch nicht wieder gesprochen worden. Barrington wollte erst bei nächster Gelegenheit unter vier Augen darauf zurückkommen. Zwei weitere waren zulässig, schließlich war es Carine, die mit am Tisch saß.

»Was ist das überhaupt für ein Verhältnis, das dich mit Deveraux verbindet?«, lautete Lombergs zweiter Versuch, auf den Abend am Kamin zurückzukommen.

Barrington schickte seiner Antwort ein breites Grinsen voran. »Du kannst ihn nicht leiden, oder?«

»Darauf kommt es nicht an, Peter. Aber ich misstraue ihm.«

»Das habe ich gemerkt. *Der Bahnhof von Avignon.* Womöglich eine Anspielung auf Picasso. Oder auch Braque oder Derain. So ganz unbeleckt bin ich ja nun auch nicht. Dupret, oder wie auch immer der Kerl wirklich hieß, schien einen Hang zum Symbolismus zu haben. Hatte im Knast sicher viel Zeit, Dan Brown zu lesen. Wie lang hat er doch gleich gesessen, sagtest du?«

»Dazu sagte ich nichts. Dazu hat sich auch das BKA nicht näher geäußert. Und im Übrigen hat man mich auch über dessen wahre Identität im Unklaren gelassen.«

»Mit *man* meint Lenn übrigens eine gewisse Sina Röhm, Sonderermittlerin in dieser Sache«, warf Carine ein und verwandelte ihre Augen dabei in Sehschlitze.

»Gut möglich, dass Dupret mit dem Ort der Verabredung ein Zeichen geben wollte. Um nicht zu sagen, ganz offensichtlich«, fuhr Peter fort.

»So sehe ich das auch. Und dein Freund Deveraux wollte mich auf die Probe stellen. Er weiß mehr, als er zugibt.«

»Er ist nicht mein Freund, Lenn. Aber du hast recht. Das ist mir dann auch klar geworden.«

»Was ist er denn, wenn er nicht dein Freund ist?«

»Ein einflussreicher Mann in unserer Branche. Wir sind seit Langem miteinander bekannt und haben hier und da auch schon ein paar Dollars zusammen verdient. Wir standen in gelegentlichem Kontakt. Zuletzt waren wir in dieser Immobiliensache im Gespräch.

Unsere Verabredung auf Clos des Pins hatten wir schon im Februar getroffen.«

»Hattest du vor unserer Runde zu dritt mit ihm über meinen familiären Background gesprochen?«

»Du meinst wegen der vermutlichen Anspielung auf deinen Vater? Nicht mit einem Wort. Aber womöglich hat er sich vorher selbst schlaugemacht.«

»Was nicht so schwer gewesen sein wird«, beschied Lomberg im Wissen um die Spuren, die der frühere Generalbundesanwalt einst hinterlassen hatte. Ernst Lomberg war zwar noch vor Erfindung des Internets gestorben, trotzdem war sein prominentes Leben und Wirken bestens dokumentiert und mithilfe von *Google* für jedermann auf Wunsch transparent. Mit Ausnahme von einigen Details.

»Hältst du es für möglich, dass Deveraux auch von der Verbindung wusste, die einst zwischen deinem Vater und Dupret bestand?«

»Das würde ich im Moment erst mal ausschließen. Allein, dass *ich* jetzt darüber Bescheid weiß, ist schon ungewöhnlich genug.«

»Dein Freund Lenn meint damit, dass dies nur der besonderen Vertraulichkeit zwischen ihm und Frau Röhm zu verdanken ist.«

»Und du hast tatsächlich nichts davon gewusst?«, hakte Peter nach.

»Was meinst du?«

»Dein alter Herr in Paris. Seine Arbeit beim Kunstschutz?«

»Nein. Ich war völlig perplex, als mir Julie das letzte Woche unter die Nase rieb. Sie hat übrigens ganze Arbeit geleistet. Acht von elf Umzugskisten mit Dokumenten hat sie durchgepflügt. Sie kennt ihren Großvater jetzt vermutlich besser als ich meinen Vater.«

»Was hast du gedacht, als du es erfahren hast?«

»Zeit meines Lebens hat mein Vater keine Gelegenheit ausgelassen, sich abschätzig über den Kunstbetrieb zu äußern. Ich konnte es kaum fassen, dass er tatsächlich selbst mal mit Kunst zu tun hatte. Wenngleich auch unter den bekannt speziellen Umständen.«

»Vielleicht steckt in diesem scheinbaren Widerspruch ja sogar eine logische Erklärung?« Peter warf Lomberg einen bedeutungsvollen Blick zu. Der schwieg, gab dann aber mit einem vorsichtigen Nicken zu verstehen, diesen Gedanken schon selbst gehabt zu haben.

»Möchten die Herren, dass ich gegebenenfalls auch an dieser Unterredung teilnehme?«, lauteten Carines Worte, als die beiden Männer immer noch konspirative Blicke austauschten.

»Deine Klugheit ist immer willkommen«, erwiderte Peter, um sich gleich wieder Lomberg zuzuwenden, offensichtlich in der Erwartung, Absolution für seine Old-white-Man-Masche zu erhalten. »Nicht wahr, Lenn?«

Lomberg blieb stumm.

»Wir gehen ja davon aus, dass dieser Deveraux eigene Aktien in der Sache hatte, korrekt?« Die hochgezogene rechte Augenbraue ließ erkennen, dass Carine nichts anderes als Zustimmung erwartete.

»Korrekt!«

»Wenn ich das alles richtig verstanden habe, ist ihm Dupret aus unerfindlichen Gründen durch die Lappen gegangen. Und damit ein womöglich attraktives Geschäft. So ist es doch, oder?«

»So ist es.«

»Dann muss ihm *das* ja förmlich wie ein Geschenk vorgekommen sein. Wisst ihr, was ich meine?«

»Du hast vollkommen recht, Carine«, bestätigte Peter und spann den Gedanken weiter. »Die Sache war für ihn praktisch gelaufen. Er hatte keinerlei Spur mehr zu Dupret. Und dann kam ich und erzählte ihm zufällig von Lenns kleinem Problem.«

Lomberg nickte nur.

»Es war übrigens Deveraux, der vorschlug, dich nach Clos des Pins zu holen, um darüber zu sprechen«, ergänzte Peter, jetzt wieder Lomberg zugewandt, der nun reagierte.

»Ein weiterer Beleg dafür, dass es Deveraux mitnichten darum ging, uns einen Freundschaftsdienst zu leisten. Im Gegenteil: Er wollte lediglich mein Wissen über Dupret und sein geheimnisumranktes Gemälde abtanken. Wenn wir davon ausgehen, dass Deveraux weiterhin an der Sache interessiert ist, dann bin ich nichts anderes als seine potenziell heiße Spur.«

»Was *genau* treibt diesen Deveraux an?«, gab Carine jetzt zurück und adressierte ihre Frage wieder hauptsächlich an Peter.

»Das ist eine gute Frage, meine liebe Carine. Geld ist es nicht. Davon hat er genug. Ein eitler Pfau ist er. Carl hält sich für den Sherlock Holmes der Kunstdetektive.«

»Also geht es ihm um Ruhm?«

»So ist es!«

»Wenn dich Trierweiler doch irgendwann mal feuert, kannst du sicher bei Peter anfangen«, warf Lomberg ein, ohne Carine dabei anzublicken. Die wechselseitigen Schmeicheleien der beiden gingen Lomberg schon den ganzen Abend gegen den Strich. Immerhin jedoch hatten seine Berichte über die *enge Kooperation* mit Sina Röhm Wirkung gezeigt. Eifersucht. Eine Gefühlsregung, die im Leben der Carine Berger eigentlich nicht vorkam, für die Lennard Lomberg bisher aber auch nie einen Grund geliefert hatte. Ein kaum merkliches akustisches Signal riss ihn aus seinen Gedanken. Lomberg nahm sein iPhone zur Hand und reagierte auf die empfangene Nachricht mit einem Kopfschütteln. »Entschuldigt mich bitte einen Moment.«

»Alles in Ordnung, Lenn?«

Lombergs Telefonat hatte immerhin eine Viertelstunde gedauert. Seine unverkennbare Anspannung offenbarte, dass das Gespräch kein ganz einfaches gewesen war.

»Später.« Mehr wollte Lomberg für den Moment nicht sagen und bediente sich am neuerlich nachgeorderten Wein, der jetzt doch als Paulliac zu erkennen war. *Duhart-Milon 2003.* Carine und Peter tauschten fragende Blicke. Lomberg beendete die Schweigeminute nach einem kräftigen Schluck. »Wo waren wir stehen geblieben?«

»Beim Ruhm«, lautete Carines Stichwort.

»Genau. Monsieur Deveraux und der Ruhm. Hat die Analyseabteilung vielleicht noch weitere Erkenntnisse?«, eröffnete Lomberg immer noch gereizt.

»Was wäre deine Vermutung?«, gab Peter zurück, bemüht, seinen Freund ins Gespräch zurückzuholen.

»Eigentlich ist es doch ganz einfach. Wenn es einem Kunstdetektiv um Ruhm geht, dann geht es zumeist um ein besonderes Kunstwerk. Entweder um ein besonders wertvolles oder um eines, um das sich irgendeine Legende rankt. Zumeist bedingt das eine das andere. Es kann sich aber auch – oder auch obendrein – um ein verschollenes Objekt handeln, womit wir beim Geschäftsmodell von Deveraux wären. Oder um ein bisher gar nicht bekanntes. Und da sind wir dann bei meinem Freund Raoul Castigno.«

»Sag das noch mal!« Peter hatte sich vor Schreck fast ins eigene Glas gespuckt.

»Sagtest du Castigno, der Typ von *Artforum* aus Barcelona?«

»Genau der. Raoul Castigno von *Artforum*. Von meinem Gespräch mit ihm vor zwei Wochen hatte ich dir noch nicht berichtet? Sorry! Ist irgendetwas mit Castigno, Peter? Hast du ein Problem mit ihm?«

»Später, Lenn. Was hast du mit Castigno besprochen?«

»Carine und ich haben Castigno vor zwei Wochen bei den Trierweilers getroffen. Habe ihn ein wenig über Picasso und Braque ausgequetscht, sprich, über deren gemeinsame Zeit in Sorgues.«

»Was noch?«

»Ich habe ein paar Andeutungen in Richtung eines damit zusammenhängenden Gerüchts gemacht. Nicht mehr. Die Dupret-Sache habe ich nicht erwähnt. Nicht explizit. Und auch sonst keine Details.«

»Und?«

»Raoul hat mir daraufhin von einem schon seit vielen Jahren gehegten Verdacht in der *Picasso Society* berichtet. Von einem verschollenen Bild. Und nicht nur das, es ist wohl auch ein bislang völlig unbekanntes Bild. Man mutmaßt, vom Meister selbst. Das Werk – ein kubistisches – soll angeblich kurz vor Ausbruch des Ersten Weltkriegs in jenem Haus entstanden sein, in dem seinerzeit Picasso, Braque und Derain arbeiteten. Anstatt der identifizierbaren Signatur eines bekannten Künstlers trägt das Bild angeblich aber nur eine mysteriöse Chiffre. ALGADA. Das könnte für À la Gare d'Avignon stehen. Später soll das Bild in den Besitz der Sammlerfamilie Bleustein-Levy gelangt sein. Und deren Sammlung ist 1943 wo gelandet?«

»Im Jeu de Paume«, antwortete Peter halb nüchtern, halb entgeistert.

»So ist es. Und spätestens jetzt schließt sich der Kreis und wir sind wieder bei Gilles Dupret angekommen. Und auch bei Carl Deveraux, dessen Motive sich doch jetzt wohl endgültig offenbaren.«

»Holy mother.« Peter verdrehte die Augen und schob den noch fast vollen Käseteller demonstrativ von sich weg, was nichts Gutes vermuten ließ.

»Was ist mit dir und Castigno, Peter?«

»Du wolltest doch wissen, wie es im Süden war.«

»Wie war es im Süden, Peter?«

»Ich will euch jetzt nicht mit Immobiliengeschichten langweilen. Nur so viel: Deveraux hat nicht gekauft. Er hat das ganze Projekt unten in Cazeneuve nicht verstanden. Zu unkonventionell. Zu europäisch. Ich denke, er ist an der Côte besser aufgehoben. Nach dem Treffen mit Jack Innes sollte ich Carl eigentlich nach Marseille bringen. Er wollte von dort zurück nach Paris und dann zwei Tage später wieder nach Kanada. So jedenfalls lautete seine ursprüngliche Planung. Aber schon auf dem Hinweg sagte er, dass er umdisponiert hätte. Er hätte sich kurzfristig noch einen Termin in Barcelona gelegt.«

Lombergs Blick verriet eine Vorahnung.

»Ich sollte ihn zum Flughafen nach Béziers bringen, wo er sich einen Wagen mieten wollte. Wir waren recht früh dran und wollten noch eine Kleinigkeit zu uns nehmen. Haben wir dann auch getan. Bei so einem verdammten *Starbucks*. Deveraux hat die Marotte, stets seinen kompletten Tascheninhalt auf dem Tisch auszuleeren, wenn er irgendwo Platz nimmt. Das gilt auch für seine beiden Handys. Eines klingelte dann. Offenbar das private. Seine Frau. Es gab irgendein Problem. Er ging vor die Tür. Ich konnte ihn sehen, wie er mit ihr sprach und dabei eine Zigarette rauchte. Dann kam so ein Trottel und stolperte über Carls Tasche, die auf dem Boden stand und etwas in den Gang reinragte. Das ganze miserable Gebräu, das dieser Typ auf einem Tablett vor sich hertrug, ergießt sich also auf unseren Tisch. Eine Riesensauerei. Instinktiv greife ich nach dem Handy, um es aus der Macchiato-Pfütze rauszuholen. Und just in dem Moment bekommt Deveraux eine Nachricht.«

»Jetzt sag nicht von Castigno?«

»Von *Artforum. Reservation 9 p.m., 7 Portes, RC.*«

Lomberg und Carine hatten sich allein auf den Weg gemacht, während Peter im Gästehaus des *Étoilé* Quartier bezog. Sein Flieger ging am nächsten Morgen früh zurück nach Gatwick. Bis zu Carines Haus in Frisange waren es keine zwanzig Minuten. Unter dem wolkenlosen Nachthimmel herrschten angenehme Temperaturen. Nicht zu kalt für einen Spaziergang, aber kühl genug, um den Nebel von vier Flaschen Wein etwas zu lichten. Zur Rolle von Deveraux musste nicht mehr viel gesagt werden, aber dass nun auch Castigno mit von der Partie schien, gab Anlass für verschiedenste Spekulationen. Ein geschäftliches Treffen zwischen dem Chef der Kunstdetektei *Artclaim* und dem Herausgeber von *Artforum* schien erst einmal nicht ungewöhnlich. Die Vermutung über den besonderen Anlass des Gesprächs lag jedoch auf der Hand und sprach eindeutig dafür, dass es ein keineswegs gewöhnliches Treffen zwischen zwei einander bekannten Kunstexperten war. Zwischen Castignos Verabredung mit Deveraux und der Trierweiler-Party lagen sieben Tage. Folglich konnte Castigno also bereits involviert gewesen sein, als Lomberg mit ihm am 20. Mai ins Gespräch gekommen war. Lomberg war sich dennoch unsicher. Raoul hatte seine mutmaßliche Kenntnis mit keinem Wort erwähnt, allerdings hatte Lomberg ihm durch den abrupten Aufbruch von der Party auch praktisch keine Gelegenheit dazu gegeben. Außerdem: Dreimal hatte Castigno seitdem versucht, Lomberg telefonisch zu erreichen, ohne einen Rückruf zu erhalten. Einerseits war dies in Lombergs schlechtem Gewissen begründet. Sein Verhalten auf der Trierweiler-Party war wenig stilvoll gewesen. Andererseits war Lomberg aber auch nicht danach gewesen, Castigno mehr zu erzählen, als schon zur Sprache gekommen war. Ein Rückruf war jetzt wirklich überfällig, stand nun aber auch unter ganz neuen Vorzeichen.

»Der Anruf eben … das wahr Julie, nicht wahr?«

»Womöglich hattest du recht. Vielleicht war es doch keine so schlaue Idee, sie in diese Geschichte reinzuziehen ...«

»Ist etwas passiert?«

Lomberg war stehen geblieben, holte wortlos das iPhone aus der Innentasche seines *Burberry*-Trenchs und hielt es Carine hin, nachdem er die zuvor erhaltene *WhatsApp*-Nachricht aufgerufen hatte.

Karton Nr. 8 hat Fragen aufgeworfen! Auslandsrecherche. Love, Julie, so die Unterzeile einer Bildnachricht, die eine abfotografierte Bordkarte zeigte. Die Zieldestination war mit dem weithin bekannten Buchstabenkürzel PMI gekennzeichnet. *Palma de Mallorca International.*

Kapitel 6

DIE LEGENDE STIRBT

Montag, 5. September 1966, 6:30 Uhr, Nieder-Olm

»*Bringt die Ratte zurück in den Keller! Wir machen morgen weiter. Ich will verdammt noch mal ein Geständnis von diesem verlausten Judenfreund. Ist das klar? Wegtreten!*« Bökelmann war rot angelaufen vor Zorn. *In neun von zehn Fällen zeigte das sogenannte verschärfte Verhör verlässlich schnelle Wirkung. Nicht jedoch in diesem Fall, was angesichts der angewandten Methoden an ein Wunder grenzte. Um Feldwebel Ruscher herum war es weiter schwarz. Sein Kopf steckte immer noch unter dem Kartoffelsack, der in der Höhe seiner Kehle mit einem Strick fixiert war. Nicht eng genug, um ihm damit die Luft abzuschnüren, aber beinahe ausreichend, um ihn an der eigenen Kotze ersticken zu lassen. Es waren nicht nur die mörderischen Qualen, die ihm die Folter mit Elektroschocks an seinen Gliedern und Genitalien zufügte, die ihn immer wieder übermannten, sondern auch der Gestank der eigenen verkohlten Haut.*

Nachdem Max Ruscher-Wasserberg seinen Kopf eine Weile unter fließendes Wasser gehalten hatte, kam er langsam wieder zu sich. Immer noch leicht benommen, griff er schließlich nach einer Bürste und der neben dem Klo stehenden Flasche *Ajax*. Sorgfältig scheuerte er die mit Erbrochenem beschmutzten Kloränder, während seine Frau an der von innen verschlossenen Tür klopfte.

»Max, mach auf. Mach auf! Um Herrgotts willen, mach endlich auf!«

»Gleich.«

Als die Spuren beseitigt waren, griff er nach der Pillendose und nahm sich gleich zwei *Librium*. Die Wirkweise des von Dr. Kretschmer verordneten Präparats wurde vom Hersteller mit dem Slogan *Sonnenbrille für die Psyche* beschrieben. Ruscher öffnete die Tür, ließ seine Frau stehen und ging auf direktem Wege zurück in den Keller, wo er sich eine Art Verschlag eingerichtet hatte.

Zwei Wochen vorher, Montag, 22. August 1966, 13:30 Uhr, Bonn, Ministerium des Inneren, Graurheindorfer Straße 108

»Trauen Sie sich den Posten zu?«

»Wie meinen, Herr Minister?«

»Na, kommen Sie schon. Jetzt tun Sie mal nicht so, als wüssten Sie nicht, wovon ich rede.«

Ernst Lomberg mimte den Begriffsstutzigen, ahnte aber natürlich, worauf die Frage hinauslief.

»Sie meinen doch nicht etwa?«

»Ja, was denn sonst, Lomberg?«

»Mit Verlaub, Herr Minister ...«

»Jetzt kommen Sie mir doch nicht so! *Mit Verlaub, Herr Minister ...* wenn ich das schon höre!« Lücke amüsierte sich. »Sie müssen nur Ja oder Nein sagen. So schwer kann das doch nicht sein.«

Lomberg griff nach seinen Zigaretten. »Darf ich?«

»Tun Sie sich keinen Zwang an.«

»Natürlich traue ich mir die Aufgabe zu. Aber darauf kommt es doch nicht an. Die politische Logik verlangt an dieser Stelle einen bewährten Polizeimann, keinen Rechtstheoretiker.«

»Er sieht das ganz anders!«

»Er?«

»Erhard.«

Lomberg gab sich unbeeindruckt.

»Dann habe ich mich im Bungalow also nicht komplett blamiert?«

»Im Gegenteil! Er war sehr angetan von Ihnen. Tüchtig war das eine Prädikat.«

»Und das andere?«

»Ausgebufft.«

»So, so«, erwiderte Lomberg regungslos und schob dann eine naheliegende Frage nach: »Wird Erhard denn nächstes Jahr noch Kanzler sein?«

Lomberg zielte auf die Turbulenzen ab, in die der Regierungschef nach dem Desaster bei der Landtagswahl in Nordrhein-Westfalen jüngst geraten war. In deren Folge drohte ihm nicht nur der Koalitionspartner im Bund abtrünnig zu werden. Auch die eigenen Leute waren teilweise auf Abstand gegangen und sammelten sich bereits, um seiner Kanzlerschaft ein nicht nur vorzeitiges, sondern auch unrühmliches Ende zu bereiten.

»Die eigentliche Frage ist doch, ob *ich* nächstes Jahr noch Innenminister bin, mein lieber Lomberg. Oder etwa nicht?«

»Wie lautet die Prognose?«

»Ich kann es Ihnen nicht sagen. Ich weiß es wirklich nicht. Im Moment ist die Lage einfach sehr kompliziert.«

»Es wäre bedauerlich, Herr Minister.«

»Das ist sehr freundlich von Ihnen, Lomberg. Aber Sie sollten lieber an sich denken. Und um sicherzugehen, dass eine solche Situation, sollte sie denn eintreten, nicht zu Ihrem Nachteil ...«

»... sollte ich lieber zugreifen«, fiel Lomberg ihm ins Wort. »Wollten Sie das sagen, Herr Minister?«

»Wir verstehen uns, Herr Referatsleiter.«

»Wäre ich für Wiesbaden denn überhaupt tragbar? Für den Moment haben wir doch nur erreicht, dass die nicht mehr ohne uns entscheiden dürfen. Aber das heißt ja noch lange nicht, dass wir unseren Kandidaten einfach so durchdrücken können«, gab Lomberg zu bedenken. Doch was nach Skepsis klang, gab bereits die Melodie einer sich andeutenden Einwilligung preis.

»Lassen Sie das meine Sorge sein. Und außerdem: In Wiesbaden gibt es seit heute eine vorläufig veränderte Situation.«

»Und die wäre?«

»Habe gerade mit Bärlach telefoniert. Schlimme Sache. Sein Schwiegervater, der alte Kanonen-Ruetschli ... schon gehört?«

»Gelesen. Eben gerade, als Spiegel noch bei Ihnen war. Die Sitzmöbel im Vorzimmer sind übrigens nicht mehr der wahre Jakob. Mit Verlaub, Herr Minister.«

»Jetzt schnappen Sie mal nicht gleich über, Lomberg! Einmal beim Kanzler auf dem Sofa gesessen und schon vorlaut werden.« Auf Lückes Gesicht lag ein breites Grinsen. Lomberg quittierte den gespielten Tadel des Vorgesetzten mit gleicher Miene.

»Ruetschli kam übrigens von einem Fest bei Bärlach. Zehnjähriges Dienstjubiläum. Große Feier. In seiner Villa im Rheingau. Muss wie immer ziemlich pompös zugegangen sein. Hat jedenfalls Spiegel mir berichtet. Den hatte ich anstandshalber hingeschickt.«

»Auch davon habe ich gehört.«

»Bärlachs Sohn war auch in der Unglücksmaschine. Hat zwar überlebt, aber es muss wohl ziemlich schlimm um den Jungen stehen. Erst vierzehn. Ziemliche Tragödie. Wäre Bärlach nicht Bärlach: man könnte Mitleid mit ihm haben.«

Lomberg stieg darauf nicht ein und kam zurück zur Sache. »Sie sprachen von einer veränderten Situation?«

»Ja, richtig. Bärlach hat um eine Beurlaubung gebeten, für die nächsten drei Wochen, um sich erst mal um die Familie kümmern zu können. Ich habe natürlich zugestimmt. Familie geht immer vor. Er ist jetzt in Zürich. Sein Vize Dietrich Mätschke übernimmt vorübergehend das Ruder im BKA. Kennen Sie Mätschke?«

»Genauso wenig, wie ich Bärlach kenne, Herr Minister. Bisher.«

»Wollen Sie meine Meinung hören, Lomberg?«

»Bitte.«

»Ich sage es mal so: Mätschke ist nicht gerade die hellste Kerze auf dem Leuchter.«

Lomberg versenkte die nur halb gerauchte Zigarette in Lückes Drehaschenbecher, erhob sich und ging zum Fenster. Das Ministerbüro lag im obersten Stockwerk des nüchternen Zweckbaus in der Graurheindorfer Straße und war nach Osten hin ausgerichtet. Nicht nur das malerische Siebengebirge war Teil des Panoramas, auch die etwas zu hoch geratenen Wohntürme in Sankt Augustin waren gut zu sehen. Lücke schien ihm diesen Moment der Nachdenklichkeit zuzubilligen und übte sich, auf eine Antwort wartend, in ungewohnter Geduld. Lomberg wandte sich schließlich wieder seinem Dienstherrn zu und warf ihm ein konspiratives Lächeln zu.

»Und Sie meinen, Herr Minister, dass der betrübliche Geisteszustand des Herrn Vizepräsidenten Mätschke möglicherweise von Vorteil für uns sein kann?« Aus dem Gesicht des Ministers sprach sofort große Zufriedenheit.

»Gut, Herr Minister. Und wie geht es nun weiter?«

»Ganz einfach, Lomberg. Ich zitiere Mätschke für Donnerstag ins Amt. Dann mache ich ihn mit den gemeinsamen Plänen des Kanzlers und des Innenministers vertraut. Ihr Name bleibt vorerst unerwähnt. Er wird sicher sehr schnell seinem Chef berichten. Dann sehen wir schon, was passiert. Beurlaubung hin, Beurlaubung her. Ich erwarte, dass Bärlach schon sehr bald hier vorstellig wird.«

»Und dann wollen Sie mich ihm vorschlagen?«

»Zunächst einmal werde ich ihm klarmachen, dass wir den Leiter der neuen SG nicht aus seinem Amt rekrutieren, sondern dass es ein Experte aus dem Ministerium und dass dieser auch zum zweiten Vizepräsidenten ernannt werden soll. Und richtig, dann schlage ich Sie vor. Richten Sie sich also darauf ein, dass Sie sehr bald Ihren neuen Vorgesetzten kennenlernen. Wenn nicht schon nächste Woche, dann sicher in der übernächsten.«

»Was soll ich in der Zwischenzeit tun, Herr Minister?«

»Ja, was schon, Lomberg, Ihre Arbeit natürlich! Und halten Sie um Gottes willen Ihren Mund! Wir verstehen uns?«

»Wir verstehen uns, Herr Minister.«

»Vielleicht reden Sie schon mal mit Ihrer Frau.«

»Mache ich. Wär's das, Herr Minister?«

»Das wär's fürs Erste.«

Lomberg hatte schon auf dem Absatz kehrt und drei Schritte in Richtung Tür gemacht.

»Ach ja, da wäre doch noch was.«

»Ja, bitte, Herr Minister?«

»Kümmern Sie sich schon mal vorsorglich um eine Kinderfrau für den Abend des 18. September. Der neue Herr Vizepräsident und seine Gattin sind dann privat zum Abendessen beim Minister des Inneren eingeladen. Bensberg, Eichenhainallee 31a, 19:30 Uhr. Bitte keine größeren Umstände. Meine Frau mag Gerbera.«

Freitag, 2. September 1966, 16:00 Uhr, Hauptverwaltung der Ruetschli Metallwerke Aktiengesellschaft, Zürich (CH), Bürkliplatz 1

In den ersten beiden Tagen nach dem Unglück, als das Leben des erst vierzehnjährigen Marcus Aurelius noch an einem seidenen Faden hing, aber bereits klar war, was ein Überleben für ihn bedeuten würde, hatte Bärlach insgeheim gehofft, sein Sohn würde dem Großvater folgen. Eine Existenz im Rollstuhl, vom Hals abwärts vollständig gelähmt, schien ihm nicht mehr lebenswert, aber das starke Herz des Jungen wollte einfach nicht aufhören zu schlagen. Völlig verstummt hingegen war Bärlachs Frau. Was anfangs noch als simple Schockreaktion diagnostiziert wurde, schien nun zum Dauerzustand zu werden. Zehn Tage waren vergangen und Marie-Louise Bärlach hatte kein einziges Wort mehr gesprochen.

Es war der Abend des 21. August, kurz nach acht, die Aufräumarbeiten in der Villa Florence waren nach den Feierlichkeiten vom Vortag noch nicht einmal ganz abgeschlossen, als die Nachricht von der familiären Doppelkatastrophe in Eltville eintraf. Zuvor hatte sich die Hausherrin noch lauthals über *die Firma Wasserberg* beschwert, deren *Juniorchef* es nicht für nötig befunden hatte, persönlich zu erscheinen, und lediglich seine Helfer geschickt hatte. Und auch in der Familie war Streit ausgebrochen. Marie-Louise Bärlach hatte dem Betteln ihres Sohnes nachgegeben und schließlich eingewilligt, dass dieser gemeinsam mit seinem Großvater die Rückreise nach Zürich antreten durfte. Paul Bärlach fühlte sich bei dieser Entscheidung übergangen und schäumte vor Wut. Nur die Anwesenheit seines Schwiegervaters hatte ihn davon abgehalten, den Streit eskalieren zu lassen.

Es war dann Marie-Louise selbst gewesen, die den Anruf der Polizei entgegennahm. Ein Wimmern war der letzte Laut, den sie von sich gab. Mittlerweile gingen die behandelnden Ärzte davon aus, dass sich der traumatische Schock in einem totalen Mutismus verfestigt hatte.

Immerhin sorgten die geölten Räderwerke der Firma dafür, dass der Geschäftsbetrieb in halbwegs normalen Bahnen weiterlief. Ein vierköpfiges Gremium aus langjährigen Führungskräften der Ruetschli Metallwerke war gebildet worden, um die Leitung des Unternehmens vorläufig zu übernehmen. Die trauernde Tochter des Unternehmers hatte schweigend zu verstehen gegeben, dass die Interimsführung auch für die Planung des Begräbnisses von Dr. hc. Beatus Ruetschli, zeitlebens nur in der Kurzform Beat bekannt, in der Pflicht stand. Dem verheerenden Zustand der Angehörigen geschuldet, wurde sodann entschieden, dass die auf den 5. September terminierte Beisetzung in deutlich kleinerem Rahmen stattfinden würde, als es angesichts der Prominenz des verunglückten Industriekapitäns eigentlich angemessen war. Bärlach hatte keine Wahl. Anstelle seiner Frau, die sich mittlerweile in einer psychiatrischen Klinik am Vierwaldstättersee befand, war ihm automatisch die Rolle zugefallen, der Interimsführung als Vertreter der Familie bis auf Weiteres beizusitzen. Zu diesem Zweck war Bärlach vorläufig das Büro des verstorbenen Chefs überlassen worden, von wo aus er außerdem Kontakt zum Amt in Wiesbaden halten konnte. Mätschke hatte gleich am Morgen angerufen. Er berichtete vom Stand der Sondierungsgespräche mit dem Ministerium, die er in Abwesenheit des Chefs zu führen hatte.

»Die SG-Sache läuft aus dem Ruder. Es heißt, das Ministerium setzt auf einen eigenen Kandidaten aus Bonn«, ließ Mätschke wissen und ergänzte, dass man Details erst bekannt geben wolle, »wenn der werte Herr Präsident wieder an Bord sei«.

Bärlachs dunkle Vorahnungen drohten sich zu bestätigen. Seine vorübergehende Abwesenheit schienen die Bonner sogleich zu nutzen, um in der SG-Personalie offenbar jetzt ihr eigenes Süppchen zu kochen. In seine Wut über die Unfähigkeit Mätschkes, der sich von Lückes *Vaterlandsverrätern* hatte einseifen lassen, mischten sich jedoch schnell wieder andere Gefühle. Jene, die ihn nun schon seit bald zwei Wochen rund um die Uhr begleiteten. Trauer und Sorge. Und auch Hilflosigkeit. Gefühle, die ihm in seinem Leben als Paul Bärlach bislang völlig unbekannt gewesen waren und unter denen auch ein Franz Eylmann zuvor nie gelitten hatte. Sein Schwiegervater, Freund und Förderer war tot, das Lebensglück seines Sohnes unwiederbringlich zerstört und seine Frau krank vor Verzweiflung. Bärlach haderte. Immer wieder war ihm in den vergangenen Tagen und Nächten der gleiche verheerende Gedanke gekommen, dass sein gerade erst begangenes zehnjähriges Dienstjubiläum an der Spitze des BKA nicht nur den bisherigen Höhepunkt seiner Karriere, sondern womöglich auch dessen Kipppunkt darstellen könnte.

»Ja, bitte.«

Ruetschlis Sekretärin stand im Türrahmen. Beatrice Hornung hatte ihrem Chef über Jahrzehnte mit an Selbstaufgabe grenzender Loyalität gedient und war im Angesicht der tragischen Ereignisse noch mal rapide gealtert. Ihr bemitleidenswerter Zustand wurde durch die schwarz gedeckte Trauerkleidung dramatisch betont.

»Was gibt es denn, Fräulein Hornung?«

»Verzeihen Sie bitte, Herr Bärlach. Ich habe einen Mann vom *Luzerner Tagblatt* in der Leitung. Er sagte, er hätte einen Telefontermin mit Ihnen.«

»Das geht in Ordnung. Stellen Sie durch! Ich brauche Sie übrigens nicht mehr. Gehen Sie bitte doch heute mal etwas früher nach Hause.«

»Sehr wohl, Herr Bärlach. Wie Sie wünschen. Es ist übrigens noch ein Päckchen für Sie abgegeben worden. Ohne Absender allerdings. Soll ich es für Sie öffnen?«

»Nein, nein. Stellen Sie es einfach da auf die Konsole.«

Felix Jaggi, seines Zeichens Ressortleiter Kultur der maßgeblichen Tageszeitung in Luzern, hatte schon zwei Tage nach Bekanntwerden des Unglücks Kontakt zur Presseabteilung der Ruetschli-Werke aufgenommen, war dort aber zunächst vertröstet worden. Jaggi hatte darauf gedrängt, mit Paul Bärlach persönlich über die Zukunft der Sammlung zu reden, da dieser nunmehr zum Sprecher der Familie avanciert schien. Tatsächlich war Bärlach bereits am 22. August in der hiesigen Presse so dargestellt worden und hatte der *Neuen Zürcher Zeitung* sogar ein kurzes Interview gegeben. Pressesprecher Boris Meyer sollte schließlich klein beigeben und gestand Jaggi einen Telefontermin zu, wobei sowohl die Gesprächsinhalte als auch der Zeitrahmen zuvor abgesteckt wurden.

»Bärlach am Apparat.«

»Guten Tag, Herr Bärlach. Felix Jaggi vom *Tagblatt* in Luzern.«

»Was kann ich für Sie tun?«

»Sehr freundlich, dass Sie sich bereit erklärt haben, mit mir zu sprechen. Ich darf zunächst meine Anteilnahme zum Ausdruck bringen und tue das gleichsam im Namen der gesamten Redaktion.«

»Danke.«

»Wir geben unserer Hoffnung Ausdruck, dass es Ihrem Sohn bald besser gehen möge, und schließen ihn in unsere Gebete mit ein.«

»Mein Sohn genießt die bestmögliche medizinische Betreuung. Nur auf Gott zu vertrauen, wäre völlig unzureichend.« Bärlach nahm erleichtert zur Kenntnis, dass der problematische Zustand seiner Frau bei den Pressefritzen offenbar noch nicht bekannt geworden war.

»Darf ich zur Sache kommen, Herr Bärlach?«

»Ich bitte sogar darum.«

»Natürlich geht es um die Sammlung. Bekanntermaßen die mit Abstand bedeutendste im ganzen Land, wenn ich das so sagen darf.«

»Sie dürfen.«

»Ich möchte voranschicken, dass unser Interesse und mithin das unserer Leserschaft vor allem im herausragenden Ansehen des verstorbenen Dr. Ruetschli begründet ist. Ein wahrhaft großer Mäzen. Ohne ihn wäre die Kulturlandschaft der Schweiz eine ganz andere. Eine ungleich ärmere, möchte ich feststellen.«

»Sie wollten zur Sache kommen, Herr Jaggi.«

»Natürlich, Herr Bärlach. Die Hauptfrage ist natürlich, was mit der Sammlung geschieht. Ich meine, in wessen Besitz diese nun übergeht.«

»Sie können darauf vertrauen, dass das Testament von Dr. Ruetschli in dieser Sache keine Überraschungen enthält. Die Sammlung bleibt natürlich im Familienbesitz.«

»Das hieße dann, dass Sie und Ihre Frau, als einzige Tochter des Verstorbenen, die Eigentümer werden ... beziehungsweise schon sind?«

»Negativ. Meine Frau und indirekt unser Sohn Marcus Aurelius sind die Erben. Dies gilt im Übrigen für das gesamte Vermögen. Ich als Einzelperson bin hier komplett außen vor. Das ist ehevertraglich seit Langem geregelt. Auch wenn Sie das nun herzlich wenig angeht.«

»Ich verstehe, Herr Bärlach. Diese Regelung trägt sicher auch Ihren Amtspflichten in der Bundesrepublik Rechnung, darf ich annehmen?«

»Was wollen Sie damit sagen?«

»Ach, gar nicht so wichtig. Lassen Sie uns doch lieber fortfahren.«

»Hören Sie mal zu, Jaggi! Unterstehen Sie sich! Meine Integrität als politischer Beamter in Deutschland ist durch die Vermögensverhältnisse meiner Schweizer Familie in keiner Weise infrage gestellt. Bisher nicht, aktuell nicht und auch in Zukunft nicht. Noch so eine Unverschämtheit und ich lege sofort auf! Haben wir uns verstanden?«

»Natürlich, ich bitte um Entschuldigung. Eine wirklich überflüssige Bemerkung von mir.«

»Ihre zweite Frage, Herr Jaggi!«

»Ja, ganz recht. Die zweite Frage bezieht sich auf das Thema, das wir mit Dr. Ruetschli bereits im Juni und Juli besprochen hatten.« Diese Lüge war Teil des Plans und Jaggi merkte gleich, dass die Provokation offenbar verfing.

»Was bitte schön soll das für ein Thema gewesen sein?«, reagierte Bärlach gereizt.

»Oh, ich sehe, Sie sind gar nicht eingeweiht? Was mich allerdings etwas wundert.«

»Also mir reicht es jetzt langsam, Herr Jaggi! Ich habe mich bereit erklärt, auf Drängen des Unternehmens, darf ich betonen, Ihnen einige Auskünfte zu geben. Stellen Sie mir gefälligst Fragen, die ich auch beantworten kann!«

»Natürlich. Es geht um die Angelegenheit der verstorbenen Kunsthändler Blanck. Charles und Jean-Rémy. Sicher sind Ihnen diese Namen geläufig?«

Der Schreck, der Bärlach in die Knochen gefahren war, löste ein kurzes, kaum wahrnehmbares Zögern aus. Einen schweren Atemzug später schien er sich jedoch wieder gefangen zu haben.

»Nein. Nie gehört, diesen Namen. Und was soll bitte mit Dr. Ruetschli besprochen worden sein?«

»Dr. Ruetschli hatte seine Einwilligung erklärt, die Sammlung durch einen unabhängigen Gutachter überprüfen zu lassen. Um gegebenenfalls unklare, um nicht zu sagen kritische Provenienzen auszuschließen.«

»Was soll das heißen? Der Sammler Beat Ruetschli war und bleibt über jeden Zweifel erhaben. Und das Gleiche gilt auch für die Sammlung selbst, die selbstverständlich frei von einem solchen Makel ist. Ein unerhörter Vorwurf! Ich werde ...«

»Pardon, Herr Bärlach. Sie sollten das nicht auf die leichte Schulter nehmen.«

»Unterstehen Sie sich, Jaggi!«, brüllte Bärlach ins Telefon, ohne seinen Gesprächspartner damit beeindrucken zu können.

»Sie sollten wissen, Herr Bärlach, Dr. Ruetschli war die Angelegenheit sehr wichtig. Die geschäftlichen Beziehungen zwischen den Brüdern Blanck und Ihrem Herrn Schwiegervater liegen zwar schon Jahre zurück, dennoch war es ihm ein bedeutendes Anliegen, jeglichen Verdacht auszuschließen.«

»Verdacht? Verdacht gegen wen, bitte schön? Und wer zum Teufel sind diese Blancks?«

»Hat Ihnen Ihr Schwiegervater tatsächlich nie davon erzählt?«

»Hören Sie mal zu, Jaggi, ich weiß nicht, worüber Sie sich mit Ihrem Schwiegervater unterhalten, wenn Sie überhaupt einen abgekriegt haben. Ich jedenfalls werde einen Teufel tun und Ihnen von privaten Unterredungen mit dem Verstorbenen berichten. Beat Ruetschli war das geliebte Oberhaupt unserer Familie und mir selbst ein väterlicher Freund. Das geht Sie alles einen feuchten Kehricht an! Haben Sie mich verstanden? Und nebenbei gesagt: Ihre Uhr läuft ab!«

»Dann wird es aber höchste Zeit, Herr Bärlach, dass sich Ihre Familie jetzt mit dieser Angelegenheit befasst. Es gibt Grund zu der Annahme, dass es sich bei einigen Bildern der Sammlung Ruetschli um NS-Beutekunst handelt.«

»Das ist eine Unverschämtheit! Das ist pure Verleumdung! Ich werde nicht zulassen, dass Ihr Provinzblatt ...«

»Jetzt beruhigen Sie sich, Bärlach.« Jaggi hatte ihn jetzt da, wo er ihn haben wollte, und schob mit eisiger Stimme nach: »Natürlich ist damit in keiner Weise eine Anschuldigung erhoben, dass der seinerzeitige Ankauf der Bilder durch Ihren Schwiegervater in dem Wissen darüber erfolgte.«

»Das will ich Ihnen auch nicht geraten haben, Herr Jaggi! Und ich persönlich werde mich dazu auch nicht mehr weiter äußern. Ich setze gleich morgen den Hausjustiziar der Ruetschli-Werke in Kenntnis und dann hören Sie wieder von uns! Beziehungsweise Ihr Vorgesetzter!«

»Ganz wie Sie meinen, Herr Bärlach. Eine Frage noch zum Abschluss, wenn Sie gestatten. Franz Eylmann. Ist dieser Name vielleicht einmal gefallen? Zwischen Ihnen und dem Verstorbenen, meine ich.«

Hatte Bärlach die Erwähnung der Brüder Blanck nur für einen Sekundenbruchteil die Stimme verschlagen, schoss ihm jetzt das Blut in den Kopf und drohte, ihn aus der Fassung zu bringen. »Nein. Kenne ich nicht«, entfuhr es ihm mit dürrer Stimme.

»Ist auch nicht weiter wichtig. War nur so eine Frage«, entgegnete Jaggi lapidar und machte sich dabei nicht die geringste Mühe, die ganze Verlogenheit seines vermeintlichen Interviews zu kaschieren.

»Ihr Zeitkonto ist überzogen! Auf Wiederhören, Herr Jaggi. Sie hören dann von unseren Anwälten!« Die schnellstmögliche Beendigung des Telefonats war der einzige Ausweg, der Falle aus dem Weg zu gehen, die ihm gerade gestellt worden war.

»Ja, Ihre Anwälte. Ganz recht. Das sagten Sie bereits. Uf Wiederluege, Herr Bärlach.«

Die Quaibrücke an der Mündung des Zürisees in die Limmat war für ihre notorische Verkehrsüberlastung bekannt. Bärlach hatte eine ganze Weile am Fenster gestanden und, in Gedanken erstarrt, einem wilden Hupkonzert gelauscht.

Franz Eylmann. Dreiundzwanzig Jahre war es her, dass er den Namen das letzte Mal gehört hatte. Auch er hatte ihn danach nie mehr in den Mund genommen. Die Existenz des Franz Eylmann wurde im Sommer 1943 mit einem gefälschten Totenschein getilgt. Mit der Aushändigung des neuen Dienstausweises durch die amerikanische Militärabwehr OSS war an dessen Stelle ein gewisser Paul Bärlach getreten.

Der Mann, der 1912, nur ein Jahr nach Franz Eylmann, als Paul Bärlach das Licht der Welt erblickte, war als einziges Kind in eine Seefahrer-Familie hineingeboren worden. Doch was zunächst Romantik verhieß, sollte in einer Tragödie enden. Gerade einmal elf Jahre alt war der Junge, als der Maat Hauke Bärlach bei einem seiner seltenen Landgänge Pauls Mutter im Suff erschlug und für den Rest seines Lebens hinter Gittern verschwand. So wurde das Waisenhaus in Bremerhaven zum neuen Zuhause des kleinen Paul, zugleich aber auch schon sehr bald zu einem Ort der Finsternis, dem er erst im Alter von siebzehn Jahren wieder entkam. Zuflucht fand er als junger Mann schließlich bei der Handelsmarine des *Norddeutschen Lloyd*, wo er in den Folgejahren sämtliche Weltmeere kennenlernte, um nach zumeist wochenlangen Passagen jedoch stets wieder im ungeliebten Bremerhaven anzulanden. Bis zu jenem Tag im September 1936, an dem das schon leicht derangierte Handelsschiff mit Namen *SMS Lübeck II* im Hafen von New York vor Anker gegangen war und ein in ihm bereits länger gereifter Plan schließlich spontane Umsetzung fand. Als Leichtmatrose Bärlach den letzten Meter der Planke schon vor Augen hatte, drehte er sich noch einmal kurz um und warf einen Blick hoch auf den Fahnenmast. Es bedurfte nur noch eines großen Schrittes und er verließ das Hoheitsgebiet des deutschen Reiches – zu diesem Zeitpunkt schon des Dritten –, um nie dorthin zurückzukehren.

Der junge Bärlach war in seinen Jahren auf See ein Einzelgänger geblieben, stets darauf bedacht – jedenfalls soweit es die Umstände zuließen –, sich den rauen Kameradschaftsritualen an Bord zu entziehen und möglichst wenig aufzufallen. Eine Technik, die ihm schon in seiner tristen Jugend im *Prinz Heinrich-Knabenheim für Seefahrtswaisen* dienlich gewesen war. Einzig Georg Holtrup, langjähriger Bordfunker auf der *Lübeck II*, von allen nur Gigge genannt, war es schließlich gelungen, das Vertrauen des verschlossenen jungen Mannes zu gewinnen. Auf den letzten Passagen vor seiner Pensionierung hatte Gigge sich den bislang nahezu ungeschulten Jungseefahrer zur Seite genommen und ihm nach und nach ein Grundwissen in mobiler Seefunktechnik vermitteln können. Es war überhaupt das erste Mal in seinem Leben, dass Bärlach ein ihm persönlich geltendes und dabei völlig erwartungsfreies Wohlwollen durch einen anderen Menschen zuteilwurde. Und es waren dann auch genau die von Gigge Holtrup vermittelten Kenntnisse, die die Einwanderungsbehörde der Vereinigten Staaten als nützliches Talent einstuften und Paul Bärlach schließlich die Tür zu einer Neuen Welt öffneten.

Am 9. Juli 1943 gegen 16:30 Uhr hatte die Luftaufklärung der Achsenmächte die vor Sizilien in Stellung gebrachte Invasionsstreitmacht mit dreitausend schwimmenden Einheiten und einhundertachtzigtausend amerikanischen, kanadischen und britischen Truppen entdeckt. Trotzdem trafen die am nächsten Tag beginnenden Anlandungen der zweiundachtzigsten US-Luftlandedivision auf nur geringen Widerstand. Die an Land so erfolgreiche *Operation Husky* sollte später als einer der größten militärischen Triumphe im Kampf gegen den europäischen Faschismus gefeiert werden. Erheblicher Blutzoll hingegen wurde auf See gezahlt.

Die *SS Richmond*, ein Versorgungsschiff der Liberty-Klasse, war dafür vorgesehen, sich zwanzig Kilometer vor der Küste von Licata bereitzuhalten, um später im Rücken des vorstoßenden dritten Marine Corps technische Ausrüstungen an Land zu befördern. In der Hauptsache betraf dies Gerätschaften des Office for Naval Intelligence, kurz ONI. Petty Officer Second Class Paul Barlach – ohne Umlaut seinerzeit – hatte nach Erlangung des amerikanischen

Seefunker-Diploms ab 1939 Verwendung beim internen Geheimdienst der Navy gefunden und dort die wenigen glücklichen Jahre seines Lebens verbracht.

Das rasche Vordringen der Bodentruppen war am Morgen des 11. Juli bekannt geworden, die Stimmung beinahe ausgelassen, zumindest aber erwartungsfroh. Der Marschbefehl stand unmittelbar bevor. Bordfunker Bärlach war um kurz vor zwölf an die Reling getreten, um vor seiner Acht-Stunden-Schicht unter Deck noch ein wenig frische Luft zu tanken. Einige Minuten stand er da, blickte in Richtung der greifbar nahen sizilianischen Küste und gab sich dem Gedanken hin, dass ihn dieser Krieg womöglich doch noch einmal zwingen würde, ins verhasste Deutschland zurückzukehren. Doch nur einen Moment später sollte sich zeigen, dass die Sorge unbegründet war. Der von einem JU-88-Bomber auf den Weg geschickte Torpedo hatte nicht nur ein gewaltiges Loch in den Rumpf gebohrt, sondern dort auch den Treibstofftank getroffen. Eine gewaltige Explosion riss die 87 Meter lange *SS Richmond* förmlich in Stücke und verwandelte die trügerische Ruhe auf See binnen weniger Sekunden in ein flammendes Inferno. Für die Mannschaften unter Deck gab es kein Entrinnen. Einige Männer, die dem unmittelbaren Sterben im Schiffsrumpf so eben entkamen, schafften es, noch in die Fluten zu springen, die meisten allerdings schon als lichterloh brennende Fackeln. Zwei Minuten später machte sich ein deutsch-italienischer Kampfflieger-Verband über den Rest her. Das betrübliche Leben des Paul Bärlach hatte nach nur einunddreißig Jahren ein jähes Ende gefunden. Immerhin: Er war in seinen letzten Momenten nicht alleine, wie so oft in seinem Leben zuvor. Alle einhundertsechs Männer an Bord der *Richmond* sollten sein Schicksal teilen.

Beim ONI hatte Bärlach erstmalig so etwas wie Zugehörigkeit kennengelernt und nach und nach waren sogar einige freundschaftliche Beziehungen zu Kameraden entstanden. Aber auch diese, womöglich später nachvollziehbaren Spuren wurden durch die Tragödie auf der *SS Richmond* getilgt. Paul Bärlach starb als sozialer Niemand und hinterließ gerade deshalb eine Identität, die noch höchst dienlich sein würde.

Allen W. Dulles erkannte die außergewöhnliche Qualität der biografischen Konserve sofort. Der Bruder des späteren US-Außenministers leitete zu dieser Zeit die Außenstelle des OSS im neutralen Bern und betrieb dort eine lebhaft frequentierte Anlaufstelle für Überläufer aus den Sicherheitsdiensten des Nazi-Regimes. Der deutsche Neuankömmling aus Paris war zunächst wie üblich unter Quarantäne gestellt worden. Aber die Blaupause aus Sizilien passte dann so perfekt, dass man entschied, sich seine Kenntnisse unverzüglich dienstbar zu machen. So entstand eine Legende. Jene vom jungen deutschen Matrosen, der einst nicht nur seiner eigenen sozialen Tristesse entflohen war, sondern auch dem verdorbenen Nazideutschland mutig den Rücken gekehrt hatte. Jene vom Immigranten, der sich bereitwillig in den Dienst der Vereinigten Staaten stellte, um mit seinem Leben für deren Werte und Überzeugungen einzutreten. Jene vom jungen Seefunker, der als einziger Überlebender der *Richmond*-Katastrophe im Kampf um die Befreiung Europas heldenhaften Mut und Willen bewies. Jene von Paul Bärlach, dessen Wirken und Verdienste vor 1943 zwar niemand würde persönlich bezeugen können, der aber genau deshalb wie geschaffen war, SS-Untersturmführer Franz Eylmann eine zukunftsfähige Biografie, eine neue Identität zu schenken.

Als das OSS mit Ende des Krieges seine Schuldigkeit getan hatte, war der Mann, der fortan den Namen Paul Bärlach trug – jetzt wieder mit Umlaut –, ganz offiziell in den Dienst der CIA getreten. Es folgten gute Jahre als deren Repräsentant in der Deutschschweiz, einhergehend mit der Koordinierung von inoffiziellen Rüstungsgeschäften, die ihn 1946 schließlich zu Beat Ruetschli führten. Die beiden ungleichen Männer erkannten den wechselseitigen Nutzen ihrer Bekanntschaft sofort. Bärlach fand unverhofft einen mächtigen Fürsprecher, der ihm fortan viele geschäftliche und mehr noch politische Türen öffnen sollte – sowie letztlich auch jene zum Schlafzimmer seiner Tochter. Ruetschli seinerseits gewann in Bärlach den perfekten Lobbyisten für den Ausbau seiner Geschäftsbeziehungen mit dem US-Militär. Bärlachs Weg durch die Instanzen führte ihn 1951 schließlich von der CIA zum FBI. Mitnichten war mit dieser Veränderung beabsichtigt, ihn fortan auf Verbrecherjagd in den USA zu schicken. Im Gegenteil, die für Bärlach vorgesehene Fortbildung hatte ihr Ziel mitten in Deutschland. Die Regierung der erst zwei Jahre alten Bundesrepublik Deutschland hatte Wiesbaden zum Standort einer künftigen Bundespolizei bestimmt und die dort gegründete Behörde auf den Namen Bundeskriminalamt – kurz BKA – getauft. Das Baby kam jedoch mit einem schweren Geburtsfehler zur Welt. Teils aus Ermangelung an personellen Alternativen, teils aus politischem Kalkül wies das BKA bei seiner Gründung einen nahezu hundertprozentigen Bestand an ehemaligen Angehörigen der SS auf. Moralische Bedenken waren gegenüber praktischen Erwägungen deutlich in den Hintergrund getreten. Der Kalte Krieg war in seine heiße Phase getreten und der anfängliche Eifer der Entnazifizierung war entlang der neuen Frontlinie praktisch zum Erliegen gekommen. Und trotzdem: Washington war der Ansicht, dass die bisher billigend in Kauf genommene Unterwanderung des BKA durch Alt-Nazis dessen Legitimität früher oder später doch infrage stellen würde. Man wollte schließlich, dass die deutsche Bundespolizei schnellstmöglich in die internationale Polizeibehörde Interpol aufgenommen werden konnte. »Es bräuchte ja nicht mehr als nur einen einzigen kompetenten Mann mit weißer Weste, der den Briten und Franzosen zuzumuten wäre. Der müsste doch wohl zu finden sein«, hatte der Hohe Kommissar der USA John J. McCloy wissen lassen und bei CIA-Chef Walter Smith eine unverzügliche Lösung des Problems eingefordert.

Am 1. Februar 1952 trat Paul Bärlach schließlich seinen Dienst beim BKA an, um als Leiter der neu geschaffenen Abteilung *Internationale Koordinierung* den Schulterschluss mit den ehemaligen Feinden und jetzigen Partnern zu suchen. Erwartungsgemäß stieß die *Marionette aus Washington* zunächst einmal auf große Skepsis. »Siegerjustiz«, war das Stichwort, mit dem die braunen Seilschaften die ganz augenscheinlich politisch motivierte Personalentscheidung kommentierten. Schnell jedoch wurde klar, dass die Herrschaften ihre Rechnung ohne den Wirt gemacht hatten. Der neue Mann zeigte sich nämlich vom ersten Tag an als Vertreter einer Denkschule, die jener seiner neuen alten Kollegen in keiner Weise entgegenstand. Wehrhafter Antikommunismus, gepaart mit einer unverblümten Geringschätzung demokratischer Institutionen. Die erste Einladung zum sogenannten *BKA-Stammtisch Wolfsberg* ließ dann auch nicht lange auf sich warten. Als Vereinsheim für die schlecht getarnten SS-Kameradschaftsabende diente das gleichnamige Lokal im rheinhessischen Nackenheim an der Rheinfront. Bärlach zeigte sich dort nicht nur gesellig und trinkfest, sondern konnte auch mit unerwarteter Textsicherheit bei deutschnationalem Liedgut Sympathiepunkte sammeln.

Nach knapp zwei Jahren in der Internationalen Koordinierung wechselte Bärlach in die Leitung der Hauptabteilung *Zentrale Dienste* und übernahm damit auch die Position des BKA-Vizepräsidenten. Die im Amt schon bald erwartete und allgemein begrüßte Thronbesteigung erfolgte nur zwei Jahre später, im August 1956. Jost von Ostrow, seit Gründung des Amtes diesem als Direktor des *Kriminaltechnischen Instituts* dienend, war der Einzige in der Leitungsebene gewesen, der sich von Beginn an klar gegen Bärlach positionierte. Fast schon folgerichtig wurde er auch das erste Opfer jener radikalen Säuberungswelle, die der neue Präsident gleich nach Amtsantritt einleitete. Das BKA war in kürzester Zeit zu *Bärlachs Kriminalamt* geworden. Und daran sollte sich in den zehn Folgejahren auch herzlich wenig ändern.

Das Hupkonzert von der Quaibrücke tönte immer noch. Bärlach wandte sich vom Fenster ab und nahm wieder am Schreibtisch seines verstorbenen Schwiegervaters Platz. Unweigerlich fiel sein Blick auf das Gemälde an der Wand gegenüber, das der alte Ruetschli als einziges Kunstwerk in seiner Arbeitsumgebung geduldet hatte und das nun schon seit mehr als zwanzig Jahren an jenem prominenten Platz hing. Rechts neben dem Bild war eine kleine Metalltafel an der Wand befestigt. Die Gravur kennzeichnete das Gemälde mit vergleichsweise rudimentären Angaben: *Kubistisches Werk. Künstler unbekannt. 1930er-Jahre. Schenkung eines guten Freundes. Zürich 1947.* Der Sonderstatus, den das Gemälde in der Sammlung Ruetschli innehatte, wurde durch den Ausstellungsort zwar unübersehbar dokumentiert, aber für Außenstehende nie erklärt. Besuchern wurde stets mitgeteilt, dass es sich um »nichts Bedeutendes« handele und daher auch nicht in der Privatresidenz in Herrliberg hänge. Kubismusfreund Ruetschli hatte seinerzeit spontan Gefallen an dem zwar offenbar nicht bedeutenden, aber doch interessanten Gemälde gefunden, das in seinen Augen sogar Anklänge an Picasso offenbarte. Der schneidige Agent aus der schlicht »Bern Station« genannten CIA-Auslandsfiliale in der Schweiz hatte das Bild an jenem denkwürdigen Tag im Jahr 1947 einfach zu einer Besprechung mitgebracht. »*Ich kann mit dem Mitbringsel aus dem Krieg nicht wirklich etwas anfangen*«, *waren seine Worte und*: »*Es wäre bei einem Kunstkenner wie Ihnen gewiss viel besser aufgehoben.*«

Symbolische eintausend Schweizer Franken bot Ruetschli als Kaufpreis an, doch der deutsch-amerikanische Geheimdienstler schlug dies überraschend aus. »Ich würde es gerne als Investition in unsere Zusammenarbeit sehen und dabei auch als Geste der Freundschaft verstanden wissen.« Obgleich die eigennützigen Motive des Schenkers schon erkennbar durchschimmerten, zeigte sich Ruetschli geschmeichelt und auch beeindruckt. So wurde das kubistische Gemälde des unbekannten Künstlers zum Gründungsmythos jenes verschwörerischen Pakts, den Ruetschli und Bärlach sehr bald zum beiderseitigen Vorteil schlossen und der sie in der Folge bis zum 21. August 1966 eng verbinden sollte.

Bärlach entschied, das Gemälde am nächsten Tag abhängen zu lassen, um es künftig in der Villa in Herrliberg zu verwahren. Er war sich sicher: Jaggis Gehabe war nur ein Bluff. Natürlich hätte Beat Ruetschli ihn darüber informiert, wenn derartige Verdächtigungen tatsächlich im Raum stünden, zumal wenn diese in Verbindung mit den Brüdern Blanck gebracht wurden. Aber was noch schwerer wog: Es war praktisch ausgeschlossen, dass ein gewöhnlicher Kulturredakteur einer nicht weniger gewöhnlichen Zeitung auf die Spuren Franz Eylmanns stoßen konnte. Jaggi war nur der Kettenhund. Wer auch immer dahintersteckte, eins war in erschreckender Art und Weise klar geworden: Das Fundament aus Lügen und Legenden, das ihn seit dreiundzwanzig Jahren so stabil getragen hatte, zeigte nicht nur erste Risse, sondern begann schon zu bröckeln. Bärlach ging ein paar Schritte zur Tür, die das Chefbüro vom Vorzimmer trennte. Er nahm das von außen unauffällige Päckchen zur Hand, das Beatrice Hornung auf der Wandkonsole abgestellt hatte, und ertastete dessen offenbar zylindrisch geformten und dabei festen Inhalt. Er zögerte einen Moment und erwog, es am nächsten Tag dem Sicherheitsdienst zu übergeben, der in der Regel bei Zustellungen ohne Absender einzuschalten war. Ein unbestimmtes Gefühl aber ließ ihn von diesem Gedanken Abstand nehmen. Er durchtrennte die sorgsam über Kreuz gewickelte Kordel und befreite den Gegenstand von mehreren Lagen einfachen Packpapiers. Einen Moment später hielt BKA-Präsident Paul Bärlach eine Konservendose in der Hand, deren Inhalt vom Hersteller als *Bohnensuppe mit Speckeinlage* gekennzeichnet war. Auf eine darüber hinausgehende Botschaft hatte der Absender verzichtet. Im Wissen, dass der Empfänger ihn ganz sicher damit verbinden würde.

Sonntag, 4. September 1966, 21:30 Uhr, Hotel Baur au Lac, Zürich (CH), Talstrasse 1

Die von Felix Jaggi erledigte Zimmerbuchung in der *Pension Bellevue*, ganz in der Nähe des Bürkliplatzes, lief auf Wunsch des Gastes auf den Namen *Herr Pablo*. Mehr wollte die Rezeptionistin dann auch bei Ankunft nicht wissen und führte Lomberg ohne weitere Umstände in sein Zimmer im dritten Stock. Dort machte das *Bellevue* seinem Namen alle Ehre und bot neben einem hübschen Blick auf den Zürisee auch eine unverstellte Aussicht auf die zehngeschossige Verwaltungszentrale der Ruetschli-Werke. Und auch das ehrwürdige *Baur au Lac*, dessen Bar am späteren Abend der Treffpunkt für die Unterredung mit Jaggi sein würde, konnte vom winzigen Balkon des einfachen, aber akkuraten Hotelzimmers aus bestaunt werden. Lomberg ertappte sich beim Anblick der prachtvollen Hotelfassade bei einem Gefühl der Vorfreude. Zürichs erste Adresse war ein bevorzugter Tagungsort von Interpol-Konferenzen, bei denen die Führungskräfte der internationalen Polizeibehörden regelmäßig zusammenfanden, um über Maßnahmenkonzepte zur internationalen Verbrechensbekämpfung zu diskutieren und nebenbei ihre Spesenkonten zu leeren. Die Karriereaussichten, die sich in den letzten Tagen unerwartet ergeben hatten, ließen Lomberg unweigerlich daran denken, künftig ebenso regelmäßig unter fünf Sternen beherbergt zu werden.

Elisabeth und die beiden Kinder hatten noch tief und fest geschlafen, als sich Lomberg um sieben Uhr in der Früh in den Wagen gesetzt hatte, um sich auf den langen Weg nach Zürich zu machen. Einerseits war Lomberg von einer nie da gewesenen Entschlossenheit erfüllt. Rein gar nichts mehr war zu spüren von der ängstlichen Zögerlichkeit, die ihn in den letzten Jahren in Untätigkeit hatte verharren lassen. Durch die SG-Sache war eine gänzlich neue Situation entstanden. Seine Rache würde nicht mehr nur reiner Selbstzweck sein, sondern auch Sinn und Ziel haben. Die familiäre Tragödie hatte den Gegner obendrein in einen Zustand nie gekannter Verwundbarkeit versetzt und damit den letzten Anstoß zum Handeln gegeben.

Auf der anderen Seite war da aber auch ein bedrückend schlechtes Gewissen. Natürlich war die private Einladung bei Minister Lücke ein untrügliches Zeichen gestiegener Wertschätzung und darum auch unbedingt ein Grund zur Freude. Dennoch kam diese ziemlich ungelegen, zumindest aber zum falschen Zeitpunkt. Lomberg hatte im Amt wissen lassen, dass der spontane Kurzurlaub in der Schweiz den familiären Strapazen von Schwangerschaft und Geburt geschuldet sei. Zu Hause hingegen wurde der bevorstehende Ausflug nach Zürich als unumgängliche Dienstreise im Sonderauftrag des Ministers verkauft. Ein Zusammentreffen der Lückes und Lombergs im privaten Rahmen barg also das greifbare Risiko, dass seine Notlüge dabei enttarnt und zu einem gleich doppelten Eklat führen könnte. Den ganzen Tag über schon hatte ihm das quer im Magen gelegen.

»Wodka Martini.«
»Sehr wohl, Herr Jaggi.«

»Für mich ein Mineralwasser, bitte. Kein Eis.«

Jaggi und der ihm offensichtlich bekannte Barkeeper kommentierten Lombergs Bestellung mit vielsagenden Blicken.

»Wie Sie wissen, habe ich morgen früh einen Termin.«

»Vermutlich eine kluge Entscheidung. Vielleicht eine Zigarette?« Lomberg nahm das Angebot nur zögerlich an. *Senoussi* zählte nicht zu seinen bevorzugten Sorten. Er nahm einen vorsichtigen Zug und ließ dabei seinen Blick durch die nur spärlich besuchte, aber äußerst geschmackvoll eingerichtete Hotelbar schweifen.

»Ein schöner Ort. Aber nicht gerade viel los. Öfters hier?«

»Manchmal. Ich wundere mich auch. Ist eher ungewöhnlich für diese Zeit. Aber für den Anlass unseres Treffens vielleicht gar nicht so unpassend, nicht wahr?«

»Sie sagen es, Herr Jaggi.«

»Felix bitte.«

»Wie Sie wünschen, Felix. Von mir aus gerne nur Pablo. Ohne Herr.«

»Sie möchten mir nicht vielleicht Ihren wirklichen Namen verraten?«

»Der tut nichts zur Sache. Meine Informationen sprechen für mich«, entgegnete Lomberg in einem Ton, der keinen Verhandlungsspielraum in dieser Sache ließ.

»In der Tat. Das tun sie. Die Vorschau war vielversprechend. Ich habe meinen Teil beigetragen. Wie sieht es bei Ihnen aus, Pablo? Gilt unsere Verabredung?«

»Natürlich. Sollen wir es hier erledigen?«

Lomberg deutete auf den Aktenkoffer, der vom Barhocker verdeckt an der Wand der Bar angelehnt war, und schob ihn mit seinem rechten Fuß unmerklich ein paar Zentimeter zu Jaggi rüber.

»Besten Dank. Möchten Sie mir vorab schon mal eine kurze Inhaltsangabe geben?«

Lomberg drückte die nur halb gerauchte *Senoussi* aus und machte den Barkeeper wieder auf sich aufmerksam.

»Der Herr?«

»Bitte auch einen Wodka Martini. Mit Eis.«

»Kommt sofort.«

Lomberg wandte sich wieder seinem Gesprächspartner zu und taxierte ihn mit prüfendem Blick. Jaggi war ihm zuvor nur von wenigen Bildern bekannt gewesen. Auch am Telefon hatte er sich den Schweizer Journalisten anders vorgestellt. Älter und weniger sportlich. Der Mann, der ihm jetzt gegenübersaß, wäre problemlos als sein Skilehrer durchgegangen.

»Wo soll ich anfangen?«

»Am besten am Anfang.«

»Ich fürchte, so viel Zeit werden Sie nicht haben.«

»Dann das Wichtigste zuerst.«

»Obenauf finden Sie die Liste mit den enteigneten Kunstwerken jüdischer Sammler, die zwischen März 1942 und Mai 1943 im Jeu de Paume eingelagert waren. Natürlich nicht alle, versteht sich.«

»Sondern?«

»Jene, die nachweislich zwischen 1947 und 1957 vom *Auktionshaus Seemann* in Umlauf gebracht worden sind.«

»Der Zeitraum deckt sich mit meinen damaligen Recherchen. Die Blancks waren schlau genug, ihre heiße Ware erst mal ein paar Jährchen abkühlen zu lassen.«

Jaggis Ruf als Mann vom Fach schien sich zu bestätigen.

Es war eine goldene Dekade für die Brüder Blanck, die das renommierte Luzerner Auktionshaus noch zu Kriegszeiten übernommen hatten, um es später zu einer wichtigen Drehscheibe im Handel mit illegal erworbener NS-Beutekunst zu machen. Der aufstrebende Kulturredakteur Felix Jaggi vom *Luzerner Tagblatt* war ihnen jedoch irgendwann in die Quere gekommen und bereitete mit seinen Enthüllungen nicht nur dem ertragreichsten Geschäftszweig ein Ende, sondern gleich dem ganzen Unternehmen. Obwohl am Ende nur zwei Fälle lückenlos bewiesen werden konnten, sahen sich die Blancks gezwungen, den Geschäftsbetrieb 1957 gänzlich einzustellen, und verabschiedeten sich schließlich mit einer vergleichbar milden Geldstrafe in die Rente.

»Und weiter?«

»Bei den erwähnten Objekten handelt es sich um nicht weniger als zweihundertelf Gemälde und Skulpturen, mit denen das Haus *Seemann* einen Handelsumsatz von 5,3 Millionen Schweizer Franken erzielte.«

»Sagen Sie das noch mal!«

»5,3 Millionen Schweizer Franken. Wollen Sie mehr wissen?«

»Ja, ja, natürlich, reden Sie weiter, Pablo!«

»Die Werke sind mittlerweile auf dem ganzen Planeten verstreut. Manche sind völlig unverblümt ausgestellt, andere werden von ihren neuen Besitzern unter Verschluss gehalten. Heute würde das alles natürlich nicht mehr funktionieren. Aber kurz nach dem Krieg? Wem erzähle ich das? Sie kennen sich ja aus.«

»Ja, ein wenig«, untertrieb Jaggi, »und deshalb wüsste ich jetzt auch gerne, wie Sie zu Ihren erstaunlichen Informationen gelangt sind. Und vor allem, ob Sie sie auch beweisen können.«

»Etwas viel Wodka, finden Sie nicht, Felix?«

Jaggis ausbleibende Reaktion signalisierte die klare Erwartung, dass Lomberg zur Sache kommen möge.

»Ich habe ihm die Beichte abgenommen.«

»Was sagen Sie da? Beichte? Wessen Beichte?«

»Jean-Rémy Blanck«, entgegnete Lomberg mit einem kühlen Lächeln.

»Sie haben mit ihm gesprochen? Und er hat …«

»Sie erinnern sich an das Interview mit Blanck in der *Schweizer Illustrierten* von 1958?«

»Natürlich erinnere ich mich«, antwortete Jaggi und schob gleich hinterher: »Dieser Lügner.«

»*Beichte ohne Reue* lautete die Schlagzeile«, bemerkte Lomberg und ließ Jaggi wieder kommen.

»Ja. Ich erinnere mich genau. Er würde nichts bereuen. Außer dieser Sache mit dem angeblichen Picasso. Der Mann mit der Augenklappe und so weiter. Märchengeschichten. Dieser scheinheilige Dreckskerl! Wenn der Verlag mich gelassen hätte, ich hätte ihn fertiggemacht. Es gab noch so viele weitere Spuren. Zu weit mehr als nur zu diesen zwei lächerlichen Fällen.«

Lomberg nickte und überlegte, wie viel er wohl preisgeben

müsste, um Jaggi die Gewissheit zu vermitteln, die er fraglos brauchte.

»Durch das Interview bin ich auf ihn aufmerksam geworden.«

»In welchem Zusammenhang denn überhaupt?«

»Das tut nichts zur Sache.«

Jaggi beäugte Lomberg kritisch. Offenbar war seine deutsche Quelle nicht bereit, ihm die ganze Wahrheit zu erzählen. »Nun gut, Pablo. Reden Sie weiter.«

»Ich war bei Blanck. Einen Monat vor seinem Tod, im Oktober 1959. Ich wusste, dass er schwer krank war und nicht mehr lange hatte. Leberkrebs.«

»Wie haben Sie das gemacht? Ich meine, warum hat er eingewilligt, mit Ihnen zu reden?«

»Ich nahm Kontakt zu ihm auf und deutete dabei an, etwas über den angeblichen Picasso zu wissen. In der Hoffnung, er würde anbeißen. Die Hoffnung war berechtigt. Ich bin gleich am Tag darauf nach Luzern gefahren.«

»Was hat es mit dem Picasso auf sich?«

»Das ist mein Teil der Geschichte, Felix.«

»Und wie geht es für mich weiter?«

»Die von mir eingangs erwähnte Liste stammt von Blanck und listet nicht nur die besagten Kunstwerke auf, sondern auch die Käufer.«

»Was sagen Sie da?« Jaggi rutschte jetzt nervös auf seinem Barhocker herum.

»Und sie trägt seine Unterschrift. Was praktisch einem Geständnis gleichkommt«, nahm Lomberg den Faden wieder auf. »Wenn Sie so wollen: am Ende gab es also doch noch eine Beichte, die den Namen verdiente. Mit Reue.«

»Und Sie wollen mir sagen, dass Sie bis heute der einzige Mensch sind, der im Besitz dieser Informationen ist. Und dass Sie bisher damit nichts weiter unternommen haben?«

»Richtig, Felix. Bis heute. Sie sind jetzt der Zweite, der Bescheid weiß.« Lomberg deutete mit einem Finger auf den Aktenkoffer. Jaggi blickte Lomberg weiterhin entgeistert an.

»Das ist unglaublich! Wie in Gottes Namen haben Sie ihn dazu gebracht?«

»Ich sagte doch schon, darauf kann ich nicht im Einzelnen eingehen. Nur so viel: Ich habe ihn mit einigen Konsequenzen seines früheren Handelns konfrontiert, die ihm so vorher nicht bewusst waren. Und ich habe für ihn ein Geheimnis gelüftet, an dem er sich jahrzehntelang die Zähne ausgebissen hat. Ich glaube, er hat – seinen baldigen Tod vor Augen – schlagartig noch einmal eine ganz neue Sichtweise gewonnen und sich dann spontan entschlossen, reinen Tisch zu machen. Dabei muss man bedenken: Er war vollkommen allein. Sein Bruder war schon tot und es gab auch ansonsten keine Familie, deren Ruf durch sein Geständnis hätte Schaden nehmen können.«

»Wissen Sie denn, wer sein Vermögen geerbt hat?«

»Nein. Aber Blanck sagte, dass er sein Testament nach dem Gespräch mit mir überdenken müsse. Ich hielt es für unangemessen, darauf weiter einzugehen. Außerdem: Ich hatte, was ich wollte. Und zwar ungleich mehr, als ich mir erhofft hatte.«

»Und, kommen wir jetzt zu Ruetschli?«

»Auf der besagten Liste aus dem Jeu de Paume finden sich zwei blau markierte Objekte. Ein Duchamp und ein Derain. Blanck bestätigte, die beiden Gemälde 1943 von einem SS-Mann angekauft zu haben und dass diese dann über den üblichen Weg von Paris über Vichy nach Luzern gingen. Laut seinen Aufzeichnungen wurden beide Gemälde 1952 von einem Amerikaner gekauft. Für einen vergleichsweise lächerlichen Preis in diesem Fall. Bar bezahlt, keine Namen. 1958 wurde schließlich bekannt, dass die beiden Werke mittlerweile zur Sammlung Ruetschli gehörten. Was natürlich mitnichten belegte, dass diese erst zu diesem Zeitpunkt in seinen Besitz gelangt waren.«

Lomberg sah, wie es in Jaggi arbeitete.

»Vermutlich ein Strohmann, dieser Amerikaner. Vielleicht war es Ruetschli seinerzeit zu heikel, persönlich in Kontakt mit den Blancks zu treten. Ich meine als Kunde. Schon damals galt Ruetschli als der mit Abstand bedeutendste Sammler des Landes. Und vermutlich auch als der bestinformierte. Auch was vermutliche Risiken anging, könnte man annehmen.«

»Das war auch meine These.«

»Trotzdem ungewöhnlich.«

»Was meinen Sie, Felix?«

»Irgendwie doch verwunderlich. Ich meine, dass Ruetschli nur peripher in die monströsen Machenschaften der Blancks verstrickt war. Gut, die zwei Bilder, immerhin. Als Geschäftsmann hat Ruetschli aber bekanntermaßen keine Gefangenen gemacht. Er galt als skrupellos. Das hat ihn reich gemacht. Ich hätte darauf gewettet, dass er auf der Kundenliste der Blancks weit oben zu finden sein würde.«

»Als ich 1958 damit begonnen hatte, die wichtigen Sammler in der Schweiz näher unter die Lupe zu nehmen, war Ruetschli natürlich schnell in meinen Fokus geraten. Ich hielt ihn auch für prädestiniert.«

Lombergs Bedürfnis, Rache für das erlittene Unrecht zu üben, war anfänglich noch überwältigend groß, eine reale Aussicht auf deren Umsetzung jedoch lange nicht vorhanden. Im Laufe der Jahre waren die Erinnerungen an die dramatischen Tage in den Fängen der Gestapo zwar nie vergangen, aber mehr und mehr durch den Antrieb verdrängt worden, die Kriegserlebnisse hinter sich zu lassen. In diesem Punkt unterschied sich Lomberg nur wenig von den meisten Kriegsteilnehmern seiner Generation, wohl aber von seinem damaligen Leidensgenossen Max Ruscher, der später sein Freund geworden war und bis in die Gegenwart unter den ihm zugefügten Schmerzen litt. Es bedurfte dann eines reinen Zufalls, um Lomberg 1958 auf das Treiben der Schweizer Kunsthändler Blanck aufmerksam zu machen, was ihn schließlich doch noch dazu bewog, die Fährte aufzunehmen. Lomberg hatte zunächst eine Liste bedeutender Schweizer Sammler angefertigt und damit begonnen, einen nach dem anderen auf mögliche Verbindungen zu oder gar Verwicklungen in Beutekunstfälle zu durchleuchten. Der Weg zu Beat Ruetschli war damit vorgezeichnet, denn dieser entsprach dem Suchprofil in nahezu allen Belangen. Überraschenderweise jedoch erwies sich die Sammlung Ruetschli zunächst als völlig unverdächtig. Der Eindruck änderte sich allerdings schlagartig, als Lomberg bei nochmaliger Durchsicht des angelegten Dossiers über ein bemerkenswertes Detail in den Familienverhältnissen der Ruetschli-Sippe gestolpert war. Dass der Weg zum Dieb über die Wege des Diebesgutes führen würde, lag von Beginn an auf der Hand. Dass es ein derart kurzer sein würde, hätte er sich jedoch nicht träumen lassen.

»Es liegt nun an Ihnen, Felix. Sie können Ruetschli wegen der beiden Kunstwerke jetzt posthum an die Wand nageln. Oder Sie lassen es bleiben und konzentrieren sich auf die wirklich großen Fälle, die Sie der Liste entnehmen können.« Lomberg leerte sein Glas.

»Was ist mit diesem Bärlach?«

»Was soll schon mit Bärlach sein? Als Mitglied der Familie wird er sein Fett schon auch abkriegen, wenn das *Luzerner Tagblatt* die Nachricht vom Beutekunst-Besitz der Ruetschli-Sippe auf die Titelseite setzt. Wenn.«

»Aber das ist es doch nicht! Bärlach ist doch das eigentliche Ziel, das Sie verfolgen. War er der sogenannte Amerikaner?«

Lomberg machte mit einem Kopfschütteln deutlich, dass Jaggi in dieser Sache nichts zu erwarten hatte. »Konzentrieren Sie sich auf den Kern der Geschichte. Bärlach ist nur ein Nebendarsteller.«

»Glaube ich Ihnen nicht. Was sollte das mit diesem Franz Eylmann, den ich erwähnen sollte? Wer ist das überhaupt?«

Lomberg wich mit einer Gegenfrage aus: »Wie hat er reagiert, als Sie den Namen erwähnten?«

»Bärlach ist ein eiskalter Hund. Trotzdem habe ich ihn wohl etwas aufgescheucht. Schon als ich die Brüder Blanck erwähnte, machte er für einen kurzen Moment den Eindruck, als hätte es bei ihm geklingelt. Aber als ich ihm dann mit Eylmann kam, verschlug es ihm merklich die Sprache. Und danach war er auch eilig bemüht, das Gespräch zu beenden.«

Lomberg zeigte ein zufriedenes Lächeln und schwieg.

»Die Geschichte ist noch ein ganzes Stück größer, nicht wahr?«

»Ihr Teil, Felix Jaggi, ist allemal groß genug für eine ordentliche Titelstory. Weitaus größer als Ihre ersten Enthüllungen, würde ich meinen. Wir hatten eine Abmachung und sind quitt. Sie haben für mich dieses eine Telefonat geführt. Im Gegenzug liefere ich Ihnen den Stoff für Ihre Story. Das war's. Wir kennen uns nicht und haben uns nie gesehen. Und es wird auch nicht zurückzuverfolgen sein, dass ich Ihre Quelle war.«

»Und ich soll jetzt noch eine Woche die Füße stillhalten?«

»Wenn Sie die Ruetschlis an den Pranger stellen wollen, ja. So haben wir es vereinbart. Und deshalb halten Sie sich auch morgen von der Beerdigung fern. Kann ich mich darauf verlassen?«

Jaggi zögerte einen Moment und bot Lomberg dann seine Hand an. »Wie Sie schon sagten, Pablo. Wir haben eine Abmachung.«

Montag, 5. September 1966, 9:30 Uhr, Friedhof Sihlfeld, Zürich, Aemtlerstrasse 151

Der Friedhof Sihlfeld diente bereits als letzte Ruhestätte für Vater und Großvater und auch seine 1941 bei einem Verkehrsunfall tragisch früh verstorbene Frau Julia lag dort schon seit einer gefühlten Ewigkeit begraben. Beat Ruetschli kam deshalb das Privileg zu, im Sektor A bestattet zu werden. Der historische Teil des Züricher Zentralfriedhofs war mittlerweile jenen Verstorbenen vorbehalten, deren sterbliche Überreste in zumeist schon lange existierenden exklusiven Familiengräbern Platz finden durften. Lomberg schätzte die Trauergemeinde, die von der Abdankungshalle kommend durch die Zypressenallee zog, auf circa hundertfünfzig Personen. Vor den Blutbuchen hatte sich die Menschenmenge schon gestaut, da sich die Breite der von dort sternförmig abgehenden Grabwege stark verjüngte. Ein Großteil der Besucher würde die Grabstelle wohl erst deutlich später erreichen und die dort stattfindende Zeremonie sicher verpassen. Lomberg hatte sich unter die am Wegesrand stehenden Zaungäste gemischt. Vornehmlich handelte es sich dabei um die uniformierten Chauffeure der Limousinen-Flotte, die bereits auf dem Parkplatz angezeigt hatte, dass an diesem Morgen ein Großer zu Grabe getragen wurde. Dazu kam ein gutes Dutzend grimmiger

Zeitgenossen in Zivil. Für jedermann erkennbar: das Sicherheitspersonal der anwesenden Mächtigen aus Wirtschaft und Politik. Ein Detail hob Lomberg aus dieser Gruppe für Außenstehende sichtbar hervor und verriet nebenbei, dass er als Leidtragender einer Sehbehinderung wohl weder der einen noch der anderen Berufsgruppe zugerechnet werden konnte. Die Spitze des Trauerzuges in Gestalt der blickdicht verschleierten Tochter Ruetschlis und ihres Mannes war bereits an ihnen vorbeigezogen und der Geistliche musste mit der Grabrede längst begonnen haben. Der vierzehnjährige Enkel Marcus Aurelius, der mit dem verstorbenen Ruetschli zeitlebens eng verbunden gewesen war, deutlich enger auch als mit seinem eigenen Vater, musste der Beerdigung aufgrund seiner schweren Verletzungen offenbar fernbleiben. Paul Bärlach stützte seine augenfällig tief erschütterte Frau Marie-Louise auf dem Weg zum Grab. Mehrfach war er gezwungen, dafür haltzumachen, und es schien, als sei sie vom endgültigen Zusammenbruch stets nur einen Schritt weit entfernt. In all den Jahren hatte sich Lomberg immer wieder gefragt, welche Gefühle wohl in ihm aufkommen würden, wenn er *ihm* je wieder in die Augen blicken würde, aber Bärlach war mit einer dickrandigen Hornsonnenbrille genauso vor ungebetenen Blicken geschützt wie seine verschleierte Frau. Der Trauerzug kam wiederum ins Stocken. Bärlach war noch nicht ganz auf der Höhe Lombergs, zwischen ihnen lagen vielleicht noch fünf oder sechs Meter. Bärlach blickte kurz auf und obwohl die tiefschwarzen Brillengläser keinerlei Wahrnehmung einer Regung zuließen, war sich der Mann mit der Augenklappe sicher. Franz Eylmann hatte ihn erkannt.

Lomberg hatte sich entfernt und war schließlich die rund hundert Meter zu der großen Freifläche gegangen. Für gewöhnlich lösten sich vom Grab kommende Trauergemeinden genau dort auf, um schließlich einzeln oder in kleineren Gruppen den Friedhof durch das Hauptportal wieder zu verlassen. Und so war es auch an diesem Morgen. Eine frei stehende Sitzbank ermöglichte Lomberg, wiederum die Rolle des auffällig teilnahmslosen Zaungasts einzunehmen, der mit seiner Anwesenheit gleichwohl um Aufmerksamkeit buhlte. Er hätte das Warten gerne mit einer Zigarette überbrückt, verkniff sich dies aber mit Rücksicht auf die Hausordnung der Friedhofsverwaltung, auf die zahlreiche Hinweisschilder verwiesen. Unter der seit Jahren nicht mehr getragenen Augenklappe juckte es unangenehm. Er war versucht, sie kurz abzunehmen, verbot sich dann aber auch das, um die bewusst gewählte Erscheinung zu bewahren. Eine halbe Stunde war ereignislos verstrichen und bis auf einige Versprengte hatten Ruetschlis letzte Wegbegleiter den Friedhof mittlerweile verlassen. Lomberg waren schon erste Zweifel gekommen, ob die gewählte Art der Kontaktaufnahme womöglich doch nicht die richtige war, als er plötzlich hinter sich ein Geräusch vernahm. Unmerklich hatte sich ihm jemand in seinem Rücken genähert. Doch sich umzudrehen kam nicht infrage.

»Leutnant Lomberg.«

Die Stimme verriet, dass der Mann einige Meter Abstand hielt.

»Oberleutnant, darf ich bitten. In der Wirtschaftsabteilung war ein Posten frei geworden. Die Beförderung ließ nicht lange auf sich warten.« Lomberg machte weiterhin keine Anstalten, sich dem hinter ihm stehenden Mann zuzuwenden.

»Was wollen Sie von mir, Lomberg?«

»Falsche Frage.«

»Was soll das heißen?«

»Sie schätzen Ihre Situation falsch ein, Präsident Bärlach! Nicht ich will etwas von Ihnen. Sie werden etwas von mir wollen.«

»Machen Sie sich nicht lächerlich! Was soll ich von Ihnen wollen?«

»Sie wollen halbwegs unbeschadet aus dem Beutekunst-Skandal rauskommen, der den Ruf der Ruetschlis bald ziemlich diskreditieren wird. Obwohl, ein paar Federn werden Sie wohl oder übel auch lassen. Das liegt nicht mehr in meinen Händen.«

»Sie wollen in Ihren *Scheißkrieg* zurück, Herr Oberleutnant? Wissen Sie überhaupt, mit wem Sie sich einlassen?«

»Und ob ich das weiß, Herr Präsident. Besser als jeder andere, den Sie in den letzten Jahrzehnten getäuscht haben. Ich kenne Sie vermutlich besser, als Ihre eigene Familie Sie kennt. Vom Innenminister ganz zu schweigen.«

»Sie können mir gar nichts! Sie und dieser Schmierfink von Jaggi. Für wen halten Sie mich, Lomberg? Haben Sie geglaubt, ich würde auf diesen Bluff reinfallen?«

Lomberg schwieg.

»Der Mann, den Sie suchen, ist tot, Lomberg. Aussichtslos.«

»Alte Geschichten, Bärlach. Von suchen kann nicht mehr die Rede sein. Ich habe den Mann schon vor langer Zeit gefunden.«

Lomberg griff in seinen Sommermantel, zog den ausgerissenen Zeitungsartikel hervor und hielt ihn Bärlach hin, weiterhin, ohne sich ihm zuzuwenden. Bärlach war näher an ihn herangetreten und riss ihm das Blatt Papier unwirsch aus der Hand. Lomberg vernahm ein schweres, nahezu krankhaftes Atmen, gefolgt von nur einem Wort: »Blanck.«

Der Druck des in nur zwei Meter Entfernung explodierten englischen Schrapnells hatte den sträflich unsachgemäß befestigten Infanteriehelm sofort vom Kopf geschleudert. Die umherfliegenden Splitter konnten sich darum ungehindert in seinen Schädel bohren und durchtrennten dabei den Sehnerv irreparabel. Das rechte Auge blieb von einer direkten Einwirkung zunächst verschont. Aber nur äußerlich. Kleine Splitter, die neben dem scheinbar unversehrten Auge in Schläfe und Jochbein eingedrungen waren, brachten auch dort den Sehnerv derart in Bedrängnis, dass dem deutschen Soldaten schließlich doch die vollständige Erblindung drohte. Über den Umweg eines mit ungezählten Verwundeten überlasteten Krankenhauses im besetzten Lille gelangte Lomberg fünf Tage später nach Aachen. Die Operationskunst der dortigen Ärzte konnte das rechte Augenlicht schließlich retten. Jedoch nur vorerst. Es war nämlich nicht gelungen, sämtliche Fremdkörper im Kopf von Ernst Lomberg zu entfernen. Ein Damoklesschwert, denn diese sollten fortan die schlechte Gewohnheit annehmen, von Zeit zu Zeit um einige Nanometer zu wandern. Siebzehn Jahre nach der Schlacht um Abbeville, am Abend des 24. Juni 1958 um kurz vor acht, ging von einer Sekunde auf die andere das Licht aus. Lomberg lebte zu dieser Zeit, einige Monate nach dem Tod seiner ersten Verlobten, alleine, und

nur äußerst glückliche Umstände sollten das Allerschlimmste verhindern. Die schlagartige Dunkelheit überkam ihn in Gegenwart
zahlreicher Hotelgäste, die ebenso wie der urlaubende Lomberg das
Halbfinale der Fußballweltmeisterschaft zwischen Deutschland
und Gastgeber Schweden in der Lobby des *Titisee Kurhotels* verfolgten. Das mithin äußerst unglücklich verlaufende Match war noch
nicht beendet, als sich Lomberg bereits im nahen Universitäts-
Krankenhaus von Freiburg wiederfand. Vierunddreißig Stunden
später sagte Ernst Lomberg schließlich den Satz: »Ich glaube, ich
kann noch sehen.« Und Oberschwester Elisabeth strich ihm sanft
über die Stirn.

»Das sind wunderbare Nachrichten, mein lieber Herr Lomberg.
Ich rufe sofort nach Professor Metternich.«

Aus diffusen Umrissen waren Tag für Tag immer schärfer kontu-
rierte Bilder geworden. Lomberg empfand tiefste Dankbarkeit. Das
Schicksal hatte es so eingerichtet, dass er einem der besten neurolo-
gischen Chirurgen des Landes in die Finger geraten war. Diesem war
es in einer vielstündigen Operation tatsächlich gelungen, die letzten
Überbleibsel des Zweiten Weltkriegs aus seinem Kopf zu entfernen.
Die verordnete Schonung des Auges wurde schließlich nach fünf
Tagen aufgehoben und Professor Metternich befand bei der Visite,
dass es nunmehr an der Zeit wäre, eine Art Sehtest durchzuführen.

»Einen richtigen Augenarzt haben wir gerade nicht in petto, Herr
Lomberg. Wir gehen das deshalb mal ganz pragmatisch an. Sie
können später ja immer noch zu Ihrem Optiker gehen.«

»Wie Sie meinen, Herr Professor.«

»Schwester Elisabeth, geben Sie mir doch bitte mal eine dieser
Zeitschriften da.« Schwester Elisabeth tat wie ihr geboten und nahm
die oberste vom Stapel.

»Was sagten Sie, Herr Lomberg? In welchem Abstand zu Ihnen ist
seinerzeit das Geschoss explodiert?«

»Circa zwei Meter.«

Neurochirurg Metternich war offensichtlich zum Scherzen aufgelegt, machte zwei große Schritte nach hinten und nahm Position ein.

»Können Sie den Titel der Zeitschrift erkennen?«

»Es ist eine Ausgabe der *Schweizer Illustrierten Zeitung*.«

»Sehr gut. Wie lautet die Schlagzeile?«

»Beichte ohne Reue.«

»Sehr gut. Und darunter?«

»Beutekunst-Händler Jean-Rémy Blanck über Nazis, Picassos und den Mann mit der Augenklappe.«

»Sehr gut, Herr Lomberg. Sie sind entlassen.«

»Herr Professor?«

»Ja, bitte?

»Wären Sie so freundlich, mir diese Zeitschrift zu überlassen?«

»Allzu viele Fehler haben Sie tatsächlich nicht gemacht, Bärlach. Aber am Ende doch zu viele. Vor allem das neunte Bild hätten Sie mal lieber in Paris gelassen. Noch mal bei Blanck in Luzern aufzutauchen, war umso dümmer. Sentimentalität passt auch gar nicht zu Ihnen.« Wieder vernahm Lomberg das Pfeifen offenkundig erkrankter Atemwege. Kurz verlor er sich in der Vorstellung, dass seinem Kontrahenten womöglich ohnehin ein baldiger Erstickungstod drohte.

»Ich weiß nicht, wovon Sie reden«, entfuhr es Bärlach mit dürrer Stimme.

Lomberg legte ein DIN-A4-großes, unverschlossenes Briefkuvert auf die Friedhofsbank, erhob sich und entfernte sich einige Schritte, noch immer, ohne sich umzudrehen.

»Ich helfe Ihnen auf die Sprünge, Bärlach. Sie finden in diesem Kuvert unter anderem zwei Fotografien. Die eine datiert aus dem Januar 1960 und zeigt das besagte Bild Nr. 9 aufgehängt in Ruetschlis Büro. Direkt vis-à-vis vor seinem Schreibtisch. Das Foto wurde von einer Putzfrau gemacht, die seinerzeit von den Ruetschli-Werken äußerst miserabel bezahlt wurde. *If you pay peanuts, you get monkeys*, würden Ihre amerikanischen Freunde sagen. Der zweite Abzug zeigt das gleiche Motiv plus Ruetschli selbst und ist ein Bild-vom-Bild aus Ihrem Büro in der Villa Florence. Aufgenommen vor knapp zwei Wochen.«

Bärlach brauchte einen Moment.

»Wasserberg. Ich wusste es doch gleich, dass ich den Kerl ...« Seine Stimme verriet Zorn, aber auch untrügliche Zeichen von wachsender Verunsicherung.

»Ruscher-Wasserberg«, präzisierte Lomberg. »Ihnen zuvor bekannt als Feldwebel Ruscher. Ihre Kollegen von der Gestapo haben ihn drei Tage lang gefoltert. Ein kranker Mann, bis heute. Ich konnte ihn bislang davon abhalten, Sie auf offener Straße zu erschießen.«

»Das wollen Sie viel lieber selbst erledigen, nicht wahr, Lomberg? Schade nur, dass Sie so ein Feigling sind. Und ein Taugenichts obendrein.« Bärlach suchte jetzt die Flucht nach vorn. »Ich habe mich kaputtgelacht, als ich Ihren Namen zum ersten Mal auf der Mitarbeiterliste des Ministeriums entdeckte.«

»Ihnen wird das Lachen schon noch vergehen, Herr Präsident.«

»Wegen einem Picasso, der gar keiner ist? Und der mir auch gar nicht gehört? Damit wollen Sie mir ans Leder? Sie sind ein Traumtänzer!«

»Ich sagte: unter anderem. In dem Kuvert finden Sie noch ein paar weitere Unterlagen, die Ihr Interesse verdienen. Zum Beispiel eine notariell beglaubigte Erklärung von Jean-Rémy Blanck aus dem Jahr 1959. Auf einer Fotomontage, die Sie mit Augenklappe zeigt, identifiziert er Sie mit neunzigprozentiger Sicherheit als den Mann, dem er im Mai 1943 die acht Bilder aus dem Jeu de Paume in Paris abgekauft hat. Und auch als den Mann, der das für ihn verwahrte neunte Bild kurz nach Kriegsende wieder bei ihm in Luzern abholte. Im Tausch gegen ein Pfandstück. Eine Uhr. Eine *Jaeger-LeCoultre*. Wieder so eine Dummheit, Bärlach. Ihr Uhrenfimmel ist wirklich zu albern. Des Weiteren bestätigte Blanck, dass Sie 1952 wieder bei ihm aufgetaucht sind, um ihm einen Duchamp und einen Derain für einen lächerlichen Preis abzupressen. Ich meine jenen Duchamp und jenen Derain, die von Ihrem verehrten Herrn Schwiegervater später mit unverblümtem Sammlerstolz in der Villa Herrliberg ausgestellt wurden.«

»Ich bin der Präsident des Bundeskriminalamtes. Das ist nicht nur *eine* Nummer zu groß für Sie. Ich mache Sie fertig, Lomberg!«

»Ich bin noch lange nicht fertig, Bärlach«, fiel Lomberg ihm drohend ins Wort. »Sie finden in den Unterlagen auch einen schönen Gruß des Kollegen Jost von Ostrow. Sie erinnern sich. Sein Rausschmiss war Ihre erste Amtshandlung als Präsident.«

»Ein Sicherheitsrisiko, dieser von Ostrow. Eine miese Bolschewisten-Schwuchtel.«

»Für eine Bolschewisten-Schwuchtel hatte von Ostrow aber einen ungewöhnlich guten Draht zu den Amerikanern.« Lomberg ließ seine Worte einen Moment wirken. »Von Ostrow hat Ihnen gleich misstraut, Bärlach. Dummer Zufall. Sommer 1953. Das große Schwimmsportfest des BKA im Wiesbadener Waldbad. Sie waren noch ziemlich frisch dabei. Sie erinnern sich bestimmt? Ordentlich blamiert haben Sie sich da. 1943 sind Sie angeblich die zehn Kilometer von der *Richmond* bis Licata geschwommen und das sogar unter Beschuss einer Stuka-Schwadron. Und zehn Jahre später waren Sie dann ein Fall fürs Nichtschwimmerbecken.«

Wieder ließ Lomberg einen Moment verstreichen und drehte sich dann unvermittelt um. Bärlach stand nun unmittelbar hinter der Friedhofsbank, circa drei Meter von Lomberg entfernt. In der einen Hand hielt er die nicht mehr als zwei Seiten umfassende Personalakte von Petty Officer Second Class Paul Barlach aus dem Archiv des Office for Naval Intelligence, auf deren Titelseite sich ein Fingerabdruck befand. Mit der anderen stützte Bärlach seinen vor Erschütterung ermatteten Körper auf der Lehne ab. Lomberg beobachtete ihn still. Acht Jahre waren seit der Visite von Professor Metternich vergangen. Und seitdem kein Tag, an dem er nicht mindestens einmal darüber hatte nachdenken müssen, wie es sein würde. Ein Gefühl des Triumphs wollte sich nicht einstellen, noch nicht einmal Genugtuung.

»Genug der Vergangenheitsbewältigung, Herr Präsident.«

Bärlach starrte weiterhin auf das Dokument, das das ganze Lügengebäude seiner Existenz gerade zum Einsturz gebracht hatte.

»Minister Lücke wird Ihnen in einigen Tagen mitteilen, welchen Kandidaten er und der Kanzler für die Leitung der neuen SG favorisieren. Sie werden dieser Empfehlung widerspruchslos folgen und sie umgehend der Presse und im Amt als Ihre Wunschlösung präsentieren. Nach der Interpol-Konferenz in Paris in drei Wochen erklären Sie Ihren Rücktritt und ziehen sich ins Privatleben zurück. Das heißt in die Schweiz. Deutschen Boden werden Sie danach nicht mehr betreten. Ich glaube, wir haben uns verstanden.«

Bärlach war verstummt und wich dem Blick Lombergs aus. »Verstanden«, stammelte er schließlich mit gebrochener Stimme.

Lomberg drehte sich um, entfernte sich und ließ Bärlach mit seinem Elend allein. Schon nach wenigen Schritten passierte er ein am Wegesrand platziertes Steingefäß für Friedhofsabfälle. Er blieb stehen, zog seine Augenklappe ab und warf sie hinein.

Montag, 5. September 1966, 17:15 Uhr, Haus Ruscher-Wasserberg, Nieder-Olm, Anne-Frank-Straße 7

Lombergs Tourenplan für den Weg zurück von Zürich nach Sankt Augustin sah einen Zwischenhalt in Nieder-Olm vor. Die knapp vierhundert Kilometer ließen sich aufgrund des moderaten Verkehrs auf der A5 in weniger als sechs Stunden bewältigen, ein Tankstopp mit Kaffeepause bei Karlsruhe eingerechnet. Um kurz vor siebzehn Uhr war Lomberg mit seinem Taunus P5 vor dem Haus seines Freundes Max Ruscher vorgefahren. Für seinen Überraschungsbesuch hatte er höchstens eine Stunde eingeplant. Mit Blick auf den langen Heimweg war ein längerer Aufenthalt ohnehin ausgeschlossen. Und auch die Alltagsroutinen der Ruscher-Wasserbergs sollten nicht zu sehr durcheinandergebracht werden. Die auf strikte Verbindlichkeiten gestützte Hausregentschaft von Helene Ruscher-Wasserberg ließ in der Regel wenig Platz für Spontaneität. Nicht angemeldeter Besuch konnte deshalb nur auf begrenzte Gastfreundschaft hoffen. Ein kühles Bier jedoch schien im Bereich des Möglichen. Außerdem gab es auch tatsächlich etwas zu besprechen. Sein Freund Max hatte beim letzten Zusammentreffen mit großer Freude eingewilligt, bei der Taufe von Lennard Lomberg eine tragende Rolle zu übernehmen. Und der große Tag war für den 9. Oktober nicht nur schon fest terminiert, sondern von Elisabeth Lomberg bereits durchorganisiert worden. Die Abstimmung mit dem Taufpaten war allerdings noch nicht erfolgt.

Lomberg und Ruscher waren an jenem Montagmorgen zwei Wochen zuvor, beide noch übel verkatert, in bedrückter Stimmung auseinandergegangen und hatten seitdem nicht mehr miteinander gesprochen. Der Versuch, die Auseinandersetzung vom Vortag im Alkohol zu ersaufen, war kläglich gescheitert. Ruscher war mit dem Verdacht aufgebrochen, dass sein Freund Ernst unaufrichtig zu ihm gewesen war, und Lomberg blieb mit dem beschämten Gefühl zurück, dass dies den Tatsachen auch ganz und gar entsprach. Ein nachträgliches Geständnis war früher oder später sowieso unumgänglich. Während der Fahrt von Zürich nach Nieder-Olm erwog Lomberg deshalb, direkt reinen Tisch zu machen, verwarf den Gedanken jedoch wieder. Seine Freundschaft mit Ruscher war ihm lieb und teuer, die Prioritäten mussten im Moment jedoch anders gesetzt werden. Zumal Ruschers seelische Erkrankung ihn mehr und mehr unberechenbar und damit zu einem Risiko machte. Hauptsächlich für Ruscher selbst, aber auch für ihn.

Lomberg hatte in den letzten Tagen versucht, Ruscher telefonisch zu erreichen. Im Betrieb hieß es jedoch wiederholt, der Juniorchef sei außer Haus, und auch Anrufe auf dem privaten Anschluss wurden nicht entgegengenommen. Ähnlich verhielt es sich nun vor Ort. Auch nach dem dritten Klingeln öffnete niemand die Tür. Schließlich fiel Lomberg auf, dass die Fensterrollladen zur Straßenseite fast ganz heruntergelassen waren. Dabei schien im Haus zumindest gedämpftes Licht zu brennen und auch die *Mercedes*-Heckflosse parkte wie gewöhnlich in der Garageneinfahrt. Nach dem vierten Klingeln war Lomberg ratlos zurück zu seinem Wagen gegangen, den er auf der gegenüberliegenden Straßenseite in einer Parkbucht abgestellt hatte.

Ein Junge auf einem Fahrrad war plötzlich auf dem Bürgersteig der anderen Straßenseite vorbeigehuscht und hatte Lomberg einen kurzen verstohlenen Blick zugeworfen, suchte dann aber schnell das Weite. Für einen Moment meinte Lomberg, Christian erkannt zu haben. Er hatte den Sohn der Ruscher-Wasserbergs schon länger nicht gesehen und war sich deshalb zunächst unsicher gewesen. Lomberg steuerte seinen Wagen mit mäßiger Geschwindigkeit durch die umliegende Wohngegend. Schließlich fuhr er auf eine kleine Kreuzung zu, an der Rechtsabbieger vorsorglich aufgeklärt wurden, in eine Sackgasse einzufahren. Auf dem Scheitelpunkt der Kreuzung warf er einen Blick nach rechts und konnte am Ende der Straße einen Kinderspielplatz erkennen.

»Du bist doch der Christian, nicht wahr?«

Der Junge machte einen ängstlichen Eindruck und schien keine Antwort geben zu wollen.

»Du kennst mich doch, oder? Ich bin ein Freund von deinem Vater. Ihr wart mal bei uns zu Hause. Ist schon etwas her. Erinnerst du dich?«

Ein stummes Nicken.

»Ich habe dir damals gesagt, dass du mich Onkel Ernst nennen darfst. Obwohl ich nicht wirklich dein Onkel bin.«

»Ich weiß. Mutter hat mir aber verboten, das zu tun. Weil Sie ja kein Verwandter von uns sind.«

»Gut, mein Junge. Dann sag doch einfach Herr Lomberg zu mir. Ist dir das lieber?«

Ein unsicheres, von Schulterzucken begleitetes »Weiß nicht« untermauerte den Eindruck, das Christian Ruscher-Wasserberg zurzeit kein fröhliches Kind war.

»Das ist ein sehr schönes Fahrrad, Christian. Noch ziemlich neu, oder?«

»Zum Zehnten von Vati bekommen.«

»Toll! Sag mal, ich wollte deinen Vater eben besuchen. Aber es scheint niemand da zu sein?« Lomberg spürte sofort, den Jungen noch mehr in Bedrängnis gebracht zu haben. »Mein Junge, du kannst mir vertrauen: Ich bin der beste Freund von deinem Vater. Wenn etwas nicht in Ordnung ist, bin ich der Erste, der da ist, um zu helfen.«

Christian spielte verlegen an der Gangschaltung seines Fahrrads herum und versuchte, Lombergs Blick auszuweichen.

»Nun sag schon, Christian. Oder soll ich Chris sagen, so wie dein Vati?« Chris nickte und zeigte zum ersten Mal so etwas wie ein Lächeln.

»Was ist los?«

»Ich darf nichts sagen.«

»Hat deine Mutter dir verboten, oder?«

Ein verstohlenes Nicken bestätigte die Vermutung und dann bahnte sich schon die erste Träne ihren Weg. Lomberg hätte ihn am liebsten in den Arm genommen, war sich jedoch unsicher, ob der verstörte Junge für eine solche Geste überhaupt zugänglich war. Ein Blick auf die umliegenden Häuser ließ ihn zudem vermuten, längst unter Beobachtung zu stehen. Womöglich hielt der eine oder andere Bewohner der Siedlung schon den Hörer in der Hand, um nach der Sitte zu rufen. Der Junge weinte jetzt bitterlich. Lomberg reichte ihm sein Taschentuch und griff dann doch vorsichtig nach seinem Arm und umschloss ihn sanft.

»Vati ist krank. Ich meine, nicht krank, so, wie wenn man erkältet ist. Oder wenn man Fieber hat. Oder Bauchschmerzen, oder so. Mutter sagt, dass sein Kopf krank ist. Weil er immer so schlimme Gedanken hat.«

»Chris, sollen wir vielleicht zusammen nach Hause gehen und nach deinem Vati schauen.«

»Das geht nicht. Mutter lässt niemanden rein.«

»Ist dein Vater denn überhaupt da?«

»Ja, aber er ist immer im Keller.«

Lomberg hatte seine düsteren Befürchtungen in den zurückliegenden zwei Wochen immer wieder verdrängt, nicht zuletzt, um damit auch gegen seine eigenen Schuldgefühle anzukämpfen. Feldwebel Ruscher war endgültig zu seinem privaten *Scheißkrieg* in die Rue des Saussaies zurückgekehrt.

Kapitel 7

LIEBE IN ZEITEN DES AUFRUHRS

»Kriminaltechnischer Dienst, Bertram Selch. Spreche ich mit Frau Kriminalrätin Röhm?«

»Am Apparat. Worum geht es?«

»Ich rufe wegen dem Schlüssel an.«

»Was für ein Schlüssel?«

»Viktor Baumann von der PMK hat bei meinem Kollegen Liebert einen Schlüssel zur Überprüfung hinterlassen. Ende April.« Selch legte eine Pause ein und schien auf eine Reaktion zu warten.

»Nur zu, Kollege!«

»Ich weiß ehrlich gesagt auch nicht, worum es genau geht. Das Beweisstück, falls es eines ist, wurde hier keinem Fall zugeordnet. Etwas peinlich, die Sache.«

»Kommt vor.«

»Allerdings ist Herr Liebert momentan in Fortbildung. Und vom Kollegen Baumann heißt es, er sei krank.«

»Das kann ich bestätigen.«

»Man sagte mir, ich könne Sie kontaktieren.«

»Kein Problem. Ich weiß jetzt auch, worum es geht. Was gibt es zu dem Schlüssel zu sagen?«

»Ein Doppelbartschlüssel. Unmarkiert, keine Gravuren. Es lag die Vermutung vor, dass es sich um einen Schließfachschlüssel handeln könnte.«

»Hat sich das bestätigt?«

»Wir konnten herausfinden, dass es ein Schlüssel des Herstellers

Krowitt ist und nicht zu einem Schließfach gehört, sondern zu einem professionellen Lagerraum. *Krowitt* beliefert mehrere dieser neuen Self-Storage-Ketten mit kompletten Schließanlagen.«

»Hilft uns diese Information? Ich meine, wie man den zum Schlüssel passenden Lagerraum finden kann?«

»Wir haben mit den *Krowitt*-Leuten gesprochen. Der Schlüsseltyp ist ganz neu und noch nicht so sehr verbreitet.«

»Aber das ist nicht alles?«

»Man hat uns eine Liste mit infrage kommenden Anlagen übermittelt. Ich kann die Liste scannen und Ihnen per Mail senden.«

»Das heißt, die Liste ist per Post gekommen?«

»Ja, richtig. So lang ist sie auch nicht. Nur zwölf Positionen. Alle im Großraum Köln/Bonn. Ich kann sie Ihnen sofort ...«

»Nein, nicht nötig. Ich bin morgen sowieso in Wiesbaden und komme kurz bei Ihnen vorbei, wenn es recht ist. Dritter Stock, nicht wahr?«

»Korrekt. Ich werde aber nicht da sein. Wenden Sie sich dann bitte an meine Kollegin. Zimmer 3012. Durchwahl 263.«

Donnerstag, 9. Juni 2016, 21:00 Uhr, Restaurant 7 Portes, Barcelona, 14 Passeig d'Isabel II

Esther hatte sich mit unterdrückter Rufnummer und falschem Namen in der Redaktion von *Artforum* gemeldet und mit gespielt schlechtem Spanisch die beabsichtigte Verwirrung gestiftet. Nach einigem Hin und Her wurde bestätigt, dass der Herausgeber und Chefredakteur in Personalunion die ganze Woche im Büro anwesend sei. Nur darum ging es, und ein angeblicher Geschäftstermin diente schließlich als Alibi für Lennard Lombergs Kurzaufenthalt in Barcelona, der in Wahrheit dem alleinigen Zweck dienen sollte, Raoul Castigno vor Ort auf den Zahn zu fühlen.

Die Begrüßung war wie immer herzlich, fiel aber nicht ganz so überschwänglich aus wie gewohnt. Der französisch-katalanische Kunstdoyen hatte sich für einen weit geschnittenen Leinenanzug in

Taupe entschieden. Für seine Verhältnisse ein fast biederer Aufzug. Das graubraun melierte Stehkragenhemd gab den Blick auf eine schwere Holzkette mit einer Triskele als Anhänger frei, das vollergraute schulterlange Haar hatte er wie gewohnt zum Pferdeschwanz zusammengebunden.

Castigno winkte den Kellner herbei. »*Tapas variadas* und dann zweimal *Calamares en su tinta*. Dazu einen *Priorat*. Den 2008er *Poboleda*, bitte.«

Lomberg sah sich um. »Eine gute Wahl, meu amic. Wobei ich gestehen muss, dass das 7 *Portes* das einzige Lokal in der Stadt ist, das ich kenne.«

»Es ist auch immer noch eins der besten. Wenn wir Gäste aus dem Ausland bei uns haben, reservieren wir hier bevorzugt.«

Castignos Bemerkung hätte ein Pass in die Tiefe des Raumes sein können, aber Lomberg war noch keineswegs entschlossen, sein Wissen über dessen Treffen mit Deveraux überhaupt preiszugeben. Darüber würde erst der Verlauf des Abends entscheiden, an dessen Ende zudem Klarheit herrschen sollte, ob Raoul Castigno weiter in der Rubrik *Freunde* zu führen war. Castigno gab dem Kellner mit knapper Geste zu verstehen, dass der Wein in Ordnung war.

»Salut.«

»Salut.«

Auge, Nase, Gaumen. Im Laufe der Zeit hatte sich dieser Automatismus bei Lomberg als festes Ritual eingebrannt.

»Deine Meinung?«

»Vorzüglich. Aber eher unspanisch.«

»Du sagst es. Grenache und Syrah. Ganz und gar französisch.«

»Schön, dass es so kurzfristig geklappt hat«, eröffnete Lomberg und schob nach: »Peter Barrington bat mich darum, einen Kunden in der Stadt aufzusuchen. Von jetzt auf gleich. Wie immer. Du kennst ihn ja. Da dachte ich mir ...«

»Wie geht es der grauen Eminenz? Was macht sein Weingut?«

»Er hat es im Griff. 2015 wird sich als großer Jahrgang an der Rhône beweisen. Ich war vor Kurzem für ein paar Tage dort. Bei der Gelegenheit hatte ich auch das Vergnügen, Carl Deveraux von *Art-*

claim kennenzulernen. Die beiden waren wegen eines Immobilien-projekts verabredet. Seid ihr nicht auch miteinander bekannt?«

»Nur flüchtig«, erwiderte Castigno knapp. Der Return kam post-wendend: »War etwas schwierig, dich zu erreichen!«

»Sorry, Raoul, ich wollte mich melden, aber immer kam irgend-was dazwischen.«

»Du wolltest mir etwas erklären, nicht wahr?«

Lomberg legte eine schuldbewusste Miene auf. »Es tut mir leid. War nicht meine Absicht, dich bei den Trierweilers so stehen zu las-sen. Es war die Situation mit Carine ...«

»Sorgues 1914 war das Stichwort.«

»Die Kurzfassung zuerst?«

»Die Vorspeise kommt meist recht flott.«

»Also gut ...«, eröffnete Lomberg, legte sogleich wieder eine Pause ein und rang um die passenden Worte. »Es heißt, eine na-mentlich nicht näher genannte Stiftung sei im Besitz eines Ge-mäldes mit einer komplizierten Vergangenheit. Fakt ist, dass ein mir zuvor unbekannter Mann mich förmlich dazu gedrängt hat, mich der Angelegenheit anzunehmen. Ich habe das jedoch abge-lehnt. Etwas in mir sagt mittlerweile, dass es sich bei dieser An-gelegenheit um jenes Gemälde handeln könnte, von dem du mir in Luxemburg berichtet hast. Eine vage Vermutung wohlgemerkt. Eine Tatsache hingegen ist, dass der erwähnte Mann zwischen-zeitlich ums Leben gekommen ist. Und zwar auf unnatürlichem Wege. Die deutsche Polizei kann sich noch nicht entscheiden. Wahrscheinlich Totschlag.«

Castigno war Lombergs Worten äußerlich ungerührt gefolgt und hatte dabei seinen Blick mehrfach durch den gut besuchten Speise-saal des *7 Portes* schweifen lassen. »Das ist ein ganz schöner Brocken auf leeren Magen, *meu amic*. Gut, dass wir jetzt erst mal was zu es-sen bekommen.«

Nach kaum mehr als einer halben Stunde wurden bereits *dos Cortados* geordert. Chronologisch und dem Eindruck nach lücken-los hatte Lomberg sodann über die Ereignisse der letzten Wochen berichtet, wobei er einige wichtige Einzelheiten unterschlug. Der

Name Dupret fiel logischerweise früh. Dabei war in Castignos Miene deutlich ablesbar, dass er mit dem Namen etwas anfangen konnte. Lomberg hatte kurz innegehalten, Castigno ihm aber bedeutet, weiterzureden. Danach herrschte erst mal Schweigen.

»Ich weiß deine Offenheit zu schätzen, Lenn. A la nostra amistat!«

»Auf unsere Freundschaft, Raoul!«

»Und du meinst, jetzt wäre ich wieder an der Reihe?«

»Darum bin ich hier.«

»Ich dachte, du hättest einen Kundentermin?«, erwiderte Castigno mit einem milden Lächeln.

»Was weißt du, Raoul?«

»Wie du sicher schon vermutest, war mir der bedauernswerte Gilles Dupret bekannt. Als Mitarbeiter der von dir erwähnten Stiftung ohne Namen.«

Lomberg nickte schweigend.

»Es handelt sich um die *Foundation Ruetschli*. Sicher schon mal gehört?«

»Gehört schon. Hilf mir auf die Sprünge.«

»Sie geht auf einen gewissen Beat Ruetschli zurück. Ein ehemaliger Rüstungsfabrikant und Kunstsammler aus der Schweiz. Nach seinem Tod hat die Familie das Unternehmen verkauft. Das Vermögen wurde in die besagte Stiftung eingebracht, die Ruetschlis sind dann nach Frankreich übergesiedelt.«

»Ungewöhnlich. Andersherum würde es mehr Sinn ergeben. Steuerlich, meine ich.«

»Wie wahr. Ungewöhnlich war auch das Ziel der Reise. Was glaubst du?«

»Keine Ahnung. Wenn das Ziel ungewöhnlich war, dann wohl nicht an die Côte. Vielleicht ein Schloss an der Loire?«

»Nach Céret. Mein schönes Céret. Oder *unser* schönes Céret, sollte ich lieber sagen.«

»Das ist in der Tat ungewöhnlich. Auf der anderen Seite: für einen Kunstfreund auch wieder nicht.«

»Der alte Ruetschli hatte sich dort nach dem Krieg ein hübsches Château zugelegt.«

»Château Aubiry«, warf Lomberg ein und ließ dabei offen, ob es als Frage oder Feststellung gemeint war.

Castigno blickte überrascht auf. »Woher weißt du das?«

»Die Beamtin vom BKA erwähnte, dass der Leichnam von Dupret dorthin überführt werden soll.«

»Sein Leichnam? Zurück nach Céret? Bist du dir sicher?«

»Ja. Sie erwähnte auch einen Geistlichen, der zuständig sei.«

Castigno starrte seinen deutschen Freund entgeistert an: »Père Lavail heißt der Mann. Auf ihn und seinen Orden komme ich noch zurück.«

»Bin gespannt.«

»Der alte Ruetschli ist in den Sechzigerjahren bei einem Flugzeugabsturz ums Leben gekommen. Er war der Pilot. In der Maschine saß auch sein Enkel. Damals ein Teenager.«

»Wann in den Sechzigern?«

»Weiß ich nicht genau. Mitte der Sechziger, glaube ich. Warum fragst du?«

»Vergiss es. Bitte sprich weiter.«

»Der Enkel ist Marcus Aurelius Ruetschli. Kurz Marc Ruetschli. Er ist mittlerweile über sechzig und sozusagen der Schlossherr. Und nebenbei der größte Förderer des *Musée d'Art* in Céret.«

»Und deshalb kennst du ihn?«

»Als Vorsitzender des Kuratoriums? Natürlich!«

»Also hat der Ruetschli-Enkel den Absturz damals überlebt?«

»Ja, aber er hat einen hohen Preis bezahlt. Er war seitdem vom Hals abwärts gelähmt.«

»War?«

»Mitte Februar hat er einen schweren Schlaganfall erlitten und lag dann wochenlang im Koma. Zu seinem Leidwesen ist er wieder aufgewacht. Schwerste Hirnschäden. Nur noch Gemüse. *Terriblement.*«

»Was hat es mit dem Orden auf sich?«

»Der spielt eine gewichtige Rolle auf dem Château. Marcs frömmelnde Mutter, mittlerweile auch schon lange unter der Erde, ließ sich irgendwann mit der Kirche ein. Père Lavail und seine Leute bewirtschaften seitdem das Château und die dazugehörigen Ländereien.«

»Gewiss aus reiner Nächstenliebe?«

Castigno überging Lombergs Spöttelei: »Madame Ruetschli war das einzige Kind des Alten und deshalb die alleinige Erbin. Sie verfügte, dass der Orden sich zeit seines Lebens um Marc kümmern sollte. Im Gegenzug wird der Orden eines Tages das gesamte Stiftungsvermögen erben. Einschließlich Château Aubiry. Wenn Marc stirbt. Beides wird vermutlich in nicht allzu ferner Zeit geschehen. Es wäre ihm jedenfalls zu wünschen.«

»Warum trägt dieser Marc Ruetschli den Nachnamen seiner mütterlichen Familie?«

»Ich habe ihn das vor Jahren auch einmal gefragt. Er wollte aber darüber nie reden. Das Einzige, was ich weiß: sein Vater war Deutscher. Auch schon lange tot. Bärlach war sein Name. Paul Bärlach. War seinerzeit bei euch ein halbwegs wichtiger Mann in der Politik.«

»Der ist nicht zufällig auch in den Sechzigern verstorben?«

»Was hast du eigentlich mit den Sechzigern?«

»Ist schon gut. Nicht so wichtig. Was weißt du über Gilles Dupret?«

»Dupret tauchte im Jahr 2010 praktisch aus dem Nichts auf. Marcs langjähriger Privatsekretär war verstorben und Dupret nahm seinen Platz ein. Offenbar waren die beiden schon vorher miteinander bekannt. Irgendetwas schien sie von Anfang an in besonderem Maße verbunden zu haben. Was genau, weiß ich nicht. Allerdings weiß ich, dass Gilles Dupret nicht sein wahrer Name war. Auch er war Deutscher. Hatte wohl früher mal ein Problem mit dem Gesetz und dafür ziemlich lange im Gefängnis gesessen. Es gab also ein Problem mit seiner Identität.«

»Lass mich raten: das wurde dann von diesem Père Lavail gelöst?«

»Tatsächlich hat der Orden dafür gesorgt, dass Dupret diese Stellung einnehmen konnte. Aber dann ...«

»Was dann?«

»Es entwickelte sich schnell ein Konflikt zwischen Dupret und Lavail. Sie konkurrierten gewissermaßen um den Einfluss auf Marc Ruetschli.«

»Kam es oft vor, dass du auf dem Schloss warst?«

»Nicht oft. Aber regelmäßig. Viermal im Jahr. Zumeist für den Rechenschaftsbericht. Allerdings interessierte sich Marc nie für die Zahlen. Er wollte sich eigentlich immer nur über Kunst unterhalten. Für ihn war es immer eine willkommene Abwechslung von seinem Alltag. Und der war ganz ohne Zweifel betrüblich.«

»Was ist er für ein Typ?«

»Ein Philanthrop, wie er im Buche steht. Gebildet, kultiviert, selbstlos.«

»Und sitzt im Rollstuhl?«

»Seit einem halben Jahrhundert, der Unglückliche muss rund um die Uhr betreut werden.«

»Weißt du Näheres über seinen Kunstbesitz?«

»Marc hat den größten Teil der einstigen Ruetschli-Sammlung weitergegeben. Als Schenkungen an Museen auf der ganzen Welt. Im zugänglichen Teil des Schlosses sieht man noch das eine oder andere Objekt. Ein wunderbares Frauenporträt von Thomas Couture hängt im Foyer. In seinen Privatgemächern gibt es weitere Bilder. Die, die ihm persönlich besonders am Herzen liegen. Ich habe sie nie zu Gesicht bekommen. Ich weiß aber, dass er sie als Andenken an den Großvater begreift.«

Lomberg dachte nach. Offensichtlich lag Castigno sehr daran, die Bekanntschaft mit Gilles Dupret in den größeren Kontext seiner Zusammenarbeit mit der *Foundation Ruetschli* zu stellen.

»Du hast mir nie von der Verbindung mit diesem Ruetschli erzählt.«

»Ich bitte dich. Wie oft sehen wir uns? Zweimal im Jahr, oder dreimal? Kenne ich deine Kunden?«

»Seit wann bestand denn der Kontakt zwischen dir und der Foundation?«

»Seitdem ich den Vorsitz des Kuratoriums innehabe. Seit 2006.«

»Vermutlich hatte Marc Ruetschli als Geldgeber seinen Anteil an deiner Berufung?«

»Was willst du damit sagen?«

»Kommen wir jetzt zurück zu Dupret?«

»Wenn du mich weiterreden lässt.«

»Okay. Nur einen Moment.« Lomberg blickte sich um.

»Treppe rauf.«

Lomberg musste warten und nahm dabei zur Kenntnis, dass der Akkustatus seines iPhones mit nur noch zwei Prozent angegeben wurde. Ein älterer Mann trat aus einer der Toiletten-Kabinen. An seinem Sakkorevers prangte eine stolze *Estelada Blava*, die ihn zweifelsfrei als Befürworter der katalanischen Unabhängigkeit kennzeichnete. Der Separatist hatte ihn zunächst übersehen, blickte verlegen auf und murmelte dann etwas Unverständliches. Lomberg begab sich an den übel hinterlassenen Ort, überflog eilig die *Google*-Treffer und entschied sich für ein nachrangiges Suchergebnis, das ein ihm bestens vertrautes Buchstabenkürzel preisgab. Allzu ausführlich waren die Inhalte nicht. Allerdings ausreichend, um die Identität jenes Mannes zu offenbaren, von dem Castigno zu berichten wusste, er sei der leibliche, wenn auch nicht namensgebende Vater von Marc Ruetschli gewesen: Paul Bärlach. Lomberg musste einmal tief durchatmen. Das war er: der erste stichhaltige Beleg, dass der schon vermutete Zusammenhang nicht nur theoretisch möglich war, sondern tatsächlich bestand.

Er hatte sich etwas frisch gemacht, doch die Aufgebrachtheit stand ihm weiter ins Gesicht geschrieben. Als Kind, und später auch noch als Jugendlicher, hieß es stets, dass Sohn Lennard eher auf die Mutter gekommen war. Mit zunehmendem Alter waren jedoch die väterlichen Gene umso wirksamer durchgeschlagen und hatten aus ihm letztlich doch noch einen unverkennbaren Lomberg gemacht. Dennoch – so untrüglich Lomberg seinem Vater gerade im eigenen Spiegelbild entgegenblickte –, fremder und rätselhafter war dieser ihm nie gewesen als just in diesem Moment. Nicht nur die drei simplen Buchstaben – BKA –, sondern auch die chronologischen Eckdaten ließen keinen anderen Schluss zu. Zwischen Paul Bärlach und seinem Vater bestand einst eine direkte Verbindung. Und zwar die des Chefs und seines direkt unterstellten Vizes. Wenn auch nur für einen kurzen Zeitraum. Im Jahr 1966. Lombergs Geburtsjahr. Er hatte längst aufgegeben, an Zufälle zu glauben.

Lomberg war an den Tisch zurückgekehrt und spürte immer noch seinen Herzschlag. »Hatte gerade eine Begegnung mit der *Nació catalana*.«

Castigno quittierte das Ablenkungsmanöver mit einer abschätzigen Geste, die keinen Zweifel zuließ, wie es um seine Haltung in der Frage stand. »Warum bist du so rot im Gesicht?«

»Habe in letzter Zeit Probleme mit dem Blutdruck«, log Lomberg und legte sein an die Powerbank angeschlossenes iPhone auf den Tisch, wobei ihm unweigerlich Esther in den Sinn kam, die mal wieder an alles gedacht hatte.

»Kommen wir zurück zu Dupret?«

»Ein Mann mit außergewöhnlichen Talenten. Fünf Sprachen akzentfrei. Eloquent, blitzgescheit. Loyal und sehr nützlich für Marc.«

»Was meinst du damit, Raoul?«

»Dupret war derjenige, der Marc Ruetschli dabei half, sich schrittweise vom Kunsterbe des Großvaters zu trennen. Die Reputation des alten Ruetschli war nämlich nicht die beste. Kurz nach seinem Tod wurde bekannt, dass er nach dem Krieg in Geschäfte mit dem Luzerner *Auktionshaus Seemann* verwickelt war. Die Gebrüder Blanck. Das sagt dir was?«

»Die Frage ist nicht ernst gemeint, oder?«

»Marc sah es als seine Aufgabe an, den Ruf der Ruetschli-Sammlung beziehungsweise den seines Großvaters von den alten Geschichten reinzuwaschen. Das hat ihn zu dem großzügigen Mäzen werden lassen, als der er mittlerweile zurecht gesehen wird.«

»Du sagtest, dass der Orden das gesamte Vermögen Ruetschlis erben wird. Schließt das den Kunstbesitz mit ein?«

»Das ist der Punkt! Marc war immer auf fremde Hilfe angewiesen. Ich meine, auf die Leute vom Orden. Die jedoch zeigten keinen großen Eifer, Vermögenswerte zu verschenken, die sie später einmal erben sollten. Der vormalige Privatsekretär war auch keine Hilfe. Ein alter Mann, ursprünglich noch ein Vertrauter von Marcs Mutter, der später komplett unter der Fuchtel von Père Lavail stand. Erst als besagter Privatsekretär starb, sah Marc die Möglichkeit, die Dinge neu zu regeln. Im Nachhinein glaube ich, dass die Besetzung des

Postens mit Gilles Dupret von Beginn an nur dem Zweck diente, sich von dem Kunstbesitz zu trennen. Sprich jemanden an seiner Seite zu haben, der das für ihn erledigt.«

»Jetzt verstehe ich auch, was du mit Konkurrenzkonflikt meintest. Eigentlich wolltest du sagen, dass Dupret und dieser Pfaffe Lavail Todfeinde waren?«

»Ja, so hätte ich es auch ausdrücken können. Wollte ich aber nicht, weil ich nicht leichtfertig den Verdacht schüren wollte, dass Lavail irgendetwas mit dem Tod von Dupret zu tun haben könnte.«

»Ich bitte dich, Raoul. Wir sind unter uns. Ich bin doch nicht die Polizei.«

»Ein wenig kommt es mir aber so vor, meu amic.«

Lomberg nahm einen Schluck aus seinem Glas und überging das Gesagte. »Womöglich waren die beiden, ich meine Dupret und Ruetschli, ja durch gemeinsame Interessen verbunden? Vielleicht durch das Interesse, Verfehlungen der Vergangenheit zu reparieren? Vielleicht sogar die einer gemeinsamen Vergangenheit? Oder, wenn nicht ihrer, dann vielleicht die der Väter oder der Großväter?«

Castigno blickte Lomberg erstaunt an: »Ein interessanter Gedanke.«

»Auf eine *Ducados*?«

»Sí.«

Die sieben Türen des 7 *Portes* waren allesamt in Richtung eines über Eck laufenden Arkadengangs hin ausgerichtet und erlaubten bei gutem Wetter, die Kapazität des nicht besonders großen Lokals mit nur sieben Handgriffen zu verdoppeln. Während im Inneren des Restaurants ganzjährig volle Auslastung garantiert war, erfreute sich die Außengastronomie deutlich geringerer Beliebtheit. Bei der Eröffnung des Traditionslokals im Jahr 1836 war der angrenzende Passeig d'Isabel II noch eine mondäne Flaniermeile gewesen. Zuletzt war diese jedoch zu einer Art innerstädtischem Hochgeschwindigkeits-Parcours mutiert. Lomberg und Castigno entschieden sich für einen der freien Plätze entlang der Außenwand des Lokals mit größtmöglichem Abstand zur Straße und entzündeten umgehend ihre pechschwarze Tabakware.

»Wann hast du Dupret das letzte Mal gesehen?«, stieg Lomberg wieder ein, zog an der Zigarre und bekam den zu erwartenden Hustenanfall.

»Am 13. April, bei mir im Büro im *Musée*. Er wusste, dass ich mich in Céret aufhielt, und bat tags zuvor um einen persönlichen Termin.«

»Willst du mir sagen, worum es ging?«

»Er bat mich um Rat. Es ging um ein bestimmtes Gemälde, das für Marc Ruetschli zeitlebens von großer Bedeutung war. Um was es sich konkret handelte, wollte er nicht sagen.«

»Der Großvater?«

»Ja. Obwohl er wusste, dass das Bild eine äußerst fragwürdige Historie hatte, wollte sich Marc nie davon trennen. Das jedenfalls sagte mir Dupret. Was dieses Objekt anbelangte, stand Marcs Verhalten also im krassen Widerspruch zu seiner ansonsten ja mit großer Verve verfolgten Mission: durch sein wohltätiges Wirken die Sammlung Ruetschli von ihrem einstigen Makel zu befreien. Sein Festhalten an dem Bild war also vermutlich auf reine Sentimentalität zurückzuführen. Eine andere Erklärung fällt mir nicht ein.«

»Wer will es ihm verdenken?«

»Du sagst es! Allerdings war Dupret, wie er behauptete, schon vor Jahren von Marc beauftragt worden, sich – nach dessen Tod – um das Gemälde zu kümmern. Sprich, es dann einer neuen, kunsthistorisch angemessenen Bestimmung zuzuführen. Nicht zuletzt, um es vor dem Zugriff von Père Lavail zu schützen, der laut Dupret über die besonderen Hintergründe des Objekts Bescheid wusste. Und sein Erbe vermutlich sofort gegen das Höchstgebot versilbern würde.«

»So weit klar. Und welchen Rat wollte Dupret nun von dir haben?«

»Zunächst wollte er meine Einschätzung haben, ob ich es für legitim halte, dass er sich bereits jetzt, also schon vor Marcs Tod, um eine Rückgabe oder Weitergabe des Bildes kümmern sollte. Ich gab ihm zu verstehen, dass der Zustand von Marc es allemal rechtfertigte. Umso mehr, da ...«

»Père Lavail ...«

»Also ermutigte ich ihn ausdrücklich, das zu tun.«

»Und was noch?«

»Dupret sagte, dass eine Schenkung an ein Museum in diesem Fall ausgeschlossen sei. Es müsse an den rechtmäßigen Besitzer zurückgehen. Falls dieser nicht mehr existiere, müsse eine andere Lösung gefunden werden, die dem Gemälde und seiner Geschichte gerecht werde. Dabei sei in jedem Fall zu verhindern, dass der Name Ruetschli neuerlich in den Sumpf der Beutekunst-Skandale gerate.«

Lomberg ging kurz in sich. Bislang zeigte sich Castigno in hohem Maße auskunftsbereit. Seine Schilderungen wirkten allesamt schlüssig. Gründe, deren Wahrheitsgehalt in Zweifel zu ziehen, lagen zumindest nicht auf der Hand. Die Hoffnung, dass ihre Freundschaft den Abend überdauern würde, war gewachsen. Aber die eigentliche Nagelprobe stand noch bevor.

»Und dann hast du Carl Deveraux ins Spiel gebracht? Den du *nur flüchtig* kennst?«

»Lenn ... woher?«

Ein verständnisloses Kopfschütteln ging Lombergs Antwort voran: »Ich glaube es nicht, Raoul! Dupret ging es doch offenbar um eine diskrete Lösung. Wie konntest du ihn dann an diesen Publicity-süchtigen Hochstapler ausliefern? Das ergibt doch überhaupt keinen Sinn!«

»So war es nicht!«

»Wie war es dann, bitte schön?«

»Dupret selbst brachte Deveraux ins Spiel. Er fragte mich, was ich über ihn wüsste und ob dieser vertrauenswürdig sei. *Artclaim* war ihm ein Begriff. Und erschien ihm auf dem Papier als naheliegende Lösung.«

»Ich fasse es nicht!«

»Ich habe Dupret lediglich angeboten, den Kontakt zu Deveraux herzustellen.«

»Woher kennst du Deveraux?«

»Herrgott, Lenn. Er ist der Chef der weltweit führenden Kunstdetektei. Und ich bin Herausgeber eines international gelesenen Kunstmagazins. So groß ist unsere Welt doch nicht.«

»Und dann?«

»Habe ich Carl angerufen, die Kontaktaufnahme von Dupret angekündigt und ihn gebeten, dem Mann zu helfen. Genauso ist es dann auch gekommen und zwei Tage später rief Deveraux zurück. Auf diesem Wege erfuhr ich schließlich, was Dupret ihm über die Geschichte des Gemäldes zu berichten wusste. Mir hatte Dupret diese ja zunächst vorenthalten. Und dass ein persönliches Treffen von Dupret mit einem Mann von *Artclaim* verabredet wurde.«

»Und zwar für den 19. April. Am Bahnhof von Avignon ...«

Castigno starrte Lomberg an und gab ein kleinlautes »Ja« von sich.

»Und da ist es dir dann wie Schuppen von den Augen gefallen. Oder? Der vermeintliche Picasso aus Sorgues, dem du schon seit Jahren auf der Spur bist, hing die ganze Zeit vor deiner eigenen Haustür. Wohlbehütet im Märchenschloss deines Gönners Marc Ruetschli. Und was machst du? Ahnungslos schickst du Dupret mitsamt ALGADA zu Deveraux. Wärst du nicht mein Freund, würde ich mich jetzt kaputtlachen.«

Castigno zeigte sich von Lombergs Attacke unbeeindruckt. Er rief den Kellner zu sich, verwickelte diesen in eine kurze Diskussion, entließ ihn schließlich mit der Bestellung eines weiteren Cortados und wandte sich erst dann wieder Lomberg zu. »Wie wir nun alle wissen, meu amic, ist es zu dem Treffen aber nicht gekommen. Stattdessen hat Dupret ganz offenbar einen neuen Plan gefasst. Und entschieden, sich an eine andere Person zu wenden. Und die sitzt gerade vor mir, mit einem leeren Glas Wein. Findest du nicht, dass es jetzt mal an der Zeit ist, die Karten auf den Tisch zu legen?«

Lomberg war genauso wenig bereit, sich in die Defensive drängen zu lassen. »Hast du schon mal *NS Beutekunst Restitution* gegoogelt? Was glaubst du, wen du auf der ersten Seite der Trefferliste findest? Ich sage es dir: den Mann mit dem leeren Weinglas. So einfach ist das! Gilles Dupret war kein Dummkopf! Spätestens nach seinem Telefonat mit Deveraux muss ihm klar geworden sein, dass er bei *Artclaim* an der völlig falschen Adresse war. Und genau das hat er mir am Telefon auch so vermittelt. Diskretion? Von wegen! Er musste sich doch nur den Modigliani-Fall ansehen, um zu erkennen, was ein Deal mit Deveraux bedeutet. Für mich auch kaum zu glauben, dass er das nicht schon vorher wusste.«

»Vor was?«

»Bevor er dich um deinen Rat gefragt hat, was du von Deveraux hältst.«

»Was willst du damit sagen?«

»Gar nichts.«

»Du willst damit andeuten, dass Deveraux und ich ...«

»Ich will gar nichts andeuten. Ich will einfach nur, dass du mir die Wahrheit sagst, Raoul! Was ist dann passiert?«

»Am 19. April, also noch am gleichen Tag, meldete sich ein höchst aufgebrachter Carl Deveraux aus Montreal bei mir und ließ mich wissen, dass Dupret den Kontaktmann von *Artclaim* in Frankreich versetzt hätte.«

»Ist er einfach nicht gekommen oder hat er das Treffen abgesagt?«

»Eine SMS kurz vorher. Jedenfalls war Deveraux völlig außer sich und hat Dupret mit Schimpfworten bedacht, die ich jetzt hier nicht alle wiedergeben will.«

»Deveraux wollte die Sache aber nicht auf sich beruhen lassen?«

»Natürlich nicht. Selbst wenn Duprets Geschichte nur zur Hälfte der Wahrheit entspräche, würde schon bald keiner mehr von Modigliani und dem *Sitzenden Mann* reden, sondern nur noch vom unbekannten Picasso aus Sorgues. Das jedenfalls sagte er. Also bat er mich, aktiv zu werden. Sprich, neuerlich Kontakt zu Dupret aufzunehmen.«

»Aber der war schon über alle Berge ...«

»Ich rief im Château an. Bei Père Lavail. Der war genauso aus dem Häuschen. Dupret sei von einem Tag auf den anderen verschwunden. Mitsamt seinen persönlichen Sachen aus seinem Zimmer im Schloss. Und einem Gemälde aus dem Besitz von Marc Ruetschli. Er wolle die Polizei einschalten, meinte Lavail. Aber ich wusste natürlich, dass das nur eine leere Drohung war. Mir war ja klar, worum es ging. Vor allem, worum es *ihm* ging.«

»Also musstest du Deveraux enttäuschen?«

»Ich rief ihn zurück und ließ ihn wissen, dass Dupret nicht mehr greifbar ist. Er ist dann komplett ausgeflippt. Ich habe ihm gesagt, dass ich nichts mehr tun könne, und habe mich entschuldigt. Für die Aufregung, die ich verursacht hatte. Danach habe ich erst mal nichts mehr von ihm gehört.«

»Bis?«

»Bis zum 12. Mai. Er rief mich wieder an und meinte, dass er zufällig in der Nähe sei. Es gäbe *eine neue Spur zu Dupret*. Höflichkeitshalber habe ich mich mit ihm getroffen. Und zwar exakt hier im 7 *Portes*. Aber das weißt du ja längst.«

»Hat Deveraux erwähnt, dass er mit der *neuen Spur* mich meinte?«

»Nein, hat er nicht. Allerdings ist mir das im Nachhinein selbst klar geworden. Ich meine acht Tage später, bei den Trierweilers. Unser Gespräch auf der Terrasse. Ich musste ja nur noch eins und eins zusammenzählen. Peter Barrington war die Verbindung.«

»Und?«

»Nichts und. Ich habe Carl zu verstehen gegeben, dass ich mich nicht weiter engagieren will. Im Besonderen auch wegen meiner Rolle im *Musée d'Art*. Die erlaubt einfach nicht, dass ich mich in dieses verminte Terrain reinziehen lasse. Das hat er auch akzeptiert.«

»Verstehe. Und du hast dann auch nicht weiter versucht, Kontakt zu Dupret aufzunehmen?«

»So ist es. Wie gesagt: ich bin raus. Habe wichtigere Dinge zu tun, als jetzt auch noch den Kunstdetektiv zu spielen.«

Donnerstag, 9. Juni 2016, 23:30 Uhr, Hotel W, Barcelona, Plaça Rosa Dels Vents 1

Nachdem sie das Lokal verlassen hatten, waren die beiden Männer durch das Hafenviertel Barceloneta geschlendert und nach einer halben Stunde an der Panoramabar des *Hotel W* angekommen, in dem Lomberg für die Nacht mit Meerblick einquartiert war. Castigno war ganz darauf aus gewesen, das Thema zu wechseln, und erzählte nun von seiner langjährigen Freundschaft mit Ricardo Bofill, auf dessen Entwurf das segelförmig gebaute und darum auch als *Hotel Vela* bezeichnete Hochhaus zurückging. Lomberg war währenddessen mit ganz anderen Gedanken beschäftigt. Die Frage nach dem Fortbestand ihrer Freundschaft musste noch eine Weile unbeantwortet bleiben. Castignos Behauptung, von einer neuerlichen Kontaktaufnahme abgesehen zu haben, war mit großer Wahrscheinlichkeit eine Lüge. Der Beweis war indes noch zu erbringen. Lomberg warf instinktiv einen Blick auf sein iPhone. Sina Röhm würde die Tontechniker des BKA damit beauftragen müssen, den heimlichen Live-Mitschnitt seines Gesprächs mit Castigno mit der Mailboxaufnahme vom 20. April auf Duprets Handy zu vergleichen.

»Cheers, meu amic.«

»Salut, Raoul. Wie unhöflich von mir. Habe noch gar nicht gefragt: Wie läuft es denn so mit Javier?«

»Aus ist es. Seit knapp zwei Wochen.«

»Das tut mir leid zu hören.«

»Muss es nicht.«

»Was ist passiert?«

»Ich hatte ihm zu einer Vernissage in der *Galeria Senda Espai* verholfen. Für ihn eine Chance, so richtig ins Gespräch zu kommen. Bei der Eröffnung war so ziemlich alles anwesend, was in der hiesigen Szene Rang und Namen hat.«

»Wofür du natürlich gesorgt hast ...«

»Klar. Und was macht die kleine Schwuchtel von Javier? Hält einen völlig verquasten Vortrag über die nationale Identität Kataloniens. Und nicht nur das: Er hat plötzlich ein Gemälde enthüllt, das, wie er meinte, erst im Laufe des Tages entstanden war. Ich wusste von nichts und war völlig baff. Ein Farbgemetzel aus Kälberblut. Andeutungen von brennenden Kruzifixen. Schnitte in der Leinwand, die er angeblich mit einer antiken Sichel vorgenommen hatte. Das Machwerk trug den Titel *La Estudi.* Das heißt so viel wie *Die Erhebung.* Es sei vom Fronleichnams-Aufstand der katalanischen Tagelöhner im Jahr 1640 inspiriert.«

»Eine Neuinterpretation von *Los Segadors* ... Antoni Estruch?«, gab Lomberg sarkastisch zurück.

»Es war die Neuinterpretation von einem Haufen Scheiße. Und ein unverzeihlicher Affront.«

»Du meinst, weil er dich mit seiner Performance in Sippenhaft genommen hat?«

»Das auch, ja. Aber eigentlich waren mir die Leute egal. Sollen sie doch denken, was sie wollen.«

»Warum dann unverzeihlich?«

»Javier weiß, dass das meine rote Linie ist. Die Familie Castigno hat einen hohen Blutzoll für die Freiheit Kataloniens gezahlt. Und deshalb habe ich absolut kein Verständnis für diese Leute, die jetzt an unserem Frieden zündeln. Das heutige Spanien auch nur in die Nähe einer fremden Besatzungsmacht zu stellen und jetzt hier den katalanischen Dschihad ausrufen? *No Passaran!* Ich habe Javier noch am gleichen Tag vor die Tür gesetzt.«

»Von dieser Familiengeschichte hast du mir noch nie erzählt.«

»Ich spreche normalerweise auch nicht darüber. Und wir sollten es jetzt auch dabei belassen. Es ist spät geworden.«

Mittwoch, 15. Juni 2016, 21:30 Uhr, Hostal Bellver, Palma de Mallorca, Carrer de Josep Villalonga 22

Jordi Sanz, siebenundzwanzig Jahre alt und gebürtig im südkatalonischen Tarragona, zählte zu jenen drei Millionen Spaniern unter dreißig, die trotz solidem Schulabschluss und, was ihn betraf, sogar als ausstudierter Ingenieur, keine reguläre Anstellung fanden, sondern sich mit Saison-Jobs über Wasser halten mussten. Sein berufliches Dilemma hatte ihn schließlich auf die Ferieninsel Mallorca verschlagen, wo er gleich zwei Stellen angenommen hatte. Tagsüber war der sportliche und rundum wohlgeratene Jordi im *Rafael Nadal Museum* in Manacor beschäftigt und kümmerte sich dort aufgrund seiner guten Englischkenntnisse um Touristen-Führungen durch das sogenannte *Xperience Center* des lokalen Tennismatadors. Die Abende hingegen gehörten dem *Hostal Bellver* in Palma, einem bei Skippern, Kunstszenegängern und internationaler Partycrowd beliebten Hideaway oberhalb des Amüsierviertels *El Terreno*. Nach der ersten Saison an der Bar war Jordi zu einer Art Mädchen für alles avanciert. Hotelchef Óliver bot ihm schließlich an, im Haus Quartier zu beziehen, wodurch das *Bellver* zu seinem ständigen Wohnsitz geworden war. In nicht mehr als dreizehn Doppelzimmern, abzüglich des von Jordi bewohnten mit der Nummer neun, beherbergte das *Bellver* seine zumeist illustren, aber nicht sehr zahlreichen Übernachtungsgäste. Umso frequentierter war der Ort jedoch aufgrund seiner guten Tapas und der stimmungsvollen Bar im Innenhof. Neben dem Hostal besaß der umtriebige Óliver auch ein gut gehendes Café am Marktplatz von Sollér. Deutsche Residenten aus dem Ort bildeten dort das Stammpublikum und einige von ihnen waren nach und nach zu ebenso regelmäßigen Gästen im *Bellver* geworden.

Sie war Jordi sofort aufgefallen. Es hätte die ältere Schwester von Kate Moss sein können, aber Óliver wusste auf Nachfrage zu berichten, dass es sich um eine Deutsche handelte. Jordi hatte die hoch aufgeschossene Blonde auf Mitte vierzig geschätzt und irgendwann festgestellt, dass es stets der Mittwoch war, den diese für ihren wöchentlichen Besuch im *Bellver* reservierte. Sie kam meist gegen sieben, suchte sich einen freien Tisch unweit der Bar und begnügte sich dann mit zwei Gläsern Weinschorle, bevor sie gegen neun wieder verschwand. Ab und zu rauchte sie mal eine Selbstgedrehte, an deren Trichterform im *Bellver* niemand Anstoß nahm. So war es über den ganzen langen heißen Sommer 2014 gegangen, bevor an einem beinahe unerträglich schwülen Tag im späten September die Routine ein abruptes Ende gefunden hatte.

Der Wetterwechsel kündigte sich mit einem leichten Wind an, der zunächst noch eine angenehm kühlende Wirkung entfaltete. Dann aber ging es Schlag auf Schlag. Der ausgetrocknete Süden der Insel wurde von einem gewaltigen Wolkenbruch heimgesucht und dieser richtete im sonnenverwöhnten Palma binnen weniger Minuten ein heilloses Chaos an. Auf den abschüssigen Straßen, die vom *Castell Bellver* herab auf die *Avenida Juan Miró* führten, flossen Sturzbäche ins El Terreno. Gullis hatten sich in sprudelnde Brunnen verwandelt, während das schrille Hupkonzert dem vollständig zusammengebrochenen Straßenverkehr eine verzweifelte Stimme verlieh. Über die aufgespannten Segeltücher, die im Innenhof des *Bellver* eigentlich als Schattenspender dienten, strömten die Wassermassen in Kübeln herab auf Tische, Stühle und Gäste.

Sie hatte den klapprigen Seat Leon wie üblich in der Carrer de Lluís Fàbregas geparkt, wo sich auch das gut ausgelastete Yogastudio von Laura Galmez befand, der sie in den vergangenen Monaten an jedem Mittwochnachmittag aushilfsweise zur Hand gegangen war, derweil ihr als *Tramuntana Recreation Center* firmierendes Studio in Sollér geschlossen blieb. Bis zum *Hostal Bellver*, beziehungsweise von dort zurück, waren es nur ein paar Schritte. Sie kam trotzdem zu spät, womit die abendliche Heimfahrt nach Sollér sprichwörtlich ins Wasser gefallen war. Kurz darauf sollte sich die Lage weiter zuspitzen, denn Jordi teilte ihr mit, dass das *Bellver* ausgebucht sei. Etwas später sah er sich indes veranlasst, seine Auskunft zu überdenken, und bot Tine Lomberg eine Übernachtung in Zimmer neun an.

Auch die Schätzung ihres Alters bedurfte einer Korrektur. Seine neue Liebhaberin war zum Zeitpunkt ihres Kennenlernens vierundfünfzig Jahre alt, doppelt so alt wie er selbst. Eine Liebesbeziehung im allgemein üblichen Sinne, monogam geführt, unter einem Dach und im täglichen Miteinander gelebt, schied für das ungleiche Paar von Beginn an aus. Dennoch hielt ihre Verbindung inzwischen schon seit fast zwei Jahren und stützte sich dabei auf ein klares Arrangement von Geben und Nehmen: die Bestätigung anhaltender weiblicher Attraktivität durch die stürmische Physis des jungen Jordi im Tausch gegen die liebevoll kluge Anleitung einer Frau mit bewegter Vergangenheit.

Der Ort, an dem dieser Handel in besonderem Maße florieren sollte, war das Zimmer neun des *Hostal Bellver*. Jeden Mittwoch. Zehn Jahre ihres über lange Zeit rastlosen Lebens hatte Tine in einem Ashram in Goa verbracht und war dort nicht nur zu einer versierten Yoga-Expertin geschult worden. Die stolze Königin hatte sich rittlings auf seine Hüften gehockt und ihm den Rücken zugekehrt. Seine Hände umfassten ihre Hüften, die rhythmisch über ihm auf und ab gingen. Es war eine ihrer bevorzugten Positionen, bot diese doch beiden die Möglichkeit, wechselweise die Initiative an sich zu reißen, um sie dann wieder dem anderen zu überlassen. Auf zärtliche Berührungen extreme Stimulationen folgen zu lassen. Ab einem gewissen Punkt herrschte dann stets Einvernehmen, wem jeweils Vorfahrt einzuräumen war.

Zielstrebiger als sonst, beinahe eilig, suchte Tine an diesem Tag die Befriedigung ihrer Lust, die sich sodann schon nach wenigen Minuten fulminant entlud. Sie saß immer noch auf ihm. Jordi streichelte zärtlich den ihm weiter zugewandten Rücken.

»Qué pasa querida?«

»Todo esta bien, ángel.«

Jordi hob sie vorsichtig von sich und blickte dann in ein tränenüberströmtes Gesicht. Nichts war in Ordnung.

»Que pasó, corazón?«

»No tiene nada que ver con lo nuestro. Solo es *una vieja historia*.«

»*Una vieja historia ... entiendo*.«

Nach einer Weile hatte sie sich aus seiner Umarmung gelöst. Verunsicherung, mehr noch Ängstlichkeit sprach aus seinen Augen. Sanft legte sie ihre Hand auf eine seiner Wangen, so wie Mütter es bei ihren Kindern tun.

»Sí, mi ángel. Eine alte Geschichte.«

Neun Tage zuvor, Montag, 6. Juni 2016, 11:15 Uhr, Bonn, Venusbergweg 9

»Sagt dir zufällig der Name Chris Wasserberg etwas?«

Die simple Frage ließ eigentlich eine ebenso einfache Antwort erwarten.

»Tine?«

»Sí, está bien.«

»Klingt aber gar nicht so. Was ist los?«

Schweigen.

»Tine, que pasa?«

»Jetzt hör mir mal gut zu, Schätzchen! Du nimmst dir jetzt sofort eine der zahllosen Kreditkarten deines Vaters und buchst den erstbesten Flug nach Palma. Schreib mir eine SMS mit deinen Flugdaten. Wenn du angekommen bist, nimmst du dir ein Taxi und machst dich sofort auf den Weg nach Sollér. Sofort, hast du mich verstanden? Wir müssen reden! Und in der Zwischenzeit vergisst du diesen Namen. Entiendes?«

»Ja, verstanden ...«

Julie blickte noch eine ganze Zeit lang wie paralysiert auf ihr iPhone. Der Tag schien genauso irritierend enden zu wollen, wie er begonnen hatte. Jacky Schönzeit hatte sich vereinbarungsgemäß am Vormittag gemeldet, um über den Stand seiner Recherchen zu berichten. Das Ergebnis war zunächst die reine Enttäuschung. Die Ernennung von Ernst Lomberg zum Leiter der damals neu formierten Sicherungsgruppe Bonn und damit auch zu einem von zwei Vizepräsidenten des Bundeskriminalamtes im September 1966 war ganz augenscheinlich nicht das vermutet heiße Eisen gewesen. Die seinerzeitige Berichterstattung durch die Medien behandelte den Karrieresprung des Großvaters als Routinevorgang – ganz ohne erkennbare Aufgeregtheiten. Jacky zitierte eine ihm vorliegende Stellungnahme des damaligen Innenministers, der die Beförderung des bislang unbekannten Ministerialbeamten lapidar mit dessen besonderer Sachkenntnis erklärte. Die Verlautbarungen aus Wiesbaden klangen ganz ähnlich und auch BKA-Präsident Paul Bärlach lobte den neuen Vize als seinen Wunschkandidaten.

»Ich fürchte, du verrennst dich da, Julie«, lautete Jackys ernüchternde Diagnose. Am Ende ließ er jedoch die Tür noch einen kleinen Spalt offen. »Einzig auffällig ist der Umstand, dass der seinerzeitige BKA-Chef Bärlach im September unter nie ganz geklärten Umständen ums Leben kam. Aber das hatte offensichtlich keinen Einfluss auf die Stellung deines Großvaters. Vielleicht finden wir ja noch etwas. Allzu große Erwartungen solltest du aber nicht haben.«

Julie hatte sich erst gar nicht bemüht, ihren Frust zu verbergen, bevor ihr der alte Mentor schließlich noch einen Rat mitgab. »Du solltest vielleicht einmal die Perspektive wechseln.« Im Klartext: Bei den Recherchen zum biografischen Buchprojekt über Wesen und Wirken des Ernst Lomberg sollte sie sich, ging es nach Jacky, nicht nur auf den vermeintlich rätselhaften Beginn von dessen Karriere konzentrieren, sondern auch auf deren plötzliches Ende.

Nach fast dreißig Jahren Dienst am Staatswesen der BRD, seit 1977 im exponierten Amt des Generalbundesanwaltes, hatte Ernst Lomberg im Februar 1986 seinen Hut genommen. Im Alter von sechsundsechzig Jahren war die Pensionsgrenze zwar erreicht, eigentlich aber hätte noch lange nicht Schluss sein müssen. Die offizielle Sprachregelung lautete, dass sich Lomberg aus freien Stücken zurückziehen wollte. »Mehr Zeit mit meiner Frau verbringen« galt als glaubwürdiges Alibi, zumal Elisabeth Lomberg zuvor erhebliche Opfer für die Karriere ihres Mannes erbracht hatte. Von einer geplanten Weltreise war die Rede sowie von seinen Erinnerungen aus zwei Dekaden in der Inneren Sicherheit der Republik, die es wert seien, auf Papier gebracht zu werden.

Es war allerdings kein großes Geheimnis, dass die seit 1982 veränderten Machtverhältnisse in Bonn eine mindestens mitentscheidende Rolle gespielt hatten. Lombergs Laufbahn als Spitzenbeamter hatte ihren Anfang zwar unter einem konservativen Innenminister genommen, dann aber zum größten Teil unter dem Stern sozialliberaler Innen- und Justizpolitik gestanden. Auch wenn er sich parteipolitisch stets neutral positionierte, galt er im Zeichen der ausgerufenen *geistig-moralischen Wende* als ein Mann von gestern. Dieser ungleich weniger schmeichelhaften Version über die Gründe seines vorzeitigen Abschieds war Lomberg nur halbherzig entgegengetreten. In Wahrheit waren ihm die kursierenden Gerüchte nämlich willkommen gewesen, die Aufmerksamkeit der Öffentlichkeit von ganz anderen Umständen abzulenken. Und auch der Regierung war es nur zupassgekommen, dass der von Lomberg zu verantwortenden Fahndungspanne keine größere Beachtung geschenkt wurde.

Der von Jacky mit verdächtiger Beiläufigkeit erwähnte *Fall Wasserberg* war für Julie schnell recherchiert. Die überaus respektable Karriere von Generalbundesanwalt Ernst Lomberg endete mit einem ausgenommen ruhmlosen Kapitel: der erfolglosen Fahndung nach Christian – kurz Chris – Wasserberg. Schon Ende der Siebziger war der junge Soziologiestudent aus Frankfurt als Aktivist der dortigen Hausbesetzerszene bekannt und in der Folge als *gewaltbereiter Sympathisant* eingestuft worden. Mit dieser Prognose sollten die Terrorfahnder recht behalten: ab 1983 galt Wasserberg als aktives RAF-Mitglied der sogenannten *Dritten Generation* und zwei Jahre später als dringend tatverdächtig im Zusammenhang mit dem Blutbad auf der Frankfurter US Air Base.

Ende 1985 war Wasserberg eigentlich schon so gut wie gefasst. Sein Versteck, ein entlegener Bauernhof im Westerwald, stand schon seit Wochen unter Beobachtung. Noch am 30. November war er dabei observiert worden, wie er sich in einem Tabakwarenladen im nahe gelegenen Flamersheim mit Zigaretten und Zeitungen eingedeckt hatte. Als das Sonderkommando am frühen Morgen des 1. Dezember zuschlug, war das Zielobjekt zur Überraschung aller Beteiligten jedoch spurlos verschwunden. Der Verdacht, dass Wasserberg gewarnt worden war, lag auf der Hand – und wog umso schwerer, als nachher von einem Maulwurf die Rede war. Generalbundesanwaltschaft, Bundeskriminalamt, GSG 9 und nicht zuletzt das personell neu besetzte Innenministerium lieferten sich hinter verschlossenen Türen einen erbitterten Streit um die Verantwortung für den Fehlschlag. Der Konflikt endete schließlich mit einer als freiwillig deklarierten Demission von Ernst Lomberg. Extern sickerte zunächst nichts durch. Eine gründlich misslungene Anti-Terroraktion, zumal eine in derart ländlicher Abgeschiedenheit durchgeführte, war im Jahr 1985 noch recht problemlos unter den Teppich zu kehren. Dementsprechend erfuhr die Öffentlichkeit auch erst Jahre später, genauer gesagt 1990, von den seinerzeitigen Vorgängen. Und die sogenannte Wiedervereinigung Deutschlands sollte dafür sorgen, dass auch die Geschichte der RAF in Teilen neu zu schreiben war.

Der Karton Nr. 8 aus dem Aktennachlass von Ernst Lomberg enthielt ausschließlich Material, das mit seiner Amtszeit als Generalbundesanwalt verbunden war, und gab damit Einblicke in die Jahre 1977 bis 1986. Wie schon bei den zuvor gesichteten Unterlagen älteren Datums offenbarte sich Julie ein ungeordnetes Konvolut von offiziellen Dokumenten, Briefen, persönlichen Aufzeichnungen, Presse-Clippings und Fotografien. Sie war so auf die Frühphase der großväterlichen Karriere fixiert gewesen, dass sie den vorgefundenen Unterlagen zunächst kaum Beachtung geschenkt hatte. Einige Fotoabzüge hatten sie zwar kurz stutzen lassen. Da diese jedoch in keiner Weise Aufklärung über den so plötzlichen wie steilen beruflichen Aufstieg des Großvaters im Jahr 1966 versprachen, waren sie zunächst ohne weitere Beachtung zurück in den Karton gewandert.

Nach dem Gespräch mit Jacky betrachtete Julie die Fotos nun mit anderen Augen. Die professionellen Aufnahmen waren mithilfe von Teleobjektiven gemacht worden und entlarvten die abgebildeten Personen mit hoher Wahrscheinlichkeit als Objekte polizeilicher Ermittlungen. Ort und Datum der Aufnahmen waren am Bildrand der Abzüge festgehalten. Professionelle Laborarbeit. Das älteste Foto datierte auf den 7. September 1979 und war bei Krawallen in Hamburg geschossen worden. *Google* lieferte das Hintergrundwissen in Echtzeit: *Ausschreitungen bei einer Demonstration gegen den Kanzlerkandidaten der Union. Fünfzehntausend Strauß-Gegner gegen dreitausend Polizisten. Ein Toter.* Ein Foto zeigte Wasserberg auf dem Boden kauernd und mit schmerzverzerrtem Blick. *Tränengas.* Eine junge Mitdemonstrantin, mit einer für das Milieu seinerzeit typischen Lammfellweste, war ihm augenscheinlich zu Hilfe gekommen. Weitere Fotos zeigten Wasserberg nur wenige Wochen später bei einer Anti-AKW-Demo im Bonner Hofgarten sowie im November 1981 bei der Räumung des Hüttendorfs an der Startbahn West. Und dann noch mal in der Nacht zum 1. Mai 1982 bei einer sogenannten *Entglasung* einer Commerzbank-Filiale in Berlin-Kreuzberg. Auch auf diesen Bildern stets an seiner Seite: die junge, auffallend attraktive Frau. In späteren Jahren wäre womöglich das Stichwort *Heroin Chic* gefallen, um das Aussehen von Wasserbergs Begleiterin zu beschreiben, und vielleicht hätte man die junge Kate Moss dabei als Role Model zitiert.

»Ja. Wir waren ein Paar. Ich habe ihn geliebt.«

»Und das tust du immer noch, oder?«

Julie hatte den telefonischen Anweisungen ihrer Tante Folge geleistet und sich in weniger als achtundvierzig Stunden im mallorquinischen Bergdorf Sollér eingefunden. Ebenso zügig waren die beiden Frauen zur Sache gekommen. Tine Lombergs Domizil, nur ein paar Schritte vom Marktplatz entfernt, in einer Seitenstraße gelegen, war eines der ortsüblich schmucklosen Stadthäuser, die sich nach außen hin beharrlich weigerten, eine Aussage über die Lebensumstände ihrer Bewohner zu treffen. Umso eindrucksvoller jedoch war das Statement der Casa Corona, nachdem sich die massivhölzerne Doppelflügeltür für Besucher geöffnet hatte. Bereits beim Eintritt in das Vestíbulo strömte das Licht aus dem sich dahinter anschließenden Patio, in dessen Mitte eine mächtige Palme wiederum etwas Schatten für die beiden Dalmatiner spendete, die seit einiger Zeit zum Haushalt gehörten. Die Geschwistertiere waren optisch nicht voneinander zu unterscheiden, hörten aber jeweils auf entweder Uno oder Dos. Mike Krone hatte 2012 seinen Job als freischaffender Modefotograf gegen den lukrativen Posten des Kreativdirektors bei der US-amerikanischen Handelskette *Pineapple Republic* getauscht und war auf der Suche nach einem geeigneten Mieter für sein Wohnatelier auf Tine Lomberg getroffen. Auf zunächst fünf Jahre wurde der mit einer Bürgschaft ihres Bruders Lennard besicherte Vertrag geschlossen und dieser bot Mike nun die Möglichkeit, weiterhin jederzeit kommen und gehen zu können.

Julie hielt das Foto von der Strauß-Demo in der Hand und betrachtete es amüsiert.

»Lammfell. Ich habe sie immer noch. Wenn du möchtest, schenke ich sie dir«, bot Tine an, die sofort bemerkt hatte, das Julies Aufmerksamkeit ihrer alten Fransenweste galt.

»Ich leihe sie mir gerne mal aus.«

»Wie du magst, Schätzchen.«

Tine und Julie genossen die schon erstaunliche Wärme des Frühsommerabends und hatten es sich gemeinsam auf dem großen Diwan im Patio bequem gemacht. Uno und Dos leisteten den Frauen Gesellschaft. Die erste Flasche *Anima Negra* war bereits leer, auf einem Beistelltisch lag eine trichterförmige Selbstgedrehte bereit.

»Wart ihr da schon zusammen?«

»Nein, noch nicht. Aber an dem Morgen danach.« Das Lächeln auf ihrem Gesicht verriet, dass sie sich an die dazwischenliegende Nacht gut erinnern konnte. »Wir kannten uns aber vorher schon ein paar Monate.«

»Das Foto ist von 1979. Du warst also neunzehn.«

»Ja. Und Chris dreiundzwanzig.«

»Also war er dein Held?«

»Ich war nicht die Einzige, die auf ihn stand. In der Frankfurter Szene hatte er immer leichtes Spiel. Er sah einfach blendend aus. Und er konnte gut reden. Unter anderem gut reden. Chris war der Wortführer in der Bockenheimer WG. Sie haben ihn mit *Comandante* angesprochen.«

»Also war er sozusagen der Oberrevoluzzer?«

»O ja! Total überzeugt von seiner Sache. Und auch total überzeugend darin, seine Sache zu der Sache anderer zu machen.«

»Und was war seine Sache?«

»Antifaschismus, Antiimperialismus, Antiamerikanismus, das ganze Programm: *USASASS*.«

»Verstehe. Hauptsache Anti.«

»Klingt für eine junge Frau von heute wohl ziemlich bescheuert?«

»Weiß nicht. Habe mittlerweile viel gelesen über das Thema. So richtig begriffen habe ich es aber immer noch nicht.«

»Was meinst du?«

»Ich meine, wie viel davon war echte Überzeugung und wie viel nur *Attitude*?«

»Glaub mir, es war weit mehr als nur Lifestyle.«

Julie spürte es sofort: der Moment bildete eine Zäsur. Tine war aufgestanden, hatte sich eine Stola umgelegt und blickte eine Weile stumm in den Abendhimmel über dem Patio der Casa Corona. Julie war ihr nach einer Weile gefolgt.

»Warum?«

»Warum was?«

»Warum dieses Buch, Julie?«

»Weil es mir ein Anliegen ist! Weil meine Mutter, dieses kaltherzige Miststück ...«

»Julie, es ist deine Mutter!«

»... weil dieser egozentrische Snob namens Fiona Bell ...«

»Schon besser.«

»... jahrelang mit aller Macht verhindert hat, dass ich einen Zugang zu meiner deutschen Familie finde. Und das hole ich jetzt nach.«

»Das verstehe ich. Aber das erklärt nicht, warum du gleich ein Buch über deinen Großvater schreiben willst.«

Julie schmiegte sich an Tine, worauf diese ein Stück ihrer Stola freigab und ihr über die Schultern legte.

»Was willst du wissen?«

»Ich will wissen, was damals passiert ist. 1985, meine ich.«

»Was glaubst du denn bereits zu wissen?«

»Ich glaube, dass es einen Zusammenhang gibt. Zwischen der fehlgeschlagenen Verhaftung des RAF-Terroristen Chris Wasserberg, deinem damaligen Liebhaber, und dem vorzeitigen Karriereende deines Vaters. Und ...«

»Und was?«

»Und dass dahinter vielleicht sogar noch mehr steckt. Eine Geschichte, die noch älter ist. Die womöglich schon im Jahr 1966 beginnt.«

Tine strich die in Julies Gesicht fallenden Haarsträhnen zärtlich zur Seite und blickte sie mit einem sanften Lächeln an. »Weißt du eigentlich, wie ähnlich du ihr bist?«

Julie wusste sofort, wer gemeint war. »Großmutter hat mir mal eine Fotografie gezeigt, von sich, auf der sie Mitte zwanzig war. Sie lächelte nur, aber ich habe direkt verstanden, was sie mir sagen wollte.«

»Sie war so dankbar. Sie hat dich in der kurzen Zeit, die ihr miteinander hattet, wirklich ins Herz geschlossen.«

»Ja, ich weiß«, gab Julie verlegen zurück.

»Als sie schon nicht mehr so gut dabei war, sagte sie einmal zu mir, *wenn ich Julie sehe, sehe ich mich selbst*.«

»Das hat sie wirklich gesagt?«

Tine nickte stumm und gab Julie schließlich einen beherzten Kuss auf die Stirn. »Du bist eine von uns!«

Julie antwortete mit einem Lächeln und ließ einen Augenblick verstreichen, ehe sie wieder eine ernste Miene auflegte. »Wenn das so ist, habe ich auch den Anspruch, die ganze Wahrheit über die Familie Lomberg zu erfahren. Umso mehr, da selbst mein eigener Vater ganz offensichtlich nur die Hälfte dieser Wahrheit kennt. Wenn überhaupt. Und ich könnte auch darauf wetten, dass es Großmutter nicht anders ergangen ist. Irgendetwas hat der alte Mann mit ins Grab genommen. Und ich vermute ...«

»Was?«

»Dass du die Person bist, die als einzige Bescheid weiß.«

Tine zeigte sich von Julies Hartnäckigkeit unbeeindruckt. In aller Ruhe zündete sie sich die nächste *Fortuna* an und ließ sie einen Moment zappeln. »Also gut, wie du willst. Setz dich wieder hin. Die Geschichte dauert länger, als du denkst. Du warst schon auf der richtigen Spur. Aber sie beginnt nicht 1966, sondern schon dreiundzwanzig Jahre vorher.«

Nach Jahren voller bitterer Kontroversen im Hause Lomberg war der Generalbundesanwalt irgendwann dazu übergegangen, die politische Gesinnung und den Lebensstil seiner heranwachsenden Tochter nur noch still zu erdulden. Daran änderte sich zunächst auch nichts, als Lomberg von der geheimen Liebesbeziehung zwischen Tine und einem militanten Aktivisten der Frankfurter Hausbesetzerszene erfuhr. Im ersten Moment dachte er noch an einen Zufall, der jedoch mehr auf einer Hoffnung beruhte, die sich sodann auch schnell zerschlug.

Christian Wasserberg hatte den Geburtsnamen seines Vaters Max

Ruscher nach dessen Tod ablegen müssen. Um ihren guten Ruf in der vermeintlich besseren Gesellschaft peinlich besorgt, war der Unternehmerfamilie Wasserberg jedes Mittel recht gewesen, die durch die Ereignisse des Jahres 1966 vermeintlich in Mitleidenschaft gezogene Familienehre wiederherzustellen. Die insgesamt zehn Jahre während Verbindung zwischen der Tochter des Hauses, Helene Wasserberg, und Max Ruscher, dem mit der Eheschließung seinerzeit der Doppelname Ruscher-Wasserberg aufgezwungen worden war, wurde systematisch aus der Familienchronik getilgt. Aus dem traumatisierten Halbwaisen Christian sollte erst ein störrischer Teenager und später ein zorniger junger Mann werden, dessen wachsender Hass auf die verlogene Familiensippschaft in Nieder-Olm letztlich in eine militante Opposition gegen die bürgerliche Gesellschaft im Ganzen mündete. Im Nachhinein mutete es an wie ein langfristiger Plan. Während Christians Renitenz in der Familie im Laufe der Zeit immer mehr um sich griff, fiel er in der Schule nicht nur als engagierter Schulsprecher auf, sondern auch mit herausragenden Leistungen. Er übersprang die neunte Klasse und hielt als Jahrgangsbester bereits im Sommer 1974 ein Einser-Abitur in den Händen. Ohne die Vier in Sport bei Dr. Aschmies, der nach Auflösung des *Deutschen Reichsbunds für Leibesübungen* zunächst eine längere Zeit arbeitslos gewesen war, um dann ausgerechnet im örtlichen *Dietrich-Bonhoeffer-Gymnasium* Unterschlupf zu finden, wäre es eine Eins Komma null geworden.

Mit Wirkung zum 1. Januar 1975 beschloss der Bundestag die längst überfällige Absenkung des Volljährigkeitsalters von einundzwanzig auf achtzehn Jahre. Seine Koffer waren da schon längst gepackt. In Frankfurt angekommen, war aus Christian endgültig Chris geworden. Sein Vater hatte ihm einst diesen Rufnamen gegeben, was für Mutter und Großvater Wasserberg später Grund genug war, dessen Verwendung strikt zu unterbinden. Sie sollten ihren Christian nie wiedersehen.

Ernst Lomberg hingegen konnte das langsame Abgleiten des Chris Wasserberg in den Untergrund Schritt für Schritt beobachten. Die entsprechende Akte war längst mit dem Siegel *Streng ge-*

heim gekennzeichnet und vorsorglich zur obersten Chefsache erklärt worden. Dass der Übergang vom Protest zur Gewalt, erst gegen Sachen, später gegen Menschen, Lombergs schärfste Missbilligung fand, war qua Amt selbstredend. Die wachsende Sorge um seine Tochter, deren unangebrachte Liebesbeziehung in jeder Hinsicht Unheil versprach, lag ebenso auf der Hand. Aber da war noch etwas, was die Causa Wasserberg für Ernst Lomberg zu einem besonderen, und zwar ganz besonders belastenden Fall machte. Es war die schmerzhafte Erkenntnis, dass die ihm seit Jahren nachlaufende Tragödie seines Freundes Max Ruscher nun drohte, in dessen Sohn Chris eine verhängnisvolle Fortsetzung zu finden. Zwei Tage vor dem geplanten Zugriff auf die Terrorzelle im Westerwald betrat ein von Schuldgefühlen übermannter Generalbundesanwalt eine öffentliche Telefonzelle am Bahnhof Karlsruhe und griff zum Hörer. Der erste Anruf galt seiner Tochter und sollte den weiteren Lebensweg von Tine Lomberg in entscheidender Art und Weise vorzeichnen. Der zweite Anruf galt einem Anschluss in der Ständigen Vertretung der Deutschen Demokratischen Republik in Bonn und behandelte einen Vorgang, für den ein Generalbundesanwalt der Bundesrepublik Deutschland eigentlich nur einen Begriff kannte: Hochverrat.

»Es muss sich für Chris' Vater tatsächlich wie ein Vertrauensbruch angefühlt haben. Eine Lüge«, sagte Julie traurig.

»Das hat es ganz sicher. Und daraus hat er dann seine Konsequenz gezogen«, gab Tine nüchtern zurück. Die beiden schwiegen einen Moment, bevor Tine wieder das Wort ergriff. »In einem entscheidenden Moment hat dein Großvater seinen Freund tatsächlich angelogen. Fraglos auch aus egoistischen Motiven. Allerdings war diese Lüge in der Hauptsache ein Verschweigen. Nicht zuletzt zum Schutz von Ruscher selbst. Er hatte keine Beweise, aber einen untrüglichen Instinkt. Hinter der wohlfeilen Fassade des BKA-Präsidenten Paul Bärlach steckte niemand anders als das SS-Schwein Franz Eylmann. Ruschers Rachsucht war nicht mehr kontrollierbar. Er wäre zum Mörder geworden. Der Teppich vor dem Zuchthaus war praktisch schon ausgerollt. Vater wollte die Dinge später geraderücken. Aber da war es schon zu spät.«

»Das heißt, Großvater hat danach zwanzig Jahre im Bewusstsein gelebt, für die Tragödie der Ruschers verantwortlich zu sein. Erst der Vater, sein bester Freund, und dann auch dessen Sohn? Gewissermaßen als Spätfolge. Transgeneratives Trauma nennt man das, glaube ich.«

»Als der Moment gekommen war, wenigstens Chris vor dem Gefängnis bewahren zu können, sah er plötzlich eine Chance, sich von dieser Last zu befreien. Auf seine ganz eigene Art Wiedergutmachung zu leisten.«

»Er hat wirklich?«

»Ja, er hat. Generalbundesanwalt Ernst Lomberg, der Antichrist der linken Szene schlechthin, ließ den steckbrieflich gesuchten Terroristen Chris Wasserberg nicht nur einfach entkommen. Dein Großvater hat höchstpersönlich dafür gesorgt, dass Chris unbemerkt in den Osten verschwinden konnte.«

»Und keiner hat vorher begriffen, was überhaupt vor sich ging ...«

»Es war ein Versteckspiel. Chris und ich hatten keine Wahl. Wir mussten unsere Beziehung von Anfang an geheim halten. Nicht nur gegenüber meiner Familie, auch sonst durfte niemand etwas wissen.«

»Aber warum? Am Anfang war er doch nur ein Hausbesetzer und noch kein Terrorist.«

»Die ganze Szene war damals sehr durchlässig. Tatsächlich stand Chris schon 1979 in Kontakt zum Untergrund.«

»Dass ihr euch vor Großvater versteckt habt, verstehe ich ja. Aber was hatten denn die Leute im Untergrund gegen euch?«

»Schon mal den Namen Susanne Albrecht gehört?«

»Hilf mir auf die Sprünge!«

»Eine damals junge Frau mit Kontakten zu RAF-Leuten. Ihr Vater war ein enger Freund von einem gewissen Jürgen Ponto. Der war Chef der Dresdner Bank. Eines Tages im Jahr 1977 klingelte die Albrecht bei den Pontos, um einfach mal Hallo zu sagen und um die beiden Freunde vorzustellen, mit denen sie gerade unterwegs war.

Sogar Rosen hatten die netten jungen Leute dabei. Zehn Minuten später hatte Ponto drei Kugeln im Kopf und war mausetot.«

Julie starrte ihre Tante mit aufgerissenen Augen an. »Also musstet ihr befürchten ...«

»Wenn jemand von Chris' Leuten über uns Bescheid gewusst hätte, wäre er sofort unter Druck gesetzt worden, meinen Vater ans Messer zu liefern.«

»Fucking shit! Wie lang ging das so?«

»Von September 1979 bis Ende 1983. Wir waren immer nur für kurze Zeit zusammen. Mal hier, mal dort. Aber eines Tages stand sein Name dann auf der Fahndungsliste. Dann ging es einfach nicht mehr.«

»Und Großvater hat es die ganze Zeit gewusst? Nichts gemacht, nichts gesagt?«

»Nichts. Kein Wort. Nicht zu mir und auch nicht zu meiner Mutter. Zu niemandem. Er wusste es praktisch von Anfang an und hat die ganze Zeit eisern geschwiegen. Bis zum 29. November 1985, mittags um fünf vor zwölf.« Tine verstummte und warf Julie einen nachdenklichen Blick zu. Julie verstand sofort. Das derart präzise genannte Datum war ganz augenscheinlich eine Zäsur in der Lebensgeschichte ihrer Tante.

»Es war ein Freitag«, setzte Tine neu an. »Meine Mutter war einige Tage vorher mit dem Fahrrad gestürzt und hatte sich dabei den Arm gebrochen. Deshalb war ich bei ihr zu Hause. Vater wusste das und rief aus Karlsruhe an. In Frankfurt hätte er mich wahrscheinlich gar nicht erreicht. Ich war ja immer auf der Piste. Außerdem war das Telefon in der WG oft abgeschaltet, weil wir die Rechnung nie pünktlich gezahlt haben.« Tine zündete sich die nächste *Fortuna* an und nahm einen tiefen Zug: »O-Ton?«

»Du erinnerst dich so genau?«

»An jedes Wort.«

»Tine, hör mir jetzt gut zu! Du bist eine sehr starke junge Frau. Und das musst du jetzt auch sein! Ich weiß schon seit Langem von euch. Ich habe getan, was ich tun konnte. Geschwiegen und die Sache, so gut es ging, unter Verschluss gehalten. Aber jetzt geht es nicht mehr. Dein Chris hat eine rote

Linie überschritten. Es gibt kein Zurück mehr für ihn. Und es gibt keine Zu-
kunft mehr für euch. Bitte akzeptiere das! Du kannst deinem Freund noch ei-
nen allerletzten Dienst erweisen. Und wenn du willens bist, das zu tun, dann
machst du genau das, was ich dir jetzt sage. Hast du mich verstanden?«

Julie starrte Tine an. »Du hast ... ich meine, er hat dich?«

»Richtig. Vater hat mich zu seiner Komplizin gemacht. Und gemeinsam haben wir Chris davor bewahrt, zwei Tage später von der
GSG 9 gestellt zu werden.«

»Verdammt ... was hast du getan?«

»Ich habe mir einen Pferdeschwanz gebunden und den Dufflecoat meiner Mutter ausgeliehen. Biederer ging es nicht. Dann bin
ich in dieses Westerwaldkaff gefahren. Flamersheim. Chris hielt sich
schon seit zwei Wochen in der Nähe in einem Bauernhof versteckt,
kam aber einmal am Tag ins Dorf, um sich eine Zeitung und Zigaretten zu kaufen. Sie hatten ihn dort schon ausfindig gemacht. Er
stand die ganze Zeit unter Beobachtung und die Bullen wollten ihn
schon längst hopsnehmen. Aber die Bundesanwaltschaft hat das
Kommando gebremst. Offiziell, weil man darauf spekulierte, dass
auch noch andere RAF-Leute dort auftauchen würden, die man
dann gleich mit schnappen könnte.«

»Und inoffiziell, weil Großvater Zeit schinden wollte, damit Chris
vielleicht noch abhauen konnte.«

»Ganz genau. Aber dann ging es nicht mehr und mein Vater hat
schließlich grünes Licht für einen Zugriff am 1. Dezember geben
müssen.«

»Verstehe, der 29. November ...«

»Der Tag nach Vaters Anruf in Bonn bot die letzte Möglichkeit,
Chris zu warnen.«

»Und das hast du gemacht?«

»Es war im Zeitschriftenladen. Er hat mich zuerst gar nicht bemerkt. Dann habe ich ein Buch, dass ich dabeihatte, so fallen lassen,
dass er gar nicht anders konnte, als sich danach zu bücken. Ich bin
dann auch auf die Knie und konnte ihm unbemerkt das Kuvert zustecken.«

»Kuvert?«

»Geld, eine Adresse in Bonn, ein Autoschlüssel.«

Julie hielt sich jetzt die Hände vor die Augen und schüttelte den Kopf. Tine versuchte, sie in den Arm zu nehmen, doch Julie schob sie unwirsch weg.

»Verstehst du jetzt meine Bauchschmerzen bei deinem Buchprojekt?«

»Eine verdammte Scheißidee. Das kann ich unmöglich schreiben. Ich würde ...«

»Und ich bitte dich auch inständig, es zu lassen. Auch wenn du diese ganze Episode unterschlägst. Im Zweifel weckst du nur schlafende Hunde. Dein Großvater liegt seit dreißig Jahren unter der Erde. Lass ihn bitte in Frieden.«

Julie war wieder aufgestanden, schlich wortlos, aber sichtbar unruhig umher und ging kurz in die Küche. Uno und Dos folgten ihr in Erwartung, gefüttert zu werden. Wenige Augenblicke später stand sie wieder vor Tine. Ihre Gedanken ratterten nur so. Tine konnte es förmlich hören. Wie oft war es ihr selbst so ergangen? Wie oft hatte sie sich seinerzeit ähnlich ratlos gefühlt?

»Moment mal«, entfuhr es Julie plötzlich. »Und Chris? Wusste er denn von der Verbindung zwischen euren Vätern? Ich meine in der Zeit, in der ihr zusammen wart?«

Tine zögerte einen Moment und gab schließlich eine fast schon kleinlaute Antwort. »Er wusste es von Anfang an, hat es mir aber die ganze Zeit verheimlicht. Erst viele Jahre später kam er damit raus.«

Julie beließ es bei einem verständnislosen Kopfschütteln.

»Ich weiß, es ist kaum zu verstehen.« Weiter kam Tine nicht.

»Diese ganzen Lügen. Diese Heimlichkeiten. Dieser ganze Betrug. Die Gewalt!« Julies Empörung brach jetzt ungehemmt aus ihr heraus. »Bisher habe ich ja meine englische Familie für einen verkommenen Haufen gehalten, aber das hier ... das übersteigt jedes Maß. Es ist einfach nur entsetzlich! Was für ein beschissener Plan, dieses Buch. Fuck it. Kein Wort werde ich schreiben!«

»Beruhig dich, Julie.«

»Beruhigen? Einen Scheiß werde ich tun!«

»Bitte ...«

»Nein, nein, nein, ich will nichts mehr hören! Fuck it! Lass mich jetzt gefälligst an dem Joint ziehen!«

Tine hatte sie einen Moment in Ruhe gelassen, Julie dabei aber fest im Blick behalten. »Besser?«

»Ja. Geht schon. Tut mir leid. Es ist nur so ...«

Tine griff nach Julies Händen, erst um diese sanft zu umschließen, dann aber als würde sie sich an ihnen festhalten wollen. »Chris war so voller Hass auf dieses ganze kaputte System.« Tine sprach jetzt mit kaum vernehmbarer Stimme. »Aber er war nicht dafür vorgesehen, ein Mörder zu werden. Er war nicht kaltblütig.«

»Das sah das Gericht anders«, erwiderte Julie trocken.

»Er hat den Sprengstoff besorgt und den gestohlenen Wagen auf das Gelände der Air Base gebracht.«

»Ich kenne die Details. Den Halter des Wagens haben sie vorher abgeknallt.«

»Daran war er aber nicht beteiligt.«

»Trotzdem. Es war Mord!«

»Ich hätte nie gedacht, dass er so weit geht.«

»Wie hast du das überhaupt ertragen? Das muss doch alles grauenhaft gewesen sein!«

»Ich habe praktisch ein ganzes Jahr nur geheult. Und dann bin ich abgehauen. Das erste Mal Indien. Sechs Monate. Danach bin ich für den Rest der Achtziger bei den Sannyasins in Frankfurt gewesen. Aber dann kam 1990.«

Das war sie also. Die Geschichte, die nicht wie vermutet 1966 begann, sondern schon 1943 ihren Lauf genommen hatte. Unterschwellig hatte sie schon länger gespürt, dass das Familiengeheimnis der Lombergs ein dunkles sein könnte. Aber das hier ließ jede noch so düstere Vorahnung im Nachhinein lächerlich erscheinen. Die Erkenntnis nagte schwer an Julie, aber die zwischenzeitliche Empörung nahm langsam ab und ging mehr und mehr in einen mitfühlenden Kummer über.

Tine ergriff wieder das Wort: »Nach dem Mauerfall ein Jahr zuvor wusste Chris, was ihm blüht. Er hätte nach Somalia oder in den Jemen oder in irgendein anderes kommunistisches Land abhauen können. Wollte er aber nicht. Am 4. Oktober 1990 wurde er in Ost-Berlin verhaftet. Lebenslänglich haben sie ihm gegeben. Das bedeutete im günstigsten Fall neunzehn Jahre. Und so sollte es auch kommen.«

»Wo haben sie ihn denn eingesperrt? Sicher doch im Westen?«

»Hochsicherheitstrakt. Berlin-Tegel. Später in Süddeutschland. Landsberg am Lech.«

»Du meinst, dieser Knast, wo ...?«

»Exakt. Heute nimmt man da aber auch Steuerbetrüger auf.«

»Ab wann konntest du ihn besuchen? Hast du doch bestimmt, oder?«

Tine drehte sich verlegen zur Seite und griff nach einem Taschentuch.

»Du hast nicht?«

»Nein«, kam es mit einiger Verzögerung.

»Verstehe. Du wolltest nicht zurück zu diesem ganzen Scheiß?«

»Nein. Das war es nicht. Ich wäre wirklich gerne zu ihm gegangen.«

»Aber?«

»Dein Großvater!«

»Er wollte nicht?«

»Nicht, solange er lebte. Unter keinen Umständen.«

»Er ist 1995 gestorben. Also hast du fünf Jahre warten müssen?«

»Das zweite Mal Indien. Habe mich da komplett weggeschossen. Meine Eltern haben mich jahrelang nicht gesehen. Alle paar Monate ein Telegramm ... dass es mich noch gibt. Ansonsten kein Kontakt. Nichts. Ich war einfach weg.«

»War das nicht schrecklich für dich? Wie lang, sagtest du?«

»Am Neujahrstag 1994 hat mich meine Mutter dann irgendwie ausfindig machen können und mir eröffnet, dass mein Vater todkrank war. Und dass ihm nur noch wenig Zeit blieb. Da habe ich meine Zelte in Goa abgebrochen und bin heimgefahren.«

»Hattet ihr denn noch etwas Zeit miteinander?«

»Ja. Knappe drei Monate. In gewisser Hinsicht war es die beste Zeit, die wir je hatten. Wir waren uns sehr nah damals. Zuerst war ich natürlich voller Furcht. Vor seinem Groll. Weil ich so lange weg war und mit der Familie scheinbar gebrochen hatte.«

»Scheinbar?«

»Ich bin doch in Wahrheit nur vor mir selbst weggelaufen.«

»Hat er dir verziehen?«

»Er war einfach nur dankbar, dass ich zurückgekommen bin. Und viel zu krank, um mir noch böse zu sein.«

»Aber offenbar nicht krank genug, um sich über seinen Sohn zu ärgern. *Den flamboyanten Snob.*«

»Ja, sein letzter Geburtstag. Es war ein schrecklicher Tag. Lenn hat dir also davon erzählt?«

»Hat er.«

»Es muss wirklich schlimm für Lenn gewesen sein. Ich hätte ihm so gerne geholfen, es zu verstehen.«

»Was meinst du?«

»Dein Großvater wollte mit aller Macht verhindern, dass am Ende auch noch sein Sohn in diese alte Geschichte hineingezogen wird. Und sei es aus irgendeinem dummen Zufall. Umso mehr, da ich durch Chris auch schon ein Teil dieser geworden war. Lenns Entscheidung, das Jurastudium für die Kunstgeschichte aufzugeben, hatte meinen Vater schon Jahre vorher in Panik versetzt. Als ob er es hatte kommen sehen. Und dann am Ende dieses Buch. Ausgerechnet dieses Thema. Lenn war so verdammt nah dran. Hast du es gelesen?«

»Bisher hat es mich nie interessiert. Bis vor Kurzem. Bin jetzt fast durch.«

»Dann weißt du also, dass Lenn in seiner Doktorarbeit exakt in diesem speziellen Fall recherchiert hat? Die Bilderverbrennung vom Jeu de Paume?«

»Ja. Und du hast später nie mit meinem Vater darüber gesprochen?«

Wieder zögerte Tine mit einer Antwort. »Nein, nie. Es war ein Gelübde. Dein Großvater hat es mir an jenem Tag im November 1985 abgenommen. Nie ein Wort darüber zu verlieren. Niemand sollte je erfahren, was tatsächlich geschehen ist.«

»Das heißt, ich ...«

»Ja. Das heißt es. Du bist die Erste.«

Tine hatte irgendwann einen Standortwechsel ins Spiel gebracht und schließlich waren die beiden Frauen bei Óliver gelandet, dessen Lokal wie immer gut besucht war.

»Un momento«, rief ihnen der Wirt zu, als er sie sah, und brach kurzerhand einen Streit mit vier englischen Touristen vom Zaun, wodurch einer der schönsten Plätze auf der Terrasse zügig frei wurde. Es war schon nach Mitternacht, immer noch angenehm warm und der Marktplatz von Sollér verströmte auch zu dieser vorgerückten Uhrzeit seinen lebhaften Charme. Óliver kam zwischen zwei Caipirinhas kurz auf Jordi zu sprechen, der, wie er zu berichten wusste, mit Freunden auf einer Party in Cas Concos sei.

»Wann bist du dann endlich zu ihm gegangen?«

Tine schien zunächst nicht gewillt, auf das Thema zurückzukommen. »Und, was machen wir als Nächstes?«

»Sag du es mir!«

»Wir könnten noch ins *Abraxas* gehen. Da fängt der Abend jetzt langsam an.«

»Wir sind aber noch nicht fertig!«

»Oliver, dos más, por favor.«

»Wann?«

»Kurz vor seinem Tod gab Vater mir ein versiegeltes Kuvert. Mir schien es, dass er das bis zum letzten Moment herausgezögert hatte. Als ob er genau spürte, dass es zu Ende ging. Er meinte, ich wüsste, was zu tun sei, und solle über den Zeitpunkt selbst entscheiden.«

»Eine Nachricht für Chris?«

»Ich war danach zwei Jahre lang immer wieder drauf und dran, es selbst zu öffnen.«

»Aber das hast du nicht gemacht?«

»Nein. Wir haben es gemeinsam getan. Es war mittlerweile 1997 und sie hatten ihm die erste Hafterleichterung gewährt. Vorher war es gar nicht möglich, vertrauliche Briefe in den Knast zu bringen.«

»Und?«

»Es war eine kurze Botschaft. Sobald es ihm erlaubt sei, sollte Chris brieflichen Kontakt zu einem Mann in Frankreich aufnehmen. Es sei dafür gesorgt, dass sich dieser fortan um ihn kümmern würde.«

»Fortan?«

»Für den Rest der Haftzeit und auch danach. Es sei alles arrangiert.«

»Du sagtest, ihr hättet den Brief gemeinsam geöffnet, also weißt du auch ...«

»Ja. Der Name war auch ohne die besonderen Umstände ungewöhnlich genug, um ihn nicht zu vergessen. Marcus Aurelius Ruetschli. Der leibliche Sohn von Paul Bärlach alias Franz Eylmann.«

Es war geradezu ein Schock. Der Name war kaum ausgesprochen, als sich Julie schon in einem Zustand vollständiger Erstarrung wiederfand. Außerstande auch nur noch ein Wort zu sagen. Mit keiner Silbe waren die Ereignisse der vergangenen Wochen bislang zur Sprache gekommen, die das überaus geordnete Leben ihres Vaters von einem Tag auf den andern völlig auf den Kopf gestellt hatten. Ein einziges Telefonat hatte ausgereicht, verdrängte Ratlosigkeit und Enttäuschung in sehr gegenwärtige Sorge und auch Angst zu verwandeln. Julie hatte sich die plötzlich aufkeimenden Fragen und Zweifel ihres Vaters zu eigen gemacht, um in die geheimnisvolle Lebensgeschichte ihres unbekannten Großvaters einzutauchen. Um schließlich zu verstehen, dass ausgerechnet ihre Tante die Hüterin des Grals war. Ausgerechnet Tine Lomberg. *Die kiffende Schamanin mit Geldsorgen*, wie ihr Bruder Lennard sie hin und wieder mit einer Mischung aus Spott, Sorge und einer sehr britischen Art von Zuneigung nannte. Alles würde nun auf den Tisch kommen. Die ganze Wahrheit. Und diese war kaum zu ertragen. Mehr als dreißig Jahre nach seinem Tod war genau das passiert, was Ernst Lomberg zeitlebens mit aller Macht zu verhindern versucht hatte. Drei Jahrzehnte war Julies Vater im Dunkel seiner Familiengeschichte umhergetappt, bevor ihn schließlich ein Mann namens Gilles Dupret den Weg zum Lichtschalter gewiesen hatte.

Tine schien keinerlei Notiz davon zu nehmen, was der Name Marcus Aurelius Ruetschli in Julie ausgelöst hatte, und griff nach der nächsten Zigarette: »Es war das letzte Mal. Chris und ich haben uns nie wiedergesehen. Ich bin direkt im Anschluss wieder nach Indien gegangen. Um abzuschließen. Ein Jahr nach seiner Freilassung, es war 2011 im Sommer, erhielt ich eine Postkarte von ihm. Aus Südfrankreich. Er lebt dort unter einer neuen Identität. Es klang so, als ginge es ihm gut. Vielleicht hat er seinen Frieden doch noch gefunden. Ich wünsche es ihm von Herzen. Ein Teil von mir wird ihn immer lieben.«

Julie kapitulierte endgültig und begann hemmungslos zu schluchzen. Erst jetzt merkte Tine, was vor sich ging.

»Um Gottes willen, Schätzchen, was ist denn los mit dir?«

Dicke Tränen quollen aus Julies Augen. Ein schwarzes Rinnsal aus aufgelöstem Eyeliner und Wimperntusche floss ihre Wangen herab. Tine zog Julie an sich heran und nahm sie beherzt in die Arme. Nicht ahnend, dass es umso mehr ihr Schmerz sein würde, der sie nur einen Augenblick später überwältigen sollte.

»Es tut mir so leid.«

»Was?«

»Ich muss dir etwas sagen, Tine ...«

Bonn, Dienstag, 14. Juni 2016, 11:15 Uhr, Haus Lomberg, Bonn Venusbergweg 9

Lomberg hatte sich in sein Arbeitszimmer verkrochen, das iPhone ausgeschaltet und blickte nachdenklich auf ein gerahmtes Porträt-Foto, das nun schon seit vielen Jahren einen festen Platz auf seinem Schreibtisch einnahm. Er hatte Esther angehalten, nur solche

Anrufe auf das Festnetz durchzustellen, von denen sie mit Sicherheit annehmen konnte, dass sie zu einer deutlichen Aufhellung seiner Stimmung würden beitragen können. *Es ist doch nur für ein paar Monate, maximal ein halbes Jahr.* Mehr noch als die Tatsache an sich waren es diese lapidar vorgetragenen Worte, die Lomberg eine Entscheidung hatten treffen lassen. Anthroposophische Mythen waren ihm zwar von Grund auf suspekt, die viel beschworene Sieben-Jahres-Theorie der zellularen Selbsterneuerung schien sich jedoch wieder einmal zu bestätigen. Nichts war mehr so, wie es war. Und jetzt war es vorbei.

Nachdem Carine im Jahr 2009 in Lombergs Leben getreten war, hatte es sich für ihn absolut richtig angefühlt. Hinter ihm lagen seinerzeit unstete Jahre. Gleich eine ganze Handvoll von Beziehungen waren grandios gescheitert, bevor sie überhaupt erst richtig angefangen hatten. Spätestens an dem Punkt, wenn – aus seiner Sicht vorschnell – Verbindlichkeiten eingefordert wurden. Den Vorwurf der Beziehungsunfähigkeit hatte er sich nicht nur einmal anhören müssen und irgendwann selbst daran geglaubt, für eine dauerhafte und vor allem unter einem Dach gelebte Beziehung einfach nicht geschaffen zu sein. Nicht mehr. Mit Anfang vierzig war Lomberg zu dem Resümee gekommen, dass sich seine Fähigkeit – und Bereitschaft – zur festen Bindung in den zerbrochenen Beziehungen zu Enea Montoya und Fiona Bell für den Rest seines Lebens erschöpft hatte. Nigel Tennant, sein Freund und Nachbar in den Pembridge Mews, ein in der Londoner Kunstszene weithin nachgefragter Psychotherapeut, hatte ihn damals allerdings nur ausgelacht – und damit recht behalten.

Ein sonniger Samstagvormittag im November 2009 sollte schließlich die Wende bringen. Lomberg hatte sich spontan zu einem Streifzug über den Camden Lock Market entschieden und war am Stand eines fliegenden Kunsthändlers unfreiwilliger Ohrenzeuge von dessen Gespräch mit einer Kaufinteressentin geworden. Seine Aufmerksamkeit galt zunächst gar nicht der sehr wohl attraktiven Frau, sondern dem offensichtlichen Versuch des Verkäufers, diese bei der Aushandlung des Preises für eine Chagall-Lithografie über den Tisch zu ziehen. Zunächst war es also vielmehr die Ehrensache des zufällig Anwesenden, eine Käuferin vor einem womöglich kostspieligen Fehlgriff zu bewahren, als der Versuch einer Annäherung. Was folgte, war Carines spontaner Vorschlag, sich mit einem Kaffee im nahe gelegenen *Delancey Pub* zu revanchieren – sowie eine daran anschließende Verabredung, sich ebendort am folgenden Samstag wieder zu treffen. Drei Jahre sollten von da an ins Land ziehen, in denen Lomberg und Carine alles geteilt hatten, mit Ausnahme einer gemeinsamen Wohnung. Der Verzicht auf ein häusliches Zusammenleben ging in diesem Fall nicht auf Lomberg zurück, der entgegen seiner natürlichen Instinkte zu diesem Schritt mehr als nur bereit gewesen wäre. Im Wege standen vielmehr die Karrierepläne der ehrgeizigen Bankerin, die sich damals in der Londoner Niederlassung der luxemburgischen *KBL Bank* in London für höhere Weihen zu beweisen hatte. Früher oder später würde es sie zurück in die Zentrale des Bankhauses führen, hatte Carine erklärt und dem privaten Thema damit einen beruflichen Riegel vorgeschoben. Das Damoklesschwert über ihrer Liebe senkte sich schließlich mit dem Ruf der Heimat im März 2012: mit der Berufung in den Vorstand der Bank durch ihren Chef und Förderer Jacques Trierweiler. Von fünf gemeinsamen Tagen in der Woche sollten fortan fünf im Monat bleiben. Aus einer harmonischen Partnerschaft mit vielen geteilten Interessen war binnen kurzer Zeit eine komplizierte Fernbeziehung mit sich häufenden Missverständnissen geworden. Und das sollte sich auch nicht mehr ändern, als Lomberg 2015 seine Zelte in Bonn aufgeschlagen hatte und der Abstand zwischen ihnen nur noch zwei Autostunden betrug. Seine Hoffnung auf eine Trendwende wurde schnell enttäuscht. Mehr noch: Die zurückliegenden eineinhalb Jahre hatten den schleichenden Niedergang ihrer einst so liebevollen Verbindung nur noch weiter beschleunigt. Und jetzt Chicago. Um die Expansion eines Großkunden auf dem US-Markt zu begleiten, war die *KBL* ein Joint Venture mit den Investmentbankern von *Sterling Thompson* eingegangen und Firmenkundenvorstand Carine Berger höchstpersönlich war ausgesucht worden, vor Ort die Dinge in die Hand zu nehmen.

»Frau Röhm ist in der Leitung. Die bringt dich ganz bestimmt auf andere Gedanken.«

»Was willst du damit sagen?«

»Ich stelle durch.«

»Guten Tag, Herr Lomberg.«

»Frau Röhm. Schön, von Ihnen zu hören. Was kann ich für Sie tun?«

»Ich hätte Sie nicht im Büro erwartet. Habe es eben schon auf Ihrem Handy probiert.«

»Da gibt es gerade ein technisches Problem.«

»Passt es denn jetzt?«

»Natürlich.«

»Um nicht lange drum herumzureden, ich würde Ihnen gerne etwas zeigen. Und Sie um Ihre Meinung als Kunstsachverständiger bitten.«

»Und um was geht es?«

»Eine Überraschung.«

Lomberg zögerte kurz. »Womöglich wäre ich für Überraschungen gerade besonders empfänglich.«

»Dann sollten wir uns treffen.«

»Okay. Möchten Sie einen Vorschlag machen?«

»Würde es Ihnen etwas ausmachen, zu mir nach Hause zu kommen?«

»Ganz und gar nicht!«

»Bad Godesberg. Cäcilien-Terrassen, Goldbergweg 13, vierte Etage.«

»Notiert. Termin?«

»Gerne kurzfristig.«

»Ich könnte in einer halben Stunde bei Ihnen sein.«

Kapitel 8

ENDE UND ANFANG

**Montag, 19. September 1966, 8:10 Uhr,
Haus Ruscher-Wasserberg,
Nieder-Olm, Anne-Frank-Straße 7**

Er war schon wieder seit Stunden wach und wartete nur noch auf das Startsignal. Nicht das Scheppern der zugeschlagenen Haustür, erst der Anlasser des VW-Käfers versprach Gewissheit. Helene Wasserberg hatte sich auf den Weg gemacht, um an seiner statt ins Büro der *Wasserberg KG* zu fahren, in dem Herrmann Wasserberg warten würde, um seinen Schwiegersohn als geisteskranken Faulenzer zu brandmarken. Sohn Christian war schon vorher zur Schule aufgebrochen, um pünktlich zur ersten Stunde da zu sein. Aber auch, um sich so früh wie möglich aus dem Staub zu machen. Die Konflikte mit seiner Mutter hatten zuletzt einen immer schärferen Ton angenommen. Ihr unablässiges Gezeter war auch *unten* nicht zu überhören. Max Ruscher-Wasserberg wusste, wie sehr Chris unter der Situation litt – und nahm dessen Kummer doch billigend in Kauf. Sein selbst gewähltes Keller-Exil dauerte nun schon zwei Wochen. Er wollte sich unsichtbar machen und auch selbst niemanden sehen. Am wenigsten seine Frau. Ihr anfängliches Mitgefühl, wenn ihn die depressiven Schübe mit beängstigender Regelmäßigkeit in seinen *Scheißkrieg* zurückholten, war schon im zweiten Ehejahr in eine kaltherzige Ignoranz umgeschlagen. Er hatte einst fest daran geglaubt, dass die Verletzungen seiner Seele durch die Liebe einer Frau zu heilen sein würden. Doch dann war Helene Ruscher-Wasserberg selbst zum Teil des Problems geworden. Ihre Ehe war im Mindesten so kaputt wie er selbst. Der Keller ließ ihn beides leichter ertragen. Lediglich Dr. Kretschmer war einmal bei ihm *unten* gewesen. Eine

Stunde hatte er auf ihn eingeredet, um schließlich doch nur die Vorräte von Librium und Atropin aufzufüllen.

Die Kellertreppe führte direkt hinauf in den Hausflur. Oben angekommen, warf er einen kurzen Blick in den Spiegel des Garderobenschranks. Die weißen Bartstoppeln bildeten bei Tageslicht einen unnatürlich scharfen Kontrast zu seinem immer noch dichten braunen Haupthaar. Gefühlte zehn Jahre älter sah er so aus. Die vom Schlafentzug beförderten Augenringe taten ihr Übriges. Einen Moment lang erwog er, sich zu rasieren, nur um den Gedanken doch gleich wieder als nutzlos zu verwerfen. In der Küche stand eine Thermoskanne mit Kaffee auf dem Tisch. Nur selten war noch eine Tasse übrig, obwohl sie wusste, dass er sich nach oben schleichen würde, sobald sie aus dem Haus war. Helene war koffeinsüchtig und hatte zumeist schon vor acht Uhr eine Druckbetankung mit vier Tassen *Jacobs Krönung* hinter sich. Jede mit drei Löffeln Zucker. Die Kanne war leer. Er nahm sich ein Glas Leitungswasser und blickte durch das Küchenfenster auf die fast menschenleere Straße. Nur die alte Storch von gegenüber fegte schon wieder vor ihrer Haustür. In fünf Minuten würde er freie Bahn zum Briefkasten haben.

Es war mittlerweile zehn. Er hatte sich etwas frisch gemacht und widerwillig eine Scheibe Brot mit Leberwurst geschmiert, aber nur zur Hälfte aufgegessen. Er ging die Post durch, ohne jedoch die zahlreichen Umschläge zu öffnen. Auch ein handschriftlich adressierter Brief aus Bonn blieb ungelesen. Einzig das Schreiben des Finanzamtes war es ihm wert und informierte ihn über eine Einkommenssteuer-Rückerstattung für das Jahr 1965 über einhundertfünfundzwanzig D-Mark. Er würde das Geld Chris geben, der sich einen Chemiebaukasten wünschte.

Der *Wiesbadener Kurier* widmete seinen Aufmacher dem in Rede stehenden Rücktritt von Verteidigungsminister von Hassel. Angeblich würden nur noch neunzehn Prozent der Bundesbürger seinen Verbleib im Amt befürworten. Ruscher musste nicht groß überlegen, was er den Meinungsforschern geantwortet hätte. Es war ihm völlig gleichgültig. Außerdem war zu lesen, dass Ronald »Buster« Edwards sich den britischen Behörden gestellt hatte. Eine Nachricht, die ihn vergleichsweise weniger kaltließ. Mehr als eine nur klammheimliche Sympathie verband ihn mit den schon zur Legende gewordenen Posträubern in England. Sein Interesse am sonstigen Weltgeschehen war schnell erschöpft und die Zeitung schon beinahe auf dem Weg in den Papierkorb, als ihm schließlich doch noch eine Schlagzeile auf der Innenpolitikseite ins Auge fiel: *Besserer Schutz der Verfassungsorgane. Neue Strukturen im Bundeskriminalamt.*

Der sich anschließende Artikel berichtete von einer Studie des Innenministeriums, in deren Folge eine *Neubewertung der Gefährdungslage* erfolgt war. Es hieß, dass der *künftige Schutz von Amtsträgern und Institutionen gegen die inneren und äußeren Feinde der Bundesrepublik* ein Umdenken notwendig gemacht habe. Ruscher musste an Kennedy denken. Eine Neuaufstellung der sogenannten *Sicherungsgruppe Bonn* schien bei diesem Umdenken von besonderer Wichtigkeit zu sein. Er hatte von dieser Organisation zuvor nie gehört, las weiter und erfuhr, dass diese bereits seit 1951 eine Abteilung des Bundeskriminalamtes bildete. Im weiteren Verlauf des Texts fand dann nur noch deren Kürzel SG Erwähnung, das für Ruscher auf eine unselige Tradition verwies und seine Meinung über das handelnde Personal im Bundeskriminalamt nur bekräftigte. Die Leitung habe *ein bislang kaum bekannter Ministerialbeamter aus Bonn* übernommen, der angeblich an der schon erwähnten Studie beteiligt gewesen war und darum als *ausgewiesener Experte* galt. Dessen Ernennung zum zweiten Vizepräsidenten des BKA wurde als folgerichtige Konsequenz vorangeschickt, bevor der Satzspiegel erst ein Umblättern verlangte, um auf Seite vier mit dem dazu passenden Namen anzuschließen. Der Zeitungsartikel endete mit einem Zitat des BKA-Präsidenten Paul Bärlach: »Mit Ernst Lomberg hat der Bundesminister des Inneren den Wunschkandidaten unserer Behörde zum neuen Leiter der SG bestellt, wofür ich Minister Lücke persönlich danke. Unser neuer Kollege ist aufgrund seiner speziellen Kenntnisse der Materie wie kein Zweiter geeignet, diese wichtige Position auszufüllen.« Eine Fußnote erwähnte als Quelle des Zitats ein am Freitag vom BKA veröffentlichtes Kommuniqué. In diesem war zudem mitgeteilt worden, dass Präsident Bärlach erst nach der Interpol-Konferenz, für die er sich gegenwärtig in Paris aufhalte, für neuerliche Stellungnahmen zur Verfügung stehe.

Es war beinahe eine Stunde vergangen, in der Ruscher einfach nur am Küchentisch gesessen hatte, um aus dem Fenster zu starren. Er wusste nicht, was er fühlen sollte. Die Mischung aus Enttäuschung und Zorn mündete irgendwo in lähmendem Entsetzen. Sein schon länger gehegter Verdacht hatte sich bestätigt. Er war schon wieder betrogen worden. Und sein bester Freund war der größte Betrüger von allen.

Ruscher stand schließlich auf, ließ die aufgeschlagene Zeitung und das halb gegessene Brot liegen und ging wieder runter in seinen Keller. Er kroch unter seine Schlafpritsche und zog einen alten, nicht allzu großen Lederkoffer hervor. Ungerührt blickte Ruscher zum Kruzifix, das an die hölzerne Wandvertäfelung seines Verschlags genagelt war. Der Sohn Gottes diente an dieser Stelle zur Tarnung einer nachträglich eingebauten Revisionsklappe, hinter der sich ein in das Mauerwerk eingelassener Hohlraum befand. Ruscher musste den Arm nicht weit ausstrecken und ertastete sogleich den kalten Stahl. Zehn Minuten später war die unregistrierte Makarow PB 56 komplett gereinigt. Das Magazin enthielt noch sechs der acht möglichen Patronen vom Kaliber 9 x 18 mm.

Dienstag, 20. September 1966, 9:30 Uhr, Hotel Lutetia, Paris, 45 Boulevard Raspail, 6. Arrondissement

Bärlach war schon am späten Samstagabend in Paris eingetroffen und gewohnheitsmäßig im *Hotel Lutetia* einquartiert. Bis zum Beginn der halbjährlich stattfindenden Interpol-Konferenz waren es da noch ganze sechs Tage. Nicht, dass es zuvor etwas zu erledigen gab, was die Präsenz eines BKA-Präsidenten in der französischen Hauptstadt erfordert hätte. Er wollte einfach nur weg. Für ein paar Tage alleine sein, in der vagen Hoffnung, dass ihm die Stadt, in der einst alles begann, auf neue Gedanken bringen würde. Ein Plan musste her. Ein genialer Plan. Ein Plan, mit dem sich das Schicksal noch einmal wenden ließe. Ein Plan wie jener, der aus der bescheidenen Existenz eines Franz Eylmann aus Berlin-Wedding einst einen strahlenden Mann von Welt werden ließ. Er war Realist. Sehr wahrscheinlich würde sich die vage Hoffnung als eine vergebliche erweisen. Er wusste, was auf ihn zukam. Und er war vorbereitet.

Zwei Wochen waren seit der Beerdigung von Beat Ruetschli vergangen, in deren Folge auch die Legende von Paul Bärlach zu Grabe getragen wurde – und dafür ein Franz Eylmann dem Reich der Untoten entstiegen war. Der BKA-Präsident war danach in der Schweiz geblieben. Offiziell, um weiter seiner Familie beizustehen, inoffiziell, um der unvermeidlichen Konfrontation in Wiesbaden aus dem Weg zu gehen. Die Schlinge zog sich dort immer weiter zu. Die Beweislast gegen ihn war erdrückend. Er machte sich keinerlei Illusionen: Ernst Lomberg meinte es ernst und würde keine Sekunde zögern, ihn ans Messer zu liefern. Alles würde auf den Tisch kommen. Seine wahre Identität, der Mord an Fiebig, die Vergangenheit bei der SS. Einfach alles. Aus dem bewunderten Kriegshelden und geachteten Polizeiführer würde ein entlarvter Lügner und geächteter Krimineller werden, dem lebenslängliche Haft drohte.

Auch Felix Jaggi und das *Luzerner Tagblatt* hatten jetzt das Feuer eröffnet und schienen gewillt, die Ehre des Beat Ruetschli für immer in Schutt und Asche zu legen. Eine Pietätsfrist von drei Tagen hatten sie noch verstreichen lassen, bevor sie über ihn hergefallen waren. Ruetschlis Verstrickung in die kriminellen Machenschaften der kunsthandelnden Brüder Blanck wurde tagtäglich mit immer neuen Details seziert und der skandalhungrigen Öffentlichkeit zum Fraß vorgeworfen. Bärlach selbst schien indes nicht Zielscheibe der Kampagne zu sein. Sein Name hätte der Berichterstattung fraglos noch mehr Brisanz verliehen – und zumindest die deutsche Auflage gewiss nach oben getrieben –, war aber bisher nicht gefallen. Für ihn nur ein weiterer Beleg, dass auch Jaggis Kreuzzug von Lomberg gesteuert war. Und dieser verfolgte ganz andere Pläne, als Bärlach eine Verwicklung in den Handel mit Beutekunst anzulasten. Lomberg drohte nicht seinen Ruf zu ruinieren, sondern seine Existenz zu vernichten.

Samstagmorgen um acht meldete sich Mätschke zum täglichen Telefonrapport. Neben dem Tagesgeschäft waren sie auch die deutsche Agenda für die anstehende Konferenz noch mal durchgegangen. In der sich breitmachenden Geschäftigkeit konnte Bärlach die Sinnlosigkeit seines Tuns tatsächlich für eine Weile verdrängen. Danach war wieder nur Leere. Bärlach hatte den vorübergehenden Außenposten des Bundeskriminalamtes in Zürich schließlich am späten Nachmittag verlassen, um sich vom Fahrdienst der Ruetschli-Werke zunächst zur Villa in Herrliberg bringen zu lassen. Nach dem Telefonat mit Jaggi war das heimliche Prunkstück der Sammlung Ruetschli umgehend abgehängt und von Fräulein Hornung unter Tränen transportsicher verpackt worden. Die private Residenz am See war ein nahezu optimales Versteck. Der Keller bot gleich mehrere Optionen, jede nur erdenkliche Hausdurchsuchung ins Leere laufen zu lassen. Die Befürchtung, dass sich diese Vorsichtsmaßnahme als eine sinnlose Verzweiflungstat erweisen könnte, ließ sich jedoch nur schwer verdrängen.

Zu seiner Überraschung jedoch fand er die zum Keller führende Tür versperrt vor und auch die Schlüssel waren nicht am gewohnten Ort. Bärlach war daraufhin in den ersten Stock gegangen, wo Marcus Aurelius das Privileg eines eigenen Zimmers genoss. Das Haus des innig geliebten Großvaters war sein wahres Zuhause. Ganz anders als die verhasste Rheingau-Villa seines nicht weniger verhassten Vaters. Bärlach wusste um die Gefühle seines Sohnes, dem er zeitlebens ein entweder abwesender oder ungeduldig strenger Vater gewesen war. Apathisch hatte er noch eine Weile auf das leere Bett des Jungen geblickt und doch nur die Bilder aus der Intensivstation in Rapperswill vor sich gesehen. An der Kleiderschranktür hing das grüne Auswärtstrikot des Vizeweltmeisters mit der Rückennummer vier. Eine hochwertig gerahmte Fotografie auf dem Schreibtisch des nicht nur sportlich, sondern auch musisch und fremdsprachlich begabten Schülers war ihm ins Auge gefallen. Großvater Ruetschli hatte seinen Arm um die Schulter des einzigen Enkels gelegt und blickte mit einem milden Lächeln in die Kamera. Auch Marcus Aurelius wirkte unbeschwert, beinahe heiter. Die Aufnahme schien vor nicht allzu langer Zeit im Büro des Alten entstanden zu sein. Die beiden lehnten an der hinter ihnen stehenden Wandkonsole, direkt gegenüber dem Schreibtisch des Firmenchefs. Vermutlich war es Fräulein Hornung gewesen, die die beiden von dort aus aufgenommen und der Umgebung damit mehr Raum zugebilligt hatte, als es für eine Porträtaufnahme nötig oder gar passend gewesen wäre. Unfreiwillig war so ein Zeugnis entstanden, das nicht nur die herzliche Zuneigung zwischen Großvater und Enkel dokumentierte, sondern auch den Stolz des Kunstfreundes, der mit selbstzufriedener Beiläufigkeit auf einen besonderen Schatz seiner Sammlung verwies. Bärlach hatte das in Packpapier gehüllte Gemälde schließlich hinter den Kleiderschrank gestellt, einen letzten Blick in das verwaiste Zimmer seines Sohnes geworfen und war dann zum Flughafen aufgebrochen.

Tagungsort der sogenannten Herbstkonferenz des Jahres 1966 war die Interpol-Zentrale in Saint-Cloud. Die vornehme Kleinstadt an der westlichen Peripherie von Paris war nach dem Zweiten Weltkrieg zum neuen Hauptsitz der Behörde bestimmt worden. Später sollte die größte Polizeiorganisation der Welt in Lyon heimisch werden. Als nach französischem Privatrecht eingetragener Verein stützte sich Interpol auf keinerlei völkerrechtliche Grundlage. Ein entsprechendes Regierungsabkommen hätten die Parlamente der Mitgliedsländer ratifizieren müssen, wozu es jedoch nie gekommen war. Somit handelte es sich bei der *Internationalen kriminalpolizeilichen Organisation* seit jeher um einen reinen Polizistenclub. Und das war stets ganz nach dem Geschmack von Paul Bärlach, der die politische Kontrolle seiner Amtsführung von Beginn an als Anmaßung empfand. Nachdem Lücke das Zepter übernommen hatte, war alles nur noch schlimmer geworden. »Internationale Zusammenarbeit heißt multilaterale Zusammenarbeit«, lautete die neue Marschrichtung. Als Hinterzimmer-Diplomat alter Schule hielt Bärlach komplizierte Verhandlungen über Mehrstaaten-Abkommen jedoch für reine Zeitverschwendung. Er setzte weiter unbeirrt auf die schnellen Deals von Mann zu Mann und Land zu Land.

Dem christlichen Konservativen Lücke war nicht nur Bärlachs hochmütiger Charakter zuwider. Mehr noch war es die unverhohlene Missachtung demokratischer Institutionen, die sein Spitzenbeamter immer wieder völlig ungeniert durchblicken ließ. »Die Fünfte Kolonne Moskaus.« So lautete die interne Sprachregelung der Wiesbadener Führungsmannschaft, wenn man in vertrauter Runde auf das verhasste Ministerium zu sprechen kam. Lücke wusste das nur zu gut, ließ Bärlach aber gewähren. Dessen Abwanderung auf den Interpol-Hochsitz in Paris schien nahezu sicher, womit sich das Problem bald von alleine lösen sollte.

Während das Verhältnis zu seinem Dienstherrn, mithin zum Großteil der neuen politischen Klasse in Bonn im Mindesten als zerrüttet galt, genoss Bärlach im Kreise seiner internationalen Kollegen mittlerweile uneingeschränkten Zuspruch. Zum einen als ein tatkräftiger Polizeiführer, der nicht nur ständig dem Recht das Wort redete, sondern wenn nötig auch für Ordnung zu sorgen wusste. Zum anderen als *Guter Deutscher*, der sich einst dem Nazi-Regime mutig entgegengestellt hatte und zum dekorierten Kriegshelden der Alliierten avanciert war. Anfänglich hing ihm auch hier noch der Ruf an, ein Günstling der Amerikaner zu sein. Seine Vergangenheit in Washington und Langley war kein Geheimnis. Nach und nach wurde ihm dann aber auch die Gunst der europäischen Behördenchefs zuteil, die ihn schließlich ins mächtige Exekutivkomitee beriefen. 1961 war das, fünfeinhalb Jahre später galt Paul Bärlach als logischer Favorit für den Posten des Generalsekretärs, der im Januar 1967 neu zu besetzen war, und zwar alleine durch die Vollversammlung der Interpol-Behörde, sprich ohne politische Einflussnahme der jeweiligen Mitgliedsstaaten. Es wäre die Krönung seiner Laufbahn gewesen und nicht nur Bärlach hatte dem neuen Amt entgegengefiebert. Auch Minister Lücke konnte es daheim in Bonn kaum erwarten, seinen Widersacher beim BKA auf diese Art und Weise geräuschlos loszuwerden. Doch wenn nicht noch ein Wunder geschehen sollte, war all das nur noch Makulatur. Ernst Lomberg hatte die Dämonen der Vergangenheit beschworen und alle Pläne brutal durchkreuzt. Was als letztes Schaulaufen vor Bärlachs endgültiger Thronbesteigung gedacht war, drohte zum Prolog eines beispiellosen Absturzes zu werden.

»Monsieur. O mon dieu, Monsieur.«

Die Stimme schien ihm Teil des Albtraums zu sein, der ihn weiter fest im Griff hielt.

»Pour l'amour de dieu. Se révieller! Monsieur ...«

Er spürte eine Hand, die an seinem Arm rüttelte, der sich jedoch eigenartig taub anfühlte. Um ihn herum war es nass und schmutzig. Er konnte es riechen und fühlen, aber nicht sehen. Seine Augenlider schienen wie gelähmt.

Sie war ins Bad geeilt, hatte Handtücher herbeigeholt und das Erbrochene notdürftig aufgewischt. Nur die immer noch gebundene Krawatte hielt das aufgeknöpfte Oberhemd an seinem Körper. Die Budapester Halbschuhe waren noch fest zugeschnürt, die Anzughose aber bis zu den Füßen heruntergelassen. Die weit geschnittene Unterhose war völlig verrutscht, sein Hodensack hing seitlich schlaff heraus. Es gab Tage, an denen Zimmermädchen Madeleine ihren Job hasste. Sie griff zum Hörer und wählte die Nummer der Rezeption: »Au secours, chambre 403 ... L'invité d'Allemagne ... un médecin, tout de suite ...«

Mittwoch, 21. September 1966, 16:00 Uhr, Hauptsitz des Bundeskriminalamtes, Wiesbaden, Thaerstraße 11

Lücke persönlich hatte dafür gesorgt, dass der neue Vizepräsident in der gediegenen Rosselstraße unterkam, die als eine der zahlreichen Liegenschaften des BKA am Stammsitz Wiesbaden für besondere Verwendungen vorgehalten wurde. Eine Unterkunft im obligatorisch vorgesehenen Gästehaus, dieses galt vollkommen zu Recht als schäbige Absteige, war dem neuen Hoffnungsträger schlichtweg nicht zuzumuten. Zumal dessen Amtsantritt ohnehin mit einer wenig erfreulichen Dienstanweisung verbunden war. Die private Einladung in die Eichenhainallee war eine Geste mit besonderer Symbolkraft gewesen, der Abend jedoch deutlich entspannter verlaufen, als es zu befürchten war. Das Geschäft blieb während des Essens gänzlich ausgespart und die Lückes hatten sich als herzliche Gastgeber gezeigt, die dem Ehepaar Lomberg ganz ohne jeden Standesdünkel begegneten. »Beim Minister? O Gott! Was soll ich denn bloß anziehen?« Elisabeth Lomberg war in helle Aufregung geraten und zugleich von großem Stolz auf ihren Mann erfüllt, dessen Beamtenlaufbahn eine zuvor nicht für möglich gehaltene Richtung eingeschlagen hatte. Als sie erstmals das Wort Vizepräsident zu hören bekam, waren Tränen geflossen. Tränen der Vorfreude, denn der unverhoffte Karrieresprung würde die Mietwohnung in Sankt Augustin bald Geschichte werden lassen. Auf die Champignon-Cremesuppe war ein rustikaler Rinderbraten gefolgt und ein Fürst-Pückler-Eis schon als Dessert avisiert, als Lücke Lomberg mit der Aussicht auf eine Zigarettenpause auf die Terrasse gelockt hatte.

»Die SG kann noch eine Weile warten.«

Der Minister des Inneren schien es zunächst bei dieser Feststellung zu belassen, nahm einen Schluck von seinem Black & White Whisky und schob dann nach: »Sie gehen jetzt erst mal für vier Wochen nach Wiesbaden und arbeiten sich dort ein. Machen Sie der Mannschaft von Anfang an klar, dass ab jetzt ein neuer Wind weht. Glauben Sie mir Lomberg, es wird Ihre Autorität nur bestärken. Es ist im Übrigen auch schon alles vorbereitet. Und keine Sorge, Sie wohnen nicht in der Tropfsteinhöhle.«

Aufgrund der Raumknappheit im Wiesbadener Hauptsitz des BKA war dem neuen Vizepräsidenten zunächst ein Besprechungsraum auf der Chefetage zur Verfügung gestellt worden. Der Konferenztisch bot Platz für Zusammenkünfte von bis zu zwanzig Personen und hatte damit die Ausmaße von drei aneinandergereihten Tischtennisplatten. Lomberg war den ganzen Tag über in Akten vertieft gewesen und gerade damit beschäftigt, seinen provisorischen Arbeitsplatz aufzuräumen, als er ein kaum hörbares Klopfen an der Tür vernahm.

»Ja, bitte.«

Die Vorzimmerdame lugte vorsichtig durch den Türrahmen und warf Lomberg einen verängstigten Blick zu.

»Kommen Sie rein, Fräulein Braun. Ich beiße nicht.«

»Entschuldigen Sie bitte, Herr Vizepräsident ...«

»Fräulein Braun, ich bitte Sie. Jetzt lassen Sie doch mal den Herrn Vizepräsidenten weg!«

»Ich bitte um Verzeihung ...«

»Das sagten Sie schon. Was ist los?«

»Ich wollte fragen, ob ich äh ...«

»Sie möchten früher gehen?«

»Ja, äh, beziehungsweise nein. Nur pünktlich. Mein Sohn ist erkältet und ...«

»Wenn Sie pünktlich gehen, müssen Sie mich nicht fragen. Wenn ich Sie länger brauche, dann muss ich Sie fragen.«

»Das ist sehr großzügig, Herr Vize ...«

»Wird das hier sonst anders gehandhabt?«

»Ich war ja bisher im Vorzimmer von Vizepräsident Mätschke eingeteilt.«

»Das ist mir bekannt.«

»Bei ihm und Präsident Bärlach ist es genau andersherum geregelt.«

»Kann sein. Bei mir ist es aber so geregelt. Und wenn Ihr Sohn krank ist, können Sie meinetwegen auch früher gehen. Aber vorher müssen Sie bitte noch etwas für mich erledigen.«

»Selbstverständlich, Herr Vizepräsident.«

»Ich brauche heute noch den Fahrdienst. In einer halben Stunde. Habe noch einen Außentermin. Ich entscheide dann vor Ort, ob der Fahrer mich später zurück in die Rosselstraße bringen muss.«

»Wird sofort erledigt.«

Lore Braun machte auf dem Absatz kehrt und hinterließ Lomberg ratlos bis entsetzt. Das zehnjährige Regime des Paul Bärlach hatte tiefe Spuren hinterlassen. Ein Klima der Angst kühlte die dreihundert Dienstzimmer der Behörde durchgängig auf die Betriebstemperatur eines Gestapo-Gefängnisses herunter. Ein Kulturwandel würde keine Frage von Jahren sein, sondern der einer gänzlich neuen Beamtengeneration.

Lomberg trat aus dem Aufzug und warf einen prüfenden Blick in die weitläufige Eingangshalle, die an diesem vorgerückten Nachmittag schon fast menschenleer war. Eiligen Schrittes machte er sich in Richtung der mächtigen Empfangstheke auf und sah den baumlangen Mann mit der schwarzen Schirmmütze schon bereitstehen.

»Guten Tag, Herr Lomberg. Pawlok, Günther Pawlok vom Fahrdienst. Darf ich Ihnen die Tasche abnehmen?«

»Nein, lassen Sie mal gut sein, Pawlok. Sie sind übrigens der Erste hier, der mich nicht mit Herr Vizepräsident anredet.«

»Oh, ich bitte um Verzeihung, Herr Vize ...«

»Nein, nein, so war das nicht gemeint. Was gibt die Flotte denn heute her?«

»Opel Rekord C, Viertürer, erst letzte Woche zugelassen.«

»Na dann mal los!«

Lomberg schätzte den Hünen auf sein eigenes Alter, höchstens jedoch auf Anfang fünfzig. Pawlok war in Richtung der Drehtür vorausgegangen, er humpelte stark. Erst jetzt bemerkte Lomberg den klobigen Spezialschuh, der auf eine nicht unwesentliche körperliche Versehrtheit des Fahrers hinwies. Er entschied sich für den Sitz im Fond. Pawlok blickte in den Rückspiegel.

»Es geht nach Nieder-Olm, hörte ich?«

»Richtig. Sicher kennen Sie die schnellste Route.«

»Wie lautet die Zieladresse?«

»Ach ja, natürlich. Von Stauffenberg-Straße.«

Lomberg seinerseits hatte in den Rückspiegel des Fahrers geblickt und meinte, dessen Mienenspiel richtig verstanden zu haben. Pawlok fuhr zügig und brachte den noch nicht eingefahrenen Opel gleich auf ordentliche Umdrehungen. Bleifuß, dachte sich Lomberg und amüsierte sich über seinen eigenen Sarkasmus.

»Ist es so bequem, Herr Dr. Lomberg?«

»Alles bestens. Hätte nicht gedacht, dass wir so gut durchkommen. Sagen Sie mal, Pawlok, seit wann sind Sie eigentlich bei uns?«

»Von Anfang an. Seit einundfünfzig. Es wurden Männer gesucht, die schon Erfahrung mit größerem Fahrgerät hatten.«

»Und was sind Sie früher so gefahren?«

»Zuletzt einen Tiger zwei.«

»Den Königstiger also.«

»Sie sagen es.«

»Bei Ihrer Körpergröße?«

»In unserem Bataillon war für Zwerge kein Platz.«

»Natürlich. Was ist mit Ihrem Fuß?«

»Ein Andenken an Sibirien.«

»Verstehe. Wann sind Sie zurückgekommen?«

»1950.«

»*Scheißkrieg.*«

»Wir hätten vor Moskau nicht haltmachen dürfen.«

Lomberg gab ein knappes Nicken zurück, das seine Haltung in dieser Sache jedoch im Unklaren ließ. Er hatte es gleich geahnt und dann weder Grund noch Lust gehabt, nach weiteren Details zu fragen. Das Grundproblem des Amtes bestand nicht nur in der Gesinnung der Führungsetage. Es betraf in gleichem Maße das Fußvolk, das von Beginn an eben durch diese Führungsetage mit politischem Kalkül rekrutiert wurde. Dass Minister Lücke ausgerechnet von ihm erwartete, diesen Sumpf trockenzulegen, war schon am siebten Arbeitstag zu einer Bürde geworden, die die Ehre des Vizepräsidentenpostens weit überwog. Eine Weile hing er diesen trüben Gedanken weiter nach, mühte sich dann aber um Konzentration auf die unmittelbar vor ihm liegenden Probleme, die nur noch wenige Minuten entfernt waren.

»Lassen Sie mich hier raus. Ich gehe noch ein paar Meter.«

»Wie Sie wünschen.« Pawlok steuerte den Wagen an den Straßenrand und touchierte dabei unsanft die Bordsteinkante.

»In Gedanken sitzen Sie wohl immer noch in Ihrem Königstiger?«

»Bitte um Verzeihung, Herr Vizepräsident.«

»Hier haben Sie zehn Mark. Am Ende der Straße ist ein Gasthaus. Warten Sie da auf mich. Wenn ich in einer halben Stunde nicht aufkreuze, fahren Sie. Ich nehme mir dann ein Taxi.«

»Ich kann auch länger warten.«

»Nein, nein, entweder es geht ganz fix oder es dauert eher lange.«

Lomberg zog seinen *Stetson* auf, stellte den Kragen des leichten Übergangsmantels auf und bog in die Anne-Frank-Straße ab, die sein eigentliches Ziel war. Er entschied sich für die gegenüberliegende Straßenseite. Die diagonale Blickperspektive erlaubte ihm, die Situation am Zielort schon einige Meter vorher einschätzen zu können. Lomberg war in der festen Erwartung gewesen, die Heckflosse an ihrem gewohnten Platz in der Einfahrt vorzufinden. Aber diese war genauso wenig zu sehen wie der schwarze VW-Käfer. Jeder Versuch, Kontakt zu seinem Freund Ruscher aufzunehmen, war seit dem verkaterten Morgen in Bonn gescheitert. Ein Monat war seitdem vergangen. Anrufe wurden entweder gar nicht angenommen oder aber mit der Auskunft beschieden, dass die Lage unverändert und Max nicht zu sprechen sei. Auf den Hinweis der Dringlichkeit, die Taufe seines Sohnes Lennard rückte immer näher, riet Helene Ruscher-Wasserberg mit der ihr eigenen Kaltschnäuzigkeit, vorsorglich nach einer anderen Lösung zu suchen.

Lomberg stand jetzt vis-à-vis der Hausnummer elf und blickte nachdenklich auf das wie verlassen wirkende Eigenheim seines Freundes. Die Jalousien waren wieder auf Halbmast. Genauso wie bereits am 5. September, als er das letzte Mal hier gestanden und nur durch Zufall Sohn Christian getroffen hatte.

»Keiner zu Hause.«

Lomberg drehte sich um und schaute auf eine ungefähr ein Meter fünfzig große Gestalt in einem Arbeitskittel herab, die in der rechten Hand einen Besen hielt.

»Gnädige Frau?«

»Ich sag es Ihnen, da ist was im Busch! Sind ja eigentlich anständige Leute. Aber in letzter Zeit ...«

»Ich bin ein Bekannter der Familie. Wir, ich meine die Ruscher-Wasserbergs und ich, haben uns länger nicht gesehen. War gerade in der Nähe und dachte mir ...«

»Ziehen Sie Ihren Hut ruhig wieder auf. So fein sind wir hier nicht.«

»Und Sie sind, wenn ich fragen darf?«

»Frau Storch. Hausnummer zwölf.«

»Sehr erfreut, Frau Storch. Sind die Ruscher-Wasserbergs vielleicht verreist?«

Lomberg blickte in zwei neugierige Glupschaugen, die merkwürdig weit auseinanderstanden und damit ungewollte Aufmerksamkeit auf die unförmige Nase lenkten.

»In der Straße heißt es, der Schwiegersohn vom alten Wasserberg ist in letzter Zeit etwas plemplem.«

»Plemplem? Ich verstehe nicht ganz.«

»Sie kommen wohl nicht von hier?«

»Nein. Eher aus dem Norden.«

»Das merkt man.«

»Wann haben Sie denn das letzte Mal jemanden aus der Familie gesehen?«

»Den Schwiegersohn. Vorgestern. Am Montag. So gegen Mittag. War seit Wochen wie vom Erdboden verschluckt. Aber dann hab ich ihn plötzlich gesehen, wie er mit seinem protzigen Daimler weg ist. Hatte einen Koffer dabei.«

»Gegen Mittag, sagten Sie?«

»Spreche ich undeutlich, oder was?«

»Sie scheinen hier alles genau im Blick zu haben, nicht wahr?«

»Was soll das heißen?«

»Was ist mit dem Jungen? Christian?«

»Hören Sie mir bloß auf! Dieser Rumtreiber. Kann noch nicht mal Guten Tag sagen, der Bengel. Lungert immer mit den anderen Halbstarken aus der Siedlung rum. Hinten am Spielplatz. Denen hätte man früher Beine gemacht.«

Die vier Halbstarken blickten schuldbewusst zu Boden. Lomberg hatte die Rauferei schon an der Straßenecke beobachtet und dabei erkannt, dass der Konflikt im Kräfteverhältnis von drei zu eins ausgetragen wurde. Sein lautstarkes Kommando hatte schnell Wirkung gezeigt.

»Was ist hier los?«

»Der da hat angefangen!« Der Junge hielt sich mit der einen Hand ein Taschentuch vor die blutende Nase und zeigte mit der anderen auf den vermeintlichen Einzelkämpfer.

»Stimmt. Die blöde Sau hat einfach zugeschlagen!«, bekräftigte ein anderes Mitglied des Dreierbundes.

»Pass mal auf, Freundchen! Wer hier eine blöde Sau ist, entscheide ganz allein ich! Hast du mich verstanden?« Lombergs Zeigefinger ließ den gerade noch so vorlauten Pimpf ängstlich zurückweichen. »Chris, ist das wahr?«

Die anderen Jungs blickten erschrocken auf.

»Die haben mich beleidigt!«, antwortete Christian Ruscher-Wasserberg mit trotzigem Zorn und lieferte sein Schuldeingeständnis sogleich mit. »Die haben gesagt, dass ... dass Vater ...«, seine Stimme ließ ihn im Stich. Chris kämpfte jetzt mit den Tränen und wich Lombergs strengem Blick beschämt aus. Auch die anderen waren kleinlaut geworden.

»Wenn ihr euch mit Christians Onkel anlegen wollt, dann bitte sehr. Wenn nicht, dann Abmarsch, ihr Dreifachweltmeister! Bevor ich noch ungemütlich werde.«

Die Raufbolde hatten es auf einmal ziemlich eilig und waren augenblicklich mit ihren Fahrrädern um die Ecke gebogen, ohne sich nochmals umzudrehen. Lomberg hatte den immer noch verstörten Christian jetzt väterlich in den Arm genommen.

»Woher kommen die Banausen?«

»Aus der Siedlung.«

»Also eigentlich Kumpels von dir?«

Chris nickte und murmelte kaum hörbar: »Eigentlich ja.«

»Was haben die denn gesagt, das dich so wütend gemacht hat?«

»Die haben mich aufgezogen.«

»Mit was denn?«

»Die haben gesagt, dass ...«

Chris blickte wieder zu Boden und fing nun bitterlich an zu weinen.

Lomberg bestand darauf, ihn nach Hause zu bringen. Christian willigte nach kurzem Zögern ein und schob die Bemerkung nach, dass seine Mutter sowieso nicht vor sieben Uhr zu Hause sein würde. Der Weg vom Spielplatz zurück in die Anne-Frank-Straße war kurz. Christian schob sein immer noch deutlich zu großes Sechsundzwanziger-Rennrad und berichtete detailreich über die Vorzüge einer Zehngangschaltung. *Dein Alter kommt bestimmt bald ins Irrenhaus.* Lomberg war es schließlich gelungen, dem Jungen den entscheidenden Satz zu entlocken, der zum Streit mit seinen *eigentlichen* Freunden aus der Siedlung geführt hatte. »Es war sehr mutig von dir, die Ehre deines Vaters zu verteidigen.« Lomberg wusste nur zu gut, dass seine Aussage in pädagogischer Hinsicht mehr als fragwürdig war. Für den Moment aber war sie ein probates Mittel, den Jungen wieder etwas aufzurichten und sein Vertrauen in den sogenannten Onkel zu bestärken.

Bereitwillig hatte Christian ihn dann ins Haus geführt. Wie schon bei seinen seltenen Besuchen zuvor befiel Lomberg gleich wieder ein Gefühl der Beklemmung. Von der altmodischen Einrichtung und der pedantischen Ordnung ging eine bedrückende Trostlosigkeit aus. Chris führte ihn zunächst in die Küche und nahm dort einen großen Schluck aus dem Wasserhahn, während Lomberg einen flüchtigen Blick auf die ungeöffnete Post warf. Die aufgeschlagene Zeitung vom Vortag lag noch auf dem Tisch, rote Unterstreichungen ließen erkennen, welche Nachrichten zuletzt besondere Beachtung gefunden hatten. Lomberg musste nicht lange rätseln. Er kannte den Artikel nur zu gut. Das Wort *Paris* war zusätzlich durch ein Ausrufezeichen markiert.

»Soll ich dir Vatis Keller zeigen?«

Lomberg nickte stumm und folgte dem Jungen zurück in den Hausflur. Der Blick die Kellertreppe hinab ließ ihn kurz erstarren und bestärkte den ohnehin wachsenden Zweifel an der Angemessenheit seines Verhaltens. Die nur knapp zwei Meter Raumhöhe des Kellers gaben dem Gefühl der Beklemmung nochmals eine ganz neue Dimension. Wenige Blicke reichten, um sich ein Bild zu machen. Das also war der Ort, an dem Max Ruscher-Wasserberg regelmäßig Zuflucht vor seinen Erinnerungen aus der Rue des Saussaies suchte. Christian beobachtete Lomberg aufmerksam. So vergingen fünf Minuten, bevor der Junge schließlich auf das Kruzifix deutete.

Zwanzig Minuten später verließ Lomberg das Haus der Ruscher-Wasserbergs, warf einen Blick auf seine Uhr und rechnete kurz nach. Im Gasthof *Zum Goldenen Reh* würde mit ein wenig Glück noch ein ehemaliges Mitglied des SS-Panzerbataillons *Das Reich* auf ihn warten und eine voraussichtlich sehr zügige Rückfahrt nach Wiesbaden garantieren können.

»Pawlok, Sie noch hier?«

»Wollte schon längst gegangen sein, aber die sind ziemlich lahmarschig hier. Warte schon seit einer Viertelstunde auf die Rechnung.«

»Ich müsste mal schnell telefonieren.«

»Hinten durch. Auf dem Weg zur Toilette.«

»Sie haben noch ein paar Minuten Zeit?«

»Dienst ist Dienst.«

»Dann sollten Sie es bei dem einen Bier belassen.«

»Ich sagte doch, ich wollte eigentlich schon gehen.«

»Kellner, bringen Sie dem Mann bitte noch einen Kaffee.«

»Kommt sofort.«

Der Münzfernsprecher hing gleich hinter der Garderobe. Lomberg zögerte kurz und entschied sich dann für die Zentralnummer.

»Bundeskriminalamt Wiesbaden, Vermittlung.«

»Lomberg hier. Ist das Vorzimmer von Präsident Bärlach noch besetzt?«

»Selbstverständlich. Die gehen nie vor sieben, halb acht. Bitte warten Sie. Ich verbinde.«

Lomberg warf zur Sicherheit eine Fünfzig-Pfennig-Münze nach, die Verbindung ließ auf sich warten. Er beobachtete Pawlok, der zerknirscht an seiner Tasse nippte.

»Vorzimmer Präsident Bärlach, guten Abend.«

In der Frauenstimme lag ein ähnlich ängstlicher Grundton, wie Lomberg ihn schon von Lore Braun kannte.

»Lomberg hier, wer ist bitte am Apparat?«

»Oh, Herr Vizepräsident ... äh ... Fräulein Weidl hier.«

»Fräulein Weidl, das lobe ich mir aber, dass Sie noch im Dienst sind.«

»Ja, es wird immer etwas später hier.«

»Sagen Sie mal, Fräulein Weidl, hätten Sie eventuell Zugriff auf die Terminplanung von Präsident Bärlach?«

»Ja. Ich mache alle seine Termine.«

»Ich müsste den Präsidenten in einer bestimmten Angelegenheit kurz sprechen, möchte ihn aber nicht in der Schweiz anrufen. Ich denke, das gebietet der Respekt vor den besonderen Umständen. Eine schreckliche Tragödie, nicht wahr?« Lomberg spürte sofort, dass die verstummte Vorzimmerdame durch seine Bemerkung in Verlegenheit geraten war. »Wissen Sie zufällig, ob der Herr Präsident vor der Konferenz in Paris noch mal im Amt sein wird? Beziehungsweise wann er plant, nach Paris aufzubrechen?«

»Äh ... meines Wissens ist der Herr Präsident bereits in Paris. Ich meine ... ich weiß es ehrlich gesagt nicht genau, aber ich vermute es. Er rief Freitag an und beauftragte mich, das Hotel zu buchen. Schon für Samstagabend also. Deswegen glaube ich ...«

»Ah ja, verstehe, dann muss das Zeit haben bis nach seiner Rückkehr. Kein Problem.«

»Wenn es keine Umstände macht, Herr Vizepräsident?«

»Nein, nein, schon gut. Vielen Dank, Fräulein Weidl. Und Sie machen jetzt langsam mal Schluss.«

»Danke, das ist sehr freundlich, Herr Vizepräsident.«

»Gut. Auf Wieder ... ach ja, Fräulein Weidl, vermutlich ist die deutsche Delegation wieder in dem kleinen Hotel in Saint-Cloud untergebracht, nicht wahr? Wie heißt es doch gleich?«

»Sie meinen das *Charlemagne*?«

»Ja, genau das meinte ich.«

»Ja, das ist das offizielle Hotel der Delegation. Aber Präsident Bärlach ist wie immer im *Lutetia*.«

Mittwoch, 21. September 1966, 21:00 Uhr, Bar du Poète, 27 Rue de Raffet, 16. Arrondissement

Die *Bar du Poète* war auf ihren Vorschlag hin als Treffpunkt aus-gemacht worden. Nur ein paar Hundert Meter entfernt von ihrem Arbeitsplatz im Bois de Boulogne. Er war tags zuvor ein paarmal die Boulevards des Maréchaux im Schritttempo auf und ab gefahren, bevor ihm die wasserstoffblonde Bordsteinschwalbe ins Auge gefal-len war und er die Heckflosse spontan in Richtung Straßenrand ge-steuert hatte, um sie anzusprechen.

Denise hatte sich einen Platz in der hintersten Ecke gesucht, mit ihrer eindrucksvollen Haarpracht war sie dennoch unübersehbar.

»Salut.«

»Tu nicht so französisch. Wie sagt ihr bei euch? *Guten Tag*? Merde. Wie bescheuert das klingt.«

»Darf ich?«

»Natürlich, setz dich gefälligst.«

»Heute schlecht gelaunt?«

»Habe meine Tage. Bei mir heißt das automatisch Verdienstaus-fall.« Denise hielt eine gelbe *Gitanes* in der Linken, in der Rechten einen beinahe gleichfarbigen Pastis Soda.

»Gaston, mon cher, unser deutscher Freund quatscht mir die Oh-ren voll. Gib ihm was zu trinken!«

»Das Gleiche wie die Dame, Monsieur?«

»Un pression s'il vous plaît.«

»Natürlich, ein Bier. Quelle suprise.«

»Ist Denise eigentlich dein echter Name?«

»Blödmann. Was stellst du mir für Fragen? Frag ich dich etwa nach deinem echten Namen? Würdest du mir ja sowieso nicht sa-gen.«

»Ich heiße Max.«

»Max? Was soll das sein? Ihr *Boches* habt so bescheuerte Namen. Fritz, Heinz, Hans und so weiter und jetzt auch noch Max. Habt ihr weniger Buchstaben als wir? Oder warum heißt ihr alle gleich?«

»Und wie findest du den Namen Paul?«

»Auch bescheuert. Aber den kann man zumindest französisch aussprechen.«

»Und deine Haare? Sind die wenigstens echt?«

»Natürlich nicht! Das ist der Deneuve-Look! Der ist gerade gefragt. Ich bin die Deneuve-Spezialistin im Bois de Boulogne. Compris?«

»Und deswegen auch Denise ...«

»Ooooh ... Monsieur Max ist Experte!«

»*La chasse de l'homme.*«

»Ganz recht.«

»Wie ist es gelaufen?«

»Mission accomplie.«

»Geht's auch was genauer?«

»Er ist um acht ins Hotelrestaurant gekommen, hat sein Essen zu sich genommen und ist dann um halb zehn an die Bar gegangen. Ich habe dann noch ein wenig gewartet. Zwei Bloody Mary hatte er schon intus, dazu der Wein beim Essen. Dann habe ich mich zu ihm gesetzt und die Standardnummer durchgezogen.«

»Und weiter?«

»Leichtes Spiel. Melancholiker. Bei ihm läuft wohl gerade ziemlich viel schief. Typisch Mann, Selbstmitleid als moralisches Alibi, zu den Nutten zu gehen.«

»Keine Unterschiede zwischen Franzosen und Deutschen?«

»Was willst du hören? Dass ihr *Boches* die größeren Schwänze habt?«

»Und Bärlach?«

»Wir haben nicht lange rumgefackelt und sind zu ihm aufs Zimmer. Er hat sich vom Barmann noch eine Flasche *Bollinger* mitgeben lassen, der Angeber.«

»Und dann hast du Frau Doktor gespielt?«

»Drei von diesen Pillen aufgelöst. Direkt ins erste Glas.«

»Wie lange hat es gedauert?«

»Er konnte es gar nicht erwarten. Ließ einfach seine Hose runter und wollte, dass ich auf die Knie gehe. Aber da tat sich bei ihm nicht mehr viel. Nach zwei Minuten ist er ins Wanken geraten und aufs Bett gefallen. War sofort weg.«

»Gut gemacht.«

»Was war das für ein verdammtes Zeug?«

»Atropin.«

»Wenn ich morgen in der Zeitung lese, dass der Typ draufgegangen ist, hast du meinen korsischen Cousin am Hals.«

»Keine Sorge. Er steht schon wieder.«

»Was soll der ganze Scheiß eigentlich? Was hast du für ein Problem mit dem Kerl? Könnt ihr das nicht unter Männern regeln?«

»Wie viel hatte er im Portemonnaie?«

»Das würdest du wohl gerne wissen.«

»Behalt das Geld. Wollte nur wissen, ob es sich für dich gelohnt hat.«

»Dreihundert Francs.«

»Dann solltest du wegen des Verdienstausfalls keine allzu schlechte Laune haben. Zusammen mit den fünfhundert von gestern ...«

»Ist ja schon gut. Pas de problème.«

»Hast du den Rest auch erledigt?«

»Das Foto habe ich auf den Nachttisch gestellt. An die Lampe. War vermutlich das Erste, was er gesehen hat, als er wieder bei Sinnen war.«

»Sehr gut.«

»Es geht um das Gemälde, nicht wahr?«

»Das geht dich nichts an.«

»Ist mir sofort aufgefallen. Es ist ungewöhnlich. Wie heißt es?«

»Ich weiß es nicht. Für mich ist es nur Bild Nr. 9.«

»Bild Nr. 9? Was für ein bescheuerter Name. So fantasielos könnt wirklich nur ihr *Boches* sein.«

»Halt deinen frechen Schnabel!«

»Und was soll der Scheiß auf der Rückseite? Du willst ihn treffen? Morgen? Was willst du mit ihm machen?«

»Verdammt noch mal, das geht dich nichts an.«

»Ohohoh ... reg dich ab, Monsieur Max! Ist ja schon gut.«

»Und sonst?«

»Nichts sonst. Alles im Safe, sehr wahrscheinlich jedenfalls.«

»Keine Waffe?«

»Wie ich sagte: wenn, dann im Safe.«

»Gut. Das wär's dann, Denise, oder wie immer du auch heißt.«

»Ganz wie Sie wünschen, Monsieur Max. Gaston, l'addition pour le monsieur!«

Donnerstag, 22. September 1966, 23:30 Uhr, Hotel Lutetia, 45 Boulevard Raspail, 6. Arrondissement

Mit der Auskunft des Barpersonals war die Sachlage schnell geklärt. Der deutsche Hotelgast hatte sich am Dienstagabend von einer Professionellen ansprechen lassen, sie mit auf sein Zimmer genommen, war dort auf eine nicht mehr näher feststellbare Art und Weise ohnmächtig geworden und schließlich ausgeraubt worden. Als Stammgast sicherte man ihm größte Diskretion zu, wollte den Vorfall aber dennoch zur Anzeige bringen.

»Nur ein paar mickrige Francs. Kleingeld. Der Rest war im Safe.« Nur mit Mühe war es Bärlach gelungen, die Leitung des ehrwürdigen *Lutetia* von weiteren Schritten abzuhalten. Mit circa dreihundert Francs bezifferte er für sich selbst den wahren Umfang des Verlusts. Dabei war klar, dass es dem Flittchen trotz der beträchtlichen Summe nicht ums Geld gegangen war. Der Inhalt seiner Brieftasche war sicher ein willkommenes Zubrot gewesen, aber der Hauptlohn wurde fraglos an anderer Stelle gezahlt. Der herbeigerufene Arzt hatte ihm etwas gespritzt, vermutlich Adrenalin, und nach einer halben Stunde war er wieder auf den Beinen gewesen. Für den Preis rasender Kopfschmerzen. Trotz seines desolaten Zustands hatte er das Foto auf seinem Nachttisch sofort erkannt. Es war die gleiche Aufnahme, die ihm erst kürzlich in der Schweiz unter die Nase gehalten worden war. Er war von da an auf seinem Zimmer geblieben. Den restlichen Mittwoch und bis auf einen kurzen Spaziergang auf dem Boulevard auch den ganzen Donnerstag. Um ergebnislos darüber zu grübeln, welche Absichten das hinterlistige Dreckschwein mit seiner neuerlichen Attacke überhaupt verfolgte. Aus dem einst so arglosen Leutnant war ein kaltschnäuziger und mindestens ebenbürtiger Gegenspieler geworden. Lombergs Durst nach Rache schien unersättlich, war aber merklich auch von strategischem Kalkül geleitet. Und darum umso bedrohlicher.

Bärlach blickte auf seine Reverso. Er schritt zum Hotelzimmersafe und öffnete die Tür mit der zuvor selbst einprogrammierten vierstelligen Ziffernkombination: 1 – 9 – 4 – 3. Die offizielle Dienst-SIG Sauer P2 ließ er unbeachtet und griff stattdessen nach der alten Smith & Wesson 1076. Seine ehemaligen Kollegen beim FBI hatten ihm die unregistrierte Waffe einst diskret zugesteckt. *For personal emergencies.* Es war schließlich kurz vor halb zwölf, als Bärlach das *Lutetia* durch den Haupteingang verließ und gleich das erste herbeigerufene Taxi direkt vor ihm hielt. Eilig setzte er sich in den Fond, ohne Notiz von dem Mann auf dem Bürgersteig zu nehmen, der mitten in der Nacht eine Sonnenbrille trug.

»Où allez-vous, Monsieur?«

»Place de la Concorde. Coin de la Rue de Rivoli.«

Der Mann mit der Sonnenbrille sollte nicht lange auf das nächste Taxi warten. »Folgen Sie dem Taxi vor Ihnen. Halten Sie etwas Abstand, aber lassen Sie den Wagen verdammt noch mal nicht aus den Augen. Allons!« Der Fahrer tat wie geheißen, trat das Gaspedal des *Peugeot 404* durch und schloss schon nach kurzer Zeit auf, um dann zwei Fahrzeuglängen Abstand zu halten. Es ging über die Rue Raspail in nördliche Richtung. Der Taxifahrer musste mehrfach die Spur wechseln, um dem rasanten Tempo des Kollegen in der überlegen motorisierten *DS* standzuhalten. Erwartungsgemäß fädelten beide kurze Zeit später auf den Boulevard Saint-Germain ein. Als sie die Assemblée Nationale passierten und damit auf direktem Weg die Pont de la Concorde ansteuerten, sah sich Ernst Lomberg längst in allen Vermutungen bestätigt. Paul Bärlach war auf dem direkten Weg zu jenem Ort, an dem ihre gemeinsame Geschichte vor dreiundzwanzig Jahren begonnen hatte und an dem Max Ruscher schon auf ihn warten würde. In der Absicht, dieser ein endgültiges Ende zu bereiten. Oder auch nur ein neues Kapitel hinzuzufügen.

Lomberg hatte sich tags zuvor von Pawlok zurück in die Rosselstraße bringen lassen, nur das Allernötigste zusammengepackt und
saß schließlich schon um kurz vor 22 Uhr im Zug. Die Eindrücke
in Nieder-Olm ließen nur eine Schlussfolgerung zu. Max Ruscher
hatte sein freiwilliges Exil im Keller verlassen und sich unbemerkt
von seiner Familie aus dem Staub gemacht. Mit an Sicherheit grenzender Wahrscheinlichkeit in dem Auto, das nach den Angaben
seines Sohnes Christian zuvor drei Wochen lang ungenutzt in der
Garageneinfahrt gestanden hatte und jetzt verschwunden war. Mit
ebenso großer Wahrscheinlichkeit gehörte eine Waffe zu seinem
Reisegepäck. Jene Waffe, die Ruscher vermutlich als unauffindbar
versteckt wähnte. Ohne zu ahnen, dass sein Sohn längst von deren geheimer Aufbewahrung im Keller wusste und bereits bemerkt
hatte, dass diese nicht mehr an ihrem gewohnten Platz lag. Und
auch der Beweggrund für Ruschers Verschwinden ließ sich leicht
erahnen, mithin das Ziel seiner Reise. Stand das eine wie das andere
doch wortwörtlich in der Zeitung – rot unterstrichen.

Die nächtliche Zugpassage von Frankfurt nach Paris endete nach
siebeneinhalb Stunden am Gare du Nord, den Lomberg zielstrebig
durch den Südeingang verließ. Das Bistro im *Hotel Terminus* direkt
gegenüber war seit jeher bekannt dafür, zu jeder Zeit auf ankommende Reisende eingestellt zu sein. Zwei Café-au-Lait-Längen
später war er in eine frühe Metro gestiegen, die er am Boulevard
Haussmann schon wieder verließ, um weitere Zeit in einem Café in
direkter Nachbarschaft zum *Printemps* totzuschlagen. Als einer der
ersten Kunden betrat er das Kaufhaus um Punkt zehn. Er entschied
sich für eine schwarze Herrenperücke und erwarb dazu eine billige
Sonnenbrille mit massivem Horngestell und pechschwarzen Gläsern. Der misstrauische Barkeeper im *Lutetia* sollte sich später am
Abend mit der Erklärung zufriedengeben, dass diese einer medizinischen Notwendigkeit als Folge einer Erkrankung an Morbus Ba-
sedow geschuldet sei. Es wäre das Bequemste gewesen, sich dort ein
Zimmer zu nehmen und die Observation als Hotelgast zu betreiben,
was jedoch eine Identifizierung mit Personalausweis unumgänglich
gemacht hätte und eben darum nicht infrage kam. Umso mehr nicht

in der gewählten optischen Tarnung, die mit dem Lichtbild im Pass auch in keiner Weise übereinstimmen wollte.

Es sollte schließlich bis 18 Uhr dauern, Lomberg hatte seinen Beobachtungsposten am Boulevard Saint-Germain den Tag über mehrfach gewechselt, ehe sich seine Geduld auszahlte. Bärlach war aus dem Hauptportal des *Lutetia* auf den breiten Bürgersteig getreten. Trotz der nicht unwesentlichen Entfernung erkannte er ihn von der gegenüberliegenden Straßenseite mit absoluter Gewissheit. Die schon tief stehende Frühabendsonne schien den amtierenden BKA-Präsidenten regelrecht anzuleuchten. Lomberg war darauf eingerichtet, ihm von dort aus auf Schritt und Tritt zu folgen, wohin auch immer sein Weg führen sollte. Aber Bärlach schien gar kein Ziel zu haben. Mit merkwürdiger Unentschlossenheit schlenderte er nur ein paar Meter auf und ab, ohne sich dabei mehr als hundert Meter vom Hoteleingang zu entfernen, durch den er schließlich nach nur zwanzig Minuten wieder im Inneren des imposanten Jugendstil-Gebäudes verschwand. Lomberg folgte ihm mit nur geringem Abstand und konnte beobachten, wie sich sein Zielobjekt an der Rezeption wieder den Zimmerschlüssel aushändigen ließ. Weitere Stunden zogen ins Land, in denen es Lomberg immer schwerer gefallen war, seinen Aufenthalt beim argwöhnischen Hotelpersonal zu erklären. Er hatte sich schließlich für die Rolle eines Buchautors entschieden, der auf einen interessierten Verleger warten würde, der sich jedoch verspätete. Und schließlich den Termin absagen sollte.

Freitag, 23. September 1966, 00:05 Uhr, Jardin des Tuileries unweit des Jeu de Paume, 1 Place de la Concorde, 1. Arrondissement

»Zeigen Sie sich, Lomberg! Was wollen Sie von mir? Ich bin hier. Wo Sie mich hinhaben wollten.«

Bärlach richtete seine Worte ins nächtliche Dunkel des Tuileriengartens und breitete dabei fragend die Arme aus. Nachdem die Fassadenbeleuchtung des Jeu de Paume wie immer um Punkt

Mitternacht erloschen war, hatte sich Bärlach überraschend in südwestlicher Richtung entfernt. *Wahrscheinlich ein Trick*, dachte Lomberg und verlor Bärlach für einen Moment prompt aus den Augen. Schließlich entdeckte er ihn knapp einhundert Meter vom Osteingang des Jeu de Paume entfernt auf einer rechteckig angelegten, circa 50 auf 25 Meter großen Grünfläche wieder, welche, von einem breiten Fußweg getrennt, an das Bassin Octogonal grenzte. In der Mitte der akkurat gepflegten Rasenfläche war ein gut drei Meter hohes verhülltes Objekt auszumachen; eine daran lehnende Leiter ließ Lomberg vermuten, dass hier tagsüber ein Restaurator seiner Arbeit an einer Skulptur nachgegangen war.

In Blickrichtung zum Jeu de Paume war die Sicht von dicht belaubten Buchen abgeschirmt. An den anderen Seiten flankierten halbhohe Gewächse das Areal. Eine nahe Laterne bildete einen trüben Lichtkegel, in dem sich Bärlach bereitwillig zu erkennen gab. Lomberg hockte in circa fünfzehn Metern Entfernung hinter einem Rhododendronbusch. Wohl ahnend, dass die von ihm beobachtete Situation auf eine unvermeidliche Eskalation zuzusteuern drohte.

»Kommen Sie raus, Lomberg ... Sie Feigling!«

Bevor Lomberg weiter der Frage nachhängen konnte, warum Bärlach offenbar erwartete, auf ihn zu treffen, kam neue Bewegung in die Situation. Eine weitere Person näherte sich Bärlach aus der entgegengesetzten Richtung mit langsamen Schritten, ohne dass dieser es zu bemerken schien. Lomberg nahm das ohne jegliche Überraschung wahr. Er hatte ihn längst erwartet. Ruscher blieb ungefähr zehn Meter von Bärlach entfernt stehen, hielt sich aber weiter im Schatten. Bärlach hatte ihn jetzt bemerkt, konnte ihn augenscheinlich jedoch nur in Umrissen erkennen.

»Was haben Sie dem Flittchen bezahlt, Lomberg? Und was soll jetzt dieser Zirkus hier? Ich dachte, wir hätten unsere Angelegenheiten in der Schweiz geklärt.«

Es verging eine gefühlte Minute, in der zunächst nur die monotone Geräuschkulisse der immer noch stark befahrenen Rue de Rivoli zu vernehmen war.

»Ich muss Sie enttäuschen, Obersturmführer. Ihr Freund Lomberg ist nicht hier. Der Herr Vizepräsident hat sicher dringende Dienstgeschäfte in Wiesbaden zu erledigen.«

Lomberg konnte sehen, wie Bärlach erschrak.

»Wer ... wer zum Teufel ist da? Was wollen Sie von mir?«

Durch einen Zufall war Max Ruscher nach vielen Jahren auf die Spur von Paul Bärlach gelangt. Mehr Intuition denn beweisträchtige Fakten und schließlich die geträumte Erinnerung an ein Gemälde hatten es ihn erst ahnen und dann fest glauben lassen. Hinter der Fassade des geachteten BKA-Chefs stand tatsächlich jener kaltblütige SS-Mann namens Franz Eylmann, dessen einstiges Verbrechen Ruschers Lebensschicksal seit dreiundzwanzig Jahren im Würgegriff hielt. Erst war es Irritation, dann Misstrauen und schließlich bittere Gewissheit: Ernst Lomberg, der Mann, der einst die traumatischen Erlebnisse in der Rue des Saussaies mit ihm teilen musste und der danach zu seinem engsten Freund geworden war, hatte gemeinsame Sache mit dem Feind gemacht. Der eigenen Karriere halber. Seine Verachtung für Lombergs verlogenen Opportunismus wurde nur noch von der Trauer übertroffen, die wertvollste Freundschaft seines Lebens für immer verloren zu haben.

Ruscher hatte seine Deckung jetzt aufgegeben und war bis auf fünf Meter an Bärlach herangetreten. Dieser schien sich wieder gefangen zu haben und blickte unbeeindruckt in den Mündungslauf der auf ihn gerichteten Makarow.

»Wasserberg ... «

»Für Sie Feldwebel Ruscher!«

»Ich wusste es doch gleich, dass ich Ihre Visage schon mal gesehen habe.«

»Mir ging es ähnlich, Obersturmführer.«

»Hat Lomberg Sie vorgeschickt?«

»Lomberg? Die Zeiten, in denen Ihr neuer Freund und ich gemeinsame Interessen hatten, sind vorbei, Herr Präsident.«

»Lomberg ... mein Freund? Sie machen Witze, Wasserberg!«

»Ich mache keine Witze!«

Ruscher trat einen weiteren Schritt auf Bärlach zu.

»Nimm die Hände hoch!«

Bärlach zeigte keine Regung. »Lassen Sie es uns hier zu Ende bringen, Feldwebel.«

»Ich gebe hier die Kommandos. Hände hoch, habe ich gesagt!«

»Drücken Sie ruhig ab. Es ändert nichts. Mein Spiel ist zu Ende. Und Sie ... Sie bleiben der Verlierer, der Sie schon immer waren. Während sich Lomberg ins Fäustchen lacht.«

Ruschers Entschlossenheit kam sichtbar ins Wanken. Das Verhalten von Bärlach entsprach in keiner Weise der für ihn so bedrohlichen Situation. Er schien völlig angstfrei zu sein und auch seine Worte über Lomberg zeigten Wirkung. Ruschers Arm begann zu zittern. Nicht mehr die Hand hielt die Pistole, es war jetzt diese selbst, die sich an die Makarow klammerte. Bärlach gab ein höhnisches Lachen von sich und drehte sich plötzlich einmal um hundertachtzig Grad.

»Was soll das, Eylmann? Dreh dich gefälligst wieder um!« Ruschers Worte klangen jetzt eher hilflos denn bedrohlich.

»Machen Sie sich nicht lächerlich, Feldwebel. Fahren Sie wieder nach Hause zu Ihrer Familie und Ihren Sicherungskästen, anstatt hier den Helden zu spielen. Diese Rolle ist für Sie nicht vorgesehen.« Während Bärlach sprach, hatte er Ruscher weiter den Rücken zugekehrt, aber seinen Kopf schon wieder leicht nach links in dessen Richtung gedreht. Mit der rechten Hand griff Bärlach für Ruscher unsichtbar unter seinen Mantel.

»Deckung, Max! Er hat eine Waffe!«

Lomberg war aus seinem Versteck gesprungen. Für einen Sekundenbruchteil trafen sich seine und Bärlachs Blicke, bevor dieser sich wieder in Richtung Ruscher drehte und der Schuss fiel. Die Kugel traf Ruscher am Kopf, der augenblicklich in sich zusammensackte und geräuschlos vor die verhüllte Skulptur fiel. Bevor Lomberg seine eigene Waffe ziehen konnte, hatte sich Bärlach noch einmal um die halbe Achse gedreht, jetzt richtete er seinen Revolver direkt auf ihn. Lomberg hob schweigend die Arme.

»Das passiert, wenn man mit den Großen pinkeln geht, Herr Vizepräsident. Habe ich es Ihnen nicht genau so prophezeit?« Lomberg stand unter Schock, er war außerstande, Bärlachs Triumphgeheul etwas entgegenzusetzen.

»Sie haben ihn ...«

»So ist es, Lomberg. Ihr alter Kumpel Ruscher hat sich gerade ins Jenseits verabschiedet. Und Sie werden ihm bald Gesellschaft leisten.«

»Damit kommen Sie nicht durch, Bärlach! Sie können mich auch umbringen: Es wird alles ans Licht kommen. Dafür habe ich gesorgt.«

Bärlach stieß wieder sein höhnisches Lachen aus. »Und Sie glauben allen Ernstes, dass die CIA das zulassen wird? Dass sich die Amerikaner so einfach den Vorwurf machen lassen, einen ehemaligen Doppelagenten zum BKA-Chef gemacht zu haben? Machen Sie sich nicht ...«

Es war nicht genau auszumachen, ob der dumpfe Schlag den Austritt der Kugel aus der schallgedämpften Makarow beschrieb oder den Eintritt in Bärlachs Rücken. Die Wucht des Projektils stieß seinen Körper ruckartig nach vorne. Bärlachs Revolver fiel zu Boden. Taumelnd versuchte er sich auf den Beinen zu halten, um aber schon nach wenigen Augenblicken auf die Knie zu sinken. Lomberg stand wie angewurzelt da und schaute erstarrt in Bärlachs aufgerissene Augen, aus denen jetzt eine nur zu berechtigte Todesangst sprach. Ein Blutschwall trat aus seinem Mund und ließ ihn röcheln. Erst jetzt zog Lomberg seine Waffe und hielt sie ruhig auf Bärlachs Kopf gerichtet. Er hoffte inständig, von dieser keinen Gebrauch mehr machen zu müssen. Bärlach kippte vornüber in den Rasen. Lomberg blickte auf den bäuchlings vor ihm niedergestreckten Körper herab. Immer noch fassungslos, aber jetzt wieder halbwegs bei Sinnen, die Waffe weiter auf Bärlach gerichtet. Der Todgeweihte zu seinen Füßen schien sich immer noch mit aller Macht gegen das Unvermeidliche zu stemmen. Scheinbar unbeirrt pumpte sein Blut weiter durch die zerfetzte Rückenmarksarterie. Lomberg blieb ungerührt, als Bärlach seinen Kopf noch einmal kurz anhob. Für ein letztes Aufblicken. Aber dafür sollte die Kraft schon nicht mehr reichen. Die verlogene Existenz des Franz Eylmann verabschiedete sich mit einer letzten dramatischen Geste. Noch einmal schoss etwas Blut durch die Schusswunde. Ein lautes wehleidiges Stöhnen. Dann war es still.

Lomberg blickte rüber zu Ruscher, der circa fünf Meter von ihm entfernt reglos auf dem Boden lag. Er zögerte einen Moment, bevor er sich schließlich mit vorsichtigen Schritten näherte. Ruschers Makarow, die vor wenigen Augenblicken das Leben des Franz Eylmann für immer ausgelöscht und mit großer Wahrscheinlichkeit Lombergs eigenes verschont hatte, war ihm offenbar gleich nach dem Schuss wieder aus der Hand gefallen. Lomberg konnte jetzt aus nächster Nähe sehen, was der von Eylmann abgefeuerte Schuss angerichtet hatte. Nur wenige Zentimeter weiter rechts und es wäre ein sofort tödlicher gewesen – und vermutlich auch das bessere Ende für Ruscher. Tatsächlich war das Projektil knapp über dem rechten Auge in das Stirnbein eingeschlagen und schließlich an der Schläfe wieder ausgetreten. Die Wucht des Geschosses schien die ganze Kopfhälfte zertrümmert zu haben und verursachte eine furchtbare Blutung. Lomberg hielt sich entsetzt die Hand vor den Mund und stemmte sich mit aller Kraft gegen den Brechreiz. Ruschers Puls war kaum mehr zu spüren. Wenn sein Freund noch zu retten war, dann musste er sofort handeln. Ihm kam die *Mercedes*-Heckflosse in den Sinn. Er hatte sie im Vorbeigehen auf dem Parkplatz vis-à-vis dem *Hotel de la Marine* entdeckt, unweit des kleinen Abgangs, der den kürzesten Weg zum Westeingang des Jeu de Paume bildete. Lomberg drehte sich wieder zu Eylmann. Ihm war eiskalt. Er fühlte sich wie erstarrt. Erst jetzt registrierte er, dass es angefangen hatte, zu regnen. Wahrscheinlich dauerte der Regen schon länger an, denn er spürte plötzlich, dass sein Mantel bereits durchnässt war. Seine Gedanken drehten sich immer schneller. Jede nur denkbare Verbindung zwischen Eylmann, nein Bärlach, und Ruscher musste vertuscht werden. Das Risiko, dass diese früher oder später zu ihm selbst führen würde, war zu groß. Bislang hatte er keinerlei Spuren hinterlassen. Weder auf der Reise nach Paris noch während seines Aufenthaltes ebendort. Niemand wusste etwas. Es würde später nahezu unmöglich sein, ihm etwas anzulasten. Er musste nur wieder ebenso unsichtbar zurück nach Deutschland kommen. Und genau das war das Problem. Lomberg senkte den Kopf, wobei ihm seine nassen Haare ins Gesicht fielen. Für einen Moment schien ihm der Glaube an einen Ausweg aus der Situation abhandenzukommen. Seine Gedanken kreisten plötzlich um seinen Sohn und er schwor sich, zeit seines Lebens alles dafür zu tun, Lennard vor dem Wissen über diesen Teil der väterlichen Vergangenheit zu beschützen. Das half ihm schließlich, seine Gedanken zu sortieren. Er war nicht an diesen Ort zurückgekommen, um die verlorene Seele des Max Ruscher zu retten. Und erst recht nicht, um Franz Eylmann vor dessen Rache zu schützten. Er war hier, weil er es hatte kommen sehen. Weil er geahnt hatte, dass Ruscher auf Lombergs persönliche Interessen keine Rücksicht mehr nehmen würde. Tatsächlich war Ruschers Rache an Eylmann auch gegen ihn selbst gerichtet. Sie war angelegt, seinen schon geebneten Weg in eine bessere Zukunft zu versperren. Auch die Tatsache, dass Ruscher ihm schließlich noch das Leben gerettet hatte, änderte nichts an dieser Erkenntnis. Ruscher hatte sich nie von der Vergangenheit lösen können und war offenbar gewillt gewesen, auch Lomberg für immer in deren Gefangenschaft zu belassen. Doch Lomberg war jetzt mehr denn je entschlossen, diese endgültig hinter sich zu lassen.

Je später man Eylmann finden und der gewaltsame Tod des BKA-Präsidenten Bärlach die Runde machen würde, desto besser. Immerhin dreißig Meter hatte er die Leiche vom Tatort entfernen und in einem Pflanzbeet notdürftig verstecken können. Er hatte dafür seine Handschuhe angezogen, um keine Fingerabdrücke zu hinterlassen. Dafür war Eylmanns Blut auf seinen nassen Kleidern. Er würde später in der Nähe eines Autobahnrastplatzes versuchen, diese unentdeckt zu verbrennen und gegen Ruschers Reisegarderobe zu tauschen. In dessen Mantel fand sich nicht nur der Autoschlüssel, sondern auch eine kleine Taschenlampe, die sich bei der Suche nach dem Projektil aus Eylmanns Dienstwaffe als hilfreich erwies. Mithilfe von Ruschers Aftershave war es schon antiseptisch gereinigt, als es später, bereits hundert Kilometer vom Tatort entfernt, aus dem fahrenden Auto geworfen werden sollte. Gemeinsam mit der in Einzelteile zerlegten Makarow. Die wichtigsten Beweisstücke, die später einen Zusammenhang der beiden Fälle hätten belegen können, würden unentdeckt bleiben. Er war zu Ruschers Wagen gelaufen, hatte im Kofferraum gefunden, wonach er suchte, und war dann nach knapp zehn Minuten zurückgekehrt, um zu erledigen, was zu erledigen war. Der Regen war nochmals stärker geworden, es goss jetzt aus Kübeln. Die bis zuletzt noch verbliebenen Nachtschwärmer an der Rue de Rivoli hatten entweder hastig den Weg nach Hause angetreten oder Zuflucht in den umliegenden Bars gesucht. Natürlich war es nicht auszuschließen, dass jemand von dem Mann Notiz genommen hatte, der einen offensichtlich großen und schweren Gegenstand auf seinen Schultern von der Terrasse du Jeu de Paume kommend zum Parkplatz am Rande des Place de la Concorde trug.

Der Fluchtweg führte die Heckflosse unmittelbar die Champs-Élysées hinauf und hinter dem Triumphbogen weiter westlich in Richtung Neuilly-sur-Seine. Eine dem Starkregen trotzende Polizeikontrolle an der Porte Maillot hinderte zahlreiche Verkehrsteilnehmer am Einfädeln auf den Boulevard Périphérique in nördliche Richtung, ließ aber die dunkelblaue *Mercedes*-Limousine mit deutschem Kennzeichen anstandslos passieren. Nur zwanzig Minuten später hatte diese den Pariser Ring am Abzweig auf die A 4 bereits verlassen und Kurs auf Reims genommen. Nach zwei Fahrstunden näherte sich die Heckflosse bereits der französisch-deutschen Grenze. Natürlich wäre es von Vorteil gewesen, wenn man Ruscher später erst jenseits der Grenze gefunden hätte. Womöglich wäre auch dessen Ausflug ins Nachbarland gänzlich unentdeckt geblieben und die Spur zur Leiche des BKA-Chefs in Paris damit noch unkenntlicher gemacht worden. Lomberg kam die grüne Grenze in den Sinn, verwarf diese Option aber gleich wieder als unkalkulierbares Risiko.

Freitag, 23. September 1966, 8:15 Uhr,
französisch-deutscher Grenzbahnhof Forbach

»Zollkontrolle. Ihre Ausweise, bitte. Les douanes. Vos cartes d'identité, s'il vous plaît.«

Lomberg hielt seinen Personalausweis zwischen Zeige- und Mittelfinger, er war gerade ausreichend geöffnet, um das Passfoto halbwegs sichtbar zu machen. Der Zollinspektor schien sich nicht daran zu stören, dass Lomberg seinen *Stetson* wie selbstverständlich aufbehielt.

»Ich denke, es gibt auch nichts zu verzollen?«

»Nichts zu verzollen.«

»Dann gute Weiterreise.«

Die Schiebetür des Zweite-Klasse-Abteils fiel mit einem hässlichen Scheppern zu. Schon wenige Minuten später erklang der schrille erlösende Pfiff, auf den hin sich der Trans-Europa-Express von Paris über Metz nach Frankfurt am Main schwerfällig in Gang setzte.

Ernst Lomberg schloss die Augen. Es war vorbei.

Bonner Generalanzeiger 26.09.1966
Tod in Paris. BKA-Chef Bärlach vermutlich ermordet

Paul Bärlach (64), Präsident des Bundeskriminalamtes, ist in Paris Opfer eines Gewaltverbrechens geworden. Der Tathergang ist noch völlig ungeklärt. Seine Leiche wurde am Mittag des 24.09. am Rande des Tuileriengartens gefunden. Zu diesem Zeitpunkt sollte sich Bärlach bereits im nahe gelegenen Saint-Cloud aufhalten, um an der dort stattfindenden Interpol-Konferenz teilzunehmen. Laut Auskunft der französischen Behörden erlag Bärlach den Folgen einer tödlichen Schussverletzung noch unmittelbar am Tatort. Eine politische Motivation für die Tat ist bislang nicht ersichtlich, kann aber aufgrund der Stellung des Getöteten nicht ausgeschlossen werden. Es gibt scheinbar keine verwertbaren Spuren. Festgestellt wurde lediglich, dass der Fundort der Leiche und der offenkundige Tatort nicht identisch waren, aber nur unweit voneinander entfernt lagen. Allem Anschein nach hat der Täter versucht, Bärlachs Leiche zu verstecken. Die französische Polizei ermittelt in alle Richtungen. Für den Abend wurde seitens der Presseabteilung des BKA ein erstes Kommuniqué angekündigt.

Bonner Generalanzeiger 27.09.1966
Bärlach-Tod immer mysteriöser

Neue Details im mutmaßlichen Mordfall Bärlach lassen die Tatumstände immer rätselhafter erscheinen. Quellen mit Verbindungen zur französischen Polizei wollen erfahren haben, dass Bärlach bereits zwei Tage vor seiner Ermordung Opfer einer Straftat geworden war. Details wurden nicht genannt, außer, dass sich das Ereignis in seinem Hotel zutrug und nicht zur Anzeige gebracht wurde. Bekannt wurde zudem, dass ein Schriftstück in Bärlachs Hotelzimmer gefunden wurde. Bärlach hatte eine persönliche Erklärung formuliert, mit der er am Folgetag seinen Rücktritt vom Amt des BKA-Präsidenten bekannt geben wollte, um damit zugleich seine Kandidatur für den Posten des Interpol-Generalsekretärs zurückzuziehen. Bärlach galt als Favorit für das Amt. Nachfragen zur geplanten Demission des BKA-Chefs wurden seitens des Innenministeriums nicht beantwortet. Mutmaßlich standen Bärlachs Absichten in Verbindung mit Schicksalsschlägen im familiären Umfeld. Beim Absturz eines Privatflugzeugs war jüngst Bärlachs Schwiegervater, der Schweizer Industrielle Beat Ruetschli, ums Leben gekommen. Der mitreisende, erst vierzehnjährige Sohn Bärlachs überlebte den Absturz nur knapp und liegt seitdem mit schweren Verletzungen in einem Schweizer Krankenhaus. Kurz nach dem Tod Ruetschlis war dessen mutmaßliche Verstrickung in illegale Kunstgeschäfte öffentlich geworden. Die Redaktion des *Luzerner Tagblatt*, die den Kunstskandal aufgedeckt hat, verneinte auf Nachfrage dieser Zeitung einen Zusammenhang. Hinweise, dass Bärlach mit den Kunstgeschäften seines Schwiegervaters zu tun gehabt haben könnte, gäbe es nicht.

Wiesbadener Kurier 27.09.1966
Rätselhafter Leichenfund in Metz

Die Mainzer Kriminalpolizei ermittelt im Zusammenhang mit einem Leichenfund im französischen Metz. Berichtet wird, dass am Abend des 23.09. die schwer versehrte Leiche eines neunundfünfzigjährigen Deutschen im Kofferraum seines Autos von der französischen Polizei aufgefunden und inzwischen an die deutschen Behörden überstellt wurde. Der aus dem Mainz-Bingen-Kreis stammende Geschäftsmann Max W. galt seit dem 22.09. als vermisst. Ein Wachmann eines Parkhauses in der Nähe des Bahnhofs von Metz hatte die Polizei benachrichtigt, nachdem sein Hund bei einem Rundgang angeschlagen hatte. Die Obduktion ergab, dass die augenscheinlich schwere Kopfverletzung des Toten durch den Gebrauch einer Schusswaffe herbeigeführt wurde. Allem Anschein nach hatte die Schussverletzung jedoch keine unmittelbar tödliche Wirkung. Die Gerichtsmedizin gab bekannt, dass der Mann erst wenige Stunden vor dem Leichenfund infolge des Blutverlusts verstorben war. Ein Vertreter der Mainzer Kriminalpolizei ließ sich zitieren: »Hinweise aus dem Familienumfeld des Toten und auch die Art der Verletzung lassen den Verdacht auf eine versuchte Selbsttötung zu. Im Widerspruch dazu stehen die Umstände des Leichenfundes, die auf mindestens einen weiteren Beteiligten hindeuten. Denkbar ist, dass ein bislang Unbekannter den schwer verletzten und vermutlich bewusstlosen W. in die vorge-

fundene Wolldecke eingehüllt und in den Pkw-Koffer-
raum gelegt hat. Womöglich ist er dann von einem ebenso
noch unbekannten Tatort in das Parkhaus in Metz gefahren, um W. dort seinem Schicksal zu überlassen. Demzufolge schließen die Ermittlungen auch einen Tötungsvor-
wurf gegen unbekannt ein.

Wiesbadener Kurier 30. 09. 1966
BKA nach Tod Bärlachs unter kommissarischer Führung

In einer gemeinsamen Erklärung des Bundesinnenministe-
riums und des Bundeskriminalamtes wurde bekannt gegeben, dass die Leitung der Behörde bis auf Weiteres kommis-
sarisch durch die beiden Vizepräsidenten Harald Mätschke
und Ernst Lomberg übernommen werde. Letzterer war erst
vor wenigen Wochen in das neu geschaffene Amt des zweiten Vizepräsidenten berufen worden und ist zugleich Leiter
der neu formierten Sicherungsgruppe Bonn. Auf Nachfrage
erklärte Innenminister Lücke, dass keiner der beiden Vizes für die Amtsnachfolge Bärlachs kandidieren werde. Gut
informierte Bonner Kreise äußerten die Vermutung, dass
die Regierung bei der Neubesetzung des Präsidentenpos-
tens auf eine politische Lösung drängt und damit auf einen Kandidaten von außerhalb der Sicherheitsdienste. Die
Beziehung zwischen Lücke und dem getöteten Bärlach galt
seit Langem als belastet.

Bonner Generalanzeiger 10.10.1966, Kleinanzeigen

Ernst Lomberg und Elisabeth Lomberg, geborene Neukirch,
geben mit großer Freude bekannt, dass ihr Sohn Lennard
Lomberg, geboren am 7. August 1966 in Bonn, das heilige
Sakrament der Taufe erhalten hat und damit in die Ge-
meinschaft der katholischen Kirche aufgenommen wurde.
Die Taufe erfolgte am 9. Oktober in der Pfarrkirche St. Maria

Heimsuchung in Sankt Augustin-Mülldorf unter Leitung von Pfarrer Dietrich Althaus. Alleinige Taufpatin ist Eleonore Westermann, geb. Neukirch.

Familie Lomberg, Sankt Augustin bei Bonn

Klinik-Memorandum vom 16.12.1966 |
Tetraplegische Rehabilitationsklinik Aarau

Sehr geehrter Prof. Dr. Vögeli,

mit dem beiliegenden Abschlussbericht gestatte ich mir, zum psychopathologischen Befund des Patienten Marcus Aurelius Ruetschli (*12.03.1952) Stellung zu nehmen. Meine Empfehlungen zur – gebotenen – weiterführenden psychotherapeutischen Begleitung seiner Rehabilitation finden Sie zusammengefasst auf den Seiten 11 und 12. Besondere Aufmerksamkeit möchten Sie bitte Seite 6 des Berichts schenken, die die komplexe Trauerbewältigung im Zusammenhang mit dem Tod des Großvaters behandelt. Diesbezüglich äußert der Patient den dringlichen Wunsch, ein Kunstgemälde, welches ihn in besonderem Maße mit seinem Großvater verbunden hatte, in die Klinik zu verbringen und in seinem Krankenzimmer aufzuhängen. Wissend, dass dies im Rahmen der Klinik-Hausordnung unüblich, mithin untersagt ist, empfehle ich mit Rücksicht auf den kritischen Gesamtzustand des Patienten, einer entsprechenden Ausnahmeregelung zuzustimmen.

Hochachtungsvoll,

Priv. Doz. Dr. med. Charlotte Degen
Leitung Psychotherapeutische Abteilung
Tetraplegische Rehabilitationsklinik Aarau

Kapitel 9

ENTHÜLLUNG

Dienstag, 14. Juni 2016, 21:15 Uhr, Cäcilien-Terrassen, ehemaliges Botschaftsgebäude der Republik Nigeria, Bonn-Bad Godesberg, Goldbergweg 13

Es war schon nach neun und die späte Abendsonne tauchte den nach Südwesten hin ausgerichteten Raum in goldenes Licht. Es würde sich niemand belästigt fühlen, hatte sie gesagt – und, als sie immer lauter wurde, atemlos nachgeschoben, dass die Wohnungen unter ihr noch größtenteils leer stehen würden. Die Tür zur Loggia, die das großzügige Penthouse im vierten Stock einmal komplett umrahmte, stand die ganze Zeit über offen. Ein leichter Wind war aufgekommen und legte sich über die verschwitzten Körper. Sie hielt die Augen geschlossen und lag regungslos neben ihm. Ein kaum merkliches Lächeln aber verriet, dass sie nicht eingeschlafen war, sondern den Moment zwar still, aber hellwach genoss. Mit der linken Hand hielt sie ihre Scham fest umschlossen, die andere lag flach auf seiner Brust. Es schien ihm, als versuchte sie dem zwischenzeitlichen Beben in ihrem Körper noch eine Weile nachspüren zu wollen. Lomberg drehte sich zu ihr, griff nach ihrem Unterarm und ließ seine Hand langsam abwärtsgleiten.

»Alles in Ordnung, Frau Kriminalrätin?«

»Ordnung? Du machst Witze! Frau Kriminalrätin lässt sich auf Sex mit einem Verdächtigen ein, der sich beharrlich weigert, auszupacken. Ordnung würde ich das nicht nennen.«

»Sei nicht so streng mit dir.«

»Ich spür dich immer noch, du ...«

»Ich was?«

»Du Sachverständiger, du!«

»Dreh dich um!«

»Ich soll was?«

»Dreh dich um, habe ich gesagt.«

Sina Röhm warf ihrem neuen Liebhaber einen fragenden, aber auch amüsierten Blick zu. »Das ist aber nicht die feine englische Art!« Sie gehorchte widerstrebend, aber neugierig.

»Ich sollte mir dein Kunstwerk ansehen. Das war doch der Vorwand, unter dem du mich in dein Bett gelockt hast. Also, darf ich bitten?«

Ihr Zusammentreffen hatte von Beginn an unter einem denkbar ungünstigen Stern gestanden. Auf der einen Seite die undurchsichtige Ermittlerin, die im Fall Dupret ganz offenbar weit mehr wusste, als sie bei den Vernehmungen preisgab. Auf der anderen Lomberg, der zwar ohne ein schuldhaftes Tun zum Gegenstand oder, besser gesagt, zum Subjekt der Ermittlungen geworden war, aber dennoch und aus gutem Grund ebenso einen Teil der Wahrheit verschwieg. *Unter anderen Umständen.* Dieser Gedanke war Lomberg schon bei ihrer ersten Begegnung gekommen und hatte sich seitdem hartnäckig in seiner Fantasie eingenistet. Es war jener Moment während der Vernehmung am Venusberg, als Sina Röhm plötzlich ihren Sommermantel abgelegt hatte und für einen kurzen Moment – gewollt oder nicht – einen kaum merklichen Ausblick auf das zuließ, was sich ihm jetzt, sechs Wochen später, gänzlich unverhüllt offenbarte.

»Ich höre, Herr Doktor.«

Lomberg zeichnete mit seinen Fingerspitzen zärtlich das Blumenmuster nach, das sich vom Ellbogen hinauf zur Schulter schlängelte.

»Ich hätte darauf gewettet, dass es sich auf deinem Rücken fortsetzt.«

»Und was siehst du?«

»Ich sehe eine Geschichte. *Die Legende vom Koi.* Der Koi verwandelt sich in einen Drachen, wenn es ihm gelingt, den gelben Fluss und die Wasserfälle zum Drachentor hinaufzuschwimmen.«

»Und du glaubst, dass der Koi das schafft?«

»Der Koi ist bekannt für außergewöhnlichen Mut und Ausdauer. Er strebt nach Unabhängigkeit. In Freiheit kann der Koi sehr alt werden. Bis zu zweihundert Jahre. Aber im Zuchtbecken hält er es keine zehn aus.«

»Und wie geht die Geschichte weiter?«

»Der *Dragon Koi* ist ein weitverbreitetes, also nicht besonders ungewöhnliches Motiv unter den sogenannten *Asia Florals*. Aber deiner ist besonders. Ich vermute, dass es sich um einen *Kinginrin* handelt. So würde ich jedenfalls die goldenen Schuppen verstehen. Sie glitzern im Sonnenlicht. Dein Koi ist so wie du. Stark und schön. Wunderschön sogar.«

Lombergs Worte klangen eine Weile nach und schienen zunächst keine Reaktion auszulösen. Schließlich richtete sie sich auf und warf ihm einen überraschend ernsten Blick zu. Lomberg griff stumm nach ihrer Hand, zog sie zu sich und empfing einen leidenschaftlichen Kuss.

»Weißt du eigentlich, was du da gerade anrichtest?«

»Sag's mir.«

»Ich fange gerade an, dich zu mögen.«

»Ist das so schlimm?«

»Es könnte die Ermittlungen im Fall Dupret beeinträchtigen.«

Lomberg seufzte: »Das Thema verfolgt mich sprichwörtlich bis ins Bett.«

»Du stehst weiter unter Verdacht, damit zu tun zu haben. Im Mindesten etwas zu verheimlichen. Mir zu verheimlichen.«

»Was heißt hier Verdacht? Du weißt es doch längst!«

»Also gibst du es endlich zu?«

»Ich habe nichts zuzugeben. Aber wenn ich dir vertrauen kann, würde ich mein Wissen mit dir teilen. Wir könnten den *Fall Dupret*, wie du ihn nennst, zu unserem gemeinsamen machen. Ich habe nämlich ein starkes Interesse daran, dass er aufgeklärt wird.«

»Ich hatte gehofft, dass du das sagst. Es ist auch der Grund, warum du hier bist.«

»Das muss ich jetzt nicht verstehen, oder?«

»Nicht bevor du gesehen hast, was ich dir zeigen wollte.«

Sina Röhm stand auf und hielt Lomberg eine Hand hin. »Komm mit! Es steht nebenan.«

Minuten waren vergangen, ohne dass auch nur ein Wort gesprochen worden war. Beide blickten wie magnetisiert auf das hochformatige Gemälde, das auf einer Staffelei ausgestellt und von einem schlichten, aber dennoch hochwertig anmutenden Holzrahmen umfasst war.

»Sag doch endlich was!«

Lomberg machte zwei Schritte auf das Bild zu, verharrte so einen Moment und beugte sich dann noch ein Stück weiter vor. Er war versucht, die Textur von Leinwand und Farbe mit aller gebotenen Vorsicht zu ertasten, beließ es aber dabei, die Umrisse der unterschiedlichen Bildelemente mit einigen Millimeter Abstand nachzuzeichnen. Nach einer Weile trat er einen Schritt zurück und betrachtete es mit geneigtem Kopf. Einmal von rechts und einmal von links. Um dann wieder ganz nah heranzutreten und wiederum den Abstand zu suchen.

»Perfekte Simultaneität.«

»Das heißt?

»Hast du den *Harlekin mit Gitarre* vor Augen?«

»So ungefähr schon.« Sina Röhms Aufmerksamkeit galt jetzt nicht mehr dem Gemälde, sondern dem Betrachter. Er war jetzt ganz in seinem Element.

»Hast du im Kopf, wann *er* den Harlekin gemalt hat?«

»Ich kann nachschauen.« Sie deutete auf das iPad, das auf einer Kommode lag, ohne dass Lomberg von ihrer Geste Notiz nahm.

»Ich bin in meiner Wahrnehmung sicher voreingenommen, aber die Handschrift ist ...«, gab Lomberg gedankenverloren zurück, weiterhin ohne seinen Blick von dem Gemälde abzuwenden.

»Bingo! Harlekins waren damals schwer in Mode. Der, den du meinst, stammt von 1914. Also fünf Jahre bevor Juan Gris mit seinem Harlekin um die Ecke kam. Wenn ich nicht irre, stammt er also aus der *Synthetischen Phase*. Die späte Zeit mit Braque. Habe ich recht, Herr Doktor?«

»Sie wissen gar nicht, wie recht Sie damit haben, Frau Kriminalrätin.«

»Was willst du damit sagen?«

»Komm her, schau es dir noch mal genau an.«

Lomberg hatte ein herumliegendes Flanellhemd um ihren Oberkörper gelegt. Dessen Größe ließ ihn vermuten, dass es sich um den Nachlass eines männlichen Übernachtungsgastes oder gar Mitbewohners handelte.

»Was siehst du?«

»Kubismus in reinster Form. Enorme Tiefe. Plastizität. Alles schwebt. Zurückhaltender Umgang mit Farbe. Trotzdem sehr differenziert. Handwerklich brillant, würde ich sagen. Zwei figürliche Elemente. Natürlich sehr abstrakt, zwei Männer. Beide greifen nach einem Gegenstand, der definitiv keine Gitarre ist. Allem Anschein nach ein Gewehr mit einem aufgepflanzten Bajonett.«

»Ergibt das für dich Sinn?«

»Unbedingt. Die Ähnlichkeiten zum Harlekin geben den Hinweis, aus welcher Zeit es stammen könnte. Dem folgend, würde ich auf Soldaten tippen. Könnte also sein, dass der Künstler, der sich augenscheinlich ALGADA nennt, mit seinem Werk auf den Ersten Weltkrieg Bezug nimmt. Mir ist allerdings kein Künstler unter diesem Namen bekannt. Ich habe recherchiert. Es gibt einen Aluminiumhersteller in den USA, einen Ort in Pakistan und eine Figur in *World of Warcraft*. Sonst nichts. Ich vermute, dass der Maler seine Identität aus irgendeinem Grund verschleiern wollte.«

»Und was ist das da?« Lomberg deutete auf ein Detail im Hintergrund.

»Ich bin mir nicht sicher. Es sieht aus wie ein Rad. Es könnte symbolisch für Maschinen stehen. Kriegsmaschinen. Deswegen vielleicht auch der Rauch, der darüber zieht.«

»Oder Dampf ...«

»Dann eben Dampfmaschinen. Also vielleicht ein Hinweis auf einen Zug?«

»Ganz genau, Sweetheart.«

»Wie hast du mich gerade genannt?«

»Sollte ich das nicht sagen?«

»Ist das der Kosename deiner Bankerin in Luxemburg?«

Lomberg spürte kurz einen Druck in der Magengrube, der sich

aber gleich wieder löste. Ein Gefühl der Scham wollte sich nicht einstellen. Und der Reue erst recht nicht. »Lassen Sie uns bei der Sache bleiben, Frau Kriminalrätin. Zwei Männer, die nach einem Gewehr greifen. Ein abfahrbereiter Zug. Gemalt womöglich im Jahr 1914. Was sagt uns das?«

»Sag du es mir!«

Lomberg wich aus. »Hast du Zigaretten im Haus?«

»In der Küche. Ich hol sie dir. Vielleicht ziehst du dir in der Zwischenzeit mal was an?«

Die beiden standen an der Türschwelle zur Loggia, blickten stumm in Richtung des Rheintals und zogen abwechselnd an einer *Reyno*. Noch immer weigerte sich Lomberg, das Gesehene zu kommentieren.

»Würdest du jetzt bitte mal Klartext mit mir reden?« Sina Röhm war das Geduldspiel langsam leid.

»Wie in Gottes Namen bist du zu diesem Gemälde gekommen?«

»Vergiss es! So läuft das nicht. Ich stelle jetzt die Fragen, Lennard Lomberg!«

»Meine Freunde nennen mich Lenn.«

»Einen Teufel werde ich tun! Solange du nicht endlich damit rausrückst, was du weißt. Vor einer halben Stunde hast du mir noch was von *unserem gemeinsamen Fall* ins Ohr gesäuselt. Und jetzt?«

Lomberg spürte eine entschlossen zupackende Hand in seinem Schritt.

»Ich warne dich, mach jetzt keinen Fehler, Lenn!«

»Ist ja schon gut. Wo soll ich anfangen?«

»Ja, wo schon? Bei Picasso, verdammt noch mal! Und wenn du damit fertig bist, machst du unverzüglich mit Gilles Dupret weiter.«

»Dann nimm bitte deine Hand da weg.«

»Ich höre!«

»ALGADA ist kein Name. Es ist ein Akronym und bezeichnet nicht den Künstler, sondern das Motiv. Es steht für À la Gare d'Avignon.«

»Interessant! Weiter!«

»Unweit von Avignon liegt die Kleinstadt Sorgues. Im Sommer 1914 mieten sich Picasso, Braque und Derain dort ein Haus, um gemeinsam zu arbeiten. Das Ganze findet jedoch ein jähes Ende, weil der Erste Weltkrieg ausbricht. Die beiden wehrpflichtigen Franzosen bekommen ihren Marschbefehl und müssen in den Krieg ziehen. Dem Spanier Picasso bleibt das erspart. Es ist überliefert, dass er seine Malerfreunde selbst zum Bahnhof gebracht und dort verabschiedet hat.«

»Du willst damit sagen, dass die beiden ...«

»Ja, das will ich! Ich bin fest davon überzeugt, dass die beiden Figuren auf dem Bild Georges Braque und André Derain darstellen. Und die Malerperspektive ist die des zurückbleibenden Pablo Picasso.«

»Moment mal ...«

Lomberg sah, wie es in ihr arbeitete.

»... aber das bedeutet nicht unbedingt, dass Picasso auch tatsächlich der Maler war, oder?«

»Das genau ist der Punkt! Die Frage ist, ob es sich bei diesem Gemälde tatsächlich um einen – aus welchem Grund auch immer – gänzlich unbekannten oder zumindest vergessenen Picasso handelt. Was in der Tat eine Sensation wäre. Oder um das Werk eines unbekannten Künstlers, der sich auf ein überliefertes Erlebnis von Picasso bezieht und ihn dabei in verblüffender Art und Weise kopiert hat. So, dass man meinen könnte, es sei ein echter Picasso.«

»In welcher Form ist Picassos Erleben des Abschieds von seinen Kollegen denn überliefert?«

»Durch ein viel beachtetes Zitat. Mitte der Zwanzigerjahre, der Krieg war längst vorbei, wurde Picasso mit den Worten zitiert, dass er *den Künstler Braque seither*, sprich nach dem Abschied auf dem Bahnhof von Avignon im September 1914, *nicht mehr wiedergesehen hat*. Faktisch war das Unsinn. Er wollte damit sagen, dass er den *Künstler* Braque, so wie er zuvor war und gemalt hat, später nicht mehr wiedererkannt hat. Der Krieg war in jeder Hinsicht eine Zäsur. Für die Künstler selbst. Für ihre Beziehung zueinander und auch für den synthetischen Kubismus. Danach hat es einfach nicht mehr gepasst. Es war vorbei.«

»Also lautet die Gegenthese, dass ein unbekannter, aber augenscheinlich begabter Künstler sich Jahre später von diesem Zitat inspirieren ließ und gewissermaßen in die Rolle Picassos geschlüpft ist? Nicht nur, dass er ihn dabei handwerklich kopiert hat. Er hat sich in eine Situation versetzt, von der man wusste, dass sie Picasso tatsächlich erlebt hat und für bedeutsam genug hielt, hierüber öffentlich zu sprechen. Er schaffte sich sozusagen eine Art alternative Realität. Ziemlich genial. Und auch eine Sensation.«

Sina Röhms Schlussfolgerung hatte es brillant auf den Punkt gebracht. Lomberg wollte sich davon nicht zu beeindruckt zeigen und beließ es bei einem kaum merklichen Nicken. Er griff nach einer weiteren *Reyno*, nahm einen Zug und schob mit einiger Verzögerung nach: »So oder so, es liegt auf der Hand, warum dieses Gemälde jetzt so viel Aufmerksamkeit auf sich zieht. Zumindest in den Kreisen, in denen seine Existenz bekannt ist. Oder, besser gesagt, jetzt bekannt geworden ist.«

»Und damit wären wir dann bei Gilles Dupret, habe ich recht?«

Lomberg nickte stumm und schob nach: »So ist es. Bei unserem gemeinsamen Fall.«

Lomberg entschied sich, den *Fall ALGADA* von der Gegenwart bis zu seinen Ursprüngen zu rekapitulieren, womit die Verbindung zwischen ihm und Gilles Dupret zwangsläufig den Anfang bildete. Dessen Enttarnung als Ex-RAF-Terrorist Chris Wasserberg erwies sich erwartungsgemäß als keine Überraschung für Sina Röhm. Genauso wenig wie die Tatsache, dass der ehemalige Staatsfeind einst das Bett mit der Tochter der Staatsmacht geteilt hatte – mit Tine Lomberg, Lennard Lombergs älterer Schwester und Tochter des gemeinsamen Vaters Ernst Lomberg.

Spätestens an dieser Stelle war geklärt, unter welchen Vorzeichen Lombergs Vernehmung durch Sina Röhm und ihren Kollegen Viktor Baumann gestanden hatte. Eine Verbindung der Familien Lomberg und Wasserberg, und zwar eine nachweislich prekäre, stand für die beiden Ermittler bereits völlig außer Frage, als Lennard Lomberg zu diesem Zeitpunkt noch wahrheitsgemäß, aber völlig unglaubwürdig den Ahnungslosen gab. Sieben Wochen waren seitdem ins Land gezogen, in denen er nach und nach erkennen musste, *wie ahnungslos* und vor allem wie unglaubwürdig er gewesen war.

Mit tiefer Erschütterung nahm Lomberg dann zur Kenntnis, dass ihr auch die Mitwirkung des ehemaligen Generalbundesanwalts an der Flucht von Chris Wasserberg in die DDR kein Geheimnis war. Während er selbst erst wenige Tage zuvor durch Julie vom kaum fassbaren Hochverrat seines Vaters erfahren hatte, war dieser dem BKA tatsächlich schon lange bekannt. Geradezu lapidar wusste Sina Röhm zu berichten, dass der Verdacht sogar von Beginn an bestanden hatte und auch den wahren Grund für das seinerzeit abrupte Ende der Karriere von Lomberg senior bildete. Mit Öffnung der Stasi-Archive kurz nach der Wende kamen später auch handfeste Beweise auf den Tisch, die von dort allerdings gleich wieder unter den Teppich gekehrt wurden. Weder die Regierung noch die Sicherheitsdienste zeigten Interesse, aus einem vermeidbaren Skandal einen Skandal zu machen, der sie selbst massiv beschädigt hätte. Man war seinerzeit davon ausgegangen, dass Lomberg senior den Liebhaber seiner Tochter und damit diese selbst schützen wollte. Eine plausible Erklärung für das zuvor unvorstellbare, mithin strafbare Verhalten des Generalbundesanwalts. Auch eine bequeme. Aber eine falsche. Die lange freundschaftliche und am Ende tragische Verbindung zwischen Ernst Lomberg und dem Vater von Chris Wasserberg war in Wiesbaden hingegen nicht bekannt. Und damit auch nicht sein wahres Motiv.

Lomberg senior hatte im unaufhaltsamen Abgleiten des Chris Wasserberg in den RAF-Terror eine späte, aber dennoch kausale Folge seines eigenen Handelns erkannt. Der Verlust des Vaters hinterließ einen tieftraurigen Teenager, aus dem später erst ein rebellischer Student und schließlich ein zu den Waffen greifender Terrorist wurde. Womöglich wäre diese Entwicklung durch Ernst Lombergs Einfluss auf den jungen Mann noch aufzuhalten gewesen, aber der sogenannte Onkel sollte sich nach den Ereignissen im September des Jahres 1966 lieber aus dem Staub machen. Um kraft Amtes alle Spuren zu tilgen, die zurück zu jener tragischen Nacht im Tuileriengarten hätten führen können. Zwar war die Kugel, die Max Ruschers Kopf seinerzeit durchbohrte, aus der Pistole eines anderen abgefeuert worden. Aber es war zuvor Ernst Lombergs Verrat gewesen, durch den die tödliche Eskalation in Paris überhaupt erst heraufbeschworen wurde. Und er war schließlich auch derjenige gewesen, der die Chance, seinen Freund vielleicht noch zu retten, verstreichen ließ. Nicht nur die Freundschaft zu Max Ruscher wurde damit auf dem Altar seiner Karriere geopfert, sondern am Ende sogar dessen Leben. Fast zwanzig Jahre sollte Ernst Lomberg mit seinen Schuldgefühlen leben. Und auch mit der Furcht, eines Tages doch noch für sein Handeln zur Rechenschaft gezogen zu werden. Die Liebesbeziehung seiner Tochter zu Chris Wasserberg und die kaum fassbare Zufälligkeit, mit der diese ihre Existenz gefunden hatte, war ihm wie ein böser Wink des Schicksals erschienen. Ein Damoklesschwert, das nicht nur über dem Wohl seiner geliebten Tochter hing, sondern plötzlich drohte, seine ganze Existenz zu vernichten. Schließlich war es eine Mischung aus Panik und dem Glauben an die einmalige Gelegenheit zur Sühne, die den obersten Staatsschützer der Republik zum Fluchthelfer für einen Top-Terroristen werden ließ.

An dieser Stelle der Erzählung war Sina Röhm erstmals ins Staunen geraten. Lomberg hatte dann einfach nicht mehr aufgehört. Die anfängliche Verwunderung war längst in eine gebannte Fassungslosigkeit übergegangen, als Lomberg tief in der Nacht im Jeu de Paume angekommen war. Und in Röhm die Erkenntnis, dass der von ihr sogenannte *Fall Dupret* mit dem Namen des jüngst unter falscher Identität zu Tode gekommenen Mannes völlig unzureichend bezeichnet war. Es war mindestens zugleich der *Fall Lomberg*, der *Fall Ruscher* und *Wasserberg*, der *Fall Ruetschli*, *Bärlach* und *Eylmann*, der *Fall Castigno* und *Deveraux*, ein *Fall des Père Lavail* und des *Ordre Hospitalier de Saint Martin de Dieu*. Zugleich der *Fall Jeu de Paume* und auch der *Fall BKA*. Und womöglich sogar ein *Fall Picasso*.

Was diese ganzen Fälle miteinander auf verhängnisvolle Art und Weise verband, war ein blutgetränkter roter Faden. Aus der Gegenwart des Jahres 2016 spann sich dieser über dramatische Ereignisse Mitte der Sechziger bis zurück ins Kriegsjahr 1943 und beschrieb damit den langen und von zahlreichen Menschen leidvoll begleiteten Weg eines geheimnisumrankten Gemäldes. Dieser hatte einst in der südfranzösischen Provinz – womöglich sogar schon 1914 – seinen Anfang genommen. Von dort war es über die Stationen Lyon, Paris, Luzern und Zürich ins Kubisten-Mekka Céret gelangt, wo es für Jahrzehnte eine verborgene Zuflucht auf Château Aubiry fand. Die Entwicklungen des Jahres 2016 sollten es dann jedoch unter immer noch ungeklärten Umständen nach Deutschland führen. In einen Lagerraum im trostlosen Bonner Vorort Spich, eingerahmt zwischen einer Freien Tankstelle und einem Steakhaus, das einen genauso miesen Ruf genoss wie sein neureicher Inhaber. Um schließlich im Ankleidezimmer eines luxuriösen Appartements ausgestellt zu werden, das der Leiterin des Dezernats für Kunst- und Kulturgutkriminalität beim Deutschen Bundeskriminalamt als Resultat eines nachehelichen Versorgungsausgleichs zur dauerhaften Nutzung überlassen war.

»Wir haben in Duprets Leihwagen einen Schlüssel gefunden. Nicht einfach so rumliegend, sondern auffällig gut versteckt. Wir dachten gleich an ein Schließfach und haben den Schlüssel der Kriminaltechnik übergeben. Die meldeten sich dann letzte Woche bei mir und teilten mit, dass dieser zur Schließanlage einer Self-Storage-Kette gehört. Der Rest war Routine und ein bisschen Polizistinnenglück.«

»Schön und gut. Aber das ist immer noch keine Erklärung, warum das Bild hier in deiner Wohnung steht. Und nicht in der Asservatenkammer des BKA.«

»Berufsgeheimnis.«

»Aha, das ist also dein Verständnis von unserem *gemeinsamen Fall?*«

»Eine administrative Panne. Der Vorgang wurde nicht ordnungsgemäß dokumentiert. Baumann ist kurz nach unserem Besuch bei dir erkrankt und war dann offensichtlich nicht mehr ganz bei der Sache. In der Folge wurde der Schlüssel nicht auf der Liste der beschlagnahmten Gegenstände notiert. Dieser ist dann auch ohne den sonst üblichen Aktenzeichenvermerk der Kriminaltechnik übergeben worden. Die wiederum denken, dass sie es selbst vermasselt haben, und waren heilfroh, dass ich bereitwillig den Mantel des Schweigens über die Sache gehüllt habe. Das Fass machen die nicht mehr auf. Kurzum: der Schlüssel existiert eigentlich gar nicht.«

»Und weil der Schlüssel nicht ...«

»Existiert dieses Gemälde auch nicht.«

»Du unterschlägst ...?«

»Ich ermittle in einem mutmaßlichen Mordfall. Und der steht ganz offensichtlich in Zusammenhang mit einem schwerwiegenden Kunst- und Kulturgutdelikt. Und ich will diesen Fall aufklären.«

»Du willst also den Wasserfall hoch zum Drachentor schwimmen?«

»Ja, aber nicht alleine.«

»Und was ist, wenn Baumann demnächst wieder auf der Matte steht?«

»Wird er nicht. Unentdeckte Herzmuskelentzündung, der ist dem Tod gerade noch mal von der Schippe gesprungen. Da er über sechzig ist, haben sie ihm die Frühpensionierung angeboten. Seine Frau hat Ja gesagt. Baumann ist raus. Es ist mein Fall!«

»Und was willst du jetzt machen?«

»Das frage ich dich, Lennard Lomberg.«

»Ich würde mir gerne den Koi noch mal ansehen.«

Donnerstag, 16. Juni 2016, 16:50 Uhr,
Institut für Kunstforensik, Professor Dr. Roland Obendobel,
Weggis (CH) am Vierwaldstättersee, Gotthardstrasse 12

Bevor das Werk des früh verstorbenen René Magritte posthum in den zweitstelligen Millionen-Euro-Olymp der zeitgenössischen Kunst aufsteigen sollte, war der einflussreiche belgische Surrealist die längste Zeit seines Lebens knapp bei Kasse gewesen. Zu Beginn seiner Malerkarriere in den 1920er- und 1930er-Jahren war die Armut zeitweilig so groß, dass ihm sogar regelmäßig die Rohstoffe für seine künstlerische Arbeit fehlten: Pinsel, Farbe – und vor allem

Leinwand. Zügelloser Schaffensdrang und schmerzlicher Ressourcenmangel gingen dabei eine geradezu fatale Verbindung ein. Immer wieder griff Magritte zu bereits fertigen Werken, übermalte sie ganz oder zerschnitt sie kurzerhand in Stücke, um Untergrund für gleich mehrere neue Bilder zu gewinnen. Zu den auf diesem Weg zerstörten Kunstwerken gehörte unter anderem das Ölgemälde *La pose enchantée*, das im Jahr 1927 entstanden war und bereits nennenswerte Beachtung gefunden hatte, bevor es fünf Jahre später spurlos verschwand. Bis ins Jahr 2013, als Forscher jeweils ein Viertel des Bildes unter drei weiteren Kunstwerken des Malers aus dem Jahr 1935 fanden, um schließlich das letzte Puzzlestück unter *Dieu n'est pas un saint* aufzuspüren. Der graue Vogel mit ausgebreiteten Flügeln auf einem Frauenschuh, der später zu einer Signatur des Magritte'schen Lebenswerks avancierte, barg somit den Missing Link zu einem vom Künstler selbst zerstörten Schatz, der heute einen vermutlich ebenso unschätzbaren Wert darstellen würde.

Infrarotspektroskopie lautete das Zauberwort des Forschungsprojekts *Magritte on practice*. Hochauflösende Fotografietechniken unter UV-Licht in Verbindung mit speziellen Röntgenverfahren ermöglichten es, unter dem eigentlichen Bild liegende Farbschichten zu analysieren und verborgene Motive sichtbar zu machen. Verwendete Farbpigmente zu rekonstruieren und damit präzise Hinweise zum Zeitpunkt der Entstehung abzuleiten. Spiritus Rector des Projekts war ein gewisser Professor Dr. Roland Obendobel, dessen akademische Würden einst von der Bryer State University mit Sitz in Panama City verliehen wurden. Eine physische Präsenz an der mit fragwürdigem Ruf als Titelmühle belegten Hochschule war nie Gegenstand des Lehrauftrags gewesen. Genau genommen war Obendobel nur ein einziges Mal dort gewesen. Um seine Antrittsvorlesung zu halten und zugleich einen auf Schweizer Franken ausgestellten Scheck zu hinterlegen. Mit ungleich großer Regelmäßigkeit war der eidgenössische Physiker hingegen im *The Arts Club* in Mayfair anzutreffen.

Obendobel hatte die Dauer der Analyse auf »circa sechs Stunden« taxiert und den beiden geraten, währenddessen einen Ausflug auf die *Rigi Kulm* zu unternehmen. Der auf 1800 Metern gelegene Touristen-Hotspot oberhalb von Vierwaldstätter- und Zuger See war in der Hauptsache von vielköpfigen Reisegruppen aus China frequentiert. Lomberg und Sina Röhm waren vom malerischen Bergpanorama nicht länger als eine halbe Stunde gefesselt, um danach der Frage nachzuhängen, wie man die weitere Zeit noch totschlagen könnte. Die Frage nach der Verfügbarkeit eines Tageszimmers ließ die ausnehmend förmliche Rezeptionsdame etwas indigniert wirken, wurde auf Nachfrage beim Hotelmanager dann aber doch positiv beschieden. Um kurz vor fünf saßen die beiden schließlich wieder bei Obendobel, dessen sogenanntes Institut für Kunstforensik in einer stattlichen Villa am Ufer des Vierwaldstättersees behaust war.

»Und, haben die Herrschaften Ihre Wartezeit angenehm verbracht?«

»Danke der Nachfrage. Wir hatten in der Tat einen sehr kurzweiligen Tag.«

»Sie kommen mit den besten Empfehlungen zu mir, Herr Kollege. Richten Sie Ihren Dank an Sir Peter! Aber vielleicht sagen Sie ihm doch, er könne mal ein paar Flaschen von seinem neuen *Plan de Dieu* lockermachen. Man hört ja nur Gutes von dem Tropfen.«

»Das werde ich gerne tun, Herr Professor.«

»Obendobel. Einfach Obendobel. Lassen wir es dabei bewenden. Wir sind ja unter uns.«

»Was können Sie uns zu dem Bild sagen?« Sina Röhm wollte wie immer zügig zur Sache kommen.

»Tja, gnädige Frau Kriminalrätin ...«

»Röhm. Einfach Röhm. Wir sind ja unter uns.«

»Eine ziemlich große Überraschung, kann ich vorwegnehmen. Oder ... na ja, vielleicht doch nicht so ganz.« Obendobel schickte seinen Worten einen fragenden Blick in Lombergs Richtung hinterher. »Wenn Sie gestatten, möchte ich erst einmal fragen, mit welchen Erwartungen Sie zu mir gekommen sind. Und auch in welchem Kontext dieses Gemälde für Sie so interessant ist.«

Röhm blickte kurz zu Lomberg, der mit knapper Geste zu verstehen gab, ihr den Vortritt zu lassen. »Ich bitte um Verständnis, dass wir uns dazu nur sehr eingeschränkt äußern können. Das Gemälde steht im Zusammenhang mit polizeilichen Ermittlungen. Deshalb müssen wir Sie auch um strikte Diskretion in dieser Angelegenheit bitten.«

Obendobel verstand Sina Röhms höflich ausweichende Antwort, wie sie gemeint war: als polizeiliche Anweisung. »Natürlich, Frau Röhm. Auch Mr Barrington hat bereits meine Verschwiegenheitserklärung erhalten.«

Lomberg schaltete sich wieder ein: »Wir haben einen Verdacht. Streng genommen ist es reine Spekulation. Wir wollten das aber nicht Ihrer Untersuchung voranstellen. Es erschien uns ratsam, möglichst jede Konditionierung in Richtung eines erwarteten oder zumindest für möglich gehaltenen Untersuchungsergebnisses zu vermeiden.«

Obendobel nickte verständnisvoll.

Sina Röhm hakte sofort nach: »Liefert Ihre Untersuchung eine verlässliche Einschätzung, wann das Werk entstanden ist?«

»Ja, das tut sie.«

»Und wie genau?«

»In der Regel plus/minus fünf Jahre.« Obendobel gefiel sich darin, die Spannung hochzuhalten, und schob mit reichlich Verzögerung nach: »Das Gemälde ist mit an Sicherheit grenzender Wahrscheinlichkeit Mitte der 1930er-Jahre entstanden. Auf Grundlage des histologischen Befundes der Farbpigmente kann ich den Zeitraum sogar noch enger eingrenzen. Frühestens 1934, spätestens 1937.«

Röhm warf Lomberg einen Blick zu, der ihre Verwunderung nicht verheimlichen konnte. Ebenso wenig wie einen Anflug von Enttäuschung.

»Sie haben etwas anderes erwartet?«

»Offen gestanden ja«, erwiderte Lomberg.

»Und was, wenn ich fragen darf?«

»Wir hatten auf Mitte der 1910er getippt«, entfuhr es Röhm beinahe verärgert.

»Damit lagen Sie auch gar nicht so falsch.« Obendobel warf Lomberg wieder einen bedeutungsvollen Blick über den Rand seiner Brille zu.

Lomberg zögerte einen Moment, bevor ein kaum merkliches Lächeln verriet, dass er gerade einen stillen Triumph feierte. »Sie haben also eine Infrarotspektroskopie gemacht?«

»Deshalb hat Ihr Freund Sir Peter Sie doch zu mir geschickt, nicht wahr?«

Lomberg reagierte mit einem knappen Nicken, während in Sina Röhms Augen aufkommender Zorn funkelte.

»Sie lagen mit Ihrem Verdacht vollkommen richtig, Herr Kollege. Ihr bemerkenswertes Gemälde hat tatsächlich weit mehr zu erzählen als das, was es vordergründig sichtbar macht. Wenn die Herrschaften mich begleiten wollen. Wir können uns das nebenan am Monitor ansehen.«

Die beiden folgten dem weiß bekittelten Honorarprofessor – Sina Röhm schätzte ihn abzüglich der mit erhöhtem Absatz versehenen *Mario-Bertulli*-Schuhe auf wenig mehr als eins sechzig – in einen circa zehn auf acht Meter großen Laborraum, der von kaltem LED-Licht erhellt und auf gefühlte fünfzehn Grad Celsius heruntergekühlt war. Lomberg schaute erstaunt auf den gelben Fußboden.

»Ein spezieller Bodenbelag. Kunstharz. Wird auch häufig in OP-Sälen verlegt. Man sieht nahezu jedes Staubkorn darauf. Reinraum-Hygiene. Jedenfalls dicht dran«, wusste Obendobel ungefragt zu antworten.

Lomberg nickte anerkennend, während Sina Röhm mit Erleichterung das Bild entdeckte. Augenscheinlich unversehrt, befand sich das entrahmte Gemälde auf einem Leuchttisch. An jeder Ecke mit Gewichten beschwert, sodass es plan auflag. Auf einem anderen Tisch mit hochglänzend weiß lackierter Oberfläche standen zwei Thunderbolt-Monitore, die von ein und derselben Tastatur angesteuert wurden. Der linke Monitor zeigte auf schwarzem Untergrund das zur Untersuchung mitgebrachte Gemälde im Vollbildmodus.

Obendobel schritt auf die Monitore zu und drückte die Return-Taste etwas theatralisch mit seinem rechten kleinen Finger. Lombergs Blick fiel auf einen Siegelring, der ein ihm bekanntes Freimaurer-Motiv zur Schau stellte. Sina Röhms ganze Aufmerksamkeit gehörte in diesem Moment schon der Darstellung auf dem rechten

Monitor. Dort war jetzt eine farblose und eher unscharfe Strichzeichnung zu erkennen. Sie ging einen Schritt auf den Bildschirm zu, um sich zu vergewissern, was sie aus einem Meter Abstand bereits meinte, erkannt zu haben. Figürliche Umrisse zweier Gestalten, die nach einem länglichen, nach oben hin spitz zulaufenden Gegenstand greifen. Sonst nichts. Kein Rad. Und auch kein Rauch, der Dampf hätte gewesen sein können. Sie drehte sich zu Lomberg und warf ihm einen vorwurfsvollen Blick zu. Lomberg parierte diesen, nickte zustimmend, blieb aber stumm. Obendobel schien sich für die befremdliche Interaktion seiner beiden Besucher nicht weiter zu interessieren und hob an, das jetzt offensichtlich gemachte Ergebnis seiner Untersuchung zu kommentieren.

»Rein forensisch betrachtet, haben wir es mit dem gleichen Phänomen zu tun wie bei Magritte. Ein Bild über dem anderen auf ein und derselben Leinwand. Mit dem Unterschied jedoch, dass der Zeitabstand in diesem Fall erstaunliche zwanzig Jahre beträgt. Links: mitte der Dreißigerjahre. Rechts: mitte der 1910er. Allein aufgrund dessen muss der Fall aus kunsthistorischer Sicht gewiss ganz anders bewertet werden. Überhaupt: Das Ursprungsbild wurde nicht einfach übermalt. So wie bei Magritte, dem armen Schlucker. Es wurde kein neues Werk erschaffen, dem ein schon abgeschlossenes zum Opfer fiel. Es wurde im Gegenteil ein unfertiges Werk zu Ende gebracht. Wenn auch ein sehr unfertiges, zugegebenermaßen. Ich habe keinen Zweifel. Rechts sehen wir ganz eindeutig eine Skizze zu jenem Gemälde, das wir links in Vollendung betrachten können.«

»Fehlendes Geld für den Kauf von neuer Leinwand ist ganz sicher nicht die Erklärung.« Sina Röhm verweigerte Obendobel mit ihrer nüchternen Analyse den erwarteten Applaus. Lomberg musste schmunzeln, während sie gleich nachbohrte: »Könnte man ... ich meine, könnten Sie auch herausfinden, ob es sich um denselben Maler handelt? Es wäre ja denkbar, dass der Künstler einst mit dem Bild ... ich meine, mit der Skizze begonnen und dann, aus welchen Gründen auch immer, erst viele Jahre später das Werk vollendet hatte ...«

»Bedauere, meine Möglichkeiten sind rein technischer, genauer gesagt physikalischer und ein wenig auch chemischer Natur. Das kann, wenn überhaupt, nur ein Kunstsachverständiger beurteilen.«

Lomberg fühlte sich automatisch adressiert. »Unmöglich. Dafür ist die Skizze zu rudimentär. Sie gibt zu wenig Handschrift preis, um eindeutig mit dem vollendeten Werk in Verbindung gebracht zu werden. Stilistisch, meine ich. Die Wahrscheinlichkeit ist nicht größer als fünfzig Prozent.«

»Also liegt die Wahrscheinlichkeit, dass es zwei verschiedene Künstler waren, ebenso bei fünfzig Prozent?«

Lomberg verstand sofort, dass ihre Frage rein rhetorisch war. »Im Moment ja.«

»Ich fürchte, dass wir diese Frage hier nicht abschließend klären können. Und offen gestanden, liegt das auch nicht mehr in meinem Kompetenzbereich.« Obendobel drängte auf seinen verdienten Feierabend.

»Natürlich nicht, Herr Obendobel. Bitte entschuldigen Sie. Ich denke, Ihre Zeit ist nun auch schon über Gebühr strapaziert. Wir haben Ihnen zu danken. Und über eine Kompensation wurde auch noch gar nicht gesprochen.«

»Ich kann es noch nicht genau sagen. Es wird sicher unter zehntausend Franken auslaufen. Vermutlich aber dicht dran.«

Lomberg musste kurz schlucken und erinnerte sich an Peters Worte: »Ein Gauner, aber brillant.«

»Senden Sie Ihre Liquidation doch bitte direkt an *Walcott*.«

»Ganz wie Sie wünschen, Herr Kollege.«

Sina Röhm hielt ihm zur Verabschiedung die Hand entgegen. Obendobel retournierte mit einem Handkuss, der eine Übung in dieser Disziplin nicht verschwieg. »Frau Kriminalrätin, es war mir eine Freude!«

»Ganz meinerseits.«

»Ach ja. Beinahe hätte ich es vergessen. *One more thing*, wie man heute so sagt.«

»Ja, bitte, Herr Professor?«

»Der Bilderrahmen.«

»Was ist damit?«

»Denken Sie, dass es der Originalrahmen ist?«

Lomberg blieb stumm und überließ Sina Röhm die Antwort.

»Wir gehen davon aus. Warum fragen Sie?«

»Ich habe mir erlaubt, einen etwas genaueren Blick darauf zu werfen. Über die Jahrzehnte hat sich eine Menge Staub über das Holz gelegt und dort festgesetzt. Regelrecht angebacken. Wir haben ein spezielles Reinigungsmittel dafür. Sehr wirksam, aber nicht so aggressiv, dass es die Substanz beschädigt.«

»Und?«

»Der Rahmen stammt aus der Zeit, in der das Bild mutmaßlich vollendet wurde. Also aus den 1930er-Jahren. Außerdem trägt er eine eingravierte Kennzeichnung. Womöglich hilft es Ihnen, die Herkunft des Rahmens zu klären. Ich habe Ihnen einen Vergrößerungsabzug gemacht.«

Donnerstag, 16. Juni 2016, 18:15 Uhr, Autobahnring Zürich, Autobahn 3 in Richtung Zürich-Flughafen

Lomberg hielt dem Taxifahrer einen Fünfzig-Franken-Schein hin: »Flughafen Zürich. Boarding in exakt 85 Minuten. Außerdem müssen wir uns noch um unser Sondergepäck kümmern. Wenn wir das schaffen, ist das Ihre Erfolgsprämie. Wenn nicht, verrechnen wir das mit dem Fahrtpreis.«

Der wirksam motivierte Fahrer entschied sich am Knotenpunkt Wettswil für die längere, aber seiner Meinung nach schnellere Route über den Züricher Autobahnring, um Kloten von Westen her anzusteuern. Die beiden Fahrgäste hatten es sich im Fond des nicht mehr ganz taufrischen Fiat Ducato bequem gemacht. Sina Röhm war irgendwann hinter Küsnacht eingeschlafen und lehnte halb sitzend, halb liegend an Lombergs Schulter. Mehrfach hatte ihr Smartphone den Eingang von Nachrichten gemeldet, ohne dass sie davon Notiz genommen hatte. Lomberg genoss die Wärme ihres Körpers und dachte nicht daran, sie zu wecken. Er selbst hatte in den zurückliegenden Tagen zahlreiche Nachrichten unbeantwortet gelassen, jene aus Chicago sogar ausnahmslos.

Der Klingelton *Sencha* kündigte einen Anrufer an. Sina Röhm schreckte auf: »Röhm. Was gibt es?« Lomberg sah sie an. Röhm wirkte auf Knopfdruck hellwach, richtete sich auf, hielt die rechte Hand an ihre freie Ohrmuschel, um die Fahrgeräusche etwas zu dämpfen, und drehte sich von ihm weg.

»Okay.«

»Und warum erst jetzt?«

»Verstehe.«

»Gute Arbeit!«

»Ich schaue es mir direkt an. Bin gerade unterwegs. Ich melde mich, sobald ich kann.«

Lomberg versuchte seine Neugier im Zaum zu halten.

»Dienstlich?«

»Allerdings.«

»Wichtig?«

»Abwarten!«

Übergangslos war Sina Röhm in ihren Mail-Ordner abgetaucht, schien die gesuchte Nachricht schnell gefunden zu haben und hielt ihren Blick fest auf das Display gerichtet.

»Ein Film?«

Lomberg bekam keine Antwort, konnte aber mit einem Auge erkennen, dass sie die kurze Videosequenz mehrfach von Neuem abspielte. Bevor es schließlich aus ihr herausbrach: »Heilige Jungfrau Maria!«

»So schlimm?«

»Schau dir das an!«

Röhm drehte das Smartphone in Lombergs Richtung. Die Bildqualität ließ zu wünschen übrig. Lomberg brauchte ein paar Sekunden, um die etwas milchigen Schwarz-Weiß-Aufnahmen zu entschlüsseln. Nach der zweiten Wiedergabe war ihm klar, dass die Aufnahme aus einer Apotheke stammte. Die Kamera musste an einem der üblichen Rückwandregale für die rezeptfreien Präparate installiert gewesen sein und erfasste mit einem Weitwinkelobjektiv einen Großteil des Ladenlokals. Der Apotheker im weißen Kittel war folglich nur von hinten zu sehen, der Kunde auf der anderen Seite des Counters aber halbwegs deutlich zu erkennen. Ein älterer Mann mit Hut, darunter vermutlich eine Glatze, tendenziell über sechzig. Groß, beinahe hünenhaft, den Apotheker deutlich überragend. Mit markant scharfen Gesichtszügen, sein Blick jedoch verschwand unsichtbar in tiefen Augenhöhlen. Ein dunkler Mantel war über seinen rechten Unterarm gelegt und bedeckte diesen vollständig, wobei die Gestik des Kunden die Vermutung zuließ, dass sein Anliegen der verhüllten Extremität galt.

»Ist das heutzutage üblich, dass Apotheken mit Sicherheitskameras ausgestattet sind?«

»Es setzt sich langsam durch.«

»Und was ist so spannend daran?«

»Die Aufnahme datiert auf den 24. April und stammt aus der Petersberg-Apotheke in Königswinter«, antwortete Sina Röhm knapp und warf ihm einen herausfordernden Blick zu.

»Du willst mich testen?«

»Wenn es unser gemeinsamer Fall ist, muss ich doch wissen, ob du als Detektiv überhaupt zu gebrauchen bist.«

»Der 24. April ist der Tag, an dem Dupret umgekommen ist.«

»Getötet worden ist.«

»Und du meinst, dieser Mann da?«

»Dupret ist kopfüber in einen Glastisch gefallen, hat sich schwere Schnittwunden am Kopf zugezogen und das Genick gebrochen. Von einem Unfall auszugehen, erschien mir genauso abwegig, wie einen Selbstmord zu unterstellen. Eine Fremdeinwirkung war für mich von Anfang an unstrittig. Man hat am Tatort auch Blutspuren gefunden, die nicht Dupret zugeordnet werden konnten. Es lag somit natürlich auf der Hand, dass sie vom mutmaßlichen Täter stammten. Und dass sich dieser bei der Tat sehr wahrscheinlich selbst verletzt hat oder durch Dupret verletzt wurde.«

»Der sich gewehrt hat?«

»Möglich. Wissen wir aber nicht. Aber was wir wissen, ist, dass Dupret das Gemälde vorsorglich in einem Lagerraum versteckt hatte und den Schlüssel dazu in seinem Auto. Unser Täter, egal ob Räuber, Totschläger oder Mörder, ist also nicht fündig geworden. Das Ganze war für die Katz.«

»Und weiter?«

»Der DNA-Abgleich hat nichts ergeben. Baumann meinte dann, dass die Verletzung des mutmaßlichen Täters womöglich schwer genug gewesen sein könnte, um behandelt werden zu müssen. Recherchen bei Krankenhäusern und niedergelassenen Ärzten in der Umgebung verliefen aber im Sande. Dann hat man die Apotheken abgeklappert, die an dem besagten Sonntag Notdienst hatten. Auch nichts. Erst mal jedenfalls. Aber jetzt hat sich dieser Apotheker aus Königswinter gemeldet. Der Mann berichtete, dass er an dem Montag, nach seinem sonntäglichen Notdienst, selbst erkrankte und von da an mehrere Wochen im Krankenhaus verbringen musste. Als er am vergangenen Montag seine Arbeit wiederaufnehmen konnte, informierte ihn eine Angestellte über unseren Besuch am 29. April und unsere Recherchen. Er konnte sich dann gleich an den Kunden erinnern, auch weil sich dieser seinerzeit mit sehr schlechtem Englisch verständlich gemacht hatte. Der Apotheker hat daraufhin sofort seine Videoaufzeichnungen durchforstet und meldete sich schließlich gestern bei der örtlichen Polizei, wo er nebenbei auch bestätigte, dass er dem Kunden Verbandszeug verkauft hat.«

»Und bringt dich das weiter? Ich meine uns?«

Kriminalrätin Röhm quittierte die Frage mit einem hochmütigen Lächeln und verweigerte damit demonstrativ die Antwort. Statt auf das Machtspiel einzugehen, warf Lomberg ihr ein entwaffnendes Lächeln zu und strich ihr zärtlich eine Haarsträhne aus ihrem müden Gesicht.

»Ihr könnt den Mann also identifizieren?«

»*Ich* kann es!«, antwortete sie mit einiger Verzögerung. »Der schwarze Abt aus der Apotheke ist Père Lavail. Seines Zeichens Großmeister des *Ordre Hospitalier de Saint Martin de Dieu* und Lordsiegelbewahrer auf Château Aubiry. Ich hatte schon das Vergnügen, ihn kennenzulernen. Ein Lügner vor dem Herrn ...«

»... und nebenbei der designierte Erbe von Marcus Aurelius

Ruetschli ... genauer gesagt, der Erbe des gesamten Stiftungsvermögens, samt Château und Kunstbesitz ...«, fuhr Lomberg fort, »... als solcher vor langer Zeit bestimmt von der frommen, aber auch manisch-depressiven Mutter Ruetschli. Besagter Père Lavail wollte den absehbar nahen Tod von Marc jedoch nicht abwarten und ALGADA schnellstmöglich zu Geld machen, wofür er auch schon seine Fühler ausgestreckt hatte ...«, Lomberg hielt kurz inne, »... weil er nämlich genau wusste, was es mit diesem Bild auf sich hat, und zugleich, dass Marc sein Geschäft unbedingt zu verhindern suchte und den Todfeind von Père Lavail, namens Gilles Dupret, beauftragt hatte, für ALGADA eine kunsthistorisch und auch eigentumsrechtlich saubere Lösung zu finden. Dupret erwog, eine kanadische Kunstdetektei einzuschalten, was auf eine Empfehlung des Museumschefs in Céret zurückging, Raoul Castigno, der eigentlich ein Freund von mir ist, aber versucht hat, mich an der Nase herumzuführen. Weil er in Bezug auf ALGADA offenbar eigene Interessen verfolgt, die mir aber noch nicht ganz klar sind. Castignos Rat hat Dupret dann aber doch nicht befolgt, weil er noch rechtzeitig gemerkt hat, dass die Kanadier nicht mit der gebotenen Diskretion vorgehen würden. Was aber ganz ausdrücklich die Vorgabe von Marc Ruetschli war. Um auszuschließen, dass der Name Ruetschli neuerlich mit dem Makel von Beutekunst in Zusammenhang gebracht werden könnte. Dupret ist dann auf die Idee gekommen, sich an einen *mehr oder weniger bekannten Kunstexperten* in Bonn zu wenden – an mich, den Bruder seiner ehemaligen Geliebten, den Sohn jenes Mannes, der Dupret, der damals noch Chris Wasserberg hieß und ein wegen Mordes gesuchter Terrorist war, nicht hinter Schloss und Riegel brachte, was sein Job gewesen wäre, sondern in der DDR versteckte. Weil sich mein Vater nämlich am Tod des Vaters von Chris Wasserberg, der einst sein bester Freund war, mitschuldig fühlte. Bis man ihn – ich meine den späteren Dupret – dann doch noch eingebuchtet hat. Ernst Lomberg, der Mann mit dem schlechten Gewissen, hat dann dafür gesorgt, dass sich Marc Ruetschli um den Häftling kümmern soll, sobald dieser freikommen würde. Weil der Mann mit dem schlechten Gewissen nämlich einen Pakt mit Marc Ruetschli geschlossen hatte, der darauf abzielte, in der Vergangenheit entstandenes Unrecht zu reparieren.« Lomberg holte kurz Luft, legte eine kaum merkliche Pause ein und sprach schließlich mit gedämpfter Stimmlage weiter. »... was wiederum damit zu tun hatte, dass der Vater von Marc derjenige war, der den Vater des späteren Dupret erschoss – Max Ruscher, der seinerseits die Kugel abgefeuert hatte, die den Vater Marcs das Leben kosten sollte. Dieser besagte Vater Marc Ruetschlis hieß Paul Bärlach, ehemaliger Präsident des Bundeskriminalamtes, jedoch mit einem Vorleben als SS-Unterstrumführer Franz Eylmann, der ALGADA einst aus dem Jeu de Paume stahl. Weshalb Ernst Lomberg und Max Ruscher von der Gestapo fast zu Tode gefoltert wurden. Eylmann aber fiel schließlich der späten Rache Ernst Lombergs zum Opfer, ohne die die bemerkenswerte Karriere meines Vaters so nie stattgefunden hätte ...«

Sina Röhm starrte ihren Co-Ermittler an, bevor sie langsam, ganz langsam zu lächeln begann. »Und das hast du alles in den zurückliegenden sieben Wochen in Erfahrung gebracht?«

»Alles. Ich schwöre es!«

»Jetzt, Lennard Lomberg, ist es unser *gemeinsamer Fall!* Und sollte ich je einen Zweifel an deiner Eignung als Detektiv gehabt haben, ist dieser spätestens hiermit ausgeräumt ...«

**Freitag, 17. Juni, 9:30 Uhr, Haus Lomberg, Bonn,
Venusbergweg 9**

Der *lazy day*, den Lomberg am Abend zuvor noch im romantischen Überschwang in Aussicht gestellt hatte, erschien ihr von vornherein wenig realistisch und tatsächlich sollten sich die Ereignisse nach der Rückkehr aus der Schweiz förmlich überschlagen. Sina Röhm hatte das nicht mehr ganz so frühe Morgenlicht aus einem Schlafzimmer am Venusbergweg erblickt. Die sich anschließende Freude über den spärlich bekleideten Kellner, der eine Tasse Breakfast Tea am Bett servieren wollte, sollte nur für einen kurzen Moment andauern, bevor sich mit einer zweizeiligen SMS die Wirklichkeit zurückmeldete.

Sergeant Villepins von der Police Nationale wusste Neues aus Céret zu berichten. Eine knappe Stunde später saß die Kriminalrätin ungeduscht an ihrem Schreibtisch in der BKA-Dienststelle Meckenheim und hatte bereits ein erstes Telefonat mit Interpol in Lyon geführt.

Ein weiterer Anruf galt Manfredo Rossi, der ihr noch etwas schuldig war. »Achtundvierzig Stunden, keine Minute mehr! Schaffst du das, Fredo?«, lautete die Frage, mit der sich das heikle Anliegen verband. Noch auf Bewährung durchlief besagter Fredo gerade ein Resozialisierungs-Programm im Studio des mit Sina Röhm befreundeten Fotografen Tom Petry und war schließlich mitsamt Kamera und Stativ für Punkt 19:00 Uhr in die Cäcilien-Terrassen einbestellt worden.

Lennard Lomberg war da schon ungezählte Stunden auf den Beinen und wusste es bereits Stunden vor ihr. Der notorisch frühinformierte Peter Barrington hatte schon in der Nacht seinem deutschen Geschäftspartner eine *WhatsApp* geschickt und kurz vor sieben meldete sich Raoul Castigno über den gleichen Kanal – mit der identischen Botschaft. Marcus Aurelius Ruetschli war am Nachmittag des 16. Juni von seinem jahrzehntelangen Leid erlöst worden. Der von fünfzig Jahren im Rollstuhl, Schlaganfall und zwischenzeitlichem Koma restlos entkräftete Körper hatte dem bakteriellen Angriff eines Staphylococcus aureus am Ende nichts mehr entgegenzusetzen: Sepsis, mit in der Folge multiplem Organversagen.

Samstag, 18. Juni, 16:15 Uhr, Playa de Ses Salines, Höhe Sa Trinxa Bar, Ibiza (ESP)

Julie Lomberg hatte sich im Anschluss an den Besuch bei ihrer Tante gegen eine sofortige Rückreise nach Deutschland entschieden. Die erstaunliche, in Teilen auch erschütternde Beichte Tines hatte sie ihrem sprachlosen Vater zunächst nur auf telefonischem Wege übermittelt und war danach erst mal auf die Nachbarinsel Ibiza übergesetzt. Laurie Kerr, eine Freundin aus der *Ministry-of-Sound-*

Zeit in London, die Julie auf *Instagram* folgte und deshalb von ihrem Aufenthalt auf Mallorca wusste, schlug ein spontanes Treffen vor. Kostenlose Unterkunft in Eivissa-Stadt und VIP-Status im *Amnesia* inklusive. Ein paar Tage verflogen im inseltypischen Rhythmus von durchschnittlich 120 bpm und brachten Julie zumindest in den durchtanzten Nächten auf andere Gedanken. Die väterliche Intervention ließ ein paar Tage auf sich warten, kam dann aber während einer After Hour am Salinas-Strand umso eindringlicher.

Das Ticket für den Direktflug nach Marseille am 20. Juni war schon hinterlegt und der Leihwagen für die vorgesehene Fahrt ins Rhône-Tal ebenso gebucht. Zielort der für Julie vorgesehenen *Dienstreise* war die Provinzstadt Sorgues, nahe Avignon. Der dort ansässigen Firma *Raymond Lafage Ainée*, die in vierter Familiengeneration eine Werkstatt nebst Handelsgeschäft für Bilderrahmungen betrieb und unter Kunstsammlern im In- und Ausland einen ausgezeichneten Ruf genoss, war noch am Ankunftstag ein dringender Besuch abzustatten. Nach Erledigung des Auftrags sollte sich Julie im nahe gelegenen *Hotel Chante Cigale* einfinden, wo ein Zimmer für sie reserviert war und am darauffolgenden Dienstagmorgen ihr Vater zum Frühstück eintreffen sollte.

Montag, 20. Juni, 11:00 Uhr, Interpol Headquarters, Lyon, 200 Rue Charles de Gaulle

Sina Röhm war im Morgengrauen aufgebrochen, um eine frühe Maschine ab Frankfurt zu erwischen. Bereits um 10:30 Uhr bestieg sie am Flughafen Lyon einen absurd überdimensionierten *Mercedes GLS* mit pechschwarz getönten Scheiben, der sie pünktlich zu ihrem Treffen mit Louise Dévet bringen sollte, die im Interpol-Headoffice am Rhône-Ufer bereits mit einem Thunfisch-Baguette auf sie wartete. Die beiden Frauen waren im Jahr 2014 gemeinsam einem internationalen Kunstfälscherring auf die Schliche gekommen. Die Zusammenarbeit mit der gleichaltrigen Bretonin mit kreolischen Wurzeln war ihr noch in bester Erinnerung. Im Besonderen schätzte

Sina Röhm ihre Kollegin als Kennerin der Bürokratie im französischen Polizeiapparat. Diese war zu Recht gefürchtet und jederzeit geeignet, auch aussichtsreiche Ermittlungen ins Leere laufen zu lassen, wenn irgendwo oder irgendwem ein politischer Furz quer saß. Womit umso mehr zu rechnen war, wenn sich Ermittlungen gegen einen Würdenträger der katholischen Kirche richteten. Zwar hatte sich die Police Nationale in Céret offenbar veranlasst gesehen, die deutschen Behörden über den Tod von Marc Ruetschli zu informieren, ein ernsthafter Wille zur Kooperation war jedoch mitnichten anzunehmen. Erst recht nicht von Sergeant Villepins.

Schon bei der Übergabe der sterblichen Überreste von Gilles Dupret an die *Foundation Ruetschli* war ihr Père Lavail verdächtig erschienen. Kein Wort hatte sie ihm geglaubt. Drei Wochen später stand der zwielichtige Leiter des Ordens für sie nunmehr unter dringendem Tatverdacht. Das Video aus der Apotheke ließ aus ihrer Sicht keinen Zweifel zu: Lavail hatte sich am besagten Tag in der Nähe des Tatorts in Bonn aufgehalten. Aus welchem Grund? Welches Alibi würde belegen, dass seine dortige Anwesenheit nicht mit Gilles Dupret alias Chris Wasserberg zu tun hatte? Ein Motiv für die mutmaßliche Tat lag ebenso auf der Hand. Lennard Lomberg hatte es geliefert: Habgier. ALGADA war der Schlüssel zu allem.

So eindeutig die Indizien durch die Videoaufzeichnung für sie auf dem Tisch lagen, so fraglich war es, ob die französischen Behörden die Aufnahme als Beweismittel zulassen würden. Die womöglich größere Trumpfkarte war die bislang unspezifische DNA-Probe vom Tatort. Und die Person, die im Zweifel wusste, wie man diese Karte zu spielen hatte, war Agent Spéciale Louise Dévet.

Montag, 20. Juni, 14:30 Uhr, Weingut Clos des Pins, Beaumes-de-Venise, Département Vaucluse, 1 Chemin des Galets Rouges

Lomberg war kurzfristig dem Ruf von Peter Barrington gefolgt. Dieser hatte in einem Telefonat am Sonntag noch etwas kryptisch zum Besten gegeben, nunmehr selbst einen »aktiven Beitrag« leisten zu wollen, »um diese Dupret-Sache endlich vom Tisch zu bekommen«. Nicht zuletzt, da es auch »interessante Neuigkeiten aus Kanada« gäbe. Auf der Montagmorgen-Maschine nach Gatwick war noch ein letzter Platz frei gewesen. Für das Sondergepäck sollte wiederum ein saftiger Aufpreis zu zahlen sein. Aus für ihn nicht ganz nachvollziehbaren Gründen hatte Sina Röhm darauf bestanden, dass er die Fracht erst am Sonntagabend nach 22:00 Uhr bei ihr abholen sollte, um diese wie zuvor besprochen in französisches Hoheitsgebiet zurückzuführen. »Ich habe vorher noch etwas Wichtiges außer Haus zu erledigen«, lautete die etwas fadenscheinige Erklärung, die ihn nicht wenig an Carine Berger erinnerte. Ebenso befremdlich war ihm dann die Begegnung im Hausflur der Cäcilien-Terrassen vorgekommen. Der Robert-Plant-Lookalike mit einem ungepflegten Henri Quatre war ihm irgendwie bekannt vorgekommen, ohne dass er hätte sagen können, woher. Der Mann hatte den Eindruck gemacht, als hätte er es beim Verlassen des Gebäudes extrem eilig. Fast hatte er Lomberg umgerannt, um dann ausweichend zu Boden zu blicken, ganz so als würde er am liebsten unerkannt bleiben. Der Gedanke ließ Lomberg für eine Weile nicht mehr los, verblasste dann aber doch irgendwann in der Betriebsamkeit seiner Reisevorbereitungen.

Gatwick war nur der Stop-over. Peter wartete dort bereits in einem von *Walcott* geleasten Learjet, der die beiden Männer umstandslos in achtzig Minuten Direktflug zum Regionalflughafen Avignon brachte. Von da war es nur noch ein Katzensprung bis Clos des Pins, wo sie mit einer dampfenden Bourride Provençale empfangen wurden, zu der eine Fassprobe mit der Kennzeichnung »Joint Venture« gereicht wurde, in der, wie es hieß, fünfzig Prozent Carignan von

Winzerfreund Jack Innes mit dem hauseigenen Grenache von Clos des Pins verschnitten waren.

Die Nachricht vom Tode des Marc Ruetschli hatte nicht nur in Céret, Bonn und London schnell die Runde gemacht, auch in Montreal war Hektik ausgebrochen. Peter wusste zu berichten, dass Carl Deveraux nur wenige Stunden nach Bekanntwerden der Ereignisse eine Pressekonferenz einberufen hatte. Der kurzerhand einbestellten Journaille wurden großspurig »spektakuläre Erkenntnisse aus neuesten Ermittlungen der Firma *Artclaim*« präsentiert. Der kanadische Meisterdetektiv hatte sich dabei zu einer beschämend pietätlosen Abrechnung mit dem gerade erst Verstorbenen aufgeschwungen. Der für seine Selbstlosigkeit gepriesene Kunstmäzen Marc Ruetschli hätte in Wahrheit die einst vom Großvater begründete Familientradition illegaler Kunstgeschäfte im Verborgenen fortgeführt und das seit Jahrzehnten von einer dubiosen Ordensgemeinschaft abgeschirmte Château Aubiry sei vermutlich ein wahres »Eldorado für verschollene Beutekunst«. Im Besonderen beträfe dies »ein bislang unbekanntes Picasso-Werk, das 1943 bei einem Sabotageakt deutscher Geheimdienste aus dem Jeu de Paume gestohlen wurde und danach in Vergessenheit geriet«. Den ungläubig staunenden Presseleuten wurde nach diesem Appetizer dann auch noch eine veritable Hauptspeise serviert: »Aus sicherer Quelle wissen wir ferner, dass eine der großen europäischen Polizeibehörden in dieser Sache ermittelt. Und zwar in Verbindung mit einem bislang noch völlig ungeklärten Gewaltverbrechen.«

Das von einem Kontaktmann bei der *Montreal Gazette* an *Walcott* weitergeleitete Transkript der Presseerklärung endete mit einer unmissverständlichen Kampfansage: »Um die Phalanx aus korrupten Behörden und scheinheiligen Klerikern in Céret zu durchbrechen, wird sich *Artclaim* vor Ort dafür einsetzen, dass dem Anspruch der internationalen Kunstgemeinde – mithin der gesamten Öffentlichkeit – auf vollständige Aufklärung Geltung verschafft wird.«

Barrington und Lomberg waren nach dem Mittagessen ins Kaminzimmer umgezogen, um über das weitere Vorgehen zu beraten. ALGADA stand angelehnt an den Kaminsims und damit exakt an jener Stelle, an der einen Monat zuvor die große Deveraux-Show aufgeführt worden war. Lomberg nahm sich bewusst etwas zurück und beobachtete Peter, wie dieser das Gemälde auf sich wirken ließ. Schließlich wurde er doch ungeduldig.

»Und, was meinst du?«

»Ich würde meinen: ab jetzt keine Gefangenen mehr!«

Mehr musste die graue Eminenz nicht sagen: Über das weitere Geschick des bereits so schicksalhaft beladenen Kunstwerks würde niemand anders mehr bestimmen als die beiden Inhaber von *LenLo International Art Advisors*.

Montag, 20. Juni, 16:00 Uhr, Sorgues, Département Vaucluse, 162 Route de Bédarrides

Christophe Lafage, amtierender Directeur und Urenkel des Firmengründers im Familienbetrieb der *Raymond Lafage Ainée*, erwies sich als leichte Beute. Auf Anraten ihres Vaters stellte sich Julie Lomberg-Bell als Mitarbeiterin am Institut für Kunstforensik aus dem schweizerischen Weggis vor und kleidete ihr Anliegen damit in den Ehrfurcht gebietenden Mantel der wissenschaftlichen Forschung. Julie hatte vorsorglich den ibizenkischen Hippie-2.0-Style gegen den erprobten Existenzialisten-Look getauscht, der nebenbei auch gut zur Forensik passte.

Nur wenige Momente verstrichen, bevor der beflissene Directeur mit einer in Leder eingebundenen Buchkladde in den Wartebereich des hoffnungslos altmodischen, aber höchst akkurat gepflegten Ladenlokals zurückgekehrt war. *Carnet de Commande 1936* lautete der in goldener Antiquaschrift eingeprägte Titel. Mit unverblümtem Stolz wusste Lafage zu berichten, dass es seit dem Gründungsjahr 1911 ein durchlaufendes Auftragsnummern-System gäbe, welches nie verändert wurde und, wenn es nach ihm ginge, auch nie geändert werden würde. Die Auftragsnummer war identisch mit der Rechnungsnummer, die bei Neuanfertigungen auch mit einem kleinen, kaum sichtbaren Hinweis auf dem jeweiligen Rahmen eingearbeitet wurde. Anhand der Auftragsnummer war über eine korrespondierende Auftragsnummernliste eine einfache Zuordnung möglich, was Lafages Worten zufolge bei Rechercheanfragen eine »vergleichsweise schnelle Auffindbarkeit im Archiv« ermögliche.

Neben dem aktenkundlichen Auftragsdatum *2 avril 1936* verriet das handschriftlich geführte Auftragsbuch weitere Details: *Madame Bernadette Janer. 12 Rue de Rennes, Sorgues. Anfertigung eines Stilrahmens im Format 101 auf 61 cm, Blattvergoldung (Goldbronze) auf Kreidegründen. Zwölftausend Francs.* Lafage wusste den erstaunlich hoch anmutenden Geldbetrag dank guter Geschichtskenntnisse gleich zu relativieren. Mitte der Dreißigerjahre hatte auch die Grande Nation unter einer galoppierenden Inflation gelitten. Und dennoch: Der Auftragswert ließ den begründeten Verdacht zu, dass der angefertigte Bilderrahmen für ein Gemälde vorgesehen war, dass Madame Janer lieb und teuer gewesen sein musste.

Dienstag, 21. Juni 2016, 11:15 Uhr, Châteauneuf-de-Gadagne, Département Vaucluse, 3 Place de la Cinquième République

Lomberg kannte das dreizehn Kilometer östlich von Avignon und mit gleichem Abstand südlich von Sorgues gelegene Bergdorf vom Besuch eines ortsansässigen Winzers, der schon einige Jahre zurücklag. Der Grund, dem verschlafenen Nest neuerliche Aufmerksamkeit zu schenken, ergab sich aus einem fast beiläufigen Hinweis, den Christophe Lafage seiner Tochter Julie zum Abschied mit auf den Weg gegeben hatte. Dieser galt einer Frau namens Sylvie Schmitt-Kayser, einer pensionierten Kunstlehrerin, die sich als »bekannte Chronistin der regionalen Kulturgeschichte« auch mit dem *Maison d'Art* in Sorgues auskennen würde.

Das von farbenprächtigen Kletitersträuchern umrankte Dorfhaus mit landestypischer Bruchsteineinfassade lag in direkter Nachbarschaft zum örtlichen Bureau du Maire und forderte seine Besucher auf, einen wuchtigen Türklopfer aus Eisen zu bedienen.

»Madame Schmitt-Kayser?«

»Oui.«

»Bitte verzeihen Sie die Störung. Lomberg ist mein Name. Das ist meine Mitarbeiterin Mrs Bell. Wir haben Ihre Adresse von Monsieur Lafage von *Lafage Ainée* in Sorgues.«

»Ah, oui. Was kann ich für Sie tun?«

»Wir sind Kunsthistoriker aus Deutschland.«

»Und aus London«, warf Julie ungefragt ein, nachdem ihr Vater sie gerade zu seiner englischen Assistentin degradiert hatte.

»Es geht um ein Gemälde, von dem wir glauben, dass es im berühmten Künstlerhaus der Madame Janer in Sorgues entstanden ist. Monsieur Lafage gab mir den Hinweis, dass Sie ...«

»Na, dann kommen Sie mal rein!«

Lomberg schätzte die hochgewachsene, gleichermaßen sportliche wie auch elegante Erscheinung auf ungefähr Anfang siebzig. Der silbergraue wellige Bob schien gerade frisch frisiert und auch das ärmellose leuchtend blaue Kleid stand im auffälligen Kontrast zum Klischee einer pensionierten Lehrerin, die sich zum Altwerden in die dörfliche Abgeschiedenheit zurückgezogen hatte.

»Bitte folgen Sie mir doch!«

»Das ist sehr freundlich von Ihnen, Madame. Wir halten Sie auch bestimmt nicht lange auf«, gab Julie höflich zurück.

Madame Schmitt-Kayser schritt durch einen vom Tageslicht weitgehend abgeschotteten Hausdurchgang, ließ die mutmaßlichen Wohnräume im Erdgeschoss links liegen und führte sie schließlich zu einem schattigen Freisitz, an den sich ein kleiner, aber liebevoll kultivierter Hinterhofgarten anschloss.

»Bitte nehmen Sie Platz. Kann ich Ihnen etwas zu trinken anbieten?«

»Nein, danke. Bitte keine Umstände, Madame«, wehrte Lomberg ab.

»Ihr Blick verrät Sie, Monsieur.«

»Pardon, wie meinen, Madame?«

»Sie fragen sich gerade, ob Sie mich schon mal gesehen haben, nicht wahr? Ich kenne diesen Blick ganz genau.«

»Ehrlich gesagt, ja, aber ich weiß nicht, wohin ich Ihr Gesicht ...«

»Das Gesicht, das Sie zu kennen meinen, kennen Sie aus den Medien. Es gehört meiner jüngeren Schwester Danielle. Wir sind zwar, wie gesagt, keine Zwillinge, sehen uns aber dennoch zum Verwechseln ähnlich. Danielle Schmitt-Kayser. Sie war bis 2012 Finanzministerin und danach bei der Weltbank. Ich habe eben mit ihr telefoniert. Sie ist gerade zu einem privaten Besuch in Deutschland. In der Nähe der Ostsee. In der Ucker..., wie heißt es doch gleich?«

»Uckermark.«

»Ah, oui. Uckermark. Klingt fast ein wenig elsässisch. Finden Sie nicht?«

»Madame, wenn ich zu unserem Anliegen kommen darf ...«

»Natürlich ...«

»Es geht um ein Gemälde, von dem wir annehmen, dass es im Jahr 1914 entstanden ist.«

»Ein geschichtsträchtiges Jahr für unsere Völker, wie wir alle wissen. Und für das Künstlerhaus von Madame Janer gilt das auch.«

»Picasso, Braque, Derain.«

»Ganz recht, Monsieur.«

»Unsere bisherigen Recherchen deuten darauf hin, dass das besagte Werk in jener Zeit begonnen wurde, aber erst vermutlich zwanzig Jahre später fertiggestellt wurde.«

»Zwanzig Jahre später, sagen Sie?«

»Ja. Mitte der Dreißigerjahre.«

»Interessant!«

Lomberg meinte im Mienenspiel der Kunstkennerin ein flüchtiges Lächeln bemerkt zu haben. »Darf ich die Vermutung äußern, dass Sie uns dazu etwas mitteilen können?«

»Ja, das dürfen Sie, Monsieur Lomberg! Sie sind im Übrigen auch nicht der Erste, der sich in dieser Sache an mich wendet.«

»Sondern der Wievielte, wenn ich fragen darf?«

»Es ist jetzt das dritte Mal, dass das geschieht.«

Lomberg spürte die bohrenden Blicke von Julie. *Volltreffer!*

»Möchten Sie uns davon berichten, Madame?«

»Das erste Mal liegt tatsächlich schon lange zurück. 1998. Ich weiß es deshalb genau, weil in diesem Jahr das Buch über das *Maison d'Art* in Sorgues veröffentlicht wurde. Es wurde vom Chambre de Culture des Département Vaucluse verlegt.«

»Haben Sie an dieser Dokumentation mitgewirkt?«

»So kann man das sagen. Als wissenschaftliche Leiterin und Co-Herausgeberin. Und als solche im Buch namentlich genannt, bekam ich dann kurze Zeit später Besuch. Von einem Herrn, der im Auftrag der *Picasso Society* tätig war. Behauptete er jedenfalls.«

»*Picasso Society*?«, entfuhr es Lomberg unkontrolliert.

Die wachsame Kunstlehrerin blickte sofort auf. »Namen werde ich aber nicht nennen. Dafür kennen wir uns noch nicht gut genug, Monsieur Lomberg.«

»Natürlich Madame, wir möchten Sie in keiner Weise bedrängen.«

»Es gibt einen Hinweis im Tagebuch des bekannten Sammlers Lucien Bleustein. Ich gehe davon aus, dass Ihnen der Name ein Begriff ist?«

Lomberg bestätigte mit einem Nicken und ließ sie fortfahren.

»Das Buch wird als Zeugnis der Judenverfolgung durch die Nationalsozialisten im *Centre d'Histoire de la Résistance et de la Déportation* in Lyon aufbewahrt. Der Sammler erwähnt darin den eher zufälligen Kauf eines kubistischen Gemäldes im Jahr 1938. Offensichtlich war damals nicht zu klären, wer das Bild gemalt hat. Allerdings ließ sich zurückverfolgen, dass es ein Künstler gewesen sein musste, der zeitweilig im Haus der Madame Janer gelebt und gearbeitet hat. Und dieser unbekannte Künstler hätte, so sagte er, mutmaßlich mit Fragmenten von Picasso gearbeitet, die dieser wiederum zwanzig Jahre zuvor im Haus Janer hinterlassen hatte. Es bestünde also der Verdacht, dass ein Gemälde eines unbekannten Künstlers in der Weltgeschichte umhergeistern könnte, das eigentlich dem Werk Picassos zuzuordnen sei.«

Äußerlich unbeeindruckt, aber innerlich brodelnd suchte Lomberg nun den Blickkontakt zu Julie, die jedoch keinerlei Regung zeigte und ihrerseits sofort nachhakte.

»Das hat Ihnen der Mann von der *Picasso Society* so erzählt ... oder wussten Sie das schon vorher?«

»Nein. Ich meine ja. Er berichtete davon. Ich hatte zuvor keinerlei Kenntnis von dieser Begebenheit.«

»Also konnten Sie ihm nicht weiterhelfen?«, schlussfolgerte Lomberg eher rhetorisch und riss die Gesprächsführung wieder an sich.

»Nein. Aber ich stellte ihm in Aussicht, die vorhandenen Dokumente noch mal daraufhin zu untersuchen und ihn zu informieren, falls ich Hinweise finden sollte, die ihm weiterhelfen könnten.«

»Und, haben Sie ...«

»Es hat mich natürlich interessiert. Ich fragte mich, ob ich womöglich etwas Wichtiges übersehen hatte, was Erwähnung hätte finden sollen. Und dann habe ich tatsächlich auch etwas entdeckt, mit dem man eine Spur zu dem besagten Gemälde hätte aufnehmen können.«

»Hätte?«

»Richtig. Ich habe mich damals entschieden, dem Mann meine Erkenntnisse vorzuenthalten.«

»Aus welchem Grund, wenn ich fragen darf?«

»Er war mir von Beginn an nicht besonders sympathisch. Mehr aber noch, weil es mir gleich so vorkam, als würde er nicht mit offenen Karten spielen. Und das sollte sich dann auch bestätigen. *Es sei nur im natürlichen Interesse der Picasso Society, diesen Gerüchten nachzuspüren. Und diese hätte ihn beauftragt, das zu tun.* So oder so ähnlich drückte er sich damals aus. Das, was ich dann in den Unterlagen fand, bestätigte hingegen meine Vermutung, dass er ganz andere Interessen verfolgte. Außerdem hatte ich selbst damals einen Kontakt zur *Picasso Society*. Eine ehemalige Studienkollegin. Und diese versicherte mir, dass das besagte Gerücht auch selbst nur ein Gerücht sei. Niemand in Barcelona wusste etwas davon.«

»Also hat er nicht nur mit verdeckten Karten gespielt, sondern Sie angelogen?«

»So ist es Mrs Bell! Und es hat mich dann auch nicht überrascht. Sie müssen wissen: Ich war ein Berufsleben lang Lehrerin. Da entwickelt man irgendwann eine Antenne für Täuschungsmanöver. Vielleicht möchten Sie das zum Anlass nehmen, Ihrerseits etwas klarzustellen?« Schmitt-Kayser warf Lomberg einen strengen Blick zu.

»Pardon, Madame, ich verstehe nicht ganz?«

Im Unterschied zu ihrem Vater schaltete Julie sofort: »Bitte verzeihen Sie, Madame. Ich bin, wie Sie richtig erkannt haben, nicht die Assistentin von Monsieur Lomberg, sondern seine Tochter. Aber mein Name ist korrekt. Julie Bell. Julie Lomberg-Bell, genauer gesagt. Für Sie auch gerne Julie. Ich weiß nicht, wie ich es sagen soll. Es erschien uns irgendwie unangebracht, als Vater und Tochter ...«

»Schon gut, mein Kind. Ihre grünen Augen haben Sie verraten. Unverkennbar der Vater. Und Sie, Monsieur Lomberg, sollten eigentlich vor Stolz platzen, diese attraktive Frau Ihre Tochter nennen zu können.«

Lomberg ging darauf nicht ein: »Ich kann mich nur anschließen, Madame, und entschuldige mich. Es war töricht.«

»Gut. Dann haben wir das ja geklärt. Wenn Sie möchten, können wir jetzt zurück zum Thema kommen.«

»Sehr gerne, Madame.«

»Dann geben Sie mir bitte eine Minute. Ich muss meine Aufzeichnungen holen.«

Bernadette Janer, Jahrgang 1864, war früh Witwe geworden und kinderlos geblieben, jedoch durch den geerbten Hausbesitz und die Beamtenpension des verstorbenen Steuerinspektors Hippolyte Janer ein Leben fernab jeglicher Not beschieden. Und dennoch: Die lebenskluge Dame sollte auch ein ganz eigenes Talent entwickeln, ihren Lebensstandard hochzuhalten. Es war das Jahr 1909, als die der Malerei und auch der klassischen Musik leidenschaftlich zugewandte Frau damit begann, ihr viel zu großes Haus als zusätzliche Einnahmequelle zu erschließen, indem sie Teile dessen zur Vermietung anbot. Den Anfang machte ein aus der Auvergne stammender Landschaftsmaler namens Ambroise Holland. Der dem Zeitgeist um Jahre hinterherhinkende Impressionist wollte seinem Vorbild Paul Cézanne so nah wie möglich kommen, suchte daher ein Atelier in der Provence und blieb schließlich ein ganzes Jahr.

Was sich zunächst als reiner Zufall ergeben hatte, sollte sich zu einem florierenden Geschäft auswachsen. Pablo Picasso, der schon

Jahre zuvor in der benachbarten *Villa Les Clochettes* regelmäßig Quartier bezogen hatte, sorgte dafür, dass die an sich eher unbedeutende Kleinstadt Sorgues in Künstlerkreisen nach und nach bekannt wurde. Fortan suchten immer mehr und auch immer bekanntere Maler ihre Inspiration im Rhône-Tal und nicht wenige gaben sich im Haus von Bernadette Janer die Klinke in die Hand. So ging das gute zwanzig Jahre, bevor im März 1935 ein Künstler vorstellig wurde, der im Unterschied zu seinen zumeist prominenten Vormietern ein vollkommen unbeschriebenes Blatt war: Ernesto Freygang.

Der Mann erwies sich in der Forschungsarbeit von Sylvie Schmitt-Kayser zunächst als vergleichsweise unbedeutendes Detail. Als ein Name, der in der Liste renommierter Künstler einfach nicht zum Muster passen wollte und in der Dokumentation über das *Maison d'art* folgerichtig außer Acht gelassen wurde. Besondere Aufmerksamkeit fand dieses Detail erst, als das hochwertig im Stil eines Ausstellungskatalogs hergestellte Buch längst gedruckt war. Nachdem nämlich kurz danach im Jahr 1998 ein Vertreter der *Picasso Society* an ihre Tür geklopft hatte und sodann allen Anlass gab, der Sache doch noch auf den Grund zu gehen.

»Was geschah am 20. Februar 1936?«, lautete die Ausgangsfrage, mit der die Stadt-Chronistin Schmitt-Kayser schließlich die Spur aufnehmen sollte. Es war der Tag, an dem *der Kubaner,* wie er in Aufzeichnungen von Madame Janer zeitweilig genannt wurde, plötzlich und ohne jegliche Ankündigung verschwand, um nie mehr zurückzukehren. Das Einzige, was der immerhin für elf Monate mit Kost und Logis umsorgte Künstler hinterließ, war ein Mietrückstand, der sich bereits über drei Monate aufgestaut hatte. Sowie ein schon zuvor verpfändetes Ölgemälde, mit dem dieser verrechnet werden sollte.

Jesus oder Lenin! So markierte der Vatikan die zur Wahl stehenden Alternativen, als die Zweite Spanische Republik am 16. Februar 1936 erneut zu den Urnen rief. Mit einem Vorsprung von nur einhundertfünfzigtausend Stimmen ging die Partie schließlich knapp an die vereinigte Linke aus Sozialisten, Kommunisten, katalanischen Separatisten und gewerkschaftlichen Anarchisten. Ein letztes Aufbäumen der Demokratie gegen den Faschismus. Doch bis zum

Putsch der Militärs um Francisco Franco sollte nur noch ein halbes Jahr vergehen. Die zuvor schon dunkle Etappe des *Bienio negro*, das als *schwarzes Doppeljahr* treffend bezeichnet war, hatte im Winter 1935 vorerst ein schmähliches Ende gefunden. Eine erste Rechtsregierung hatte sich ab November 1933 bereits an einer franquistischen Vorhölle versucht und ungezählte Anhänger der Volksfront ins zwischenzeitliche Exil getrieben. Auch dem jungen Ernesto aus dem Bergdorf Poboleda im Priorat war im März 1935 nur die Flucht über die Grenze geblieben. Der Sohn eines Druckers war schon als Jugendlicher dem *Confederación Nacional del Trabajo*, kurz *CNT*, beigetreten und bekleidete bei der anarchosyndikalistischen Gewerkschaftsbewegung mit Anfang zwanzig bereits die Stelle eines Grafikers in der Abteilung für politische Propaganda. Sein künstlerisches Talent war den CNT-Aktivisten nicht verborgen geblieben, sodass sich die Nachwuchskraft schon früh am Entwurf von Plakaten beweisen durfte. Seine jugendliche Meisterschaft trug ihm nur folgerichtig den Respekt der Anarchisten zu und verlieh ihm in der Organisation des *CNT* schnell einen privilegierten und auch exponierten Status. Weshalb sich die Gewerkschaftsführer im März 1935 veranlasst sahen, seine Flucht ins Exil zu organisieren.

Vier Tage benötigte die Wahlkommission für die Auswertung der Stimmzettel, um schließlich das amtliche Ergebnis am Abend des 20. Februar 1936 offiziell zu verkünden. Das war der Startschuss für Tausende Exilanten, um auf der Stelle heimzukehren. So auch der Mann, der sich zuvor elf Monate lang im Künstlerdorf Sorgues versteckt gehalten hatte und dessen gefälschte kubanische Papiere auf den Namen Ernesto Freygang ausgestellt waren.

»Nahm er danach wieder seinen richtigen Namen an?«

»Nein, Julie. Aus dem Decknamen wurde ein Kampfname. Und diesen behielt er bis an sein Lebensende.«

»Er hat dann im Spanischen Bürgerkrieg gekämpft?«, mutmaßte Lomberg nur logisch.

»Ja, allerdings nicht an der Front. Sein Kampf fand in den Ateliers und den Druckereien des *CNT* statt. Er wurde zu einem der wichtigsten Kampagnenmacher der Anarchisten und dirigierte während des Krieges eine ganze Heerschar von Grafikern und Illustratoren. Für die Propaganda gegen die Faschisten.«

»Das wird ihm nach dem Bürgerkrieg sicher Scherereien eingetragen haben?«

»Er konnte sich eine Weile versteckt halten«, fuhr die Gastgeberin fort. »Im November 1939 haben ihn die Franco-Schergen dann geschnappt. Er kam in das Gefängnis La Modelo in Barcelona, eine der übelsten Folterkammern überhaupt. Sie wussten ganz genau, wie sie ihn brechen konnten. Sie brachen ihm die Finger. Alle. Mehrfach. Natürlich ohne dass er nachher medizinisch versorgt wurde. Man wollte ganz sichergehen, dass er nie wieder ein Bild würde malen können.«

Julie lief ein kalter Schauer über den Rücken. »Kam er je wieder frei ... ich meine, hat er das überlebt?«

»Neun Jahre war er eingesperrt. Dann hat man ihn ziehen lassen. Mehr tot als lebendig. Und ohne eine Pesete. Er ging wieder nach Frankreich und hat danach auch nie wieder spanischen Boden betreten.«

»Nur zu verständlich ...«

»Wie so viele Dissidenten kam er im Roussillon unter. In der Nähe von Narbonne. Er traf eine CNT-Aktivistin aus Cadaqués wieder, mit der er schon während des Bürgerkriegs liiert war und die dort mittlerweile eine Anstellung als Lehrerin gefunden hatte. Die beiden heirateten und bekamen 1950 ein Kind. Einen Jungen.«

Heute sechsundsechzig. Lomberg musste nicht groß nachrechnen.

»Das Glück sollte aber nicht von Dauer sein. Nur zwei Jahre später starb Freygang an den Spätfolgen von Haft und Folter. Seine Frau sorgte schließlich dafür, dass er unter seinem leiblichen Namen bestattet wurde, und nahm diesen mit ihrem Sohn nachträglich an. Meine Vermutung ist, dass sie so für sich und ihr Kind einen Schlussstrich unter diese ganze Tragödie ziehen wollte. Der historischen, wie der familiären.«

Nachdem die Erzählung der Lebensgeschichte von Ernesto Freygang zu einem natürlichen Ende gefunden hatte, wollte zunächst keiner in der Runde etwas sagen. Eine beklemmende Stille herrschte plötzlich, nur ein leises Vogelgezwitscher und die diffuse Aura dörflicher Betriebsamkeit drangen vom nahe gelegenen Marktplatz herüber. Julie ließ ihren Gefühlen schließlich freien Lauf, ohne sich ihrer Tränen zu schämen. Erschüttert darüber, mit wie viel Blut AL-GADA über die Jahrzehnte befleckt worden war, das Leid des Ernesto Freygang gleichermaßen nachfühlend wie das Schicksal der Familie Bleustein-Levy, deren Existenz in den Gaskammern von Birkenau brutal erstickt wurde. Und abermals erschüttert über die Tragödie des Max Ruscher, die im Leben von Chris Wasserberg eine unheilvolle Fortsetzung fand. Und fassungslos, wie tiefgreifend AL-GADA auch das Schicksal ihrer eigenen Familie bestimmt hatte.

»Castigno ...«

»Ganz recht, Monsieur Lomberg. Ruben Castigno. Geboren am 19. Juli 1911 in Poboleda, gestorben am 24. August 1952 in Narbonne.«

»Und damit schließt sich dann auch der Kreis zur *Picasso Society* ...«

»Sie haben es gleich geahnt, nicht wahr? Ich hatte das Wort kaum ausgesprochen, da ...«

»Ihnen entgeht auch wirklich nichts, Madame.«

»Ich vermute, Sie und Raoul Castigno sind miteinander bekannt?«

»Ja, das sind wir. Sogar etwas mehr als das. Kollegial befreundet, das würde es wohl am besten beschreiben. Es ist auch so, dass er von unseren Recherchen weiß und deren Hintergründe kennt. Er hat uns sogar wichtige Hinweise gegeben, ohne die wir heute ganz sicher nicht hier säßen. Allerdings hatte ich mich schon auch gefragt, warum er das überhaupt getan hat.«

»Madame, Sie müssen uns glauben ...«, unterbrach Julie, »... als wir vor einer Stunde Ihr Haus betraten, hätten wir nicht im Entferntesten daran gedacht, dass ...«

»Es ist in Ordnung, mein Kind. Ich weiß, dass es so ist.«

»Jetzt jedoch ist mir einiges klarer geworden«, knüpfte Lomberg wieder an. »Wissen Sie, Madame, es gibt da draußen eine Reihe von Leuten, die aus ganz unterschiedlichen Motiven wie verrückt hinter diesem Bild her sind. Castigno ist einer von ihnen. Das hatte ich schon gemerkt. Dank Ihrer Auskünfte verstehe ich jetzt auch, warum. Man könnte fast Verständnis für ihn haben. Es ist immerhin eine familiäre Angelegenheit, aber ...«

»... zugleich immer auch eine geschäftliche, wenn der Name Picasso im Spiel ist.«

»Das denke ich allerdings auch, Madame.«

»Sehen Sie, Monsieur Lomberg, deshalb habe ich mein Wissen auch die ganze Zeit für mich behalten. Natürlich geht es um Besitzansprüche. Vor allem darum! Vielleicht halten Sie mich für eine verschrobene alte Kunstlehrerin. Aber ich war einfach zu der Ansicht gelangt, dass ALGADA ...«

»Dieses Stichwort war noch nicht gefallen, Madame.«

»Ich weiß. Es wurde jetzt aber auch langsam Zeit. Natürlich war ich dann auch in Lyon und habe mir die Bleustein-Tagebücher angesehen. Ich wollte sagen, dass ALGADA zunächst als rechtmäßig erworbener Besitz von Madame Janer zu betrachten war. Als Ausgleich für zuvor entgangene Mieteinnahmen. Nach ihrem Tod erwarb ein Brocante aus Isle-sur-la-Sorgue auf legalem Wege Teile ihres Hausstandes. So auch ALGADA. Und dieser Händler wiederum verkaufte das Bild später an Bleustein. Bevor dieser sein ganzes Hab und Gut an die Nazis verlor. So tragisch das Leben von Ruben Castigno auch verlaufen sein mag, ich war nicht der Ansicht, dass Raoul Castigno, der 1998 übrigens schon ein gemachter Mann war, einen legitimen Anspruch auf das Gemälde hatte. Weder in Hinblick auf den materiellen Wert des Bildes noch auf den Ruhm, die Kunstwelt mit dieser vermeintlichen Sensation beglücken zu können. Der Anspruch besteht, wenn überhaupt, bei der Familie Bleustein-Levy als letzten rechtmäßigen Besitzern. Da diese aber 1944 aufgehört hat zu existieren, kann ALGADA nur dort einen legitimen Platz finden, wo man des Schicksals der Bleusteins angemessen gedenkt. Vorausgesetzt, dass das Bild selbst überhaupt noch existiert.«

»Sie denken dabei an Lyon?«, warf Lomberg ein.

»Ja, zum Beispiel. Da wäre es auf jeden Fall besser aufgehoben als bei diesem aufdringlichen Kunstdetektiv aus Kanada. Dieser Windhund erfährt kein Wort von mir!«

»Damit spielen Sie darauf an, dass es neben Castigno und uns bereits eine dritte Partei gegeben hat, die auf Sie zugekommen ist? Das meinten Sie doch eingangs?«

»So ist es! Und zwar genau vorgestern um die gleiche Zeit. So ein Zufall, nicht wahr?«

»Madame, darf ich Ihnen noch eine Frage stellen?«

»Nur zu, Julie!«

»Warum ... ich meine, womit verdienen gerade wir Ihr Vertrauen?«

Schmitt-Kayser schickte ihrer Antwort ein warmherziges Lächeln voran. »Weil ich Grund zu der Hoffnung habe, dass Ihr Vater ein Mann ist, der auf der richtigen Seite kämpft.«

Julie lächelte verlegen. Lomberg fühlte sich geschmeichelt, wusste aber auch nicht, was er mit dieser Aussage anfangen sollte.

»Darf ich Ihnen etwas zeigen?«

»Äh, ich weiß nicht ... wenn Sie meinen ... gerne«, antwortete Julie überrascht und unsicher.

»Kommen Sie!«

Die pensionierte Lehrerin hatte Julie einfach an die Hand genommen und sie in einen Nebenraum geführt. Ein wenig kam sich Julie wie die Lieblingsschülerin vor, der eine besondere Anerkennung der Klassenlehrerin zuteilwerden sollte. Tatsächlich hatte Julie im Laufe des Gesprächs mehr und mehr Sympathie für die betagte Lady entwickelt.

»Ihr Arbeitszimmer, Madame?«

»Heute eher meine Bibliothek. So viel Arbeit ist für mich ja nicht mehr zu tun.«

»Haben Sie die alle gelesen?« Julie deutete auf ein hoffnungslos überfülltes Regal, dessen Böden schon eine bedrohliche Wölbung angenommen hatten.

»Ja, die allermeisten jedenfalls. Und unter anderem das hier mit besonderem Interesse!«

Julie nahm das ihr hingehaltene Buch in die Hand, drehte es sofort um und betrachtete schmunzelnd die Porträtaufnahme des Autors auf dem Buchumschlag.

»Also wenn Sie mich fragen, Julie: Ich finde, dass Ihr Vater heute noch mal sehr viel attraktiver ist. Meinen Sie nicht?«

Mittwoch, 22. Juni, 7:55 Uhr, Lyon, Interpol Headquarters, 200 Rue Charles de Gaulle

Sina Röhm und Louise Dévet hatten den Vorabend in einem Bouchon im historischen Stadtkern von La Presqu'Île vorsorglich um zehn ausklingen lassen, was sich angesichts der Ereignisfülle des Folgetages als eine weise Entscheidung herausstellen sollte. Um kurz vor acht saß die deutsche Kriminalrätin schon wieder im Taxi, um sich von ihrem Hotel zum Interpol-Office bringen zu lassen, wo Louise ihren Schichtdienst schon zwei Stunden zuvor angetreten hatte. Die erste Mail des Tages war bereits eingetroffen, als Röhm noch nicht einmal unter der Dusche stand – und enthielt sogleich eine Hiobsbotschaft.

Die Kollegen vom LKA in Düsseldorf, die die Ermittlungen von Sina Röhm nun anstelle des personell unterbesetzten Bundesamtes in Wiesbaden unterstützten, ließen wissen, dass die zweite Blutspur am Bonner Tatort schließlich doch noch zugeordnet werden konnte. Die Mitarbeiterin des Room Service im *Kameha Grand*, die den leblosen Körper von Dupret als Erste entdecken sollte, hatte sich beim Versuch, nach ihm zu sehen, an einer der umherliegenden Scherben geschnitten, ohne dies zunächst zu Protokoll gegeben zu haben. Die vermeintliche Trumpfkarte, die die physische Anwesenheit von Père Lavail im Hotelzimmer von Gilles Dupret hätte belegen können, erwies sich somit als glatte Niete.

Louise Dévet hatte einen der blutjungen Nerds vom *Face-Recognition-Team IFRS* einbestellt und später auch noch eine erfahrene Kollegin aus der Rechtsabteilung um eine Einschätzung des Videomaterials gebeten. Fraglos reichten die Aufnahmen aus der Apotheke aus, um eine präzise Täterbeschreibung vorzunehmen, und diese, um bei Vorliegen eines dringenden Tatverdachts eine Fahndung durch die Police Nationale auszulösen. Unter der Prämisse, dass der vermeintliche Täter aber gar nicht erst zu suchen war, sondern in Person von Père Lavail als bereits erkannt und zudem als nicht flüchtig galt, stellte sich eine ganz andere Frage: die nach der gerichtsfesten Beweiskraft des Materials, um Lavail auf diesen auch zweifelsfrei zu identifizieren. Die Frage wurde letztlich, wie schon befürchtet, mit einem einhelligen *Non* beantwortet, wobei dem Umstand, dass die Augenpartie des besagten Apotheken-Kunden in keiner Weise erkennbar war, eine entscheidende Rolle zukam. Auch der vermeintlich verletzte rechte Arm, der Sina Röhm während ihres ersten Besuchs auf Château Aubiry noch als Folge eines *Missgeschicks bei der Erntearbeit* verkauft worden war, half nicht weiter. Dass jener dem Mann Anlass gegeben hatte, die Apotheke aufzusuchen, war anhand der Videoaufzeichnung zwar eine zulässige Interpretation des Geschehens, aber kein belastbares Indiz für die Einleitung einer offiziellen Ermittlung.

Für Louise Dévet war das jedoch noch kein Grund, den Kopf in den Sand zu stecken. Was zum einen daran lag, dass sie dem Verdacht ihrer deutschen Kollegin unbedingten Glauben schenken wollte, denn sie wusste, dass Sina Röhm diesen nicht leichtfertig äußerte. Ein zweiter Grund war ein ganz persönlicher. Ihr jüngster Bruder Adrien war als Jugendlicher in der Folge von einigen mittelschweren BtM-Vorfällen einst in einem katholischen Internat gelandet und befand sich als mittlerweile erwachsener Mann – nach mehreren Suizidversuchen – immer noch in psychiatrischer Obhut. Der Anruf in Perpignan verfolgte somit das zunächst noch banale Ziel, die örtliche Police Nationale zu einer einfachen Befragung von Père Lavail auf Château Aubiry zu bringen, um auf diesem Wege wenigstens Auskunft über ein Tatzeitalibi zu erhalten. Louise hatte sich bereits ein paar Gedankenstützen notiert, wie man im persönlichen Gespräch mit der zuständigen Behörde maßvollen Druck ausüben konnte, ohne die tatsächlichen Hintergründe vorschnell zu offenbaren. Ihre Überlegungen erwiesen sich dann jedoch als ganz und gar obsolet, denn der diensthabende Kollege am Telefon, der

sich als Sergeant Villepins zu erkennen gab, sollte mit einer hand-
festen Überraschung aufwarten.

Mittwoch, 22. Juni, 10:30 Uhr,
Musée d'Art Moderne de Céret, Céret,
Département Pyrénées-Orientales, 8 Boulevard Maréchal Joffre

Insgesamt einundzwanzig Exponate, zum allergrößten Teil Gemälde, aber auch einige Skulpturen, waren im Verlauf der zurückliegenden fünfzehn Jahre schrittweise aus dem privaten Eigentum der
Foundation Ruetschli in den Besitz des *Musée d'Art Moderne de Céret*
übergegangen. Marc Ruetschli wollte den Begriff der Schenkung nie
in den Mund nehmen, da sein großzügiges Engagement stets ganz
ohne Eigenlob auskommen sollte. Mindestens buchhalterisch war
die Transaktion jedoch nichts anderes, sodass der Wert der Kunstwerke im Anlagevermögen gebucht und damit das Eigenkapital des
Museums nachhaltig gestärkt werden konnte. Sehr zur Freude des
Betreibers, des *Conseil Général des Pyrénées-Orientales* – sprich des
französischen Staates –, der, ohne in die eigene leere Kasse greifen
zu müssen, fortan günstige, weil hinreichend besicherte Kredite ab-
schließen konnte, mit deren Hilfe Gebäude und Infrastruktur des
Musée d'Art fortan modernisiert und ausgebaut wurden.

Neben dem Wohltäter Ruetschli galt die Anerkennung für die er-
freuliche Entwicklung der renommierten Kultureinrichtung auch
dem Vorsitzenden des Kuratoriums. Raoul Castigno hatte nämlich
entscheidenden Anteil am Erfolg, war er es doch ganz persönlich,
der das besondere Vertrauen der Foundation genoss – und, worüber später nur wenig gesprochen werden sollte, auch einst von
dieser für die Position vorgeschlagen, mithin auf dieser installiert
worden war. Sowohl die Regionalverwaltung als auch die Stadt Céret waren dann auch geradezu begeistert von seiner Idee, dem verstorbenen Ehrenbürger eine würdige Gedenkstunde im Museum zu
widmen. Die Veranstaltung sollte sich dabei nicht nur an die Stadt-
gesellschaft von Céret richten, sondern auch Besucher von außen

anziehen, im Speziellen natürlich Vertreter der internationalen Kunstgemeinde.

Die Werke aus der vormaligen Ruetschli-Sammlung waren im Normalbetrieb des Museums in den jeweiligen künstlerischen Kontext einsortiert und damit auf zahlreiche Ausstellungsräume verteilt. Für die Veranstaltung, die auf den bevorstehenden Freitag terminiert war, sollten diese Objekte jetzt allesamt in der nicht sehr weitläufigen Eingangshalle zusammengeführt werden. Zu den bereits im Besitz des Kunsthauses stehenden einundzwanzig Exponaten waren kurzfristig weitere dreiunddreißig als Leihgabe hinzugekommen. Über deren Existenz hatte es mit einigen Ausnahmen – zu diesen gehörte auch ein bezauberndes Frauenporträt von Thomas Couture – bislang nur Spekulationen gegeben, da der Besitzer der Werke sie aus persönlichen Motiven über Jahrzehnte hinter Schloss und Riegel gehalten hatte. Die besonderen Umstände, die sich in den zurückliegenden Tagen auf Château Aubiry ergeben hatten, waren jedoch Anlass gewesen, diese vorübergehend durch die örtliche Polizei in Céret in Beschlag nehmen zu lassen, wobei eine einstweilige Verwahrung im *Musée* als naheliegende Lösung erschien. Umso mehr, da das Einschreiten der Behörden nicht zuletzt auf das Drängen des Kuratoriums zurückgegangen war.

Ganze achtundvierzig Stunden blieben noch. Die Vorbereitungen liefen auf Hochtouren, sämtliche Mitarbeiter wurden eingespannt, auch Jean-Marc musste seinen bequemen Posten im Museumsshop zwischenzeitlich aufgeben und fluchte wie ein Kesselflicker über das ihm zugemutete Arbeitspensum. Raoul Castigno hingegen war ganz in seinem Element. Neben dem Aufbau des *Artforum-Verlags* war das *Musée d'Art Moderne de Céret* zu einem zweiten beruflichen Lebenswerk geworden. Das 1950 mit persönlicher Unterstützung von Pablo Picasso gegründete Kunsthaus, siebenundfünfzig Werke des Meisters nannte es von Beginn an sein Eigen, hatte noch nie besser dagestanden, als es sich unter seiner Schirmherrschaft am kommenden Freitag der Öffentlichkeit zeigen würde. Zu seinem vollständigen Glück fehlte nur noch ein einziges Objekt.

»Madame Schmitt-Kayser?«

»Oui, sur l'appareil!«

»Lennard Lomberg hier!«

»Monsieur Lomberg, Sie schon wieder! Waren wir nicht beim Abschied zum …«

»Natürlich, Sylvie.«

»Also, was kann ich für Sie tun, Lennard?«

»Ich möchte Ihnen etwas zeigen. Und Sie fragen, ob Sie vielleicht Zeit hätten, mich spontan in Beaumes-de-Venise zu besuchen?«

»Wann? Heute etwa?«

»Ich würde Ihnen gerne meinen Freund Peter Barrington vorstellen. Ein Gast aus Lyon, der Ihnen bekannte Jean Courrèges, wäre ebenso Teil der Runde und Julie natürlich auch.«

»Zeit schon. Die Gästeliste klingt auch vielversprechend. Aber wie soll ich denn bitte schön zu Ihnen kommen?«

»Sind Sie schon mal *Aston Martin* gefahren?«

»Nein. Habe ich da was verpasst?«

»Ein Bekannter von uns könnte Sie in einer Stunde abholen.«

»Hat Ihr Bekannter auch einen Namen? In meinem Alter geht man nicht mehr so einfach mit fremden Männern auf Spritztour. Auf der anderen Seite …«

»Matthieu Robert, er wohnt auch bei Ihnen in Gadagne.«

»Ja, ich kenne ihn. Und jetzt weiß ich auch, was ein *Aston Martin* ist.«

»Die Nacht würden Sie im schönsten Zimmer verbringen, das Clos des Pins zu bieten hat. Und morgen früh bringen wir Sie dorthin, wo immer Sie auch hinwollen.«

»Hüten Sie sich vor allzu großen Versprechen, junger Mann!«

»Also darf ich mit Ihnen rechnen?«

»Sagen Sie Monsieur Robert, er soll sich bitte zwei Stunden Zeit lassen. Ich müsste noch mal kurz beim Friseur vorbei.«

Lomberg legte auf und blickte zu Peter, der gerade ein neuerliches

Hector-Experiment mit Grenache blanc, Viognier und Roussanne verkostete, ohne davon besonders überzeugt zu wirken. Beim Weißwein biss sich die Domaine Clos des Pins weiter die Zähne aus.

»Sie kommt. Du wirst sie mögen.«

»Damenbesuch ist auf Clos des Pins immer willkommen! Wie alt ist sie denn?«

»Anfang siebzig!«

Mittwoch, 22. Juni 2016, 15:15 Uhr, Hotel de Police Nationale, Perpignan, Département Pyrénées-Orientales, 66 Rue de Bretagne

»Agent Spéciale Louise Dévet von Interpol. Bonjour!«

»Sergeant Villepins. Erfreut. Willkommen im Roussillon!«

»Danke, Sergeant. Madame la Commissaire Röhm kennen Sie ja bereits.«

»Madame ...«

»Salut, Sergeant. Man sieht sich immer zweimal ... n'est-ce pas?«

Villepins wusste nicht so recht, was er mit dieser Spitze anfangen sollte, und beließ es bei einem unverbindlichen Nicken.

»Wo haben Sie ihn?«, wollte Louise Dévet wissen.

»Im Vernehmungsraum nebenan.«

»Gut, dann wollen wir mal!«

Khuong Nguyen hatte in den zurückliegenden Jahren seinem Namen alle Ehre gemacht und war zu einer *helfenden Hand* geworden, auf die der Patient unter keinen Umständen mehr verzichten wollte. Der zum Krankenpfleger ausgebildete Einwanderer aus dem nördlichen Vietnam war auf Vermittlung der *Pôle emploi* zunächst nur vertretungsweise eingesprungen. Ordensschwester Solange Fleur war am Karfreitag 2013 mit einem akuten Darmverschluss ausgefallen, woraufhin sofort und wortwörtlich *Not am Mann* herrschte. Gegen den erbitterten Widerstand der herrschenden Kräfte setzte der pflegebedürftige Schlossherr durch, dass Khuong nach seinem schon über sechs Wochen andauernden Vertretungsdienst eine unbefristete Anstellung in der Foundation erhielt. Damit geriet der liebenswürdige Mann aus Hai Phong zum einzigen Mitglied des medizinischen Stabs, das nicht auf der Lohnliste des Ordens und deshalb auch nicht unter Kontrolle von Père Lavail stand. Sondern unter der des Privatsekretärs der Foundation, Gilles Dupret.

Dieser jedoch hatte am 18. April 2016 Château Aubiry von einem Tag auf den anderen mit unbekanntem Ziel verlassen. Mit nur wenigen Tagen Verzögerung – Père Lavail war für ein paar Tage zum Stammsitz des Ordens im Burgund gereist, wie es später hieß – erhielt Khuong schließlich die Kündigung. Diese war zum 26. April ausgesprochen und sollte unter Beachtung der vertraglich festgelegten Kündigungsfrist am 30. Juni wirksam werden, wobei noch ein paar Tage Urlaub zu verrechnen waren.

Erwartungsgemäß ungemütlich sollten die verbleibenden Wochen auf Château Aubiry für Khuong verlaufen. Père Lavail, der von Marc Ruetschli keinen Widerspruch mehr zu befürchten hatte, da dieser nach dem Erwachen aus dem Koma die Sprache verloren hatte, zog Khuong umgehend vom Pflegedienst ab und wies ihm eine andere *zumutbare* Tätigkeit zu. Diese war auf der Kirschbaumplantage zu verrichten, wobei die dort vorgefundenen Arbeitsbedingungen dem Begriff der modernen Sklaverei nur deshalb nicht entsprachen, weil von modern keine Rede sein konnte. Es kam wie es kommen musste. Zur Eskalation.

Die am 16. Juni erstattete Anzeige lautete auf vorsätzliche Körperverletzung, wurde mit einem ärztlichen Attest vom besagten Tag untermauert und wenig später auch durch eine Zeugenaussage bestätigt, nachdem eine Ordensschwester bei der mehrstündigen Vernehmung irgendwann eingebrochen war. Der von der körperlichen Arbeit entkräftete Khuong hatte sich auf dem Feld eine kurze Verschnaufpause gegönnt, die ihm Père Lavail jedoch keinesfalls zugestehen wollte. Ein Fausthieb streckte den vierzig Zentimeter kleineren Khuong nieder, wobei der mit einem Amethyst verzierte Siegelring des geistlichen Oberhaupts des *Ordre Hospitalier de Saint Martin de Dieu* eine augenblicklich stark blutende Wunde in die Schläfe des zum Landarbeiter umgeschulten Krankenpflegers gerissen hatte.

Rassistische Diskriminierung sei das Motiv gewesen, hatte Khuong auf der Polizeiwache in Céret zu Protokoll gegeben und obendrein die Beschuldigung erhoben, dass die Pflege von Marc Ruetschli, nach dem unerklärlichen Verschwinden von dessen Privatsekretär Gilles Dupret, ganz bewusst vernachlässigt worden war. »*Der Teufel kann es doch gar nicht abwarten, dass Monsieur Ruetschli endlich stirbt. Er hat ihm sogar schon seine geliebten Gemälde aus dem Schlafzimmer abgenommen*«, hatte Khoung nachgeschoben und damit seiner Anklage weiteres Gewicht verliehen. Brigadier Boualem El Biar von der Police Municipale in Céret war daraufhin umgehend im benachbarten Bürgermeisteramt vorstellig geworden. Le Maire Nicolas Bérézowsky zeigte sich jedoch erwartungsgemäß unkooperativ und schloss sogleich kategorisch aus, die Beschuldigungen eines vietnamesischen Migranten zum Anlass zu nehmen, Ermittlungen gegen einen katholischen Geistlichen zu unterstützen.

Ein Mittagessen und zwei Pastis später war das Stadtoberhaupt jedoch ins Grübeln gekommen und griff schließlich zum Telefon. Er wusste: wenn es jemanden gab, der mit den Zuständen hinter den hohen Mauern von Château Aubiry halbwegs vertraut war, dann der umtriebige Chef des *Musée d'Art* und tatsächlich sollte Raoul Castigno dem Bürgermeister sogleich eindringlich ins Gewissen reden: »*Monsieur le Maire, bei allem Respekt: Einem drohenden und im Übrigen auch völlig unrechtmäßigen Ausverkauf der Sammlung Ruetschli müssen Sie unter allen Umständen entgegentreten! Und zwar schnellstmöglich. Ich appelliere an Sie als gebürtiger Cérétan: es geht um das künftige Kulturerbe der Stadt! Selbstverständlich steht das Musée zur Verfügung, um vorübergehend eine treuhänderische Rolle einzunehmen.*«

Der fast zwei Meter große Beschuldigte stand mit dem Rücken zur Tür, blickte aus dem vergitterten Souterrainfenster und schien keine Anstalten zu machen, den eintretenden Polizeibeamten Beachtung zu schenken.

»Sollen wir uns nicht vielleicht setzen?«, eröffnete Sergeant Villepins unsicher und deutete auf einen Resopal-beschichteten Tisch, auf dem eine Flasche *Évian* sowie einige aufgestapelte Plastikbecher standen. Père Lavail antwortete nicht und verharrte in seiner Position. Der in Polizeigewahrsam genommene Geistliche schien weiter ungerührt, warf dann aber doch einen flüchtigen Blick in Richtung der Agent Spéciale.

»Louise Dévet von Interpol. Die Bekanntschaft meiner Kollegin Röhm von der deutschen Bundespolizei haben Sie ja bereits gemacht. Sergeant Villepins ist Ihnen ohnehin bekannt. Madame Guesnet wird unser Gespräch protokollieren. Also wir setzen uns jetzt ...«

Wortlos nahm Lavail auf der gegenüberliegenden Seite des Tisches auf einem einfachen Klappstuhl Platz und ließ dabei erkennen, das angebotene Sitzmöbel für unwürdig zu halten. Sina Röhm fiel sofort ins Auge, dass die Verletzung am Arm augenscheinlich ausgeheilt war. Mit der rechten Hand justierte er gerade die Position seines Brustkreuzes.

»Die Kollegen von der Police Nationale haben uns ins Bild gesetzt. Die laufenden Ermittlungen gegen Sie betreffen arbeitsrechtliche Verstöße, Körperverletzung, Diebstahl und Untreue. Dazu kommt unterlassene Hilfeleistung und Vernachlässigung von Schutzbefohlenen. Und dann ist da auch noch eine alte Geschichte, Urkundenfälschung.«

»Ich habe dazu bereits alles gesagt. Und dem nichts hinzuzufügen.«

»Müssen Sie auch nicht. Deswegen sind wir auch gar nicht hier. Bei dieser Gelegenheit weise ich darauf hin, dass Sie selbstverständlich das Recht haben, die Aussage zu verweigern und Anspruch auf einen Rechtsbeistand geltend machen können. Wie ich hörte, haben Sie darauf bisher verzichtet. Ein Pflichtverteidiger könnte in fünf Minuten hier sein.«

»Gott ist mein Beistand.«

»Madame Guesnet, bitte notieren Sie, dass Monsieur Lavail ausdrücklich auf die Anwesenheit eines Rechtsbeistandes verzichtet. Ich übergebe dann an Madame Röhm ...«

»Père, laut Ihrer ersten Aussage bei der Vernehmung durch die Police Municipale in Céret haben Sie sich in der Zeit zwischen dem 21. und 25. April im Burgund aufgehalten. Ist diese Aussage korrekt?«

»Ich verweise auf das achte Gebot.«

»Madame Guesnet, bitte notieren: der Befragte hat mit *Ja* bestätigt«, warf Louise Dévet ein.

»Darf ich annehmen, dass Sie sich während Ihres Aufenthaltes dort nur im Kreise Ihres Ordens aufgehalten haben?«, fuhr die deutsche la Commissaire mit der Befragung fort.

»Die mir übertragene Aufgabe sieht es nicht vor, dass ich mich weltlichen Neigungen hingebe.«

»Ausschließlich dort? Ich meine ausschließlich im Kloster Corton?«

»Ausschließlich.«

»Was war der genaue Anlass?«

»Ich brauche keinen Anlass. Das Kloster Corton ist nicht nur meine spirituelle Heimat, sondern auch mein gemeldeter Wohnsitz.«

»Kann Ihr dortiger Aufenthalt im besagten Zeitraum durch Zeugen bestätigt werden?«

»Natürlich.«

»Wer kommt dafür infrage?«

»Mein Ordensbruder Père Mazan.«

»Warum gerade er? Sie waren doch bestimmt nicht alleine dort.«

»Père Mazan und ich verbringen jedes Jahr um diese Zeit fünf Tage miteinander. In Askese.«

»Père, der guten Ordnung halber muss ich Sie fragen, wo Sie sich konkret am Sonntag, dem 24. April zwischen 16 und 20 Uhr aufgehalten haben.«

»Wie ich schon sagte: im Kloster Corton in Chorey-les-Beaune. Genauer gesagt, in der Remise. Das ist der entweltlichte Ort, an den mein Bruder und ich uns für unser jährliches Konvent zurückziehen.«

»Er ist Ihr Ordensbruder, nicht ihr leiblicher Bruder, korrekt?«

»So ist es. Aber das macht keinen Unterschied. Der Orden ist meine Familie.«

»Père, wie ich sehen kann, ist Ihre Verletzung ausgeheilt. Ich meine den rechten Arm. Den trugen Sie bei meinem Besuch vor einigen Wochen in einer Schlinge. Ein Missgeschick bei der Erntearbeit, sagten Sie ...«

»Eine zu vernachlässigende Prüfung, die mir auferlegt wurde. Angesichts des Unheils der jüngeren Zeit. Dank der hingebungsvollen Fürsorge der Pfleger auf Château Aubiry ist mir größeres Leid erspart geblieben. Meine Brüder und Schwestern sind wie ich immer noch tief getroffen. Der ungeheuerliche Vorwurf, wir hätten Monsieur Ruetschli ...«

»Das ist hier nicht das Thema!«, intervenierte Dévet sofort. »Madame Guesnet, bitte halten Sie fest, dass Madame la Commissaire Röhm keine Fragen gestellt hat, die die laufenden Ermittlungen der Police Nationale betreffen.«

»Père, wir kommen nun schon zum Ende der Befragung. Ich möchte Ihnen etwas zeigen.« Sina Röhm nahm das auf dem Tisch liegende iPad zur Hand und spielte eine knapp 30-sekündige Videosequenz ab. Ungefragt wiederholte sie die Vorführung. In der dritten Wiedergabe betätigte Sie bei Sekunde 11 die Pausentaste und fror das Bewegtbild ein.

»Können Sie den Mann auf dieser Videoaufzeichnung identifizieren?«

»Nein. Kann ich nicht.«

»Also bestätigen Sie auch, dass es nicht Sie selbst sind, Père?«

»Ja.«

»Somit bestätigen Sie auch, dass Sie sich am 24. April nicht in der Gegend von Bonn aufgehalten haben? Nicht in der Nähe des *Kameha Grand Hotel* und auch nicht im Nachbarort Königswinter in einer Apotheke. In ebendieser Apotheke, in der genau dieses Video von einer Sicherheitskamera aufgenommen wurde und einen Mann zeigt, der Ihnen, wie auch Sie unschwer erkennen können, sehr ähnlich sieht und ganz augenscheinlich ein Problem mit seinem rechten Arm hat, was der Apotheker bestätigte, der diesem Mann Verbandszeug verkauft hat?«

»Ich war noch nie an diesen mir völlig fremden Orten, von denen Sie da reden. Gott ist mein Zeuge.«

»Ich denke, wir werden uns lieber an Père Mazan halten.«

»Sergeant Villepins, wir haben dann keine weiteren Fragen mehr. Der Befragte gehört wieder ganz Ihnen«, stellte Louise Dévet klar.

Donnerstag, 23. Juni, 11:00 Uhr, Weingut Clos des Pins, Beaumes-de-Venise, Département Vaucluse, 1 Chemin des Galets Rouges

»Es war mir eine große Freude, Madame. Bitte beehren Sie mein bescheidenes Haus bald wieder!« Peter Barrington zeigte sich am Morgen des 23. Juni 2016 in Gala-Laune. Daran konnten auch die besorgniserregenden Insider-Gerüchte aus Westminster nichts ändern, die in den letzten Tagen peu à peu eingetrudelt waren und von einem Stimmungswandel im Land zeugten, den die meisten Beobachter des Geschehens bis zuletzt für nahezu unmöglich gehalten hatten. Jean Courrèges hatte die Vorabendrunde bereits um neun verlassen und Wort gehalten. Der Direktor des *Centre d'Histoire de la Résistance et de la Déportation* hatte einen Fahrer geschickt, dessen blank geputzter *Renault Espace* pünktlich um 10 Uhr auf Clos des Pins eingetroffen war, um Sylvie Schmitt-Kayser zurück nach Hause zu bringen. Châteauneuf-de-Gadagne sollte jedoch nur ein Zwischenstopp werden. Für die sich anschließende Reise ins zweihundertdreißig Kilometer entfernte Lyon war noch die passende Garderobe einzupacken. Im Besonderen für den Abend, an dem ein Dinner mit dem Vorstand des *CHRD* in der *L'Auberge du Pont de Collonges* vorgesehen war, sowie auch für den Freitagmorgen, an dem ein Interviewtermin mit *Le Progrès* arrangiert war.

»Ich habe Ihnen zu danken, Mr Barrington! Sie und unser Freund Lennard haben eine weise Entscheidung getroffen. Ich kann nur hoffen, dass sich Ihre Landsleute heute ein Vorbild nehmen und nicht weiter diesem Clown mit der Zottelfrisur hinterherlaufen. Irgendwann wird der noch an seinen infamen Lügen ersticken, *je vous le dis!*«

»Sie sprechen mir aus dem Herzen.«

»Eine Frage noch, Mr Barrington.«

»Ja, bitte?«

»Als ich heute Morgen in meiner schönen Suite aufgewacht bin, fiel das Sonnenlicht auf ein Gemälde an der Wand vis-à-vis von meinem Bett. Es war mir vorher nicht aufgefallen.«

»Ich muss kurz überlegen. Sie meinen dieses blaue ...«

»Ja, ganz recht.«

»Mögen Sie es?«

»O ja, sehr sogar! Es ist außergewöhnlich. Es hat unübersehbar impressionistische Anklänge, ist aber doch ganz und gar ein kubistisches Werk, nicht wahr?«

Die Gästezimmer und Gîtes auf Clos des Pins trugen allesamt Namen von bekannten Weinorten und waren von einer Raumausstatterin aus Carpentras individuell eingerichtet worden, wobei diese aus einem Fundus von Gemälden aus dem Privatbesitz der Barringtons hatte schöpfen können. Das Kunstobjekt in der Suite *Saint-Émilion* hatte Peter jedoch nur noch schemenhaft vor Augen und warf deshalb Lomberg einen hilfesuchenden Blick zu.

»Lenn, darf ich bitten?«

»Das Gemälde stammt aus den Sechzigern. Der Künstler ist Georg Klinger. Kein bedeutender Maler im internationalen Maßstab und auch in Deutschland schon weitgehend in Vergessenheit geraten. Er starb Anfang der Achtziger und hinterließ ein eher zwiespältiges Œuvre. Anders als die meisten späteren Kubisten ist er bei der Wahl seiner Motive immer sehr gegenständlich geblieben. Außerdem hatte er ein Faible für Landschaftsporträts. Völlig untypisch für seine Zunft. In seiner Formensprache hingehen hat er umso klassischer gearbeitet. Man hat unweigerlich Braque im Kopf, finden Sie nicht?«

»Wissen Sie, wie er das Bild genannt hat?«

»Im Deutschen heißt es schlicht *Salzwasser*. Er hat es auf einer Reise in Portugal gemalt und ihm daher auch einen portugiesischen Namen gegeben. Irgendwas mit *Água* und *Sal*.«

»Merci, Lennard, wieder was gelernt!«

»Stets zu Diensten.«

»Lennard, Julie, wie schön, dass sich unsere Wege gekreuzt haben. Auf ein baldiges Wiedersehen, möchte ich sagen. Passen Sie auf sich auf! Mr Barrington, au revoir!«

»Bonne journée, Madame!«

»Bonne journée, mes amis!«

Lomberg, Julie und Peter winkten dem sich mit gemäßigtem Tempo entfernenden *Espace* hinterher, der auf dem unebenen Schotterweg, der von Clos des Pins runter zur D21 führte, erst bedenklich hin- und herschaukelte und dann langsam in einer immer größer werdenden Staubwolke verschwand.

»Ist sie nicht wunderbar?«

Julie hatte die betagte Kunstlehrerin endgültig in ihr Herz geschlossen und ihr während des Dinners am Vorabend ganz nebenbei einen *WhatsApp*-Account auf ihrem nicht mehr ganz aktuellen Smartphone eingerichtet, über den man künftig in Kontakt bleiben wollte.

»Ja. Sie ist wirklich außergewöhnlich. Und auch genau die Richtige«, gab Lomberg etwas nachdenklich zurück.

»Ich finde Madame Sylvie auch großartig«, warf Peter ein, »aber ihr könntet mich gerne auch mal mit Kunstlehrerinnen bekannt machen, die noch nicht in Rente sind.«

Lomberg blickte auf sein iPhone. »Erst zehn Prozent abgegebene Stimmen. Und wir haben schon elf.«

»Die Pro-Europäer schlafen noch.«

»Hoffentlich wachen sie irgendwann auf.«

»Was ist dieser Klinger eigentlich wert?«, wechselte Peter das Thema und schob nach: »Ich kann mich nicht einmal erinnern, wie ich überhaupt zu dem Bild gekommen bin. Wahrscheinlich hat Susan es irgendwann mal gekauft.«

»Den Respekt, den der Künstler Klinger unbedingt verdient, würde ich sagen. Aber einen Markt für ihn gibt es nicht mehr. Unverkäuflich.«

»Ich hatte gehofft, dass du das sagst. Mir ist da nämlich gerade eine Idee gekommen ...«

Louise Dévet nippte entspannt an ihrem Campari Soda und sah sich in ihrem Entschluss bestätigt, nach dem Kurzeinsatz in Perpignan spontan zwei Tage Urlaub zu nehmen, um ihre deutsche Kollegin in das nur dreißig Kilometer entfernte Céret zu begleiten. Die Zeugenbefragung im Burgund hatte ein Assistent erledigt und das Ergebnis in Form eines Protokolls bereits übermittelt.

»Der Schweinehund wird bald siebzig. Also gräm dich nicht so sehr, Sina!«

»Was willst du damit sagen?«

»Auch wenn wir ihm nicht nachweisen können, für den Tod von Dupret verantwortlich zu sein, Lavail wird nicht mehr viel zu lachen haben. Wenn man das alles zusammenzählt, kommen da verdammt noch mal ein paar Jahre bei raus. Allein die Beweislast zur schweren Untreue scheint überwältigend, meinen jedenfalls die Kollegen von der *Nationale*. Außerdem: je tiefer man gräbt, desto mehr Dreck kommt zum Vorschein. Im heimischen Burgund befasst man sich schon länger mit dem Geschäftsmodell des Ordens. Es gibt da eine verdächtige Spur nach Chile. Ich habe das dir gegenüber zunächst nicht erwähnt, weil ...«

»Schon okay. Das wäre auch nicht professionell gewesen.«

»Bislang hatte sich keiner so recht getraut, den Scheinheiligen auf die Finger zu klopfen. Aber das ist jetzt natürlich eine ganz andere Nummer!«

Père Mazan hatte seinem in Bedrängnis geratenen Ordensbruder wie erwartet Absolution erteilt, womit die Anschuldigung, dass dieser in den gewaltsamen Tod des Gilles Dupret verwickelt war, nicht länger aufrechtzuerhalten war. Hinzu kam, dass es weiterhin keine plausible Erklärung gab, wie Lavail überhaupt die Spur zu dem nach Deutschland gereisten Dupret aufnehmen konnte. Ohne es zu wissen, sollte der Mönch vom Kloster Corton dem Deutschen Bundeskriminalamt damit jede Menge Ärger ersparen. Die vor langer Zeit geschlossene Akte des Chris Wasserberg würde nicht mehr geöffnet werden müssen, denn Gilles Dupret war damit ganz amtlich das Opfer eines tragischen Unfalls geworden.

»Übrigens, das Öl-Auge da drüben grinst schon so die ganze Zeit zu uns rüber.« Sina Röhm musste sich erst gar nicht umschauen, sie hatte ihn schon bei Betreten des Lokals bemerkt. Die beiden Frauen hatten sich hinter großen Sonnenbrillen versteckt und trugen ihre ausladenden *Panama Cloches*, die sie gerade erst bei einem Hutmacher auf dem Wochenmarkt von Céret erstanden hatten. Die Aufmerksamkeit in der gut besuchten *Bar Le Pablo* war ihnen mit diesem Look garantiert, zugleich aber erlaubte er ihnen die konspirative Beobachtung des Geschehens.

»Eine zufällige Bekanntschaft bei meinem ersten Aufenthalt hier, vor ein paar Wochen. Arbeitet im Museumsshop. Wie sich im Laufe des Abends herausstellte, ist er der örtliche Lautsprecher des *Front National* ...«

»Aber das hast du noch rechtzeitig gemerkt?«

»Ja. So gerade noch ...«

Louise Dévet verfiel augenblicklich in ein lautes Lachen. Der düpierte Jean-Marc schien sofort zu merken, dass sich die beiden über ihn lustig machten, und wandte sich mit beleidigtem Blick ab.

»Siehst du die vier da drüben?«, flüsterte Sina Röhm.

»Engländer?«

»Expats. Denen geht heute der Arsch auf Grundeis. So viel Gin können die gar nicht trinken!«

»Wann kommt denn die erste Hochrechnung rein?«

»Um acht britischer Zeit. Lenn ist sicher auch schon nervös.«

»Wie ist er?«

»Wer?«

»Ja wer schon? Er halt.«

»Süß.«

»Willst du mich verarschen?«

»Sehr süß.«

»Merde! Du bist also verknallt?«

»Schau mal da!« Sina Röhm wackelte etwas mit ihrem Panama und lenkte den Blick ihrer Kollegin damit auf den Eingang, die sofort verstand. Der Hinweis galt einem stattlichen Mann mittleren Alters, der sein doppelreihiges Clubsakko in Marinefarben und glänzenden Goldknöpfen mit einer cremefarbenen Hose kombiniert hatte, deren Kniff genauso akkurat wirkte wie der strenge Seitenscheitel der toupiert anmutenden Haare. Sein Blick wanderte durch die gut besuchte Bar und wurde schließlich an einem Tisch fündig, an dem zwei ungepflegte Männer jüngeren Alters mit aufgeklappten Laptops saßen.

»007 ... Roger Moore?«

»Negativ!«

»Also auch so eine zufällige Bekanntschaft von dir?«

»Ich kenne ihn nicht persönlich.« Sina Röhm deutete auf die Titelseite der *Dépêche du Sud*, die bislang unbeachtet auf dem Tisch gelegen hatte.

Donnerstag, 23. Juni, 17:00 Uhr, Jack Innes Vinery Guesthouse, Cazeneuve-de-l'Orb, Département L'Hérault, 2 Rue des Écoles

Lomberg und Barrington wollten erst am Freitagmorgen vor Ort aus der Deckung kommen. Für eine Übernachtung auf etwas mehr als halber Strecke zwischen Beaumes-de-Venise und Céret bot sich das Gasthaus von Jack Innes in Cazeneuve-de-l'Orb an, von wo aus man am nächsten Morgen zu einer zivilen Zeit aufbrechen konnte.

Das komfortable Appartement hielt eine kleine Terrasse vor und bot von dort aus einen weitläufigen Ausblick auf alte Carignan-Reben. Barrington war mit Sorgenfalten auf der Stirn in der tagesaktuellen *Times* vertieft, während Lombergs Aufmerksamkeit einem Ceylon Orange Pekoe von *Twinings* und den örtlichen Blättern galt, allen voran der traditionsreichen *Dépêche du Sud*. Die maßgebliche Tageszeitung der Region Midi-Pyrénées hatte sich offenbar vor den Karren spannen lassen. Die schmutzige Kampagne zielte ganz unverhohlen darauf ab, das Ansehen des jüngst verstorbenen Kunstmäzens Marc Ruetschli und der auf seinen Namen lautenden Stiftung zu ruinieren. Carl Deveraux hatte in dem durchschaubar gescripteten Interview aber nicht nur die Integrität der Sammlung Ruetschli infrage gestellt, sondern auch das *Museé d'Art* in Céret gleich mit in den Dreck gezogen. »Komplizenschaft bei der Verschleierung fragwürdiger Eigentumsverhältnisse«, lautete der Vorwurf an die Verantwortlichen vor Ort, wobei Museumsdirektor Yves Leconte ausdrücklich freigesprochen wurde: »... das ist doch nur der arme Kerl, der morgens die Tür aufschließt und den Putzfrauen zeigt, wo der Eimer steht.« Die Attacke galt folglich dem Chef des Kuratoriums und Lomberg kam nicht umhin, dem kanadischen Kunstdetektiv an dieser Stelle des sogenannten Interviews beizupflichten. Tatsächlich war es Raoul Castigno höchstpersönlich, der ohne jede Rechenschaftspflicht darüber bestimmen konnte, was im *Musée d'Art* ausgestellt wurde und was nicht, wobei es außer Frage stand, dass er von diesem Machtprivileg auch konsequenten Gebrauch machte.

Die Unterredung in Barcelona hatte weder einen stichhaltigen Beweis geliefert noch dazu beigetragen, Lombergs Verdacht zu zerstreuen. Die Frage, ob Castigno und Deveraux im Zusammenhang mit ALGADA ein gemeinsames Interesse verband – zumindest ein anfängliches oder zeitweiliges –, würde wohl für immer unbeantwortet bleiben. Sollte es die vermutete Allianz jedoch tatsächlich gegeben haben, war spätestens jetzt geklärt, dass sie mittlerweile wieder ein Ende gefunden hatte.

Die Motive Castignos waren durchaus nachvollziehbar, in gewisser Weise auch legitim, aber der Zweck heiligte aus Sicht von Lomberg keinesfalls die zur Anwendung gekommenen Mittel. Es ging ausnahmsweise mal nicht ums Geld. Der monetäre Wert von ALGADA war höchst fraglich und Raoul Castigno ein ohnehin vermögender Mann. Es ging um Eitelkeit. Castigno schien geradezu besessen von der Vorstellung, die Koproduktion von Pablo Picasso und Ruben Castigno alias Ernesto Freygang in seinem eigenen Museum auszustellen und damit den Namen des einflussreichsten Künstlers des 20. Jahrhunderts mehr denn je mit dem eigenen zu verbinden. Um fortan nicht länger nur als einer der führenden Picasso-

Experten zu gelten, sondern Teil dessen künstlerischer Biografie zu werden, wenn auch nur ein denkbar kleiner. Und es ging um eine Mission. Es bedurfte keiner großen Fantasie, sich vorzustellen, dass Vater Castigno seinem einst als Mietzahlung hinterlassenen Werk später ein Leben lang nachgetrauert haben musste. Und genauso naheliegend war die Vermutung, dass die Heimkehr von ALGADA in den Schoß der Familie Castigno ein vom Vater geerbtes Vermächtnis darstellte, das sich Raoul offenbar zu einer Lebensaufgabe gemacht hatte.

Somit sprach vieles dafür, dass Castignos Angebot an Dupret, einen Kontakt zu Deveraux herzustellen, tatsächlich auf dem Unwissen beruht hatte, worum es sich bei dem Gemälde handelte. Und genauso wahrscheinlich hatte Castigno in all den Jahren auch nicht den geringsten Verdacht geschöpft, dass sich ALGADA ausgerechnet im Besitz seines Gönners befand, ganze drei Kilometer Luftlinie von *seinem Musée* entfernt. Gleichzeitig deutete einiges darauf hin, dass Marc Ruetschli über die Verbindung des Werks zur Familie Castigno gewusst haben konnte, ohne jedoch das *Musée* als geeigneten Aufbewahrungsort für das Bild zu betrachten. Obwohl es das für so viele andere Werke aus seiner Sammlung geworden war und es ihm fraglos am Herzen lag.

Über Marc Ruetschlis Motive ließ sich nur noch spekulieren, umso klarer jedoch offenbarte sich jetzt das Verhalten der weiteren Beteiligten ab dem 14. April. Dupret hatte Deveraux seinen Appetizer serviert, bevor er sich wenig später eines Besseren besonnen und Abstand von einem Handel mit *Artclaim* genommen hatte. Nicht ahnend, dass ihn das noch teuer zu stehen kommen sollte. Castigno erfuhr über die Einzelheiten am 16. in seinem Telefonat mit Deveraux und musste sich über seine Eselei die nicht mehr ganz so zahlreichen Haare gerauft haben. Am 19. ließ dann Dupret jedoch das Treffen mit Emissär John Ellis platzen, woraufhin Deveraux begriff, dass der in greifbarer Nähe stehende Handel gescheitert war. Als Castigno am 20. von Père Lavail erfuhr, dass Dupret sich aus dem Staub gemacht hatte, musste er in Panik geraten sein und versucht haben, diesem auf eigene Faust hinterherzutelefonieren. Die Tontechniker beim BKA hatten mittlerweile bestätigt, dass die Stimme auf Duprets Mobilbox und die Aufzeichnung des Gesprächs im 7 *Portes* eindeutig der gleichen Person zugeordnet werden konnten: eben Raoul Castigno, der dafür den Münzfernsprecher in der *Bar Le Pablo* benutzt hatte.

Womöglich waren Castigno und Deveraux an dieser Stelle übereingekommen, ihre Interessen fortan gemeinsam zu verfolgen. Womöglich sahen beide darin eine größere Chance, die verloren gegangene Spur zu ALGADA wieder aufnehmen zu können, um die angestrebten Lorbeeren später untereinander aufzuteilen. Womöglich war ein solcher Deal auch der wahre Grund für ihr Treffen in Barcelona gewesen. Castignos Erklärungen dazu waren Lomberg von Beginn an wenig glaubwürdig erschienen. Und womöglich endete ihre Allianz wiederum an genau jenem Tag, an dem bekannt wurde, dass der zuletzt verbliebene Kunstbesitz auf Château Aubiry samt und sonders in die Obhut des *Musée d'Art* übergeben wurde. Nachdem Marc Ruetschli verstorben war und Père Lavail die Grenzen des Gesetzes aufgezeigt worden waren. Womöglich weil Deveraux erkannte, dass Castigno die besseren Karten hatte, oder weil Castigno realisierte, dass Deveraux ihn mehr brauchte als umgekehrt. *Womöglich*. Ganz sicher aber war: beide Männer, der von Beginn an zwielichtige Carl Deveraux wie auch Raoul Castigno, der ihm eigentlich ein Freund war, hatten mit zielstrebigem Kalkül versucht, Lomberg für ihre Interessen zu manipulieren. Und waren damit beide gescheitert.

»Peter?«

»Yes.«

»Zur Abwechslung mal was Heiteres?«

»Immer doch!«

»Dein Freund Carl Deveraux hat ein Interview mit sich selbst geführt. Pass auf, ich zitiere: *Wir werden uns jedes einzelne Exponat vornehmen, das wir am Freitag in Céret zu sehen bekommen, und sehr kritische Fragen stellen. Und wir werden auch sehr aufmerksam zur Kenntnis nehmen, was man uns nicht zeigt!*«

Der ursprüngliche Plan, die Veranstaltung im Foyer des Museums durchzuführen, erwies sich mit Blick auf die stündlich länger werdende Gästeliste schon bald als ungeeignet. Museumsdirektor Leconte hatte daraufhin die beiden ineinander übergehenden Säle im ersten Stock räumen lassen, die zusammen auf immerhin stattliche vierhundert Quadratmeter kamen. Im hinteren Teil sollten die nunmehr vierundfünfzig Exponate aus der Sammlung Ruetschli zusammengeführt werden und dort auch über den Tag der Veranstaltung hinaus, als eine in sich geschlossene Sonderausstellung, verbleiben. Übergangsweise – bis zur Fertigstellung des Erweiterungsbaus, für den im September die Grundsteinlegung erfolgen sollte. In den Plänen des Architekturbüros *RBTA* von Ricardo Bofill war der neue Gebäudeteil bislang schlicht *Westflügel* genannt worden, jedoch spielte der Verantwortliche im Museum schon mit dem Gedanken, diesen künftig auf *The Ruetschli Gallery* zu taufen. Der vordere der beiden Säle sollte als Ort für die Begrüßung der Gäste dienen und diesen ab 12 Uhr Raum für ein Fingerfood-Buffet bieten, das vom *Le Fournil* geliefert wurde. Raoul Castigno hatte es sich nicht nehmen lassen, die Rolle des Gastgebers persönlich auszufüllen. In der kurzen Begrüßungsansprache sollte natürlich die besondere Verbindung zwischen der Foundation und dem *Musée d'Art* im Vordergrund stehen. Schließlich war die Veranstaltung dem Gedenken an Marc Ruetschli gewidmet, um dabei jedoch in keiner Weise als Trauerfeier, sondern ganz im Geiste einer Ausstellungs-Premiere begangen zu werden.

Die Teilnehmerzahl wurde auf Anraten von Brigadier Boualem El Biar auf maximal zweihundertfünfzig Personen begrenzt. Jean-Marc war daraufhin die Aufgabe zugeteilt worden, den Einlass im Foyer zu überwachen, was ihm aufgrund seiner Erfahrungen als Rauswerfer einer Diskothek in Montpellier keine Mühe bereiten sollte. Die erste Bewährungsprobe klopfte bereits um halb zehn an die Tür. In Gestalt von Carl Deveraux, der flankiert von zwei Redakteuren der *Dépêche du Sud* vorzeitigen Einlass verlangte, jedoch erfuhr, dass das *Musée d'Art* ein Hausverbot gegen ihn ausgesprochen hatte. »Die Herren von der Presse sind selbstverständlich willkommen. Allerdings nicht vor 11 Uhr«, ließ Jean-Marc trocken wissen. Wenig später sollte der Kanadier die gleiche Sanktion im *Le Pablo* erfahren. Der ob seiner schroffen Abweisung im *Musée* verbal randalierende Kunstinquisitor konnte auch mit drei Gläsern Calvados nicht ruhiggestellt werden und wurde daraufhin von Gastwirt Pierre de Lutz kurzerhand vor die Tür gesetzt.

Zweiundfünfzig zu achtundvierzig. Peter hatte das Unheil seit einigen Tagen auf sich zukommen sehen, konkrete Vorbereitungs-Maßnahmen jedoch harsch von sich gewiesen und dabei mehrfach warnend an die Theorie der Selffulfilling Prophecy erinnert. Die auf etwas mehr als eine Stunde taxierte Fahrzeit bis zum Zielort am Fuße der Pyrenäen war deshalb ganz dem akuten Krisenmanagement gewidmet. Dabei erwies sich Lombergs Powerbank erneut als sehr nützlich, denn der nicht mehr ganz neue *Land Rover* bot zwar den Komfort von gleich vier Zigarettenanzündern, nicht jedoch den eines USB-Ausgangs. Patricia Bates, die Firewall vom Hobart Place, bekam schließlich das Brexit-Statement des Chairman diktiert, welches unverzüglich auf der Internetseite von *Walcott* zu veröffentlichen war. Das Telefonat mit Sir Geoffrey von der *Royal Bank of Scotland*, die ein offenbar volatiles Aktiendepot für ihn verwaltete, endete mit offenen Pendenzen. Seine peruanische Haushälterin Olivia vom Phillimore Place schluchzte Unverständliches, ließ aber erahnen, dass es um ihren Einbürgerungsantrag ging. Brandon Richards meldete sich per Satellitentelefon von den Virgin Islands und ließ wissen, dass er gerade *Anarchy in the UK* aufgelegt hätte und dazu eine EU-Flagge hissen würde. Kurz danach war Baron Philippe in der Leitung und ließ wissen ... *scheißegal, die Chinesen sind ganz verrückt nach Cabernet Sauvignon!* Der schon erwartete Anruf von Bobby Grenville kam mit etwas Verspätung, kurz nachdem Lomberg die A9 schon wieder verlassen hatte. Peters Neffe war von Berufs wegen Erster Staatssekretär beim Schatzkanzler Ihrer Majestät und ließ wissen, was die versammelte Weltpresse erst eine Stunde später erfahren sollte: den unmittelbar bevorstehenden Rücktritt des Premierministers.

Lomberg fiel währenddessen die nicht geliebte Rolle des Chauffeurs zu. Zu seiner Überraschung fand er jedoch schnell Gefallen an Hectors rustikalem *Discovery 3*, der sich mit Tempomat einhundertdreißig und zwei Tonnen Nettogewicht unbeirrbar in Richtung Süden walzte. Die vorbeiziehenden Landschaften des Roussillon wollten keinen allzu prägenden Eindruck hinterlassen und gewährten Lombergs Gedanken freie Fahrt. Diese kreisten vor allem um Sina Röhm und die Frage, wie sich das Wiedersehen mit ihr anfühlen würde. Es waren zwar nur sechs Tage vergangen, aber diese kamen ihm angesichts der Dynamik der Ereignisse wie eine kleine Ewigkeit vor. Der sogenannte gemeinsame Fall hatte sie zusammengeführt. Ob ihre Verbindung Bestand haben sollte, wenn dieser gelöst sein würde, stand indes in den Sternen. Womöglich sollte das bevorstehende Aufeinandertreffen in dieser Hinsicht wegweisend sein, schließlich bot es beiden die Gelegenheit, ein Bekenntnis vor Zeugen abzulegen. Sina Röhm würde seinen besten Freund kennenlernen, der bereits eingeweiht war, und hätte ihrerseits die vertraute Kollegin Louise Dévet im Schlepptau. Diese würde sicher mindestens genauso neugierig sein wie Peter, der Lombergs Abwendung von Carine bisher auffällig wortkarg zur Kenntnis genommen hatte.

»Lasst mich das mal machen«, ließ Sina Röhm die Gruppe selbstbewusst wissen, als sich diese nach einer kurzen Begrüßung, die unkomplizierter nicht hätte verlaufen können, an der Türschwelle zum *Musée d'Art Moderne de Céret* aufgebaut hatte. »Bonjour, Jean-Marc! Comment vas-tu?«

»Bonjour, Madame«, gab der Türsteher unverbindlich zurück und ließ durchblicken, immer noch stinksauer zu sein.

»Darf ich vorstellen: Monsieur Barrington aus England, Monsieur Lomberg aus Deutschland, Madame Dévet aus Lyon.«

»Sie sind früh dran, meine Herrschaften! Ich bin angehalten, vor 11 Uhr niemanden einzulassen.«

»Die beiden Herren sind persönlich mit Monsieur Castigno bekannt. Sie würden ihn gerne kurz sprechen. Und ein Gastgeschenk überreichen. Dauert nicht lange.«

»Tut mir leid, aber ...«

»Nein, nein, das geht schon in Ordnung! Lass sie rein, Jean-Marc!«, rief der Mann, der die Szene von der Galerie aus beobachtet hatte und sich jetzt eiligen Schrittes über die große Freitreppe herab in Richtung des Foyers bewegte. Raoul Castigno trug ganz entgegen seiner modischen Vorlieben einen stinknormalen Smoking und auch sein unvermeidlicher Gehstock fehlte.

»Das nenne ich aber mal eine Überraschung, meine Herren! Und dann auch noch in so reizender Begleitung. Willkommen am bedeutendsten Ausstellungsort für kubistische Kunst in Europa. Raoul Castigno mein Name, sehr erfreut!«

»Sina Röhm, ganz meinerseits.«

»Louise Dévet, bonjour, Monsieur.«

»Ihr steht meines Wissens nicht auf der Gästeliste. Nicht, dass das ein Problem wäre. Aber warum hast du nichts gesagt, Lenn?«

»Nein, nein, keine Sorge! Wir sind auch gleich wieder weg.«

»Also wenn es das nicht ist, was führt euch zu mir?«

»Picasso ist es auch nicht«, antwortete Lomberg und ließ die kaum verschleierte Provokation mit einem milden Lächeln stehen.

»Du weißt, was Picasso einst über Museen sagte, meu amic?«

»Allerdings: *Museen sind nichts weiter als ein Haufen Lügen. Und die Leute, die aus der Kunst ein Geschäft machen, sind meistens Betrüger.*«

»Und dennoch: Ohne ihn und seine ursprüngliche Schenkung würde es diesen besonderen Ort heute nicht geben.«

»Das ist mein Stichwort, Monsieur Castigno!« Peter blickte kurz zu Lomberg und sprach dann weiter. »Lenn und ich dachten, zur Feier des Tages sei ein kleines Geschenk angemessen. Zugunsten des *Musée* versteht sich und natürlich auch als Geste der Anerkennung für Ihr bemerkenswertes Engagement hier.«

»Das ist sehr freundlich, Sir Peter ...«, antwortete Castigno, der sich geschmeichelt fühlte, aber auch unsicher wirkte, während sich alle Augenpaare auf den mitgeführten Gegenstand richteten, den man an die Empfangstheke gelehnt hatte. Das sorgsam verpackte rechteckige, circa ein Meter zwanzig auf achtzig Zentimeter große Objekt ließ unschwer ein Gemälde vermuten. Jean-Marc hatte Castignos Wink aufmerksam registriert und begann augenblicklich, es von der über Kreuz gebundenen Kordel und dem braunen Packpapier zu befreien. Für einen Moment herrschte betretene Stille, bevor sich als Erster der Beschenkte zu Wort meldete und dabei einen ratsuchenden Blick auf Peter Barrington richtete.

»Ich bin, wie Sie sehen, völlig sprachlos! Es ist, wie soll ich sagen, sehr schön, sehr ungewöhnlich! Aber ich habe nicht die geringste Ahnung ...«

»Lenn, würdest du bitte?«

»Georg Klinger. Sagt dir das was?«

»Nein, nie gehört ...«, gab Castigno zurück, ohne sich die Mühe zu geben, seine anhaltende Irritation zu verbergen.

»Ein deutscher Künstler, der überwiegend in den Fünfziger- und Sechzigerjahren produktiv war. Von der Stilistik her, wie du unschwer erkennen kannst, ganz und gar Kubist, aber in seiner Gegenständlichkeit auch von den Impressionisten inspiriert. Ungewöhnlicherweise hatte er auch eine Vorliebe für Landschaftsporträts. Das Motiv hier ist 1966 auf einer Reise an der portugiesischen Atlantikküste entstanden. Ein kubistischer Blick auf das Meer, sozusagen.«

»Ah ja, sehr interessant!« Castignos Worte gaben nicht nur Verlegenheit preis, sondern klangen auch peinlich berührt. Ganz offenbar konnte er mit dem Werk des deutschen Kubisten rein gar nichts anfangen.

»Übersetzt heißt es ganz einfach *Salzwasser*.«

»Meine verstorbene Frau hat das Gemälde einst ersteigert«, sprang ihm Peter zur Seite. »Es hat auf Clos des Pins jedoch nie einen angemessenen Platz gefunden. Da dachten Lenn und ich, das wäre doch vielleicht ...«

»Das ist eine wirklich sehr freundliche Geste. Vielen Dank, Sir Peter! Ich weiß gar nicht, was ich sagen soll. Das bringt mich jetzt ganz schön durcheinander. Ich bin ja sowieso schon ganz aufgeregt. Muss ja gleich noch eine Rede halten.«

»Sorry, Raoul, es war nicht unsere Absicht ...«

»Nein, nein ist schon gut, Lenn. Wollt ihr denn nicht vielleicht doch ...«

»Bedauerlicherweise nein«, gab Barrington gleichermaßen höflich wie bestimmt zurück und warf dabei einen Blick auf seine Uhr. »Wir sind, wie gesagt, nur auf der Durchreise. Die beiden Damen müssen noch ihren Zug zurück nach Lyon erreichen.«

»Es ergibt sich bestimmt ein anderes Mal«, ergänzte Lomberg. »Wie ich las, soll die Sammlung Ruetschli ja auf Dauer in deiner Obhut bleiben?«

»Danach sieht es im Moment aus. Aber das letzte Wort hat der Präfekt noch nicht gesprochen. Es gibt ja auch noch laufende Ermittlungen und womöglich ein Gerichtsverfahren, wie du sicher weißt.«

»Ja, ich hörte davon.«

»Dann möchten wir Sie jetzt auch nicht weiter aufhalten, Monsieur Castigno. So kurz vor einer wichtigen Rede muss man ja seine Gedanken irgendwie zusammenhalten. Das kenne ich nur zu gut!«, erklärte Peter verständnisvoll.

»In der Tat. Also noch mal vielen Dank! Ich fühle mich wirklich sehr geehrt, Sir Peter.«

»Also dann«, ließ Peter vernehmen, was auch Castigno sofort als Startzeichen nahm.

»Adéu, meu amic! Sir Peter! Meine Damen, es hat mich sehr gefreut! Auf ein baldiges Wiedersehen, würde ich sagen, und gute Weiterreise!«

»Fins aviat, Raoul!«

Lomberg war der sonst üblichen Umarmung erfolgreich aus dem Weg gegangen und auch Castignos Verabschiedung von Sina, Louise und Peter beschränkte sich auf einen Handschlag. Eine kaum merkliche Geste des Chefs bedeutete Jean-Marc, sich um den Klinger zu kümmern, was der Leiter des Museumsshops zum Anlass nahm, sich grußlos zu entfernen, um die *freundliche Geste* in Sicherheit zu bringen. Castigno hatte sich währenddessen in Richtung der Freitreppe verabschiedet und bereits die erste Stufe erklommen, als er plötzlich stehen blieb, einen Moment verharrte und sich dann umdrehte.

»Lenn?«

Die Gruppe hatte Castigno noch einen Augenblick hinterhergesehen und stand deshalb immer noch am gleichen Platz.

»Raoul?«

»Du sagtest doch, dass dieser Klinger auf den Namen *Salzwasser* hört, nicht wahr?«

»Richtig! Ganz einfach *Salzwasser*.«

»Aber du meintest, *übersetzt* Salzwasser?«

»Genau. Aus dem Portugiesischen. *Água S'ALGADA*.«

Le Progrès | *Ausgabe vom Samstag, den 25. Juni 2016*

À la Gare d'Avignon. *Lange verschollenes Kunstwerk aus der Sammlung Bleustein-Levy jetzt im Besitz des Centre d'Histoire de la Résistance et de la Déportation (CHRD). Im Interview mit LP: die ehemalige Kunstlehrerin Sylvie Schmitt-Kayser (72) aus Châteauneuf-de-Gadagne. Die Schwester von Ex-Finanzministerin Danielle Schmitt-Kayser berichtet über ihre Rolle bei der Wiederbeschaffung des 1942 von den Nazis geraubten Gemäldes.*

LP: *Madame Schmitt-Kayser, Sie haben gestern ein Gemälde an das Centre d'Histoire de la Résistance et de la Déportation übergeben, von dem CHRD-Direktor Jean Courrèges sagt, dass es nach den Gesetzmäßigkeiten des Kunstmarktes von sehr unklarem Wert, aber als zeitgeschichtliches Dokument von umso größerer Bedeutung ist.*

Schmitt-Kayser: Das hat mein Freund Jean Courrèges sehr treffend formuliert. Es ist das Werk eines kunsthistorisch unbedeutenden Malers, aber ein überaus würdiges Gedenken an die Lyoner Sammlerfamilie Bleustein-Levy, die 1942 von den Nazis enteignet und wenig später im KZ Auschwitz umgebracht wurde. Man hatte ihnen alles genommen. Mit einer Ausnahme: das Tagebuch von *Lucien Bleustein* aus dem Jahr 1938. Es ist seit Jahrzehnten im Besitz des *CHRD*

und ein unersetzliches Zeugnis der Kunst- wie der Zeitgeschichte. In diesem gibt es einen sehr auffälligen Hinweis
auf das Gemälde. Das Bild kehrt also dorthin zurück, wo es
hingehört.

LP: *Was können Sie uns zu dem Gemälde sagen?*

Schmitt-Kayser: Es ist das Werk eines kubanischen Malers namens Ernesto Freygang aus dem Jahr 1936. Nie vorher und nie nachher hat der Künstler je auf sich aufmerksam gemacht. Seine Spuren verlieren sich im Spanischen
Bürgerkrieg. Lucien Bleustein hatte das Bild 1938 zufällig entdeckt. Eher instinktiv, das lassen die Notizen in seinem Tagebuch vermuten, hat er es gekauft. Ohne zu wissen,
wer der Künstler war. Dabei muss man verstehen, dass die
Bleusteins nicht nur Sammler, sondern auch gewerbsmä-
ßige Kunsthändler waren. Das macht den Vorgang so außergewöhnlich.

LP: *Das Gemälde trägt den geheimnisvollen Titel ALGADA.
Wie es heißt, soll dies ein versteckter Hinweis sein?*

Schmitt-Kayser: So ist es. ALGADA steht für À la Gare
d'Avignon. Es beschreibt den Abschied der Künstlerfreunde Picasso, Braque und Derain auf dem Bahnhof von
Avignon im Jahr 1914. Die beiden Franzosen müssen in
den Krieg ziehen, der Spanier Picasso bleibt zurück. Es ist
ein Abschied für immer. Speziell was Picasso und Braque
anbelangt. Ihr kongeniales Schaffen als Pioniere des Kubismus endet an diesem Tag. Picasso selbst hat es später
so gesagt, was seinerzeit große Beachtung in der Kunstwelt fand. Augenscheinlich von Picassos Worten inspiriert,
hat jener Ernesto Freygang mehr als zwanzig Jahre später
die Perspektive des zurückbleibenden Picasso eingenommen und zwei Soldaten gemalt, die sich auf den Weg in
den Krieg machen: Braque und Derain. Das jedenfalls ist
die Interpretation des Kunsthistorikers, der mit dem Vorgang vertraut ist, den ich – nebenbei gesagt – für einen der
Besten seines Fachs halte.

LP: *Wie ist es gerade Ihnen – mit Verlaub –, einer pensionierten Kunstlehrerin aus der Provence, gelungen, das Gemälde aufzuspüren?*

Schmitt-Kayser: Ich finde Ihre Frage keineswegs despektierlich. Sie ist nur berechtigt. In gewisser Weise könnte ich sagen: Nicht ich habe das Bild gefunden, vielmehr hat es mich gefunden. Das klingt zwar wenig bescheiden, aber so war es.

LP: *Das müssen Sie unseren Lesern bitte näher erklären.*

Schmitt-Kayser: Ernesto Freygang hat das Gemälde im Haus einer gewissen Bernadette Janer in der Stadt Sorgues nahe Avignon gemalt. Als *Maison d'Art Janer* ist dieses Haus in die Kunstgeschichte eingegangen, da dort viele berühmte Maler gearbeitet haben. Unter anderem Picasso, Braque und Derain, unter anderem im Spätsommer 1914, kurz vor Ausbruch des Ersten Weltkrieges. Sie verstehen: Dieser Umstand ist natürlich ein wesentlicher Bestandteil der eben erwähnten Interpretation des Bildes. Der Künstler Freygang hat sich demzufolge nicht einfach nur von dem bekannten Picasso-Zitat inspirieren lassen, sondern auch vom Ort des Geschehens, dessen Bedeutung ihm augenscheinlich sehr bewusst war. Besagte Bernadette Janer erhielt das Gemälde von Freygang, der eines Tages von jetzt auf gleich verschwand, zur Verrechnung der Miete. Ein Jahr später starb die Dame überraschend. Da sie keine Erben hatte, kam ihr Besitz unter den Hammer und ALGADA gelangte in die Hände des Antiquitätenhändlers, bei dem Lucien Bleustein das Gemälde 1938 schließlich entdeckte und erwarb. Und nun zu Ihrer eigentlichen Frage: Das Département Vaucluse hatte mich im Jahr 1998 beauftragt, die Geschichte des *Maison d'Art Janer* wissenschaftlich aufzuarbeiten. Aus dieser Arbeit resultierte ein Buch. Und das war schließlich die Quelle, auf die zwei sehr respektable Persönlichkeiten aus dem internationalen Kunstgeschäft gestoßen sind, die es sich zur Aufgabe gemacht hatten, die Geschichte des Gemäldes zurückzuverfolgen.

LP: *Das* CHRD *hat bereits wissen lassen, dass die von Ihnen erwähnten Persönlichkeiten nicht namentlich genannt werden. Genauso wenig wie der Name jener Person, in dessen Besitz sich das Gemälde zuletzt befand?*

Schmitt-Kayser: Richtig. Die Rückführung des Gemäldes nach Lyon hatte für das CHRD unbedingte Priorität und größtmögliche Diskretion war dafür die Bedingung.

LP: *Aber Sie können uns sicher etwas darüber sagen, was in den vergangenen Jahrzehnten mit ALGADA geschehen ist?*

Schmitt-Kayser: Nach der Enteignung der Familie Bleustein-Levy ist deren vollständiger Kunstbesitz in die Hände des berüchtigten ERR gelangt und wurde zunächst im Jeu de Paume eingelagert. Danach verliert sich die Spur von ALGADA für längere Zeit. In den Fünfzigerjahren ist es dann in den – fraglos unrechtmäßigen – Besitz einer anderen Sammlerfamilie übergegangen und später zu einem Erbfall geworden. Besagter Erbe hat, aus Gründen, zu denen ich mich nicht näher äußern kann, lange Zeit an dem Gemälde festgehalten, obwohl er wusste, dass das geheimnisvolle Bild mit dem Makel von Beutekunst belegt war. Schließlich hat er sich aber doch dazu entschieden, das Gemälde abzugeben, wobei er eine kunsthistorisch sachgerechte Restitution zur Bedingung machte. Das war aber leichter gesagt als getan, bei einem völlig unbekannten Gemälde eines obendrein völlig unbekannten Malers. Es hat also eine Weile gedauert, bis die mit der Angelegenheit befassten Kunstexperten eines Tages vor meiner Haustür standen.

LP: *Zum Abschluss noch eine Frage, Madame Schmitt-Kayser, gerichtet an Sie als versierte Kunstkennerin. Dank Ihnen wissen wir nun, dass ALGADA eine zeitgeschichtlich bedeutende Erinnerung an die Judenverfolgung durch die Nazis darstellt. Aber zugleich eine kunsthistorisch bedeutende Referenz an das Leben und Wirken von Pablo Picasso.*

Schmitt-Kayser: Das haben Sie sehr richtig gesagt, aber wie lautet die Frage?

LP: *Finden Sie nicht auch, dass ALGADA ein wenig so aussieht, als ob es Picasso selbst gemalt hat?*

Schmitt-Kayser: Wäre das Bild in den 1910er-Jahren entstanden, könnte man über gewisse Ähnlichkeiten zum damaligen Stil von Picasso philosophieren. Aber 1935 hatte Picasso den synthetischen Kubismus längst hinter sich gelassen. Also nein.

EPILOG

Marcus Aurelius Ruetschli war am Tag nach dem künstlerischen Requiem im *Musée d'Art Moderne de Céret* in der Gruft von Château Aubiry zu Grabe getragen worden. Der bescheidenen Zeremonie sollte ein nur kleiner Kreis beiwohnen: Bestatter Octave Miséry, Bürgermeister Nicolas Bérézowksy flankiert von Brigadier Boualem El Biar, zwei Krankenschwestern aus dem medizinischen Stab des *Ordre Hospitalier de Saint Martin de Dieu*, der langjährige Koch der Foundation, Khuong Nguyen, der immer noch ein kleines Pflaster über der rechten Schläfe trug, sowie Raoul Castigno, der sich trotz des Triumphs des Vortages in zwiespältiger Gemütslage befand und ein Exemplar der tagesaktuellen *Le Progrès* mit sich führte.

Père Lavail saß währenddessen noch in Untersuchungshaft. Die Ermittlungen der Police Nationale sollten jedoch zügig vorankommen, weshalb die Staatsanwaltschaft des Département Pyrénées-Orientales am 17. Juni Anklage erheben konnte. Das Urteil des zuständigen Gerichts in Perpignan fiel bereits am fünften Tag der Verhandlung. Khuong Nguyen bekam ein nur kleines Schmerzensgeld in Höhe von 1.200 Euro zugesprochen, da die Körperverletzung in den Augen des Richters nicht vorsätzlich erfolgte, sondern als Affekthandlung zu werten war. Der Vorwurf der unterlassenen Hilfeleistung im Zusammenhang mit der behaupteten Nachlässigkeit bei der Pflege von Marc Ruetschli wurde aufgrund widersprüchlicher Zeugenaussagen abgewiesen und jener der Urkundenfälschung erst gar nicht zur Verhandlung zugelassen. Mit ganzer Härte traf Père Lavail indes der Schuldspruch wegen *Untreue in einem besonders schweren Fall.* Unabhängige Wirtschaftsprüfer hatten sich im Auftrag der Staatsanwaltschaft die Bücher von Château Aubiry angesehen und darin gravierende Verstöße gegen den einst zwischen der *Foundation Ruetschli* und dem Orden geschlossenen Treuhandvertrag festgestellt. Der über die Jahre aufgelaufene Schaden zulasten der Foundation wurde auf mindestens 4,2 Millionen Euro beziffert. *Drei Jahre Haft ohne Bewährung* – unter Berücksichtigung seines bislang jungfräulichen Vorstrafenregisters. Père Lavail hatte das Urteil regungslos hingenommen – im Wissen, dass ihm und dem *Ordre Hospitalier de Saint Martin de Dieu* bald weiteres und auch weitaus größeres Ungemach im Burgund drohte.

Mit dem Urteil in Perpignan wurde folgerichtig auch das Testament von Mutter Ruetschli außer Kraft gesetzt. In Ermangelung rechtmäßiger Erben fiel das Stiftungsvermögen samt Château Aubiry und Kunstbesitz an den französischen Staat, der als Eigentümer des *Musée d'Art Moderne de Céret* sogleich verfügte, dass Letzterer ebendort bereits in den besten Händen lag. Mit einem persönlichen Grußwort des Präfekten wurde Raoul Castigno durch Le Maire Nicolas Bérézowsky für seine Verdienste um das städtische Kulturerbe zum Ehrenbürger von Céret ernannt.

Der Leichnam von Chris Wasserberg war bereits unmittelbar nach dem Eintreffen in Céret eingeäschert worden. Die Urne lagerte zunächst in der Kapelle des Schlosses, wurde dann jedoch nach Mallorca überstellt und fand ihre letzte Ruhestätte auf einer Vitrine im Patio der Casa Corona. Die Umstände dort stellten sich jetzt verändert dar: Fotograf Mike Krone hatte sich mit den Amerikanern überworfen, war daraufhin nach Sollér zurückgekehrt und hatte an der WG mit seiner Mieterin Tine Lomberg recht schnell Gefallen gefunden. Jordi Sanz war über diese Entwicklung nicht sehr unglücklich. Seine Zeit auf der Insel näherte sich ohnehin dem Ende, da im heimischen Tarragona eine Festanstellung auf ihn wartete.

Am 2. Juli hatte *Artclaim* die internationale Presse ins *Montréal Four Seasons* geladen, um einen Abschlussbericht zu den Ermittlungen im Modigliani-Fall zu geben. Kritische Nachfragen einzelner Journalisten zum peinlichen Fehlschlag in Frankreich wurden sofort abgebügelt.

Der 7. August fiel auf einen Sonntag, womit es nur auf der Hand lag, die Gäste zu einem ausgedehnten Dinner am Samstagabend zusammenzurufen, um zur Mitternachtsstunde auf den fünfzigsten Geburtstag von Lennard Lomberg anzustoßen. Einzelne Gäste sollte das jedoch nicht davon abhalten, bereits Tage zuvor auf Clos des Pins einzutreffen. Den Anfang machten Julie und Esther in Begleitung eines jungen Mannes, der auf den Namen Fisch hörte und einen lilafarbenen *Chevrolet*-Van sein Eigen nannte. Wie sich herausstellen sollte, handelte es sich um Esthers neuen Freund, der sein Geld mit der Zucht von Lebendtierfutter für Aquaristen verdiente. Tine folgte am Freitagabend mit ihrem neuen Mitbewohner Mike Krone, Uno und Dos an Bord eines restaurierten T2-Transporters, den sich Lombergs Schwester eigens für die Reise bei ihrem Freund Óliver ausgeborgt hatte.

Sylvie Schmitt-Kayser war am Samstagnachmittag in Begleitung von Matthieu Robert wiederum im *Aston Martin* vorgefahren und Jean Courrèges wenig später aus Lyon dazugestoßen. Hector präsentierte der Runde das eigens für Lombergs Ehrentag abgefüllte Experiment mit je hälftigem Anteil Grenache von der Rhône und Carignan aus dem Minervois, das sich auf dem improvisierten Flaschenetikett nun als Cuvée Cinquante zu erkennen gab und später literweisen Zuspruch finden sollte. Winzerkollege Jack Innes ließ es sich nicht nehmen, auch seine Kunst am Grill zu beweisen, und beglückte die Gäste am Abend mit einem pompösen Côte de Bœuf. Und schließlich setzte Peter Barrington um Punkt null Uhr zu einer seiner ironischen, aber auch zu Herzen gehenden Reden auf seinen deutschen Freund und Geschäftspartner an. Raoul Castigno war der Einladung nicht gefolgt.

Die letzten Gäste verschwanden schließlich um vier Uhr morgens in ihren Zimmern. Anstelle eines Frühstücks hatte Martine zu einer

Grand Aïoli auf der Terrasse geladen, womit allen die Möglichkeit gegeben war, nach Belieben auszuschlafen. Für Lomberg hingegen sollte es eine vergleichsweise kurze Nacht werden. Carine Berger hatte sich um acht mit Geburtstagsgrüßen per Skype aus dem Büro in Chicago gemeldet, wo es noch mitten in der Nacht war, wenngleich auch schon Sonntag. *Ob denn die Frau Kriminalrätin auch da sei,* wollte die überarbeitet wirkende Carine zum Abschluss noch wissen, was das Geburtstagskind nicht bestätigen konnte. Ein zerknirschter Lennard Lomberg war zwischenzeitlich um die Erkenntnis gereift, dass auch Sina Röhm zu den Frauen zählte, die mit schöner Regelmäßigkeit die Welt retten mussten. Eine von Interpol koordinierte Ermittlung, an der auch Louise Dévet teilnahm, zwang sie zu einem längeren Aufenthalt im irischen Dublin.

Lomberg hatte die Skype-Session mit Carine gerade pflichtschuldig hinter sich gebracht und war nach einer enttäuschenden Tasse Pure Darjeeling in die Sonne raus zu Peter gegangen, der schon auf der ersten Montecristo kaute und im Gespräch mit dem Fahrer eines Lieferwagens zu sehen war.

»Morgen, Lenn, ein Paket für dich.«

»Liegt hinten. Ziemlich groß und mordsschwer. Aus Deutschland«, umriss der Fahrer die schon bald offensichtlich werdenden Fakten zu seiner Fracht und öffnete die doppelflügelige Hecktür. Lomberg und Barrington blickten in den Laderaum auf ein circa ein Meter auf siebzig Zentimeter großes Paket, dick umhüllt von gleich mehreren Schichten blickdichter Luftpolsterfolie. Hector hatte die Szene aus dem Haus beobachtet und war jetzt dazugestoßen.

»Wohin damit, Peter?«

»Musst du Lenn fragen.«

»Ins Kaminzimmer. Wir kommen gleich rein.«

Lomberg öffnete das Kuvert, das dem Paket beilag, begann den darin liegenden, nicht allzu langen Brief zu lesen und blickte schließlich zu Peter auf, der keine Mühe hatte, die passenden Worte zu finden: »Deinem Gesichtsausdruck nach würde ich auf Frau Kriminalrätin tippen!«

Hector war beinahe eine Viertelstunde damit beschäftigt gewesen, das Überraschungspaket aus Deutschland von dem im Übermaß zur Verwendung gekommenen Schutzmaterial zu befreien, während in Lomberg und Peter eine Vorahnung heranwuchs, was sich nun vor ihnen enthüllen sollte.

»Ich lasse euch dann mal lieber allein«, meinte Hector vorausschauend, verließ das Kaminzimmer, schloss die Tür von außen und drehte das Klinkenschild von *You're welcome* auf *Do not even think to disturb*. Minuten später blickten die beiden Männer immer noch wie konsterniert auf das hochwertig gerahmte Ölgemälde, das sich ihnen als eine perfekte Dublette von ALGADA präsentierte.

»Manfredo Rossi«, entfuhr es Lomberg nach einer Weile. Seine erste Schockstarre schien überwunden und war nun in den Zustand eines belustigten Staunens übergegangen.

»Du meinst diesen ...«

»Genau den! Einen Tag bevor wir beide im Juni mit ALGADA hierhin geflogen sind, hatte ich das Bild am Abend bei Sina abgeholt. Dabei ist mir ein Typ im Treppenhaus entgegengekommen, der mir irgendwie bekannt vorkam. Es ging mir eine Weile nicht aus dem Kopf, ohne darauf zu kommen, wer es war. Aber jetzt ist es mir klar. Es war Fredo! Ich hätte darauf kommen können. Sina hat mir erzählt, dass sie ihm vor fünf Jahren erst das Handwerk gelegt, ihm später aber geholfen hat, wieder auf die Füße zu kommen. Deutschlands ausgebuffteste Ermittlerin für Kulturgutkriminalität und der größte Kunstfälscher seit Jahrzehnten sind jetzt dicke Freunde. Hat was von Stockholm-Syndrom, findest du nicht auch?«

»Die Dame hat einen etwas eigentümlichen Humor. Der mir jedoch ausgesprochen gut gefällt, möchte ich betonen!« Jetzt musste auch Peter lachen.

»Was zum Teufel soll ich bloß damit anfangen?«

»Also ich schlage vor, dass wir zuerst einmal die Einschätzung von Gauner Obendobel einholen.«

»Du meinst doch nicht etwa, dass Sina ...«

»Wer weiß ...«

»Das würde sie nicht machen!«

»Wie gut kennst du sie denn?«

»Ehrlich gesagt, nicht gut genug, um das auszuschließen.«

»Na also!«

»Das wäre doch ...«

»Und wenn schon! Ich meine, es wäre doch völlig unerheblich! Das Gemälde im *CHRD* ist ganz dem Gedenken der Bleusteins gewidmet. Und diesen Job macht es doch jetzt ganz vorzüglich! Dass in dem Original, wo auch immer es sich gerade aufhält, entweder hier direkt vor unserer Nase oder doch in Lyon, zwanzig Prozent Picasso stecken, interessiert doch niemanden, solange es keiner weiß. Und wer weiß es? Du, ich und Julie. Ende.«

»Sylvie.«

»Aber die weiß ja nicht, dass es ALGADA jetzt zweimal gibt.«

»Dann sollte es Julie besser auch nicht wissen.«

»Wir könnten es als Ersatz für den Klinger in die *Saint-Émilion-Suite* hängen. Ich meine, wenn deine Gäste wieder vom Hof sind.« Barrington ließ seinen Worten ein schallendes Lachen folgen.

»Du bist wirklich unglaublich! Das können wir doch nicht ...«

»Lenn! Du bist heute fünfzig geworden. Jetzt schau nicht so sauertöpfisch! Entspann dich mal! Außerdem ...«

»Außerdem was?«

»Setz dich!«

Lomberg gehorchte und nahm in einem der beiden Clubchairs Platz, während sich Sir Peter stehend an den Kaminsims lehnte.

»Vielleicht einen Calvados?«

»Peter, hast du schon mal auf die Uhr geguckt?«

»Findest du nicht auch, dass du jetzt in einem Alter bist, in dem du, wie soll ich es sagen ...«

»Sag es einfach!«

»Ich meine, tagein, tagaus Kunstgutachten schreiben, brillante Gutachten, wohlgemerkt.«

»Sonderlich produktiv war ich damit zuletzt ja nicht.«

»Genau das meine ich ...«

»Komm zur Sache!«

»Es ist etwas heikel ...«

»Warum wundert mich das jetzt nicht?«

»Einem Freund ... na ja, richtigerweise sollte ich sagen, einem Kommilitonen aus der Oxford-Zeit, mit dem ich seinerzeit befreundet war, ist ein Gemälde abhandengekommen. Bei einem Einbruch.«

»Sicher hat dein Freund eine sündhaft teure Versicherung bei *Walcott* abgeschlossen.«

»Hat er nicht. Aus gutem Grund.«

»Und der wäre?«

»Das besagte Gemälde gilt eigentlich seit Jahrzehnten als verschollen.«

»Nein, Peter ... bitte verschon mich!«

»Wie sich herausgestellt hat – im Nachhinein wohlgemerkt –, führt es die *Commission for Looted Art* auf ihrer Liste.«

»Und dein sogenannter Freund will von nichts gewusst haben?«

»So seine Worte.«

»Dann ist dein Freund entweder ein Dummkopf oder ein Betrüger.«

»Er ist der deutsche Verteidigungsminister.«

»Er ist was?«

»Du hast richtig gehört. Franziskus Ritter. Wir waren ein erfolgreiches Tennisdoppel in Oxford. Seitdem haben wir immer Kontakt gehalten. Vorgestern rief er an und bat mich um Hilfe.«

»Ritter ist nominiert, neuer NATO-Generalsekretär zu werden. Das weißt du, oder?«

»Ich sagte ja schon, dass es etwas heikel ist.«

FIGURENVERZEICHNIS

Hauptfiguren 2016

Lennard Lomberg (* 1966), Kunsthistoriker und Experte für Beutekunst-Forschung, ehemaliger Topmanager bei Christie's, jetzt Geschäftsführer der Firma *LenLo International Art Advisors* in Bonn, Gastprofessor am Kunsthistorischen Institut der Universität Bonn.

Sir Peter Barrington (* 1952), Chef des Londoner Kunstversicherers *Walcott Plc.*, Mentor, Freund und Geschäftspartner von Lennard Lomberg, Besitzer eines Weingutes in Südfrankreich.

Sina Röhm (* 1977), Kriminalrätin, Leiterin des Dezernats für Kunst- und Kulturgutkriminalität beim BKA.

Carine Berger (* 1968), Vorständin bei der KBL Bank in Luxemburg, aktuelle Lebensgefährtin von Lennard Lomberg.

Julie Lomberg-Bell (* 1992), Studentin der Politikwissenschaften an der Universität zu Köln, angehende Journalistin, Tochter von Lennard Lomberg und Fiona Bell, wuchs in England auf.

Christine »Tine« Lomberg (* 1960), Betreiberin eines Yoga-Studios im mallorquinischen Sóller, Schwester von Lennard Lomberg.

Esther Brüning (* 1989), persönliche Assistentin von Lennard Lomberg bei *LenLo International Art Advisors*.

Carl Deveraux (* 1959), Chef der Kunstdetektei *Artclaim Corp.* mit Sitz im kanadischen Montréal, international bekannter, aber auch umstrittener Beutekunst-Ermittler.

Sylvie Schmitt-Kayser (* 1944), pensionierte Kunstlehrerin und Ortschronistin aus Châteauneuf-du-Gadagne.

Jakob »Jacky« Schönzeit (* 1946), ehemaliger Archivar des *Kölner-Stadt-Anzeigers*, Mentor von Julie Lomberg-Bell.

Marcus Aurelius »Marc« Ruetschli (* 1952), Industriellenerbe und Stiftungsratsvorsitzender der *Foundation Ruetschli* in Céret.

Gilles Dupret (* 1956), Privatsekretär von Marc Ruetschli und Repräsentant der *Foundation Ruetschli*.

Raoul Castigno (* 1950), Verleger des Kunstmagazins *Artforum* und Vorsitzender im Kuratorium des *Musée d'Art Moderne* von Céret.

Père Lavail (* 1949), geistliches Oberhaupt des *Ordre Hospitalier de Saint Martin de Dieu* und Gutsverwalter auf Château Aubiry.

Nebenfiguren 2016 (* finden nur Erwähnung)

Hector und Martine Saumanes, Gutsverwalter auf der *Domaine Clos des Pins*.

Viktor Baumann, Hauptkommissar beim Bundeskriminalamt.

Jacques Trierweiler, Vorstandsvorsitzender der *KBL Bank* in Luxemburg.

Dr. Roland Obendobel, Leiter des *Instituts für Kunstforensik* in Weggis (Schweiz).

Louise Dévet, Agent Spéciale bei Interpol in Lyon.

Sergeant Villepins, Beamter der Police Nationale in Céret.

Patricia Bates, Sekretärin von Peter Barrington bei *Walcott Plc.* in London.

Bert »Bertie« Cranston, Unternehmensberater und Kunstsammler aus London.

Jordi Sanz, Mitarbeiter im Hostal Belver in Palma de Mallorca.

Bertram Selch, Mitarbeiter im Bundeskriminalamt.

Jean-Marc, Mitarbeiter im *Musée d'Art Moderne* von Céret.

Fiona Bell*, Mutter von Julie Lomberg-Bell, ehemalige Partnerin von Lennard Lomberg.

Michel Vanderweyer*, belgischer Unternehmer.

Javier*, katalanischer Nachwuchskünstler.

Mike Krone*, Fotograf mit Studio in Sollér (Mallorca).

Christophe Lafage*, Inhaber eines Handelsgeschäfts für Bilderrahmen in Sorgues.

Jean Courrèges*, Direktor des *Centre d'Histoire de la Résistance et de la Déportation*.

Matthieu Robert*, Winzer in Chateauneuf-du-Gadagne.

Khuong Nguyen*, persönlicher Krankenpfleger von Marc Ruetschli.

Boualem El Biar*, Brigardier der Police Municipale in Céret.

Nicolas Bérézowsky*, Bürgermeister von Céret.

Octave Miséry*, Bestattungsunternehmer in Céret.

Jack Innes*, Winzer in Cazeneuf-de-l'Orb.

Manfredo Rossi*, verurteilter Kunstfälscher auf Bewährung.

Bernadette Janer* (†), ehemalige Vermieterin des Künstlerdomizils Maison Janer in Sorgues.

Ruben Castigno alias Ernesto Freygang* (†), ehemaliger Mieter im Maison Janer.

Figuren 1966 (* finden nur Erwähnung)

Ernst Lomberg, Jurist und Referatsleiter für polizeiliche Grundsatzfragen im Bundesministerium des Inneren.

Elisabeth Lomberg, Ehefrau von Ernst Lomberg und Mutter von Tine und Lennard Lomberg.

Max Ruscher (verheirateter Ruscher-Wasserberg), Juniorchef der Wasserberg KG, Ehemann von Helene Ruscher-Wasserberg.

Helene Ruscher-Wasserberg, Ehefrau von Max Ruscher.

Christian »Chris« Wasserberg, Sohn von Max und Helene Ruscher-Wasserberg, trägt auf Wunsch der Mutter den Nachnamen ihres Vaters.

Herrmann Wasserberg, Inhaber der Wasserberg KG, Vater von Helene Ruscher-Wasserberg.

Paul Bärlach, Präsident des Bundeskriminalamtes.

Marie-Louise Bärlach (geborene Ruetschli), Frau von Paul Bärlach.

Marcus Aurelius »Marc« Ruetschli, Sohn von Paul und Marie-Louise Bärlach, trägt auf Wunsch der Mutter den Nachnamen ihres Vaters.

Beatus »Beat« Ruetschli, Schweizer Rüstungsfabrikant und Kunstsammler, Vater von Marie-Louise Bärlach.

Felix Jaggi, Redakteur beim *Luzerner Tagblatt.*

Beatrice Hornung, Sekretärin von Beat Ruetschli.

Paul Lücke, amtierender Innenminister der Bundesrepublik Deutschland.

Ludwig Erhard, amtierender Bundeskanzler der Bundesrepublik Deutschland.

Erika Nordhoff, Sekretärin im Innenministerium.

Emilie Rommerskirchen, Witwe von Oberst Rommerskirchen (siehe Register 1943).

Frau Braun und Frau Weidel, Bürokräfte im Bundeskriminalamt.

Denise, Prostituierte im Bois-du-Bologne.

Pawlok, Fahrer beim Bundeskriminalamt.

Siegwart Nebel, Lobbyist in der Automobilbranche.

Frau Storch, Nachbarin der Familie Ruscher-Wasserberg.

Fräulein Kruschwitz*, Mitarbeiterin im Bonner Kanzlerbungalow.

Jost von Ostrow*, ehemals leitender Beamter im Bundeskriminalamt.

Professor Metternich*, Neurochirurg in Freiburg.

Paling und Walters*, Agenten des FBI und der CIA.

Mätschke*, Vizepräsident des Bundeskriminalamtes.

Spiegel*, Staatssekretär in Bundesministerium des Inneren.

Radtke*, leitender Beamter im Bundeskanzleramt.

Figuren 1943 (* finden nur Erwähnung)

Ernst Lomberg, Leutnant der Wehrmacht, nach Verwundung bei Kampfhandlungen zur deutschen Militärverwaltung in Paris abkommandiert, Abteilung Kunstschutz.

Franz Eylmann, SS-Untersturmführer, abkommandiert zur Militärverwaltung in Paris, Wirtschaftsabteilung.

Max Ruscher, Feldwebel, leitender Wachmann im Jeu de Paume.

Helmut Fiebig, SS-Standartenführer, Kommandant im Jeu de Paume.

Schütze Schmitt, Wachmann im Jeu de Paume.

Jean-Rémy Blanck, Schweizer, Inhaber einer Kunsthandlung in Paris.

Bökelmann, leitender Gestapo-Mann in Paris.

Madame Barancourt*, Betreiberin eines Bordells.

Dame Édith*, Angestellte im Maison Barancourt.

Charles Blanck*, Inhaber des Auktionshauses Seemann in Luzern.

Konrad Rommerskirchen*, Oberst in der Militärverwaltung.

Der Korse*, Berufskrimineller.

ANMERKUNG UND DANK

Der Abschied der zum Kriegsdienst verpflichteten Künstlerfreunde Georges Braque und André Derain von ihrem Mitstreiter Pablo Picasso im August 1914 und dessen spätere metaphorische Auslassung, er hätte den Künstler Braque danach nie wiedergesehen, sind kunsthistorisch verbriefte Fakten. Dass Picasso seine Eindrücke vom Abschied am Bahnhof von Avignon in einer Skizze festhielt, ein darauf aufbauendes Gemälde aber später verwarf, erschien mir als eine durchaus realistische Fantasie, die jedoch ist, was sie ist: reine Fiktion.

Die Vernichtung von geschätzt 600 Gemälden am 27. Mai 1943, vor den Toren des Jeu de Paume, hat tatsächlich stattgefunden. Ob dem Fanal gegen die sogenannte Entartete Kunst tatsächlich wertvolle Werke von Picasso, Klee, Miró und Max Ernst zum Opfer fielen, ließ sich indes nie beweisen. Dass ein solches Werk vor seiner geplanten Vernichtung gestohlen und Gegenstand eines mörderischen Komplotts wurde, um fortan über Jahrzehnte hinweg eine Spur von Verrat und Täuschung durch die Zeitgeschichte zu ziehen, erschien mir als eine interessante Erzählung, die sich in Realität durchaus hätte zutragen können, aber ist, was sie ist: reine Fiktion.

Die systematische Unterwanderung der deutschen Sicherheitsbehörden der 50er- und 60er-Jahre durch alte Nazi-Seilschaften ist erwiesen. Die Vorstellung, dass ein ehemaliger NS-Kriminalpolizist, SS-Mitglied und CIA-Doppelagent zum Präsidenten des Bundeskriminalamtes avancieren konnte, klingt vielleicht nach einer starken Überzeichnung des Problems, ist aber nichts anderes als die bittere Realität. Allerdings hat besagter Mann 1943 kein fälschlicherweise Picasso zugeschriebenes Gemälde aus dem Jeu de Paume gestohlen. Die Figur des Paul Bärlach alias Franz Eylmann ist darum, was sie ist: reine Fiktion.

Diese drei in der Realität nicht zusammenhängenden Themenkomplexe in einer Kombination aus nachweisbaren Fakten und vorstellbarer Fiktion zu einem Kriminalroman zusammenzuführen, war mein Plan, als ich im Sommer 2016 damit begann, die ersten Sätze zu schreiben. Neben vielen schlaflosen Nächten, ungezählten Momenten des Zweifels und einigen des Verzweifelns hat mir das Schreiben dieses Buches vor allem eins bereitet: pure Freude.

Mein herzlicher Dank gilt allen, die mein Projekt in dieser Zeit begleitet haben, sei es durch stete Ermutigung, klugen Rat oder praktische Hilfestellung. Allen voran meinen Liebsten: Katja und Kate – ohne sie ging und geht auch in Zukunft nichts. Michael Stolzke war ab Stunde Null an meiner Seite, bevor Tanja und Tobias Treppenhauer dazu stießen und zu unersetzlichen Unterstützern wurden. Auch Dagmar Brück und Volker Neuhaus gaben mir als Testleser Rückenwind. Moritz Müller-Schwefe war ein fabelhafter Lektor; er steht stellvertretend für alle Mitstreiterinnen und Mitstreiter bei KiWi, die mir von Beginn an mit größter Freundlichkeit und Wertschätzung begegnet sind. DTF hat mir dabei geholfen, ein lesbares Manuskript zu erstellen und Wulf Schlichte dafür gesorgt, dass es in die richtigen Hände geriet.

Andreas Storm

MIX
Papier | Fördert
gute Waldnutzung
FSC® C014496

2. Auflage 2023

© 2022, 2023, Verlag Kiepenheuer & Witsch, Köln
Alle Rechte vorbehalten
Covergestaltung: Marion Blomeyer / Lowlypaper
Covermotiv: © By Jian Xia / EyeEm / gettyimages
Karten: Christl Glatz | Guter Punkt, München
Gesetzt aus der Geller, entworfen von Ludka Biniek,
und der Futura PT
Satz: Buch-Werkstatt GmbH, Bad Aibling
Druck und Bindung: GGP Media GmbH, Pößneck

ISBN 978-3-462-00538-7

Der Kunstexperte Lennard Lomberg
ermittelt weiter ...

Granada im Sommer 2016. Bei einem Kunstraub in einem Luxushotel ist ein surrealistisches Porträt gestohlen worden, das seinen Besitzer, den deutschen Verteidigungsminister, in große Erklärungsnot bringt. Zu blutig ist die Geschichte des Gemäldes, die von den Folterkellern der Franco-Diktatur bis in die Ministerien der Bonner Republik reicht. Ein heikler Fall, auch für Lennard Lomberg selbst, denn die *Akte Madrid* kreuzt nicht zum ersten Mal seinen Weg ...

Wo ist Franz Marcs
»Der Turm der blauen Pferde«?

Die Münchner Kunstdetektei von Schleewitz erhält einen neu-
en Auftrag: Franz Marcs legendäres Gemälde, von den Nazis
zur »entarteten Kunst« erklärt und anschließend in Görings
Privatbesitz gewandert, soll wieder aufgetaucht sein.
Ein steinreicher, kunstsammelnder Industrieller behauptet,
das Bild auf verschlungenen Wegen von einem Unbekannten
gekauft zu haben. Handelt es sich wirklich um das Original?
Das Team beginnt zu ermitteln, in der deutschen Vergangenheit und in den Kunstkreisen der Gegenwart. Die drei Privat-
detektive stoßen auf abenteuerliche Geschichten – und
blutige Spuren ...

Leseproben und mehr unter www.kiwi-verlag.de